숨겨진 탈출구

| 김성혜 장편소설

신세림출판사

숨겨진 탈출구
The Way Out

초판인쇄 2013년 02월 25일 **초판발행** 2013년 02월 28일

지은이 **김성혜**
펴낸이 **이혜숙**   펴낸곳 **신세림출판사**
등록일 **1991년 12월 24일 제2-1298호**

100-015 서울특별시 중구 충무로5가 19-9 부성B/D 702호
전화 **02-2264-1972**   팩스 **02-2264-1973**   E-mail : shinselim72@hanmail.net

정가 **13,000원**

ISBN 89-5800-131-3, 03810

The Way Out

김성혜 장편소설

죽음은 어둠이 아닐지도 모른다.

오히려 아늑한 평화일지도 모른다.

아플 필요도, 슬플 필요도, 외로울 필요도 없을지 모른다.

그래서 그렇게 떨어진 꽃잎처럼 안타까우리만치 아름다운지도 모른다.

그렇게…. 그녀는 떠난다.

CONTENTS

II 부

III 부

화해와 상생(相生)의 탈출구로서의 지구촌 문학_명계웅(문학평론가)

프롤로그 (인천, 1950년 6월)

"여보!" 거실을 흔드는 다급한 아버지의 목소리.

"짐 싸요, 짐. 우리도 빨리 피난 가야 해." 아버지가 현관문을 잡은 채 숨을 고르느라 애쓰고 있었다. 시커먼 구름들은 당장 무슨 큰 사고라도 칠 듯이 아버지 머리 뒤로 무섭게 몰려들고 있다. "공산당들이 사방에 깔렸어."

턱은 괴고, 배는 마루바닥에 깔고, 종다리와 발은 천정을 향해 흔들거려대며, 책을 눈 앞에 놓고 누워있던 미아는 발딱 일어나 앉았다. 책이 눈앞에 있긴 했지만 마음은 책과는 동떨어진 상상의 꿈속을 날고 있었다. 도대체 어떻게 돌아가는거지? 어제 선생님은 성급한 목소리로 아이들을 집으로 돌려 보냈었다. 전쟁으로 휴교에 들어가니까 서둘러 집으로 가라고 말이다.

그런데도 아버지는 전과 다름없이 일을 갔고 그랬던 아버지가 급히 오신거다. 더구나 숨차하는 아버지를 보면 집까지 내내 뛰어온 모양이다. 미아는 숨이 찬 아버질 본 기억이 없다. "사람은, 특히 남자는 급하다고 허둥대서는 안 되고 늘 꼿꼿하고 위엄있는 자세로 살아야 한다," 는 것이 아버지의 신조였다. 미아가 아는 한 아버지는 바로 그 꼿꼿하고 위엄을 갖춘 사람, 아니 남자의 대표라 해도 틀림 없었다.

"짐싸서 떠나야 한다고? 어디로?" 묻고 싶었지만 아버지가 제정신이 아닌 것 같아서 입을 다물었다. 딸 셋중 열살배기 세째로, 못말리는 궁금증과 화날 때마다 삐죽 내미는 입 때문에 엄청 야단맞으며 자랐다. 이럴 때 질문을 꺼내면 보나마나 혼날 거라는 정도는 알고있다. 진아와 선아언니들이 어쩔 건지가 궁금해 언니들한테 가려고 일어서려는데 언니들도 재빨리 방문을 열고 놀란 토끼 같은 눈으로 입들을 벌린 채 아버질 쳐다보았다. 진아는 머리를 빗고 있었던지 아직도 한 손엔 빗을 들고, 다른 손은 검은 머리카락을 머리뒤로 움켜쥐고 있었다. 그 손을 놓자 비단 같은 머리결이 출렁대며 물결처럼 흘러내렸다.

이씨 집안에 유일한 아들이고 제일 어린 한국인 혼자서 병정잡기에 빠져 정신 없었다. "팡! 팡! 피융! 탕! 쏴라!" 조그만 입을 열심히 달싹거리며 요란스런 소리들을 토해내고 있다. 왼손에 잡고 있는 병정은 오른손에 있는 병정을 쏘고, 오른손의 병정은 잠시 쓰러지는가 싶더니 다시 튀어 일어나 왼손을 향해 총을 쏘아댔다.

"조용해!" 진아가 야단쳤다.

"탕! 피융!" 양손의 병정들은 합세해서 진아를 겨냥했다.

"시끄러!" 진아의 미간이 찌푸러졌다.

"큰누난 죽었어!" 한국이 신나서 소리 질러댄다.

"짐을 싸라니요? 어디로 가는데요?" 한국의 여름 누비이불을 만들고 있던 엄마는 아직도 손에 바늘과 옷감을 든 채로 방문을 열고 나왔다. 엄마는 누구보다도 놀란 모양새다.

"서울이 함락됐어요, 서울이." 아버지는 현관문을 닫고 들어와 털버럭 주저앉으며 숨을 골랐다. 먹장같은 구름들이 방안을 어둡게 만들었다. "라디오로 대통령이 하는 말만 믿고 있었는데 그게 아니었소. 서울은 벌써 떨어지고 빨갱이들이 인천은 제쳐놓고 벌써 모두 남으로 쳐내려 갔대요."

"공산당들이 이미 다 깔렸다면 어디로 간단 말이에요?"

"나도 모르겠소. 하지만 빨리 피해야 하는 것은 확실해요. 공장이 텅 비었어. 모두 떠나고 나만 남은 거요." 총쏘느라 바쁜 한국이만 빼고 모두 아버지를 쳐다 보았다.

"하지만 도대체 이 난리에 어디로….." 엄마는 아직도 종잡질 못했다.

"잠깐! 맞아. 서울사는 당신 동생네가 어떨까? 처제가 얼마 동안만 받아 주면 되겠는데. 그리 오래 걸리기야 하겠소?"

"받아야 주겠지만 공산당들이 벌써 사방에 찼다면 여기나 거기나 그게 그거 아녜요?" 엄마의 말도 맞다. 딸들은 오가는 테니스공을 따르듯 엄마와 아버지를 번갈아 바라보았다.

"공산당 밑에서 일할 수야 없지. 그야말로 큰일이지. 버스도 기차도 섰으니 모두 걸어가야 한다." 아버지가 가족을 둘러보며 말했다.

"진아언니, 걷기엔 너무 먼 거 아냐? 한국이 아직 다섯살도 채 안 되는데." 선아가 진아 귀에 대고 소근댔다.

"선택의 여지가 없어." 아버지는 자신을 쳐다보고 있는 눈망울들을 둘러보았다. "아니, 그렇게 서서 뭣들 하는거야? 냉큼 짐싸지 않고."

만약 가는 곳이 서울 이모네라면 그리 나쁠 것도 없어보였다. 아니, 그건 실상 신나는 일이다. 이모는 예쁘기로나 착하기로나 둘째가라면 섭섭할 정도였고 딸 셋은 다 이모를 좋아했다. 그중에서도 미아는 특히 더 그랬다. 사업한다는 이모부가 늘 출장중이라서 이모는 혼자살다시피 했기 때문에 딸들은 여름방학이면 이모네 가서 몇 주씩 보내곤 했었다.

식모 두레언니가 마당에서 빨래 한소쿠리를 들고 냉큼 들어왔다. 구름이 몰켜드는 것이 비가 올 조짐이라고 언니는 빨랫줄에 널린 이불호청들을 거두어들이고 있다가 집안에서 나는 소리가 심상치 않자 뛰어 들어온 것이다.

"사모님, 그럼 젖은 빨래는 놔두고 가면서 먹을 주먹밥하고 마실 미숫가루 좀 쌀까요?"

두레언니 말에 정신이 든 식구들은 모두 바삐 짐을 싸기 시작했다. 미아도 언니들과 같이 쓰는 방으로 들어가 가방에 교과서들 먼저 챙겨 넣었다.

"너 그 책들 다 가지고는 무거워서 몇발짝 못간다. 서울은 30키로도 넘어, 애." 선아가 말렸다. 미아는 생물책하고 국사책만 제하고는 죄다 뺐다.

"그럼 이거 두 개만 넣지. 성적은 나빠도 수학보다는 재밌으니까. 이야기책 같잖아. 근데 언니, 그러면 우리가 서울가서 학교 가게 되는 거야?"

"전쟁이야, 전쟁. 학교는 다신 못가게 될지도 몰라."

"그걸 누가 알아? 것도 모르지." 부지런히 짐 싸면서 진아도 한마디 했다.

"만약 오래 있게 되면 어떻게 되는 거지?" 잠시 생각하다 미아는 책상서랍에서 가족사진을 꺼내 역사책 속에 넣었다.

"그건 뭘하게?" 선아가 물었다.

"알아? 서울 가서 오래 있게 되면 말야. 사진이라도 없으면 그나마 할머니 얼굴 진짜 까맣게 잊어 버릴 거 아냐? 게다가 사진 한장정도는 무겁지도 않잖아," 하며 미아는 선아를 쳐다봤다. 네 살위로 중학생인 선아언니가 미아는 늘 자랑스러웠다. 선아는 학교나 책하고는 담을 쌓았지만 용감하고 발 빠르기로는 둘째가라면 서운할 판이다. 미아나 한국이가 동네아이들과 싸움이 붙으면 선아가 팔걷어 붙이고 나서서 편들어 주었다. 특히 미아는 고집통이어서 걸핏하면 아이들과 맞붙길 잘했기 때문에 그런 언니가 최고로 좋았다.

겨우 반시간만에 식구들은 가지고 갈 수 있는 만큼 이고, 지고, 들고, 업고, 집을 나섰다. 아버지와 엄마, 딸 셋, 막내아들 한국이, 그리고 두레언니, 모두 줄줄이 나선거다. 아직 어린 한국인 엄마와 두레언니의 등에 번갈아 업혀갔다.

"선아언니, 내 친구 미숙이네는 걸핏하면 주먹밥 싸 가지고 온 식구들이 소풍가거든. 우리도 주먹밥 싸 가지고 가잖아. 재밌겠다, 그치?"

"정신 나갔니? 누가 소풍가면서 저렇게 크고 무거운 짐들을 지고 이고 가던?"

언니 말이 맞다. 입을 다물어야지. 아버지가 지고있는 짐 하나만해도 거의 미아만큼 컸다. 아버지는 엄마가 만든 횟댓보로 짐을 둘러 싸고는 밧줄로 묶어 등에 메었고, 그도 모자랐던지 한손엔 손가방, 다른 손엔 보따리 꾸러미를 들고 앞장서 걸었다. 엄마도 한국일 업고 머리엔 큰 보따리를 얹었다. 얼마 가지도 못했는데 마치 기다리고 있었던 듯 시커먼 구름들이 빗방울을 툭툭 뿌리기 시작했다.

"언니, 남쪽서 올라오는 거라곤 기껏 장마비네."

"그러게 말야. 북쪽서 내려오는 건 탱크하고 따발총인데 상대가 되겠냐? 영락없이 쫄딱 젖게 생겼다." 선아가 말했다. 툭툭거리며 시작했던 비는 어느새 겉옷, 속옷할 것 없이 휘감겨 척척하니 들러 붙어 적시고는 결국은 양말, 신발속까지 스며 들었다. 짐들이 배로 무거워진 건 말하면 잔소리다.

"우리가 요 지역 빠져 나가는게 급해 그렇지 여기만 지나면 그렇게 서두르지 않아도 될 거다. 그때까지만 참고 어서 가자." 아버지가 재촉했다.

"언니 말이 맞네. 장마비 속에 소풍? 어휴, 재수없어!"

그나마 툭툭거리던 빗줄기가 점점 빨라지더니 어느새 장대비로 변해 정신 못차리게 쏟아지기 시작했다. 아버지가 뭐라시건 모두들 커다란 느티나무 밑으로 뛰어 들었다. 켜켜이 쌓인 잎사귀들이 우산처럼 비를 막아주긴 했지만 잎새 사이를 타고 모여서 떨어지는 빗방울들은 완두콩만큼 커져서 머리위로 떨어졌다. 떨어지는 완두콩을 올려다보던 선아의 코끝에 보란 듯이 커다란 빗방울이 내려 터지자 미아가 먼저 킬킬댔다.

"언니 코에 딱하고 물총 맞았다."

"시끄럽다, 야. 넌 어쩌구? 물에 빠진 생쥐가 바로 너야." 둘이 같이 허릴 꺾어가며 키득댔다.

"어허! 지금이 어떤 때라고. 저리들 철이 없을까?" 아버진 두 딸을 나무랐지만 그래도 자꾸 웃음이 터진다. 둘은 밀고 당기면서 그만 웃으려고 쿡쿡거렸다.

"엄마, 송사리! 송사리들 봐." 엄마 등에 업혀 있던 한국이 몸을 길게 빼고 손가락으로 가리키는 웅덩이엔 정말 송사리들 몇 놈이 바쁘게 오가고 있다. "나 한 마리만 잡을래. 한 마리만!"

"어머! 근처에 개천이 있나보네." 선아도 미아도 웃음을 그치고 송사릴 들여다 봤다. "저것들 개천에 갖다 놓아주면 좋겠지만 그럴 시간이 있겠어?" 선아가 아버질 곁눈질해 보며 말했다.

"한마리!" 등에 업힌 한국이가 손길질, 발길질하며 버둥댄다. "한마리만."

"물에서 꺼내면 죽어. 죽으면 불쌍하잖아? 그러니까 내 버려둬. 자기네 집 찾아가게." 선아가 한국일 타일렀다.

"저것들이 집을 찾아갈 수 있을까?" 미아가 물었다.

"난들 알겠냐? 하지만 여기까지 온 걸 보면 가는 길도 있겠지." 그리곤 갸웃했다. "안 그럴까?"

"비가 긋는다. 가자." 하늘을 쳐다보던 아버지가 말했다.

머리부터 발끝까지 쫄딱 젖은 처량하기 그지없는 가족부대. 발을 옮길 때마다 미아의 신발은 비포장 도로의 빨간 흙탕물을 쪼옥 빨아 들여서는 찌익하고 다시 뻘건 물을 뱉어 냈다. 찌익, 쪼옥, 찌익, 쪼옥…. 여느때 같으면 흉내내기의 선수인 선아가 광대노릇을 했겠지만 오늘은 아니다. 커다란 짐을 진 아버지가 바로 앞서 가니까 입조심해야 한다. 아무래도 이놈의 전쟁이란 것은 웃을 일이 아니고 심각한 상황임이 분명하다.

열 일곱에 실버들처럼 가는 허리를 하고 언제나 예쁘고 단정하기로 이름난 진아 언니도 오늘은 천만에 말씀이다. 젖어 늘어진 큰 짐을 등에 메고 두 손엔 보따리 꾸러미 든 언니가 짐에 눌려 잘 뵈지도 않는다. 모두들 언니의 긴 목과 사람을 끄는 눈이 사슴처럼 예쁘고 환하다 했지만 오늘은 그와는 멀고도 멀다. 모두의 몰골은 등에 자신보다 더 큰 짐들을 진 달팽이들 꼴이고 가는 속도 역시 딱 그짝이다.

"힘들어도 조금만 참아요. 이 동네만 지나면 좀 쉬어도 될 거요." 아버지가 엄마한테 하는 소리였다. 아아! 달콤한 그 소리! 미아의 손과 발엔 이미 물집이 여러 개 잡혔고 발은 계속 쥐가 나고 있었다. 이 집의 왕자님, 한국이만 신나는 판이다. 생각 같아선 좋아라 히죽대는 녀석의 입을 한대 쳐주고 싶지만 참았다.

"들었어, 언니? 이 동네만 지나면 쉴 수 있대. 드디어 주먹밥하고 미숫가루 마실 수 있겠다." 미아가 선아한테 말했다.

"나도 들었어. 말만 들어도 살것같다."

"목 말라 미치겠어."

"미침 안 되지. 철없는 어린 동생이 드디어 소풍을 즐기게 되었는데." 선아가 또 키득거렸다. 미아도 따라 킬킬대고.

천지개벽이란 게 바로 이런 건가? 하늘에서 떨어진 건지 땅에서 솟았는지 난데없이 두 젊은이가 어깨엔 총을 메고 팔엔 붉은 완장을 두르고 갑자기 길을 막고섰다. 아무도 낌새조차 몰랐기 때문에 놀라 기절하지 않은 게 다행이다.

두 젊은이는, 한줄로 늘어서서 빗물을 줄줄 흘리고 있는 가족을 앞과 뒤로, 또 위로 아래로 훑어 보았다. 그들의 얼굴에 함박같은 웃음이 번졌다.

"하하하하, 암요. 기다리고 있었습니다요." 둘 중 키 큰 자가 아버지를 향해 머릴 끄덕거리며 말을 뱉었다. 붉은 완장 두른 팔을 치켜들어 오른쪽 어깨에 걸친 총에 손을 댔다. 마치 내 손아귀에 뭐가 있는지 잘 보라는 듯이.

"과장님께서 이리로 오시리라 믿고 이렇게 기다리고 있었습죠." 그의 얼굴에 조소가 피어올랐다. 딸들의 눈 앞에서 하얗게 질려가는 아버지의 얼굴. 두레 언니는 엄마를 잡아 부축해야 했다. 아니었더면 엄마는 땅바닥으로 고꾸라질 판이다. 두 마리의 커다란 고양이 앞에 몰린 일곱마리의 흠빡 젖은 생쥐가족. 바로 그거다.

"자네들 여… 여기서 뭘 하고 있나?" 들릴락 말락한 목소리가 아버지의 목구멍에서 떨려 나왔다. 애써 웃어보려는 아버지의 얼굴이 일그러진다. 공장에서 알던 사람들인 모양이다. 아니면 아버지 밑에서 일하던 사람들이든지. 그렇지만 아버지 목소리엔 위엄이라고는 눈꼽만큼도 없다. 지금까지의 서열이나 차례 같은 것은 이미 뒤죽박죽이 되어 물건너 갔다. 두 젊은이는 총과 붉은 완장을 둘렀는데, 나이든 아버진 급한대로 짐을 꾸려지고 도망가다 잡힌 죄인이다. 게다가 등뒤로는 크고작은 짐들을 줄줄이 이고 진 가족을 길게 대동하고서.

"말씀 좀 나누어야겠는데요, 과장님." 아까 그 자가 마지막 단어에 힘을 실으면서 아버지와 가족들 사이로 끼어 들었다. "나 같으면 지금 당장 회사로 돌아갈 겁니다." 조소하는 목소리는 싹 거두고 명령조로 나왔다.

"회사엔 아무… 아무도 없이 텅 비었…" 아버지는 목소릴 진정시키려 들었지만 오히려 더듬기까지 했다. 얼굴에선 땀인지 비인지가 줄줄 흘러 내리고. "오늘 아침 내 눈… 눈으로 확…확인했네."

"아니, 그럴 때일수록 회사를 지키셔야 하는 게 아닙니까?" 젊은이는 아버지의 눈 속을 들여다 보며 말했다. 젊은이의 코가 아버지의 코를 밀어제칠 것 같다. 이제껏 딸들은 아버지가 엄청 큰 사람인 줄 알고 있었다. 특히 애들을 혼쭐나게 야단칠 때는 말이다. 그렇지만 막상 총대멘 젊은이와 코를 맞대고 서니까 아버진 턱없이 왜소해 보이고, 젊은인 키도 더 커 뵈고 어깨도 두 배 넘게 우람해 보였다. 총대메고 붉은 완장두른 젊은이와, 도망치다 잡힌 비에 젖은 늙은이와의 대결이란 것은 애시당초부터 틀린 노릇이다. 아버지가 이때껏 이 집안의 왕으로 군림하고 있었던 것은 사실이나 지금 당장 아버지의 위신은 구겨지는 종이호랑이였다.

"회사라는 게 어디 나 한사람으로 …돌아가게…." 아버지의 목소리는 매카리없이 더 기어들어가고.

"염려 놓으십시요." 젊은이는 입을 벌릴대로 벌리고 웃었다. "박과장, 로부장, 죄다 벌써 이미 회사로 돌아갔습니다. 혼자는 아닐 겁니다." 신나고 흡족한 표정이다. "새롭게 탄생한 조선민주인민공화국을 위해 적어도 그 정도는 하셔야죠. 군인들이 군복이 필요하지 않겠습니까? 우리 공화국을 돕는데 기여할 수 있는 기회를 명예로 아셔야 할 겁니다." 그는 말에 힘을 실으며 총뿌리를 들썩거렸다. 쫄딱 젖은 가족들의 등골이 얼음물 뿌린 듯 오싹했다.

"그렇다면 내… 내가 가족을 데려다 놓고 서둘러 회사로 가겠네." 아버지가 양보의 뜻을 비쳤다.

"우리가 가족을 모셔다 드리고 싶은 생각은 굴뚝같지만 보시다시피 인력이나 시간이 모자라서요. 혹 잊으셨는지 모르지만, 지금이 바로 전시가 아닙니까?" 순간에 그에게서 웃음끼가 사라지고 눈에 서릿발이 돌았다. "게다가 혹 잊으셨는지 모르지만, 북조선이 크게 이기고 있질 않습니까? 지금 당장 되돌아 가서 새 출발의 기회를 잡는 게 좋을 겁니다, 이영일 동무." 마지막 단어에 힘을 주면서 총을 한번 더 추스렸다. "아니면 두고두고 크게 후회하실 겝니다."

아버지가 엄마를 향했다. "애들 데리고 가… 가서 내가 사람 보낼 때까지 기다리시요." 들릴락 말락하는 아버지의 목소리.

"여보, 우리 다 같이 가는 게 좋지 않겠어요?" 알 수 없는 세상인지라 엄마는 가족이 같이 있어야 할 것 같았나보다.

지치고, 겁먹고, 어리둥절한 상태에서 식구들은 다시 집을 향해 돌아섰다. 결국 빗속에서 허둥지둥, 갈팡질팡했던 모든 것은 말짱 수포로 돌아간 셈이다.

지칠대로 지친 그들은 집에 가기만 하면 두말할 것 없이 천근 같은 짐은 내려놓고, 젖어 철썩 들러붙은 옷일랑 말짱 벗어던지고, 홀렁 큰 대자로 드러 누워 쉴 것을 고대하며 왔다. 전쟁이건 나발이건 내 집 안에서 그 정도는 마땅히 할 수 있을 게 아닌가! 하지만 집 앞에 당도한 식구들은 집을 제대로 찾아 오긴 온건가 싶었다. 얼마나 헷갈리는지 미아는 둘레둘레 길을 뒤돌아보고 앞돌아보고를 연거푸 했다.

인상을 팍 그은 남자들이 마치 벌집 쑤시며 덤비는 벌떼처럼 집안을 들락거리고 있었다. 허리춤에 찬 권총과 팔에 두른 붉은 완장은 가족들의 숨을 막는 데 충분하고도 남았다.

"동무네 집이댔소?" 왱왱대는 벌처럼 바삐 집안으로 들어가던 젊은이가 물었다. 딸들은 서로의 손을 붙잡았다. 진땀이 밴 손들이다. 쇼크에 빠져서 아무도 뭐라 미처 입을 벌리지도 못하는데 한국이가 엄마의 귀에 대고 물었다. "엄마, 저 사람들이 왜 우리집에 있어?"

"쉬잇!" 선아가 조심시켰다. 총과 붉은 완장은 '우리에게 묻지 마라. 우리가 너에게 물을 것이다,' 하는 전시효과를 한껏 발휘하고 있었다.

열린 창 넘어로 아침 떠나기 전 빨랫줄에서 미처 거두어 들이지 못한 이불호청들이 뒷마당에 여지껏 그대로 널려 있는 것이 보였다. 비에 젖어서 축 늘어진 이불호청은 무겁고 힘겹게 매달린 허연 깃발이다. 분명 이씨네 집이 맞긴 맞았다. 하지만 그게 무슨 소용이랴? 이미 흘러간 물이고 떠난 버스다. 몇 시간 사이에 세상은 어지럽게 뱅글뱅글 돌며 바뀌고 있었다.

"인민의 요구로 이 집들이 필요해 임시 사령부로 쓰고 있으니 다른 델 찾아가시오." 젊은인 다시 부지런히 발길을 돌렸다.

"저… 저… 우리 필요한 물건만이라도…." 아버지의 목소린 들릴락 말락이다.

"필요한 물건?" 현관 문턱을 넘어서고 있던 젊은이가 돌아서서 씨익 웃었다. "동무, 미안하지만 동무가 원하는 건 이미 가지고 가지 않았소?" 가족이 갖고 있는 보따리들을 둘러보며 젊은이가 말했다. "솔직히 우리 인민은 당신네가 남긴 것 모두하고도 더 필요합네다."

"여보, 어서 여길…." 엄마가 아버지 귀에대고 말했다. 엄마의 목소린 어찌나 마르고 갈라 터졌던지 목구멍에서 제대로 나오지조차 못하고 사그러 들었다.

한국이가 발길질하며 소리쳤다. "아냐, 엄마. 우리 집에 들어가자. 배고파 죽겠어."

"조용히 해. 너 저사람 총 못봤어?" 선아의 말에 한국이도 입을 꼭 다물었다.

불쌍한 아버지. 체면과 위엄 없이는 예전의 아버지가 아니다. 아버진 집을 등지고 돌아서서 가족을 향했지만 딸들은 아버지가 무얼 보는지, 무슨 생각을 하는지 알 수 없었다. 후둘거리는 다리를 진정시키기 위해 아버진 젖은 짐 위에 잠시 걸터 앉아야 했다. 그리고 깊은 숨을 몇 번이나 들이쉬고 내 쉬었다. 식구들은 암말 없이 그런 아버질 바라보며 기다렸다. 잠시 후 겨우 일어선 아버지는 크고 무거운 짐을 등에 다시 지려 했다. 그가 휘청거렸다. 젖은 짐이 너무 버거웠나보다. 선아가 얼른 달려들어 아버지가 짐을 등에 지는 걸 도왔다. 드디어 아버진 무겁고 휘청거리는 걸음을 간신히 한발짝씩 떼기 시작했다. 갈 곳을 잃은 식구들, 그들도 집을 눈 앞에 두고 돌아서서 아버지의 뒤를 따라 가기 시작했다.

I 부

1

미아

(뉴 헤이븐, 코네티컷 1985)

"엄마, 두 통의 편지를 쓰래요."

궁금증에 꽉 찬 엄마와 이모의 눈을 마주보면서 나는 서둘러 설명했다. "하나는 언니들한테 내가 북한을 방문할 수 있도록 초대해 달라는 초청장 편지고, 또 하나는 평양에 있는 재외국민 북한방문 담당부서에다 북한 방문을 허락해 달라는 편지를 쓰면 된다는데요." 나는 숨을 들이쉬고 계속했다. "물론 언니들에 대해 우리가 알고있는 모든 정보를 줘야지요. 사진도 있으면 첨부하래요. 그게 보내라는 서류의 전부인 셈이예요."

우리들 중 누구도 이북에 있는 가족방문은 커녕 감히 북한에다 편지조차 가능하다고 생각해 본 적이 없었다. 가족의 생사도 모르고 있는 판인데 방문이라니! 그런건 말 그대로 꿈도 꾸어보지 못했다. 며칠전 그야말로 우연히 만난 어린 시절의 친구, 송미숙이가 가르쳐 주지 않았다면 정말로 모르고 지날 노릇이었다. 미숙이의 남편이 며칠전 북한을 두번째 방문하고 왔기 때문에 내가 그 집에 가서 자세한 내막을 마악 알아 온 참이었다.

"그게 다야? 사진하고?" 엄마가 되물었다. "40년도 더 된 사진이 무슨 도움이 되겠다고….” 엄마는 미덥지 않다며 머릴 저었다.

“미숙이 남편 말에 의하면 우리가 주는 모든 정보갖고 찾아 낸다고 하데요.” 나도 미심쩍기는 마찬가지였지만 덧붙였다. “어쨌든 그 사람 가족은 찾아냈잖아요.”

“거기선 누가 어디 사나 손바닥같이 들여다보나?” 엄마가 중얼댔다.

“그렇지만 엄마, 정말 갈려고 그래요?” 매이가 끼어들었다. 이층 자기들 방에 있던 나의 두 딸, 매이와 란이도 내 이야길 들으려고 달려 내려온 거다. “거기서 하는 소리 믿을 수 있어요?”

“여기 이렇게 서서 떠들게 뭐냐? 들어가 앉아 이야기하자.” 이모의 말에 우루루 부엌으로 가서 식탁에 둘러 앉았다.

“나 역시 신변안전이 걱정은 걱정이야. 북한서 허가편지가 온다 하더라도 안가면 그만이지 뭐. 적어도 언니들이 거기 살고있는지 아닌지는 알 수 있을 것 아냐?”하며 가족을 둘러보았다. 엄마와 엄마의 동생 이모, 내 딸 매이와 매이 동생 란이.

“하지만 일단 언니들이 북한에 있다는 걸 알고 난 다음에야 어떻게 가보지 않을 수 있어요? 만약 란이와 내가 수십년 보지도 듣지도 못하고 떨어져 있다가 찾았다면 물론 달려 가겠지.” 매이가 생각해보며 말했다. “하지만 이모들이 북한에 없는 걸 안다면 그것도 가슴아픈 노릇이겠네.”

“엄마, 엄마가 하고싶은대로 해야겠다.” 란이가 머릴 끄덕거렸다. “다 엄마의 결정에 달린거네.”

언니들 찾는 것을 포기할 순 없었다. 게다가 살아있다면 찾아가 볼 수 있다는 가능성을 알고 난 후는 맘이 전과 같지 않았다. 같은 피를 나눈 형제라 서로 끌어대는 DNA가 있는 것인지, 아니면 어쩔 수 없는 운명의 장난인지…. 35년이나 되는 긴 세월을 죽었는지 살았는지조차 모르며 살아오지 않았던가? 이때까지는 언니들에 대해서는 생각조차 안하려고 애썼다. 생각해 봤자 답답만 하고, 아예 모르고 사는 게 여러모로 수월했으니까.

　엄마의 입장은 두말하면 잔소리다. 언니들이 우릴 떠났을 때는 십대의 소녀들이었다. 만약 지금 십대인 내 두 딸을 잃고 살았는지 죽었는지조차 모른다면 난 미치고 환장했을 게 뻔하다. 젊었던 시절의 엄마는 그래도 살아야 했다. 나와 남동생, 그 두 자식 데리고 먹고 사는 것만 해도 숨넘어 갈판인데 다른 생각할 겨를이 있었으랴? 하지만 지금은 달랐다. 한가한 시간이 많아졌을 뿐만 아니라, 나이가 너무 빨리 들어가고 있는 탓이다. "내가 눈 감기 전에 그 애들이 살았는지 죽었는지라도 알면 좋겠구만….”하며 한탄하는 소리가 늘고 있었다. 엄마가 침울한 모습을 하고 있으면 난 의례 '또 언니들 생각하는구나!' 싶었으니까. 엄마를 위해서라도 언니들의 존재를 찾아내고 싶었다.

　"지금이 어떤 시대인데, 얼마나 어지러울 지경으로 홱홱 돌고있는 세상인데, 이 마당에 언니들의 존재도 모르다니….” 이렇게 말도 안되는 소릴 해야하는 내가 어이없다. 하지만 그게 바로 남북으로 갈린 우리다.

　평양에 있다는 담당부서에 편지쓰는 것은 어렵지 않았다. 언니들과 가족에 대한 정보를 아는대로 자세히 쓰면 된다.

　다음날 아침 우체국에 들리기 전 빛바랜 가족사진을 들고 사진관에 가서 확대하여 언니들의 사진을 오려 낸 다음 편지속에 동봉하면 될 일이다. 실제로 몇년전 내가 가진 가족사진을 확대해 카피 만들어 하나는 엄마 침대 머리맡에, 다른 하나는 내 책상위에 놓고 있다.

　책상옆 책꽂이에서 오래되어 부서질 듯 나달거리는 '오즈의 마법사'를 꺼냈다. 두껍고 묵직한 의학서적들 사이에 낡고 작은 오즈책은 제자리가 아니긴 했지만 나는 늘 거기에 두고 있었다.

　언니들의 손때 묻은 것이라고는 그밖에 없었기 때문에 난 내 손끝에 잡히는 자리에 항상 두고 싶었다. 물론 어렸을 적에는 그 책을 볼 때마다 가슴이 뭉클하고 뱃속이 뒤집히곤 했지만 이제와서는 책장 같은 자리에 언제나 있다는 것이 일종의 위안이 되기도 했다. 때때로 선아 언니가 그 책을 나한테 주었던 날을 생각하고 피식하니 웃을 때도 있다. 그랬다. 내 등을 동그랗게 말고 언니의 따스하고 보드라운 뱃살에 대고 누웠던 생각은 지금도 날 미소짓게 한다. 언니도 그렇게 누워 있자니까 행복하다 했다. 그리고나서 언니는 책을 집으러 일어났다.

"참! 내가 깜빡 했네. 너한테 줄 책이 있는데…." 하면서 선반에서 책을 꺼내 내게 건넨게 바로 이 책이다. "재밌는 그림이 잔뜩 들은 어린이 책이야. 병원서 내버리는 물건들 틈에 끼어 있는 걸 내가 집어냈지. 네 생각이 나서."

「오즈의 마법사」 진짜 이상한 그림으로 가득찬 책이었다. 그렇지 않아도 읽을거리, 볼거리, 할거리, 먹을거리, 아무거리가 없어 심심해 미칠 판이었는데 신났었다.

"정말야, 언니? 먼 데 간다면서 책이 있으면 언니도 좋을텐데?"

"난 아무 것도 못가져. 그나저나 너 또래위한 애들 책인데, 뭐. 내가 좋아하는 책이 하나 있었는데 진아언니한테 도로 줬어. 그러니까 언니하고 동생한테 책을 하나씩 준 셈이네." 그렇게 말한 언니는 잠시 생각하더니 쿡 하고 웃었다. "미아, 내가 너한테 책을 줬다고 내가 책을 싫어하는 위인이라서가 아닌 건 알지? 솔직히 난 이렇게 그림이 많이 있는 책을 좋아하긴 하거든. 절대 혼동하지 마. 너한테 이걸 주는 건 순전히 널 특별히 이뻐하기 때문이니까." 언니는 다시 웃었다. "또, 내가 너나 진아언니처럼 책벌레가 아니라고 해서 진아언니보다 머리가 나쁘다고 생각하는 것도 금물이다. 내가 언니한테 준 책은 삽화라고는 하나도 들지 않은 골짜 심각투성이 책이야. 완전 다르지." 언니는 날 더 꼭 끌어 안았다.

"나도 알아. 진짜 머리좋은 건 언니야." 하며 난 언니의 따스한 뱃살을 내 등으로 파고 비볐더랬다. 언니는 진아처럼 공부벌렌 아니었지만 나와는 다르게 여러 면으로 영리한 것을 나는 잘 알고 있었다. 그날밤 언니는 내가 잠들기를 기다렸나보다. 다음날 아침 나는 오즈책을 손에 잡은 채 눈을 떴지만 언니는 가고 없었다.

그 책은 나와 함께 많은 나이를 먹었다. 1965년 미국올 때 가지고 왔던 커다란 검정가방속에 들었던 나의 총 재산중 아직까지 남아있는 것이 오즈하고 그 책 속에 넣고 온 누렇게 바랜 우리 가족사진이다. 미국 사는 20년간 가방 자체를 포함해 모든 것은 팽개쳐 버렸거나 잃어버렸지만 유일하게 남은 것이 이 책과 사진이다. 물질적인 것 외에도 내가 전에 갖고 있었던 정서, 생각, 문화도 많이 잃거나 버렸다. 아니면 새 사상이나 생각으로 바뀌기도 하고. 이 책과 사진한장이 나와 언니들 사이에 유일하게 남은 연결고리인 셈이다.

나는 곱슬머리를 한 도로시와 괴상스레 생긴 그녀의 친구들의 모습이 담긴 겉장을 조심스레 쓰다듬어 보았다. 누렇게 변색되고 바스러질 것 같아 걱정되는 책장을 조심스레 들치고 누렇고 빛바랜 흑백 사진을 꺼냈다. 가슴속이 아릿해 왔다.

사진을 들여다 봤다. 한때는 또렷했던 언니들의 기억이 시간의 흐름따라 흐리뭉텅해졌다. 사진속의 진아는 열두살 정도, 선아는 아홉이 될까말까하다. 한국이 돌을 기념하기 위해 식구들이 다 같이 찍었나보다. 겨우 서른이 될 듯 해 보이는 엄마는 색동 돌옷을 입은 한국일 무릎에 놓고 있다. 머릿속에 기억하고 있는 늙은 엄한 모습의 아버지와는 달리 사진속의 아버지는 젊고 그만하면 생긴 것도 그럴 듯 멋져 보였다. 물을 바른 건지, 아니면 포마드를 발랐든지 숱이 많고 검은 머리는 뒤로 싹 빗어 넘기고. 할머니, 할아버지를 포함한 식구들 모두가 믿을 수 없이 젊다. 시간속에 잡힌 지난날의 한 순간. 아무도 웃지 않았다. 그때는 사진찍는 일이 중요하고 근엄한 중대사였나보다. 모두 굳은 표정으로 어딘지 모르는 앞만 응시하고 있다.

언니들의 사진을 확대해서 오려낸 다음 언니들한테 보내는 편지속에 집어 넣을 생각이었다. 그러면 그 사진과 편지가 언니들을 연결해 낼 수 있을까? 그럴 수만 있다면야 기적이 따로 없지. 물론 지금의 언니들과 사진속의 언니들을 연결하기는 쉽지 않을 게다. 그래도 내가 그 사진이나마 있었다는 것이 얼마나 다행인가? 유일하게 남아있는 우리 가족사진이다. 사진을 들고 있으려니 우리가 인천을 떠날 때 4학년이었던 내가 국사책 속에 그 사진을 넣었던 생각이 아직도 잊을 수 없는 한 장면으로 떠오른다. 그 역시 역사속으로 흘러간 시간이다.

하지만 살았는지 죽었는지도 모르는 언니들, 북으로 갔는지 아닌지조차도 모르는 언니들한테 뭐라고 어떻게 편지를 써야 할런지는 감감했다. 캄캄한 어둠을 마주한 기분이다. 쓰레기 통은 찢어버렸거나 구겨진 종이로 찼지만 눈앞에 놓인 종이는 하얀 채 비어있다. 한참을 끙끙대다 집어치고 쓰레기통을 들고 차고로 나갔다. 쓰레기통이라도 비우면 속이 좀 풀릴까 생각하며.

쾌청한 9월의 이른 저녁, 다시 집안으로 들어가려다 발길을 돌려 뜰로 나섰다. 해는 지고 있었지만 사람들이 일컫는 소위 인디언 여름은 아직 남아 있어서 따스하고 편안했다. 나는 엄마와 이모가 만들어 놓은 화단 옆 벤치에 앉았다. 제철만나 열심히 피어난 갖가지 국화가 쑥향 비슷한 독특한 냄새를 부는 듯 마는 듯한 실바람에 흘리고 있다. 나는 긴 숨을 들이 쉬었다. 우리 집을 볼 때마다, 특히 내 가족이 있는 집을 볼 때마다 기쁘고 만족스럽다. 드디어 나 홀로 섰다는 자부심이 든다.

1971년 이혼 후 나는 뉴 헤이븐에 있는 예일의대 소아과로 옮겼다. 듀크대와 합킨스에서 수련의과정을 모두 마친 후였다. 매이가 태어난 후부터 엄마는 줄곧 내 딸들을 키워주며 우리와 살았다. 예일대로 옮긴 후 나는 이모도 초청했다. 서울이모는 이렇다 할 가까운 친구나 친척없이 혼자였고, 미국의 엄마는 같은 또래의 말동무가 없어 외로운 형편이었다. 둘 다 영어는 못했지만 서로 의지하고 한국 말을 할 수 있는 가장 가까운 자매가 아니던가? 우리 두 딸은 두 할머닐 잘 따랐고, 할머니들은 자라는 손녀딸들 보는 것이 낙이었다. 내 딸들의 한국말은 서툴긴 했지만 할머니와 같이 자란 덕에 그런대로 충분히 의사소통은 되었다. 휴가때나 긴 주말이면 나는 가족들을 나이아가라, 윌리암스버그, 디즈니월드 등으로 데리고 다녔다. 두 할머닌 뉴욕을 제일 좋아했다. 서울처럼 복작복작하고, 한국음식점이나 한인식료품상이 많으니 두말할 필요없다. 우리집서 두 시간 가까이 걸리는 게 흠이라면 흠이지만 그래도 땅덩이 큰 미국서 그게 어딘가?

미국에 도착한 애시당초부터 이모의 관찰은 날 놀라게 했다. 몇 달 지나고 나면 "그만하면 미국 실컷 봤다. 이젠 한국 갈란다," 할 줄 알았다. 허나 이모는 달랐다.

"미국이 좋긴 좋구나. 자유가 숨쉬는 공기처럼 천지에 가득 차서 내 허파속까지 자유를 마시며 사는 기분이다. 새처럼 하늘을 날 것 같다," 라는 것이다. 어쩔 수 없어 두고 떠나야 했던 아들, 한국이가 그리워 늘 애간장을 끓이는 엄마보다도 이모는 오히려 미국에 더 잘 적응하는 듯했다. 영어를 배워 보겠다고 덤빌 정도였다.

엄마와 이모는 햇볕 잘 들어 뭐든 잘 자라는 뒷마당에 작은 텃밭과 화단을 일구어 자랑스러워했고, 저녁이면 부엌 식탁에 앉아 웃고 속삭이며 바느질들을 했다.

"바느질이 지겹지도 않아요?" 내가 물은 적이 있다.

"일거릴 만드는 거지 뭐. 지금 우리가 만들고 있는 이 큰 조각보가 뭔지 모르지?" 이모가 물었다. 사방으로 흩어져 있는 헝겊조각들을 보고 어찌 알텐가?

"뭔데요?"

"네 침댓보. 이름은 생명의 나무. 멋있지? 기다려. 다 연결하고 나면 멋질거니까."

"끝나면 알게야." 엄마도 즐거운 눈치다. "너 위해 해준 게 별로 없지만…."

"무슨 소리에요, 엄마? 우리 애들 키워 주셨잖아요." 내 말에 엄마는 대꾸가 없다. 이모를 미국으로 초청한 거는 엄마와 이모 둘 다를 위해 참 잘 한 짓이었다. 둘은 태어나서부터 평생을 가까이 지냈고 나는 그들이 부러웠다. 그럴 때마다 나도 언니들이 있었더라면…. 그리웠다.

그런 반면 나의 두 딸, 매이와 란이는 자매간에 끔찍한 경쟁상대이기도 했지만 또 한편 가장 친한 친구이기도 했다. 매이는 어느 정도 어른스럽고 조심스런 경향이 있지만 란이는 천방지축이고 뭐든 겁없이 덤벼들곤 했다. 자기들 방에 들어가면 열심히 같이 놀고, 싸우고, 낄낄대며 웃어제끼기도 했다. 방문을 닫아걸고 마치 자기네 둘만의 영원한 비밀이라도 있는 양 쏙닥거리고 있을 때는 내 가슴 한쪽이 썰물 빠져나가듯 싸아하고 밀려나가는 소리가 들리는 듯 했다. 중학교를 시작하고는 엄마는 저리 가라고 자기네 둘만의 세상만 있으면 그만이었다. '애들은 자라면 다 그런 거야,' 하고 나 자신에게 이르며 그런 생각은 떨쳐 버리려고 했지만 그런 둘을 볼 때마다 나도 언니들이 있었더라면…. 그립게 만들었다.

이층짜리 우리집은 윗층에 각 식구들을 위한 침실이 있고 뒤로는 큼직한 뒷마당을 갖고 있다. 마당 뒤로 가면 완만한 경사가 지고 그 끝에 항상 돌돌거리며 흐르는 작은 개울이 있다. 거기부터는 활엽수로 가득한 숲이다. 겨울이면 잎을 떨군 나무줄기들만 남지만 지금은 누렇게 혹은 붉게 물들어가는 나뭇잎들로 가득하다. 어두워가는 하늘을 배경으로 방마다 불이 켜진 집을 뒤돌아본다. 우리 가족을 위해 마련한 나의 보금자리. 열린 창으로 식구들의 웃고 떠드는 소리가 서늘한 밤 공기속으로 흘러 나오고, 그들의 재잘대는 소리는 밤바람을 타고 잠시 내 귓가에 머물다 스러진다. 자매들의 웃고 떠드는 소리로 가득한 훈기가 나를 미소짓게 하고.

그렇다. 나만이 혼자라는 생각이 자주 떠오른 건 사실이지만 헤어진 남편이 그립다거나 보고싶다는 생각을 해 본 적은 없다. 그래도 내 집에서 나만 언니 없이 혼자라는 생각을 떨쳐버릴 수는 없다. 그래서 더 언니들 생각을 애써 피하려 드는지도 모른다. 식구들의 웃음소리가 다 잦아들고 고요해진 마당 끄트머리에 서 있자니까 돌돌거리며 흐르는 개울이 나를 끈다. 이 개울은 일년내 조잘대며 흐른다. 추운 겨울 눈과 얼음밑에서도 쉬지않고 소근댄다. 세상이 잠든 깊은 밤, 그 속에서도 고요를 뚫고 조잘대는 소리를 내 창으로 날라 올려보내 귀 기울이게 한다. 여름이면 송사리떼와 어린 가재들의 놀이터다. 발을 물에 담그고 섰노라면 녀석들이 다가와 내 종다릴 슬쩍슬쩍 건드려 보고 도망친다.

딸들이 어렸을 때는 나와 같이 물장구도 치고 가재잡는다고 법석들을 떨었더랬다. 그럴 때마다 나는 그것들을 물에서 꺼내지 말라고 이르곤 했다. 1950년 6월 우리한테 엄청난 사건이 터졌던 날 선아언니가 했던 말이 기억나서다. "물에서 꺼내면 죽어. 죽으면 불쌍하잖아? 그러니까 내 버려둬. 자기네 집 찾아가게." 우린 전쟁의 의미가 뭔지도 모르고 낄낄대던 철부지들이었다.

십대가 된 딸들은 이젠 나와 같이 냇물에 발을 담그지 않았다. 실상 나도 그짓을 그만두었다. 정원을 걸어 개울가로 가서 송사리떼를 구경하는 것이 고작이다. 그리곤 개울이 소근대는 소릴 듣곤 한다. 혼자서.

국화향을 들이마시던 나는 축축하고 발바닥에 폭신한 사잇길을 따랐다. 땅거미가 져서 송사리 같은 것은 이미 보이질 않았다. 아니면 그것들도 잠자리에 들었는지도 모른다.

나는 우리 집을 되돌아 본다. 절로 미소가 뜬다. 우리집에서는 나만이 이야기나 웃음을 나눌 언니가 없다. 조잘대는 실개천이 나도 내 언니를 곧 보게 될 거라고, 언니와 같이 끝없는 이야길 할 수 있을 거라고, 소근대는 것 같다. 실개천의 소리가 진아와 선아 언니들이 살아 있어서 내게 무슨 이야긴가를 하고 있는 듯한 환상을 갖게해 준다. 물론 둘 다 결혼하고 애들도 있겠지. 애들은 몇이나 될까? 그렇게 좋아하는 아들을 두었을까? 남편들은? 모두 건강하고 행복할까? 언니들도 엄마, 한국이, 내가 보고 싶을까? 나처럼?

나는 서둘러 되돌아서서 서재로 왔다. 언니 둘 다에게 쓰느니 선아한테만 쓰기로 했다. 큰언니가 있다면 물론 서로 연결이 되겠지. 그리고 나니까 편지 쓰는 것도 훨씬 수월했다.

보고싶은 선아언니,

이토록 긴 세월이 지난 후에 언니한테 편지 쓴다는 것이 도무지 꿈인지 생신지 미덥질않네. 언니, 나 미아야. 이 편지를 받는 언니가 건강히 잘 있기를 바래. 얼마나 보고 싶은지! 내가 마흔다섯이니 언니는 쉰이 다 되었을 테고 진아언닌 쉰이 넘었겠네. 그간 언니 많이 변했지? 나도 그래. 언니가 떠날 때 초등학생이었던 내가 지금은 고등학교 다니는 두 딸을 두고 있으니까. 지금 나는 미국 코네티컷주의 뉴 헤이븐이란 도시에 있는 예일의과대학에서 소아과 의사로 가르치며 일하고 있어. 엄마와 이모도 나와 같이 살아. 언니와 언니 가족들은? 애들은 몇이나 돼? 진아언니는? 보고싶어. 내가 언니 방문할 수 있게 초대장을 보내줘.

재외국민 북한방문 담당부서가 언니한테 어떻게 하면 된다고 가르쳐 줄거야. 내가 거기에도 편지를 보내고 있거든.

언니와 가족이 다 건강하고 잘 있기 바래. 언니 만나보는 날을 손꼽아 기다리면서, 언니의 동생, 미아.

편지가 짧긴 했지만 해야 할 소린 다 한 것 같았다. 필요 없는 소린 될수록 빼고 꼭 해야 할 소리만 쓰라던 미숙이 남편의 말을 기억하고 서울 살고 있는 한국이 이야긴 비치지 않았다. 남한에 살고 있다는 것이 문제가 될런지는 알수 없었지만 나 역시 남한에 살고 있었다면 북한 방문이 어림도 없다는 것을 뻔히 아는 마당에 긁어 부스럼 만들 필요는 없으니까. 미국 살면 북한 방문이 가능하고, 남한 살면 안 된다는 것이 웃기는 소리긴 하지만 어쩔 것인가? 우리네 사정이 그렇게 요지경 속인 것을.

엄마는 밤늦도록 내 방을 기웃거렸다. 내가 들뜬 상태라면 엄마야 오죽할텐가?

다음날 아침 보낼 서류들을 다 준비한 후 잠자리에 들었지만 잠은 쉽사리 오지 않았다. 엎치락 뒷치락거리며 내 생각은 1950년 6월, 우리 집과 어린 시절을 몽땅, 깡그리 잃어버렸던 그 날을 자꾸만 맴돌았다. 어이없이 모든 것이 사라진 날, 아니, 시간이 서 버린 날이다. 빗속에 두려움속에 간신히 돌아온 우리, 집마저 빼앗겼다는 것을 알게 되었으니. 엄마가 아버지한테 어서 떠나자고 했을 때 엄마의 걱정은 그들이 우리에게 어떤 육체적 손상마저 입히지 않을까 겁이 나서였을 것이다. 난리통속에 총 메고 붉은 완장 두른 이들에게 뭐라 할 소리가 있으랴?

집을 뺏긴 후 아버지와 엄마는 서둘러 우리가 살 곳을 찾아야 했다. 우리집 건너편 미숙이네가 살던 동네로 가서 급한대로 방 한칸을 구했다. 짐을 내려놓은 그 나름으로 아버지는 공장으로 향했다.

그날 밤 한밤중, 나는 등과 머리가 젖어 잠이 깼다. 번쩍대는 번갯불빛에 비친 영상을 보고 소스라쳐 놀랐다. 알 수 없는 낯선 방에 죽은 듯 널부러져 있는 몸뚱이들이 내 숨을 멈추게 한 거다. 도대체 내가 왜 이런 곳에 있는가를 깨닫기 까지는 한참이나 걸렸다. 부모가 급하게 얻은 단칸짜리 셋방서 깨어난 것이다. 짐싸고, 도망치고, 잡히고, 집을 잃고 이곳에 와서 맨방바닥에 곯아떨어졌던 길고 긴 전날의 일을 기억해 내는데 한참이나 걸린 거다.

날 깨운 것은 천둥번개보다 천정서 툭툭 떨어지는 비 때문인지 몰랐다. 바로 내 머리께로 떨어지고 있었다. 냄비라도 하나 갖다 놓아야 했다. 칠흙같이 어두운 밤이지만 번개가 방안의 풍경을 번쩍번쩍 드러냈다. 모두 죽은 듯 꼼짝도 않고 잠들어 있었다. 번갯불에 비친 창백한 이미지를 될수록 보지 않으려고 눈을 꽉 감아도 영상은 지워지지 않고 계속 머릿속에 남았다. 번갯불에 무엇인지 아니면 누군가 일어서는 게 보였다. 귀신? 숨이 멎었다. 부엌으로 통하는 문 소리가 들렸다. 다음번 번갯불에 비친 건 엄마였다. 긴 숨을 내 쉬었다. 엄마는 냄비를 들고 와서 내게 내밀었다. 나는 널려있는 몸들 사이를 밟지 않도록 조심스레 건너 엄마가 건네주는 냄비를 받았다.

"엄마는 자지않고 왜 일어났어?"

"쉿. 깨우지 마라. 비 떨어지는 소릴 들었다." 엄마가 작은 소리로 말했다. 번갯불 덕에 물이 떨어지는 장소를 알 수 있어서 그 밑에 냄비를 놓았다. 툭툭하던 소리가 냄비에 떨어지면서 탱탱하는 맑은 소리로 바뀌었다.

"아버진 아직 안 오셨어?"

"아니." 엄마는 문 옆에 쪼그리고 앉았다. "어서 자거라." 다음번 번갯불에 엄마의 창백하고 걱정에 찬 모습이 비쳤다. 그런 엄마가 맘에 걸려 눈을 감았다. 감은 눈 속에서도 엄마는 지워지지 않고 남는다. 한국이만 위하고 감싸고 도는 엄마가 영 불만이었지만 엄마는 엄마인지라….

"엄마도 얼른 자." 다음번에 비친 엄마는 여전히 문 옆에 앉아 있었다. 나는 젖은 웃도릴 벗어, 그 윗도릴 가지고 등과 머리카락을 말리고 물에 젖은 방바닥도 닦았다. 닦을 만큼 닦은 후엔 윗도릴 냄비옆에 놓았다. 나는 등을 둥글게 말아 선아언니의 뱃살에 들이밀었다. 나와는 달리 언니는 언제나 어디서나 잘 잤다. 언니는 따스하고 보드라웠다. 나는 언니의 냄새를 들이켰다.

"엄마, 거기 그러고 있지말고 빨리 자." 다음번 천둥소리가 울리는 동안 나는 언니품을 더 파고 들었다. 천둥번개 칠 때마다 할머니 품을 파고들었던 시절이 떠올랐다. 무척이나 오래된 것 같았다. 할머니가 보고싶었다. 난 선아언니 손을 잡아끌어 할머니가 했듯이 내 어깨위로 둘렀다. 까슬하고 뼈마디가

굵었던 할머니의 손과 달리 언니는 보드랍고 따스했다. 할머니가 꿈에서라도 날 보러 와 주었으면… 하고 바랬지만 할머닌 한번도 날 찾아오질 않았다. 선아 언니의 손을 잡고 난 할머니 생각으로 꼼지락거렸다. 폭풍이 지났는지 주위가 조용해 지고 있었다. 어쩌면 오늘은 할머니 꿈을 꿀런지도 모른다. 다시 잠들기를 기다렸지만 냄비속으로 탱탱거리며 떨어지는 소리가 잠을 쫓아내고 있었다.

"할머니, 겁나 죽겠어." 할머니 품을 파고들며 투정했다. 아마 그때 내가 넷 아니면 다섯쯤이었을 게다. "난 나쁜 짓 한 적 없어요." 난 유별스레 천둥번개 가 싫었다. 천둥번개가 나쁜 짓한 사람 찾아다닌다는 할머니의 말이 날 겁나 게 했었나보다. 몰래 속으로 한국일 질투했던 것이 후회스러웠다.

"나쁜 짓한 게 없으면 겁낼 것 없다. 산신령들이 나쁜 짓한 놈들 찾아 내느 라 그러는 거니까." 할머니 말에 난 할머닐 더 꼭 껴 안았다.

"나쁜 놈들이 나쁜 짓을 계속하면 어떻게해요?"

"번개와 벼락을 내리쳐서 재로 만들어 버릴 게야. 착하게 굴었으면 걱정할 것 없지." 한줌의 재로 변하지 않으려면 착해야 했다. "넌 나쁜 짓 하지 않았 으니 걱정 마라. 게다가 천둥번개는 비를 가져다 주는 거니까 꼭 있어야 해. 비가 와야 세상을 다 적시고, 강으로 흐르고, 바다로 들어가지. 우릴 씻어주고 다시 살아나게 하는 게 비란다. 산신령들이 햇볕과 함께 비 주신 걸 감사해야 지. 햇볕과 비 없이는 아무 것도 자라지 못하고 살지도 못해."

"할머니, 비는 구름에서 오고 햇볕은 태양서 온다고 선아언니가 그랬어요. 산신령은 무슨…." 내가 입을 삐죽거렸다.

"그래? 그럼 그 구름이나 해는 누가 만들었는데? 햇볕은 산신령이 사람들한 테 주는 사랑의 징표이고, 비는 산신령이 사람을 돌보느라 흘리는 눈물의 징 표야. 그 둘중 하나라도 없으면 아무도 살 수 없거든." 할머니 이야기는 도무지 앞뒤가 헷갈리는 소리였다. 하지만 난 그런 할머니의 이야길 좋아했다. "우린 이 흙덩어리하고 같아. 햇볕도 필요하고 비도 필요하거든. 누구한테나 무엇에게나 잘 해야해. 한줌의 흙한테도 말야. 그래야 모든 게 다 끝나는 마지막에 죽어서 편안하게 묻혀 쉴 수 있게 되거든. 산신령들한테 고맙다 해야지."

"난 우리 선산에 묻힐 자리도 없다면서? 고맙긴 뭐가 고마워? 흥!" 한국이 자리는 있어도 내 자린 없다는 게 늘 불만이었다. 한편으로는 한국이 부럽지만 다른 편으로는 밉고 질투심이 났다. 그래서 내가 까딱하면 입을 삐죽 대기 잘했나보다.

"할머닌 귀신도 많다. 난 하나도 보질 못했는데 어떻게 고맙다고 해요?"

"이담에 자라면 알게 될 게다."

군데군데 이빨이 빠져 이가 맞지 않는 것 같은 할머니의 이야기들은 한참 인격을 형성해 가는 어린 나의 가슴속에 쌓이고 있었나보다. 두 언니들은 학교에 다녔고, 엄마는 어린 한국일 늘쌍 끼고 살았으니 할머니가 유일한 내 차지였다. 이렇다할 무슨 종교가 없었던 할머니의 원시적인 선과 악의 구별이 날 이끌고 있었는지도 모르겠다. 따라서 내가 궁지에 몰리거나, 겁에 질리거나, 걱정에 싸일 때는 할머니의 이야기들이 내 생각의 밑바닥에서 불쑥불쑥 튀어 오르곤 했다.

하지만 일단 학교가 시작하고 나서는 할머닐 점차 잊어갔다. 대신에 학교와 친구들이 할머니 자리를 하나씩 바꾸어 갔다. 4학년이 되었을 땐 할머닌 오래 전에 사라진 기억으로만 남고 미숙이 같은 친구가 먼저였다. 그러나 그것도 유년시절이 단절되어버린 1950년 6월까지다. 전쟁은 나의 어린 시절은 물론, 우리가 알고 있었던 세계, 아니 시간마저 깡그리 뭉개버렸다. 뭉개진 시간은 반죽처럼 엉기고 녹아들어 어린아이는 애어른으로, 어른은 겁에 질려 갈팡질팡하는 애로 만들었다.

중국과 쏘련, 일본 사이에 끼어있는 작은 반도의 나라 코리아는 세계가 상상할 수 없었던 전쟁의 회오리 속에 휘말려, 그로부터 일어난 끔찍한 해일같은 여파는 반세기가 지난 오늘까지 아직껏 출렁거리며 잡아 먹을 듯 혓바닥을 널름대고 있다.

35년전 우리가 겪어야 했던 비극과 그 뒤를 따랐던 모든 참상을 생각해 보면 모든 게 거짓말같기도 하고 오래전 읽은 소설책같기도 하다. 특히 태평양 건너 미 동부의 끝인 뉴 헤이븐에 누워 잠을 청하고 있자니 더더욱 그렇다. 얼마나 애간장이 타는 길고 긴 여정이었던가? 동쪽 하늘이 조금씩 터 오는 것을 보면서야 겨우 잠이 들었다.

아침에 언니들의 사진을 확대하여 잘라 낸 후 모든 서류를 동봉해 캐나다 토론토에 있는 재외한인교포연결쎈터로 부쳤다. 당시 내가 미처 깨닫지 못했던 것은 그나마 북한으로 편지부치는 일이 가장 손쉬운 일이라는 점이었다. 미숙이 남편은 북한으로 편지 부친 지 6개월만에 답을 받았다고 했다. "그처럼 긴 6개월은 내 생에 처음이었고 그 후로도 다신 없을 겁니다." 하는 소릴 그가 했었다. 답을 기다리는 것이 말처럼 그리 수월하진 않을 거라는 경고였다. 따라서 나는 될 수 있으면 처음 몇 달간은 우체통을 들여다보지 않으려 애썼다. 전에는 영어 우편물 뿐인 우체통이라고 거들떠 보지도 않았던 엄마, 하지만 엄마는 온다간다 소리없이 우체통을 하루도 빼지 않고 들여다 보았다. 누가 이미 우편물을 꺼내고 난 후에도 못미더운지 다시 체크마저 했다. 어이없게 나도 종종 그 짓을 하고 있었다. 북한으로 편지 보낸 지 석달, 넉달즈음에는 물론 크게 기대하지 않았다. 하지만 다섯달이 될 지경엔 식구들 모두가 우체통 지나칠 때면 열어보는 것이 습관처럼 되었다. 6개월이 지나고부터는 그잖아도 말이 많은 편도 아닌 엄마의 말수가 점점 줄기 시작했다. 여름이 되자 엄마는 우체통을 피해다녔다. 쳐다보는 것조차 겁나는 눈치였다. 이제 몇 달만 지나면 일 년이 된다. 토론토에 무슨 뉴스나 조언이 있을까 싶어 전화를 하면 기다리라는 소리뿐이다. 그런 대로 눈감고 잊고 살려고 애쓰고 있는 엄마의 애간장을 후벼놓은 것 같아 후회막심이었다. 미신적인 생각을 버리지 못하고 있는 엄마는 겁나서 말은 안했지만 딸들이 이미 이 세상 사람이 아닌 모양이라고 생각하는 듯싶었다. 나 역시 그런 생각을 하지 않을 수 없었다. 조금만 있으면 편지 보낸 지 일 년이 된다. 그토록 속을 태우면서 기다린 결과가 모두 헛짓거리였다고 받아들이기엔 너무나 가혹한 노릇이었다. 내 속이 그럴 땐 엄마야 오죽하랴?

"언니, 너무 초조해 하지 말고 기다려요. 걔들이 거기 있지 어디 갔겠수? 시간이 걸릴거야 뻔 하지, 뭐. 주소가 있어, 뭐가 있어? 이름, 생년월일, 그리고 40년 넘은 사진뿐인데 그걸 가지고 찾으려니 안 그렇겠수?" 이모가 엄마를 걱정해 말 했다. "그렇다고 북한에 무슨 컴퓨터가 쫙 깔려 있지도 않을테고."

"네 딸이 아니니까 그런 소리 하는 거야." 엄마는 입을 다물고 고갤 돌렸다. 실쭉해진 이모도 등을 돌렸다.

"미안해요, 엄마. 애시당초 시작을 말아야 했던 건데."

"참고 기다리는 수밖에 더 있어? 시간을 조금만 더 줘 봐." 이모가 등을 다시 돌려 엄마와 날 향해 말했다.

2

진아 (평양, 1986)

"여보, 제발 정신 좀 차려요." 진아한테 동훈이 빌었다.

사흘전 송보가 이 병원으로 실려온 순간부터 이때껏 진아는 송보의 침대머리에 꼼짝않고 붙어있었다. 마치 자신이 앙상한 쇠침대의 일부라도 되는 듯이. 거기 붙어 있는 외에는 아무 것도, 아무 일도 할 수 없었다. 완전히 넋이 빠져나간 꼴이었다.

"저 앨 돌보고 간호하려면 당신부터 몸을 추스려야 할 것 아니요? 당신마저 앓아 눕고 싶은 거요?" 남편의 말이 옳은 소린 건 물론 진아도 안다. 하지만 일상생활을 계속한다는 것이 진아한테는 가당찮은 소리였다. 동훈인 그런 아내한테 타일러도 보고, 설명도 해 보고, 심지어 큰소리마저 쳐 봤지만 어느 하나도 그녀의 정신을 붙잡을 수가 없었다.

"생각해 봐요. 당신이 이러고 있는 것을 녀석이 안다면 저 애 마음은 어떻겠소? 그렇지 않아도 마음여린 녀석인데 말이요? 제발 당신을 위해서가 아니라 저 애를 위해서라도 좀 먹고 마시도록 해요. 내가 이렇게 빌리다." 그럼에도 진아가 할 수 있는 일이라고는 송보의 머리맡을 지키고 앉아 때때로 머리를 침대에 대고 눈을 부치는 정도였다.

진아는 톡톡 떨어지고 있는 링거를 지켜 보았다. 병실도 침대도 앙상하기 그지없다. 유일한 의료기구라고는 쇠침대에 달랑 걸려있는 링거병 하나. 그게 얼마나 도움이 될런지는 몰랐지만 그나마도 거기서 톡톡 떨어지는 방울들이 송보를 살려내는 묘약이기를 진아는 빌고 또 빌었다. 그 외에 무슨 다른 방도를 몰랐다. 톡…톡….

눈덮인 병원 마당을 내다 본다. 병실에서야 무슨 일이 일어나고 있건간에 햇살은 눈부시게 반사되어 진아의 눈을 아프게 했다. 마치 그녀의 괴로운 입장을 조롱이라도 하려는 듯. 눈을 감았다. "눈 밑에, 얼어붙은 저 땅 밑에, 그 밑에 숨도 쉬지 않고 누울 수 있다면…. 그러면 마음이 좀 평안할지도 몰라." 중얼댔다. 순간, 그녀는 마치 자신이 그 대지 밑으로 가라 앉는 듯한 환상마저 느꼈다.

1951년 진아가 가족을 뒤로한 채 서울을 떠나 조선민주인민공화국으로 떠났을 때는 당시의 고등교육을 받았던 많은 젊은층과 마찬가지로 희망과 꿈에 부풀어 있었다. 진아가 갖고 싶거나 원하는 것을 포기해야 할 때마다 "국가의 장래를 위해서라면 나의 사소한 불평불만쯤은 얼마든지 감수할 수 있어야죠." 하는 소리를 동훈에게 한두번 한 게 아니었다. 그런 면에 있어서 진아는 늘 낙관적으로 보려고 애썼다. 때문에 모스크바에서의 결혼 후 둘 중 하나가 평양으로 되돌아 와야 했을 때도 자신이 돌아가겠다고 먼저 발벗고 나섰던 것이다. 부부가 따로 떨어져 사는 것이 국가가 원하는 바라면 국가를 위해서는 기꺼이 그리 해야 한다고 믿었다.

땅속 깊은 곳으로부터 들릴 듯 말 듯한 가늘고 꺼져가는 목소리. "엄마!" 하는 소릴 들은 것 같았다.

"엄마!" 상상이 아니었다.

"송보야!" 진아는 정신을 차리고 아들의 손을 잡아 뺨에 대었다. 손이 뜨겁질 않다. 잡기만하면 따끈해서 진아의 속을 끓여대던 열이 내렸다. "여기 있다, 송보야. 내가 여깄어." 길고 깊은 숨을 내 쉬었다. 드디어 송보가 깨어났다. 의사들이 모르고 있는 것인지 아니면 알고도 말을 않는 것인지는 알 수 없었지만 진아의 생각으로는 송보의 상태가 어쩌다 재수없어 걸린 폐렴은 아니라고 믿었다. 지금까지 송보는 별로 이렇다할 병은 모르고 건강하게 자란 젊은이다. "송보야, 내가 보이니? 내 말이 들리니?"

송보는 잠시 눈을 뜨고 엄마를 보다가 다시 눈을 감았다.

"이젠 됐다, 송보야. 쉬어라. 이젠 괜찮아질 게야." 진아는 아들의 가늘고 긴 손가락들을 어루만졌다. 이 손가락들! 진아의 머릿속은 아들을 데리고 기차역으로 모스크바에서 돌아오는 동훈을 만나러 갔을 때를 더듬느라 바쁘다. 어린 송보는 아버지가 내민 검지를 꼭 부여잡고 놓질 않았었다. 사람들이 썰물처럼 빠져 나간 역에 서 있었던 세 식구는 그때 얼마나 희망과 행복에 차 있었던가?

그 아기의 손이 자라서 지금은 진아의 손보다 크고 길다. 진아는 자신의 검지를 아들의 손가락들 가운데 놓아 본다. 에미의 손가락을 잡아 주기 바라면서. 하지만 녀석의 손가락은 늘어진 채 기운이 없다. 녀석은 젖먹던 힘까지 잃어버린 모양이다.

"괜찮아, 송보야. 내가 붙잡아 줄께. 내가 여깄잖니?" 엄마가 말했다. "가서 간호사를 불러올게."

"엄마, 그냥…. 계세요." 그의 입술이 달싹댔다. 그의 손가락이 엄마를 잡으려 들었다.

"그래, 알았어." 엄마가 허리를 폈다. 수많은 생각이 오갔다. 녀석의 손을 잡고 키워온 지난 세월이 얼마나 축복받은 시간이었던가? 어느 에미나 마찬가지로 녀석은 행복과 경이의 근원이었다. 때로는 장난끼 넘치고 때로는 팡팡

뛰는 것 같았던 아들의 어린 시절을 생각하면서 진아는 피식 웃었다.

"엄마, 하늘은 왜 파란 색이지요?" 송보가 주변을 돌아보며 물었다. 네살인가 다섯살인가 했던 송보는 눈에 보이는 것마다 "왜?" 소리를 입에 달고 있었다.

따스한 초여름, 진아는 아들을 데리고 개울로 가고 있었다. 배급만으로는 충분치 않은 저녁거리를 보충하기 위해 붕어를 잡는 동안 아이는 물장난치며 놀 수 있다. 당시만 해도 개울에 가면 송보의 손바닥만한 붕어가 쉬 잡히곤 했다. "왜 파란색이에요, 엄마?" 하지만 진아는 뭐라 답해야 할지 몰랐다.

송보의 그런 질문들은 언제나 난감스러웠다. 그 전날만 해도 지나가는 소나기 끝에 뜬 무지갤보며 물었더랬다.

"엄마, 무지갠 왜 저렇게 예뻐요?"

"어디, 생각해 보자. 아마 허상이라 그럴 거야."

"허상이 뭔데요?" 아들의 질문에 아차했다. 그런 소린 말았어야 하는 거였는데. 어찌 설명할 건가?

"진짜는 아닌데 진짜처럼 보이는 거."

"왜요? 그럼 허상은 언제나 저렇게 예쁜가요?"

"글쎄…. 네가 자라면 네가 공부해서 네가 알아 봐."하고 대답했더랬다.

"글쎄…." 하늘이 왜 파란 색이냐고 하는데 엄마는 다시 할말을 몰랐다. 아이가 키득거리며 엄마의 손을 끌어당겼다.

"엄마가 뭐라 할지 나는 벌써 알지요. 보나마나 '네가 자라면 네가 공부해서 네가 알아내 봐,' 할 거지요." 어미가 했던 소릴 녀석이 되풀이하고 있었다. 아닌 게 아니라 진아는 대답이 궁할 때마다 그렇게 모면하려 들길 잘 했다.

"물론이지요. 이 세상엔 혼자 공부해서 배워야 할 것이 아주 많거든요." 진아는 어린아이한테 하는 자신의 대답이 옳은 것인지 알 수 없었다. 하지만 그

이상 어찌 답해야 하는지도 몰랐다. "그런 것들이 우릴 생각하게 만드니까요." 따위 소리로 넘기곤 했었다.

"생각은 왜 해야 하는 건데요?" 아이가 되물었다.

개천에서 진아는 송보를 혼자 물장난하게 놔 두고 자신은 작은 손그물로 붕어를 잡았다. 된장과 고추장을 적당히 풀어 넣고 파와 마늘양념을 해서 오래 끓이면 뼈까지 녹아나는 듯 맛이 우러났다. 푹 익힌 후 꺼내기 전 미나리를 넣어 한소끔 더 끓이고 나면 그럴 듯한 붕어탕이 되어 늘 먹는 배급과는 색다르고 맛난 영양보충이다. 다행히 지난번 강가에서 뜯어온 미나리가 아직 좀 남아 있었다. 벌써 네 마리나 잡아 물가에 놓아둔 대나무 소쿠리 속에 넣었다. 소쿠리 속에서 붕어들은 팔딱거리며 뛰었다. 한 마리만 더 잡으면 집으로 갈 요량이다. 그녀는 틈틈이 혼자 놀고있는 송보를 보곤 했다. 소쿠리로 가서 그 속에 든 붕어를 들여다 보고 있는 모양이었다. 진아는 녀석이 물을 것 같은 질문들을 상상해 보며 빙긋 웃었다. "붕어들은 왜 저렇게 꼬릴 흔들며 헤엄쳐요?" 하고 물으면 뭐라 대답할까 말이다.

마지막 잡은 것도 담으려고 소쿠리로 가면서 진아는 송보가 두 손으로 팔딱대는 붕어를 조심스레 잡아서 물속으로 놓아주는 것을 봤다. 진아가 어찌 손써 볼 겨를도 없이 풀려난 붕어는 지느러밀 흔들거리며 도망쳐 버렸다.

"송보야, 너 뭐하고 있는거야?" 소리치며 달려갔다. 바구니 속엔 한마리도 남아있지 않았다. 대신에 몇 개의 조약돌이 바구니 밑창에 얌전히 엎어져 있었다.

"붕어는 소쿠리 속에 들어가 있는 걸 싫어해요. 집에 갈 수 없잖아요. 지네들 엄마한테 가라고 놓아 주었어요." 아이는 자랑스러워 했다. "이 돌들은 엄마도 없고 수영도 못해요. 집으로 갖고가서 왜 이건 까만 색인데 저건 하얀 색인지 생각해 볼래요." 송보는 엄마한테 자갈들을 집어 보였다. 뭐라 할 건가?

빈손으로 집으로 가려는데 마침 길 잃은 물방게 한마리가 소쿠리 속으로 뛰어 들었다. 그걸 잡아서 송보한테 줬다. "이거나 집에 가져가고 싶으면 가져가."

"그걸 집에 가지고 가면 지난번 반딧불처럼 죽어버리게요? 엄마가 말했잖아요. 날지 못하면 죽는다고. 난 죽는 건 싫어요." 송보는 잠시 생각해 보는 눈치였다. "그럼 새들도 날지 못하면 죽어요?"

"그럴걸."

"새처럼 높이, 멀리 날 수 있으면 얼마나 좋을까? 새라면 좋겠다." 어린애는 두 팔을 활짝 펴 올렸다. "날 새장에 가두지 마세요. 훨훨 날 거니까. 얼마나 신날까?" 아이는 팔을 휘둘러 대며 빙빙 돌았다.

"근데 왜 죽는 거지요, 엄마?"

둘은 붕어나 물방게는 관두고 돌멩이 몇 개만 갖고 집으로 왔다.

물론 자라는 동안 송보가 언제나 천사는 아니었다. 땡깡을 부릴 때는 어디서 저런 녀석이 나왔을까 싶게 난리법석 떤 것도 사실이다. 하지만 지금 다 자라긴 했어도 앓는 아이의 손을 잡고 있자니 가슴이 뭉클했던 순간들이 자꾸 떠 올랐다. 물방게의 안전을 걱정하는 아이, 엄마찾아 가도록 잡은 붕어를 도로놓아주는 아이였다.

녀석은 엄마한테도 끔찍하게 굴었다. 송보가 모스크바에서 열린 국제수학 경시대회에 나가 이등상을 받고 돌아왔던 때가 미소와 함께 떠오른다.

"엄마!" 기차에서 내리자마자 송보는 엄마한테 뛰어 들었다. 열 여섯살. 다 큰 아들을 껴안았다. 곁에 있는 지도선생을 의식하고 인사드렸다.

"선생님 동무의 수고가 너무 많으셨습니다. 진심으로 감사 드립니다."

"천만에요. 동무의 아드님이 뛰어난 덕이지요. 우리의 자랑입니다." 선생님이 마주 인사했다. 송보는 다른 네 명의 학생들과 경시대회에 나갔었다. 같은 나이또래 경시에서 폴란드에서 온 소년이 일등이고 송보는 이등이었다. 조선

인민공화국서 간 학생들 중에는 유일하게 메달을 받은 학생이다. 그것은 송보가 길고 긴 군대를 가지 않아도 되고 김일성대를 마치고 이어서 외국으로 유학할 수도 있다는 뜻이기도 했다. 그의 장래가 확고하게 그려진 셈이다.

"엄마, 이건 엄마의 것입니다." 모스크바에서 평양까지 한주일간의 기차를 타고 오면서 내내 목에 두르고 있었던 메달을 엄마의 목에 걸어 주었다.

그날 저녁 송보를 데리고 흔치 않는 축하 외식을 나갔다. 서로의 어깨위에 손을 올려놓고 식당으로 걸어들어가는 남편과 아들을 보는 진아의 가슴은 뿌듯했다. 송보는 아버지와 어깨가 거의 맞닿게 커 있었다. 얼마나 행복하고 자랑스러웠던가?

송보는 진아의 꿈이자 삶 자체였다. 그 아들이 없다면 산다는 의미도 없다. 혹 송보한테 무슨 일이 생긴다면 그것은 어미한테도 마지막이나 다름 없다. 자신의 엄마 생각이 떠 올랐다. "엄마, 아직 살아 계시다면 내가 한 짓을 용서해 주세요. 내가 했던 짓을 이제와서 갚게 하진 말아주세요." 진아가 중얼댔다.

진아는 침대에 머리를 숙이고 아들의 손을 끌어 뺨에 대었다. 분명히 열은 내렸다. "나한테 돌아와 줘서 고맙다."

"엄마!" 아들은 엄마를 바라봤다.

"그래. 나 여깄어. 이젠 다 괜찮을거야." 엄마는 잡은 손에 힘을 주었다.

"엄마를 힘들게 해서 미안해요."

"무슨 소릴. 이젠 다 나았으니까 그보다 중요한 건 없지."

"엄마," 송보의 헤어진 입술이 뭐라 하긴 했지만 잘 들리질 않았다. 진아는 귀를 바싹 갖다 댔다. "난 물리를 연구하는 것은 좋아요. 연구하고 있으면 모든 것을 다 잊을 수 있어요. 하지만 내가 하는 일은 싫어요. 늘 불안해요." 아들의 소리에 진아는 고개를 들고 놀란 얼굴로 아들을 살폈다.

"송보야, 무슨 소리야?" 진아는 고갤 숙여 아들의 귀에 대고 소근댔다. "그런 소리 절대 입 밖에 내지마라."

"내가 아프게 된 게 다행인지도 몰라요." 숨소리보다 낮은 소리로 중얼댔다. 진아는 아들이 한 소리를 지워버리기라도 할 요량인지 아들의 입을 닦아댔다. "미안해요. 어쩌면 이게 내 운명인지도 모르죠." 아들은 눈을 감았다.

그 여름, 선아가 공중전화로 뜻밖의 연락을 해 왔다. 송보는 그런대로 건강을 어느 정도 유지하는 셈이었고 진아는 가슴 조리며 아들의 건강 챙기는데 정성을 쏟았다.

"언니!" 선아가 흥분해서 소리쳤다. "지금 막 미아한테서 편지를 받았어. 걔가 미국살고 있는데 우리 방문하러 오고 싶대. 상상이 돼요, 언니? 내가 꿈꾸고 있는 건가? 그게 가능한 소린가?"

"뭐? 뭐라고?" 진아는 어지러워 앉아야 했다. "미아라고? 우리 어린 동생 미아?" 진아가 되풀이했다. "그애 한테서? 편지를? 확실한 거야?"

"그렇다니까, 언니. 우리 사진도 들었던데? 그뿐 아니라 엄마와 이모도 같이 미국 산대요. 미국."

"미국…. 미국…." 진아는 마음을 조금씩 가다듬으며 되물었다. "한국이는?"

"그건 몰라. 한국이 얘긴 없던데? 편지 읽어줄께. 짧은 편지야."

선아는 잠시 숨을 고르고 읽었다.

"*보고싶은 선아언니,*

이토록 긴 세월이 지난 후에 언니한테 편지 쓴다는 것이 도무지 꿈인지 생신지 미덥질 않네. 언니, 나 미아야." 선아는 게서 멈추고 소리 질렀다. "언니, 상상해봐. 우리 꼬마 미아! 마흔 다섯이래. 아니, 이젠 마흔 여섯이지."

"애, 그런 소린 그만하고 어서 읽어." 진아가 재촉했다. 선아가 나머질 다 읽었다. "*언니의 작은 동생, 미아*"라고 끝냈던 말이 여운으로 남아 귓속을 뱅뱅 돌았다.

"언니, 분과위원회가 미아한테 보낼 짤막한 초청의 편지를 써오래. 다음 단계를 결정할 거래. 마지막 결정을 내릴 때까지는 아직도 많은 관문이 있나봐. 얼마나 기다려야 하냐고 물었더니 아직 두 달이나 석 달은 걸릴 거라던데? 그 말은 잘 하면 이번 가을엔 미아가 올 수 있다는 소리잖아?" 선아의 목소린 흥분으로 춤추고 있었다.

미아와 한국이 전쟁과 기아를 넘기고 살아남았을까 하는 생각을 진아는 여러 번 했었다. 이럴 수가! 미아가 엄마, 이모와 함께 미국에 있다니! 한국이 소린 왜 없을까? 어쩌다 미국 가서 사는 걸까? 진아가 무엇을 하던간에 늘 발뒤꿈치를 졸졸 따라 다니려 들었던 미아. 그 애가 살아 있단다. 뿐만 아니라 예일의대 소아과 의사란다. 진아도 그 학교 이름은 들어 알고 있었다. '미아, 소아과의사!' 안도의 한숨과 함께 가슴을 후비는 아픔이 따랐다. 떠나온 가족이 얼마나 그리웠던가? 누구와도 내 놓고 이야기할 수 없었기 때문에 더 외롭고 가슴 아팠다. "내 가족이 살아있다!" 하고 크게 소리지르고 싶었다. 살아 있을 뿐만 아니라 자유의 대명사로 알고 있는 미국서 자리잡고 있단다. '인민의 적 미제국주의' 소리를 한두번 들은 건 아니다. 하지만 진아는 속으로 의심의 여지를 품고 있었다. 미아가 여길 방문하러 올 수 있다는 그 하나만 가지고도 그랬다. 미아의 방문이 진아에겐 희망의 방문이었다.

진아 자신은 어떤가? 당내 동훈의 위치와 그의 성공적인 진급에도 불구하고 자유란 것은 하늘의 별따기처럼 요원하다. 평시민 미아는 진아를 방문할 수 있지만 진아가, 아니 동훈이마저도 미국으로 미아를 방문한다는 것은 어림도 없었다. 상상 자체가 하늘의 별을 잡는 것처럼 말도 안되는 소리다.

송보를 위한 희망! 불가사의한 말이 아니었던가? 미아가 오면 미아한테 송보의 치료 가능성에 대해 물을 수 있을 터이다. '그래도 하늘이 우리를 버리진 않으실 모양이야.' 진아가 중얼거렸다.

그날 저녁 후 진아는 전축의 볼륨을 높였다. 거실은 간소하고 이렇다 할 특별한 가구나 장식은 없었지만 전축 하나는 예외였다. 학창시절부터 즐기고 애용하던 오래되고 낡은 모델이다. 그들은 둘만의 이야기가 하고 싶을 때는 의례 전축의 볼륨을 올리는 것이 습관처럼 되어 있었다. 볼륨을 올리는 것은 '이야기가 하고싶다'는 의미이기도 했다.

동훈의 곁에 앉아 솟아 오르는 흥분을 꾹꾹 눌러가며 어쩌면 미아가 여길 방문할런지도 모른다는 소리를 하고 이어서 물었다. "여보, 미아가 방문하는데 별 문제는 없겠지요? 요새는 미국과 일본에 사는 남측사람들의 북조선 방문을 허락한다면서요. 우리 이웃에도 일본서 방문오는 형제들이 있잖아요?"

"글쎄. 알 수 없지. 외화가 절실히 필요한 것은 분명한 사실인데. 김 동지가 문을 열수록, 그것도 빨리 열수록 좋은데. 허가할 듯도 하지만 ….."

"기회가 어느 정도 될 것 같아요?" 진아는 남편의 얼굴을 주시했다.

"방문이 선아와 미아만의 문제라면 별 하자 없을 게요. 하지만 우리가 연결이 되어 있으니 모르겠소. 게다가 우리집엔 송보가 있잖소. 분과위원회가 송보를 모르고 있다면 또 모르지. 모를 가능성도 많긴 하고. 책임자 몇 외에야 누가 알겠소? 허가가 난다 하더라도 내 위치를 고려해야 할 테니까 시간도 더 걸릴 게고…. 그리 간단친 않을 것 같은데." 이마에 주름을 잡아가며 생각을 모았다. "또 한편 미아를 포섭해 볼 생각을 해 볼지도 모르지. 특히 예일대 교수라니까 더 그럴 수도 있을 걸. 순전히 내 생각이지만. 그렇다면 또 다른 이야기지. 그런 경우 오히려 기회가 좋지 않을까?"

"여보, 만약 미아가 끌려들어 전향한다면 그건 더 큰 문제 아녜요? 난 그건 원치 않아요. 그건 절대 안돼요."

"그런 걱정은 안해도 될 거요. 미아는 가족이 보고 싶어서 오겠다는 것이지 돈이나 이름을 내고 싶은 건 아닐테니까. 미아야 원하는 것 다 가졌을 것 아니요?"

진아는 고갤 끄덕였다. "맞아요. 미치기 전에야 그럴린 없어요."

"하지만 어찌 되었든 허락이 떨어져 미아가 오게 되면 당신은 정말 조심해야 할 거요. 미아의 방문에 나서지도 말고, 집으로 데려 오지도 말아야 하는 것 잊지 마시요. 긁어 부스럼할 필욘 없으니 뒤로 물러나 있는 것이 최선일 게요. 미아가 당신한테가 아니고 선아처제한테 편지한 것만도 천만다행이요."

"알아요. 나도 혼자서 미아 보러 살짝 갔다 올 생각이예요. 의사라니까 송보의 건강문제를 알아보고 싶어서요." 진아는 닫혀있는 송보의 방문을 바라보고 말을 이었다. "조심에 조심할테니 걱정 마세요. 여기선 당신이 가장 청렴한 인물이고 그 다음이 나라는 것을 모르는 사람 없으니까." 희망과 흥분에 찬 진아가 남편의 귀에 대고 말했다.

"선아가 우리에 대해 모르고 있는 것이 좋다는 것도 잊지 마시요."

"물론이죠." 진아는 깊은 숨을 내 쉬었다. 무엇이든 선아한테조차 비밀로 해야 한다는 것처럼 어려운 일도 없었다. 선아가 멀리 사는 것도 아닌데 둘 사이엔 건널 수 없는 큰 강이 흐르고 있는 거나 진배 없었다.

어려서부터 선아는 진아를 믿고 따랐다. 선아가 공산주의로 전향하게 된 가장 큰 원인도 진아였다. 천성이 낙천적인 선아가 뭐라 말한 적은 없어도 착한 선아의 성격 때문에 진아는 더 책임감을 느끼곤 했다. 어린 선아를 잘못 이끌었다는 후회 때문이다. 그렇다고 선아한테 내 놓고 설명할 처지도 아닌 것이 또 가슴아팠다.

선아는 송보가 병으로 집에 와 있는 것도 모르고 있었다. 형부가 뭘 하는지도 확실히 몰랐다. 동생한테 가슴속 이야기를 터 놓을 수만 있어도 사는 것이 조금은 수월할 듯싶었다. 자라는 동안은 시시콜콜 나누던 맘 속의 비밀들을 이제는 누구와도 나눌 수 없었다. 하기사 때로는 남편까지도 그랬다. 정부와 당의 내부에서 일어나고 있는 일들을 어느 정도 알고 있는 남편이기에 아내인 진아한테조차 말을 가려서 해야 했다. 까딱 실수로 말이 잘못 새나간다면 자신들뿐이 아니라 연결된 가족들도 한꺼번에 말려들 수 있기 때문이다. 진아는 서울에 두고온 가족들한테도 죄책감이 컸다.

"여보!" 진아는 남편의 귀에 대고 낮은 소리로 말했다. "엄마와 미아가 미국에 살고 있다니까 내가 좀 살 것 같아요. 가슴을 짓누르고 있던 바위덩이가 떨어져 나간 기분이예요. 누구한테 말할 수는 없었지만 나 때문에 서울사는 가족들이 얼마나 멸시당하며 살고 있을까 하는 생각을 떨칠 수가 없었거든요. 빨갱이 가족이라고 얼마나 손가락질들 했겠어요? 당신도 알잖아요." 진아는 잠시 생각해 보고 말했다. "미국에 사는 것이 훨씬 낫지 않겠어요?"

"그렇겠지."

"모스크바에 살 때나 송보가 자라는 동안 내가 마치 내 가족팔아 나만 잘 먹고 잘 사는 것 아닌가 싶을 때가 많았거든요."

"그리 생각할 필요야 없지. 사람은 누구나 다 자신의 행동을 책임져야 하는 거니까."

"미아가 어쩌다 미국가서 사는진 몰라도 행복하게 살았으면 좋겠어요." 진아는 긴 숨을 들이 쉬었다. "하지만 지금 송보와 우리가 살고 있는 것을 생각하면 것도 아니네요. 내가 가족에 끼친 고통을 이제와서 갚고 있는 건지도 모르죠." 진아는 눈을 감고 한동안 생각에 잠겼다. "한때 우리는 정말 사랑속에 살았고 행복했었는데…. 당신 기억해요?"

대답 대신 남편은 아내의 어깨를 감싸 안았다.

"우리의 꿈이 언제 어쩌다 이렇게 되어 버렸죠?" 진아가 동훈의 얼굴을 지켜보았다. "내 마음은 아직도 모스크바 시절을 헤매고 다니는데…. 그땐 세상이 얼마나 아름다웠던지…. 너무 짧았던 것이 아쉽군요. 다 지나간 과거가 되어 버렸는데도 난 바보처럼 자꾸 그 시절에 매달리려고 드니 말예요." 다시 긴 숨을 내 쉬었다. "산다는 게 다 한갓 꿈일 뿐 그 이상은 아닌 모양이군요. 하나의 허상처럼 말이죠."

3

진아

(모스크바, 1953)

"벌써 이 정도면 겨울은 얼마나 추울까?"

자켓을 부여 잡으며 진아는 빌딩 3동을 향해 발걸음을 재촉하느라 애썼다. 뒤로 밀쳐대는 바람에 지지 않으려면 안간힘을 다해야 했다. 해는 잿빛구름 뒤에서 기웃거리려 들었지만 바람에 밀려 말짱 헛수고다. 이제 겨우 9월인데 나무들은 몽땅 발가벗은 채 바람에 떨고 있다.

8월말 진아가 도착했을 때 모스크바는 그야말로 환상의 세계였다. 전쟁으로 불타고, 무너지고, 부서져버린 하나의 커다란 잿더미였던 북한에 비해 모스크바는 경이 그 자체였다. 거대한 도시 전체가 색동옷입힌 동들동글한 양파모양의 돔이라는 인상을 주었다. 게다가 세계에서 제일 크고 좋다는 대학은 그 크기 하나만 가지고도 진아를 압도하고도 남았다. '아! 이것이 바로 공산주의의 요람인 모스크바구나. 공산주의는 이렇게 아름다운 것이구나,' 하는 생각을 자신도 모르게 하도록 만들었다.

일단 빌딩안에 들어서자 안도의 숨이 절로 나왔다. 바람과 맞서 오느라 힘들었던 탓인지 땀이 나고 뺨은 붉게 타올랐다. 한쪽에 몰켜 서 있던 남학생들이 들어서는 진아를 보면서 장난스레 휘파람을 불어댔다. "야, 저 동양미인 좀 봐라. 멋지지 않냐?" 한 녀석이 친구를 팔꿈치로 치며 소리쳤다.

"125호실이 어느 쪽인가요?" 진아가 러시아어로 물었다. 서 있던 학생들이 하나같이 손가락으로 가리켰다. 그 중 한 녀석은 데려다 주겠다며 나섰다.

"고맙습니다만 혼자 가겠습니다." 대답하며 진아는 그들이 가리킨 쪽으로 걸었다. 125호실은 소강당이었다. 30여 명의 조선학생들이 모여 한국어로 떠들고 있었다. 뒤에 앉았던 학생 몇이 들어서는 진아를 보고 일어섰다.

"환영합니다. 올해 신입생인가 봅니다. 밖이 추워진 모양이군요." 한 학생이 붉게 물든 진아의 뺨을 보며 말했다.

"바람이 엄청 불던데요." 그녀가 강당안을 둘러보며 말했다. 낯익은 얼굴은 보이지 않았다. 평양에서부터 모스크바까지 8일간에 걸쳐 시베리아를 건너온 학생들은 일곱명이나 되었지만 모두들 자신들의 갈 곳으로 다 떠난 모양이었다. 한쪽 구석에 여학생 세 명이 모여있는 것이 보였다. 진아는 거기로 가서 함께 앉았다. 여학생보다는 남학생들의 숫자가 훨씬 많았다. 남학생들은 흘끗 흘끗 여학생들에게 눈길들을 보내고 있었다.

"진아? 이 진아?" 여학생들 곁 통로에서 부르는 소리. 급한 전류가 그녀의 몸 속을 흘렀다. 낯익은 목소리, 너무 잘 아는 목소리, 동훈의 소리다. 진아는 일어서 동훈을 안았다. 잠시 125호 안이 조용해졌다. 꽉 안은 둘의 어깨위로 정적이 쌓였다. 서로의 얼굴을 보기 위해 안았던 팔을 풀었을 때 몇 남학생들이 휘파람을 불며 소리쳤다. "동훈! 너 애인 있었구나?" 진아의 얼굴이 달아오르는 것을 보며 몇은 웃고 몇은 박수마저 쳤다.

동훈은 진아의 손을 잡고 강의실 밖으로 데리고 나가 복도 한구석으로 끌었다. 둘은 서로의 눈속을 들여다 보았다. 그는 빨개진 진아의 뺨을 흘러 내리는 물방울을 자신의 손으로 닦으며 꿈이 아니고 현실임을 확인하려 들었다. 그리고 다시 껴안았다. 진아는 등을 벽에 대고 섰고 동훈은 팔로 그녀를 감았다.

마치 자신의 전신이 그녀의 눈 속으로 빨려 들어가기라도 하는 양 그녀의 두 눈을 하나씩 들여다 보았다. 튀어나온 목울대가 힘겹게 움직였다. 목에 뭔가 걸린 듯 삼키려 애썼다. 드디어 말을 꺼냈다. "나도 내 눈을 믿을 수가 없네. 어떻게 올 수 있었지? 설마 꿈은 아니겠지."

"시험쳐서 김일성대에 들어갔고 열심히 공부해 다행히 좋은 성적 얻었어요. 여기 오기로 결정되었던 대학원생이 폐결핵으로 판정되는 바람에 빈 자리가 생겼는데 우리 위원장 조동무께서 절 적극 밀어 주셔서 올 수 있었지요. 정말 운이 좋았던 거예요. 최동무는요? 어쩌면 동무를 여기서 볼 수 있을지도 모른 다는 생각을 하긴 했지만 이렇게 빨리 만나리라고는 상상도 못했어요. 우리 서울서 헤어졌잖아요?"

"내가 서울 떠나기 전 동무가 떠났는지 아닌지를 몰라 뒤로 쳐졌더랬어. 동 무가 어디있는지 모르고 떠날 수가 없어서 말야."

"서둘러야 했거든요. 동무가 쓰던 방을 찾아가 그집 딸한테 급한대로 쪽지 를 남겼더랬는데."

"그 애가 전해주질 않았잖아. 아마 당신을 질투했을런지 모르지." 그가 웃었 다. "그건 모르고 더 이상 지체할 수는 없고 그래서 마지막으로 동무의 집을 찾아 갔었어."

"정말요? 우리 엄마 만났어요?" 그녀의 목소리가 튀어 올랐다.

"아니. 하지만 동무의 동생 미아하고 이모는 만났어. 동무가 이미 떠났다고 하더군." 둘은 서로의 눈길을 떼어낼 수 없었다.

"어머니가 무척 화냈을 거예요." 진아가 중얼거렸다. "이제야 어쩌겠어요? 다 지나간 일이고 난 여기와 있는데."

그는 깊이 숨을 들이쉬고 한달여에 걸쳐 걸어서 평양까지 온 경위를 이야 기했다. "친구 하나와 둘이서 낮에는 숨고 밤에는 걸어서 온 거요." 그의 눈은 계속 진아의 눈에 빨려 들어가 있으면서 말을 이었다. "여기서 동무를 만나다니! 진아, 내 뺨을 한대 때려봐요. 꿈이라면 깰테니까." 대신에 진아는 그의 뺨에 입술을 살짝 대었다. 다시 붉어지는 얼굴로 주변을 돌아봤다. 동훈인 그녀의 빨개진 뺨을 보며 웃었다. "평양에 오자마자 김일성동지의 명령을 따라 여기로 와야 했어. 나는 무슨 수를 써서라도 동무를 먼저 찾고 싶었지만 동무도 아다시피 우리 장군님은 학생의 본분은 무엇보다 학교이고 교육임을 중시하는 분이니까 어쩔 수 없었지."

"알고말고요. 그러니까 나도 여기 오게된 것 아니겠어요?"

"난 경제전공이지만 동무는?"

"수학이요. 돌아가면 수학을 가르치고 싶어요. 정말 내가 여기 오길 잘 했네. 오면서 내내 이 추위와 강풍속에 모임은 무슨 모임…하며 툴툴댔는데. 만약 오질 않았더라면 우리가 만날 수 없었을 것 아녜요?" 진아가 웃었다.

"오늘 후로는 같은 기숙사 안에 있는 학생들끼리 작은 그룹으로 모이니까 추울 때 구태여 밖으로 나갈 필요가 없어지지."

"잘됐다. 모임은 없으면 없을수록 좋은 것 아녜요? 해야 할 공부가 태산인데."

"진아!" 그가 잠시 쉬었다 목소릴 한껏 낮추고 다시 계속했다. "오리엔테이션을 얼마나 받았는지는 모르지만 무슨 말이든 조심해야지."

"무슨 뜻이에요?"

"조국서 온 동무들을 조심해야 한다는 소리요." 다시 말을 이었다. "쏘련 친구들은 우리가 뭘 하건, 무슨 말을 하건 상관없지만 다른 조선인민공화국의 학생들은 서로 감시하라는 상부지시가 늘 있다는 것을 잊으면 안 된다는 소리요."

"정말요? 모스크바에서요? 감시라고요? 평양이야 아직은 반동분자들이 많으니 이해가 되지만 여기는 다를 것 아녜요? 여기야말로 공산주의의 요람인데요?"

"평양이건 모스크바건 어디 사나 사람은 다 같은 사람이니까. 만일 누가 공산주의의 이념이나 사상에 위배되는 듯하면 신고하라는 소리요."

"스파이처럼요?" 진아는 주변을 돌아봤다. "여기서야 누구나 공산주의의 열성파들 아니겠어요?"

"항상 염두에 두라는 소리요. 남들한테 비판받지 않게. 아마 곧 동무의 조이름을 받을 게요. 대체로 네 명씩이 한 조니까."

"전 여기 와 있는 사람은 누구나 나처럼 공산주의에 빠진 사람들인 줄 알았는데. 그래서 공산주의를 믿고 사는 우리가 아닌가요?"

"그렇지. 이를테면 우리 정부도 그걸 확실히 하겠다는 소리 아닐까?"

"그러니까 나도 최동훈동무를 철저히 지켜야 한다는 소리네요." 진아가 웃었다.

"물론. 진아동무의 눈에는 나쁜이어야지."

"어쨌든 알려줘서 고마워요. 여기선 다를 줄 알았어요. 만약 내가 말이나 행동을 잘못하면 어떻게 되는 거죠?"

"평양으로 돌려보내겠지. 그러니까 조심하라는 거요. 다시 헤어지고 싶진 않으니까."

"공산주의를 원하니까 여기 와 있는 건데요, 뭐. 여기저기 생기는 작은 문제들은 얼마든지 눈 감을 수 있어요. 그 정도야 감수해야죠. 염려 마세요. 큰 목적을 위해서라면 작은 불편 정도는 희생할 각오가 되어 있으니까."

"그건 나도 마찬가지야. 하지만 남을 감시한다는 건 좀 그래. 꼭 스파이짓 같아서 말야." 목소릴 낮춰 계속했다. "나보고 지켜보라는 그룹에 대해 난 관대하기로 했어. 누가 어떤 반대사상을 갖고 있는지에 큰 관심은 없지만, 그래도 누군가는 동무를 지켜보고 있을테니까 조심해야지." 동훈은 조용해진 홀을 돌아보았다. "회의가 시작했나보네. 갑시다."

진아는 그의 팔을 잡아 끌었다. "우리 어디서 어떻게 만나죠?"

"클래쓰만 없으면 난 주로 중앙도서관에 있어. 언제나 틈나면 우선 거기서 만나면 어떨까? 내가 수학부서로 갈께. 경제와 수학은 같은 쪽이니까." 진아의 어깨에 팔을 두르고 둘은 소강당으로 향했다.

"당 덕분에 우리가 여기서 다시 만날 수 있었네요. 안 그래요?" 진아는 뿌듯하기 그지 없었다.

모스크바에서 진아를 가장 놀라게 했던 것 중 하나는 학생들이 누리는 사랑의 자유였다. 이조 500년간 여러 세기를 두고 내려온 유교적 사고와는 달리 쏘련친구들은 자유롭게 이성을 사귀고 사랑의 표현도 거리낌없이 내보였다. 부모의 중매로 결혼하는 것이 아니었다. 부모의 간섭이나 전통의 구속없이 행동할 수 있다는 것은 감동적이었다. 수학의 자유도 좋았지만 사랑의 자유도 못지 않았다. 둘은 틈만 나면 자유롭게 도서실서 만나고, 음악도 즐겼다. 작곡가들은 쏘련이나 동구라파에 국한되어 있었지만 아름답기는 매한가지였다. 때로는 쏘련 친구들과 어울려 푸쉬킨 광장서 보드카를 즐기기도 했다.

내일을 향한 희망과 생각을 동훈과 나눌 수 있다는 것도 감격 그 자체였다. 그녀가 누리는 사랑과 자유는 취할 듯 기쁜 것이었다. 사랑의 자유와 자유 자체를 혼동할 정도였다. 사랑과 자유, 둘을 다 가진 줄 알았다. 그들은 결혼을 원했다.

"그렇다면 대사관의 학생문제상담소 담당자와 의논해 봐야 할걸." 학생회관서 떠들고 있을 때 동훈의 친구 홍철이 말했다. "나라면 공부가 끝날 때까지 결혼을 미룰텐데. 학생들간에 결혼은 용납되지 않잖아. 결혼하면 둘 중 하나는 평양으로 가야 하니까."

"여기선 사랑과 결혼은 개인의 자유에 달린 것 아닌가요?" 진아가 물었다.

"쏘련사람들한테는 그렇지만 우린 아니죠. 우리 정부가 허락하질 않을테니까." 홍철의 대답이었다.

"왜 안 되나요?" 홍철이 떠난 후 진아가 물었다. "결혼하면 공부 게을리 할까봐서?"

"우리가 조국을 떠나 있으면서 결혼하는 걸 원치 않아서 그러겠지. 결혼한 학생부부는 실상 못봤어. 둘중 하나는 돌아가야 하나봐." 동훈이 목소릴 낮췄다. "혹시나 결혼하고나서 둘이 같이 다른 나라로 탈출할까봐 그러는 모양이야. 아내와 자식이 평양에 있으면 어떻게 탈출하겠어?"

"이유있는 소리네요. 내가 정부라도 그런 생각하겠다. 돈과 시간들여 공부하라고 보냈으니 돌아가 열심히 일하고 나랄 도와야죠. 우리한테 그런 기회를 준 국가니까요."

"그래도 가서 규칙을 바꿀 방법이 있는지 한번 물어보고 싶어. 규칙이 사람을 위한 것이라야지 사람이 규칙을 위해 사는 건 아니어야 할 것 같아. 결혼은 하고 싶지만 헤어지는 건 원칠 않으니까."

"우리의 보호자가 부모로부터 정부로 바뀐 것 같네요." 진아가 웃었다.

"글쎄말야."

학생담당자의 답은 예상대로였다. 그는 동훈한테 전갈을 보내왔다.

"*당 책임자 김영주동지께서 최동무를 얼마나 믿고 있는지 아는 터라 김동지께도 여쭤어 보았지만 답은 같았소. 동지는 동무의 장래를 이미 계획하고 있는 바이고 동무가 타인들의 모범이 되길 원하고 있소. 당의 정책을 이해하고 따라주기 바라오.*" 실망은 했지만 김동지의 뜻은 감명적이었다. 김영주는 김일성의 동생으로 쏘련에 와 있는 조선인들은 모두 그의 책임하에 들어있었다.

"우리가 결혼하려면 둘 중 누가 남아야 할지를 정해야 한다는 소리군요."

"그런 것 같소."

"한편으로는 좋은 소식이네요. 동무가 하는 일을 알아주고 돌아와 나라를 위해 일해 주길 바란다는 뜻이 아니겠어요?" 진아는 자랑스러웠다. "그렇다면 대답은 하나군요. 동무는 일 년만 더 하면 다 끝나지만 난 이제 겨우 일 년도 채 마치질 못했으니까요. 결혼하고는 내가 돌아가 동무를 기다려야지요. 내가 남는다면 몇 년을 헤어져 있어야 한다는 소리 아네요? 그럴 수야 없지요."

"그렇지만 동무가 여기 오기까지 얼마나 수고했는데….“

"최동무와 비교할 수는 없죠. 나라와 전쟁 때문에 동무가 흘린 피땀이 어딘데. 그렇게 하는 것이 가장 현명한 해답같은데요. 안 그래요?"

학생의 입장으로 하는 결혼이니만치 갖춰야 할 예식만 갖춰 결혼식을 올리고 진아는 평양으로 돌아갔다. 그 다음해 진아는 가장 귀한 선물, 이제 넉달된 아들 송보를 안고 귀국하는 남편을 맞으러 기차역으로 갔다.

동훈인 가방을 떨어트리고 아내와 아들을 껴안았다. 잠든 아기를 그의 품안으로 조심스럽게 옮겨안았다. 그는 고개를 숙여 아기 얼굴 위에 자신의 얼굴을 포개고 아기의 앙증스럽고 귀여운 모습을 그의 눈 속으로 빨아 들였다. 오물거리는 발그레한 입술, 들릴 듯 말 듯한 숨결, 작지만 꼭 부여잡고 있는 주먹…. 아기 외에 그의 눈과 마음에 들어오는 것은 아무 것도 없었다. 마치 달리던 시간마저도 잠시 그 둘을 위해 정지해 버린 느낌이었다.

조심스레 아기가 쥐고있는 작은 주먹을 펴 보았다. 꽃봉오리에서 꽃잎을 펴내는 듯 싶었다. 펴낸 손가락을 놓으면 다시 접어들고, 펴내면 접어들고…. 젊은 아버진 꽃잎을 열고 열린 꽃봉오리 속으로 자신의 검지손가락 끄트머리를 밀어 넣었다. 아기의 손은 그것을 꼬옥 잡았다. 아버지의 손길을 느낀 아기가 눈을 뜨고 자신을 내려다 보고있는 두 눈동자를 차례로 들여다 봤다. 두 쌍의 눈들이 엉켜들었다. 한쌍은 경이에, 또 한쌍은 자부심으로. 아기가 옹알일 했다. 아빠가 미소로 답했다.

'작아도 따스한 손가락….' 아버지가 중얼거렸다. '게다 요 작은 손아귀의 힘은 얼마나 센지…' 그는 아기의 냄새, 소리, 모습을 하나도 놓지지 않고 그의 눈에, 마음에, 또 가슴에 새기려 들었다. 마치 그의 존재이유가 그 순간을 위한 것이기라도 한 듯이.

"나는 신이 어떤 존재인지는 아는 바 없지만 만약 그가 존재한다면 오늘의 이 순간이 그를 느낄 수 있는 순간일 것 같아." 그가 소근댔다.

아버지는 아들과 함께였고 아들은 아버지와 함께였다. 둘이 하나로. 그들을 바라보고 있으면서 진아는 생명의 진실, 생의 아름다움의 의미를 알 듯했다.

진아는 환희와 고통을 함께 느꼈다. 목 속이 뻐근해 왔다. 그녀는 남편과 아들을 향해서는 말할 수 없는 행복을 누리고 있었지만, 동시에 서울에 두고온 가족이 끔찍히 그리웠다. 엄마와 미아, 한국이한테 송보를 보여주고 싶었다. 첫 손자를 보는 엄마는 무척 기쁘고 자랑스러울 터였다. 미아는 첫 조카를 안고 활짝 웃을 터이고.

'미안하다, 미아야. 우리가 언제 만나게 된다면 전과 달리 좋은 언니가 될게. 그리고 엄마, 죄송해요. 못되게 굴어서. 용서하세요. 내가 엄마가 되기 전엔 엄마가 무엇인지 몰랐어요. 만약 내 아들이 날 떠난다면 하루도 살 수 없을 것이라는 걸 이제야 깨달았어요.' 진아가 중얼댔다. 이제야말로 부모를 이해할 수 있을 것 같았다.

아버지 생각을 하면 그것도 죄책감이 컸다. 아버지가 얼마나 자신을 사랑하고 자랑스러워 했는지 진아는 뼛속깊이 알고 있었다. 유교사상에 절어서 내놓고 표현하기를 삼갔던 아버지…. 진아는 잊지 말고 아버지에 대해 알아 볼 대로 알아보아야겠다고 다짐했다. 적어도 그것이 아버지에 대한 최소한의 도리일 게다. 맏자식으로서 4년전 돌아가신 아버지에 대하여 너무 무심했고 불효였다. "내 아버지인데 그래도 어느 정도의 관심은 있었어야 했어. 늦었지만 이제라도 언제, 어디서, 어떻게 돌아가셨는지 정도는 알아볼 수 있는 데까지 알아 봐야지." 진아는 다짐했다.

동훈과 그의 가족을 빼고는 기차역에서 모두들 자신들의 갈 곳을 찾아 썰물

빠지듯 빠져 나갔다. 동훈인 여지껏 아기한테 빠져 있었다. 자신의 손가락을 꼭 잡은 아기의 손과 연결된 채로. 셋은 오랫동안 그렇게 서 있었다. 함께 하나로.

4

진아

어둠속에서 진아는 이불을 걷어치고 일어나 앉았다.

초저녁께 동훈이 체르노빌에서 있었던 원자력발전소 사고소식을 전해주었다. 로동신문, 하나뿐인 테레비방송, 라디오, 그 어느 하나도 그 사고에 대한 언급은 없었다. 세상돌아가는 정보를 얻는 데는 모두가 다 무용지물이다. 그녀는 넋이 나간 듯 어둠을 뚫어져라 바라보았다. 잠도 잘 수 없고 음식은 딱 모래씹는 기분이었다. 이러다 금쪽같은 시간만 다 허비하는 게 아닌가 싶어 오금이 저렸다. 송보의 치료를 찾아내기 위해서는 자유가 무엇보다 필요했다. 내 놓고 찾을 수만 있다면 어디엔가 약이나, 주사나, 다른 무슨 치료가 분명히 있을 것 같았다.

선아는 미아의 방문에 대해 더 이야기가 없었다. 선아도 진아처럼 위원회로부터의 대답을 애타게 기다리고 있기만 하는 듯했다. 미아의 방문요청이 거절된 모양인가? 진아의 희망은 하루하루, 아니, 시시각각 줄어들고 있다. 미아가 오지 않는다면 도대체 어디서 해답을 찾아볼 수 있을까? 어쩌면 좋단 말인가? 깜깜한 어둠속에 솔솔 새내려가는 모래시계의 영상이 어른거린다. 희망의 알갱이들이 절망속으로 떨어져 나가고 있다. 불안이 그녀를 미치게 몰아부쳤다.

진아는 오래전 모스크바 시절, 그 자유를 언제가는 다시 찾을 수 있으려니 하고 간절히 빌었다. 하지만 이제는 돌아갈 수 없는 강을 이미 건너고 말았다는 의구심이 뇌리에 거머리처럼 달라붙어 떠날 줄을 몰랐다. "언제, 어디서, 어쩌다 이렇게 모든 걸 다 잃어버리고 말았지? 내가 모스크바에서 누렸던 것이 자유긴 자유였던가? 아니면 자유의 허상이었던가?"

"엄마, 난 공부하는 건 얼마든지 좋아요. 즐겨요. 하지만 이 자아비판 시간은 미치겠어요. 한 주일에 한 번도 지겨운데 두 번씩이나! 제발!" 송보가 방에서 나오며 푸념해댔다. 어렸을 때 선아이모가 만들어 준 앵무새 인형을 들고 있었다. "항상 같은 애들이 똑 같은 소리만 앵무새처럼 되풀이 한다니까요. 왜 그러는지야 뻔하죠. 좋은 점수 딸려는 거니까. 왜 우리가 생각하는 대로 말하면 안 되는 거지요? 그게 왜 잘못이죠?" 송보는 불만으로 꽉 차 있었다. "얼마 안가서 우린 모두 말도 똑같이 하고 생각도 똑 같이 할 거에요. 그게 우리 당이 원하는 바니까요."

"송보야!" 진아가 아들의 팔을 부여잡아 당겼다. "말조심해!"

"나는 나예요." 엄마말을 들었는지 말았는지 계속 떠들었다. "왜 남이 말하고 생각하는 것을 내가 밤낮 지켜봐야 하는 건데요?" 아들은 책상위로 앵무새를 내던졌다. 새는 책상위를 미끄럼질 치다 책에 걸려서 꽁지를 천정으로 향한 채 누웠다.

"송보야, 이때껏 잘 다니다 갑자기 왜 그러니?" 학교를 다니기 시작한 후부터, 아니, 훨씬 전부터 다니던 자아비판 시간, 이제까지는 고맙게도 별 탈 없이 잘 다니던 비판시간이었다. 하지만 십대의 문턱에 서더니 걸핏하면 신경질을 내고 반항쪼로 돌고 있었다. 진아 자신의 십대를 돌이켜보면 뭐라 크게 야단치기도 어려웠다. 자신은 엄마에 반항해서 집마저 뛰쳐 나가버린 셈이 아니었던가? 엄마의 애간장이 얼마나 녹아 내렸을까를 생각해 보면 할 말이 없었다. 반항하고 있는 송보를 보자니 딱 애를 물가에 내 놓은 기분이었다.

"동전에 양면이 있는 걸 잊지마." 진아는 어떻게 이야기하는 것이 효과적일까를 열심히 생각하며 말했다. "네가 찾으려만 든다면 언제든지, 어떤 상황에서든지 좋은 면이 있는 거야. 너 서울이 얼마나 어렵게 살고 있는지 알지? 집 없는 거지로 꽉 찼다더라. 평양엔 그런 건 없잖냐?" 진아는 춥고 배고픈 데다 일자리마저 구할 수 없었던 서울을 생각하며 말했다. 아무리 자유가 좋다고 하더라도 춥고 굶주린 배 앞에서는 다 헛소리다. 자유보다는 고픈 배가 더 급한 문제였다. 그것이 진아를 공산주의로 돌게 만든 이유중 하나라 해도 틀린 소린 아니었다.

"그렇다면 서울에서도 동전의 다른 면이 있겠죠. 적어도 길거리에 나가 거렁뱅이가 될 자유는 있는 것 아녜요? 여기서라면 그나마도 어디로 끌어가 없애 버리겠지만." 말하며 송보가 웃었다. 진아도 따라 웃을 수밖에 없었다. 아들녀석이 빠르게 자라고 있다는 것 외에는 어느 하나 확실한 것이 없는 듯싶었다.

"뿐아니라 네 아버지와 나는 바로 그 자아비판시간에 만났으니까 그 덕을 본 셈이기도 한 거야. 그러니까 꼭 나쁜 것만도 아니잖니? 우리가 가질 않았더라면 만나지 못했을지도 모르니까."

"엄마, 지금 무슨 소리 하는 거예요? 내가 비판시간에 여자애나 기웃거리고 있다면 큰일나게요? 이때껏 애써 따 놓은 점수도 다 잃을 소리 하네."

"너는 이제 겨우 열두 살이야. 여자 찾아다니라는 소리겠어? 항상 동전의 다른 면도 생각하란 소리지." 그녀는 자신이 생각해도 도무지 말빨이 서질 않는 소릴 하고 있었다. 어쩌면 자신도 모르는 채 앞으로 뻗어나가고 싶어하는 아들의 호기심을 조금씩 잘라내고 있는 것인지도 몰랐다.

"나도 애쓰고 있어요. 하지만 남을 비판하고 고발하는 게 좋을 게 없다는 생각이 자꾸 드는 거죠. 내 형제를 보호하고 돌보는 대신, 내 형제를 찌르는 냉혈의 사냥꾼이 되고 있는 것 같아서요." 송보가 한숨 쉬었다. "걱정 마세요. 엄마한테만 이런 소리할 뿐 나가선 저 새처럼 벙어리 노릇하고 있을 거니까요." 책상위의 앵무새를 흘끗 돌아보며 나갔다.

아들의 소리는 엄마를 적잖이 놀라게 했다. 공산사회라는 것이 평등의 세계로 향하고 있을런진 모르지만 그러는 사이 국가는 인간의 자유뿐 아니라 타인을 위한 작은 배려마저도 앗아가고 있는 것은 아닐까? 아들의 말대로 형제마저 찌르는 냉혈의 사냥꾼이 되어가고 있다는 소리가 틀린 말이 아니다. 부부간에도, 자식들 간에도 까딱하면 찌를까, 아니면 찔릴까 무서워 속내를 보이지 않거나, 내 보이지 못하는 세상으로 변해가고 있음을 암암리에 느끼고 있었다.

뿐 아니라 평등이라는 사상에도 회의가 많았다. 솔직히 당에서 높은 위치를 갖고 있는 자신네들만 하더라도 다른 누구보다 많은 특혜를 누리고 있었다. 그런 높은 직위를 차지하고 있는 동훈이조차도 외국으로 갈 수 있는 자유는 없고 자신의 속내를 드러내는 말을 할 수도 없었다. 자유와 사랑이 제거된 평등과 정의라면, 또한 그런 국가라면, 거기에 무슨 의미가 있을 수 있던가? 그역시 발목을 잡아매는 거대한 쇠사슬일 뿐이었다. 그 사슬을 벗어나는 길이 있어야 했다.

자신의 자유를 앗아간 어떤 획기적인 사건이 있었던 것은 아니다. 자유라는 날개가 매일, 매달, 조금씩 조금씩 자신도 모르는 사이에 잘려가고 있는 것을 모르고 있었던 것뿐이다. 마치 자신이 송보의 날개를 눈에 보이지 않게 조금씩 잘라내고 있듯이. 지금껏 진아는 그것이 송보를 위한 것이라고 우기곤 있었지만 그게 사실이던가?

승승장구하는 것 같았던 남편의 직책이 진아로 하여금 한동안은 눈을 멀게

하여 근본적으로 무엇을 잃어가고 있는지를 모르고 지냈던 것도 사실이다.

지위와 권력, 비록 얼마 되지않는 권력이긴 하지만, 그에 눈이 어두웠던 것도 사실이다. 그렇다고 누구에게 그런 소릴 해 본 적은 없다. 당에 불충하다는 소릴 들을까 겁이 나서도 입을 다물어야 했다. 춥고 배고팠던 서울, 빨갱이로 몰려 설 땅이 없었던 서울에서의 현실이 그녀를 공산당으로 밀었던 것은 사실이었지만 그때는 전쟁중이었다. 이제와서 남조선이 어떤지 궁금은 하지만 그것도 제대로 알 수는 없었다.

"네가 까딱 실수해서 말을 잘못하는 날이면 당은 네가 그걸 부모로부터 배웠다고 하지 않겠니? 그럴 경우 너뿐 아니라 온 가족이 어떻게 되겠냐?" 하는 소릴 송보한테 얼마나 했는지 모른다. 그때마다 자신이 송보의 날개쭉지를 조금씩 잘라내고 있다고 느끼지 않을 수 없었다.

선아의 아이들은 송보와 달랐다. 천성인지 본능인지 그애들은 주류에 별 저항없이 자연스레 끼어들어 수월하게 흐르는 것 같았다. 그 이상 현명할 수 없었다. 그러나 송보는 아니었다. 녀석은 어릴 때부터 자유와 독립을 외쳐댔다. 송보가 여섯 살즈음이었다. 진아는 아이한테 불끄고 자라고 세번째나 일렀었다.

"곧 끌게요. 잠깐만 기다려 주세요." 침상에 누워 책을 읽으며 대답했다.

진아가 불을 껐다. "취침시간이 지났다. 자야 해."

"이 책을 끝내기 전엔 자지 않을 거예요." 아이가 소리쳤다.

"자야 할 시간이 지났어. 넌 이제 여섯 살이고 에미말 들어야 해."

속이 상한 아이는 팔다릴 허공에 휘저어가며 숨 끊어질 듯 펄떡펄떡 땅깡부렸다. "불을 당장 켜! 지금 당장 켜줘!" 발악했다. 경끼라도 할 것 같았다. 진아는 이럴 때 어찌해야 옳을지 몰랐다. 자식을 버릇없이 키우고 싶진 않았지만 그렇다고 꽉 붙들어 매는 것도 아닐 것 같았다.

"딱 한 장 남았단 말예요. 이것만 끝내면 불을 끌 거예요. 오 분도 안 걸려요. 날 그렇게 잡아 매야만 해요? 나도 사람인데!" 아이의 작은 입에서 큰 단어들이 쏟아져 나왔다. 진아는 멍하니 아이를 바라봤다. 할 말이 없었다. 애의 말이 틀린 게 아니었다. 진아는 아이를 위해 불을 다시 켜 주었다. 자유는 여섯살짜리도 원했다.

어둠속에서 진아는 송보의 방으로 갔다. 조용히 방문을 열고 들여다 보았다. 방은 조용하고 어두웠다. 다행히 잠들어 있나 보았다. 송보를 살려낼 무슨 방도가 절실했다. 하지만 어둠속에 보이는 것이라고는 솔솔 떨어져 내리는 모래시계의 영상뿐이다. 솔..솔..솔… 진아는 눈과 귀를 막고 머릴 세차게 흔들었다.

"언니, 내 말 들려?" 선아의 들뜬 목소리가 전화선을 타고 흘렀다.

"왜?" 진아는 말조차 하기 싫었다. 이 마당에 세상 무엇이 소용있으랴? 선아의 극적인 밝은 목소리마저 진아를 괴롭히는 심정이었다.

"언니, 잘 들어요." 선아의 함박웃음이 전선을 타고 흘러왔다. "놀라운 소식!"

진아는 숨을 멈추고 일어섰다. 혹시….

"몇 달전 미아한테서 온 편지 생각나? 미아한테 초대편지하라고 했던 것 기억해?" 선아가 잠시 쉬었다. 소리질렀다. "언니, 위원회 말이 미아의 방문요청 허가가 떨어졌대. 영 무소식이라 틀렸나보다, 내가 뭘 잘못했나보다, 아니면 꿈이었나보다 하고 있었는데 글쎄 온대요, 온대. 그리고 우리 이사도 하래."

"하느님 맙소사!" 어지러워진 진아는 숨쉬기가 힘들어 주저 앉아야 했다. "드디어! 이럴 수가! 드디어! 네가 암말 없길래 다 포기했었어." 그녀가 중얼거렸다. "꿈이었나 하고 포기했었지."

"알아. 나도 그랬어. 위원회 말이 날짜와 다른 세부사항들은 차차 가르쳐 주

겠대. 언니! 챙견하기 좋아하던 우리 미아. 열한 살이던 미아가 온대." 선아가
쿨쩍댔다.

"드디어!"

그날밤 책상에 앉아 진아는 깊이 생각했다. 미아와 같이 보낼 시간은 너무
한정되어 있었다. 선아와 거리를 두어야 하는 것도 문제였다. 당의 주축이나
마찬가지였던 조 위원장이 숙청되어 쥐도새도 모르게 사라지고 난 후로는 그
녀의 걱정이 더욱더 깊어만 갔다. 진아는 선아의 가족과 거리를 두고 있어야
하는 점에 늘 신경을 쓰고 살아왔다. 혹 동훈이나 자신에게 무슨 일이 생기더
라도 선아의 가족이 다치지 않도록 각별한 주의를 해 왔던 것이다.

미아는 달랐다. 새처럼 날아와서 잠시 앉았다 다시 훌쩍 날아가면 그만이
다. 물론 매사에 조심해야 하는 것이 어쩔 수 없는 현실이긴 했지만 미아는 다
른 위성서 왔으니까 왔던 곳으로 돌아가면 될 일이다. 진아는 언제 어떻게 미
아를 보러 갈런지에 대해 심사숙고했다. 미아한테 그동안 밀린 속을 털어놓을
심산이다. 자신의 영혼이 어떻게 해서든 한번은 울리고 싶은 만큼 울릴 수 있
는 기회가 필요했다. 미아한테 그들이 헤어진 후 어떻게 살았는지를 알려주고
싶었다. 어머니로부터의 용서도 구하고 싶었고. 이번이 유일한 기회일 것은
뻔했다.

그리고 무엇보다 미아한테 송보의 병과 치료의 가능성에 대해 물을 것이다.
확신할 수는 없었지만 미국의 의학이 다른 나라를 앞서고 있지 않나 싶었다.
어쩌면 쏘련보다 앞설지도 몰랐다. 미아가 무슨 방법이나 어떤 잘 듣는 신약
의 소식을 알려 줄 수 있을지도 몰랐다. 운이 좋으면 흥부의 제비처럼 미아가
그녀의 부리에 좋은 소식을 물어올 수도 있다. 그들에게 필요한 희망을. 그리
고 진아는 미아의 발목에 작은 메시지를 매달아서 보낼 참이다. 그리고 그 메
시지는 미아와 같이 날아가서 그녀가 그토록 그리던 자유와 평화를 숨쉬고 즐

길 수 있을지도 몰랐다.

   그렇게 가슴을 짓누르고 있는 모든 짐을 내려놓으면 숨도 제대로 쉴 것 같
았고 잠도 잘 수 있을 것 같았다. 진아는 노트를 쓰기 시작했다.

5

미아

"엄마! 편지요, 편지!"

꽉 부여잡고 집으로 뛰어 들어가며 외쳤다. "선아언니, 선아언니한테서요."

우리집 드라이브웨이로 차를 돌리고 있을 때 라디오의 디제이는 따스한 인디언 여름이 며칠간은 계속할 거라는 소릴 하고 있었다. 언젠가도 그런 이야길 들은 적이 있었던 듯 덤벼드는 묘한 데자부의 기분. 나는 빨려들 듯 우체통으로 다가섰다. 우체통으로 뻗치는 손이 떨리고 가슴이 뛰었다. 손가락이 우편물에 닿는 순간 전신이 짜릿했다. 누루끄레하고 긴 봉투. 한동안 넋을 잃고 손에 쥔 것을 바라보았다. 그리고는 나도 모르게 지른 소리였다.

부엌에서 감자껍질을 벗기고 있던 엄마는 손에 들고있던 감자를 떨어뜨리고 입을 멍하니 벌린 채 날 바라 보았다. 떨어진 감자가 어딘가로 구르는 소리가 들렸다.

"살아 있었구나!" 엄마가 중얼댔다. "살아 있었어." 엄마의 입술이 일그러졌다.

"엄마 괜 찮아요?" 혹시 엄마가 기절이라도 하는 게 아닌가 싶어 걱정하는데 엄마는 손으로 내가 들고있는 편질 계속 가리켰다.

"알았어. 읽을게요." 편지를 열었다. 언니의 글씨를 보는 순간 갑자기 머릿속이 띵해졌다. 시간이 멈춰 버리고 옛날로 되돌아간 느낌!

"어서⋯." 엄마가 재촉했다.

"*나의 사랑하는 동생 미아에게.*" 드디어 애타고 긴 기다림은 끝났고, 선아 언니가 북한에 살아있다는 실감이 서서히 들기 시작했다.

"*우리의 위대한 영도자 김일성수령님과 친애하는 영도자 김정일수령님의 크나큰 은덕 아래 우리는 모두 행복하게 잘 살고 있다.*" 등골이 오싹했다. 북한서 지도자를 그렇게 추앙하고 있다고 알고는 있었지만 막상 언니가 쓴 편지가 그렇게 시작하리란 생각은 못했었다. 지도자의 권력이 어떤 것이라는 것을 한번 더 실감하는 순간이었다. "*나의 친 부모나 다름없는 세심한 영도 아래 우리는 부러울 것 없이 잘 먹고, 잘 입고, 잘 살고 있다. 네가 오죽 배고프고 사는 게 힘들었으면 그렇게 멀고먼 나라 미국에까지 가서 살고 있겠느냐? 내 가슴이 네 걱정으로 메어진다. 우리 어머니가 너와 같이 살고 있다니 천만다행이구나. 거저 충분히 먹을 음식과 입을 옷이 있기를 바랄 따름이다. 네 형부는 이곳의 당원이기 때문에 우리는 두 아들과 세 딸을 두고 아무 걱정없이 잘 살고있다. 딸 둘은 결혼했고 큰딸은 벌써 아들과 딸 하나를 두고있다. 일곱살, 다섯살이다. 네 편지를 받은 후로는 네 걱정으로 잠을 이룰 수가 없구나. 네가 보고싶어 가슴이 다 저린다. 언니들을 될수록 빨리 방문하도록 해라. 애타게 기다리고 있으마. 너의 언니 선아가 씀.*"

"선아언니가 할머니가 되었네. 엄마, 엄마 증손자손녀가 있다는 소리 들었지요?" 내 말에 엄마는 웃는 대신 눈물만 찍어내고 있었다. 처음 편지를 읽었을 때 섬뜩했던 기분은 사라지고 낙천적이고 성격좋은 언니를 느낄 수 있었다. 그런대로 언니는 잘있는 모양이었다.

"진아소린 없냐?" 아직까지도 눈시울을 닦아내던 엄마가 물었다.

"없어요. 하지만 편지보면 진아언니도 북한에 있다는 걸 알 수 있잖아요?"

곧장 나는 친구 미숙일 불러 일년만에 드디어 답장이 왔노란 소릴 했다.

"뭐라던가요?" 미숙의 남편 벤이 물었다.

"형부가 당원이라 꽤 잘 살고 있는 모양이예요."

"왜 그렇게 말 하는지는 알 수 없지만 모두 똑 같은 소릴 하지요. 나도 북한에 갈 때까지는 동생이 당원인 줄 알았다니까요. 초청장은 받으셨지요?"

"초청장이라고요?" 주변을 찾아보았다. "내가 편지 꺼낼 때 떨어진 종이 한 쪽이 있긴 한데…. 잠깐만요." 그걸 줏어 들었다. "여기 '이미아 선생님의 조국, 조선민주인민공화국 방문을 적극 환영하는 바입니다.'하고 둥그런 고무도장찍힌 종이가 있는데 그걸 말하는 건가요?"

"바로 그겁니다. 이제 토론토에 연락하셔서 중국을 통해 북한방문 비자를 신청하셔도 됩니다." 벤의 소리였다. "가지고 갈 수 있는 한 많이 갖고 가세요. 옷, 신발, 양말, 속내복, 할 것 없이 말입니다. 겨울은 추운데 난방이 신통치 않은데다 자동차들도 없이 사니까 추위막을 일이 급선무입니다. 뭐든지 필요합니다. 떠날 때는 내가 입고 있는 속옷까지도 벗어주고 싶은 심정이 됩디다. 애들은 불루진이나 티셔츠, 나이키 같은 운동화가 최곱니다. 많을수록 좋아요."

"잠깐만요, 대니아빠. 잊어버릴까봐 좀 쓸게요." 난 대충 요점을 적었다.

"또 무슨 약이든 약은 많을수록 좋습니다. 국가 전체가 약이 필요하니까요. 특히 항생제가 절실합니다. 그리고 한가지, 혹 그들이 도청하고 있을지도 모른다는 사실을 잊지 마세요. 북한 실정을 보아선 그럴 수 없을 것 같긴 하지만 혹시 모르니까 조심하는 것이 나중에 후회하는 것보다는 낫질 않겠습니까? 더구나 그들이 태우고다니는 차에, 그들이 정해준 호텔에, 그들이 준 아파트에 있는 실정이니까 말입니다. 까딱 실수해서 노동자수용소로 가게 되면 큰일이지요."

"노동자 수용소요?"

"조심하시라는 소리지요. 이때껏 그런 케이스가 있었다는 소릴 들어보진 못했습니다만. 일단 북한에 발 디디면 그들이 데리고 다니는 대로 따라 해야 합니다. 아마 별로 가 보고 싶은 곳들은 아닐 겁니다. 소년궁, 음악회따위가 우리한테 무슨 흥미가 있겠어요? 하지만 모르는 척 따라 다니세요. 그들이 여권을 갖고 있으니 어쩌겠습니까? 하라는 대로 하는 수밖에."

"여권도 내 줘야 하나요?"

"예. 하지만 떠날 때 돌려 줍니다. 거기선 그렇게들 하니까 그러려니 하고 따라 해야지요. 그런 걱정은 안하셔도 됩니다." 그는 두 번씩이나 방문했으니 어느 정도 믿는 듯했다. 어쨌거나 언니의 편지를 손에 쥐었는데 어찌 안 갈 수가 있으랴?

"길고 애타는 일 년간이긴 했습니다만 언니들 찾는데 여러모로 도움 주셔서 얼마나 감사한지 모르겠습니다."

어렸던 시절의 친구 송미숙을 만나고 미숙이의 남편을 통해 북한에 있는 언니들을 찾게 된 것은 정말 큰 행운이었다. 전쟁과 전후의 어려움, 당장 먹고사는 문제에 매달려야 했던 우리는 옛친구나 오래전 지인을 찾아본다는 것도 일종의 사치였다. 이 역시 전쟁을 따라오는 직간접적인 피해중 하나일지도 몰랐다.

일요일이면 나는 엄마와 이모를 대학 캠퍼스내에 있는 작은 한인교회에 데리고 다녔다. 주로 학생들과 학생가족들을 위한 교회이긴 했지만 엄마와 이모는 다른 한인들 만나는 것을 즐겼다. 한인들이 많이 사는 뉴욕이나 뉴져지의 교회로 데리고 다녔다면 물론 더 좋아했을 터이다. 하지만 두 시간 가까이 걸리는 거리를 매주 운전하고 다니는 것이 부담스러워 우리는 이곳의 백 명도 채 안 되는 한인교회에 나가고 있었던 거다. 한인교회는 같은 언어와 문화를 가진 우리들에게 미국의 생활과 습관을 터득하고 나누 게 하는 일종의 만남의 장소다. 많은 한인들은 한국서는 교회에 다니지 않았지만 미국에 살면서는 교회가 생활의 일부로 되어가고 있었다.

일 년전 이 교회를 방문한 내 나이 또래의 여인이 나의 눈을 끌었다. 새로 온 교인인지 낯이 설긴 했지만 어딘지 모르게 내 시선이 자꾸 그녀한테로 갔다. 예배가 끝난 후 찾아가 나 자신을 소개했다.

"이미아?" 그녀는 자신의 이름을 밝히는 대신 내가 한 소릴 되풀이 했다. 크고 검은 눈동자를 깜박이면서. "혹 인천에 살지 않았어요? 송연 국민학교?"

"맞아요. 그럼…?"

"미아! 나 미숙이야!" 우린 외쳤다. 껴안았다. 그리고 체면도 없이 펑펑 울었다.

붐비는 사람들 틈에서 빠져나와 한쪽 구석으로 가서 서로를 다시 쳐다보았다. 지구의 반대방향서 어린 아이로 만났던 우리. 중년이 되어 여기서 만나다니. 소설 속에서나 있을 법한 소리다.

"어떻게 여길 왔어? 혼자야?"

"남편이 출타중이라 뉴져지에 있는 우리교회까지 혼자 가기 싫어 여길 왔던 거야. 세상에 이럴 수가 다 있니?"

남편이 출타중이라니까 우리 집으로 가자고 우겼고 미숙인 반갑게 따랐다.

내게 미숙인 아주 각별한 친구였다. 어린 시절 우리가 서로 알고 지낸 것은 일 년 남짓밖에 안 되었지만 미숙이가 남긴 인상은 강했다. 나는 미숙이가 가진 것은 죄다 부러웠다. 한올도 흐트러지지 않고 어깨까지 내려와 찰랑대는 윤기흐르는 까만 머리, 커다란 눈을 극적으로 부각하려 들기라도 하려는 듯 이마를 덮고 눈 바로 위까지 일짜로 내려와 햇볕을 반사하고 있는 앞머리. 이런 것들은 나로 하여금 넋을 잃고 멍하니 바라보게 만들었다. 내가 유별나게 윤택없고 제멋대로 구는 머리칼을 갖고 있는 탓이었던지도 모른다. 게다가 이 상스레 미숙인 나의 모든 신경을 자신의 눈으로 끄는 힘이 있었다. 그녀의 눈은 특이했다. 내가 본 어떤 눈보다도 크고 검었다. 검은 자가 하도 크고 까마니까 나는 종종 그녀의 눈속에 들은 내 반영을 보고 할 말조차 잃을 때가 많다. 그런데 미숙이의 눈을 하나씩 볼 때는 홀린 듯 빠지곤 했는데 두 눈을 함께 바라 볼 때는 약간 촛점이 빗나 있었다. 따라서 짓궂은 애들, 특히 사내애들은 미숙일 못살게 굴길 잘했다.

"사팔뜨기! 사팔뜨기! 미숙인 사팔뜨기!"하며 놀리곤 했었다. 하지만 그게 또 이상했다. 나같으면 억울해서 울고, 싸우고, 덤비고, 소리지르고, 별에별 짓을 다 했을 터인데 미숙인 그러지 않았다. 그냥 똑 바로 서서 그러는 애들을 쳐다만 보고 있는 것이었다. 그렇게 얼마간이 지나면 녀석들은 슬금슬금 꼬리들을 감추고 돌아서서 자릴 피했다. 모르긴 하지만 어쩌면 그 녀석들도 나처럼 미숙이의 눈에 끌려서 가까이 하고는 싶었지만 어떻게 해야할 줄을 몰라 그랬는지도 모른다. 남자애와 여자애가 섞이면 왕따로 손가락질받는 그런 옛시절이었으니.

미숙인 재주도 많았다. 눈이 사팔이었을지는 몰라도 시력은 좋았다. 아니, 엄청났다. 무엇이든 잘 그렸다. 연필과 종이만 있으면 그녀의 손끝에서 마술처럼 그림이 흘러나왔다. 웃고있는 아기의 얼굴, 잠든 고양이, 날기 위해 깃털을 펼치는 새…, 등등.

그보다 나의 흥미를 돋운 것은 교회라는 곳이었다. 나는 일요일에도 미숙이와 놀고 싶었지만 미숙인 가족들과 교회라는 곳을 갔다. "가고싶으면 우리랑 같이 가도 돼," 하는 미숙이의 소리에 따라 갔다.

나는 교회가 참 좋은 곳이라고 생각했다. 나같은 어린애도 환영했고 목사님은 웃으며 내 어깨를 두드려 주었다. 미숙이 목사님은 "우리는 하나님 앞에서

다 같은 인간입니다." 혹은 "하나님께서는 항상 우리를 지켜주시고 보호해 주십니다," 같은 소리를 했다. 하지만 나는 목사님이 말하는 하나님이나 우리 할머니가 말했던 신령님을 잘 이해하지 못했다. "우리를 보호해 준다"는 소리도 알 수 없었다. 그런 것은 내 부모가 한다고 믿었다. 게다가 목사님은 하나님은 모두의 기도를 들어 주신다고 했는데 그야말로 어려운 소리였다. 교회에 나온 사람이 한둘도 아니고 많고도 많던데 어떻게 그 많은 사람들의 기도를 다 들어 줄 수 있겠나 말이다.

하지만 마음속 깊은 곳에선 미숙이가 다른 애들과 달리 어른스러운 것이 교회라는 곳을 다녀서 내가 모르는 무엇인가를 알고 있는 때문일지 모른다는 생각을 했다. 교회가 미숙이한테 어떻게 하면 어른답게 굴 수 있는지를 가르쳐 주는지도 몰랐다.

내가 집에 와서 우리도 모두 교회를 가자고, 교회는 좋은 곳이더라고 떠들어 대자 아버지는 단호하게 "안 된다." 하고 일침에 잘랐다. 누가 감히 아버지와 반대할 수 있으랴? 아버지의 말은 바로 우리집안의 법이고 규율이었는데. 그래도 아버지 몰래 살짝 살짝 미숙이와 자주 교회를 다녔다.

미숙이의 아버지 또한 완전 놀랄 노릇이었다. 나는 지금도 미숙이 아버질 처음 만났던 날을 기억한다. 미숙이네 집 앞에 앉아 공기놀일 하고 있었는데 갑자기 미숙이가 튀어 일어나더니 "아빠!" 하고 외치며 공구를 어깨에 메고오는 남자한테로 뛰어갔다. 미숙의 동생들도 모두 같이 소리치며 뛰었다. 나만 뒤에 멀거니 빠져서 구경했다. 그리고는 모두 신나게 웃으며 아버지의 팔에 하나씩 매달렸다. 공구를 내려놓은 아버지는 남자애거나 여자애거나를 가리지 않고 하나씩 들어올려 휘익 한바퀴 돌리고 내려 놓았다. 내 입에서 침이 흐를 지경이었다. 우리 아버진 그런 적이 없었다. 그런 건 상상조차 힘들다. 아버지한테 저렇게 안겨도 되나? 얼마나 좋을까?

"아빠, 내 친구 미아예요. 우리 줄넘기하게 줄 하나만 엮어주세요."

"미아라고? 줄넘기 좋아하니? 그래라. 엮어 줄게." 하더니 얼마 안가 새끼 줄을 이어서 잘라 주었다.

"너희 아버진 그런 걸 다 만드실 줄 아셔?"

"우리 아버진 목수셔. 뭐든지 다 잘 하셔." 미숙이 자랑했다.

내가 선아언니한테 미숙이 아버지 이야길 하자 언니는 우리 아버진 구식타입이지만 미숙이 아버진 신식이라 그렇다고 했다.

"우리 아버지도 신식타입이라면 좋겠다." 내가 입을 삐쭉댔다.

"냉수마시고 정신 차려라. 몇백년 내려온 전통이 하루아침에 바뀌겠니? 우린 공자님의 가르침을 지키는 양반이고 미숙이넨 상놈넨데?" 언니가 그렇게 말했지만 난 우리가 상놈네가 아닌 것이 여간 속상한 게 아니었다.

나는 가족한테 미숙일 소개했다. 엄마는 미숙일 기억하지 못했지만 한국서 온 사람이면 누구나 대환영이었다. 인천서 왔을 경우는 더했다. 미숙인 이모를 보는 순간부터 좋아했다. 미숙인 아름다운 것에 관한 한은 누구보다 눈이 빨랐고, 예순 둘이긴 했지만 이모는 아직도 사람들의 눈을 끄는 미인이었다. 저녁후 차와 커피를 놓고 식탁에 둘러앉았다. 매이와 란이는 미숙의 아들 대니한테 흥미가 동한 모양이다.

"죠지아 텍 일학년이야." 미숙이 우리 애들의 질문에 대답했다.

"귀여워요?" 미숙의 말이 끝나기도 전에 란이 물었다.

"네가 보고 정해라." 미숙이 웃었다. "집에 오면 데리고 올께."

"언제 올껀데요? 뭐 전공해요?" 란이가 계속 물었다.

"다음 휴가때. 엔지니어링 전공. 또 뭐 알고싶어?"

"여자친구 있어요?"

"야, 너 너무한 거 아니니?" 매이가 동생의 팔뚝을 찔렀다.

"남편이 출장중이야?" 내가 물었다.

"아니. 실은 지금 평양에 있을꺼야." 미숙의 말에 우리는 모두 입을 벌리고 쳐다봤다. 알아듣기 위해 한참이나 머릿속을 정리해야 했다.

"뭐? 평양? 북한? 그거 불법아냐?" 내가 중얼댔다.

"불법은 아니지만 내놓고 가는 거라고 할 순 없지. 카나다 대사관을 통해 가는 거니까. 그래도 나팔불고 다니진 않지, 뭐."

"그래도 돼? 내 말은 안전하냐고."

"이번이 두 번째야. 작년에도 갔었는데 별일 없었거든. 물론 조심이야 하지."

"왜 그렇게 가신대?" 나는 곧 선아와 진아를 생각하며 물었다. 흘끗 엄마를 보았다. 엄마 역시 나와 같은 생각인 게 뻔했다.

"향수병이라고 할 수 있을거야. 워낙 북에서 왔거든."

"우리도 언니들이 북에 있을지 모른다는 생각은 늘 하고 있어."

"알아보지 그래. 대니 아빠가 잘 가르쳐 줄 걸."

"우리 언니들!" 내 가슴속이 와르르 무너져 내리는 것 같았다.

"정말 놀랍네요, 미숙 이모. 전 북한 방문이란 건 상상도 못하는 줄 알았어요." 매이가 미숙이의 호칭을 바꾸었다. 한국말을 제법 하는 우리 애들이 지어낸 이름치고는 잘 지었다는 생각이었다. 미숙이도 그 이름이 좋다고 하는 통에 우리 집에서는 미숙이도 이모가 되었다. 미숙의 남편이름은 민부선이지만 여기서는 벤으로 통한다고 했다. 애들은 벤 아저씨라고 당장 명명했다. 아는 새 모르는 새 우리가 사는 나라와 땅에 따라 문화나 습관뿐 아니라 때에 따라서는 이름도 바꾸어 가며 우린 적응한다.

미숙인 남편의 가족과 북한에 있는 어머닐 찾아낸 이야길 해 주었다. 그들의 이야기도 전쟁 때문에 생긴 수백만이 넘는 비극중 하나였다. 땅을 가진 지주였다는 것도 문제였지만 그보다 전쟁에 끌려 나가는 것이 두려워 벤과 그의 아버지만 우선 남으로 피했다. 누구나와 마찬가지로 남으로 가는 것이 일시적일 뿐이라고 믿었던 때문이다. 벤의 어머닌 병석에 있는 시어머니를 돌봐야 했기 때문에 여덟살짜리 남동생과 겨우 타박타박 걷는 여동생을 데리고 북에 남았다.

"남에 와서 아버님은 사업을 시작하셨고 사귀던 여자가 임신하자 결혼하셨나봐. 결혼과 동시에 여자가 고약한 계모로 변해가지고 벤을 구박했던 모양이야. 벤을 돌보긴 커녕 눈에 가시같았겠지. 물론 학교 등록금도 안 주고."

"어머, 너무했다." 란이 놀라 말했다.

"당시 그런 소리 흔하디 흔했지, 뭐." 이모가 설명했다.

"구박이 너무 심해지자 벤이 아버지 지갑에서 돈을 훔쳐가지고 서울로 올라와 버렸대. 그리고는 길가의 고아처럼 떠돌이로 닥치는 대로 무슨 일이든 할 수 있는 것은 죄다 하며 살았던가봐. 그래도 교육밖에는 살 길이 없다 싶어 낮에는 일하고 밤엔 학굘 다녔던 모양이야." 미숙이가 잠시 숨을 돌렸다. "그런데 제일 가슴 아팠던 것은 우리가 결혼할 때 물론 계모가 오리라는 생각을 하진 않았지만 아버지도 오시질 않으셨어. 아버지가 사업을 꽤 크게 하고 계신건 알았지만, 그렇다고 댄니 아빠가 아버지한테 손벌릴 사람은 아닌데도 말야. 그 후부턴 '아버진 없다치자'하고 살고있는 거지."

"쯧쯧! 그것도 전쟁이 남긴 유산중 하나다." 엄마가 말했다. "한국사람 누구든 붙잡고 물어봐라. 그런 소리 없는 사람 어디 있나? 아직까지 계속이라니까."

"그러니까 남한에는 가족하나 없는 고아가 되어 버린거야. 결혼 후 가족이라고는 우리 친정밖에 없으니까 우리 엄마랑 내 동생들한테 엄청 잘 해. 워낙 착하고 속이 깊기도 하지만 자기 친족이 없어 그런지 남을 돕는 일이면 늘 앞장서. 특히 북한서 온 사람들을 마치 자신의 친척이라도 되는 것처럼 대해."

"북에 있는 어머니가 재혼하셨대요?" 란이가 물었다.

"아니지. 키워야 할 애들이 있는데 어떻게 결혼하니?" 미숙이 말했다. "향수병이라는 것도 진짜 병이더라. 북에 있는 가족을 어찌나 그리워하고 가슴아파하는지 눈뜨고 볼 수가 없을 정도였어. 만약 형제중 하나라도 있다면 서로 이야길 주고 받을 추억거리라도 있을텐데 아무도 없잖아. 동생 같은 친구가 하나 있긴 했지만 친동생이 아니니까 북에 있는 어머니나 가족을 아는 사람이 없는거야."

"이해하지. 내 곁에 가족이 아무도 없다는 것처럼 허망한 게 또 있겠어?" 나도 이해할 수 있을 것 같았다.

"북한 가서 가족을 만나긴 했는데 안타깝게도 여동생은 애기 낳다가 죽었고 어머니와 남동생은 그런대로 잘 있더래. 그래도 다행인 건 북한에 있는 가족을 방문하고 나서부터는 조금씩 다른 사람이 되어가고 있다는 거야. 전처럼 가슴을 쥐어짜는 그런 괴로움이 점차 사라져 가는 걸 나도 느끼겠어. 북에 있는 가족이 자유를 조금이라도 누리고 산다면, 서로 방문할 수 있다면 더 좋겠지만 어쩌겠니? 그래도 가족을 만날 수 있었던 것을 얼마나 감사해 하는지 몰라. 다른 수백만은 그런 기회조차도 없잖아."

나 역시 북에 있으리라고 믿는 언니들에 대해 아무 것도 모르고 있는 수백만중에 속했다. 미숙이의 이야기를 들으면서 한번 만난 적도 없는 미숙의 남편에 대해 어딘지 모르게 가까운, 친근감을 느끼지 않을 수 없었다. 마음속 깊이 안고 살아야 하는 아픔을 우리는 공유하고 있는 셈이다.

"어머니한테 남편이 재혼했단 소릴 했대요?" 란이 물었다.

"그소린 했대. 하지만 아버지와 서로 등진 사이란 소린 못했대. 어머니의 가슴을 아프게 할까봐서. 아버지와 아들이 태평양 건너 떨어져 살고 있으니까 자주 만나긴 어려우리라 그렇게 알고 계실테지."

"남편이 재혼했다는데도 괜찮대요?" 란이는 이해가 어려운 모양이었다.

"어머닌 벌써 알고 계시더라는데? '네 애비는 볼봐줄 사람이 필요하다. 음식도 빨래도 못하는데 어떻게 혼자 살 수 있겠니? 남자 아니냐?' 하시더래."

"어휴! 한국에 태어나지 않은 게 천만 다행이네. 북이건 남이건 말야." 란이 말했다.

"맞는 소리다. 너 같으면 북이건 남이건 하룬들 게서 살 수 있겠냐?" 엄마의 소리에 모두 웃었다.

"니네들 여기서 태어난 게 얼마나 큰 축복인지 잊지마라. 일등 로또 뽑은 것보다 낫다." 이모도 한마디 곁들었다.

미숙이한테 밀린 소리, 하고 싶은 소리가 너무 많아 자고 가라고 했다.

"그래. 그냥 가라면 서운할 판이지. 우리가 이렇게 만나리라고 누가 상상이나 했겠니? 어쩐지 오늘 아침 너네 교회를 한번 가야겠다 싶은 생각이 드는 게 이상터라. 육감이라고 할까, 왜 그런 것 있잖니? 우리도 모르는 사이에 서로한테 끌리는 무슨 화학반응 같은 게 있었는지도 모르지."

"맞아. 어떤 무의식의 세계가 서로를 끌었는지도 몰라."

두 할머니와 딸들이 침실로 간 후에 우리는 다시 마주 앉았다. 미숙이를 더 보고, 이야기도 더 듣고 싶었다. 전쟁이 터진 후부터 35년간의 이야기를. 그동안 어떻게 살았는지를 물었다.

한참을 민적대던 미숙이 가라앉은 목소리로 말했다. "1.4후퇴 때 피난길에 나섰어. 아버지하고 막내동생을 그때 길에서 잃었어."

"저걸 어쩌니? 할 말이 없구나, 미숙아." 내가 일어나 미숙일 끌어 안았지만 미숙인 멀거니 앉아만 있었다.

"눈덮인 벌판을 사람들의 행렬이 개미처럼 작은 점을 찍으며 가고 있었어. 앞에 두 대의 군용트럭이 있을 뿐 그 외에는 모두 걸어가고 있었지." 미숙의 목소리도 눈덮인 벌판처럼 싸늘했다. "비행기 소릴 듣자마자 모두가 길가에 바싹 엎드렸어. 계속 탕탕 터지는 소리에 귀가 한동안은 먹어 버리더라. 나는 엄마옆에 붙어 누워서 터지는 소리가 끝나길 기다렸어. 그리곤 일어나 식구들을 찾았지. 남동생들은 있는데 아버지가 보이질 않는거야. 아버진 막내 동생을 업고 앞서가고 있었거든. 아버질 외치며 찾아 다녔지만 없는거야. 겁나더라.” 미숙의 목소린 높낮이가 없이 잔잔했다. 마치 뜻을 모르고 읽어가는 문구처럼. “드디어 찾았어. 아니, 아버지의 일부를.”

할 말을 잃었다. 가슴이 죄어들었다. 한참동안의 침묵 후에 미숙이 말을 이었다. “난 아직도 잠자다 그 장면을 보곤해. 아버지의 부서진 상체, 머리가 없어진 어린 동생의 작은 몸뚱이…. 웅덩이처럼 고인 피… 거기선 잠시 김이 오르더라. 그리고 그것도 곧 얼어버리더군. 그때 내 심장도 함께 얼어버리는 것 같았어. 난 뻣뻣이 선 채 구경만 했어. 끝없이 펼쳐진 눈덮인 벌판…. 그날따라 어찌 추운지…. 그래도 햇볕은 눈이 아프게 부시고.” 미숙의 멍하게 빈 크고 검은 눈동자.

그 뒤를 따라오는 침묵속에서 내 가슴도 그 벌판의 미숙이의 아버질 더듬었다.

“미안하다, 미숙아.” 내 말이 공허하게 울렸다. “내게는 정말 부러운 아버님이셨는데. 같이 웃고, 같이 놀아주시고, 안아주시고, 빙 돌려주시고…. 우리 아버지도 너희 아버지 같았으면 하곤 했는데….”

“그러고 나니까 세상이라는 게 캄캄한 곳이더라.” 미숙은 자신의 자릴 되찾고 있었다. 그런 미숙의 손을 잡고 나는 일종의 자매 같은 연결을 느꼈다. 우리의 상처는 서로를 다시 이어주고 일으켜 주는 어떤 힘을 부어 주는지도 몰랐다.

“엄마는 칼국수집을 열었고 난 그걸 도왔어. 내가 맏이였으니까. 다행히 엄마의 국수가 인기가 있어서 생활이 되었고, 난 늦었지만 동생들은 대학도 나왔어.” 미숙인 다 식은 커피를 마셨다. “나도 가곤 싶었지만 엄마가 손이 필요했거든.”

"그게 우리들 주제가 아니냐? 어머니가 고생 많으셨겠다. 남편은 어떻게 만났니?"

미숙인 벤이 자기네 가게의 고객이었던 것, 연애시절, 그리고 자동차 메카닉이 되어 베트남에 갔다가 이어 여기있는 볼보회사까지 오게된 경위를 설명했다.

"대니 아빠 성실하고 열심히 일해. 회사에서 인기야. 정식 공대 학위 있는 메카닉에다 머리가 빨리 돌고 근면하니까. 다른 사람들이 찾아내기 어려운 문제를 빨리 찾아 해결하나봐. 지금은 부서 책임자야."

"너도 일 하니?"

"난 대학문을 가 보지 못했잖니? 대니가 떠난 후 나도 공부하고 싶어 근처 학교에 등록했어. 그림 좋아하니까 그림공부하고 있지. 그림에는 아픈 마음을 달래주는 힘이 있더라. 언제나 위안을 줘."

"잘했다. 네가 그림 잘 그리는 건 어려서부터 유명했잖아."

"영어도 배우고, 가보지 못했던 대학물도 좀 맛보고, 그러고 싶어서."

미숙인 말을 멈추고 내 눈을 들여다 보았다. "그런데 어떻게 된 거야? 이모까지 너네 식구들 다 만났지만 네 남편은 그림자도 안 보이네."

나는 내 과거에 대해 간단하게 이야기 해 주었다. 전쟁때 서울 이모네로 간 것부터 시작해 고아원시절, 의대생활, 헤어진 민구, 그리고 마이크와의 짧았던 연애까지. 마이크와 헤어진 후로 그에 대해 이야기 해 보기는 처음이었다. 구태여 숨기려고 했던 것은 아니었지만 이제껏 그런 이야길 나눌 사람이 따로 있질 않았던 탓이었을 게다. 이제와서 이야길 하는 것이 마치 오래전 읽었던 소설책을 기억해 내는 심정이긴 했지만. 그런데도 내가 읽었던 어떤 이야기책보다도 기억이 생생하고 그리 오래전 일이 아니었던 것 같은 느낌이 들어 되레 이상스러웠다.

"그리고 6개월 후 한용남과 결혼했지만 란이가 태어난 후 이혼했어."

"그럼 네 전남편은 지금 어딨는데? 애들이 아버지 찾지 않아?"

난 잠시 생각해 봤다. 솔직히 그에 대해 언제 생각해 보았던가 싶었다.

"아니. 별로. 어딨는지도 몰라. 애들 양육권은 둘이 함께 갖고 있지만 아버지라고 한번도 애들을 찾아 본 적이 없으니까."

"한번도?"

"한번도."

"어디서 뭘 하는진 알아?"

"몰라. 어쩌면 서부나 시카고에 있을지 모르지. 동부에 있다면 풍문으로라도 어쩌다 소식을 들을 것 같은데 통 모르고 살았으니까. 난 다행이라 여겨. 찾고 싶은 생각도 없고. 애들이 아버질 찾지 않으니 내버려 두고 있는 거지, 뭐."

"어떻게 자기 딸들인데 찾질 않을까?"

"모르지. 나도 그냥 상상할 뿐이야. 내가 실수해서 결혼했고 그 댓가는 내가 지불한 거야. 첫단추를 잘못끼었던 거지. 우리는 신년을 맞는 기분으로 살자하고 12월 31일을 결혼일로 잡았더랬어." 바로 그날 캐롤라이나를 휘몰은 폭풍과 우리의 결혼에 대해 이야기했다.

"카나다서 내려오는 눈폭풍과 멕시코만서 올라오는 세찬 비바람이 캐롤라이나서 만나 모든 걸 눈과 얼음으로 뒤덮어 놓았지, 뭐. 돈도 별로 없던 신세니까 간단하고 조촐한 결혼식을 계획하고 있었는데 자연이 그걸 깡그리 요란하게 뒤흔들어 버린 거야. 우리가 서약하려 할 때 거짓말처럼 전깃불마저 깜박거리잖겠어? 마치 누가 나한테 되게 호통이라도 치는 것처럼 말야." 맞는 소리였다. 내 잘못이었다.

"곧 임신이 되었기 때문에 영주권 신청을 하고 엄마를 초청했어. 애 키워줄 사람이 필요해서. 마침 한국이하고 올캐가 엄마와 같이 사는 걸 원치 않았기 때문에 엄마가 크게 상심해 있었거든. 내겐 정말 다행이었지. 엄마의 도움 없인 살 수가 없었으니까. 당시 나는 학교와 직장, 애기, 게다가 학생인 남편을 다 책임져야 하는 입장이었거든. 남편은 영주권이 없어서 제대로 된 직업을 구할 수 없었어.

내가 정신없이 바빠 그랬는지 아니면 워낙 모자랐던 탓인진 몰라도 란이 임신중인 동안 남편이 여자친구와 살림하고 있는 걸 몰랐어. 학교가 좀 떨어져 있었기 때문에 애들 애비는 학교 근처 아파트에 살면서 주말에만 집에 왔거든. 물론 아파트 세도 내가 내고 있었지. 시카고 시절부터 사귄 여자라더라. 그 사람 영주권 받자마자 이혼했어." 내가 웃었다.

"미숙아, 내가 그 작자 위자료까지 준 거 아니겠냐? 돈벌이를 내가 하기 때문이래. 그때까지 열심히 모았던 돈 죄다하고 더 얹어 주어야 했어. 변호사 말에 의하면 법정에 끌고가 싸우면 내가 이길 거라지만 싸우느라 드는 돈이 더 많을 거라더군. 그래 주고 말았어."

"나쁜 녀석! 그러니까 딸들 찾아 볼 면목도 없었겠다."

"결혼도 했을 거고 애들도 생겼을테니 부인되는 사람이 남편의 전처나 자식에 대해 뭣하려 알려 들겠어? 우리나라 사람들 재혼하는 것에 대해 민감하잖니? 이렇게 말하면 안 되겠지만 솔직히 이혼하니까 시원하더라. 한참 일하며 애들 키우느라 바쁠 때 내겐 그사람도 짐일 뿐이었거든. 그자야 내가 눈에 가시였겠지만. 그리고 우리 애들 생각하면 그 사람이 애들 아버지라고 내세우고 싶은 생각도 없어." 잠시 회상했다.

"이혼 후 예일대로 옮겼어. 그 사람 때문은 아니지만 그 사람 때문에 결정이 쉬워졌던 거야. 우리나라가 빨리 변해가고는 있다지만 그래도 나한테는 어렸을 시절 빨갱이라고 따돌림 받았던 것을 잊을 수가 없었지. 이제와서 '딸 둘 데리고 돌아온 이혼녀'라는 따돌림을 당할 것이 뭣보다 싫었어. 애들이 아버지 없이 서울가면 어떻게 손가락질 받을런지를 생각해 봐. 아직까지도 남성우월주의 사상이 깊잖니? 듀크대 시절 우리 과장이셨던 에머슨 교수가 예일대로 가시면서 나보고 오라고 했었거든. 그래 교수님 따라 예일로 온거야.” 오랫만에 내 얘길 하고 있었다.

“근데 미숙아, 세상엔 공짜가 없다는 말 맞아. 그렇게 다 갚고 떠나고 나니까 내가 자유로워 지더라. 더구나 그 덕에 예쁜 두 딸을 차지하게 됐잖니. 그리보면 사실 밑진 건 아니지. 우리에겐 미래가 있으니까. 이혼과 함께 내가 얻은 가장 큰 보상은 내 자유와 독립인 것 같애.” 나는 킬킬대고 웃었다. “내가 독립투사나 여권신봉주의자가 된 것 같네, 안 그러니?”

“마이크에 대해선 어떻게 생각하니?” 마치 내 이혼이야기의 계속이나 되는 것처럼 물었다. 뭐라 해야할지 몰라 우물거리고 있는 동안 미숙의 눈길이 날 계속 쫓고 있는 걸 느끼지 않을 수 없었다. 나도 모르게 당황스러워 눈길을 돌렸다.

“무슨 소리야? 결혼하고 아들이 둘이야.” 내가 찾아낸 답이다. “소아과 학회서 가끔 만났어. 부인도 같이. 엄청 귀티나고 아름다운 여자야. 도대체 마이크가 뭘 보고 날 좋아했나 싶어.”

“애, 정말 몰라서 물어? 너한텐 지적이고 특이한 매력이 있는데. 우리가 지금 수퍼모델 타입을 이야기하고 있는 거야?” 미숙이 웃었다. “아름다운 부인도 좋지만 난 그이가 왜 네게 빠졌는지 알지. 너 자신은 모를지 모르지만 너한테는 특이하게 너만 가지고 있는 네 향기하고 톡톡 튀는 강한 개성이 큰 매력이거든.”

“아이고, 고맙습니다.”

“그런데 왜 그 사람 이야긴 그렇게 피하니?”

“그래? 글쎄… 내가 그랬나? 어쨌든 다 흘러간 물이고 떠난 버스다.”

“그 사람 보면 네 심장은 괜찮아?”

“무슨 소리 하는거야? 결혼해서 행복하게 잘 사는 사람인데.”

“네가 괜찮지 않은 듯해서 물었을 뿐야.” 커다란 눈동자가 날 들여다보며 말했다.

"그래. 아직도 이 노친네가 사랑에 빠져 눈에 깎지가 꼈다. 그 소리가 듣고 싶은거야?" 미숙의 눈을 피해 가며 말했다.

"네가 모든 걸 자세히 이야기 하진 않았지만 미세하게 떠는 네 손가락, 피하는 눈동자, 숨을 죽이는 네 자세, 그런 것들이 모두 내겐 뭐라 말하고 있거든. 내 보기엔 흔하디 흔한 일상의 로맨스와는 다른 특별한 무엇이 둘 사이에 있었던 느낌을 주니까." 날 계속 들여다 보며 이었다. "네가 엄마는 속여도 날 속이긴 어려울 걸."

"그때만 해도 내가 어리고 철이 없어 사랑이 뭔지 몰랐더랬어. 그렇다고 지금 안다는 소린 물론 아니지만. 어쩌면 마이크 이야기나 생각을 피하는 이유는 죄책감 때문이 아닐까?" 내 생각을 모아보았다. "마이크는 사랑하면서 돌아섰고, 용남인 사랑하지도 않으면서 결혼했고. 결국은 둘 다를 속인 셈이고, 그통에 나까지 속인 셈이 된 거, 그런 게 아닐까? 그럼 세 배의 속임수였나? 그렇다고 지금 그 둘중 누구한테 정이 있는 건 아냐. 내 잘못으로 다 잃은 셈이지, 뭐."

"왜 지금 사귀는 사람은 없어?" 뜻밖의 소리였다.

"그걸 어떻게 아니?" 나도 모르게 튀어나온 소리에 미숙인 눈썹만 쫑긋했다. "시간도 없고…."

"그래. 시간 없었겠다." 미숙인 짓궂게 웃으며 고갤 주억거렸다. "다 네 잘못이야. 집안에 여자들만 우굴거리고 있으니 남자들이 무서워 도망치는 거지." 미숙이 웃었다. "어쩌면 맘속에 누가 있어서는 아닐까?"

"때가 되면, 때가 되면. 걱정 마." 얼굴이 붉어지는 걸 느끼며 이야길 돌렸다. "미숙아, 내가 널 만나면 묻고 싶은 게 있었어. 유치한 소리 같긴 하지만 4학년때 우리가 짝이 되었던 때부터 궁금했어. 우리 철이 뒤에 앉았던 거 기억하니?"

"그걸 어떻게 잊어 버리니? 걔가 내 눈가지고 놀리니까 난 가만 있는데 네가 덤비고 나섰다가 얻어맞고 마루바닥에 나딩굴었잖아." 미숙이 웃었다.

"그때 네가 철이처럼 어깨자랑깨나 하는 아이들을 쿨하게 대하는 태도를 보고 속으로 어떻게 하면 너처럼 행동할 수 있나 싶어 얼마나 부러웠는지 몰라. 네가 그런 걸 부모한테서 배웠을까, 아니면 우리가 다니지 않는 교회를 다녀 그런가 궁금했어." 생각해 보고 계속했다. "때로는 별것 아닌 것 같은 일이 두고두고 생각해 보게 만들 때가 있잖니? 네가 취했던 행동이 내가 차별대우를 받거나 삶의 어려움을 당할 때 어떻게 처신해야 할지를 가르쳐 준 셈이야."

"야, 내가 그런 칭찬 들을 자격이 있는지는 모르겠지만 예일대 교수님으로부터 그런 소리 들으니 약간 우쭐해지네." 미숙이 내 등을 두들겼다.

"내가 가정교사하는 동안 돈좀 있다고 날 깔보는 사람 많이 겪었거든. 그럴 때마다 네 생각을 하면서 '속이 든 어른처럼 행동하자. 참고 십 년 후 우리가 어떻게 되었는지 그때 비교해 보자,' 하곤 했거든. 웃기는 것 같지만 너한테서 쿨하게 사는 태도와 자신감을 배운 셈이야."

"나도 어딘가는 괜찮은 구석이 있었구나." 미숙이 웃었다.

미숙이 남편이 평양서 온 후 첫 일요일 나는 미숙이네 집을 방문했다. 벤은 키가 크고 운동을 즐기는 타입 같았다. 목소리마저 허스키한 베이스였다.

"만나게 돼서 정말 반갑습니다. 말씀 많이 들었습니다." 내 작은 손을 그의 큰 손으로 삼키듯 잡으며 말했다.

미숙이네 집은 예술가의 집이었다. 어디서 봐도 한폭의 그림, 혹은 한컷의 사진 같았다. 막다른 골목 끝 숲속, 길로부터 약간 내려앉아 울긋불긋한 단풍 속에 둘러싸여 길에서 보면 이끼낀 삼목나무 지붕만이 붕 떠 보였다. 차고로부터 집으로 들어가는 길은 슬레이트로 깔고 현관문 옆은 스테인글래스로 장식하고 있었다. 모든 게 다 예술적이어서 친구의 재능을 감탄하지 않을 수 없었다. 일단 집 안에 들어서면 다른 세계였다. 미숙이의 그림들이 눈높이에 주욱 걸려 있는데 미숙의 말처럼 평안한 위안을 주기도 하지만 한편으로는 깊은 적막과 외로움이 스며 있었다. 미숙이가 말 하던대로 그림속에서 어떤 위안이 배어 나오는 듯했다.

그 반대쪽은 타오르는 단풍들이 창밖으로 펼쳐 있었다. 비치는 햇살에 투명하게 빨간 색으로 물든 단풍이 손가락을 쫘악 펴고 실바람 따라 한들거리며 커다란 창문을 두드리고 있었다. 그 창가에 앉아 벤은 어떻게 북한을 방문하게 되었는지 그 방법과 경위를 설명해 주었다. 같은 교회 장로님이 북에 두고 왔던 일곱살짜리 딸, 이제는 마흔이 된 딸을 가서 만나보고 온 소리를 듣고 벤도 고대로 따라 하였다 했다.

"북한은 관광객으로 가는 것인데 곁길로 가족을 만날 기회를 잠시 주는 겁니다. 모두 체면이나 예절은 지키지만 인도주의나 박애정신이 우러나서 하는 것은 아니란 걸 잊지 마세요. 거기선 그런 단어조차 없을 겝니다. 정부가 위조화폐 만드는 나라 아닙니까? 가족을 만나보기 위해선 그런 것 다 감안하고 눈을 감을줄 알아야 합니다. 가족이 거기 있으니 할 수 없어 가는 것이지 아니라면 누가 가겠어요?"

"대니 아빠처럼 북한에 다녀온 사람들이 많던가요?"

"저도 물었습니다만 확실한 숫자는 이야기 않더군요. 내가 수소문으로 들은 케이스도 50은 넘으니까 꽤 될 겁니다. 그렇다면 나라고 왜 안되겠어요? 저야말로 자동차 정비일을 하고 있으니 그들이 좋아하는 노동자계급 아닙니까?" 그가 웃었다. "하라는 대로 따라 했지요. 물론 안 가셔도 됩니다. 미아씨한테 달렸으니까요. 하지만 원하신다면 언니들에 대한 정보를 아는 한 주세요. 그래야 찾기가 수월할테니까요. 혹 사진이 있으시면 그것도 첨부하시고요." 그리고 필요한 편지 두 통을 쓰라고 했다. "편지는 될수록 짧게 필요한 소리만 쓰세요. 길면 까딱 하지 말아야 할 소릴 할 수도 있으니까."

미숙이와의 만남은 35년간 애써 억누르고 있었던 언니들의 생각을 다시 불질러 놓은 셈이었다. 일단 그리 되고 나니까 언니들의 생각을 멈출 수가 없었다. 형제 사이엔 같은 유전인자를 물려받은 어떤 끈끈한 유대가 서로를 끌고 있는지도 몰랐다. 언니들을 만날 수 있다는 꿈과 희망이 하도 크게 부푸는 통에 어떻게 나 자신을 다스려야 할지 몰랐다. 미숙의 말이 맞았다. 헤어진 가족이 보고 싶은 것도 일종의 병, 그것도 큰 병이었다.

일년간의 애타는 기다림 끝에 언니의 편지는 내 손에 있었다. 언니를 보러 갈 것이다. 언니의 글씨를 손가락 끝으로 만지고 또 만졌다. 전쟁 당시의 종이처럼 편지지는 누렇고 거칠고 질이 좋지 않았다. 주소도 희한했다. 미국, 코네티컷주, 이미아 귀하라고 쓴 데다 우편번호가 다였다. 모든 글자는 대문자로 한곳에 뭉쳐 있었다. 동네 이름도, 집 번지도 없이 날 찾아온 것이 기적이다. 내가 여기 오래 살아서 우편배달부가 지역우편번호만 가지고도 날 찾은 게 얼마나 다행인지 몰랐다. 까딱 보낸 사람한테 되돌아갈 뻔하질 않았던가? 생각만 해도 아찔이다.

편지 봉투에 찍힌 둥근 고무 도장이 감옥소에서 온 우편엽서 생각을 불러왔다. 우리 세 자매가 함께 고통을 나누었던 시절. 그러면서도 낄낄대며 웃어댔던 우리. 동태처럼 얼은 시신들을 뒤집고 다녔던 우리. 그래도 언니가 있어서 자랑스러웠던 시절이었다.

이제 오십줄에 들어선 언니들. 그때 언니들은 십대의 소녀들이었다. 그로부터 여기까지 얼마나 길고 험난한 여정이었던가? 게다가 내가 지금 여기 미국에 살고 있는 덕분에 언니들을 보러 갈 수 있다는 현실은 어찌 이해한단 말인가?

II 부

6

이모네

(서울, 1950)

세상이 뒤바뀐 그날, 1950년 6월.

도망치다 잡히고, 집은 빼앗기고, 임시로 얻은 단칸방으로 들어갔던 그날. 아버지는 서둘러 회사로 갔지만 사흘이 되도록 집에 오질 않았다. 모두 걱정만 했지 무얼 어찌해야 할지를 아는 사람은 없었다. 기다리기만 했다. 엄마는 넋을 잃은 양 멍했다. 동네 광장서 인민재판이 있었네, 공개 처형이 있었네, 재판도 없이 처벌했네, 숙청을 했다네… 따위 소리가 분분했다. 말 자체조차도 이해하기 어렵고 으시시한 처음 듣는 소리들이었다.

사흘째 되던 날, 문께서 들리는 낮은 목소리에 진아는 잠을 깼다. 아버지였다. 놀라 일어나 앉았다. 아버지가 오신 거다. 엄마의 머리에 귀를 대고 아버지가 이야기하고 있었다. 미아와 두레언니도 깼다. 진아는 선아를 흔들어 깨웠다.

"밤낮으로 지키고 있어서 꼼짝 할 수가 없었소." 아버지가 서둘러 이야기하고 있었다. "그들의 신용을 얻기 위해선 하라는 대로 했지. 하늘이 검다면 검은 거고 희다면 흰 거고. 사흘을 하라는 대로 하니까 날 믿습디다. 화장실도 혼자 가게 두더군요. 그때까지는 한놈이 꼼짝 않고 나만 붙어다니는 거요. 모두가 잘 때 화장실 가는 척하고 빠져 나왔어요. 빨리 떠납시다."

"서울로요?" 엄마가 물었다. "거긴 안전할까요? 빨갱이 세상이 된 지가 언젠데 거기라고 당신 찾지 않을 리가 있겠어요?"

아버진 멈칫했다. "다른 방법이 없질 않소? 빨갱이들 밑에서 일할 순 없으니." 아버지가 일어나 짐을 챙기기 시작했다. 가족들은 아버지가 하는대로 따라 했다. 며칠 전 이미 한번 연습한 상태여서 그때보다는 시간도 덜 걸리고 우왕좌왕도 덜했다.

"우리 또 헛수고하는 건 아냐?" 선아가 진아한테 소근댔다.

"난들 아냐?" 진아가 중얼댔다.

"또 잡히면 그나마 이 집마저 잃을까봐." 선아가 툴툴댔다.

어둠만큼이나 짙은 공포가 그들 위를 내려 덮었다. 지난 번처럼 우루루 몰려다녀 눈길을 끌지 않으려고 세 편으로 갈랐다. 이번엔 아버지가 한국일 업었다. "녀석 업을 기회가 다시 있겠어?" 목에 뭐가 걸리는지 밭은 기침소릴 하며 앞섰다. "하도 빨리 자라니…."

엄마와 두레언니가 뒤따르고 딸 셋은 뒤떨어져 걸었다. 좀 돌더라도 지난번 잡혔던 길과는 다른 길을 아버지가 택했다. 하지만 누가 어딜 가는지 아무도 상관칠 않는 게 이상스러웠다.

"진아 언니, 우리 제대로 가는 거야? 어떻게 개구리 한마리도 얼씬하질 않지?"

"난들 알아? 군인들은 죄다 남쪽 전선으로 가서 싸우고 있고, 피난갈 사람은 이미 다 피난 갔을 거고, 우리만 도망치고 있는 건지도 몰라. 방향잃고 거꾸로 가는 물고기 신세될까 걱정이다. 여기나 거기나 다 빨갱이 세상이라잖아. 지난 번처럼 물에 빠진 생쥐처럼 되진 말았으면 좋겠는데," 하며 아직 어두운 하늘을 살폈다.

"서울까지 걸으려면 해 쨍나는 무더위보단 나을지도 모르지."

가는 도중 길에서 군인을 몇 만나긴 했지만 놀랍게도 이씨네 가족을 막는 이는 아무도 없었다. 진아 말대로 북한의 손에 든 지가 언젠데 어딜 가던 무슨 대수냐 싶었는지 몰랐다. 뭣보다 당장 힘든 것은 타는 목하고, 힘들고 아픈 몸뚱이였다. 짐 싸서 지고 이고 가려면 3키로도 가까운 거리가 아닌데 30키로라면 농담이 아니다. 미아가 선아한테 물집이 툭툭 불거진 손을 내 보였다. 몇은 벌써 터져 진물이 흐르고 있었다. 선아는 미아의 보따리에서 옷 몇가질 꺼내 터질 것 같은 자신의 짐 속으로 넣어주었다.

"미아야, 물집 생각은 하지말고 걷는 데만 신경써. 왼발앞에 오른발, 오른발 앞에 왼발. 그 생각만 해. 하나, 둘, 셋, 넷. 또 하나, 둘, 셋, 넷. 자꾸 발을 앞으로 내디딜 생각만 하란말야." 종일 꾸무룩한 날씨에 비가 한번 살짝 뿌리긴 했지만 뜨거운 땡볕이 아닌 것은 그나마 다행이었다.

가족들이 이모네 도착했을 때는 한밤중이었다. 미아는 대문 밖 땅바닥에 철부럭 드러 누워버렸다. "죽인대도 난 못일어나." 이 쬐꼬만 열살짜리 계집애도 짐을 한껏 지고 들고 30키로가 넘는 거릴 걸은 셈이다. 다른 식구들도 모두 주저 앉았다.

가족들은 이모가 집에 있을지 없을지도 모르는 채 무작정 왔다. 이모부와 같이 피난을 갔을지도 몰랐다. 아버지가 대문을 두드렸다. 기다렸다. 조용했다. 다시 좀 더 크게 두드렸다. 아버지 등에 업힌 한국인 잠이 깊이 들었는지 고개를 이리 꺾었다 저리 꺾었다 하고. 문을 미는 소리, 가벼운 발소리. 이젠 살았다.

"누구세요?" 이모의 조심스런 소리가 대문 사이로 새어나왔다.

"인천 언니다." 엄마가 작은 소리로 대답했다.

"언니!" 이모는 대문을 열고 패잔병들처럼 늘어져 있는 언니네 식구들을 보고 놀라 입을 막았다.

죽여도 못일어 난다던 미아가 발딱 일어나 "이모!" 외치며 가서 안겼다.

이모는 서대문 밖 노고산동에 살았다. 이모의 미모는 누구든 한번 보면 흘끼흘낏 두세번씩 돌아보곤 할 정도였다. 딸들은 이모를 무척 좋아했다. 때로는 엄마보다 언니 같은 이모를 더 따를 때도 많았다. 이모는 아침마다 길게 땋은 머리를 가지런히 뒤로 모아서 쪽을 찌곤 했다. 게다가 그런 머리에 어울리게 한복을 맵시나게 만들어 입었다.

컵컵이 두른 한복이 아니라면 이모의 가뿐한 발걸음은 춤추는 듯도 하고 발레리나 같기도 했다. 게다가 이모는 반들거리는 매끈하고 흰 피부를 갖고 있었다. 때때로 이모와 목욕을 같이 하곤 했던 이씨네 딸들은 이모가 얼마나 예쁜지 속속들이 잘 알고 있었다. 자매인 이모와 엄마가 비슷하게 생기긴 했다. 둘이 다 키도 몸매도 비슷한 데다 얼굴도 비슷한 계란형이었다. 그래도 왠지 모르게 이모한테는 엄마와 달리 끌리는 데가 있었다. 뿐 아니라 이모는 조카들이 듣기 좋아하는 소릴 잘도 골라 했다.

"어쩌면! 우리 미아가 그새 이렇게 예쁘게 커 버렸네." 이모는 미아를 꼭 안아주었다.

이모는 애가 없었다. 그래선지 이모한테는 슬픈 듯하기도 하고 외로운 듯하기도 한 그늘진 그림자 같은 눈길이 늘 있었다. 어떤 면에서는 이모한테 새겨진 그림자 같은 그늘이 이모를 한층 더 아름답게 보이게 하는 건지도 몰랐다. 우수에 잠긴 듯한 아름다움이 가진 특이한 아름다움…? 어쨌거나 이모한테 자식 이야기 하는 것은 누가 말하지 않아도 모두 삼갔다. 애기가 없으니까 이모부가 사업한다고 더 나가 있는지도 몰랐다.

유리창으로 길을 내다볼 수 있는 인천 이씨네 집과는 달리 이모네 집은 모든 문이나 창이 안마당만을 향하고 지붕은 회색 기와로 덮힌 한옥이다. 길과는 등이라도 진 듯 길쪽으로 난 창은 없고, 회색의 무거운 타일을 머리위에 엊고는 있어도, 휘어 오른 추녀들은 하나같이 춤이라도 추는 듯 하늘을 향해 날

개들을 올리고 있었다. 팔을 활짝 펴 올린 무희처럼.

"내 입이 떨어지진 않네만 우리가 음식도 돈도 다 떨어지니 자넬 더 붙들어 둘 수가 없구먼." 이모네 온 지 나흘되던 날 엄마가 두레언니한테 말을 꺼냈다. 혼자 있는 이모는 집에 음식을 많이 쌓아 두고 있진 않았다. 일곱이나 되는 대식구가 빈손으로 들이 닥쳤으니 먹을 게 바닥나는 것은 시간문제였다. 두레와 엄마, 둘이 대청에 같이 앉아 있긴 했지만 얼굴은 서로를 피하고 있었다. 엄마는 멍한 채 마당만 내다보며 말했고, 두레는 고갤 떨군 채 훌쩍거리고 있었다. 두레는 한국이가 태어날 때부터 같이 살아 한국일 자기 아들처럼 위했다. 마른 편인 이씨네 가족과는 달리 뼈대가 굵고 탄탄한 체질에 강하고 충성스런 여자였다. 어떤 뒷사정을 갖고 있는지는 몰라도 이씨네 온 후로 한번도 자기집이라고 찾아 가는 걸 본 기억이 없었다. 그런 언니가 집을 나가야 된다는 것은 예삿일이 아니었다.

"이렇게 어려운 시기에 제가 무슨 염치로 돈을 바라겠습니까? 게다가 갈 데가 딱히 있는 것도 아니고…." 두툼한 손바닥으로 눈물을 쓸어 내렸다. "어려운 사정을 제가 모르는 것도 아니고. 그냥 있게만 해 주세요."

엄마도 옷고름으로 눈물을 찍어냈다. "자넨 젊고 건강하네. 자네 몸 하나만 챙기면 되네. 우리 때문에 묶이지 않으면 자네 입 하나 건사하기는 훨씬 수월할 걸세. 자네한테 밀린 월급이 있지만 자네 줄 거라곤 지금 아무 것도 없네그려." 그리곤 둘 다 울었다. 이 정도면 여간 심각한 상황이 아니다. 미아는 이모의 무릎에 머릴 묻고 울었다. 진아와 선아는 방에 들어가 서로 붙잡고 쿨쩍댔다. 두레언니만을 위해서 운 건 아니었다. 앞으로 다가올 굶주림, 예측할 수 없는 장래에 대한 불안 때문이었다.

두레언니가 떠나는 시간, 아버지만 빼고 모두는 대문 밖에 섰다. 이모네 온 후로 아버진 쥐도 새도 모르게 어디로인지 종적을 감춰버려 한번도 나타나질 않았다. 누구든 물을 것 같으면 애들은 모른다고 대답하게 되어 있었다. 되어 있으나 마나 그게 사실이었다. 아버지는 어디로 갔는지 도통 뵈질 않았으니까.

두레는 한사람 한사람 인사를 하고 마지막으로 한국이 안았다.

"언니, 눈이 빨갛다. 왜그래?" 한국이의 질문에 두레는 고장난 수도꼭지마냥 눈물을 쏟았다. "언니 아파? 어디 가는 거야?" 한국이가 작은 손으로 두레의 눈물을 닦았다. 뼈가 굵은 두레는 어딜 가든 한국이 등에 달고 살았다. 한번 더 한국이 뺨에 젖은 입술을 대었다가 언니는 한국이 엄마손에 넘기려 들었다. 두레가 어디로 간다고 느꼈던지 한국인 두레한테 착 달라 붙었다. 엄마는 한국이의 몸통을 잡아 당기고, 한국이의 팔다리는 두레를 꽉 부여 잡고, 작은 손가락들은 언니의 웃도릴 거머 쥐었다. 마치 자라난 바위에 들러붙은 생굴처럼 딱 붙어 떨어질 줄을 몰랐다. 그런 생굴 떼어내듯 언니한테서 끌어 당기고 잡아 떼면서 모두 한번 더 울었다.

"언니, 어디가?" 한국인 팔다릴 휘둘러댔다. "기다려, 나도 같이 가."

두레의 떠남과 동시에 기아와 생존문제가 코앞에 다가왔다. 한국인 목소리가 다할 때까지 배고프다 울어댔고, 나머지 식구들은 마당에 있는 우물물로 배를 채웠다. 하지만 불행히도 물과 음식은 같질 않았다.

"언니, 언니!" 미아가 한국의 손을 잡고 대문안으로 뛰어 들었다. 우물가에서 빨래하던 진아와 선아가 돌아봤다. "아래 사거리에서 완장 두른 군인들이 반역자들을 총쏘고 있어. 공개처형이래." 미아는 팔을 휘저어가며 헐떡댔다. 세 사람이 무릎꿇고 있는 걸 봤어."

"총 쏘는거 봤니?" 선아가 물었다.

"아니. 사람들이 몰려 있어서 한국이랑 무슨 일인가 하고 나도 앞에 가서 앉았거든. 근데 어떤 아줌마가 우린 너무 어리다고 냉큼 집으로 가라고 쫓아내는 거야. '동생하고 니 손에 피 바르고 싶어서 그러냐? 이게 장난인 줄 아냐? 냉큼 집으로 가라. 머리에 피도 안 마른 것들이,' 하며 야단쳐서 온 거야. 총살하는 건 보지 못했지만 여기 올라오다가 총소린 들었어. 언니 못들었어?" 미아가 눈이 동그래가지고 할딱거리며 설명했다. 진아와 선아는 빨랫감을 밀쳐놓고 나가려고 일어섰고 미아는 바싹 뒤따랐다.

"넌 한국이랑 집에 있어." 진아가 한국이 소린 입밖에 내지 말았어야 했다.

"나도 갈꺼야. 한국인 어려도 난 아냐." 미아가 한국일 향했다. "그 아줌마가 뭐라 했는지 알지? 넌 집에 있어." 미아가 소리쳤다. "엄마, 한국이 여있어요."

한국이가 울고불고했지만 세 자매는 뒤로 대문을 닫아걸고 언덕을 내려갔다. 군중들은 이미 사라지고 남은 한둘은 눈길들을 피하면서 황급히들 떠났다. 땅바닥에 뿌려진 피를 제하고 나면 전과 다름 없었다.

"셋이 여기 꿇어앉아 있었는데… 어디갔지?" 피가 뿌려진 곳을 가리키며 미아가 중얼댔다. "그리고 저기 작은 트럭이 한 대 있었는데. 내가 봤다니까. 진짜야."

모두 다 떠나고 이젠 조용하기만 했다.

"언니, 피비린내가 아직도 난다, 그치?" 선아가 말했다.

진아는 동생들을 한쪽으로 데리고 가서 뿌려진 피를 흘낏 보아가며 소근댔다.

"미아야, 너도 이제 어리지 않아. 말 조심해야 하는 것 알지? 오늘 있었던 공개처형 잊지 마. 누가 우리 아버지를 찾아내면 아버지도 저렇게 될지 모르는 거야. 알아 들어?"

"알았어, 언니. 우린 아버지가 어디 있는지도 모르는데, 뭘." 미아가 창백한 얼굴로 말했다. 어린 것의 이가 달달거렸다. 진아가 미아의 등을 두드려줬다.

"언니, 언닌 아버지가 어디 계신지 알아?" 그날밤 잠자리에서 선아가 물었다.

진아는 한동안 선아를 바라봤다. "아니, 몰라."

진아가 잠시 말이 없었다. "생각해 보면 볼수록 우리가 그냥 인천에 눌러 있어야 하지 않았나 싶어. 남쪽서 다시 쳐올라오지 못하면 어떻게? 이렇게 숨어서 살 수만은 없잖아?"

"만약 인천에 그냥 있다가 남에서 다시 국군이 올라오면 그땐 어떻게 하고? 그건 아버지한테 더 큰 문제아냐?"

"그럴지도 모르지. 하지만 이 공개처형은 정말 겁나네."

"남한은 그러진 않겠지?"

"난들 알겠니?" 진아는 머릴 흔들었다. "그러지 않겠지."

"내게 반지가 두 개 있는데 어디 가서 팔 수 있을까?" 엄마가 이모한테 물었다. 한국인 꼼짝 못하고 마루에 기진맥진해 누워있었다.

"내가 아는 데라고는 이 골목 입구에 있는 집뿐인데. 쌀과 바꾸어 줄지 모르지. 광에 곡식을 바닥부터 천정까지 쌓아놓고 산다던데…" 이모가 입을 다물었다. 언니한텐 귀한 반지였다. "이모부는 뭐래?"

"팔래. 굶어 죽으면 반지가 무슨 소용이냐고."

"금이니까 팔순 있을꺼야." 할머니가 엄마한테 준 반지이지만 엄마는 끼질 않았다. 왜 끼지 않느냐고 진아가 오래 전 물은 적이 있었다.

"잃어버리거나 상처낼까봐서다. 순금이니까 물르거든. 시어머니도 물려 받은 후 한번도 끼지 않으시더라. 나도 고대로 두었다가 한국이 색씨한테 줄란다." 반지마저 한국이 몫이라는 소리에 진아는 실쭉 했었다.

반지를 팔려는 이유도 순전히 한국이 때문이었다. 한국이가 마루에 드러누워 일어서지도 못하고 울 기운도 없는 것이 엄마의 가슴을 도려내고 있을 터였다.

"진아, 나랑 같이 가자. 손이 필요할테니." 엄마의 말에 미아까지 뒤따랐다.

"누구요?" 노인네가 대문을 겨우 주먹만큼 빠끔 열고 툴툴거렸다. 그에겐 나이따라 오는 후덕함이나 지혜 같은 건 하나도 보이질 않고 대신 얼굴을 있는대로 찡그리고 노려보는 듯한 눈초리가 등골을 서늘케 했다. 그 싸늘한 눈초리 위로는 우락부락해 보이는 두 눈썹이 이마 한가운데로 몰켜들고 눈썹 끄트머리들은 살아있는 벌레처럼 양쪽 하늘을 향해 영어의 브이자를 그리며 쫙 뻗쳐 올랐다. 머리카락은 허연데 눈썹만 검고 진해서 얼핏 얼굴 한복판에 시커먼 브이자만 보이는 듯했다. 정상적인 눈썹은 눈썹과 눈썹 사이가 들러붙지 않고 벌어지게 마련이고, 또 눈썹의 끝에 가서는 어느 정도 다시 땅을 향하고 내려와야 하는데 이 노인네의 눈썹은 그게 아니었다. 딱 뻗친 브이자는 그의 얼굴 한 가운데서 힘차게 꿈틀댔다. 보기만 해도 겁나던지 미아는 진아 언니의 손을 꽉 잡았다. 진아의 눈은 '입 다물어!' 라고 동생한테 주의시키고 있었다.

"집에 병들고 배고픈 애들이 있어 이 반지를 쌀과 바꾸고자 해서 찾아 왔습니다."는 엄마의 소리에 '브이'자 노인은 대문을 좀 더 열고 세 여자를 들어서게 했다.

엄마는 떨리는 손으로 반지를 꺼내 노인의 손바닥에 놓았다. 바들바들 떨고 있는 엄마의 손은 진아의 속을 철렁하게 했다. 엄마의 손위로 할머니의 손이 겹쳐 보였다. 할머닌 엄마를 위해, 엄마는 아직 있지도 않은 며느릴 위해 아껴 온 반지다. 노인은 반지를 자세히 들여다 보더니 입으로 가지고 갔다. 진아는 그가 삼켜버리려는 줄 알았다. 하지만 노인은 입을 옆으로 찡그리고 송곳니를 드러내어 반지가 순금인지 확인할 요량으로 무는 것이었다. '브이' 노인네의 이빨 두 개가 금으로 덮인 것이 들여다 보였다.

노인은 광으로 들어가 두되 정도 되어 보이는 쌀자루 하날 들고 나와 엄마한테 건넸다. "이거요. 갖든지 말든지. 알아서 하쇼."

"요걸요? 이런 것 다섯 개도 넘고 남을텐데," 엄마가 놀랐다.

"쳇! 그럼 그렇게 주는 델 가보쇼. 다섯 자루! 쯧쯧! 지금이 어느 때라고. 꿈 깨쇼. 반지가 그리 중하면 그걸 먹을 노릇이지." 그가 반질 엄마한테 돌려 줬다. "나갈 때 문이나 잘 닫고 가쇼."

"엄마, 우리 가자." 진아가 입술을 꽉 깨물며 말했다.

"병들고 배고파 하는 애들이 있어서요. 두 봉지만이라도 주세요. 부탁 드립니다."

"한 봉지도 기껏 생각한 거요." 노인이 쌀자루 갖다 놓으려고 광문을 붙잡고 돌아섰다. 그때 딸들이 흘끗 본 광속의 물건들은 숨을 멈추게 할 지경이었다. 광 속엔 쌀과 다른 곡물로 말 그대로 바닥부터 천정까지 차 있었다. 진아는 엄마의 팔을 잡아 끌었지만 엄마는 요지부동이었다. 한국이의 영상이 머릴 떠나질 않는 모양이었다.

진아는 쌀봉지에 손도 대기 싫었다. 미아가 들었다. 돌아오는 길에 미아가 언니 귀에 대고 소근댔다. "내가 자라면 돈 많이 벌거야. 그래서 더 크고 좋은 반지를 사서 며느리 주라고 엄마한테 줄 거야. 한국일 위해서가 아니고 엄마 위해서 말야."

엄마는 묽은 죽을 쑤어서 모두에게 한공기씩 나누어 주었다. 그리고 자신의 공기에서 몇 숟가락 떠서 한국이 그릇에 보태 주었다. 벌써 바닥난 그릇을 닥닥 긁어내고 있던 미아의 눈이 한국이 그릇으로 가는 엄마의 손길을 쫓고 있었다. 목구멍에 고이는 침을 삼키면서. 부러워 시린 눈엔 물끼가 어린 채. 그런 미아를 보자니 자신이 삼킨 죽이라도 뱃속에서 꺼내 주고 싶어 진아의 목도 부어 터질 것 같았다.

그래도 그 쌀을 가지고 열흘은 어떻게 견뎠다. 진아와 선아는 목판을 목에 두르고 껌이라도 팔아볼 양으로 나다니기도 했지만 별 효과가 없었다. 사람들이 돈이 있어야 무엇이든 살 터인데 서울에 남아있는 사람들 모두가 빈털터리인지 뭘 사는 인간이 도대체 없었다.

엄마가 남은 반지도 팔려고 갔을 때도 노인은 같은 양의 쌀밖에는 주지 않았다. 좀 더 무게가 나가는 반지긴 했지만 노인은 개념치 않았다. 엄마는 남대문까지 가서 밀가루와 바꾸어 왔다. 덕분에 며칠 더 견딜 수 있긴 했지만 밑빠진 독에 물붓기였다.

모두가 곯은 배를 가지고 집구석에 박혀 있는동안 여름은 갔다. 장마비와 함께 습기찬 더위가 분명히 있었을 터이지만 고픈 배 때문에 그런 따위는 아랑곳 없이 지나간 거다. 하루 24시간 고픈 배생각뿐이었다. 밤이 길어지기 시작하고 날씨도 선선해지기 시작하고…. 겨울이 올 것이다. 내다 팔 것도 없었고 한국이도 더이상 징징대지도 못했다.

9월초 이른 아침, 아버지가 왔다.

"여보, 마포에 가서 원철일 보고 오리다. 이렇게 있다 다 굶어 죽으면 무슨 소용이겠소?" 들리는 말로는 아버지 사촌 원철인 잘 나가는 공산당원으로 마포에서 중책을 맡고 있다고 했다.

아침 일찍기 나갔던 아버진 오후 느지막이 커다란 쌀자루를 어깨에 둘러매고 돌아왔다. 뿐 아니라 주머니에서 비누와 설탕도 내 놓아 모두를 놀라게 했다. 아버진 다른 말은 없이 밥을 지어 모두 배부르게들 먹게 하라고 엄마한테 일렀다. 멀건 죽도 아니고 눈에 띄지도 않는 수제비도 아니고 김이 모락모락 나는 진짜 흰 쌀밥. 꿈인지 생신지 해가며 모두들 배가 터지도록 먹었다. "누가 쫓아오냐? 천천히들 먹어. 체하겠다," 걱정해 대는 엄마의 소린 귓등으로도 듣는 사람이 없었다. 아버지만 뒤로 물러 앉아 열심히 먹어대는 식구들을 멀뚱하니 바라보기만 했다.

"당신도 좀 들어요," 하며 엄마가 재촉을 해도 아버진 들었는지 말았는지 멀거니 앉아만 있었다. 배들이 부르자 아버지의 눈치를 살피며 모두들 숟가락을 놓았다. 한국이만 목구멍까지 차서 더 들어갈 자리가 없을 때까지 계속 먹어 댔다.

그날 밤 엄마는 미아와 같은 방을 쓰고있는 이모한테로 갔다. 진아도 따라갔다. 미아는 부른 배를 방바닥에 대고 이모의 낡은 잡지책들을 뒤적이고 있었다.

"언니, 뭐 걱정스런 일이라도 있수?" 이모가 엄마의 얼굴을 살폈다.

"형부가 원철이한테 가서 쌀을 얻어 왔잖니. 너도 원철이가 누군지 알잖아."

"알지. 하지만 원철이가 돌아다니며 형부가 자기한테서 쌀 타갔다고 떠들 사람은 아니잖수. 나쁜 사람 아니니까 그렇게 걱정할 필욘 없을 것 같은데."

"그게 다가 아니니까 걱정이지. 진아 애비가 쌀이랑 물자 배급받기 위해서는 원철이 도와 일하겠다고 했대. 요새 세상에 그냥이야 누가 쌀 주겠니?"

"그랬대? 그렇다면 …." 말하다 말고 둘은 미아를 봤다.

"걱정마. 내 입은 딱 봉해져 있으니까." 미아가 입술을 손가락으로 잡았다.

"원철이가 배급담당을 맡아 있더래. 그러면서 진아 애비더러 배급은 드릴테니 장부관리만 좀 해주면 되겠다고 하더라는 거야." 엄마가 긴 한숨을 내 쉬었다.

진아는 좀 전에 모두들 게걸들린 듯 먹고 있을 때 먹지도 못하고 뒤로 물러나 앉아있던 아버지 생각을 했다. 가족이 굶지않고 살아남게 하기 위해 아버지가 지조를 꺾고 굴복해야 했던 타협. 쌀과 자신의 영혼을 바꾸는 그런 타협. 아버지처럼 꼿꼿하게 살려고 하는 사람으로서는 그야말로 힘든 결정이었을 터였다.

엄마와 이모가 이야기하고 있는 동안 진아는 미아의 손을 잡아 끌고 불이 꺼져 어두운 안방으로 갔다. 아버진 혼자 계실 게다. 부모와 같은 방을 쓰는 한국인 잔뜩 부른 배를 내민 채 잠들어 있었다. 미아의 손을 잡고 진아는 방문 앞에서 머뭇거렸다.

"미아, 들어가서 아버지가 뭐 하시는지 봐." 귓속말을 하고 미아를 방안으로 디밀었다. 진아는 아버지가 혼자 계시는 게 맘에 걸렸다. 혼자가 아니라고 말씀드리고 싶었다. 하지만 자식들 앞에서 아버지의 체면이나 권위를 건드리고 싶진 않았다. 미아는 아직 어리고 철부지니까….

"아버지…!" 미아가 작은 소리로 불렀다. 진아는 어두운 방안을 들여다 보려 애썼다. 아무 반응이 없다. 이모 방에서 새어나오는 희미한 불빛에 아버지의 실루엣만 보일 듯 말 듯이다. 그런 아버지의 모습이 진아의 눈속에 담겼다. 아버진 벽을 향한 채 바닥에 들러붙은 돌부처럼 꼼짝 안했다. 숨조차도 멎은 듯했다. 만약 아버지가…? 진아는 그런 아버질 볼 순 없었다. 잠시 거기 서 있던 미아가 뒷걸음쳐서 방에서 나왔다. 미아도 그런 아버질 대할 순 없었나보다.

"엄마, 아버지가 엄마 찾으셔." 미아가 이모의 방으로 되돌아 와서 엄마한테 말했다. 마치 진아의 마음이라도 읽은 듯이. '잘했다, 미아,' 진아는 생각했다. 딸들은 아버지의 체면을 염두에 두었지만 그래도 어둠속에 혼자 돌처럼 앉아 있는 것은 원치 않았다.

"이모, 우리 부모는 딸들이 고집불통이라고 하지만 아버지 고집을 당할 사람은 세상에 하나도 없는 거 알우?" 딸 셋이 다 이모방에 모여 떠들 때 진아가 물었다.

"왜 그런 소리하니?"

"전쟁나기 얼마 전이었어요. 누가 엄마를 찾아 왔는데 그 여자 때문에 엄마와 아버지가 대판 싸웠거든요." 진아의 소리에 동생들이 고갤 끄덕였다. 학교서 돌아왔을 때 그 여자가 찾아 왔었기 때문에 그 이야긴 모두 잘 알았다.

애기를 등에 업고 손엔 집에서 땄다는 오이를 작은 소쿠리에 담아들고 찾아

왔던 여자이야길 진아가 이모한테 했다. 인사를 나눈 후 여자가 엄마더러 광목필을 받으면 자기네도 꼭 잊지 말고 기억해 달라고 했다.

"무슨 광목필을 말하시는 거지요?" 엄마가 물었다.

"최 부장님이 어제 이 과장님께 스무 필을 드린 걸 알고 있거든요. 많이 달라는 소린 안해요. 과장님 밑엣분들한테 한 필씩만 주셔도 아직도 여러 필이 남을테니까 아량을 좀 베풀어 주십사고요. 웬만하면 이런 소리 하지 않으려고 했지만 시아버님 육순이 닥쳐오고 있어서요. 다문 한 필이라도 큰 도움이 되겠기에…. 꼭 기억해 주세요. 은혜는 잊지 않겠습니다." 오이바구닐 엄마 앞으로 밀며 말했다.

"그런 소린 생전 처음이네. 애들 아범이 오면 물어 볼게요. 사실이라면 물론 그리 해야지요." 말하며 엄마는 오이바구닐 다시 밀어냈지만 여자는 총총 사라졌다.

그날 저녁 엄마가 아버지한테 광목필에 대해 물었다. 아버지의 답은 의외였다.

"없소. 그런 건 없어요." 강경한 목소리였다.

"그 여자말로는 최부장이 당신한테 줬다던데요? 그걸 어떻게 하신 거에요? 어디다 두셨어요?" 엄마답지 않게 캐고 들었다.

"최부장한테 돌려 줬소." 말하며 아버진 돌아섰다.

"뭐라고요?" 엄마가 소리쳤다.

"물론 돌려 줬소. 최부장이 그런 짓 한 것이 잘못이지. 난 도둑질에 낄 생각은 없소."

"그런 건 누구나 하는 게 사람사는 세상이에요. 최부장이 당신을 어찌 보겠어요? 내일 그 여자가 오면 뭐라고 하란 말예요? 그 사람들이 우릴 어떻게 보겠어요?"

"그날밤 싸움은 아직도 생생해." 선아가 말했다. "이모, 엄마가 배씨 이야기 해요?"

"아니. 배씨가 누군데?"

"공장 경비아저씨. 우리 아버지가 자릴 마련해 준 유일한 사람. 엄마가 진아 언니한테 하는 이야길 들어 알지." 선아의 소리에 진아가 머릴 주억댔다. "공 장서 일하는 게 좋은 직장인가봐요. 모두다 회사에 친인척을 끌어 들일려고 애쓴다는데 아버진 거기서 일하시는 4년간 딱 한 사람 취직시켜 줬대요. 그것 도 배씨가 어린애들이 다섯인데다 노부모를 모셔야 하기 때문이었다는데요. 그러니 혹 직장서 무슨 일이 생긴다 해도 아버지 편 들어줄 사람은 하나도 없 다는 것 아니겠어요?" 선아가 열을 올렸다. "우리 부모는 우리보고 고집세다 어쩌다 하지만 아버지 따를 사람은 하나도 없어. 나 같아도 그 광목을 돌려줘 선 안되는 정돈 알겠다."

"네가 고집센 건 아니지. 부는 바람 따라 이리저리 흔들리게 마련인 건 아니 까." 하며 웃는 이모를 선아가 껴안았다. "너희 아버진 자존심과 책임감이 강 하신 분이야. 하지만 많은 남자들이 그렇듯 상식은 부족할 때가 많은 거지." 그 말에 진아도 동의했다. 하지만 어두운 방에 혼자 돌부처럼 앉아있던 아 버지의 영상은 쉬 없어지질 않았다.

마포의 사촌한테 가서 일하기 시작한 후로 아버진 쌀과 비누뿐 아니라 밀가 루, 성냥, 식용유따위도 가져왔다. 길고 긴 가뭄끝에 내린 단비처럼 달콤하고 살 것 같았다. 호사다마라던가? 아버지가 일 시작한 지 석주정도 될 때 서울 에 난데없는 폭격이 시작됐다. 이모네 근처로는 유별스레 더 퍼붓는 것 같았 다. 낙동강 방어선이라고 모두 부산지역으로 몰려 싸우는 줄 알았는데 갑자기 서울을 치다니? 도무지 알 수 없었다.

이모네 마당 한쪽 구석에 세멘으로 된 장독대가 있고 그 밑은 겨울 김장을 묻는 땅을 파낸 공간이 있었다. 가로가 일미터 반, 세로가 일미터 정도이고 높이는 한국이가 들어서면 겨우 머리가 닿을 듯 말 듯한 작은 움터였다. 습하고 좁은 공간이지만 다른 선택이 따로 없으니 이 움터가 방공호가 되었다. 서로가 등과 무릎을 맞대고 앉으면 식구가 다 빠듯하니 들어갈 수 있었다. 그렇게 여러 시간 앉았노라면 팔다리에 쥐가 나고 마비라도 오는 듯 저려와 감각을 잃곤 했다. 누구한테나 힘든 건 사실이지만 어린 한국인 발광을 할 지경이었다. 구월 하순께로 가서는 폭탄이 그치질 않아 그 속에서 살다시피 해야했다. 낮이면 포소리가 귀청을 터뜨리는 것 같아 겁났지만 밤은 더했다. 포가 터질 때 비치는 부모의 창백한 얼굴은 이게 마지막이고 모두 죽나보다 싶어 불안의 극치였다. 폭탄이 집 가까이서 터질 때는 온 집이 한꺼번에 들렸다가 다시 땅에 내려 앉는 것이었다. 그러고 나면 기왓장들이 마치 나뭇잎 떨어지듯 떨어져 내리곤 했다. 떨어지는 기왓장도 파편조각처럼 땅에 내리 박혀 위험천만이다.

때로는 숨이라도 들이 쉬어야 하는 듯 포 소리가 그칠 때가 있는데 그때면 엄마나 딸들이 부엌으로 달려가 먹을 거나 마실 것을 들고 나왔다. 한번은 한국이가 더 참지 못하고 아직도 포소리가 들리는 데도 튀쳐 나가 엄마가 붙잡으러 뒤따라갔다. 바로 그때 천지가 진동하며 폭탄이 터졌다. 엄마는 한국일 끌어 안았다. 한국이가 섰던 바로 그 자리에 한국이 팔뚝만한 파편이 굉음을 내며 떨어졌다. 엄마는 한국일 잡아끌고 움속으로 굴러들었다. 둘다 다친 덴 없어보였다. 떨어진 파편은 땅을 파고들어 꽂혀서는 김을 모락모락 올리고 있었다. 번들거리는 쇳조각이 뜨겁기까지 한 모양이다. 그 후로 한국이 칭얼대는 것은 부쩍 줄었다.

집안의 유리창들이 많이 깨지고 담벼락에는 구멍들이 여기저기 생겼지만 놀랍게도 집은 아직 서 있었고 식구들도 다 살아 남았다. 포탄소리가 다 멎은 후에야 그게 바로 맥아더 장군의 인천상륙과 뒤따른 9.28서울 탈환인 걸 알았다. 이모네 동네가 그때 가장 전투가 심했던 지역이었다는 것도 그제서야 알았다. 용케도 식구들이 그걸 살아난 것이다.

라디오를 통해 맥아더의 승리를 듣고 가족들은 기뻐 날뛰었다. 다음날 아침 새벽이 채 되기도 전에 아버진 옷을 차려입고 활짝 웃으며 인천공장으로 향했다.

"여보, 우리 집을 되찾는 날로 연락 하리다. 그때까지 애들과 잘 있으시요." 석달 전 이곳에 온 후로 가장 기쁜 소리였다. 드디어 집으로 가게 될테다. 하지만 엄마는 아니었다. 웃지도 않고 무엔가 골똘한 표정이었다. 안개낀 새벽 공기 속으로 아버진 손을 흔들며 멀어졌다. 짙은 안개는 마치 살아있기라도 한듯이 아버지가 떠난 자리를 빼앗더니 식구들한테도 스멀스멀 삼킬 듯 덤벼들었다.

"엄마, 춥다. 들어가자." 진아가 엄마의 팔을 잡아 끌었다. 하지만 엄마는 아버지가 떠난 자리를 멍하니 서서 보기만 했다. 짙은 안개 외에는 보이는 게 없는데…. 그런 엄마를 대문 안으로 억지로 끌고 들어선 진아는 서둘러 대문을 닫았다. 안개가 따라 들어오는 걸 막기라도 할 요량으로.

식구들은 집으로 오라는 아버지로부터의 소식을 애타게 기다렸다. 이틀이 지나고 사흘도 지났다. 무소식이다. 한국이만 빼고는 모두 엄마곁을 조심해 다녔다. 세상이 어찌 도는지 알 바 없는 한국인 '아아! 그 이름도 빛나는 김일성장군!' 노래를 뱃심좋게 뽑아댔다.

"입닥쳐!" 엄마가 한국이한테 소리쳤다. 그리고는 방으로 들어가 등을 돌리고 누웠다. 엄마한테서 야단맞은 한국인 눈물 콧물 흘리며 서럽다고 질질 짰다.

"한국아, 그 노래 이젠 하면 안돼." 선아가 일렀다.

"왜 안돼? 자기도 밤낮 부르면서."

"이젠 아무도 안불러. 그 노랠하면 경찰이 잡다 유치장에 널거야. 조심해." 선아의 말에 한국인 엄마 곁으로 쪼르르 가고 딸들은 진아 따라 언니방으로 갔다.

"선아언니, 김일성 장군이 평양 우리집 뒷산서 내려다보이는 거기 살던 장군이야?"

"맞아. 우리집서 멀지 않은 만경대서 태어났대. 우리 뒷산서 보였지."

"강가에 있던 마을이 어렴풋이 생각나. 뒷산에서 보면 집들이 작은 점처럼 보였는데. 할머니가 거기 오디는 너무 달아 입안에서 녹는다고 했었어. 그럼 우린 이웃이었나? 언니도 본 적 있어?"

"아니. 하지만 우리 할머니 할아버진 어렸을 때 서로 알고 지냈더라. 할머니가 그 동네서 우리 할아버지한테 시집 오셨다는 것 같아. 안 그래, 진아언니?"

"맞아. 하지만 한국이 듣는 데서 그런 소리 하지마." 진아가 소근댔다. "아직 어려 뭐가 뭔지 모르니까. 혹 말 실수라도 할까 겁난다."

"알아. 노래도 조심해야 하는 세상이니까." 미아가 어른스레 끼어들었다. "근데 거기 살다 왜 이리로 왔어?"

"공산당들이 우리 땅을 다 뺏었기 때문이래. 할머니 할아버진 홧병으로 돌아가시고." 선아가 설명했다.

미아는 머리를 갸웃하며 생각하는 눈치였다. "할머니가 그러는데 내가 태어났을 때 엄마는 날 밀쳐냈고 아버진 밤 늦도록 소주만 마셨다고 했어. 내가 아들이 아니고 딸이라고."

"나도 그 소리 들었지."

"그 소리가 날 무지 속상하게 했는데. 아들이었다면 좋았을 걸 하고."

"할 수 있니? 잊어버려. 입을 내밀어 봤자 야단만 맞지."

"내가 아들로 태어났더라면 엄마, 아버지 사랑을 독차지했을텐데." 미아가 삐죽했다.

"그랬다면 내 귀여운 여동생 미아는 없었겠지?"선아가 웃었다.

아버지한테서 아무 소식 없이 닷새가 지났다. 엄마는 누워 꼼짝 하지 않았다.

"언니, 걱정 마. 이젠 빨갱이 세상이 아니잖아. 남한은 북한과는 다르니까." 이모가 엄마를 달래려 들었다.

"이모 말이 맞아. 이젠 사거리에서 공개처형 따윈 없을 꺼야."

"선아, 입 좀 다물어라." 진아는 선아를 잡아끌고 방으로 갔다. "그딴 소린 왜 하니?"

여섯번째 밤은 천둥번개가 요란했다.

"아무래도 내일 아침엔 내가 가 봐야겠다." 엄마가 말했다. "첫째야, 네가 같이 가자." 번개가 전깃불을 꺼 버렸다.

"나도 갈래." 미아가 나섰다.

"넌 선아랑 한국이하고 집에 있어."

"나도 갈꺼야. 엄마랑 갈꺼야."

"한국인 내가 볼께 걱정말고 갔다 와요, 언니." 이모가 나서서 하는 말에 엄마는 더 이상 반대할 기운조차 없는지 아뭇소리 없었다. 다음날 아침 엄마는 아껴 두었던 한복을 입고, 진아는 흰 블라우스에 검정치마 교복을 입었다. 짙게 구름낀 날씨긴 했지만 오랫만에 어디 간다는 자체만 가지고도 기분이 들뜨는 판이었다. 하물며 살던 동넷집으로 가는 길이니 신날 수밖에. 미아도 마찬가지였다. 하지만 막상 인천가는 버스 타고 나서 내다본 세상은 가슴을 먹먹하게 했다.

"빌딩은 사라지고 빌딩의 귀신들만 남은 것 같네." 미아가 소근댔다. "귀신들의 도시처럼 말야." 눈에 보이는 것이라곤 몸뚱이는 부서져버리고 잔해만 여기저기 남은 빌딩의 뼈대들뿐이었다. 진아는 엄마를 쳐다봤지만 엄마가 뭘 생각하고 있는진 알 수 없었다. 구름 잔뜩 낀 하늘보다 더 어두운 얼굴을 한 엄마는 버스타고 가는 내내 벙어리처럼 입을 꼭 다물고 있었다. 엄마의 불안한 마음을 느낀 두 딸도 입을 다물었다.

"빨갱이들은 모두 북으로 가버렸고 좋은 사람들만 남았으니까 이젠 걱정할 필요 없는 거 아냐?" 답답해진 미아가 참지 못하고 입을 열었다.

"그렇게 간단한 게 아냐." 진아가 작은 소리로 대답했지만 엄마의 엄한 눈초리 보고 입을 다물었다.

"우리 살던 동네하고 학교를 볼 수 있다 생각하니까 가슴이 다 팔딱거린다. 언닌 안 그래?" 낯익은 거리가 나타나기 시작하자 눈이 동그래진 미아가 물었다. "언니, 학교는 언제 다시 갈 수 있을까? 학교가 폭격에 없어지지나 않았는지 모르겠네."

"나도 몰라. 조용히 해." 진아가 엄마를 흘낏하면서 말했다. 진아 역시 궁금하기는 마찬가지였지만 나이도 더 먹고 철도 더 들었으니 흥분을 감추고 엄마의 기분에 맞추려 애썼다.

도착한 것은 이른 오후였다. 엄마는 곧장 방직공장으로 향했다. 공장 본 건물은 폭탄 자국을 여기저기 드러내고는 있어도 다행히 아직 서 있었지만 옆에 섰던 빌딩은 완전 부서져 바닥에 허물어져 누운 채였.

두 경비아저씨가 지키는 정문에 도착한 엄마는 누구 찾아 왔는지 설명했다.

"이름이 뭐라고요?" 둘 중 젊은이가 되물었다.

"이영일 과장입니다." 엄마가 공손히 다시 말했다.

경비는 눈을 가늘게 뜨고 엄마를 위아래로 훑어봤다. 진아한테도 똑같은 눈총을 보냈지만 미아따윈 거들떠 보지도 않고 고갤 돌렸다. 뼛속까지 서늘하게 하는 눈총. 엄마가 멈칫했다. 그런 경비들의 반응은 상상외였다. 전쟁전 진아는 심부름으로 아버지를 두어번 찾아간 적이 있었지만 그때는 모두가 친절했다. 이 과장의 딸이었다. 거기다 말도 않고 돌린 그들의 고개는 등골에 찬물을 끼었는 기분이었다. 진아가 엄마가 한 소릴 되풀이했다.

"여기 그런 사람 없어." 쳐다 보지도 않고 말했다. 엄마가 하얗게 질렸다.

"그럴 리가 없어요. 일주일 전에 일 가신다고 떠나셨어요. 여기 계실 거예요. 이영일 과장이…." 진아가 한발 앞으로 나서며 말했지만 경비가 잘랐다.

"아, 참! 그런 사람 없대도 그러네." 목소리에 조소가 가득했다. 진아는 귀를 믿을 수가 없었다. 미아는 이게 진짠가를 확인하려고 정문 위에 붙은 커다란 간판을 한번 더 올려다 보았다. 틀림없었다. 나이가 좀 더 들어보이는 다른 경비는 등을 지고 돌아서서 곁눈질만 하고 있었다. 눈길을 피하고 있는 게 분명했다.

"이 여자들 배짱하나 좋구만. 요새가 어느 때라고 여기까지 와서 빨갱이를 찾아?" 하며 땅에 탁 하니 침을 뱉었다.

무슨 일인지 알겠다. 아버지가 빨갱이로 몰린 것이다. 엄마가 안절부절하고 신경이 날카로운 것도 그 때문이었다. 빨갱이라고 이마에 도장이 찍힌 것은 아니지만 그와 다름없었다. 아버진 마포에 있는 사촌한테 가서 거의 석주일이나 일했고 거기서 쌀배급을 타 왔다. 하지만 그걸 어떻게 알아냈는지는 도무지 알 수 없었다. 진아가 실마릴 찾느라 생각을 거듭하는 동안 엄마는 마치 뼈가 다 빠져나간 사람마냥 땅바닥에 풀썩 사그러들었다. 진아는 "엄마!" 소리를 계속 외쳐댔고 미아는 경비 아저씨들이 도와줄 거라 싶은지 발을 구르며 그들을 쳐다보았다. 하지만 그들은 입가에 비웃음만 달고 쓰러진 여자는 보는 둥 마는 둥이었다.

"공연히 골치만 아프게 생겼잖아." 나이 든 경비가 젊은이한테 말했다. "어서 불러서 이 사람들 보내 버려."

젊은이가 목에 걸린 호르라기를 불어댔다. 그때 달려온 사람한테 "저 여자 좀 치워버려," 하고 명했다. 딸들은 엄마를 새 경비의 등에 업혀가지고 정문서 그리 멀지 않은 국수집으로 서둘러 갔다. 작고 어두운 국수집에서는 때가 잘 잘 묻은 앞치마 두른 할머니가 파릴 날리고 있었던지 파리채를 들고 나왔다. 그들은 허둥지둥 뛰어들어가 긴 걸상 두 개를 붙여 놓고 그 위에 엄마를 눕혔다. 할머니는 찬물 한사발을 갖고 와서 엄마의 얼굴에 뿌렸다. 엄마는 천천히 눈을 뜨긴 했지만 촛점이 없어서 무얼 보는지 알 수 없었다. 한참만에 간신히 일어나 앉았다. 할머니는 물 한 그릇을 더 가지고 와서 엄마한테 마시라고 했다. 한모금 마시고 한숨 내쉬고, 한모금 마시고 한숨 내쉬고….

"여기가 어디냐?" 엄마의 목소리가 들릴 듯 말 듯이다.

"엄마가 기절했어요." 진아가 말했다.

"깨 나셨우?" 할머니가 혀를 끌끌차며 물었다. "댁도 걱정이 많은 모양이구면. 말세요, 말세. 세상도 세월도 다 엉겨붙어버렸다니까요." 식당을 하기는 너무 나이들어 보이는 할머니. "살아 숨만 쉬고 있으면 그걸로 만족해야하우. 나도 우리 세 아들이 어디 있는지, 살았는지 죽었는지 모른다우. 셋 다 군대 끌려 갔는데 남쪽 군댄지 북쪽 군댄지도 모른다니까요." 코를 앞치마에 힝하니 풀고, 그리고 그 앞치마에 다시 눈시울을 닦아 내면서 한탄했다. "알게 뭐요? 형제들인지도 모르고 서로 총을 겨누고 쏘고 있을지? 내가 할 수 있는 거라고는 정숫물 떠놓고 빌 뿐이요. 한번은 북쪽 향해, 또 한번은 남쪽 향해, 번갈아 말이요. 말세라니까요, 말세." 떠들던 할머닌 걸상에 털썩 주저 앉았다.

"사모님 정신 좀 드세요?" 엄마를 여기로 업고 온 경비가 뒤로 물러나 있다가 앞으로 나서며 물었다. 법석대는 동안 뒤에서 기다리고 있었던 모양이었다. "전 들어가 봐야 합니다만…." 그가 엄마와 딸들한테로 다가와 작은 소리로 말했다. "사모님, 정신 드시는 대로 저희 집으로 가셔서 좀 쉬고 계십시요. 제가 일이 끝나는 대로 가겠습니다. 전 그럼…." 그가 절을 꾸벅 하고는 총총 사라졌다. 떠난 후에야 그가 누구인지를 깨닫고 엄마가 불렀지만 이미 가고 없었다. 아버지가 취직시켜 주었던 배씨였다.

진아는 할머니한테 고맙단 인사를 하고 배씨가 이른대로 그 집으로 갔다.

고맙게도 배씨 아내는 따뜻이 받아 주었다. 뿐 아니라 아이들은 모두 내 보내고 아이들 장난감도 한구석으로 밀고 엄마가 누울 자리를 마련해 주었다.

"편히 쉬세요. 그렇지 않아도 우리 바깥 양반이 걱정 많이 했어요. 어떻게 연락하는 방법을 알 수 없을까 하고 말이지요. 차를 끓일게요."

"고맙습니다." 진아가 말하고 엄마를 눕게 도왔다. 딸들은 엄마 곁에 앉았다. 방은 작고 어둑했다. 모두 침묵속에 앉아서 생각했다. 얼마나 나쁜 상황인지 헤아리기가 힘들었다. 어쨌든간에 이제와서 아버지가 사촌한테 가서 일했던 것을 되물릴 수는 없는 노릇이었다.

어두워진 후에야 배씨가 퇴근했다. 그는 계속 미안하단 소릴 거듭했다.

"사모님, 죄송합니다. 어떻게 돌아가고 있는지 제가 조금 알긴 했지만 어찌할 방도가 없었습니다. 과장님을 위해서 뭐라 변호의 말을 해야 하는 것인데 내 목숨이 겁나서 아무말 하지 못했습니다. 저한테 이 직장을 구해 주셨는데 배신한 셈입니다. 제가 나설 위치가 아니기도 했지만 배짱이 없어서…." 그가 머릴 떨구고 말했다.

"자넬 나무랄 생각은 없네. 무슨 일이 있었는지 말해 보게. 그이가…." 엄마가 목이 잠겨 말을 못했다.

"과장님이 오시자마자 최부장님 방으로 불려 가셨습니다. 최부장은 과장님을 청년단으로 넘기셨다고 합니다." 배씨가 말하는 최부장은 아버지가 광목필을 돌려준 바로 그 사람일지 몰랐다. 엄마가 머릴 방바닥에 대고 무너져 내렸다.

"청년단이라니요? 누구를 말하나요?" 진아가 물었다.

"저도 잘은 모릅니다. 민주청년단이라고 부르던가 하는데 공산분자들을 색출해 내서 빨갱이라고 이름 붙이는 젊은이들로 알고 있을 뿐입니다. 일단 빨갱이로 이름붙인 후엔 경찰로 넘긴답니다. 요새는 청년단의 주먹이 판치고 있다는 것 같습지요."

진아와 미아는 혼동스러웠다. 나쁜 사람들은 북에서 쳐 내려온 사람이지 남한사람이 아버질 잡아 갈 줄은 몰랐다. 엄마는 긴 한숨을 내 쉬었다.

"그 사람들도 빨갱이들처럼 즉결에 부치고 공개처형하고 그러나요?" 진아의 볼과 귀가 빨갛게 달아 올랐다.

"비슷한 소문은 들었지만 본 적은 없어요. 특히 경찰이 들어온 후로는 말입니다. 공산당들이 그런 짓 했단 소린 많이 들었지만요. 하기야 같은 사람인데 빨갱이들이 그짓 했다면 남쪽도 할지 모르지요. 모두 복수하겠다고 이들을 갈테니까요."

엄마가 손사랠 쳤다. 더 듣고싶지 않은 모양이었다.

"그나저나 우리집 양반은 왜 끌고 갔답니까? 무슨 잘못을 했대요?" 한참만에 엄마가 간신히 말했다.

"그들 말로는 과장님이 전쟁터진 후에 사흘간을 빨갱이를 도와 일했다는 겁니다." 배씨에 의하면 아버지가 마포에서 석주간 일한 것을 가지고 운운하는 게 아니었다. 공산당 피하기 위해 도망가다 잡혀 돌아와 일했던 사흘을 두고 하는 소리였다. 그건 아버지뿐이 아니었다. 공장사람 대부분이 다 그럴지도 몰랐다. 배씨의 말에 엄마가 그나마 힘을 얻은 듯했다.

"그야 할 수 없었지." 엄마의 목소리가 어느 정도 살아났다. "그렇다고 빨갱이로 몬다는 건 말이 안되는 소리아녜요? 도망가다 총잡은 빨갱이들한테 잡혀서 되돌아 와야 했던 건데. 사흘 후 오밤중에 다시 도망 친 거구요. 그리고는 9.28수복까지 숨어살았구만."

"하지만 이 청년단이라는 게 독한 단체인가봐요. 조금이라도 어디 구린 데가 있다 싶으면 잡아간다니까요. 많이 잡을수록 그만큼 공이 큰 열성파로 인정받으리라 싶어서겠죠. 게다가 과장님은 나서서 뒤를 봐 주실 분이 없으셨던 것 같아요." 타협할 줄 모르는 아버지의 성격이 오히려 이런 화를 불러온 셈인지도 몰랐다.

게다가 아버지의 직상관인 최부장이 아버질 좋아했을 리는 만무다.

"저 혼자 과장님편이지만 저야말로 맨 밑바닥이라 있으나 마나한 처지 아닙니까? 무슨 힘이 있어야지요?"

"그래 어떻게 되었습니까?" 진아가 물었다.

"짐승 패듯 치고, 때리고, 발길질하고…." 배씨마저도 속이 타들던지 흥분했다. 엄마가 "끄응!" 소리 내며 다시 무너져 내렸다. 진아는 엄마가 다시 기절하는 게 아닌가 싶어 걱정이었다. 배씨가 계속했다. "이 청년단인가 뭔가는 자기네가 듣고싶은 답을 들을 때까지 그러는 모양입디다. 사흘간이나 짓밟히고, 맞고, 채인 후에 과장님이 포기하고 자백서를 썼다고 들었습니다."

"어머! 안돼요, 안돼!" 진아의 숨 넘어갈 듯한 소리에 미아는 바들바들 떨었다.

"그게 그자들이 기다리고 있었던 것이지요. 그 자백서와 함께 과장님을 경찰서로 넘겼다고 하고, 경찰서는 자백서가 있으면 다음으로 넘긴다고 들었습니다. 하지만 어디 누구인지는 저도 모릅니다. 그게 제가 아는 전부입니다."

진아는 격분을 삭이기 위해 애썼지만 이미 빨개진 얼굴은 분노로 타올랐다. 엄마는 실신상태였다. 배씨가 이어 말했다.

"어디로 끌고 갔는질 알기는 힘들 겁니다. 빨갱이들이 수많은 사람들을 북으로 끌고가지 않았습니까? 북이 한 짓을 갚아야겠다는 생각이 왜 없겠습니까?" 그가 머리를 숙인 채로 말을 잠시 끊었다. "사모님께서 어디 계신지 찾고 싶었지만 도무지 알 도리가 없었습니다. 죄송합니다. 공장사람들 붙잡고 물어봐도 아는 사람 하나 없고요. 아는지 모르는지 입을 뻥끗하는 사람도 없던 걸요."

엄마는 고통으로 얼굴이 일그러질대로 일그러졌다. 진아는 치솟을대로 치솟는 화를 어쩔 줄 몰라 주먹을 쥐고 배씨네 방바닥을 두드려댔다. 겁에 질린 미아는 엄마와 언니를 번갈아 바라보며 울음을 참느라 입술을 잘근잘근 씹었다.

"그들 말로는 과장님께서 북에서 내려왔다고 하더군요. 마치 아직껏 무슨 북의 지령이라도 받는 사람처럼 말입니다. 생각해 보세요. 북에서 온 사람을 잡는다면 남한사람의 절반은 될 겁니다."

"이마당에서 그런 소리가 무슨 의미가 있겠나?" 한참만에 엄마가 긴 숨을 내어쉬고 말했다. "땅을 다 뺏기니까 이런 곳에 살고 싶지 않다고 애들 아버지가 내려오기로 작정한 것인데. 요지경이군. 배고픈 긴 여름을 공산당 피한다고 다락밑에 숨어 살았는데 오히려 공산당으로 몰리다니!"

그날 밤은 배씨네서 보내고 다음날 아침 일찍 사람들을 피해 나섰다. 일단 빨갱이로 몰렸다면 자기네들 때문에 배씨네까지 해가 끼치게 할 수는 없는 노릇이었다. 엄마는 아버질 찾기 위해서 경찰서로 가자 했다.

"가 봤자 아버지가 거기 계시지도 않을 걸요."

"하지만 아버지를 어디로 보냈는지는 알 것 아니냐?" 엄마가 고집했다.

뿌연 새벽. 셋은 경찰서로 향했다. 경찰 하나가 전화를 들고 책상뒤 의자에 기대고 있을 뿐 조용하다. 뒷벽에는 태극기와 미소짓고 있는 이승만 대통령의 사진이 걸려 있다.

경찰은 등을 뒤로 길게 제끼고 두 발은 책상위로 뻗어 올린 채 늘어지고 편한 자세로 통화중이다. 신발을 책상밑에 벗어 놓은 그의 두 발은 텁텁한 발냄새를 풍겨내며 열린 문으로 들어오는 아침 공기를 즐기고 있다. 진아가 문을 두들겼지만 들었는지 말았는지 경찰은 왼손엔 수화기를 들고, 손가락끝에 담배를 낀 오른손은 잿떨이 위로 뻗친 채 계속 떠들고 있다.

"야, 그렇게 소란한 밤을 보냈다니 미안하구나. 다행히도 여긴 주정뱅이 하나 외엔 쥐죽은 듯 조용했어." 입술을 오무려 도넛 모양의 연기를 빠끔빠끔 뿜어내면서 경찰이 계속했다. "아무리 그래 갈 데가 없어 바로 우리 경찰서 앞에서 고꾸라질 게 뭐냐? 할 수 없어 끌어들였지.”

경찰이 말하는 주정뱅이는 구석에 있는 좁은 벤치에 왼팔과 왼다리를 늘어뜨리고 세상이 오는지 가는지 잠들어 있다. 신발 한짝은 벗겨져서 신발 바닥이 위로 올라온 채로 구르고 있는데 위로 올라간 바닥엔 탁구공만한 구멍이 입을 벌리고 있다. 그의 코는 기름때 묻은 냄새를 맡는 참인지 벤치에 대고, 일그러진 입술은 헤벌려 벤치바닥을 입맞추고 있다. 입에서 침이 질질 흐르는 것으로 봐 맛이 그닥 나쁘진 않나 보다.

경찰은 세 여자한테로 머릴 돌렸다. 입을 열려다 말고 세 여자가 쳐다보고 있는 주정뱅이한테로 눈을 돌렸다. “야, 그 자 찾으러 왔나보다. 다시 전화할게. 또 보세.” 경찰은 수화기를 내려놓고, 담배는 재떨이에 놓아 부벼 끄고, 한발씩 구두를 찾아 꿰어신고, 구두끈을 하나씩 잡아매고, 그리고나서 “어흠,” 하며 허리펴고 일어섰다.

그가 뭐라 하기전에 진아가 아버지를 찾아 왔노라는 소릴했다. 경찰은 침을 질질 흘리고 있는 남자를 눈짓하며 데리고 가길 원했다. 그러면 경찰의 일이 한결 수월해지겠지만 진아가 고갤 흔들었다. 이 경찰을 시민의 보호자, 민중의 지팡이로 만들어 벽에 걸린 대통령의 미소를 빛나게 할 계재가 아니다.

“저희 아버지는 여기 방직공장, 이영일과장입니다.” 그 말에 경찰은 자신이 일어섰던 의자에 다시 털썩 주저앉았다.

말 한마디 없이 조금전 했던 일들을 죄다 거꾸로 했다. 구두끈을 풀고, 신발을 하나씩 벗고, 발을 다시 책상위에 올려 놓았다. 그리고 전화를 돌렸다. 몸을 아까처럼 뒤로 늘어지게 제꼈다. 가족들은 경찰이 아버지가 끌려간 곳으로 연락하는 줄 알았다.

“시발. 내 실술세. 주정뱅일 찾는 게 아니었어,” 그가 말했다. “아니, 아니. 그게 아니고 여기 방직공장 이과장인지 뭔지하는 사람말야. 너도 알잖아.” 잠시 끊었다. “맞아, 맞아. 그사람말야. 재수 더럽게 없네. 새벽부터 소금뿌릴 일만 생기고 말야." 그의 눈에는 문간에 선 가족이 보이질 않았다. 없는 것이나 다름 없었다.

"저희 아버지가 어디있는지 가르쳐 주세요. 여기로 데리고 왔다는 소린 들었어요." 진아가 차분하고 공손하게 말했다. 빨갱이에게는 달리 방도가 없었다.

"야, 너 재 말하는 것 들었냐?" 경찰이 계속했다. "아니 그래, 우리가 빨갱이 파숫꾼이냐?" 그가 고갤 다시 돌렸다. "그런 건 우리 주도권 밖이라는 거 몰라요? 지금 직무방해하고 있어요, 직무방해. 당신네도 똑 같이 잡아 가둬도 할 말 없는 거 알아요?" 그가 다시 수화길 귀에 댔다.

경찰은 시민을 보호해야 한다. 이 경찰은 바로 그 임무를 수행하고 있었다. 진아는 그녀나 그녀의 가족이 더 이상 이 나라의 시민이 아니라는 것을 깨달아야 했다. 그들은 빨갱이였다. 누가 그들을 돼지라고 부르면 돼지였고 개라고 부르면 개였다. 어디가서 어떻게 아버지를 찾아야 할지 알 수 없었다. 방향을 잃은 거다.

"언니, 왜 그래? 무슨 일이 있었던 거야?" 이불을 쓰고 누운 진아 옆에서 선아가 계속 물었다. 인천서 돌아온 후로 진아는 이불속에 들어가 울기만 했다. 버스타고 돌아오는 내내 미아 앞에서 멀쩡한 얼굴하고 있기가 너무 힘들었다. 엄마는 쉬지않고 훌쩍거렸지만 만약 진아까지 운다면 그잖아도 삐죽대는 미아의 울음보가 터질 게 두려웠다.

"그래, 무슨 일이 있었는지 말해줄께." 진아가 이불을 걷어치고 앉았다. "배씨말에 의하면 우리 아버지가 그녀석들한테 얻어맞고, 발길질에 채고, 밟히고,… 그랬대." 진아가 숨을 고르려 애썼다. "우리 아버지를 말이야. 사흘을 참고 견디던 아버지가 결국은 자백서를 썼대." 진아는 선아의 겁에 질리고 놀란 눈을 들여다 봤다. "그게 무슨 소린지 알아? 알긴 알아?" 진아가 선아를 잡고 흔들었다.

"뭐야?" 선아는 이미 정신이 없었다. "아버지… 우리 아버지가…?" 중얼댔
다.

"우린 빨갱이야, 빨갱이. 우리가 경찰서로 찾아 갔을 때 경찰은 우린 보지도
않았어. 취해 쓰러진 주정뱅이를 위해선 일어서도 우리 위해선 눈깜짝도 안
해. 우린 빨갱이고 전쟁 때문에 생긴 모든 문제나 잘못은 다 우리 때문이야. 이
제 우린 완전 파멸이야. 파멸이 우리 운명이 되어 버린 거야."

7

아버지 찾아서

(서울, 1951)

아버지가 사라진 후 이미 풍지박산이 된 가족들의 생활.

그 후로는 더더욱 궁지로 몰렸다. 진아와 선아는 목에 나무판을 메고 껌과 사탕을 팔아보려고 애썼지만 헛수고였다. 별 성과도 없이 지칠대로 지쳐 집으로 돌아오는 길에 진아는 골목안 한 집 앞에 사람들이 모여 웅성거리고 있는 것을 보았다. 열린 대문을 통해 집안에서 울고부는 소리가 골목 밖으로 흘러 나오고 있었다. 진아도 뒤에 서서 고갤 기웃거렸다.

"무슨 일이래요?" 앞에 선 여자가 옆사람한테 물었다.

"이 집 주인이 목을 매달았다는 것 아니우!"

"세상에! 그래 그걸 보셨수?"

"지금 막 시체를 내려놓았대요." 딴 사람이 끼어 들었다. "아시는 것 있소?"

"대학 다니던 이집 외아들이 인민군에 자원했기 때문에 모두들 아버지보고 빨갱이라고들 손가락질 해서 그랬다나봐요. 챙피스러서 그랬겠지요."

"세상에! 쯧쯧! 말세다, 말세." 또 한 사람이 혀를 찼다.

"마누라가 시댁에 다니러 간 새 그랬다네요. 지금 왔다나 봐요. 생각해 보세요. 집에 와서 목을 매단 남편을 보리라고 누가 알았겠수?"

진아의 몸에 소름이 쫙 돋았다. 급히 자릴 피했다.

아버지가 떠난 지 달포되는 11월 초순. 진아는 대문 안에 떨어진 우편물을 집으러 가는 엄마를 보고 있었다. 진아네가 6월 말 여기 온 후로 우편물이 온 것은 처음 같았다. 미아가 마당에서 줄넘기 하는 소리가 싸악싸악 하면서 쌀쌀해진 아침 공기를 가르고 있었다. 손바닥만한 우편엽서였다. 엄마는 그걸 집어 들고 잠시 들여다 보았다. 그 작은 종이조각은 엄마 손을 떠나 땅바닥으로 스르르 떨어져 내렸다. 같은 순간, 땅에 떨어진 엽서처럼 엄마도 땅바닥에 힘없이 널부러졌다. 진아는 엄마한테로 달려갔다. 줄넘기하던 미아도 줄을 던져 버리고 뛰어갔다. 엽서는 등사판 밀은 양식으로 봉투지에 들어있지도 않고 맨살에 도장찍듯 오른쪽 윗편에 둥그런 고무도장이 찍힌 것이었다. 밑줄 그어진 빈 칸에 써 넣은 이름이 확 눈에 띄었다. "죄수 이영일에게 사식과 사복을 넣기 원하면 가족중 한 사람이 대표로 서대문 형무소로 할 것." 더도 덜도 없이 그게 다였다. 진아는 미아와 같이 정신잃고 널부러진 엄마를 집안으로 끌어들였다.

그날밤 엄마와 이모는 밤 늦도록 소근대며 의논들을 했다. 다음날 아침 일찍 집을 나선 둘은 정오께가 되어 돌아왔다. 엄마는 꽤 큼직한 쌀주머니를 머리에 이고, 이모는 옷감 꾸러미와 솜을 싸 들고 돌아온 거다.

"엄마, 웬거야?" 미아가 눈이 동그래서 물었다.

"알 것 없다." 엄마는 쳐다보지도 않고 말하고는 서둘러 이모와 같이 엄마의 방으로 향했다. "그리고 그따위 질문은 다신 입밖에 내지마라. 알았냐?" 날카로운 목소리로 말하며 문을 탕 닫았다. 놀란 딸들은 멍하니 엄마가 닫은 문만 쳐다봤다.

"진아, 선아, 아버지한테 가지고 갈 시루떡 좀 만들어라." 엄마의 손이 쌀자루를 내밀고는 도로 들어갔다. 딸들은 떡을 만들고 엄마와 이모는 밤새워 바느질해 아버지한테 가지고 갈 웃도리와 내복을 만들었다. 다음날 아침 일찍 엄마는 부지런히 감옥소로 향했다. 미아가 같이 가겠다고 조르고 나섰지만 엄마는 들은 척도 안했다. 남편과 둘만의 만남을 원했던 것인지, 애들이 감옥소에 있는 아버지 보는 것을 원치 않는지 알 수 없었다. 어쩌면 엄마는 대표로 한사람만 오라는 상부의 명령을 거스리지 않으려고 그랬는지도 몰랐다.

오후가 되서 엄마가 아침에 들고갔던 꾸러미를 고대로 들고 되돌아 온 것을 본 딸들은 어안이 벙벙했다. 방으로 곧장 들어간 엄마는 방바닥에 고꾸라졌다. 몸을 추스리기가 힘들었나보다. 이모가 엄마를 돌보러 들어갔다.

저녁 늦게 딸들은 이모한테서 대충의 이야길 들었다. "바로 어제 어떤 죄수의 가족 한 사람이 음식속에 쪽지를 넣어서 들이다가 들켰대. 그 때문에 다음 연락이 있을 때까지 누구든 면회사절이라더라. 아버지 얼굴도 못 본 채 되돌아 온 거야."

그 후로 엄마는 가타부타 전혀 말이 없었지만 한결같이 대문안으로 떨어지는 엽서를 학수고대하고 있다는 걸 모르는 사람은 없었다. 그러나 그 후로는 아무 것도 다신 오질 않았다. 엄마는 앓아 누웠다.

"언니, 왜 모두 다시 피난들 가는 거야? 유엔군과 미군이 이기고 있어서 남과 북은 곧 통일될 거라고 했잖아?" 피난민들이 줄지어 떠나는 것을 본 미아가 헐떡거리며 뛰어와 물었다. 진아와 선아는 나란히 부엌에 앉아 물을 덥히고 있었다. 둘 사이에 소근대는 대화는 끊일 줄을 몰랐다. "중국놈들이 인산인해로 쳐내려오고 있다고들 난린데 우리도 떠나야 하는 것 아냐?"

"중국이 북한을 돕고 있고 북한이 전쟁에 다시 이기고 있는 건 사실야. 하지만 난 피난가다 길에서 얼어 죽느니 집에서 죽는 게 백번 낫다고 봐. 낼 모레면 정월인데 길 나섰다간 얼어죽기 십상이지." 진아가 말했다.

"빨갱이 군인들은 무지 무섭고 여자는 죄다 강간한다고 하던데?" 미아가 겁에 질린 소릴했다. 진아는 미아가 강간이 뭔지 알기나 하고 떠들어대는 건가 싶었다.

"선아, 너 그런 것 봤니?"

"아니. 한번도."

"미아야, 나같음 내 눈으로 똑똑히 보기 전에는 귀에 들리는 거 다 안믿어."

일사후퇴 후에도 그들은 이모네 계속 눌러 있었다. 이모도 싫어하는 눈치는 아니었다. 그나저나 갈 데도 없었다. 아버지가 사라지고 난 후부터 엄마는 일어나지 못한 채 이불펴고 누워 지내는 형편이었다.

1.4 후퇴로 시계추가 다시 붉은 세상으로 돌자 진아는 오히려 안심이었다. 알 수 없는 게 세상이다. 빨갱이라면 이를 갈던 사람들이 이제는 돌아서서 빨갱이를 환영하는 사람으로 바뀌는 경우도 다반사다. 진아는 일자릴 찾아 보려고 아버지가 잠시 일했던 마포로 찾아갔다. 아버지의 사촌은 거기 없었지만 그 자리에 조선민주인민공화국 서울지역 정치보위부라는 길고 커다란 간판이 붙어 있었다. 진아는 그곳에 취직자리를 찾아 보위부장 조 동지의 비서로 취직했다. 조 동지는 인민공화국에 진정한 공산주의를 실현하려는 큰 이상과 포부를 가진 사람으로 영리하고 열심히 일하는 진아를 아껴주었다. 뿐 아니라 그는 평민들로부터 음식이나 물건을 약탈하거나 착복하는 일을 철저히 금했다. 그러다보니 재정이 딸렸고 월급도 신통치 않았다. 하지만 진아로서는 미군들의 세탁녀로 일하는 것보다는 월등히 의미가 있었다. 적어도 궁극적 목표인 정의와 평등을 위해 일한다는 것에는 더할 나위가 없었다. 빨갱이라는 딱지를 달고서는 미군의 세탁녀로 일하는 것조차도 퇴짜를 받았던 터였으니 말이다.

"선아!" 모두가 다 잠든 후 진아가 소근댔다. 울부짖는 바람하고 덜컹대는 창문 외에는 온 세상이 조용했다. 언제나처럼 둘은 밤늦도록 재잘거렸다. 선아는 하품을 해 댔지만 진아는 눈이 아직 말똥거렸다. "너 비밀 지킬 수 있지?" 진아는 더 이상 참을 수 없었다.

"또 비밀야?" 선아는 또 하품했다.

"이건 심각한 얘기야. 비밀 지킨다고 약속해."

"알았어. 약속할게." 둘은 새끼손가락을 걸었다.

"새 동무가 왔는데 모스크바에서 왔어. 상상해봐. 모스크바! 이름이 최동훈이야." 진아의 눈은 부지런히 어둠속을 더듬고 다녔다. 머릿속에 떠다니는 모스크바의 동글동글한 양파모양의 돔들을 따라서.

"언니, 정신차려. 모스크바서 왔다면 진짜 빨갱이야. 게다가 최씨면 한국이름이네. 쏘련이름은 이-이치, 저-이치 하고 죄다-이치로 끝나잖아?"

"모르는 소리! 모스크바에 가서 공부하던 한국학생이야. 전쟁 때문에 쏘련말 하는 사람이 급하게 필요해서 보위부장 조 동지가 우리한테로 끌어온 거야. 통역장교 겸 연락장교가 필요하니까."

"그런데? 뭐가 문제야?"

"이제 겨우 만났을 뿐인데 내 머리에 그 사람이 딱 달라붙어 뗄래도 뗄 수가 없어."

"그 사람 좋아하는구나!" 선아가 잠시 생각했다. "하지만 언니 싫다는 남자 여태 못 봤고 언니도 그중 여러 명 좋다고 떠들었잖아. 늘 듣던 소리네, 뭐."

"이 사람은 달라. 이상하게도 처음부터 뭔가 달라. 낯이 익다고 할까? 마치 내가 태어나기 전부터 알고 있었던 사람처럼 말야." 진아는 꿈꾸듯 말했다.

"언니, 그 사람은 빨갱이야. 만난 지 얼마 되지도 않아. 엄마가 알면…."

"조심해. 엄마가 알아 뭘하게?" 진아는 선아의 입을 막았다. "아! 그 멋진 바리톤 목소리! 소나무 같은 그의 향기! 그 사람은 내가 한송이 장미래. 아, 멋져라!"

"하긴 언니 뺨이 붉을 땐 장미같긴 하지. 그 남자 옆이라면 얼굴 붉히고 있었을 테니까 뻔하지."

"비밀로 할려고 했는데 참을 수가 없어. 엄마한테 이르면 너 죽는다."

"내 입은 이미 봉했음." 선아는 하품하면서 이불속으로 들어갔다. "그래도 지금 우리는 전쟁중이고 그 남자는 빨갱이란 것 잊지 마."

한동안 가만있던 진아가 말했다. "넌 남한을 믿니? 그들이 아버지한테 한 걸 보고도 믿어? 난 아냐." 선아는 대답이 없다. 잠이 든 거다. 밤이 깊도록 진아는 모스크바서 온 청년에 대한 생각을 하고 또 했다.

"서둘러. 빨리 가자." 진아가 선아를 채근했다. 중국 모택동의 엄청난 군대가 남으로 투입되면서 유엔군의 1.4후퇴가 있은 지 얼마되지 않았을 때였다. 남으로 갈 형편이 되는 사람들은 다 떠나고 서울은 텅 비다시피했다.

"어디 가? 나도 갈거야." 미아가 따라 나섰다.

"넌 어려서 안돼. 한국이하고 집에 있어." 한국의 이름을 뱉은 순간 진아는 아차했다.

"천만에! 나도 언니들 따라 갈꺼야." 미아는 웃도릴 집어들었다.

"너 후회할꺼다." 진아가 말했지만 미아는 벌써 단추를 꿰고 모자까지 둘러썼다. 진아는 긴 한숨을 내 쉬었다. "너 울거나 징징대지 않을꺼지? 말 잘 들을꺼야?"

"어. 약속할께."

"무지 추울거니까 장갑도 껴."

전날밤엔 눈이 내렸고 눈빨은 아직도 드센 바람에 흩날리고 있었다. 골목길을 나오면서 어린 미아는 신바람이 나서 쫄랑댔다. 얼어붙은 정월의 아침. 골목엔 다른 발자국은 없고 같이 걸어나가는 세 자매들의 발자국만 그려지고 있었다. 언니들이랑 같이가며 우쭐해진 미아는 그 발자국을 자랑스레 연거푸 되돌아 보았다.

"잠깐!" 진아는 부엌으로 뛰어들어가 빗자루 둘을 들고 나왔다. "가자," 빗자루 하나는 선아한테 건넸다.

얼마나 춥고 바람이 센 날인지 입을 열 수가 없었다. 바람과 날리는 눈발이 전차 타러가는 세 자매의 얼굴을 때리고 몸을 밀쳐댔다.

"빨리 후퇴해야 하는데 죄수들을 누가 건사하겠어? 자기네도 도망가기 바쁜데. 간수들이 다 죽여버리고 도망갔다는 거야." 전차에 탄 후에도 진아가 선아의 귀에 대고 소근거렸다. "어제 오후 한둘 찾아보다 그만뒀어. 어두워 지니까⋯. 으시시 해서." 진아는 미아를 봤다. 알아 듣지도 못하면서 마치 이미 다 알고있기나 한 듯 고개까지 까닥거리고 있는 미아다. "철딱서니 없기는⋯." 진아는 미아한테 설명해 줄 방법을 찾아봤지만 쉽지 않았다. '나도 모르겠다. 보나마나 악몽을 꾸겠지. 어쩌겠어? 자업자득인 걸. 혼쭐이 나봐야 앞으로는 날 따라 다니겠다고 나서질 않겠지.' 진아는 생각했다.

전차에서 내려서 동생들을 서대문 밖에 있는 커다란 붉은 벽돌 건물로 데리고 갔다. 아버지가 잡혀갔다는 서대문 형무소다. 벽돌담은 등골이 서늘할 만치 높고 그도 모자랐던지 그 위로 뾰죽뾰죽한 가시철망이 시커먼 구름과 희끗거리는 눈발 사이를 끝없이 엉겨서 올라가고 있다. 그런데도 크고 육중한 철문은 활짝 열려있다.

진아는 동생들의 손을 잡고 건물 뒷쪽 커다란 광장으로 데리고 갔다. 발 뒷꿈치에 세 쌍의 발자국을 끌고온 자매들은 광장을 향하고 섰다.

거긴 이상스레 조용했다. 으시시한 느낌이 그들을 싸고 돌았다. 셋은 손들을 꼭 잡았다. 미아가 가운데 진아는 왼쪽에, 선아는 오른쪽에. 바람은 이들의 등 뒤에서 괴성을 지르며 날고 있는데 이들이 향하고 있는 앞쪽은 조용하다. 무섭게 조용하다. 지난 밤 내린 눈이 눈무덤을 둥글둥글하게 만들었다. 이들은 고르지가 않고 길거나, 자르거나, 구부레하거나 혹은 둥그렇다. 눈이 퍼지게 많이 온 게 아니어서 제대로 덮을 수 없었던지 눈무덤 밑은 어둡고 검다.

진아가 동생들을 눈무덤들 가까이로 데리고 갔다. 동생들은 자기네들이 보고 있는 것이 무엇인지를 그제야 깨달은 듯했다. 발들이 꼼짝 못하고 그자리에 들러 붙었다. 동시에 심장도 서 버린 듯했다. 자매들이 서 있는 곳은 피가 검게 엉겨 얼어붙은 검은 얼음 위였다.

예까지 오는 동안 여태껏 셋을 밀어 붙이던 거센 바람과 히끗거리던 눈발도 이 치솟은 담장안으로는 들어오기가 싫던 모양이다. 그들은 담장 윗쪽으로만 회애앵, 회애앵하며 어디서도 들어 본 적이 없는 이상한 울음 섞인 괴성을 지르면서 돌고 있다. 마치 한에 맺혀 죽은 유령들이 한풀이하며 떠다니기라도 하듯이.

자매들은 뼛속까지 얼어붙는, 적막뿐인 적막, 사람의 땅이 아닌 곳에 서 있었다. 이런 게 가능할까? 너무도 많은 눈무덤이잖아? 셋도 똑같이 동태처럼 굳어버리는 기분이었다. 움직이는 것도, 숨쉬는 것도 잊었다. 떠 다니는 유령들이 부르는 적막의 소리….

"어제 왔었으니까 처음이 아닌데도 심장이 멎는 건 매한가지네." 한참만에 진아의 떨리는 목소리가 간신히 목에서 새 나왔다. "한둘만 보고 집으로 갔어. 떨려서…." 진아는 아직도 혼이 빠져 나간 사람처럼 말하고 있었다. "얼어붙어서, 죄다 얼음덩이고, 무거워. 알아보기가 쉽지 않아. 꼼짝을 않으니까." 점차로 정신이 돌아오는지 동생들을 보면서 진아는 자신의 목소릴 찾아갔다. "눈이 얼굴을 덮고 있으면 빗자루로 쓸어내고 아버지인지 아닌지 확인해야해. 얼굴을 위로 하고있는 시체들은 알아 보기가 수월할꺼야. 하지만 얼굴을 땅으로 묻고 있는 경우는 쉽지 않아. 셋이 같이 힘을 합쳐도 힘들겠지."

진아가 이상한 눈으로 미아를 살폈다. 미아의 이빨은 아까부터 달달거리고 있었다. 그러던 미아가 갑자기 허리를 꺾었다. 먹은 것도 별로 없으면서 토했다. 헛구역질마저 했다. 진아는 미아의 등을 찰싹 때렸다.

"너 그따위로 굴꺼면 당장 집에 가." 진아가 호통쳤다. "내가 뭐랬어? 우리가 놀러온 줄 알아? 아버지 찾으러 온 거야."

언니의 호통은 미아를 바짝 정신차리게 했다. "미안해 언니. 걱정마. 언니가 하라는 대로 할께." 깜박거리는 미아의 눈에서 눈물이 툴렁 떨어졌다. 선아가 미아의 등을 쓸어주었다.

"그럼 내 옆에 붙어있어." 진아는 때렸던 미아의 등을 다독여 줬다. "셋이 같이 함께 찾아보자. 그래야 아버진지 아닌지 확실히 알지."

"시간이 오래 걸릴텐데." 선아가 말했다.

"하루 종일이 걸린다 해도 아버지가 여기 있다면 놓칠 순 없잖아, 안그래?"

시체를 밟지 않도록, 아니 그보다 미끄러져 시체위에 넘어지는 일이 없도록 조심하면서 두 동생은 언니 뒤를 따랐다. 대부분의 죄수들은 머리나 가슴에 총상이 있는 듯했다. 머리를 맞았을 때는 눈으로 덮힌 게 문제가 아니었다. 얼굴이 망가진데다 터져나온 골수, 피, 흙 등이 뒤범벅으로 엉기고 얼어붙어서 알아보기가 훨씬 더 힘들었다. 가슴을 맞고 죽은 경우는 얼굴에 덮힌 눈을 빗자루로 쓸어 내면 그런대로 알 수 있었다. 빗자루로 얼굴을 쓸어도 시체들은 재채기도 않고 꼼짝 않는 부동자세였다. 대부분이 눈을 뜬 채였는데 그 눈도 얼어붙어 있었다. '도대체 죽으면서 무얼 보려고 저렇게 눈들을 뜨고 있는걸까?' 진아가 속으로 중얼거렸다. 그리고서야 죄수들의 손이 뒤로 묶여 있는 걸 알았다. '뒤에서 맞은 경우가 아니면 자신을 향해 총을 쏘는 사람의 얼굴이나 총구멍을 보고 있었겠구나.' 하는 생각이 들었다.

"이 사람은 얼굴을 땅에 댄 채 얼어붙어 버려서 알 수가 없어." 선아가 말했다.

"아버진 아냐. 몸집이 너무 크잖아." 진아가 대답했다. 많은 시체는 추측으로 짐작해야 했다. 때로는 긴가민가 확신하기가 어려웠다. 아버지가 중간크기의 사람이었으니까 우선 크기에 먼저 신경을 쓰긴 했지만 덮인 눈이 아니라도 많은 시신이 몸을 꺾거나, 구부리거나, 웅크린 채여서 크기로 찾기도 쉽지 않았다.

얼마 지나지 않아 다른 사람들이 가족의 시신을 찾으러 왔다. 군데군데 몇 빈 자리가 있었는데 아마도 어제 찾아간 자리였을 게다. 빈 자리는 눈이 소복하니 곱게 덮고 있어서 이 장소와는 어울리지 않게 평화롭기까지 해 보였다. 한참동안을 열심히 찾아다니다 보니까 세 자매는 죽은 사람들의 시체를 뒤지고 다닌다는 생각은 조금씩 잊어버리고 아버지 찾는 일에 열중해 갔다.

"언니, 이 사람은 어때? 아버지 비슷한데?" 아버지와 비슷한 키와 몸무게를 한 시체를 가리키며 선아가 물었다.

"아닌 것 같아." 자세히 관찰하던 진아가 말했다. 얼굴은 망가져 알 수 없었지만 이마 위와 턱은 그대로였다. "아버진 얼굴이 더 갤쭉하고 머리가 세질 않았어."

"혹시 아버지 머리가 그새 하얗게 세 버렸는지도 모르잖아."

"그러니까 내가 다른 특징을 찾고 있는 거야. 턱이 아버지가 아냐." 진아는 조사하는데 이골이 나고 있었다. 어린 미아도 발전했다.

"언니, 이 사람은 분명히 아니다. 얼굴은 안 보여도 완전 대머리잖아."

오후가 되어서 시체들 조사가 다 끝났을 때는 모두가 기진맥진해 있었다. 열중해 있었던 진아의 뺨이 빨갛게 물들어 있었다.

"진아 언니, 날씨는 추워도 언니는 땀을 다 흘리네." 무슨 일을 했던지는 잊어 버리고 미아가 웃었다. "언니 뺨이 촉촉하니 이슬맞은 빨간 꽃같다."

"웃기지 마." 진아는 얼굴을 돌리고 소매끝으로 이마에 송송 달린 땀을 문질렀다.

"난 왜 언니보고 빨간장미라고 하는지 알지." 선아가 눈을 찔끔했다.

"입 다물어!" 진아가 선아한테 소리쳤다. 그 소리에 미아가 흠칠했다.

"구름 잔뜩 낀 하늘 아래, 눈 덮인 땅에, 밝은 색이라곤 언니의 뺨밖에 없는데, 뭐." 선아가 항의하듯 말했다.

이렇다 할 대답은 없이 셋은 집으로 와야 했다. 아버지가 혹 거기 있었다 해도 알아 보질 못했거나 아버진 딴 곳으로 데려다 죽였는지도 몰랐다.

"아버지 시체라도 찾았더라면 좋았을 걸. 그러면 묻어 드리고, 엄마도 조금은 맘이 풀렸을 텐데." 진아는 실망한 모습이었다.

"아버지가 미리 도망쳐서 어디 숨었는지도 모르지." 미아가 종알댔다.

"도망쳤다면 집에 오셨지 어디 가셨겠냐?" 선아가 한숨쉬었다.

"언니, 거기 얼어붙은 시체들 말야. 모두 누군가의 아버지나 오빠였겠지?" 미아가 진아한테 물었다. "저렇게 버려져 있어서 안됐잖아."

"가족들이 다 찾아가겠지." 선아가 말했다.

"그러면 좋겠지만…. 우린 엽서라도 받았지만 가족들이 모르고 있는 경우도 많을 걸. 버림받은 장소에 버림받은 사람들이 돼버린 거지."

"우리 아버진 그리되면 안 되는데." 미아가 머릴 갸웃거렸다.

아버지가 떠난 그해 겨울, 엄마는 두 달간을 꼼짝않고 누워 보냈다. 먹지도 않고, 암것도 하지 않고, 그렇다고 자는 것 같지도 않았다. 딸들은 가끔씩 엄마가 숨을 쉬고 있는지 들여다 보곤 했다. 두 달이 지나서야 엄마는 조금씩 움직이기 시작했지만 사소한 일에도 신경질을 팍팍 냈다. 특히 마포 가서 일하는 진아한테 더 그랬다.

"우리집에 이따위 빵 같은 건 갖고 오지마!" 진아가 빵을 한봉지 집으로 가지고 와 내밀었을 때 엄마가 확 집어 던지며 소리쳤다.

"그럼 뭘 먹고 살건데? 먹을 게 뭐 있는데?" 진아도 마주 소리질렀다.

남이야 어쨌건 다른 가족들은 헐레벌떡 빵봉지에 덤벼들어 눈 깜짝할 사이에 먹어치워 버렸다. 엄마도 한조각 집어서 더달라고 울어대는 한국이한테 줬다.

"너도 네 애비처럼 그리됐으면 좋겠냐? 그게 좋겠어?" 소리치던 엄마는 한숨섞인 소리로 구시렁댔다. "너희 애비 갔을 때 나도 가야 했는데…."

"걱정마. 이젠 암것도 집에 안 갖고 올테니. 내 점심으로 받은 걸 식구들 생각때문에 갖고 왔던 거야." 진아는 문을 탕 닫으며 자기 방으로 들어갔다. 선아가 따라갔다.

"언니, 너무 속상해 하지 마. 엄마도 걱정이 돼서 그러는 거잖아."

"나도 알아. 하지만 그렇다고 굶어 죽어?" 이불 뒤집어 쓴 진아가 한탄했다.

"아버지처럼 될까봐 그러는 거니까 언니가 이해해."

"그러니까 더 속상한 거야. 넌 남한이 이기면 우릴 그냥 둘 것 같아? 정신 차려, 이것아. 우린 빨갱이야. 이승만 정권밑에 살아야 한다면 우린 끝이야, 끝."

"나도 알아." 선아가 힘없이 대답했다.

"생각나? 우리가 미군들 세탁부로 일하겠다는 데도 일자릴 주지 않던 거? 우리 엄마가 조금만 더 교육을 받았더라면, 엄마가 조금만 더 마음을 열고 본다면 우리의 앞날을 볼 수 있어. 하지만 엄마는 고집불통이고 우린 끝장야." 진아가 한숨쉬었다.

"그런데 선아, 우리 보위부장동지한테 물었더니 너도 병원서 일할 수 있대. 일손이 많이 필요하니까. 정의와 평등을 위해서야."

"그래도 엄마 등을 칠 순 없잖아."

"알아서 해. 난 너도 나라를 위해 뭔가 하고싶을 줄 알았을 뿐이니까." 잠시 생각해 보고 말을 이었다. "선아, 엄마가 자꾸 죽겠단 소릴 하는 게 맘에 걸려서 줄넘기 줄을 아궁이에 넣어 태워버렸어. 혹시 겁나서. 우리 건너편집 남자 사건 후로 말야."

"엄마는 걱정 마. 한국이를 두고 어떻게 죽겠어?"

선아와 같은 방을 쓰면서 진아는 선아가 조금씩 자신의 이상과 목표에 동의하고 있는 것을 느낄 수 있었다. 그건 다행이었다. 둘은 아침 일찍 같이 나갔다가 저녁 늦게 오기도 했고, 때로는 따로따로 들락거리기도 했다. 미아도 언니들과 같이 행동하고 싶었지만 끼어 주질 않아 발만 동동 굴렀다. 그때마다 진아는 너무 어려서 안 된다고 딱 잘라 말했다. 선아처럼 적어도 열 다섯은 돼야 한다고.

때때로 두 언니가 집에 음식이나 식용유따위 생필품을 조금 갖고 오긴 했지만 새발에 피도 안 되었고 춥고 배고픈 것처럼 괴로운 것은 없었다. 소리 질러대던 엄마조차도 딸들의 손을 바라볼 지경이었다. 주린 배가 모두의 삶을 지배했다. 미아가 왝왝거리며 토했다. 씹어삼킨 종이쪽을 토해낸 것이다.

인정하고 싶진 않았지만 아버지의 운명 같은 문제는 허기진 배에 밀려서 안중에 들어 오지도 않았다. 간혹 가다 사라진 아버지 생각이 떠오르긴 했지만 결국은 쫄아든 배와 뼛속까지 떨게하는 추위가 다른 생각들은 모두 밀어내고도 남았다.

밤마다 영하에 핀 서리는 유리창에 하얀 꽃무늬 그렸다. 어느 아침 진아는 미아가 거기다 손가락을 호호 불어가며 "배고파"라고 쓰는 걸 봤다. 그리고는 다음 창으로 가더니 "언니 사랑해"라고 썼다. 시린 손가락에다 계속 입김을 불어 넣어 가면서. 진아는 미아의 손가락을 감쌌다. 따스해지라고 비벼 주었다. 언니의 볼에 대고 찬손가락을 녹여 주었다. 그날 저녁 진아는 밀가루 구해왔고 이모가 수제빌 만들었다.

"수제비도 제비는 제빈가보다. 다 날아갔잖아. 돋보기라도 써야 보일라나?" 선아는 멀건 국물을 보며 날아간 수제비 흉내를 냈다. 그나마 우습다고 다들 웃었다.

"내일 먹으려고 좀 남겼어. 하루에 다 먹어치우면 어떻하니?" 이모가 설명했다.

"이렇게 먹으면 설거지도 필요없네. 내 혀가 비누나 물보다 더 깨끗이 씻었잖아?" 선아가 빈 그릇을 전시해 보였다.

잠들기 전 진아는 가방에서 책을 하나 꺼내 선아한테 내밀었다. "읽어 봐. 맘에 들꺼야."

"언니도 알잖아. 내가 책보다는 만화를 더 좋아하는 거."

"이건 달라. 막스와 레닌의 사상에 대해 알아듣기 쉽게 쓴 책이야. 보위부장이 주셨는데 구구절절 맞는 소리야. 난 벌써 두 번이나 읽었어. 정의와 평등! 그것만은 죽든 살든 우리와 우리 후세들의 세상을 위해서 지켜야 하는 거야."

"언니, 난 지키기 위해 사는 것은 좋지만 죽는 것은 별론데?"

"우선 읽어봐. 읽어보면 맘을 바꿀지도 모르지. 삶에는 목적이 있어야 하는 거야."

미아가 아프다고 우는 소리가 집에 들어서는 진아의 귀를 괴롭혔다. 이모, 선아, 미아, 셋이 대야를 가운데 놓고 앉아 있었다. 이모가 미아의 동상걸린 손과 발을 따스한 물 속에 담그고 마싸지 해 주고 있었다. 언니들이 미아만 떼 놓고 나가자 어린 미아는 언니들이 하던 껌판을 메고 껌장사 한다고 나다니다 돈은 못벌고 동상만 번 셈이다. 미아의 괴로워하는 소리가 진아의 가슴도 쥐 어짰다. 어린 동생이 껌과 사탕을 팔려고 꽁꽁 언 길바닥에 서있다는 사실이 기가 찼다. 길바닥의 사람들이 돈이 있는 것도 아니다. 모두가 다 비슷한 신세 일텐데.

"조금만 참아, 미아야. 이제 조금씩 나아질 거야." 이모가 달랬다.

"미치겠어. 우린 왜 이렇게 춥고 배고프기만 해야하는 거야? 너무 하잖아. 고픈 배하고 얼어서 아프고 가려운 손가락하고 어떤 게 더 힘든지 모르겠어." 미아의 눈에서 닭똥 같은 눈물이 굴러 내렸다.

"그보다 더 참기 힘든 게 뭔지 알아? 이 껌판에 있는 걸 죄다 먹어 버리고 싶은 충동을 참는 거야. 껌이건 사탕이건 말짱말야. 그걸 보고 있노라면 너무 배가 고파 내 눈까지 쓰려. 다 먹어 내 배가 부르면 아마 춤기도 덜할거라." 미아는 울음을 참느라 헉헉하며 숨을 삼켰다. "하지만 내가 그걸 하나라도 먹어 봐. 내일 갖고 나갈 물건 살 돈이 없어지는데. 내가 맹세한 게 하나 있어. 뭔지 알아?" 미아는 둘러싼 식구들의 얼굴을 하나씩 보았다.

"모르지? 난 내가 죽을 때, 죽기 바로 전에 이 판에 있는 걸 죄다 먹어버리고 죽을꺼야. 하나도 남기지 않고 죄다."

선아는 어린 미아의 잔등일 쓸어 주었다.

이모는 고개를 숙인 채 미아의 작은 손과 발을 계속 마싸지 해 주었다.

진아는 자기 방으로 들어가 문을 닫아 버렸다.

"언니!" 선아가 잠자리에 들려고 진아 옆으로 들어가 누우며 말했다. "내가 게릴라에 가담하는 거 어떻게 생각해?"

"뭐?" 진아가 벌떡 일어나 앉았다. "도대체 무슨 소리 하는 거야?" 진아는 선아가 공산주의 사상을 받아들이길 원한 것은 사실이지만 게릴라에 들어가는 것은 절대 아니었다. "미쳤니? 안돼. 넌 너무 어려." 진아가 쏘아댔다.

"나도 알아. 하지만 잘 하면 열여섯이나 열일곱으로 보일 수도 있어. 게다가 건강하고 튼튼해. 언니도 알잖아. 내가 실내에 갇혀 있는 것보다는 밖에서 뛰는 걸 더 좋아하는 거. 병원 책상 뒤에 앉아 일하는 것 보다야 훨씬 낫지 않겠어? 언니가 준 책 보고 나도 맘 바꿨어. 세상을 좀 더 살기 좋은 곳으로 만드는데 동참하고 싶어."

"시끄러. 넌 너무 어려. 엄마가 뭐라겠어?"

"언니가 마포가서 일할 때는 엄마 말 듣고 간 거야?"

"하지만 게릴란 달라. 그러다 죽을 수도 있어."

"무슨 소리하는 거야? 목적을 위해선 죽고 사는 것도 감수해야 한다고 떠든 게 누군데? 게다가 피난가다 죽었다는 수많은 사람들 보니까 모두 살려고 도망치다 죽더라. 팔자가 죽을 팔자면 어쩌겠어? 피할 방도가 없는 거 아냐? 미아는 아직 열한 살도 채 안됐는데 이 추위속에 나가서 껌 팔아. 나도 국가와 민족을 위해 뭐라도 해야 할 거 아냐?" 선아가 열을 올렸다. "그 정돈 할 수 있을 것 같아. 누구보다 발 빠르고 몸도 잽싸니까. 신체적으론 걱정 없어. 내가 염려 하는 것은 식구들이 보고 싶은 걸 어떻게 참아내냐 하는 거지. 언니, 미아, 엄마, 이모, 한국이 다 보고 싶을 거 아냐?"

"잊어버려. 그리 되면 엄마가 날 그냥 둘 거 같으니? 내가 널 망쳐 놓고 있다고 벌써부터 난린데." 진아는 컴컴한 천정을 향해 말했다. 엄마가 했던 소리가 귓속을 맴돌았다. "너 하나면 족하다. 선아나 미아까지 빨갱이로 물들일 생각이면 당장 나가라. 그애들은 제발 내버려 둬. 내가 빈다, 빌어." 엄마는 침까지 튕겨가며 열을 올렸었다.

진아는 어둠속에서 선아를 돌아봤다. 장래를 내다보기는 불가능했다. 동생의 얕은 숨소리가 진아의 귀를 채웠다. 진아는 동생의 보드랍고 동그란 뺨을 쓸어 보았다. 동생의 달콤한 냄새를 들이켰다. 이제 막 새콤달콤 익어가고 있는 복숭아 향기 비슷한 동생의 냄새.

8

빨갱이 가족

(서울, 1951)

'깍스'네 집 앞은 매일 지나다녀야 했다.

얼굴 한 복판, 눈 바로 위에다 꿈틀대는 브이자를 붙인 깍쟁이 노인네가 엄마의 금반질 착취해간 후로 우리가 붙인 이름이다. 엄마는 쌀과 반지를 교환한 것이라고 했지만 나는 뺏은 거나 다름없다고 믿었고 또 그렇게 우겼다. 나는 '깍쟁이 스쿠리지'가 딱 맞는 이름이라 주장했다. 그러나 정작 나한테 스쿠리지 이야길 해주었던 선아언니는 나같은 착한 아이가 부를 이름은 아니라고, 또 이름이 너무 길다고 '깍스'로 줄이는 게 좋겠다는 것이다. 그래 이름이 깍스로 둔갑했던 거다.

다른 많은 서울사람들처럼 깍스도 남쪽으로 피난을 간 듯했다. 내가 일부러 그 집을 들여다 본 것은 아니지만 아무도 살지 않는 집은 어딘가 기분이 다르다. 어쩌면 빈집에선 빈 냄새인지, 빈 기운인지가 흘러 나오는 건지도 모른다.

"엄마, 깍스네도 남쪽으로 갔나봐. 빈집처럼 항상 조용해." 껌판을 내려 놓으며 말했다. "그 집 가서 창고에 있는 쌀 좀 가져올까?" 맹세컨대 내가 생각해서 한 말은 아니다. 나도 모르게 내 입에서 나왔을 따름이다. 엄마는 마치

'네가 니정신이냐?' 하는 눈초릴 하고 흘겨 보았다.

"걱정마. 그런 일 없을테니." 그리 말은 했지만 '그럼 안 되나?' 하는 생각이 불쑥 솟았다. "만약 내가 반지값어치의 쌀만 가져 온다면 그건 도둑질은 아니지. 안 그래?"

"그것도 도둑질이야." 엄마가 딱 잘라 말했다.

"깍스는 엄마 반지 도둑질했는데, 뭐."

"쌀대신 준 거야. 내가 안보는 사이에 가져간 게 아니고."

"우리가 배고픈 걸 알고 착취해 간 거니까 그건 도둑질보다 더한 거지. 어쨌거나 그것 갖고 다툴 필요야 없어. 대문을 굳게 닫아 걸었을테니까."

더 따지진 않았다. 하지만 잠잘려고 누우면 빈 뱃속 때문인지 잠은 오지 않고 쌀이 내 눈 앞에서 춤들을 춰댔다. 때로는 쌀이 비처럼 쏟아지기도 하고 때로는 쌀이 불꽃놀이처럼 퍼져 오르기도 했다. 비처럼 쏟아지는 쌀따라 입벌리고 쫓아가다보면 벼개에서 머리가 툭하니 떨어질 때도 한두번이 아니었다. 미치고 환장하겠다.

별로 팔지도 못한 채 껌판을 메고 추위속을 헤매다 집으로 돌아오고 있었다. 겨울은 해가 빨리 지는 통에 나도 걸음을 서둘렀다. 우리 골목으로 돌아서려는데 어깨에 커단 짐을 멘 남자와 딱 부딪칠 뻔하고 한발짝 물러섰다. 우리는 서로를 피해 그 남자는 길쪽으로 돌고 난 우리 골목으로 들어섰다.

"누구지? 어깨에 멘 게 쌀주머니 같던데?" 고개가 절로 깍스네 집을 향했다. 이상타. 문이 빼꼼하니 열려있다. 별 생각없이 나는 가서 대문을 밀어 보았다. 삐걱하며 열렸다. 두어번 기침을 했다. 내 기침 소리가 메아리돼서 돌아왔다. 내 발이 그집 창고로 갔다. 창고도 열려 있었다. 컴컴한 창고속에 눈이 익자 쌀자루, 밀가루자루, 그리고도 알 수 없는 여러 가지 자루들이 꽉 차 있다. 생각할 틈이 없다. 내 손이 쌀자루 하나를 거머 쥐었다. 내 발은 재빨리 달려서 집으로 왔다.

집에 오자마자 선아한테 내가 한 짓을 서둘러 말했다. 언니와 나는 같이 손잡고 깍스네 집으로 달려가 아까보다 더 큰 쌀자루를 집어들고 왔다. 엄마와 이모의 놀란 얼굴을 보고 나는 잽싸게 설명했다. "엄마, 우리가 반지값어치의 쌀만 가져오면 도둑질은 아녜요." 엄마가 도로 갖다 놓으랄까 겁났다. 그런데 엄마는 우리보고 앞장서라 했다. 이모까지 합쳐서 넷이 같이 깍스네 집에 가서 쌀과 다른 잡곡들을 더 가지고 왔다. 우리가 그집 창고를 깡그리 비운 건 절대 아니다. 우린 그런 도둑은 아니다. 우리가 살아갈 수 있을 만치만 훔친 거다. 밤낮을 가리지 않고 굶주렸기 때문에 우리가 약간(?) 돌았던지도 모르겠다. 하지만 왜 그런 짓을 했는지 따져보거나 후회할 생각은 없다. 이미 엎질러진 물이니까. 이미 도둑질은 하고 났으니까. 내 가족도 마찬가지다. 우리는 가져온 것들을 쌓아놓고 어디다 둘까하고 고민했다.

"광에 넣어두자." 선아가 말했다.

"광?" 이모가 갸웃했다. 빈 광에 이골이 들어선지 깨끗하게 비어있는 광이 제자리 같지 않았다. 우리는 자루들을 들고 이리저리 돌아다니며 적당한 장소를 찾아봤다. 결국은 다락으로 결정했다. 어쩐지 눈앞 가까이 두고 본다는 것은 캥기기 때문이었는지 모른다. 물론 남들 누가 보는 것도 원치 않았다. 일부러 가보기 전에는 누구의 눈에도 띠지 않는 다락이 우리의 보물이 안전하게 있기에 딱이다.

그날밤, 그야말로 오랫만에, 우린 배부르게 먹었다. 나는 깍스가 가져간 금반지에다 큰 이자까지 합쳐서 받은 것이라고 합리화했다. 내 핑계는 그런대로 맞아 떨어졌나보다. 다락속에 있는 쌀을 생각하면 먹지 않아도 왠지 배가 든든했다. 때때로 나는 다락에 올라가 그것들이 제대로 있나를 살폈다. 우리중 아무도 어떻게 어디서 그게 생겼단 소리 같은 건 하지 않았다. 그에 관한한 우리의 입은 영원히 봉해진 셈이다.

그 후로 나는 될 수만 있으면 깍스씨네 집을 지날 때는 고갤 돌리고 다녔다.

(곯는 배를 면한 덕분에 나는 그의 이름 뒤에다 '씨'를 붙여줬다. 사람이라면 고마운 줄은 알아야 하니까.) 그의 대문은 다시 잠겨 있었고 꿈에도 그 집을 다시 가 볼 생각은 없었다. 솔직히 우리가 여기서 이살 가 버렸으면 하고 바란 적이 한두 번이 아니다.

"언니, 언니, 목매달아 죽은 집에서 울고 불고 난리하는 소리 들었어?" 언니들한테 급하게 뛰어 들어가며 물었다. 땔 나무감을 구해가지고 오는 길이었다. "인민군에 입대한 대학생네 집 말야. 그 대학생이 돌아와 아버지가 목매달아 죽은 것 알고 미쳐서 날뛰는 거래. 총칼 휘두르며 고래고래 소리지르는 것 들었어?"

"응. 우리도 들었어." 언니들은 그런 굉장한 소식에도 시큰둥하니 답하고 방으로 들어가 문을 닫아버렸다. 섭섭하게도 언니들 끼리는 늘 비밀 이야기를 나누면서 나만 따돌리는 거다.

다음날 저녁 선아 언니가 날 언니 방으로 불렀다. 선아는 심각파인 진아언니와 달리 잘 웃고, 원숭이처럼 남의 흉내도 잘내고, 어디서든 눕기만 하면 잠도 잘 잤다. 하지만 그날따라 심각한 얼굴을 하고 있으니까 나까지 불안했다.

"왜 그래, 언니?"

"내 말 잘 들어." 언니는 조용하고 낮은 소리로 말했다. "내가 어디 먼데 가야 하는데 얼마간은 집에 오지 못할꺼야."

"어디 가는데? 얼마나 오래 갈건데?"

"쉿! 조용히 해. 이건 비밀야. 엄마도 몰라." 언니가 귀에 대고 소근댔다.

"진아 언닌? 진아 언니도 가?"

"아니. 나만. 하지만 더 이상 말 할 순 없어. 오랫동안 못올지도 몰라. 그래도 걱정마. 건강하게 잘 있어. 내가 돌아올 때는 네가 먹고싶어 하는 것 많이 갖고 올께."

"나도 언니랑 가면 안돼?" 내 입이 바싹 말라 들었다.

"넌 너무 어려. 실은 나도 어리지만 가는 거야. 기다리고 있어. 내가 돌아오는 날이 곧 올꺼니까."

"엄마한테 인사도 안하고?"

"내가 입벌리면 엄마가 가게 두겠니? 네가 나중에 엄마한테 말해. 공부 열심히 하고 훌륭한 사람돼야 한다. 넌 뭐든지 할 수 있어. 넌 그럴 능력이 있고도 남아." 하면서 언니는 날 안아 주었다.

"언니, 오늘밤 언니랑 같이 자도 돼?"

"그래. 이리와." 언니는 이불 속으로 날 끌어 들였다. 난 등을 동그랗게 말아 언니한테 들이 밀었다. 그리 오래 되진 않았지만 천둥번개 치던 날 그렇게 언니 배에 등을 대고 잤었다. 그때 언니 품이 따스하고 편안했는데. 하지만 이번엔 뭔가 달랐다.

"엄마한테 이야기해, 언니. 더구나 오래 가있을 거면." 낮은 소리지만 진심으로 말했다. 언니가 엄마한테 혼날까봐 겁나서.

"안돼. 엄마가 내 말 들을 것 같아?" 한동안 생각해 보던 언니가 말했다. "좋은 세상이 되면 올거야. 어쩌면 그런 세상이 금방 올지도 몰라. 우리가 모두 행복하고, 배고프지 않은 그런 세상. 부자와 가난한 자 없이 다 평등한 세상."

"나도 거기 같이 갔으면 좋겠다. 언니가 보고 싶을텐데."

"너보단 내가 더 널 보고 싶어할 거야." 언니 목소리가 떨렸다.

"그래? 그럼 가지 않으면 될 거 아냐."

"그런 세상을 위해 투쟁해야 해. 아니면 그런 날이 오겠어?"

"투쟁? 그러다 다치면 어쩔려고?" 언니는 내가 쌈질할 때마다 구해 줬지만 이제는 내가 쌈하러 간다는 언니가 걱정이었다. "언니, 편지할 거지?"

"노력할게. 아무 연락이 없어도 내가 항상 널 기억하고 사랑한다는 거 잊지 마."

"나도 언니 항상 사랑해. 앞으로도 늘 그럴꺼야." 내 등을 언니의 보드랍고 따스한 뱃살에 더 들이 밀었다. 언니가 날 꼭 안았다. 내 머리가 젖는 것 같았다.

"언니 울어?" 언닌 대답없이 잠잠했다. 그리곤 눈을 닦으며 일어났다.

"내가 깜빡했네. 너한테 줄 책이 하나 있는데." 언니가 선반에서 책을 꺼내 내게 건넸다. "웃기는 그림이 많이 들은 어린이 책이야. 병원서 버리려고 싸아 둔 더미들 속에서 찾았어. 네가 좋아할 것 같아서." 오즈의 마법사였다. 그날 밤 나는 등을 언니의 배에 대고 오즈책은 손에 들고 잠이 들었다. 아침에 일어 났을 땐 벌써 언니는 가고 없었다. 아마 나를 안은 채, 내 머릴 쓰다듬으며 내가 잠들길 기다렸나보다. 엄마한테는 돌아올테니 걱정말라는 짧은 쪽지만 남기고.

사라진 남편의 충격에서 빠져 나오려고 애쓰는 엄마한테는 너무 힘든 일이었다. 엄마는 넋이 나간 여자였다. 어둑해지자 대문간에 쪼그리고 앉아 언니를 기다렸다. 캄캄해진 후에도 기다렸다. 선아는 "한국인 엄마의 꼬리다. 늘 엄마 치마에 매달려 산다"고 놀렸었다. 언니 말대로 한국이도 어둠속에 엄마 옆에 달라붙어 있었다.

"엄마, 너무 어두워 암것도 안 보이잖아. 들어가자." 내가 빌었다.

"언니, 옆에 붙어있는 한국이 불쌍치도 않수? 그게 애한테 할 짓이우?" 이모도 빌었다. 엄마가 텅 빈 눈으로 한국일 돌아봤다. 가슴이 섬뜩했다. 혹시 엄마가 돌아버리면 어쩌나 걱정이었다. 전쟁 때문에 미쳤다는 사람 이야기는 수없이 들은 바다.

"미아야, 엄마 끌고 들어가자. 여기 이러고 있다간 일 나겠다." 이모와 나는 엄마를 끌어 들였다. 엄마의 꼬리 한국이가 뒤따랐다.

"언니, 우리가 이렇게 멍하니 앉아 있기만 해서야 어디 되겠수? 살길을 찾아야지. 이제 한국이 겨우 다섯살인데 언니가 정신 놓으면 그앤 어찌 되라고?" 이모가 말했지만 엄마의 눈은 촛점이 없었다.

"언니나 나나 바느질 하나는 누구보다 잘 하잖아. 입소문이 금방 날껄." 엄마는 답이 없어도 이모가 계속했다. "같이 바느질장사 하면 어떨까? 난 집 밖에 나가길 꺼리니까 물건 사들이고 배달하는 건 언니가 맡으면 되겠다. 내 재봉틀도 아직 새거잖아."

엄마는 좋단 소릴 하지 않았지만 그렇다고 싫다지도 않았다.

"언니, 한국이 생각을 해 봐. 뭐라도 시작 해야지."

엄마의 빈 눈동자가 옆에 앉은 한국이한테로 갔다. 그 속엔 어딘가 희미하긴 하지만 약간의 변화가 보였다. 마치 깨어진 렌즈가지고 촛점을 맞추려 애쓰듯이.

"이모, 엄마가 그렇게 하자고 하는데?" 내가 엄마 대신 답했다.

"언니, 우리 해 보자. 언니한테 기대 살고 있는 어린 것들이 있잖아." 이모의 제안은 딱 들어맞는 훌륭한 것이었다.

둘은 같이 시작했다. 엄마는 첨부터 좋아라고 나서진 않았지만 이모가 하라는 대로 따랐다. 집 밖을 나도는 것도 엄마에겐 필요했다. 엄마는 길에 나서면 선아를 찾을 수 있다고 생각했을지도 몰랐다. 종종 한국이도 데리고 나갔다. 주문을 받으면 밤 늦도록 둘이 같이 일했다. 때때로 엄마의 입가에 미소 같은 게 그려질 때도 있었다.

1.4후퇴 이후로 가장 바쁜 사람은 진아였다. 뭐가 그리 바쁜지는 모르지만 집에 오더라도 다시 나가기가 일쑤였다. 선아나 나와는 달리 진아언니는 내내 일등만 해서 엄마 아버지의 자랑이고 기쁨이었다. 내가 성적표를 가져오면 혀를 끌끌 차는 게 다였지만 진아의 성적표만 보면 둘이 다 입이 벌어지곤 했다.

"네 동생들이 네 반만큼만이라도 했으면 좋겠구나. 네가 걔들 몫까지 한다." 엄마는 진아한테 말하곤 했다. "한국이도 너처럼만 컸으면 좋겠다."

"사람 사는데 성적만 중요한 건 아니지." 아버지도 좋아 입을 벙글대면서도 말은 그렇게 했다. "동생들은 언니처럼 열심히 파고드는 열성을 배워야 하고, 큰애는 좀 여유를 가지고 앞을 내다 볼 줄 알아야 해. 코앞만 바라보고 달리다간 큰 코 다칠 수 있으니까." 아버진 잠시 멈췄다가 계속했다.

"내가 여러 번 말 했지만 너희들 이름을 진, 선, 미라고 지은 이유를 잊지마라. 좋은 성적보다 더 중요하다." 아버지가 말은 어떻게 하건간에 난 아버지가 얼마나 진아언니의 좋은 성적과 미모를 자랑스러워 하는지 잘 알고 있었다. 어리긴 해도 그 정도 눈치는 있다. 아버지가 우리 이름을 동양의 으뜸가는 여성의 미덕인 진선미를 따서 지었다는 소릴 한두 번 들은 게 아니다. 하지만 진아 언니는 그 세가지 미덕을 골고루 갖춰 가진 대신 정작 내 이름인 미를 내게 별로 남겨주지 않았다는 것이 큰 유감이었다. 선아 언니는 이름처럼 착했지만 나야말로 다 뺏기고 빈 껍데기만 남은 게 아닌가 싶을 때가 많았다.

솔직히 난 진,선,미를 다 갖춘 진아 언니를 은근히 속으로 질투했었다. 하지만 언니가 날 형무소에 데리고 간 후로 언닐 다시 보기 시작했다. 언니는 큰언니 답게 누구보다 용기도 있었다.

전쟁통이라 학교를 다니고 있지 않았기 때문인지 언니는 모든 정열을 다른데 쏟는 것 같았다. 엄마와 언니 사이엔 팽팽한 긴장이 돌아서 서로 소리를 질러 대거나, 아니면 틀어져 말들도 않거나를 되풀이했다. 언니한테 무슨 일을 하느냐고 물으면 "넌 어려서 몰라" 하는 대답만 했다. 이모는 알 듯해서 이모한테 진아언니가 하는 일이 뭔지 물었다.

"언니는 북조선민주인민공화국 서울지역정치보위부 부장의 비서란다." 이모의 대답은 유식해 보이고 압도적으로 보이긴 했지만 빨갱이 냄새가 풍풍 풍기고 있었다. "아무한테도 말 하면 안 되는거 알지?" 이모가 주의시켰다.

"그렇게 긴 이름 외우래도 못하겠다. 걱정 마. 하지만 엄마가 알아?" 난 진아가 나쁜 사람들 축에 드는 게 겁났다.

"정확히는 몰라도 빨갱이하고 일한다는 눈치는 채고 있지. 그래서 서로 앙앙대는 거야. 엄마는 진아가 하는 일이 못마땅하고 진아는 엄마가 이해하지 못하는 게 속상하고."

"선아 언니는?"

"나도 잘은 모르지만 둘이 같은 길인가 보더라."

"언니 둘이 다 빨갱이란 소리야?" 내 심장이 뛰었다.

"말 조심해. 시국이 언제 어떻게 돌아갈지 누가 알겠니?"

나라를 둘로 갈라놓은 전쟁은 우리 집안에까지 들어와서 우리 집안도 갈라놓고 있었다. 엄마와 엄마의 빨갱이에 대한 공포, 언니들의 엄마에 대한 불평불만…. 이모 혼자만이 양쪽의 소릴 다 들어주고 있는 셈인지도 몰랐다. 하지만 이모도 속으로 혼자만 고민했을 뿐 무슨 해결책이 있는 것은 아니었다. 가타부타 말도 없었다.

선아가 떠난 후로 날씨는 겨울을 벗어나는 듯했다. 진아는 집에 있는 시간이 점차 더 줄어 들었고 때로는 일 때문에 집에 오지 않는 날도 있었다. 언니가 오질 않으면 엄마가 더 안달을 했지만 난 엄마의 심해진 잔소리가 싫어서 언니가 집에 오길 꺼리는 것 같기도 했다. 선아가 떠난 후로 엄마의 잔소린 훨씬 심해졌다. "동생이 나갔으니 좋겠구나, 좋겠어." 그리곤 곧 이어 한탄을 늘어 놓았다. "처음엔 아버지가 떠나고, 다음엔 선아가 나가고, 이젠 네가 남았구나. 좋다, 좋아. 다들 갈테면 가라. 뭘하고 있냐? 이왕 갈거면 어서 가지."

"한국이랑 미아 생각을 해봐. 언니가 정신 차려야지." 이모만 중간서 애먹었다.

"무자식이 상팔자라더니 그 말이 맞다. 넌 좋겠다." 엄마의 말에 이모는 입을 다물어버렸다.

언젠가부터 진아는 집에 오질 않은 채 소식이 끊기고 말았다. 선아와 달리 큰언니는 누구에게도 말 한마디 없이 사라진 셈이다. 이모와 나는 진아 걱정을 했지만 그보다도 당장 눈앞의 엄마가 더 걱정이었다. 엄마는 혼이 빠져 나간 사람처럼 굴었다. 바느질하다가도 바느질 감을 무릎위에 놓고 멍하기도 하고, 종일 꼼짝 않고 누워서 일어나질 못하기도 했다. 이모가 끝난 일거릴 들려서 배달하라고 내 보내면 종일 어디로 싸돌아 다니다 갖고 나갔던 물건을 그대로 다시 들고 돌아 오기도 일쑤였다. 엄마가 그런 상태에서 벗어나도록 엄마를 어떻게든 깨워야 할텐데 우리도 무슨 방도를 몰랐다.

진아가 떠난 지 며칠인가 되었을 때 대문 두드리는 소리에 뛰어갔다. 땅거미가 내리고 있었다.

"이진아씨 댁이지요?" 젊은이의 낮지만 급한 목소리였다. 대문 틈으로 누군지 살피려 했지만 어둑해서 잘 뵈지 않아 대문을 조금 열었다. 키크고 잘생긴 남자가 서 있었다. 부드러운 눈매가 나쁜 사람 같진 않았다. 그가 들어 오도록 비켜 섰다. 들어서자마자 대문을 닫아 걸고 허리굽혀 내 눈을 들여다 보며 "네가 미아냐?" 하고 물었다. 누굴까 하며 고갤 끄덕였다.

"언니 집에 있니?" 잠시 생각해 보고 머릴 흔들었다.

"언니 어딨지?" 그가 물었지만 내가 대답할 소린 아니었다. 언니들이나 아버지에 대해서 아무 소리도 해선 안 된다는 정도는 분명히 알고 있었다. 그가 알아 들었나보다.

"집에 누가 계셔? 난 네 언니 친구야." 그래도 난 입을 벌리지 않았다. "어머니나 이모 계시니?"

"이몬 계세요." 엄마는 한국이 데리고 나가고 없다.

"이모한테 나 좀 보잔다고 말 해 줄래?"

이모는 벌써 나와서 낯선 청년보고 들어오라고 했다. 나도 청년을 뒤따라 들어갔다. 이모가 자리에 앉자마자 청년은 이모한테 큰절을 했다.

"이렇게 급히 들이 닥쳐 죄송합니다." 그가 좌정하고 말했다. "진아한테서 이모님과 미아이야기 많이 들었습니다. 제 이름은 최동훈입니다. 진아와 가까운 친구사입니다." 그가 마른 입술을 축였다. 예절은 발랐지만 어딘가 불안해 보였다.

"편히 앉아요." 이모가 말하고 내게 물을 갖다 드리라고 했다. 나는 냉큼 부엌으로 가서 급히 물을 퍼 오느라 질질 흘리며 달려왔다. 그는 단숨에 비웠다.

"무슨 일로 오셨는지…." 이모가 청년을 살펴보며 물었다.

"지난 며칠간 진아를 만날 수 없었습니다. 보위부는 문을 닫았는데…. 혹시 집에 있나 해서. 만약 아니라면 어디 있는지…."

그야말로 깜짝이다. 그렇다면 도대체 언니가 어딜 간 거지?

"우리도 진아 걱정을 많이 하고 있었어요. 집에 오지 않은 지가 며칠 되거든요."

"그렇다면 이미 떠난 모양이군요. 저도 떠났어야 하는 건데 알 수가 없어 늦췄습니다. 실롄줄 알지만 떠나기 전 확인하고 싶었습니다." 그가 일어섰다.

"진아가 선아하고 나한테는 이야길 했지만 어머닌 모르고 있습니다." 이모의 말은 날 놀라게 했다. 언니들이 이모한테 속이야기들을 하는 줄은 알고 있었지만 남자친구까지? 그런 것은 요조숙녀한테는 절대 금단의 소리였다. 언니는 이모를 무척 믿나보았다.

"저도 압니다만 사정이 워낙 급해서… 선아는요? 혹 아시는 게 있으신지요?"

"모릅니다. 진아보다도 앞서 떠났어요."

"혹 진아가 돌아온다면 제가 떠났다고 전해 주십시요. 진아가 어디있든, 얼마나 걸리든 제가 꼭 찾을 겁니다. 그리 전해 주십시요."

"물론이죠. 돌아온다면 말입니다." 이모가 확인했다.

우리는 서둘러 대문으로 가서 암말 않고 대문 빗장을 열었다. "전송은 않고 여기서 보내리다. 무사하기 빌겠어요." 이모는 그가 나가자마자 대문을 닫고 빗장을 다시 질렀다.

이모는 미간에 주름을 잡은 채 날 앉혀놓고 단단히 일렀다. "미아, 아무한테도 절대 여기 왔던 청년 이야길 하면 안 된다. 혹 말이 새 나가면 언니뿐 아니라 우리 전부가 다 일터진다. 알아 들었지?" 이모의 목소리 하나만 가지고도 나는 겁을 먹고 있었다. "넌 그 사람을 본 적도 들은 적도 없다. 한번도."

"알았어, 이모." 난 장담했다. 그런 약속 지키는 것은 어렵지 않았다. 이미 우리는 누가 말 한마디 잘못 했거나 작은 실수를 해서 죽거나 사라진 사람 이야길 너무 많이 듣고 있었다. 우리 아버지도 그 중 하나였다. 일부러 그랬는지 아닌지는 모르지만 누군가가 아버지에 대해 뭐라 말을 했던 것이다. 난 그럴 생각은 추호도 없었다.

"이모, 그 사람 좋은 사람 같아 보이던데 그래도 빨갱이야?"

"빨갱이라고 다 나쁜 건 아냐. 언니들도 나쁘지 않잖아. 세월이 잘못 된거지. 그 청년은 여기 오느라고 많은 어려움을 감수했어. 네 언니를 장미같다고 한 사람야." 이모의 입가에 작은 미소가 어렸다. "세월을 잘 만났더라면 좋았을걸."

그제서야 생각났다. 형무소에서 아버지 찾느라 시체들을 뒤지고 있을 때 큰 언니보고 빨간 꽃 같다고 하자 큰언니가 화를 냈던 것이. 그때는 몰랐지만 큰언니와 그 청년은 이미 친구 사이였던 모양이다.

"아아아, 그 이름도 빛나는 김일성 장군," 목청을 돋우어 가며 한국이 노랠 불러댔다.

"한국아!" 이모와 내가 동시에 소리쳤다. "그만!" 한국인 멍청한 얼굴을 하고 우릴 쳐다봤다. 서울이 다시 이승만의 영도하에 들어와 추가 다시 한번 바뀐 셈이다. 어쩌면 그게 언니들이 떠난 진짜 이율지도 몰랐다. 길에 나다니는 군인들의 군복이 바뀌고 따라서 우리가 부르는 노래도 바뀌었다. 애들이란 건 유연하고 빨리 배운다. 살아남는 본능을 재빨리 취득해야 할 때는 더 그럴테지.

내가 아는 한 가장 춥고 길었던 겨울, 그 겨울이 무섭게 잡아 흔들던 손아귀를 조금씩 풀어주고 있었다. 뺨을 도려내려는 듯이 맵게 할퀴던 바람도 누그러져 갔다. 그래도 언니들은 돌아오지 않았다. 길에서 언니 비슷한 사람을 보면 달려가 혹 언니가 아닌가 다시 보곤 했다. 여러번 속은 후, 언니들이 서울에 있지 않다는 것을 받아들여야 했다.

어느 오후 마당에 있는 참새들을 바라보고 있는데 유리창에 쓰여진 글씨가 희미하게 보였다. 뭐라고 썼나 싶어 호하고 불어 봤다. 한겨울에 언 손가락을 불어가며 써 놓았던 내 글씨였다. 하나는 "배고파"였고, 또 하난 "언니 사랑해"였다. 흐릿한 글씨는 내가 부는 걸 멈추자 곧 사라졌다.

심한 동상 때문에 껌 파는 일은 그만 두고 집에서 딩구는 동안 이모가 가지고 있던 책들을 뒤적여 봤다. 하지만 내겐 한톨의 의미도 없었다. 소설들은 어른들의 사랑이야기가 주였고, 잡지책은 요리나 옷만드는 소리들 뿐인데 사랑은 나이가 필요하고 음식이나 옷은 재료가 필요했다. 나는 나이도 재료도 모자란 판이니 다 무용지물이다. 선아언니 말대로 내게는 오즈의 마법사가 제일이었다. 책을 펼 때마다 언니의 냄새를 맡아보려 들었다. 재미도 있고 웃기기도 했다. 언젠가는 나도 무지개 넘어 저쪽, 노란 벽돌길 위를 가 볼 거라고 꿈을 꾸곤 했다. 나는 누렇게 변해가는 가족사진을 내 역사책에서 꺼내 오즈책의 서표로 넣었다.

전쟁이 아니었다면 나는 지금쯤 중학교 입시를 위해 한참 준비중이었어야 했다. 하지만 언니들도 없는데 학교도 가지 않고 있으니 나도 우리 가족을 위해 무엇이든 해야 할 것 같아 궁리해 보았다. 집 밖으로 나가면 길거리에 흔한 것이 구두닦기였다. 그 일은 어떨까? 언 땅이 녹아 질퍽한 흙탕물이 어디를 가든 덮고 있으니 일은 얼마든지 있을 게다. 게다가 구두닦기는 손을 계속 움직이고 있어야 하니까 추위를 견디기도 껨팔이보다는 쉬울 터이고.

엄마한테는 물어보나 마나였기 때문에 이모의 생각을 물었다. 엄마는 웃긴다. 세상엔 모를 일도 많다. 엄마는 한국이만 눈앞에 있으면 그만이면서 언니들이 사라진 걸 가지고 걸핏하면 자리 펴고 누우니 말이다.

"그건 사내애들이 하는 일 아냐? 계집애 구두닦기는 못들어 봤는데?"

"하지만 이모, 구두가 반짝하게 닦이기만 하면 되는 거지, 닦는 애가 남잔지 여잔지 누가 따진대? 게다가 옷 잔뜩 껴 입고 이모가 짜준 모자쓰면 내가 사낸지 계집앤지 알겠어?" 내 의견을 폈다. "더구나 내가 이모나 진아언니처럼 예쁘지도 않은데."

"네 미모에 대해선 내 생각이 다르긴 하지만 나머지 의견은 그럴 듯하네. 어디 우리 한번 알아볼까?" 이모가 웃으며 날 한바퀴 빙 돌려줬다. "그러려면 우선 구두닦기할 나무통이 있어야 할텐데. 그건 어디서 구하지?"

"이모, 우리 방공호로 썼던 움 속에 깐 널판지들이 있잖아? 그걸 쓰면 안 될까?" 겨우내 날이 얼마나 춥든 움속의 널판지는 태우지 않고 그대로 두었다. 혹 다시 그 속으로 뛰어 들어야 할 일이 생긴다면…, 싶어서. 식구가 반으로 줄어버렸으니까 반만 쓰더라도 충분할 것 같았다.

"그래, 해 보자꾸나."

이모와 구두닦기 소년들이 무슨 도구를 가지고 어떻게 하는지 시장조사 나섰다.

"네가 필요로 하는 건 닦을 물건들을 넣고 그 위에 신사의 구두를 올려 놓을 수 있을 크기의 상자구나. 그렇다면 우리도 할 수 있겠다. 집에 가서 만들어 보자."

우리는 못이랑 톱, 망치따위를 찾아 자르고 두드렸다. 실수도 꽤나 하고 손에 지저깨비도 여럿 얻었지만 이틀만에 드디어 목적을 달성했다. 신나고 자랑스러웠다. 더러워질까봐 한국이는 얼씬도 못하게 했다. 녀석은 나의 새 사업을 부러워 했고 자기도 빨리 자라서 슈샤인 보이가 될 거라고 별렀다.

"미아, 네 동생한테 맘껏 가지고 놀라고 해. 깨끗한 구두통 들고 나갈 참이니? 세상에 대고 '오늘 처음 일 나온 신삥입니다' 하고 광고할 필요야 없지 않을까?"

이모 말이 맞다. 한국이가 구두통을 가지고 노는 동안 이모는 날 데리고 장에 가서 언니들 위해 이모가 짠 모자와 장갑을 구두닦는 솔과 구두약으로 교환하는데 성공했다. 이 집의 유일한 가죽구두, 이모의 구두하고 이모부의 것이였던 듯한 오래된 남자구두 한켤레를 가지고 닦고 또 닦았다. 계속 닦았다.

"미아, 그만 해둬라. 그나마 단벌구두, 다 닳아 없애겠다." 이모가 말릴 정도로. 그렇지만 엄마는 쓰다달다 말이 없었다. 아직도 떠난 언니들 때문에 넋이 나가서 기대에 찬 내 사업을 마치 강건너 불구경하듯 멀뚱하기만 했다.

다음날 아침 통을 어깨에 둘러매고 이모한테 손을 흔들며 집을 나섰다.

"미아, 잠깐." 이모가 구두통을 열고 구두약을 꺼내 내 얼굴에 비볐다. "너처럼 깨끗하고 예쁜 구두닦기 봤니? 자, 됐다. 이젠 가 봐." 이모가 날 밀어 보냈다. "조심해라, 슈샤인 보이!"

"옛, 알겠습니다." 나도 사내처럼 이모한테 경례를 부쳤다.

"그런데 어디로 갈거야?"

"우선 저 아래 버스정거장을 생각하고 있는데…. 봐서요." 골목을 돌기 전 나는 다시 한번 이모한테 손을 흔들었다. 돌아서니 혼자다. 사내들 틈에 혼자일거다.

언덕밑 버스 정류장은 얼었다 녹은 진창이 모여드는 곳이다. 그 주변을 다닌 사람은 누구나 구두를 닦아야 했다. 내 이유는 그럴싸했다. 하지만 나는 한 가지 중요한 점을 놓치고 있었다. 나같은 새 창업자의 눈에 좋은 장소라면 남들 역시 마찬가지 아닐텐가? 거기 밀려든 진흙탕처럼 구두닦이들도 꾸역꾸역 모여들어 있었다. 그런데 이게 웬 떡! 바로 은행 옆 최고로 좋아보이는 자리에 빈 틈이 있었다. 이런 걸 초보자의 행운이라던가? 난 그 자리에 내 통을 내려 놓았다. 사내애들 몇이 나를 흘낏거리며 이상한 웃음들을 흘리고 있었다. 벌 써부터 내가 계집애라는 걸 알 리는 없는데…. 생각하며 난 통속에 든 물건을 꺼낼 요량을 하고 허릴 굽혔다. 바로 내 통 앞, 내 코 아래 전에 없던 커다란 신발 두 개가 보였다. 그 신발의 주인을 찾아 올려다 보았다. 그 순간 내 구두 통은 그 신발에 채여 날라가 은행 벽에 부딪쳐 떨어졌다.

"뭐야, 이거?"신발의 주인이 지른 소리다. "이 자리가 탐나면 돈을 내고 살 꺼야, 아니면 저 진창에다 쳐박아줄까?"

내가 키라도 크든가, 힘이라도 세든가, 아니라면 나이라도 더 먹었다면 어 떻게 덤벼 보겠지만 그 덩치와 맞설 일은 아니었다. 아무리 망신스러워도 내 물건들을 챙겨 빨리 뜨는 게 수였다. 애들의 야지를 들으며 도망쳐야 했다.

"도망치는 저 꼴 봐라. 하하! 딱 기집애네, 기집애야."

"쟤는 지 엄마 젖 좀 더 빨다 와야겠다." 딴 녀석이 합세하고.

멀찌감치 왔다 싶을 때 녀석들한테 눈이라도 흘길 참으로 돌아서다 마주오 는 사람과 부딪쳐 진탕에 엉덩방아마저 찧었다. 녀석들은 더 깔깔댔다.

내 사업전략을 재점검해야 했다. 버스나 전차정거장 근처의 좋은 자리는 고 참들이 이미 다 차지하고 있다면 이왕이면 서울역 같은 진짜 큰 곳으로 가서 시작하는 게 낫지 않을까 하는 생각이었다. 십오분가량 걸어 서울역으로 갔 다. 막상 거대한 서울역과 넓디 넓은 광장을 마주 하니까 난 기껏 개미새끼 한 마리다. 셀 수도 없이 많은 구두닦이 소년들이 줄을 짓고 있었다. 아마 나이대 로이든지 아니면 이두박근이나 삼두박근의 크기의 순서에 따른 건지 몰랐다. 기가 질렸다. 이것도 쉬운 일은 아니다. 나는 긴 줄의 맨 끝에 가서 끄트머리 애한테 물었다.

"이 자리 누구있니?"

"원하면 니꺼야. 그러면 나도 이젠 끝자리 면하게 될테니까." 그리고는 내 귀에 대고 말했다. "실은 나도 시작한 지 사흘밖에 안 되거든!" 그애가 웃었다. 안심이었다. 그애는 키도 나보다 크고 나이도 나보다 들어 보였다. 다 헤어진 옷가지 사이로 앙상하게 삐져나온 목은 때가 잘잘이 묻어 있었다. 이 거대한 광장을 뚫고 지나가는 바람과 먼지가 오가며 그린 지도처럼.

"난 문수야. 네 이름은 뭐냐?" 그 애의 질문은 나를 당황하게 했다. 뭐라 하면 좋을까 싶어 빨리 머릴 굴려 봤지만 좋은 생각이 떠 오르질 않았다.

"어…. 내 이름…, 은 한국이야." 난 급한대로 동생의 이름을 뱉어냈다.

"그거 희한한 이름이네. 이왕이면 미국이나 중국은 어때?" 하며 큰 소리로 웃었지만 그의 표정이나 목소리에 악의는 없었다.

"누가 아니래? 그래서 누가 이름 물을 때마다 주저하게 돼." 길고 긴 안도의 한숨!

"한국아, 너네 아버진 네가 애국자가 되길 바라셨나보다." 문수가 말했다. "아버진 어떻게 되셨어?"

"돌아가셨어." 내가 더 뭐라기도 전에 문수도 그랬단다.

"아버지가 살아계시면 여기 나와 이렇게 구두닦기할 애들 있겠냐? 우리 가족 죄다 죽었어. 빨갱이놈들 때문에."

"그럼 너 혼자니?" 전쟁때 고아가 된 아이들이 많다는 건 알았지만 전쟁터진 이래 당한 우리 집안 문제 때문에 정신없어 고아가 된 아이를 만나본 적은 없었다.

"형이 하나 있어서 혼잔 아냐."

"다행이네. 혼자가 아니라서."

"그게 실은 형이 내 진짜 형이 아니고 내가 혼자고 형도 혼자니까 서로 의형제 삼은 거야. 사람은 가족이 있어야 되잖냐."

"잘됐네. 그렇게 하면 둘 다 혼자가 아니니까."

"이북에 살 때 형한테 내또래 동생이 있었대. 내 목소리가 딱 동생 목소리 래. 웃기지? 생긴 건 달라도 목소린 같다니." 문수가 열적게 웃었다.

"형은 착하고 똑똑해. 열심히 일하고 한푼도 남기지 않고 돈을 모아. 야간이 라도 학교가기 위해서래. 나도 그렇게 해야한대. 구두닦기로 많이 벌진 못해 도 형이 돈을 허비하지 못하게 지켜줘. 넌? 넌 누구랑 사냐?"

나도 문수한테 대충 내 이야길 했다. 하지만 무엇보다 학교에 다시 가기 위 해 돈을 모은다는 이야기가 마치 손톱밑에 딱 달라붙은 가시처럼 내 맘에 걸 렸다.

"넌 진짜 가족이 있으니 얼마나 좋겠냐? 아무도 없다는 것처럼 서러운 건 없는데…." 문수는 부럽고 간절한 눈으로 날 보다 고갤 휙 돌렸다.

"사장님, 이리 오세요!" 지나가는 신사한테 문수가 소리쳤다. 다른 소년들도 모두 같이 외쳐댔다. 대번에 주변이 소리지르는 시합장이 돼버렸다. 문수가 소리 지를 때마다 때가 잘잘묻은 가느단 목에 푸른 핏줄이 불툭불툭 튀어 올 랐다. "여기요, 여기. 이리 오세요. 만나러 가기 전 구두 딱고 가세요." 들었는 지 말았는지 신사는 계속 걸었다. 문수가 그 뒤를 따랐다. "특별히 잘 해 드리 겠습니다." 절까지 하면서.

"내 구둔 아직 멀끔해." 신사가 자신의 구둘 내려다 보며 투덜댔다.

"제 손이 한번 가 닿기만 하면 새걸로 싹 변합니다. 한번 시험해 보세요." 신 사가 돌아서고 문수는 손님을 얻었다.

문수는 일 시작한 지 사흘째라고 했는데 그새 벌써 손님을 끄는 것부터 시 작해 이미 전문가였다. 까만 기름때가 묻은 걸레를 가지고 침을 뱉고, 털고, 문질고, 닦고, 다시 침을 뱉고를 되풀이 했다. 같은 짓을 하고 또 했다. 나는 머릿속으로 문수가 하는 것을 따라했다. 갑자기 문수가 손을 놓고 지나가는 다른 손님을 불렀다. 거기 있는 소년들도 일제히 합창하고.

"손님, 손님, 여기 제 동생 보이시죠? 오늘 애 첫날이거든요. 오늘만 특별히 반값에 해 드릴게요. 한번 시켜 보세요." 문수는 자기 손님의 구두를 계속 닦으며 소리질렀다. 그 신사는 문수와 날 번갈아 보았다.

"다음에, 다음날 닦을께." 그가 지나갔다.

한편 놀라고 한편 창피했다. 그 순간 나는 문수의 동생이 되고 문수는 내 형이 된 것이다.

"네 동생이 반값에 한다면 나도 깎아 줘야지." 문수의 손님이 들고 나왔다.

"아니죠, 사장님. 쟤는 오늘이 첫날이라 그런 거고 저는 이미 베테랑인데요, 뭐. 오히려 돈을 올려 받아야 하는 건데 선심 쓴 겁니다. 자, 다 되었습니다. 보세요. 거울처럼 비치기까지 합니다." 문수의 소리에 손님이 웃었다.

"구두 닦아드릴 기회 주셔서 고맙습니다. 또 오십시요." 다시 오라는 인사도 잊지 않았다. 진짜 수준급이다.

"네 동생이 반값에 해 준다면 오지."

"사장님껜 그렇게 해 드리지요. 잊기 전에 꼭 다시 오십시요."

손님이 떠난 후 문수가 날 코치했다. "한국아, 가죽구두 신은 신사가 지나가는 걸 보면 불러야지. 따라가 붙들어야지. 길에 선 전봇대처럼 입 꽉 다물고 암 말 없으면 누가 너한테 오겠냐? 손님은 자길 불러주는 사람 따라 가게 마련이야. 네가 귀엽고 예쁘다고 너한테 오는 거 아니다." 문수 말이 옳다. "구두 닦는 동안 내 손이 얼마나 빨리 열심히 움직이는지 봤지? 난 항상 서른둘씩을 센다. 그게 도움이 돼."

"왜 서른 둘야?"

"여덟씩 네 번 세는 거야. 나도 몰라. 그게 딱 맞는 것 같아서. 느낌이란 건무시 못하거든. 집중하는 데도 도움이 되고. 그리고 서른둘 틈틈에 침 뱉는 것 잊지 마. 침이 기름이야."

널찍한 기차역 광장에 있는 건 다행이었다. 기차시간에 따라 사람들이 물결져 오고 갔다. 누구나 신발 한켤레씩은 다 신었다. 나도 첫 손님을 맞았다. 너무 신뻥이고 몰라서 까닥 손님을 놓칠 뻔했지만 다행히 문수가 나서서 도왔다. 날이 저물 때 나는 어느정도 경험도 얻었고 돈도 조금은 벌었다. 신나는 일이다. 어두워지자 구두닦기들이 하나 둘씩 자릴 떴다.

"나도 집에 가야겠는데…." 우물거리며 문수한테 입을 열었다. 그리고는 어물대며 '형'자를 붙였다.

"그래. 갔다가 내일 이리로 와."

"형은 안가?" 이번엔 형자가 제발로 나왔다.

"내 형이 일 끝내고 날 데리러 올 때까지 일할 거야. 그리고 가면 돼."

"어디 사는데?" 난 별 생각없이 물었다.

"꼬마야, 실망시켜 미안하지만 여기 있는 대부분은 갈 집이 없어. 그래 넌 운이 좋은 거야. 집도 있고 가족도 있고."

"그럼 어디서 자?" 질문이 창피했지만 궁금했다.

"이따 형 만나면 형이 데리고 가. 항상 다른 곳이지만 그래도 형이 늘 잠잘 델 찾아." 문수는 전과 달리 가라앉은 목소리였다. "가 봐. 낼 보자."

집에 와서 그날 번 돈을 엄마와 이모앞에 내밀었다.

"언니, 이것좀 봐요. 애가 첫날부터 돈을 다 벌었네." 이모의 말에 엄마의 입꼬리가 조금 올라갔다. 오랫만에 보는 엄마의 웃음 비슷한 웃음.

"엄마, 낼 아침 빵좀 쪄줄 수 있어? 점심이 필요한데." 물은 역사내 수도에서 마시면 되지만 먹을 게 필요했다.

"그래라. 내일 아침 밥솥에 빵 쪄 줄게." 이모가 답했다.

"엄마, 두 개 쪄 줄 수 있어?"

"그렇지. 한참 자라는 사낸데 두 개는 먹어야지." 언니들이 떠난 후로 입이 굳어진 엄마의 입대신 이모의 입이 대답할 때가 많았다.

그날밤 나는 이모한테 그날 일을 이야기 해 주었다.

"문수가 내 이름을 묻잖아."

"그 생각을 미처 못했네. 그래 뭐라고 했니?"

"한국."

이모는 박수까지 치며 깔깔댔다. "우리집에 한국이 두 개나 있네. 사내 하고 여자애하고. 정말 웃겠다."

"문수가 난 운이 좋은 거래. 집도 있고, 엄마, 이모, 동생도 있고. 걔는 하나도 없대. 오늘밤 어디서 자야 할지도 모른대. 버스 정거장서 날 쫓아낸 녀석도 갈 데도 없고 식구도 없겠지?"

"하룻사이에 우리 미아가 철이 많이 들었네. 기특해라."

다음날 문수한테 빵 하나를 주었다. 문수는 입이 찢어져라 웃으며 덥석 빵을 쥐고 한입 베어 물었다. 그러더니 갑자기 입을 삐죽거렸다. 제대로 씹지도 못하고 멈췄다. 나는 혹시 목에 걸린 게 아닌가 싶어 걱정했다. 드디어 그의 가느다란 목이 삼키는 게 보였다.

"우리 엄마도… 이런 빵 쪄…." 문수가 말 하다말고 고갤 돌렸다.

문수가 버는 돈은 한푼도 남기지 않고 닥닥 긁어서 형이 저금을 하고 있다 했다. 언제가 될진 몰라도 학교가기 위한 돈을 모으는 거라고. 제일 싸고 많이 주는 집에서 아침하고 저녁 사 먹는 외에는 한푼도 남기지 않고 다 저금한다 했다.

"형 말에 의하면 우릴 돌봐줄 부모가 없으면 우리한테 남은 거라고는 교육 뿐이래. 교육없이는 평생 여기서 이짓을 면할 수 없대. 난 그러고 싶진 않거든. 한국이 넌 좋겠다. 집도 있고 엄마도 있으니까 학교 갈 수 있겠다. 언제 갈 거니?"

전쟁 때문에 학교는 까맣게 잊어버리고 있었다. 하지만 문수의 말을 들으니까 덜컥 겁났다. 까딱 잘못하다간 나도 여기 평생 들러붙어 있어야 할지 몰랐다. 아니, 그나마도 어려울지도 몰랐다. 난 여자애니까. 문수와 문수 형이 열심히 일하고 돈을 모아 학교가고 또 졸업하고는 좋은 직장가져 돈도 벌고…
하는 생각을 했다. 내 비위가 뒤틀리는 것 같았다. 뒤지고 싶은 생각은 전혀
없었다.

"여기 문 연 학교도 있니? 다 닫지 않았어?"

"학교들도 다 부산으로 피난가서 거기는 죄다 문 열었다더라. 서울도 몇군
데 문을 연 곳도 있다던데?" 문수는 나보다 두살 위였지만 아는 게 많았다.

얼마 지나지 않아 나의 구두닦는 기술도 침 뱉기만 제하면 문수나 같은 수
준이 됐다. "비싼 구두약 아끼려면 침을 더 뱉어. 그 약 미제야, 미제."

"너 몇살이냐?" 내 손님이 물었다. 서른둘을 세느라고 대답을 빨리 하지 못
했다.

"인석아, 몇살이냐고 물었잖니?"

"열한 살입니다, 손님." 난 쉬지않고 손을 놀리며 대답했다.

"그래? 아직도 어린애 손 같구나. 고 작은 손 가지고도 부지런히 움직인다.
기특하다."

"고맙습니다. 열심히 일해야죠. 저도 베테랑입니다." 문수 흉내내서 말했다.

손님은 웃으면서 팁까지 주었다. 손이 크다고 구두를 잘 닦는 건 아니다. 내
경험이 그걸 보증할 수 있다. 하지만 내 얼굴보다는 손이 나를 더 드러내고 있
었다. 하기사 고개 숙이고 구두 닦는 동안 손님이 내 얼굴을 볼 순 없다. 보나
마나 내 뒤통수나 닦고있는 손을 볼테지.

"네 손이 기집애 손 같은 거 아니?" 문수도 말한 적이 있다.

"왜?" 뜨끔!

"어쩐지 그래 보여. 내 손 봐. 다르지 않니?" 그가 손을 펴 보였다. "내 여동
생 손이 그랬던 것 같아." 문수가 잠시 말을 끊었다. 그리고는 크게 외쳤다.
"사장님, 이리 오세요. 구두 닦고 가세요."

휴우우우….

날씨가 따스해지자 사람들이 내가 여자애란 걸 알게 될까봐 걱정이었다. 그리되면 난 완전 웃음꺼리다. 무엇보다 문수는 배신당했다고 생각할 게 뻔했다. 그앤 여자를, 아니 기집애를 좋아하지 않았다. "기집애들은 골치야, 골치." 소릴 자주 했다. 왜 그러냐고 물으면 어깨를 들썩거려 보이고는 "너도 내 나이가 되면 알아," 하기만 했다.

내 걱정을 덜어 주려고 이모는 내 머리를 사내애들처럼 짧게 잘라주고 야구 모잘 하나 사 줬다. 일단 사업이 궤도를 잡자 일이 즐거웠다. 문수가 잘 가르쳐준 덕이다. 그렇게 몇 주간을 잘 나가다가 갑자기 문수가 일을 나오지 않았다. 사흘이나 계속해 일을 빼 먹었다. 아픈 건지 어찌 된 건지 궁금하기 짝이 없었지만 알아볼 도리가 없었다. 나흘째 되던 날 문수가 드디어 나타났다. 하지만 전보다 더 마르고 더 초췌했다.

"웬일이야, 형. 어디 아팠어?" 하지만 입을 열지 않았다. "괜찮아?"

"난 괜찮아. 내 형이 문제야." 드디어 문수가 입을 열었다. "학교로 돌아가려고 우리가 한푼도 남기지 않고 은행에 넣었잖아. 형하고 같이 일하던 사람이 은행보다 여섯배나 되는 이자를 준다고 해서 돈을 다 그사람한테 맡겼대. 근데 그 자식이 갖고 튀어 버린 거야. 이때껏 우리가 모았던 돈 다 날렸어. 형이 미쳐서 울고불고 날뛰는 거야. 형 옆에 붙어 있어야 했어. 혹시 자살이라도 할까봐 겁나서. 돈이 그렇게 날라가 버릴 줄 알았다면 그렇게 먹고 싶은 밥이라도 한번 싫컷 먹어 볼 수 있었을텐데 말야." 문수가 눈물을 닦았다.

"우린 아직 어리니까 걱정하지 말라고. 돈은 또 벌면 된다고 열 번도 스무 번도 더 이야기했어. 사흘을 꼬박 끙끙 앓더니 드디어 오늘 일 나갔어. 잃은 돈을 조금이라도 되찾으려면 우린 더 열심히 일해야 해. 생각할수록 억울해 미치겠어." 문수는 주먹쥔 손등으로 눈물을 닦았다. 그의 주먹이 눈물을 씻어내는 바람에 눈언저리는 깨끗해 지고 나머지 얼굴은 묵은 때가 그대로였다. 딱 부엉이처럼 눈 주변만 둥그렇게 된 얼굴이 내 가슴도 찡하게 했다. 목이 가는 부엉이? 뭔가 잘 맞지 않았다.

　종일 말 없이 일만 했다. 점심으로 가져온 빵 두 개를 다 문수한테 주면서 하나는 형을 주라 했다. 문수가 "너도 먹어야 한다"며 사양했다. 솔직히 속으로 나도 다행이다 싶었다. 얼결에 빵을 둘다 주긴 했지만 내 뱃속이 쪼르락 댔다. 그래도 고민하는 형을 생각하면 뭔가 해 주고 싶었다. 일이 끝나고 가기 전 나는 오늘 번 돈을 문수한테 건네고 형을 위한 거라 했다.

　"네가 번 돈이고 네 꺼야." 문수가 거절했다. 거기서 구두닦는 아이들중 심심풀이나 남에게 자선하기 위해 일하는 애는 없다. 모두들 돈을 자기 목숨처럼 위했다.

　"네 형한테 오늘저녁 국밥한번 사줘. 형 기분좀 나게. 네 돈은 학비로 저금하고. 오늘 하루만야. 난 집에 가면 국밥이 있어. 하루 일 안했다 치면 돼. 이거 형 갖다 줘." 잠시 생각해 보고 덧붙였다. "니 형도 살 기분이 나야 할 것 아냐?" 돈을 문수 손에 쥐어 주었다.

　"정말 괜찮아?" 문수가 발등을 내려다 보며 물었다.

　"오늘 하루만야. 네 형을 위해서. 내가 두 번 그럴 줄 아냐?" 내가 웃었다. 문수도 웃으려 들었지만 얼굴이 웃는 건지 우는 건지 알 수 없었다.

　"나도 학교 가려고 돈 모으고 있어. 내가 번 돈은 다 엄마드려. 엄마가 저축하게." 아차! 엄마 없는 애한테 엄마 소릴 또 했구나….

　"한국아, 자기 전에 이빨 잘 닦으라고 했지?" 엄마가 나아가는 모양이었다.

　"벌써 닦았다니까. 잔소리 안 하면 큰일나?" 한국이 소리쳤다.

　"언니, 어쩌겠수? 한국이가 다 커서 결혼하고 자기 자식 낳아 키울 때까지 끼고 살아야지. 엄마 없이 쟤가 살 수 있겠수?" 이모도 한마디 했다.

　"꿈 깨거라." 입이 없는 사람처럼 말 없던 엄마의 입에서 한동안은 긴 한숨만 나오더니, 그 한숨이 차차 한숨섞인 한탄으로 이어졌고, 이젠 시시콜콜 잔소리로 바뀌었다. 엄마가 건강해졌다는 뜻이었다.

전선은 서울서 50키로정도 북쪽에 머물러 있었고 남으로 피난갔던 사람들은 하나씩 돌아오기 시작했다. 집이 부서지거나 타버린 사람들은 텐트나 합판대기, 심지어 보루바꾸 상자까지 동원해 살 곳들을 장만했다. 그걸 보고 있으니까 이제 언니들이 돌아오진 못하겠구나 하는 생각이 들었다. 나는 종종 아버지의 시체를 찾아 언니들과 형무소에 갔던 일을 생각하곤 했다. 언니들이 보고 싶었다.

"엄마, 일 월초에 언니들하고 아버지 찾으러 형무소에 갔었어." 엄마와 이모가 바느질하고 있는 옆에 앉아 말했다.

"이모가 말해서 알고 있었다." 엄마가 한숨섞인 소릴 했다. "내 몸이 추서자마자 나도 갔더랬다. 내 눈으로 확인하고 싶어서. 그때는 감옥소가 빨갱이들 손으로 넘어간 뒤여서 다른 죄수들로 찼더라. 옛것은 싹 쓸어치고 아무것도 없이. 너희 아버지에 대한 기록이라도 남아 있나 싶어 물었는데 이미 다 없애고 태워버려 아무 것도 없다더라."

그것으로 우리는 더 이상 아버지나 감옥소 이야길 꺼내지 않았다.

날씨는 좋아지고 아직도 전쟁중이라는 것 외에는 그런대로 살아갔다. 엄마 생일날, 그날은 집에 가는 길에 부로치를 하나 사려고 조금 일찍 일을 끝냈다. 아침에 이모가 엄마의 생일이라 미역국 끓일테니 일찍 오라고 했었다. 엄마위해 산 부로치는 비단천으로 만든 장미꽃인데 작은 구슬이 이슬처럼 붙은 것이었다. 꽃잎에 이슬 붙은 장미…. 진아언니 생각이 났다. 언니들이 있었더라면 얼마나 좋을까? 언니들이 좋아했을 게다. 누굴 위해 선물을 사 본 지는 꽤 오랫만이다. 엄마가 생일 기억한 것에 놀라고 좋아할 게다. 우리의 작은 파티는 별건 아니지만 전쟁 후 처음이다. 신나고 행복했다. 엄마와 이모가 있다는 것이 얼마나 큰 행운인가? 한국이가 있는 것도 오늘 같은 날은 행운이라고 여기기로 했다.

우리집 골목을 돌아서는데 우리 대문앞에 사람들이 모여 있고 누군가가 퍼붓는 욕설이 골목안을 울리고 있었다. 등골이 오싹했다. 달려갔다.

"빨갱이 화냥년! 고마운 줄도 모르는 년! 감히 누구 쌀을 훔쳐? 감히?" 성난 목소리가 골목안을 쩡쩡 울리고는 밖으로, 하늘로 퍼져 나갔다. 깍스다. 야구 방맹이처럼 크고 묵직한 몽둥이가 모여든 사람들 머리위로 올라가는게 보였고 잇따라 탁! 소릴 내며 떨어졌다. 엄마다. 나는 "엄마! 엄마!" 소리치며 군중 속을 헤집고 들어갔다. 엄마는 땅바닥에 널부러져 있었다. 깍스가 다시 내려치기 전에 엄마의 몸을 나라도 덮어야 한다. 아무도 나서지 않으면 엄마는 죽을거다. 이미 반은 죽어있다. 하지만 어떻게 내 목소릴 들었던지 엄마가 머릴 들었다. 엄마는 분명히 엄마였다. 하지만 너무 놀라 내 발이 땅에 들러 붙어 그자리에 굳어 버렸다. 머리는 풀어 헤쳐졌고, 얼굴은 흙과 피범벅이 되어 피 흘리는 귀신이다.

"이년아, 당장꺼져! 여기가 어디라…?" 엄마가 나한테 소리치는데 깍스의 몽둥이가 또 엄마를 내리쳤다. 엄마는 다시 쓰러졌다. 난 얼어 붙었다.

"오, 잘 왔다. 네가 바로 새끼 빨갱이구나. 남의 물건을 도둑질하면 어떻게 된다는 걸 오늘 내가 자알 가르쳐 주마." 승냥이처럼 이빨을 번득거리며, 손에 든 방망이를 휘두르며, 그가 날 향해 다가왔다. 그자의 얼굴 한복판에는 그 유명한 브이자가 승리의 브이처럼 위로 치솟았다. 이젠 나도 죽었다. 난 눈을 꾹 감았다. 그런데 몽둥이가 내 머리위에 떨어지질 않았다. 눈을 다시 떴다. 어떻게 했는진 알 수 없지만 엄마가 그자의 다리 하나를 꽉 부여잡고 놓지 않고 있었다.

"제발 한번만 봐 주세요. 다 내 짓이요. 저 애는 암것도 몰라요. 날 죽이고 그걸로 끝내세요. 제발 쟤는 놔 두세요." 엄마를 죽이라니? 그럼 난 고아가 되라고?

"내가 문이 열린 걸 봤어요. 어떤 남자가 짐들을 지고 나가는 걸 봤어요. 그 사람이 많이 갖고 갔어요. 정말이에요. 내가 봤어요."

"입 닥치고 저리가," 엄마가 외쳤다. 엄마의 입에서 흰 것들이 피에 섞여 튀어 나왔다. 난 까무러칠 것 같았다. 엄마의 터진 입술에선 피가 흘렀고, 얼굴은 너무 부어서 왼쪽 눈이 보이질 않았다. 눈이 있어야 할 자리가 꺼멓게 피투성이가 된 채 내 주먹만큼 부어 있었다. 엄마가 죽을 힘을 다해 깍스의 바짓가랑일 부여잡고 있는데도 나는 겁에 질려 두어 발자국 뒤로 물러섰다. 죽을 힘을 다해 붙잡고 있는 엄마를 떨쳐 버리려고 깍스는 엄마의 어깨, 팔, 다리, 머리, 닥치는 대로 쳐댔다. 엄마는 땅에 쓰러져 더 움직이지 않았다.

"안돼, 엄마! 안돼. 죽으면 안돼!" 내가 울부짖었다.

깍스가 내 머릴 내리쳤다면 내 두개골은 그자리서 빠개졌을테고 죽어 버렸을 게다. 엄마가 날 살린 거다. 깍스는 아직도 화가 넘쳐 이를 갈며 엄마한테 발길질을 했다. 나는 "엄마, 엄마…." 부르며 엄마위에 쓰러졌다. 엄마는 꼼짝 없었다. "우리 엄마 죽었어요. 살인 했어요. 엄말 죽였어요." 소리가 계속 내 입에서 나왔다. "살인자! 살인자!"

"빨갱이 화냥년들!" 깍스는 엄마와 나한테 침을 뱉어댔다. "재수없게스리." 몽둥이를 휘둘러 대며 그는 집으로 향했다. 몇발짝 가다가 다시 돌아서서 소리쳤다. "네놈 빨갱이들! 우리 집 근처에 얼씬도 마라. 그게 바로 니들 제삿날인 줄 알아!"

나는 엄마가 죽은 줄만 알았다. 그런데도 엄마는 숨을 쉬고 있었고 알아 볼 수 조차 없이 부은 얼굴은 뜨거웠다. 나는 엄마를 부여잡고 통곡했다. 온 세상이 내 통곡소릴 들어야 했다. 하늘과 땅이 뼈에 사무치는 내 분노를 똑똑히 보아야 했다. 거기 모여든 군중들 속에 아무도, 단 한 사람도 도와 주기는 커녕 친절한 말 한마디 하는 이 없었다. 그들은 우루루 몰려와 젊은 엄마가 짐승처럼 얻어맞고 있는 것을 구경만 했다. 그 얻어맞고 죽어가는 엄마를 안고 통곡하고 있는 어린애를 빙 둘러서서 구경만 했다. 우린 구경꺼리일 뿐이었다. 구경이 끝나고는 하나씩 흩어져들 갔다. 아무도 정신잃고 쓰러진 엄마나 울고있는 어린애를 위해 손가락하나 까딱하지 않았다.

엄마하고 나하고, 둘만 남았다. 나는 피범벅이 된 엄마의 얼굴을 내 팔로 감싸 안았다. 무엇보다 엄마의 왼쪽 눈이 걱정이었다. 겁에 질려 피와 흙을 손으로 닦아내고 엄마의 눈이 그냥 있는지 보려고 했다. 너무 부어서 알 수가 없었다. 나는 외치고 통곡했다. 내 절규는 골목담장들을 울리고 텅 비고 어두워진 하늘로 퍼져 올라갔다.

깍스가 엄마를 때려대는 동안 이모와 한국인 집에 있었다. 엄마는 이모한테 한국이와 꼼짝않고 집에 있으라 이르고 혼자서 그걸 다 감당해 냈던 것이다. 만약에 깍스가 한국이한테 손을 대는 날이었다면 엄마는 그 자를 죽였을 게다. 아니면 적어도 죽이려고 덤볐을 게다. 나를 포함한 모두를 위해 엄마 혼자서 깍스와 맞서 당했던 거다. 엄마는 열이 펄펄 끓는 채 나흘간이나 정신을 잃고 혼수상태였다. 이모가 밤낮 가리지 않고 간호하고, 한국이와 나는 엄마 곁에 앉아 지켰다. 닷새째 되던 날 엄마가 정신이 조금 드는지 움직거렸다. 이모는 미음을 쑤어 엄마한테 먹였다. 왼쪽 눈은 더 부어 올랐고 엄마는 너무 심한 고통에 움직이질 못했다. 왼쪽 이빨도 두 개가 부서져 없어진데다 눈마저 잃는 게 아닌가 걱정이었다. 엄마는 오랫동안 누워 지내야 했지만 그래도 죽진 않고 서서히 조금씩 다시 살아나기 시작했다.

엄마가 두들겨 맞고 난 후부터 우리는 내어놓고 사회적으로 매장된 셈이다. 우리는 빨갱이. 사회의 잘못이란 잘못은 다 우리 때문이었다. 구두닦기도 뒷전으로 밀렸다.

"한국아, 웬일야? 어떻게 암 말 없이 열흘씩이나 일을 안나오냐?" 놀란 문수가 물었다. "어디 아픈 거야? 안색이 별로다." 난 엄마가 아파서라 했다.

"이젠 괜찮냐? 크게 아프셨나부네. 걱정이구나."

"좀 나았어." 나는 둘러댔다. 그래야 했다. 남자라고 속이는 것도 쉽지 않은데 내가 빨갱이란 걸 알면 여기있는 사내애들이 어쩔런지 알 수 없다. 여기 있는 아이들 대부분, 아니 전부가 다 빨갱이한테 당한 애들이라고 해도 과언이 아니다. 더구나 이 애들은 누가 이래라 저래라 하는 사람이 있는 것도 아니었다. 군중심리라는 것이 언제 어떻게 폭발할런지 몰랐다. "이젠 괜찮으셔."

엄마의 바느질거리도 바싹 말라버렸다.

"언니, 우리한테 일거리라도 부탁할 수 있게 돈깨나 있는 사람들은 다 부산으로 가버렸고," 이모가 말했다. "날씨가 더워 지니 옷도 바꿔 입어야 하고 이불도 가벼운 걸로 갈아야 할텐데 아무도 맡기는 사람이 없네."

"아무도." 엄마도 희망을 잃은 목소리다.

"지금 돈을 벌어 모아야 겨울을 날텐데 걱정이네."

"걱정이지."

엄마와 이모의 이야기가 내 귀를 끌었다. 팔딱 일어났다. "우리도 돈 있는 사람들 모인 데로 가서 거기서 일하면 될 거 아냐? 왜 모두 손가락질하는 여기 있어야 해?"

엄마와 이모가 서로 쳐다봤다. 게다가 문수 말로는 부산으로 피난간 학교들은 모두 거기서 문을 열었다고 하지 않았던가?

"그렇긴 하지만 부산은 먼 데다…." 이모가 생각하고 있었다.

"먼 데지." 엄마가 받았다. 하지만 엄마도 잠에서 깨어나듯 조금씩 생각하고 있다는 걸 알 수 있었다. "그러네. 그리 나쁜 생각은 아닌데. 일리 있잖냐?" 엄마가 입을 가리고 말했다. 말 할 때면 엄마는 입을 가렸다.

"좋은 생각이긴 하지만 이때껏 쌓은 손님들은 어쩌고?"

"어떤 손님? 우리가 빨갱이로 몰린 후로는 그나마 다 떠난 게 손님인데. 게

다가 돈있는 손님 하나가 돈 없는 손님 백보다 낫지. 생각해보면 볼수록 괜찮아 보이는 걸." 엄마도 여길 떠나고 싶다.

"다시 첨부터 시작해야 하고…." 이모가 중얼댔다.

"잃을 것도 별로 없지뭐. 이사할 것도 별로 없고. 빨리 가면 갈수록 좋을 걸…." 엄마도 나도 깍스한테서 멀면 멀수록 좋았다. 난 여기가 죽기보다 싫었다.

"언니가 먼저 가서 시작해 볼래? 다 잘 되면 나도 갈께. 아니면 다시 이리 돌아와도 되잖아. 그동안 난 여길 지키고." 그것도 좋은 생각이었다. 우린 꺼내놓고 이야긴 하지 않았지만 진아와 선아 생각을 뺄 수 없었다. 만약 언니들이 돌아온다면 우릴 찾을 수 있어야 했다. 아무리 빨갱이라도 말이다.

당시 전선은 서울 북쪽 50키로정도 지점에 묶여 있었다. 휴전 이야기가 오가고 있으니까 부산 피난갔던 사람들이 서울로 되돌아 오고 있었다. 남들은 북으로 오는데 우리는 남으로 향했다. 방향감각을 잃은 물고기처럼. 순전히 열 한살짜리 아이의 말에 끌려서.

⑨

고아라는 선택

(부산, 1951)

"엄마, 난 언제 다시 학교 가는 거야?"

부산으로 이사한 후부터 거의 매일 물었다.

"기다려 봐야지. 자릴 먼저 잡아야 하니까."

"나 학교가야 하는 것 잊지 말아요." 엄마가 혹 잊을까 걱정스러워 일르곤
했다.

부산은 아마 세상서 가장 복잡한 도실 게다. 많은 사람들이 서울로 되돌아
갔다고는 하지만 삼팔선 이북서 내려온 진짜 피난민들은 갈 데가 없어 다 부
산에 모여 있었다. 날씨도 훨씬 따스했다. 여기서 엄마는 다시 삯바느질을 시
작했고 나는 껌팔이하러 나섰다. 판대기줄을 목에 두루고 다니는 게 끔직히
싫었지만 그게 그래도 가장 손쉬운 일이니까. 매주한테 가서 받아가지고 파는
대로 돈을 지불하면 그만이다.

하지만 여기는 서울과 판이한 게 있었다. 서울에는 나처럼 껌장사하거나 구
두닦는 애들이 쌔고 쌨는데 부산엔 나 혼자만 돈벌이 한다고 길에 나서 있었
다. 모두 학교가고 나혼자 떨어진 기분. 내가 길에서 껌팔이하는 동안 세상은

나같은 건 아랑곳없이 저혼자 신나게 돌고있는 씁쓸한 기분. 나 혼자만 그어진 금 밖에 버려져 있는 기분. 동네사람들 다 잔치에 가고 나만 외톨이 된 기분…. 한때는 이 껌파는 판대기가 내게 가장 귀중한 존재였는데 이제는 말그대로 내 목을 감아쥐는 판대기였다.

"엄마, 나 언제 학교가는 거야?" 엄마의 일거리가 어느 정도 생긴 걸 알고 다시 물었다. 엄마도 손님이 늘었지만 솔직히 껌파는 일도 훨씬 수월한 게 사실이다. 경쟁자가 없으니. 엄마는 바느질하던 손을 멈추고 날 바라봤다. 무슨 생각을 하는지 알 수 없었다. "언제, 엄마?"

대답 대신 한숨만 크게 내 쉬고 엄만 다시 바느질을 했다.

"내가 물었잖아요, 엄마?"

"모르겠다, 미아. 돈이 없다." 엄마는 바느질을 계속했다.

"돈이 왜 없어? 엄마가 돈 모으고 있는 거 다 아는데. 게다가 내가 구두닦이 하며 번돈까지 다 갖다 줬잖아. 내 교육비로 말야." 엄마 손님은 서울보다 훨씬 많았고 나 역시 껌팔이가 전보다 수월킨 했지만 애들이란 애들은 모두 학교 가는데 나만 껌팔이나 구두닦이 할 생각은 추호도 없었다.

"이사하느라 돈을 많이 썼는 데다 네 동생도 이제는 학교를 가야 한다."

"뭐라고? 내가 나가서 돈벌이해서 한국이 학비 보태야 한다는 소리야? 그런 소리야?" 속에서 화산이라도 확 터지는 것 같았다.

"큰소리 내지마라. 누가 듣겠다."

"그게 대수야? 옆집서 쌈하는 건 매일하는 행산데." 내가 소리질렀다.

뭐든지 갖다 댈 게 있으면 갖다 붙이고 지은 하꼬방들은 옆집서 나는 소릴 죄다 들을 수 있었다. 방 한 칸에 수많은 식구들이 모여 살다보니 싸움이나 통곡은 저녁마다 치루는 행사였다.

"네가 서운해하는 것은 안다만 어쩌겠냐? 둘 다 학교 보낼 처지는 안되고 한국인 우리 집안의 유일한 희망 아니냐? 그앤 사내다. 학교에 가야 한다!" 엄마는 나를 보기는 커녕 고개도 들지 않은 채 말했다.

"나는? 그럼 나는?" 기가 차서 가슴을 탕탕 치며 소리질렀다.

"둘다 보낼 돈은 없다. 할 수만 있다면 하지 왜 않겠냐? 미안하다." 엄마가 한숨 쉬었다.

"돈이 왜 없어? 한국이만 위해서 모으겠다는 거지?" 한국일 째려보며 소리질렀다. 내 눈을 본 한국이 머릴 돌렸다.

"이 부산 바닥에 다른 여자애들은 다 학교가고 나 혼자만 껌팔이야. 엄만 한국이밖엔 몰라. 도대체 난 뭐야? 내 자린 어디야?" 미치고 환장할 노릇이다. 팔짝팔짝 뛰었다. 내가 아무리 뭐라해도 엄마는 들을 생각조차 안했다.

"많은 누이들은 다 집에 있더라. 집안의 사내들 위해선 다 기꺼이 그리 하더라. 우리가 한국일 도와야지. 넌 학교도 좀 다녔잖니? 여잔 시집만 잘 가면 된다."

"학교 졸업하고 직장얻을 수 있잖아요." 미치겠다.

"무슨 직장? 시집가서 애들 키워야지. 학교는 뒷전이야. 갈 수만 있다면야 좋지만 그게 첫순위는 아니다."

그 순간 난 엄마가 미웠다. 끔찍이 미웠다. 한국이도 마찬가지다. "엄마, 난 껌팔이나 구두닦으며 늙고 싶진 않아. 또 엄마처럼 되는 것도 싫어. 나는 좀 떳떳하게 살고 싶어." 분노가 너무 치밀어 나도 모르게 미쳐 뛰며 소리질러댔다. "날 그렇게 취급할 거면 낳긴 왜 낳았어? 낳지도 말았어야지. 난 엄마가 미워! 미워 죽겠어!"

엄마는 젖은 얼굴을 가리고 엎어졌다. 난 돌아섰다. 엄마가 보기도 싫었다. 난 혼자다. 고아나 마찬가지다. 아니, 그보다 더하다. 고아는 엄마를 보고싶어하고 그리워하게 마련이다. 혼자라는 것 이상 나쁜 건 세상에 없다. 그건 전쟁, 굶주림, 추위를 다 합친 것보다도 더 서러운 거다.

그날밤 나는 깍스가 엄마를 때렸던 날만큼 울었다. 아니, 더 울었다. 적어도 그때는 내 옆에는 가족이 있었다. 그리 믿었다. 하지만 지금은 덫에 갇힌 기분이다. 내가 원하는 내가 되려면 학교엘 가야 하는데 그럴 수가 없는 거다. 나보다 교육을 더 받은 언니들이 부러웠다. 머지않아 한국이도 나보다 더 교육받을 거다. 고아인 문수나 문수의 형도 학교 갈 거다. 교육없이는 난 망한 존재다.

이불쓰고 누워 밤새도록 학교에 가기 위해선 얼마나 돈이 필요한지 계산해보았다. 내가 껌팔이해 번 돈을 다 모은다면 2년 걸려야 한학기 등록금을 낼수 있다. 구두닦이 한다해도 1년은 족히 걸릴 거다. 그러면 열두 살이 넘어 열세 살이 될텐데 어떻게 구두닦이를 할 건가? 어떻게 계산을 해 보아도 셈이 맞질 않았다. 울화통이 터져 일어나 앉았다. 한국이 내 옆에서 자고 있었다. 난 분노에 차 있는데 잠만 쿨쿨 자는 녀석이 밉쌀스러웠다. 녀석의 엉덩일 발로 차 밀었다. 자면서도 녀석은 "엄마"를 부르며 엄마한테 들러 붙었다. 내게는 부를 엄마도 없고 들러붙을 엄마도 없는데….

다음날 오후 나는 다시 껌판을 메고 나섰다. 이제 껌판은 커다란 납덩어리였다. 우리가 부산에 온 이후로 날씨는 계속 좋았다. 하지만 그날은 바다위로 검은 구름들이 열심히 몰려들고 있었다. 고깃배들은 다 들어왔고 뭐든 펄럭일수 있는 것이라곤 죄다 있는대로 펄럭거렸다. 그런 날씨에도 불구하고 나는 바다쪽으로 나갔다. 껌이나 사탕을 팔기에는 좋은 곳이었다. 산책을 즐기는 젊은이들이 서로에게 껌이나 사탕을 사 주기도 하고, 졸라대는 아이들을 달래기 위해 부모들이 껌을 사기도 했다. 하지만 내가 학교에 갈 가능성이 없어진 마당에 일하는 것이나 돈벌이한다는 꿈은 모래에 부서진 파도거품이었다. 나는 부두 끄트머리까지 가서 목에 걸려있는 상판을 내려놓고 쪼그리고 앉았다. 그리고 멍청하니 철렁대는 바다를 마주했다. 난 혼자다.

시커먼 물속을 들여다 봤다. 부서진 파도는 내 위에다 안개비를 뿌리고. 구푸리고 일렁대는 물에 손을 넣어보았다. 출렁대는 물이 내 손을 핥았다. 난 머릴 흔들었다. 죽고싶진 않았다. 눈물 한방울이 툭 하니 떨어졌다. 어젯밤 다 쏟아내서 더 나올 눈물도 없었나?

여학교가 있는 언덕을 올려다 봤다. 흰 브라우스에 검은 치마를 입은 내 나이또래 여자애들이 시간따라 조수처럼 교실과 운동장을 들쑥날쑥하고 있었다. 난 될수록 학교를 피했다. 목에 껌판대길 달고 내또래 학생들을 대하기는 죽기보다 싫었다. 낮이면 운동장은 여학생들이 내는 높은 목소리로 꽉 차기도 하고 모두 교실에 들어간 뒤면 쥐죽은 듯 조용하기도 했다. 나도 교복입은 저 여학생들 중 하나가 될 수만 있다면 얼마나 좋으랴? 하지만 내가 속할 자리는 아무 데도 없었다. 생각하면 할수록 답답했다. 언덕위의 학교를 쳐다 보거나 밤밑의 시커먼 물속을 들여다 보거나 어디에도 내 자리는 없다. 나는 부두 끄트머리, 파도에 밀려 어줍잖게 떠 있을 뿐이다. 세상은 나같은 따위는 뒷전으로 몰아낸 채 신난 듯 굴러가고, 난 혼자다.

"너 숙희가 고안거 알았니?" 교복입은 여학생 둘이 이쪽으로 오고있었다. "글쎄 걔가 고아원서 학교다니는 거래. 통 몰랐지 뭐니?" 여드름 투성이가 말했다. 학생들은 세상의 주인들이다. 친한 친구와 학교를 다닌다면 그이상 뭐가 부러울까? 난 머릴 숙였다.

"어머, 정말? 몰랐어." 단발머리가 말했다. "좋은 책가방 들고다니니까 아버지가 돈많이 버나보다 했는데." 학생들은 오다말고 바다를 향해 섰다. 망신스러워 바삐 상판의 물건들을 정리하는 척 했다.

"걔 가방이 내것보다 훨씬 좋잖니? 고아원서는 뭐든지 다 준대." 여드름이 하는 소리. "손문자는 월사금이 없어 학교에 못 오지만 고아원에 있으면 밥도 주고 옷도 주고 학교도 공짜래. 죄다 공짜래." 학생들은 날 흘끗거리며 보았다. 내가 사라져 주길 바라는 모양이지만 난 모르는 척 그냥 앉아 있었다.

"그건 불공평하다." 단발머리가 가방을 내려놓고 팔을 펴 올렸다. "얘, 난 밀려오는 이 바람하고 바닷냄새가 좋아. 정말 상쾌해." 그애는 바람이 상쾌하단다. 날 때려대는 바람을. "이젠 가자." 팔을 내리며 날 흘깃거렸다. 그애는 나같은 애 곁에는 가까이 오고 싶지도 않은가보다. "태풍이 온다."

애들이 떠난 후 난 앉아 생각했다. 한참 생각했다. 바람은 뭐든지 날려 버릴 듯 더 기승을 떨었지만 그애들이 한 소리는 내 마음에 딱 달라붙어 날아갈 생각이 없었다.

난 일어서서 껌과 사탕을 하나씩 출렁대는 물속으로 던지기 시작했다. 그것들은 시커먼 물위에서 얼마간 흔들거리다 물속으로 들어갔다. 마지막 껌을 던져넣자 빈 나무판대기만 남았다. 난 그것도 던져넣었다. 판대기는 가라앉지 않고 물결을 타고 흔들거렸다. 혹독하게 추웠던 지난 겨울, 내가 했던 맹세를 생각했다. 죽기 전에 나는 껌판 위에 있는 모든 걸 다 먹어치우고 죽을 거라고 했던 그 맹세말이다. 천만에. 난 그 어느 하나도 입에 대기 싫었다. 물고기들끼리 신나게 잔칫상을 별여도 그만이다. 난 아니다. "바람아, 날 때릴려면 싫컷 때려라." 외치며 돌아섰다.

집으로 오자마자 이불속으로 들어갔다. 엄마는 내게 암말도 하지 않았고 나 역시 그랬다. 내 머릿속은 고아원 갈 궁리로 꽉 찼다. 어떻게 하면 갈 수 있을까? 내가 간다고 어느 고아원이든 받아줄 리는 없었다. 내가 고아가 아닌 것이 문제였다. 고아가 된다는 것이 세상에서 제일 무서운 노릇인 줄 알았는데 고아가 아닌 것이 문제가 될 줄이야? 기가 차고 어이 없다. 아니, 그게 아니다. 나는 제켜놓고 아들만 선호하는 엄마, 날 학교에 보낼 만큼 날 사랑하지 않는 엄마를 가진 것이 문제다. 그게 고아인 것보다 열 배 백 배 더 괴롭고 슬픈 사실이었다.

"여깄다. 뭐 좀 먹어라." 엄마가 내가 뒤집어쓰고 있는 이불에 대고 말했다. 종일 굶었지만 꿈쩍도 안했다. 대신에 부엌에 가서 물만 마셨다. 난 옳지 않은 엄마가 주는 음식은 원치 않았다. 내 분노는 배고픈 것도 잊게 만들었다.

"엄마가 내 걱정을 다해? 흥! 학교에 가지 않을 거면 난 이불 밖으로 한 발자국도 안 나갈거야. 그리고 껌팔이도 구두닦이도 안할거야." 솔직히 이때까지 난 그래도 착한 애였다. 하지만 학교에 갈 수 없다면 착할 필요도 없었다.

"은행이라도 털라냐?" 엄마가 한숨쉬며 말했다.

"한국일 위해서라면 털고도 남았겠지. 다 듣기 싫어." 이불 속에서 생각하고 또 생각했다. 고아원에 가려면 거짓말을 해야 할텐데 그러면 금세 발각나겠지. 아무리 머릴 굴려 봤자 묘안이 떠오르질 않았다.

아버지만 살아계셨다면 아무 걱정없을텐데. 언니들은 어디서 뭘할까? 내 생각은 돌고 돌았다. 미숙인? 그앤 학교 가겠지? 미숙이하고 교회다녔던 생각이 났다.

맞다. 교회에 계신 하나님은 날 도와줄 수 있을지 모른다. 내 논리는 엉터리였지만 어린 생각으로는 그럴 것 같았다. 여기서 헤엄쳐 나갈 수만 있다면 지푸라기라도 잡아야 했다. "하나님께서는 우리의 기도를 귀기울여 들어주십니다." 하고 미숙의 목사님이 말했었다. 이불 밑에 꿇어앉아 날 고아원으로 데려다 달라고, 그래서 학교 갈 수 있게 해 달라고 기도했다. 물론 아무일도 일어나진 않았지만 나도 그 정도는 알고 있었다. 어떻게 이불 쓴 채로 요술양탄자마냥 날 고아원으로 날라다 주겠는가? 고아원으로 갈 방법을 찾아내야 했다. 목사님은 아실 거다. 하나님을 모르는 나한테는 하나님이 가르쳐주지 않아도 목사님한테는 방법을 가르쳐 줄 거다. 내가 이불을 걷어차고 일어나자 엄마가 날 쳐다봤다.

"어디 가니?"

"나중에." 엄마는 쳐다보기도 싫었지만 그래도 목사님의 도움을 받으려면 착해야 할 것 같아 그말은 하고 뛰어 나갔다. 우선 교회와 목사님을 찾아야 했다. 내가 찾아간 첫번째 교회는 문이 잠긴 채 비어 있었다. 두번째는 장례식이 있는지 여자들은 모두 머리에 흰 리본을 달고 남자들은 소매에 베띠를 두르고 있었다. 세번째 교회앞을 돌다 나오는 사람과 맞부닥칠 뻔했다. 목사님이었다.

"누구 찾고 있니?"

"저어…." 내 입장을 빨리 잘 설명하려니까 말이 제대로 나오질 않았다. "목사님 뵈러 왔습니다, 선생님."

"내가 목산데. 들어가서 이야기할까? 목사님이면 돼. 거기다 선생님까지 붙일 필요 없지."

목사님은 문을 열고 교회안으로 들어갔다. 널찍한 방에 간이 벤치가 쉰 개 정도 있는 간소한 예배당이다. 벽 안쪽도 밖이나 다름없이 흙벽에 돌이 박혀 있고 앞 강단이 있는 곳에 오르간 하나, 그 뒤에 걸린 나무십자가가 다였다. 난 뒤따라 들어갔다.

"교회는 다니지 않나보군." 앞서가며 목사님이 말했다.

벌써 알고 계셨다. "아뇨, 목사님." 다닌다고 하고 싶었지만 교회안에서, 더더구나 목사님 앞에서 거짓말을 할 수는 없다. 목사님의 하나님을 화나게 할 수는 없다. 하나님한테 잘 보여야 모든 일이 제대로 풀릴 게 아닌가? "하지만 전쟁나기 전에는 제 친구하고 여러 번 갔어요." 내 목소리가 텅 빈 교회 안으로 우렁우렁 울려나갔다. 마치 하나님이 듣고 계신 것처럼.

"나한테 묻고 싶은 게 있니?" 목사님은 내게 벤치를 가리켰다. 벤치에 앉으니까 판판하지 않은 맨흙땅이라 의자가 기우뚱댔다. 목사님은 내 옆벤치에 앉았다. 어디서부터 말을 꺼내야 좋을지도 모르겠고, 망신스럽기도 해서 한참 꾸물거렸다.

"괜찮아. 비밀은 다 지켜줄게. 그것도 내 일이니까." 목사님이 미소했다.

"한 가지 부탁드릴 게 있어서요." 큰 숨을 들이쉬었다. "제가 고아원엘 가야 하는데 목사님께서 절 좀 도와 주세요."

"저런! 부모님이 돌아가셨구나." 목사님은 내 작은 손을 그의 따스한 큰 손 안에 쥐고 말했다. 이때 엄마고 뭐고 다 잊어버리고 그렇다고 대답하고 싶은 생각이 굴뚝 같았지만 참았다. 이곳에서 날 지켜보고 계실 하나님이 겁나서.

"아뇨. 아버진 전쟁때 돌아가셨지만 어머닌 살아 계세요." 내가 얼버무렸다.

"그런데 왜 고아원에 가겠다는 거냐?"

"어머닌 삯바느질 하시는데 돈을 많이 벌질 못해요. 또 번다해도 내년부턴 남동생이 학교 가야 해요. 그러면 난 영 다신 학교갈 수가 없어져요." 일단 말을 시작하니까 술술 이어져 나왔다. "고아원에 살면 학교 갈 수 있단 소릴 들었어요. 그러면 어머니한테는 입 하나 줄어 드는 것이고…" 거기서 목이 메어 말이 나오질 않았다. '입 하나 줄인다'는 말은 전에도 여러번 들은 적이 있었지만 내가 바로 그 '입 하나' 신세가 되어 버린 줄은 미처 몰랐었다. "학교를 못가면 제가 어떻게 되겠어요?" 울지 않으려고 꾹꾹 참고 있었던 입이 갑자기 확 벌어지면서 설음이 통곡으로 터져나왔다.

"괜찮다. 알았다." 목사님은 내 머릴 쓸어주셨다.

목사님의 온정 때문이었는지 아니면 내 처지 때문이었는지 슬픔의 파도가 날 휩쓸어 주책스레 왕왕 울어버렸다. 목사님은 암말않고 가만 계셨다. 내가 정신 차리고 흑흑거리며 숨을 돌리기 시작하자 목사님은 손수건을 꺼내 주셨다.

"제 친구의 목사님은 하나님께서 기도를 들어주신다고 했어요. 전 하나님을 잘 모르니까 목사님께서 절 좀 도와 주세요."

"그래, 학교가 가고싶은 거구나." 한참만에 목사님이 말했다.

"예. 그렇습니다." 난 분명히 대답했다. "정말입니다, 목사님. 학교만 갈 수 있다면 열심히 공부하겠습니다."

"이름이 뭐지?"

"이미압니다."

"하지만 고아원이라는 것이 그렇게 만만한 곳은 아냐. 자신 있겠니? 그렇게 학교가 가고 싶으냐?"

"예, 목사님. 학교만 갈 수 있다면 뭐든지 하겠습니다."

목사님은 나에 대해서 여러 가지 물어보셨고 난 정직하게 다 말씀드렸다. 아버지와 두 언니가 빨갱이라는 소리만 빼고는. 다행히 목사님이 그런 건 묻질 않으셨고 난 자진해서 그런 소리까지 할 필요는 없다고 생각했다.

"알겠다." 내 손을 잡으시고 목사님은 한참동안 생각하셨다. 내 입이 바싹 타 들었다. 그래도 목사님은 말이 없었다. 드디어 날보고 어디 사느냐고 물었다.

"여기서 가까워요, 목사님."

"알았다. 나는 방목사다. 어떻게 방법이 있는지 알아봐 주마. 새 희망이란 고아원을 내가 자주 간다. 거기 원장님이 가까운 친구라서 알아볼 수 있을 거다. 어찌 될지는 모르지만 알아 볼게."

희망에 풍선처럼 부풀어 집에 오자마자 엄마한테 방목사 이야길 했다. 목사님이 알아봐 주시면 어쩌면 내가 고아원에 갈지 모르고 그러면 학교도 갈 수 있을 거라고.

"고아원… 고아원…." 엄마가 중얼댔다. 그리곤 머릴 푹 꺾었다.

"고아원에선 애들이 공짜로 학교 다닐 수 있대. 나한테 못간단 소린 마. 엄마한텐 한국이만 자식이고 난 아니니까 나라도 내 길을 찾아야지." 내가 고집불통인 것이 다행이었다. 엄마는 한국이 학굘 포기할 수 없었고, 난 내 학교를 포기할 수 없었으니까. "나한텐 다른 방법이 없잖아? 고아원 가게 되면 날 찾아올 생각도 마. 내가 보고 싶지도 않겠지만. 혹시 엄마가 보고 싶으면 내가 찾아 올거야. 세상에 엄마있는 고아는 없으니까." 엄마한테 더 퍼붓고 싶어서 입이 간질간질했지만 그만하고 참았다.

그날밤 한밤중 뭔가 날 깨웠다. 난 벌떡 일어나 앉았다. 도둑! 모두 가난한 세상이라 도둑질은 일상이었다. 하지만 소린 바로 내 옆에서 나고 있었다. 어둠 속에서 엄마가 이불을 쓰고 울고 있었다. 나는 돌아누워 귀를 막았다.

우리가 각각 따로 이불을 쓰고 울던말던 나는 고아가 되는 꿈을 버릴 순 없었다. 숙희라는 고아가 좋은 가방을 가지고 학교다닌다는 걸 보면 고아원은 음식 뿐 아니라 학생한테 필요한 것들도 주는 모양이다. 나는 새 교복에 새 가방들고 학교가는 내 모습을 그리고 또 그렸다. 읽은 책마다 고아원에서 도망치는 아이들 이야기로 꽉 찼지만 난 거기로 헤엄쳐가기 위해 발버둥질 치고 있었다.

놀랍게도 방목사님이 우리의 쓰러져가는 초라한 하꼬방을 찾아왔다. 나와 한국일 내 보내고 엄마와 한참이나 이야길 나누었다. 어찌 되었던 간에 방목사님과 그 목사님의 기막히게 훌륭한 하나님 덕분에 나는 새 희망 고아원에 갈 수 있었다. 목사님은 고아원이라는 곳이 상상과는 다르게 험할 수 있다고 누누이 주의를 주었다. "네가 한 약속과 어머니의 소망을 잊지 말라!"는 당부와 함께.

"알고 있어요, 목사님. 걱정 마세요." 알고 있다고? 걱정 말라고?

10

가을

(서울, 1963)

"야, 진짜 죽여주는 날씨구나!"

"오늘 같은 날 축배도 없이 보낸다는 건 죄악이로다." 승기가 맞장구쳤다. 우린 연세의대 본과 3년. 여섯 명의 남학생들과 나는 함께 어울려 토요일 오전수업을 끝내고 교정을 나서는 판이었다. 토요일은 오전수업을 하던 시절이다. 날씨가 워낙 기막히게 좋은 터라 남학생들조차도 무슨 의미심장한 일이라도 해야하는 게 아닐까 싶어했다. 하늘은 티없이 파랗고, 붉고 노란 나뭇잎들은 나비떼들처럼 폴폴 날고 있다.

"서울 한바퀴 도는 열차 한번 타 보는 게 어때?" 걸핏하면 테니슨의 싯귀를 외워대는 통에 시인이라는 별명을 가진 친구의 소리다. "얼마전 개통했다던데."

"좋지. 맥주좀 사가지고 타자." 다른 녀석이 동조했다. "미아, 넌 어때?"

"좋은 생각인데." 나도 신나서 대응했다. 상쾌한 가을분위기가 만점이었다.

학교 정문서 다섯블록 정도 가면 기차정거장이 있다. 전쟁전엔 여기와 평양을 연결하던 곳이다. 지금은 남쪽 부산쪽으로만 간다. 서울 주변을 도는 순환

선을 개통한 지는 얼마되지 않았다. 우리가 타려던 기차가 떠난 지 얼마되지 않아 다음 기차까지는 한 시간 반을 기다려야 한단다.

"그럼 승기네 가서 기다리지, 뭐."

"좋지. 가는 길에 맥주하고 오징어도 좀 사고 말야."

"난 여기서 니네들이 올 때까지 기다릴게." 기차타고 계절의 변화를 본다는 것은 즐겁지만 남학생들과 몰려 맥주사러 다닌다는 것은 별로였다.

"여자가 동행한다해도 우린 괜찮은데?"

"난 여기 다방서 기다릴게. 갔다와."

"나도 미아랑 같이 너네 올 때까지 기다리지." 민구가 나섰다.

"나땜에 남아 있을 필욘 없어."

"좋아, 민구. 넌 미아랑 있어. 저녀석은 술 안마셔. 그럼 가자." 승기는 학교 앞에서 하숙을 하고 있어서 종종 거기가 집합소였다. 민구와 나만 남고 모두 몰려갔다.

시끌벅적하던 장정들이 떠나자 갑자기 하늘과 땅이 다 조용해진 듯했다. 햇살은 따스하게 내 등을 덮히고. 민구를 올려다 봤다. 전에는 미처 몰랐는데 이렇게 가까이서 보니까 꽤나 멋져보였다. 화수분밑에서 자란 듯 어딘지 모르게 귀티가 났다. 귀티? 나도 정말 웃긴다. 미아, 냉수마시고 꿈깨라!

"미안하네. 나땜에 남아있을 필욘 없는 건데."

"천만에. 오늘 같은 날을 술에 절어 보내긴 아깝잖아. 너도 나같은 멋진사내와 있는 게 더 낫지 않겠어?" 민구가 눈을 찡긋하며 농담쪼로 말했다. "물론 홀로 고요히 지내고 싶으시다면 나도 딴 걸 찾을 수 있지."

"그대처럼 멋진 사내라면 영광중 영광입니다." 나도 민구 흉내 내서 말했다.

햇살 쏟아지는 밖과는 달리 다방으로 올라가는 층계는 좁고, 어둡고, 삐걱 댔다. 그래도 다방 안은 밖에 쏟아지고 있는 햇살이 유리창마다 가득씩 밀려 들고 있어서 환했다. 실내가 텅 비어서 문을 열긴 열었나 싶었다. 구석 카운터에서 빨간 립스틱을 한 여자가 우리더러 아무 데나 앉으라고 했다. 민구는 창가 자리로 갔다. 밀려간 친구들이 오는 걸 보기로는 적합한 장소다. 스피커에서는 당시 학생들의 애창곡이던 황태자의 첫사랑에 나오는 세레나데가 흘렀다. 우린 커필 주문하고 마주보고 앉았다.

솔직히 난 이럴 때 어떻게 이야길 끌어가야 하는 건지 통 아이디어가 없었다. 민구가 뭐라 말을 시작하기 바라고 애꿎은 그의 입만 바라보는데 민구 역시 나만 보고있다. 우리 가운데 자리잡고 앉은 네모난 상위엔 어색한 침묵이 쌓이고.

"그런데…." 둘이 동시에 말했다. 멋적게 같이 웃었다.

"물론 숙녀 먼저…." 민구가 잘됐다 싶던지 손까지 내 저었다.

"날씨가 그만이다." 바보같은 소리. "정말 그만이야." 더 바보스럽다. 얼굴이 벌겋게 달아 오른다. 우리반 60명중 셋만이 여자였다. 그 순간까지만 해도 난 당당하게 잘 적응한다고 믿고 있었는데 할 말이 다 도망가 버렸다. 돈도 시간도 없는 신세라 데이트라는 건 해본 적이 없는데 지금 그걸 까놓고 내 보이는 셈이다. 생각해 보니 동생말고 내가 아는 남자라곤 문수뿐이 아니었나 싶다. 고아원에서, 또 계속해서 가정교사 하면서 남성이라는 나와 다른 성의 인물과 둘이서 이렇게 오롯이 앉아 대화해 본 기억이 없다. 어떤 면에선 내가 조숙할지 모르지만 또 한편으론 미숙하기 짝이 없는 셈이다. 이 나이에 남학생과 마주앉아 어쩔 줄을 모르고 있으니….

"그래? 난 또 비가 온다고." 그가 윙크했다. "이 노래 멋지지? 여기 스피커들은 신통치 않아도 난 황태자가 부르는 노래는 죄다 맘에 들어. 이런 음악이 없는 세상을 상상이나 할 수 있어? 딱 사막에 사는 것 같을 거라."

난 음악을 즐길 여유가 없었다. 예술, 무용, 연극…. 다 마찬가지다. 창피스런 소리긴 하지만 그런 것들은 내겐 그림의 떡이었다.

"솔직히 말하면 난 음악을 즐길 만큼의 여유가 없었어. 이젠 해 봐야지." 절로 죄지은 표정이 되어 버렸다. 우리 전후 세대들은 모두 음악에 빠져 살았다. 특히 서구에서 들어오는 고전음악에. 뮤직홀 가는 것이 학생의 본분인 듯싶을 정도다.

"물론 그래야지. 난 돌체가 좋아. 사운드 시스템이 좋거든."

"아직 한번도 가 본 적은 없지만 수일내 가볼게."

"정말야, 그런 학생은 우리 학교 전체에 너 하나겠다."

"그럴거야. 난 골 회전속도가 느려서 여태 그레이 해부학 외느라고 시간을 내지 못했거든." 내 머릴 두들기며 말했다. "그게 내 시간이란 시간은 다 훔쳐 갔으니까." 솔직히 하고 싶은 소린 "음악? 미쳤냐, 내 신세에?"였지만 물론 그러진 않았다.

"음악이 해부학보다는 훨씬 중요하지." 민구의 눈이 다시 윙크했다. "어쩐지 넌 항상 코를 거기 박고 살더라. 그럴수록 음악이 더 필요한데. 해부학을 위해선 음악으로 충분히 사전에 충전을 해 줘야 하거든."

"잘 알겠습니다, 의사 선생님."

"다음에 한번 같이가자." 왜인지 민구의 말이 날 안정시켰고 우린 다음 기차 시간이 될 때까지 떠들다 역으로 내려갔다. 민구가 의정부까지 왕복표를 두장 샀다. 내것은 내가 사겠다고 우겼지만 민구는 술취해 돌아오는 녀석들 것까지 살 생각은 없지만 내 것은 자기가 사겠다고 우겼다.

"그런데 왜 의정부까지지?"

"거기가 반정도 거리니까. 기차안에서 그냥 있고 싶으면 있어도 되고 내리고 싶으면 내려서 좀 걸어도 되고. 실은…." 내 귀에 대고 말했다. "여기서 여기까지 타겠다면 웃기잖겠어?" 듣고 보니 민구 말이 맞다. 기차는 오는데 우리 친구들은 감감이다.

"시간을 잊어먹었나? 그래도 갈 거야?" 내가 물었다.

"물론이지. 보나마나 다 취했을껄. 술주정하는 애들하고 어울리기보다는 아름다운 여인과 함께 있는 게 백번 낫지." 민구의 말? 목소리? 아니면 함박 같은 커다란 미소? 하여튼간에 난 들뜨는 기분이 되고 있었다.

기차는 텅 비었다. 실은 기차 탄다는 사실도 날 들뜨게 했다. 민구가 옆에 앉았다.

"솔직히 말하면 피난갔던 부산서 서울오는 기차 탄 후로는 오늘 처음 타보는 기차야." 흥분을 감출 수 없었다.

"정말? 그럼 수학여행은?"

"한번도 못갔어." 난 햇볕이 찬란한 밖으로 고갤 돌렸다. 민구는 더 묻지 않았다. 어색한 침묵이 돌았다. "그런데 갈 시간이나 돈의 여유가 없었거든." 어색한 게 싫어 솔직하게 말은 했지만 내 어줍잖은 고백이 그날의 기분을 더 잡치는 듯했다.

"고등학교 시절에도 그레이 해부책에 코를 들이박고 있었구나."

"맞아. 그랬어." 민구의 사려깊은 말이 내 맘을 풀어주었다.

"어쩐지 네 해부학 성적이 너무 좋더라. 그래서였구나." 그가 내 어깰 두드렸다.

의과대학은 결코 놀며 공부할 곳은 아니다. 중고등학교때처럼 일하면서 의대를 다녀야 했다면 벌써 낙제했을 게다. 가정교사일이 끝나면 항상 자정에 가까왔고 그리고 나야 내 공부할 시간이었다. 등록금면제를 위해선 일등자리를 계속 지켜야 했기 때문에 세 시간이나 네 시간의 잠으로 만족해야 했다. 당시 나는 카페인 알약을 먹으며 살았는데 결국은 그것이 고아원서 얻은 위궤양을 악화시키고 있었다. 만약 의대에서도 가정교사를 계속해야 했다면 낙제나 퇴학이 분명했다. 실은 의대 처음엔 가정교사를 하다 하마터면 해부학을 낙제할 뻔도 했다.

지금 잘 생긴 청년을 옆에 놓고도 난 이야기 꺼리를 찾아내지 못하고 있었다. 민구는 차창으로 고갤 돌리고 있었다. 내가 제공할 수 있는 것은 겨우 침묵 뿐이던가? 스물 네살이나 먹었지만 내놓고 보여줄 거라곤 하나도 없었다. 내 과거중 자랑삼아 내 세울만한 게 뭐가 있던가? 가난? 구두닦기? 고아원? …곁눈질로 민구를 훔쳐봤다. 고등학교 미술시간에 본 석고 조각처럼 그의 이마는 반듯하고 코는 곧바르게 뻗고 있었다.

"무슨 생각해?" 내가 말을 시도했다.

"별로. 넌?"

"그레이 해부학." 피시시 웃었다.

"아참. 깜빡했네." 민구가 웃었다. 구김없이 착한 미소….

"솔직히 말하면 내가 너무 가난해서 수학여행도 못다녔거든." 내 목소리가 얼마나 가라 앉았던지 내 귀에조차 들리지 않을 지경이었다.

"그래? 네 통통 튀는 모습이나 항상 웃는 얼굴가지곤 그런 건 상상도 못했는데." 민구가 내 손을 잡았다.

"어쩌면 과잉방어지도 모르지."

"내가 완전 손들었다. 와, 너 진짜 보통 아니구나." 그가 내 손등을 두드렸다.

"날 흉보는 건 아니지?" 잠시 쉬었다 말을 이었다. "가난하다는 건 음악, 운동, 그 외에 여러 것과도 멀다는 뜻이기도 해. 난 내가 사는 곳하고 다니는 학교 외에는 가 본 곳이 별로 없거든. 그게 내 세상이고 내 전부였으니까. 우물 안 개구리지 뭐."

"힘들었겠다."

"이게 전쟁 후 내가 처음타는 기차일 뿐 아니라, 생각해보니 전후 처음 나선 나들이인 것도 같아." 침을 삼켰다. 꾸미기보다는 솔직하고 싶었지만 그게 쉽지 않았다.

"전쟁때 어디 있었는데?" 그가 날 지켜보았다.

"부산." 그리고 잠시 쉬었다. "고아원에." 터 놓았다.

민구는 내 눈 속을 들여다 보았다. 제대로 들었는지 귀를 의심하는 것 같았다. 웃음을 가장하며 난 고갤 끄덕였다. 내 손을 잡은 채 그가 계속 날 응시했다.

"그럼 가족은?" 그가 멈칫했다. "이런거 물어도 된다면…."

난 간략하게 내 이야길 해 주었다. 엄마와 동생이 있다는 소리에 민구가 크게 안도의 숨을 쉬었다. 고마웠다. 고아원에서 나이가 찬 후로는 가정교사하며 학교다녔단 소리도 했다.

"미아, 난 그런 거 몰랐어. 상상도 못했어. 무척 고생했구나." 내 손을 꼭 잡아주었다. 눈이 아릿했다. 난 고갤 돌리고 금빛 논밭과 울긋불긋 단장한 산들이 밀려가고 있는 창밖을 내다봤다. 햇살은 모두 위에 골고루 떨어지고 있었다.

"그걸 다 해 냈구나. 그리고 나서 지금 여기 이렇게 있을 수 있다는 게 참 다행이다." 그의 배려깊은 말이 고마웠다. 내가 아는 대한민국의 남자들은 내가 그런 소리 하면 슬슬 꼬리빼고 사라진다는 정도는 나도 잘 안다. 게다가, 무시하기 십상이다. 솔직히 민구도 그럴 것 같아 눈치를 살폈다. 오히려 민구는 팔을 내 어깨에 두르고 힘을 주었다. 온몸이 화끈해지고 빨갛게 달아올랐다. 멋진 남자가 내게 호의를 표하고 있었다. 그가 이마를 내 머리에 맞대었다. 그의 숨결과 냄새가 날 붙들고 놓지 않았다. 스물네살짜리 나. 이제서야 쓰나미처럼 밀려오는 억제할 수 없는 이성에의 감정. 어쩔 줄을 몰랐다.

"그야말로 불굴의 의지구나. 네 방글거리는 웃음 보면 누가 상상이라도 하겠어?"

"그만 해둬. 기실 고등학교 시절엔 일종의 유명인사긴 했지. '성공한 고아' 뭐 그런 거로 말야. 이젠 등록금면제에다 생활비조로 약간의 도움까지 받고 있으니까 엄마네 집으로 들어왔어. 아직껏 가정교사 했다면 보나마나 낙제했지뭐. 이젠 성적 제대로 받고 졸업만 하면 돼."

민구는 말이 없었고 더 묻지도 않았다. 어쩌면 그는 나같은 가정교사를 두고 자란 행운의 학생이었던지도 몰랐다.

"아버지께선 무슨 계통의 일하셔?"

"술파는 장사." 민구가 어정하니 대답했다.

"아, 그래서 다른 애들처럼 술독에 들어가기 싫은가보구나. 질렸을 거 아냐?"

"그럴지도 모르지." 민구가 숨을 돌렸다. "네 이야길 듣고 나니까 내 이야긴 고리타분이다." 민구는 그가 얼마나 행운아인지 떠벌리고 싶지 않나보았다.

우린 의정부서 내려서 얼마간 걸었다. 민구는 내내 기웃거렸다.

"뭘 찾는 건데?"

"먹을 곳."

"벌써 여러 곳 지났는데?"

"오늘이 네 첫 데이트날이니까 좀 근사한 델 찾고 싶어서. 아무데나 가긴 싫거든." 그가 장난스레 윙크했다.

우린 막다른 골목의 끝까지 갔다. 그 뒤로는 먹을 데가 더 없어보였다. "여기가 좀 나아 뵈는데 들어가보자." 내 손을 잡고 끌어들인 곳은 오래된 초가집. 그가 마당에 놓인 나무식탁을 골랐다. 점심으론 늦고 저녁으론 이른 시간대라선지 한가했다.

마당 한쪽엔 장독들이 햇볕을 받아 따끈하게 구워지고, 그 옆에는 커다란 갈색 개 한 마리가 귀는 늘어뜨리고 눈은 꺼벅대며 졸고, 얕은 담장 위로 올라간 호박넝쿨에선 누렇고 오렌지색 나는 호박들이 길쭉길쭉 늘어진 채 익어가고, 따스하고 보드라운 햇살 머금은 실바람은 널찍하고 솜털 돋은 호박잎 사이를 넘나들고…. 민구가 잘도 찾아냈다. 그런대로 멋과 평안이 감돌았다.

"아주 특별한 손님을 모시고 왔습니다." 민구가 정색을 하고 주문 받으러 나온 아주머니한테 말했다. "염두에 두시고 할 수 있는 한 맛있고 좋은 음식 차려 주세요." 민구의 뻔뻔스런 말에 아주머닌 내 위아래를 훑어보았다.

"걱정 마세요. 언제나 잘 해 드리니까." 아줌마도 정색하고 답했다.

"아주머니가 웃느라 허리아파 상도 못차리겠다." 그녀가 간 후 민구를 나무랐다.

"너이상 특별한 손님 있겠어? 그럼 나와보라지. 한 눈엔 탄력이 탱탱 튀어오르고 다른 눈엔 끈질긴 인내가 진치고 있는데. 언젠가는 많은 사람들 위로 빛날거라 써 있는 걸." 민구가 눈을 꿈벅대며 다시 윙크했다.

"혼자서만 외고 계세요. 저 아주머닌 우리가 갈 데까지 간 정신병잔 줄 알겁니다."

"그래도 상관없지. 널 위해 최고로 맛있는 음식만 해 준다면야. 오늘은 특별한 날이니까 진짜 멋진 데를 데리고 가고 싶지만 다음으로 미룰 수밖에." 그리 말해주는 민구, 정말 고마웠다.

"난 여기가 좋은데. 평화롭고 마음을 끌어당기고."

점심을 즐기고 우리는 다시 기차에 올랐다. 우리가 점심먹었던 곳이 차창밖으로 밀려나고 있다. 지는 해가 붉고, 노랗고, 오렌지색 나는 노을을 하늘에 쫘악 퍼뜨렸다. 할 말을 잃고 한참이나 침묵속에 바라보았다. 완전히 사라지기 전 마지막 빛줄기 하나가 민구의 얼굴에 환한 그림자를 떨구며 지나갔다.

반대쪽으로 도는 기차는 타고 내리는 사람들로 붐볐다. 그 속에서 이때까지의 내 세계가 얼마나 좁았던가 하는 생각에 창피스러웠다. 음악도 듣고, 미술관도 가고, 해부학 책 외에도 책을 읽고 또 읽어야 했다. 주제에 남들 따라 뛰려면 뱁새 같은 내 가랑이가 견딜 수 있을까 싶어 절로 웃음이 났다.

"뭐가 그리 우스운데?" 민구가 귀에 대고 속삭였다. 그의 부드러운 숨결이 내 귀에 전기를 통한 듯했다. 그가 짓궂게 구는 건 아니었다. 사람들이 가득찬 때문에 귀에 대고 말했을 뿐이다. 그럼에도 전류는 내 몸을 타고 빨갛게 달아 올라 망신살을 뻗쳤다.

"미아, 너 크리스마스 등처럼 빨간 거 알아?" 그가 다시 소근댔다. 난 더 달아올라 터질 것 같았다. 벌겋게 단 용광로처럼. 민구가 팔로 내 어깨를 감아 끌었다. "걱정마. 진짜 예쁘니까."

"챙피해… 챙피해 미치겠네." 붉히다 못해 말까지 더듬었다.

"나가자. 이리와." 민구가 나를 차량과 차량 사이의 터진 자리로 데리고갔다. 기차바퀴 소린 요란했지만 휩싸는 바람이 날 진정시켜 주었다. 민구를 쳐다보기가 어려웠다. 그는 내 뒤에 팔을 대고 날 끌어당겼다. "너야말로 사람 잡는다. 그거 알아?"

그렇게 우리는 한동안 서 있었다. 열기가 어느 정도 가라앉은 후 난 그의 가슴에서 얼굴을 떼어냈다. 민구는 날 잠시 내려다 보다가 내 이마에 살포시 입맞추었다. 그의 입술은 지나갔는 데도 내 입술이 옴찔대고 있었다.

"내일 돌체에 갈 수 있겠어?" 민구가 물었다.

"끔찍히 가곤 싶지만 난 내일 교회 가야 하는데. 민구씬 교회 안가?"

"실망시켜 미안하지만 난 가 본 적이 없는 걸."

"난 착한 사람들은 다 가는 줄 알았지. 아니, 적어도 착하려고 애쓰는 사람 말야."

"난 그러기엔 가망이 전혀 없나보군." 민구가 웃었다.

"난 고아원때부터 가기 시작했어. 내 생활이 거친 파도타듯 파도넘어 파도였기 때문에 누군가가 날 지켜주는 분이 있다고 믿었거든."

"그래? 그 파도 이야기 하나 해봐. 궁금해."

"들어가자. 여기선 기차바퀴소리하고 바람소리 때문에 나도 내 목소리가 들리질 않아. 의대생인 너한텐 특히 흥미 끌 이야기 하나 해줄께." 우린 기차간 맨 뒷구석에 등을 기대고 마주보고 섰다. "우리 입학때 등록금이 얼마였던지 생각나?"

"13,000이나 14,000원 아니었던가?"

"13,000이었어. 그건 내가 죽었다 깨도 구할 수 없는 금액이었어. 고등학교는 가정교사해서 학교 다닐 수 있었지만 그런 거금이야 어떻게 준비하겠어?"

"그래 어떻게 했는데?"

"그게 내가 잊을 수 없는 영화 같은 이야기야." 울어야할지 웃어야할지 몰랐던 그날, 지금도 생각해 보면 여전히 코가 맹해진다.

어렵고 힘든 모든 파도를 헤치고 드디어 의과대학에 입학은 했지만 입학금이 문제였다. 대학에 붙은 아이들은 모두 신바람들이 나서 일생 최고, 최대의 시간들을 누리고 있었지만 나는 예외였다.

당시 나는 길자라는 중학생을 가르치고 있었다. 길자는 내가 가르친 마지막 학생이었는데 그게 내게는 더할나위 없는 운이었다. 길자 부모님은 서울서 멀지않은 경기도 광주에 살았지만 딸의 교육을 위해 서울있는 우리 학교에 보내고 있었다. 학교 근처에 방을 하나 얻어 길자와 둘이 있게 해 주었고 주인 아주머닌 도시락까지 싸서 세 끼 밥도 해 주었다. 그전까지의 부모들과는 달리 배고플 걱정도, 차별대우 받는 것도 면할 수 있었다. 길자만 돌보면 되었고 나머지 시간은 내 대학입시를 위해 쓸 수 있었다.

길자 덕에 먹고 자는 것은 해결이 되었지만 대학 등록금은 다른 소리였다. 앞이 아득하고 캄캄했다. 난 열심히 기도하고, 걸핏하면 질질 짜기도 했지만 그런다고 답이 나오진 않았다. 그래도 가만 앉아 있을 수만은 없어서 매일같이 새벽기도 나가 하나님께 빌고 또 빌었다. 마감날은 다가오는데 답은 없다.

마감날 나는 대학가는 희망을 접어야 했다. 그날 아침도 기도를 마치고 눈물을 줄줄 쏟으면서 집을 향해 걸었다. 신이 있다고 한들 그의 안중에 나는 없나보았다. 그렇게 열심히 기도했건만. 이 마당에 학교를 포기한다는 것은 너무 괴롭고 아팠다. 하지만 어쩔 것인가? 방법이 없질 않은가? 지금까지의 모든 일들이 다 수포로 돌아가고 있었다. 우리집 앞 골목을 돌았을 때 나는 환상을 보았다. 흰옷입은 천사가 날 향해 손을 흔들고 있었다. 눈물을 훔쳐내고 다시 보았다. 환상이 아니고 이모였다.

이모가 날 위로하러 왔다고 생각하니 더 슬펐다. "여기서 뭐해, 이모?" 이모를 안으며 물었다.

"네가 보고싶어서." 이모가 웃었다. "저 아래 해장국집 있던데 가자."

"괜찮아. 나 아직 살아 있어."

"난 네가 신나서 돌아다니고 있을까봐 일찍 왔는데. 널 붙잡으려면 말이지."

"세상이 여기서 끝나는 게 아니란 소리 하려고 온 거 알아."

"등록금 때문이지? 엄마도 돈을 구할 수 없어 가슴아파 하더라."

"만약 내가 아니고 한국이라면 어떻게든 구했을 걸. 한국이 등록금은 한번도 뺀 적이 없으니까. 게다가 한국인 이때껏 한번 일해본 적도 없고." 내가 입을 삐죽댔다. "내가 집에 같이 살았다면 나도 돈벌어 한국이 등록금 보태야 했을텐데, 뭐." 모든 게 다 소태맛이다. 엄마는 한국일 위해서라면 살점도 떼어팔 게다. 엄마의 노후를 책임지는 것이 한국이긴 했지만 엄마가 곁눈질 한번 없이 한국이만 위하는 거는 메시꺼울 지경이었다. 한번도 내 등록금 소린 해본 적 없는 엄마다.

"동생 질투하는구나." 음식 주문 후에 이모가 날 타일렀다.

"어떻게 안해?" 목구멍에 콱 막힌 것이 넘어가지도 나오지도 않고 걸려 있기만 했다. "엄만 한국이라면 은행이라도 털었을껄. 나한텐 아무도 없잖아. 교회가서 하나님께 빌고오는 중이었어."

"뭐라시던?"

"집에 가라. 가면 이모가 돈가지고 기다릴거다, 하시더군." 내가 웃으려 애썼다.

"미아, 내 말 들어봐. 실은 그래서 왔어." 이모는 그릇들을 나란히 늘어 놓고 날 똑바로 보았다. "결과가 어떨지는 나도 모르지만 어쩌면 가능할지도 몰라. 인천방직에 가서 신사장님께 도움을 요청해 봐."

"이모, 제정신야? 아버지가 잡혀가셨을 때 손가락 하나 까딱 하지 않았어. 이제 와서 뭐땜에 날 돕겠어?" 이모가 어찌된 게 아닌가 싶어 자세히 훑어 보았다. 하지만 이모의 눈이 날 보고 있질 않고 아래로 깔고 있어서 그 속을 알 수 없었다.

"아버지가 잡혀가셨을 때 회사는 다른 사람이 맡고 있었어. 신사장님은 아버지가 어떤 분인지 잘 아셨지만 그 사람은 아버지를 모르는 사람이었을꺼야." 이모가 농담하는 게 아니었다.

"엄마가 그렇게 말해?" 도무지 믿을 순 없었지만 그래도 달에 도움될 게 있다면 달을 향해서라도 뛸 판이다. "그럴 리가 없지. 헛걸음이지 뭐. 근데 이몬 누가 그때 사장이었는지 그런 걸 어떻게 알아?"

"나도 신문도 읽고 머리도 있다는 거 잊었어? 사장님한테 순전히 너 혼자 힘으로 의대에 합격했단 소릴 해 봐. 다시 한번 생각해 보실걸. 누구든 그럴거다." 이모는 좀 더 이야기할 듯 몸을 내쪽으로 내밀다가 마음을 바꿨는지 도로 뒤로 기댔다. 국을 한 숟가락 입에 떠 놓고는 이었다. "그런다고 손해볼 것 있니?"

이모가 간 후 이모가 한 소릴 곰곰 씹어보았다. 보나마나 사장이란 사람은 얼굴도 못보고 쫓겨나는 신세가 될 게 뻔했다. 그러나 계속 째깍째깍대며 가는 시간은 내 가슴 속에서는 북소리로 쾅쾅 울리고 있었다. "이모 말이 맞아. 손해 봤자 버스값 하고 내 자존심 외에는 암것도 없지. 버스값은 비싸지도 않고 내 자존심은 눈씻고 봐도 워낙 뵈지도 않는 것이고."

인천방직 정문을 향하고 서니 후회막심이었다. 마지막으로 여기 왔을 때는 엄마하고 진아언니랑 같이였는데…. 속에서 구역질 같은 게 올라오려고 했다.

하지만 지금 돌아선다면 진짜로 버스값만 날리는 셈이다. 자존심을 꾸욱 누르고 고갤 있는대로 쳐들고 경비한테 신사장을 만나러 왔노라고 했다. 이모 말대로 아버지 이름을 대고 사장님과는 서로 가까운 친구셨다고 했다. 경비는 별다는 생각없이 사장실에 연락을 넣었다. 천지가 개벽할 노릇이다. 상상과는 달리 나는 사장실로 인도되었다.

신사장은 두꺼운 유리를 씌운 커다란 책상뒤에 앉아있었다. 얼굴이 네모지고 턱이 각지긴 했어도 내가 가르쳤던 소위 돈 좀 있다는 사람들과는 달리 친절하고 호의적이었다. 돈이 쥐꼬리만큼 있어도 허우대 내미는 사람들보다 돈이 많으실테니 오죽하랴 짐작하고 있었는데 완전 빗나갔다. 신사장은 결단력 있어보이는 젊은 50대로 보였다.

"고 이영일선생의 딸이라고?" 그는 코허리에 얹힌 직사각형의 돋보기 넘어로 날 자세히 보고 있었다. "어느 딸이지? 딸이 하나가 아닌 걸로 아는데?"

"셋째인 이미아입니다, 사장님."

"남동생도 하나 있지 않았던가?" 그것도 놀라웠다. 어쩌면 아버지가 별로 말이 없긴 해도 하나밖에 없는 아들자랑은 했을지도 몰랐다. 우리 가족에 대해 묻는 바람에 내 마음은 한결 누그러 들었다. 사장님은 그외에도 질문을 여럿 했다. 난 있는대로 솔직히 대답했다. 아버지가 감옥소에서 돌아가셨다는 이야기까지. 그는 깊은 애도를 표해 주었다. 또 내 동생도 나처럼 공부 잘하냐고도 물었다. 난 최선을 다한다 했다.

"우리 아들녀석도 올해 대학에 들어가는데 이양처럼 잘한다고 말하고 싶으나 아니군 그래. 산다는 게 항상 맘대로 되는 건 아닌가봐." 하면서 그는 책상의 유리를 손가락으로 두어번 톡톡 두들겼다. 그리고는 내가 온 연유를 물었다. 난 솔직히 말씀드렸다.

"어머님께서 날 찾아가 보라시던가?"

"아뇨. 이모가 그랬습니다. 제가 하도 급하니까. 이모도 내가 혼자 어떻게 할 수 없다는 걸 아시니까요. 어머닌 제가 여기 온 거 모르십니다.”

“그래? 이모는 어떻게 지내시나?” 그가 몸을 앞으로 내밀었다. 이상한 일이다. 이분이 이모를 아시나? 같은 학교라도 다녔나?

“잘 지내십니다. 언제나 절 도와줄 수 있으시면 도와 주십니다.”

“남편되시는 분은?” 어쩌다 이모부이야기까지 나오게 된 거지?

“이모가 결혼하셨던 걸로 아는데 돌아가셨나봐요. 이모가 말을 안하시니까 우리도 묻진 않아요. 하지만 절 딸처럼 예뻐해 주십니다. 전쟁때는 같이 살았는데 지금은 혼자 사시면서 엄마와 같이 일하세요. 작은 가게도 하나 갖고 계시고요.” 사장님께 이모를 아느냐고 묻고 싶었지만 내 입장이 아닌 것 같아서 참았다.

“으흠.” 그의 소리가 날 불안하게 만들었다. 내가 너무 조잘댔나?

“우리 이모 아세요?” 나도 모르게 내 입에서 그 말이 튀어나왔다.

“오래전. 잠깐.” 그리고는 뒤로 기댔다. 이야기는 다 끝났다는 소리로 들렸다. 그는 안락의자를 흔들면서 계속 책상위의 유리를 손가락 끝으로 두드렸다.

“등록금은 얼마지?”

“13,000원입니다, 사장님.” 고개가 절로 떨어졌다.

얼마간 그는 가만 있었다. 그리고는 열쇠꾸러미를 꺼내 그의 책상 아랫서랍을 열었다. 돈다발을 꺼내 책상위에 올려놓고 세었다.

“내가 가진 건 열한 다발이다. 나머진 네가 어떻게 채울 수 있겠니?” 그가 돈을 내 쪽으로 밀었다. 고맙다고 정중히 인사드려야 할텐데 망신스럽게 눈물만 쏟았다.

“감사…. 감사합니다.” 그래도 그 소리는 중얼댔다. 그리고 좀 더 울고 또 조금은 웃었다. 그리고는 또 울었다. 내가 나를 컨트롤할 수 없었다. 그는 화장지를 내게 밀어주고는 의자를 뒤로 당겨 돌았다.

나는 울다가 웃다가를 연거푸 하면서 서울로 왔다. 보나마나 나와 같은 버스를 탄 사람들은 손님들중 미친 년이 하나 있다고 슬슬 피했을 게 틀림없다. 이모와 엄마한테 들려 나머지를 채웠다.

"내가 학교에 도착했을 때는 여섯 시가 다 되고 있었어. 마지막날 마지막 시간에 등록금을 낸 거지." 민구한테 말했다. 그는 암말도 않고 그의 팔로 날 꼭 감쌌다. 그리고 그렇게 한동안을 서 있었다.

"미아, 교회가 끝나고 나서 돌체에 갈 시간 있니?" 기차에서 내려서 버스정거장으로 걸으면서 물었다.

"보통은 자유로운데 내일은 아닌데…. 저녁까지 가는 특별행사가 있어서." 대답이 쉽진 않았지만 어쩔 수 없었다.

"그리고 나면 해부학책에 코를 박고 있어야 할 것 아냐?"

"다음 주말도 있는데…?"

"그럼 그때?"

"물론! 내가 심각한 음악레슨이 필요하걸랑." 십대아이처럼 또 하나의 데이트를 놓고 난 들떴다. 그가 날 집에 데려다 주겠다고 했지만 사양했다. 초라한 우리집을 보이고 싶진 않았다.

그다음 주는 그야말로 천천히 갔다. 하지만 토요일 아침만은 무얼 입나, 어떻게 꾸밀까로 고민하다 늦어져 버렸다. 고를 의상이 있는 것도 아니면서 정하기가 어려웠다. 무얼 입어도 맘에 들질 않았다. 립스틱도 발라 봤지만 그것도 아니었다. 결국은 예전 그대로 서둘러 나갔다.

학교가 파하고 나서 우리는 다 같이 밀려 나오긴 했지만 남학생들은 술마시러 가고 민구와 나는 버스정거장으로 향했다. 민구향해 튀어 나오고 싶어하는 내 심장을 민구한테 들킬까봐 걱정이었다.

"어떻게 지냈어?"

"잘. 거긴?"

"잘." 민구가 잠시 멈췄다. "그게 다야?"

"어. 거긴?"

"어. 나도." 우린 웃었다. 나도 웃긴다. 요즈음 와서 하나 우습지도 않은 것 가지고 실실 웃길 잘하는 내가 되어 있었다.

돌체는 담배연기 자욱하고 조명은 침침한데 의자와 소파가 가득찬 커다란 홀이었다. 민구가 빈 자릴 찾아 날 끌었다.

"사계절 좋아해?" 그가 자리잡고 앉으며 물었다.

"어."

"나도. 특히 겨울이 좋아. 찬 바람 대신 꽝꽝 언 연못에서 스케이트타는 사람들을 연상시키거든. 신나고 즐겁게 말야. 게다가 봄이 멀지 않다는 뜻이기도하잖아? 아, 난 여기가 정말 좋아." 민구가 음악에 따라 팔을 휘둘러 댔다. 난 멀뚱히 그를 바라봤다. 내가 생각하는 계절은 날씨였지만 그의 계절은 음악이었다.

"아, 미아. 내가 날씨계절을 말하는 줄 알았구나." 그가 내 손을 잡고 친절하게 설명했다. "난 비발디의 사계절을 말했어. 듣고 있노라면 계절들이 느껴지거든."

멍한 나한테 그가 설명했다.

"눈을 감고 음악속에 널 던져. 그리고 함께 흘러. 어디로든 어떻게든 상관말고. 해부학처럼 외울 필요도 없고 또 정확하지 않아도 돼."

나는 리듬과 운율에 따라 흐르는 상상을 해 보았다. 나쁘지 않았다. 아니, 나도 돌체속에 가득한 학생들 중 하나가 되어갔다. 옆의 민구와 같이 음악속으로 빠져 들었다. 작곡가가 누군지, 누가 지휘하는 건진 몰라도 상관없이 즐거웠다. 음악과 같이 따라 흘렀다.

"배고프지 않아?" 민구가 부르는 통에 놀라 일어났다. "놀랄 건 없어. 미안."

"내가 미안. 난 오뚜기처럼 발딱 일어나길 잘 하거든. 그런데 음악에 빠져 있으면 먹고 마시는 따위의 세상사는 잠시 잊어야 하는 거 아냐?"

"오뚜기라고?" 민구가 웃었다.

"내가 어렸을때 언니들이 날 놀리길 잘했거든. 납작코다, 삐죽이다, 오뚜기다 하면서 말야. 내가 못생겼다고 놀리는 것 같아 엄청 싫어했는데 지금은 그리워. 그럴 줄 몰랐어."

"싸울 땐 미운 것 같은데 돌아서면 그만이고 다시 사랑하는게 형제고 가족이겠지." 민구가 되물었다. "그런데 언니들 눈이 잘못된 거 아냐? 내 눈엔 예쁘게만 보이는데."

"닭살이다. 비행기 태우지 마세요. 어지럽습니다."

"해부학은 A일지 몰라도 남성학은 완전 F네." 민구는 날 향해 상체를 수그리고 소근댔다. "예쁘고 애교있단 소리잖아." 내가 빨갛게 달아 올랐다.

"미아씨 열나는 것 같다. 나가서 좀 걷기도 하고, 먹기도 하고, 그러자."

"오늘은 내가 살게. 비싼 건 안돼. 난 주머니가 얄팍하니까."

민구는 내 어깨를 두르고 종로거리를 걸었다. 우리가 오랜 시간을 같이 보낸 건 아니었지만 또 그에 대해 내가 아는 것도 별로 없었지만 아주 가까운 사람처럼 느껴졌다. 난 과거가 남세스러운 만큼 남에 대해서도 캐묻지 않는 성격이 되어 있었다.

"어릴 때 어떻게 자랐어?" 그의 과거가 궁금해 물었다.

"난 너와 달리 별로 내 놓고 자랑할 꺼리가 없는 걸. 대구서 살아서 전쟁의 피해도 크지 않았고 잃은 가족도 없어. 약간 날라리끼가 있는 여동생이 하나 있고 부모님은 다 살아계시고. 간단명료. 이상 끝. 그게 다야."

"부러운데."

"난 네가 기특하고 자랑스러운데. 만약 내가 네 입장이었다면 벌써 끝장 났을걸."

"살아남기 위해서는 뭐든지 하게 마련이지 뭐. 고아원이라도 가야지 어쩌겠어? 하지만 그리 생각해 주니 고마워. 진심이야."

내 고집에 우리는 길가 포장마차에서 오뎅을 사 먹고 영화도 하나 봤다. 그리곤 다시 다방에 가서 간단한 요기도 했다. 전에는 상상도 못했던 호강이었다. 집으로 데려다 주겠다는 걸 거절하자 민구는 택시를 잡아 선불해 주었다. 내 기분은 하늘을 날고 있었다. 그와 함께 하루종일, 또 밤 늦도록 춤을 춘 기분…. 택시의 네 바퀴가 우리집 골목에 찌익하고 도착했을 때, 그때까지만 해도 전시의 잔재였던 밤열두시 싸이렌이 서울의 골목들을 울려댔다. 통금싸이렌을 들으면서 나는 차에서 뛰어내려 대문을 열고 안으로 뛰어 들었다.

엄마는 돋보기를 코위에 얹고 아직껏 바느질을 하고 있었다. 한국인 제 방에서 잠이 든 모양이고. 엄마의 일거리가 많다는 것은 좋은 소리기도 했지만 늦도록 일한다는 것이 맘에 걸렸다. 엄마의 가늘고 야윈 손가락은 거미다리를 연상시켰다. 가늘고, 길고, 까딱하면 부서져버릴 것 같은. 그래도 열심히 움직거려 뭔가 만드는. 엄마 머리위에선 맨전구알이 반백인 엄마 머리칼을 낱낱이 보여주고 있었다. 엄마는 바느질하던 것을 내려놓고 걱정스런 눈으로 날 바라봤다.

"늦었구나. 저녁은 먹었니?"

"응. 엄마도?"

"배아픈 건 좀 어떠냐? 음식은 제때에 먹어야 하는 건데. 또 배앓이 할까 겁난다."

"괜찮아요, 엄마. 내 걱정은 하지마. 알아서 할게." 엄마와 마주 앉으며 말했다. "너무 늦게까지 일하지 마. 잠도 자야지."

"얼굴은 좋아보인다. 이젠 배가 나으려는 모양이다."

엄마는 자신의 이야긴 없이 내 소리만 했다. 엄마가 입을 열면 두 개의 쇳조각으로 씌운 이빨이 내 눈에 걸리곤 한다. 알전구밑에 드러난 엄마 얼굴의 주름도 거미가 이리저리 얽어놓은 줄처럼 내 속을 얽는다. 민구와 신나게 춤을 추어댔던 기분이 푸욱하니 꺼지면서 죄책감으로 바뀐다. 엄마의 주름살중 많은 부분이 나 때문일지 모른다. 황소고집에다 나밖에 모르고 울어 제끼고, 소리치고, 반항했으니….

엄마는 우리들의 둥지를 지켜야 한다는 사명 때문에 밤 늦도록 일하고 있다. 숱한 어려움 속에서도 그래도 잘 해낸 셈이다. 한국인 공부 잘하고 있고 난 좀 있으면 의과대학을 마칠 터다. 그동안 엄마가 얼마나 힘들고 외로웠을까? 여직껏 난 엄마가 꿈이나 희망을 가진 한 사람으로, 여자로 생각해 본 기억이 없다. 나와 한국인 에미를 파 먹고 사는 새끼거미들 같은 존재였다. 후에 한국이 엄마한테 받은 걸 좀 돌려 줄까? 나는?

"그만하고 주무세요."

"그럴 거다. 이걸 내일까지 해 달라고 해서. 거의 다 됐다. 늙으면 잠이 잘 오질 않아." 엄마는 다시 바늘을 들고 줄을 엮기 시작했다. "너도 얼른 자거라."

"내가 학교 끝나고 일 시작하면 엄마 그짓 그만 해. 더 할 필요 없어요." 돌아서 나가려다 덧붙였다. "내가 돈벌기 시작하면 엄마 이부터 새로 해 줄게. 금이나 하얀 거로." 그래도 엄마를 한번쯤은 안아주어야 할 것 같은데…, 그러지 못했다. 그냥 엄마의 모습을 내 눈 속에 담았을 뿐이다.

11

날기 위해

(서울, 1964)

"너 민구하고 가까운 사이니?"

정희가 학교 식당서 내 앞에 와 앉으며 난데없이 물었다. 용신이도 옆에서 날 지켜보고. 이미 자리에 앉아 있었던 것이 천만다행이었다. 우리 셋은 유일한 여학생들이었기 때문에 걸핏하면 같이 몰려다니곤 했다.

"건 왜 물어?" 숟가락을 든 채 내가 어정쩡하게 되물었다.

"좀 집히는 게 있어서 말야. 용신이하고 몇 번 이야기 해 봤지. 안그래, 용신아?"

"그게 뭐 잘못인가? 축하할 일이지. 세상은 바뀌고 이제 우린 성인들 아니냐?" 용신이 정희곁에 앉으며 말했는데 그애 말이 어딘가 고깝게 들렸다.

"세상이 바뀌지 않았으면 내가 민구하고 데이트하면 안돼?" 숟가락을 내리며 물었다.

"그런 소린 아니지. 민구가 착하고 점잖은 앤 거 우리 다 아는데, 뭐." 정희는 갑자기 목소릴 낮췄다. "너 민구가 청솔의 외아들인 거 알지?"

"맥주랑 술회사 청솔?" 내가 아는 청솔은 그뿐이었다.

"시침떼지 마라, 얘." 용신이 말했다.

"시침? 민군 그런 소리 비친 적도 없는데?"

"맥주와 관계되는 사업이란 사업은 다지 뭐. 밀, 운수…." 용신은 계속 떠들었지만 난 얼었다. 완전 얼어붙었다. 민구가 아버지가 술장사한다고 했을 때 난 술가게를 생각했지 청솔은 아니었다. 민구네가 잘 사나보다 싶긴 했지만 나에 비하면 누군 아니던가?

"어떻게 모를 수가 있어? 세상이 다 아는 건데. 정말야?" 친구들도 놀라고 있었다.

"사실이야?"

"얘좀봐. 진짜 몰랐나봐. 용신아, 이상하지 않니? 왜 미아한테 말하지 않았을까? 내가 아는 대부분의 사내들은 그 자랑부터 나팔불어 댔을텐데." 정희가 말하고 있었다. "우리는 네가 청솔의 며느리자릴 넘보고 있다고 생각했어. 그게 가능할까 하는 소리도 해보고 말야. 우리가 졸업하고 나면 의사가 되긴 하지만 그래도 청솔이 바라는 며느리와는 지대한 거리가 있잖겠어? 부자는 부자끼리 노는 세상 아니냐?" 정희의 목소리가 멀어져가고 있었다. "근데, 얘, 미아, 너 괜찮은 거야? 뭐 잘못된 거야? 어디 아프니?"

정희의 말은 맞는 소리다. 부자건 아니건 대한민국의 결혼이란 것은 두 개인의 문제가 아니고 두 가족의, 특히 남자쪽이 주도권을 쥔 문제라는 경향이 짙다. 솔직히 우리보단 잘 사는 민구네가 나를 며느리로 받아줄까하는 걱정을 몇 번 했던 것은 사실이다. 하지만 그럴 때마다 그건 후에 걱정할 일이다. 민구는 한번도 농담으로라도 그런 소릴 꺼낸 적이 없다, 하며 털어버리곤 했다. 게다가 우린 빨갱이 가족이다. 내 머릿속은 시커멓고 아득한 구렁텅이 속으로 뱅뱅돌며 굴러 떨어졌다. 어딘가 아득히 먼 데서 내 숟가락 떨어지는 소리가 들렸다.

"미아, 괜찮니?" 누가 내 어깨를 흔들었다. 내 머리가 상위로 떨어졌다. 내

속은 산산조각으로 부서지고 있었다.

"왜 그래, 미아? 얘가 하얗게 되더니 땀을 쏟고있네." 목소리는 멀리로 사라져 갔다.

"얘, 병원에 데리고 가야겠다."

"여기가 병원이잖아."

"미아, 내 말 들려? 어디가 아파? 말할 수 있니?"

내가 정신을 차려야 한다는 것은 알겠는데 몸이 말을 듣지 않았다. "위궤양이…." 입안이 모래 같았다. 입술을 축이려 들었다. "여자 휴게실로… 데려다줘." 고통이 날 쥐어뜯고 있었다.

휴게실에서 몸을 반으로 접고 소파에 누워 진정하려 애썼다. 정희가 제산제와 우유를 갖고 왔다. 달달 떨고있는 나를 담요로 덮어주었다. 친구들더러 난쉴테니 걱정말고 클래스에 들어가라고 했다. 고통 때문만은 아니었다. 혼자 생각할 시간이 필요했다. 하지만 생각해야 할 게 뭐가 있던가?

난생 처음 남자친구가 생겼다. 그 친구는 내가 인정하고 싶지 않을 정도로 내 맘속에 자릴 굳혀가고 있었다. 대체 그의 생각은 뭐였나? 우리 사이에 장래라는게 가당치 않다는 걸 모를 리는 없는데….

"미아야, 좀 어떠니?" 정희와 용신이었다.

"내가 잠이 들었었구나." 일어나 앉았다. "몇시야?"

"여섯시 반. 수업 다 끝났어. 아까보단 훨씬 좋아 보이네."

"괜찮아. 미안해. 놀라게 해서."

"우리가 미안하지. 입 다물고 있어야 하는 건데." 용신이 말했다.

"널 괴롭힐 생각은 아니었어. 네가 너무 심각히 생각하는 것 같아 오히려 놀랐어. 정말 미안해." 정희가 내 어깨에 팔을 둘렀다.

"가르쳐줘서 고마워. 난 몰랐어. 내가 워낙 상식부족 아니냐?" 둘 다 내 과거에 대해선 잘 몰랐다. 하지만 내가 가난한 학생들한테 주는 정부장학금을 받고 있다는 것은 알고들 있었다. 그것만 해도 민구와 나 사이가 파국으로 끝날 거라는 정도는 뻔했다. 청솔의 며느리가 된다는 것은 나보다는 얘네들한테 가능성이 백 번 더 있긴 했지만 그나마도 실은 어림없는 소릴지 몰랐다.

"걱정마. 난 가끔 위땜에 법석떨곤 해. 이젠 괜찮아." 솔직히 그들이 고마웠다. "오늘 빼먹은 건 조교한테 물을 게. 할 게 많을텐데 어서 가봐." 친구들이 가지않고 꾸물댔다. "가도 된다니까. 난 손이라도 좀 씻고 갈래."

"미아," 정희가 날 향했다. "실은 마음이 심란해서 민구한테 네가 여기 있다고 그랬어. 잘 한 짓인진 모르지만 민구도 알고 있어야 할 것 같아서. 어느정도 걔 책임도 있는 것 아냐?"

난 잠시 생각했다. 친구들이 끼어들 일이 아니긴 했지만 언젠가는 해결이 있어야 할 노릇이었다. 빠르면 빠를수록 좋을지도 몰랐다. "잘했어. 걱정마."

애들이 떠나고 나서 일어나 세수하고 머리 빗었다. 내 손은 습관적으로 할 일을 했지만 머릿속은 텅 빈 느낌이었다. 신발신고 책들을 집어들고 라운지를 나섰다. 밖은 이미 어두워 있었다. 발걸음을 떼어갔다. 누군가 내 이름을 부르는 것 같았다. 여기서 날 구출해 갈 사람이라면 얼마나 좋을까? 하지만 나한테는 그런 사람이 하나도 생각나지 않았다. 내가 가진 사람이라고는 나 혼자 뿐이다.

"미아!" 민구가 옆을 따라오며 불렀다. "아팠다며? 괜찮아?"

"응." 짤막하고 건조한 대답이 나왔다.

"교시 빼 먹은 것 보면 심했나보네." 민구 목소리도 건조하게 들렸다.

"가끔 위궤양 증세가 있어. 근데 여태 여기서 뭘해?"

"널 기다렸지."

"집에 가지. 늦었는데."

"여학생들이 네가 아프다고 하는데 어떻게 가? 좀전에 걔네들이 떠나길래 너도 곧 나올 줄 알았어."

"난 괜찮아." 뭐라 좀 더 이야기할 게 있어야 할 것 같은데 아무런 말이 생각나지 않았다. 우린 말없이 걸었다.

"뭣좀 마시고 갈까?" 민구가 물었다.

"그러지." 다시 침묵이 우리 사이에 끼어들었다. 퇴근길, 붕붕 빵빵거리는 소리들이 진동하고 있었음이 분명할텐데도 내 귀엔 들리는 게 없었다.

나는 이제 와서야 시인이나 작가들이 떠드는 달콤한 키쓰 어쩌고 하는 소릴 맛보기 시작하고 있었다. 십대를 제대로 누리지 못하고 지나쳐버린 내겐 이런 감정들이 늦게 온 터라 내게는 더 강렬할지도 몰랐다. 처음부터 나는 그를 갈구했지만 우리는 몸의 욕구와 이성을 분리하는데 가진 애를 쓰고 있었다. 우리 사회와 문화가 요구하는 모범생으로 자리매김하기 위해 전력을 다하고 있었던 것이다.

삐걱대는 다방의 좁은 층계에 왔을 때 민구는 날 가까이 붙들어 층계 오르는 걸 도와주었다. 다방은 전처럼 비어 있었고 우린 전의 그 자리에 앉았다. 지난번과는 달리 밖은 어둡고 텅 비어있었다. 희미한 외등에서 새나오는 불빛이 한참 외로워 보였다.

"여긴 따뜻한 우유 한잔, 전 커피요. 괜찮지?" 민구의 질문에 나는 고갤 끄덕이고 그의 눈속을 들여다 봤다.

"왜 그렇게 슬픈 얼굴 하고있어? 왜 그런 눈으로 보는 거야?"

"우리가 처음 만난 이 자리에 와서 우리가 헤어져야 한다는 거, 아이러니아냐?" 내가 고갤 떨구었다.

"무슨 소리하는 거야? 왜 그런 소리하는 거지?"

"너네 아버님이 청솔의 주인이라는 이야길 했어야지. 내가 알아서 행동하게."

"그게 무슨 상관인데? 어떻게 알아서 행동할 건데?" 잠시 그가 멈추었다가 이마에 주름을 잡아가며 말했다. "게다가 학교다니기 위해 고아원에 갔다는 여자친구한테 어떻게 그런 소릴 하냐?" 그말도 일리는 있었다.

"하지만 후에도 기회는 많았잖아."

"그럼 우리 부모가 돈이 많아서 날 좋아하지 않는단 소리야? 난 네 부모가 돈이 없다고 조금도 덜 사랑하는 게 아닌데."

"말장난하지마."

"네가 날 사랑하는 거지, 내가 누구 아들이라 사랑하는 건 아니잖아?" 민구가 사랑이라는 말을 처음으로 쓰고 있어서 나는 더 헷갈리고 어지러운 판이었다. 더더구나 이런 순간에. "우리 아버지가 뭘 하든 왜 걱정이야? 만약 우리 아버지가 도둑이거나 범죄자였다면 나같은 건 거들떠 보지도 않았겠네."

"내가 너한테 홀딱한 건 사실이야. 넌 처음으로, 아니 유일하게 나같은 애를 따뜻한 애정으로 대해 주었던 남자야. 대부분은 내 과거가 어떤지 알고나면 그사리서 도망질 쳤을 거야. 대한민국의 결혼문화가 어떤 건지 너도 잘 알잖아. 넌 어떻게 생각할지 몰라도 네 부모님은 다르셔. 부모님이 아시기 전에 네 자리로 돌아가. 나도 그럴게. 내 위에 구멍난 걸로 족해야지, 가슴에까지 구멍 내고 싶진 않아." 난 눈물이나 후회나 분노없이 할 소리 다했다.

내 속에선 끝없는 분노가 들끓고 있었지만 그건 내가 속한 사회를 향한 것이었다. 우리의 문화, 차별, 탐욕 따위의 인간의 본질들. 그 속에서 민구야말로 유일하게 나 같은 불쌍한 소녀를 향해 따스한 마음을 부어준 소년이었다. 그와 내 사랑을 떠나 보내는 건 정말 서럽고 아팠다.

"미아, 넌 우리 부모를 몰라. 우리 부몬 달라. 내가 원하는 것은 뭐든 들어주셔. 내가 의대가는 것도 그래. 물론 사업쪽으로 원하셨어." 그가 잠깐 멈췄다 계속했다. "내 여자친구가 우리 아버지가 청솔의 오너라고 날 찬다면 것도 억울한 것 아냐? 너무 심각하게 그러지마."

"너도 알다시피 대학가는 것하고 아내 얻는 것하고는 완전 다르잖아. 의대 졸업 후 경영학 학위 얻는 것은 얼마든 할 수 있어. 혹은 네가 가진 회사들마다 똑똑한 인재들을 사장으로 채용해도 돼. 하지만 부인은 아니잖아. 내가 네 부모라면 적당한 며느리감을 벌써 몇 골라 놨겠다." 잠시 숨을 돌렸다. "난 사업에 시옷짜도 모르지만 그래도 그 정도는 알아."

"미아, 나한테 시간좀 줘라. 졸업하고 나서 말씀드리려 했는데 네가 원하면 지금 말씀드려 허락 받을 게." 그가 낙관적으로 말했다. 적어도 그리 보였다.

그의 부모가 반대하는 것은 순전히 시간문제였지만 나도 동의했다. "원하면 해봐. 그래도 맘 상하진 마." 그 외에 내가 할 수 있는 게 뭐가 있으랴? 난 민구옆에 옮겨앉아 그의 어깨에 얼굴을 댔다. 내 아픔이 눈물로 흘러내렸다.

다음주간 민구는 암말 없었다. 학교가 바쁘기는 했지만 뻔한 노릇이었다. 난 애써 민구를 피해주었다. 그리고 미국이 아닌 외국의대생들이 치는 미국의 대자격시험, ECFMG를 치기 위해 알아보았다. 합격하면 미국의 수련의과정을 할 수 있기 때문이다. 꽤 많은 남학생들이 그 시험준비를 하고 있었고 내게는 더 좋은 기회가 아닐 수 없었다. 어렸을 때와는 달리 내게 차선의 길이 있다는 것은 정말 큰 다행이었다. 이제 나에겐 다른 탈출구의 선택이 있었다.

게다가 미국은 내가 가난하거나 빨갱이라고 뭐라지 않을 것 같았다. 거기선 내가 나로 살 수 있을 것 같았다. 이곳에서는 내가 구두닦이로 일했고, 고아원서 자랐고, 게다가 빨갱이의 딸이라면 괜찮은 집안에 며느리가 된다는 것은 솔직히 꿈도 꾸지 말아야 할 노릇이다. 미국은 날 그리 취급하진 않을 게다. 또 내가 여자라고 차별하지도 않을 듯했다. 존슨 대통령은 딸만 둘이지만 아들을 얻기 위해 첩을 둔다는 소리따윈 들은 적이 없었다.

두주 후 민구가 날 찾았다. 그의 얼굴엔 이미 답이 쓰여 있었다. 우리는 캠퍼스를 내려다보는 언덕에 앉았다. 돋아나고 있는 풀위에 앉아 학생들이 걷고 있는 백양로를 내려다 봤다. 아직 쌀쌀하긴 했지만 부지런히 노란 싹을 내밀고 있는 백양나무들은 봄기운이 가득했다. 마치 연한 녹색의 거대한 솜사탕들이 줄서 있듯이.

"미아, 내가 부모님께 아직 말씀 드리진 못했어. 하지만 걱정마. 다 잘 될테니까." 민구가 미소하려 들었다. 우리의 눈은 서로를 향하지 못했다. 그의 눈은 솜사탕 나무들에 걸려 있었고 내 눈은 푸른 하늘을 흘러가는 하얀 구름을 타고 있었다.

"난 괜찮아. 걱정마. 난 자기가 걱정이야."

"식구들이 죄다 여동생문제에 빠져 있어서 이야길 꺼낼 수가 없었어." 여동생문제가 뭔지는 설명이 없었다. "적당한 시간을 기다리는 참이야."

"난 ECFMG칠 준빌 할 거야. 우리 사이의 일은 잊어버리도록 노력할 거고. 아마 완전히 잊긴 어렵겠지. 그것도 괜찮아. 훗날 내 첫사랑이 누구였다는 아름다운 기억은 남을테니까." 눈은 아직도 떠가는 구름을 따라가고 있었다. "자기가 아니면 난 대학졸업할 때까지 사랑이 어떤 건지조차 모르고 지날 뻔했잖아. 그거야말로 비극 아니겠어?" 웃어보려 애썼다. 내 속은 완선히 무너져내리고 있었다. 머릴 숙였다. 흐릿한 시야에 어린 싹들이 내 발밑에서 발목을 향해 손들을 벌리는 게 보였다. 겨우내 언 땅에 묻혀있던 여린 것들. 나는 보드라운 그것들을 쓰다듬었다.

"미아, 그건 안돼. 난 너와 결혼할 거야. 그런 건 생각도 하면 안돼." 이마를 찡그리며 말했다. "우리 사이가 끝난 듯이 말하지 마." 하지만 나는 그의 말이 솜사탕건너, 구름 지나, 그리고도 더 멀리로 사라지는 걸 보고 있었다.

우리는 여학생 라운지에서 졸업 후 뭘, 어떻게 할까 따위 가지고 떠들고 있었다. "넌 어쩔거야?" 용신이 물었다. 친구들의 의중은 뻔했다.

"ECFMG 치려고 신청했어. 붙을런지 모르지만." 내 말은 그들의 귀를 끌었다. 한동안 할 말을 잃었는지 멀거니 날 쳐다봤다.

"어머, 잘됐네." 내 말뜻을 알아챈 용신이 말했다. "하지만 난 그건 불가능야. 우리 부모가 허락하겠어? 지금도 노처녀라고 재촉이 심한테." 사실 우리

또래 처녀들의 출국은 보통문제가 아니었다. 특히 의대졸업한 노처녀의 경우는 더 그랬다.

내가 고아원에 들어간 후로 엄마가 다른 부모들에 비해 나에게 왈가왈부할 권리(?)를 많이 잃은 것은 사실이었다. 고아원과 더불어 내 독립을 얻은 건지 모른다. 물론 엄마는 내가 한국서 살고, 일하고, 결혼하길 원했지만 민구 이후로 난 원치 않았다. 어릴 때와 달리 선택의 여지가 있다는 것은 다행스러운 축복이었다.

감색 투피스를 단정히 입은 20대 초의 여자가 라운지에 들어와 살폈다. 우린 말을 멈추고 쳐다 보았다. 낯선 여자다.

"죄송합니다만 이미아 씨를 여기서 찾을 거라 해서 왔습니다." 정중하나 사무적인 목소리다.

정희와 용신이 날 쳐다봤다. 난 엉거주춤하니 일어섰다.

"괜찮으시다면 잠깐 말씀 좀 드리고 싶은데…" 난 그녀를 따라 복도로 나갔다.

"청솔의 사모님 청으로 왔습니다. 가능하다면 뵙고싶어 하십니다." 차분한 목소리였다. 반대로 내 심장은 쿵 소릴 내며 타일 바닥에 떨어지고 있었다. "오래 걸리진 않을 거라고 말씀드리라 하셨습니다."

우리가 건물 밖으로 나서자 검정 쎄단이 앞으로 미끌어져 왔다. 여자는 조수석에 앉고 유니폼입은 기사는 뒷문을 열고 내가 타기를 기다렸다. 만약 민구 어머니가 내가 가정교사했던 아이들의 엄마들 같으면 어쩌지? 돈 좀 있다고 안하무인인 사모님들 말이다. 겁이 덜컥 났다. 따라 오질 말걸 그랬다 싶어 후회 막심이었다. 어째야 좋을까 싶어 내 머리를 짜고 있는 새 차는 벌써 학교 근처의 작은 호텔앞에 섰다. 여자가 먼저 앞서서 길을 인도했다.

"잠깐만 좀 기다려 주세요." 내가 말했다.

"물론입니다." 그녀가 생글 웃으며 멈추어 섰다. 여자의 미소가 어느 정도 안심이었다. 주인이 내 생각처럼 차고 매섭다면 저처럼 쉽게 생글거리진 않을 것 같았다. "괜찮으세요?"

"숨좀 돌리고 싶어서요." 늙은이처럼 나는 허리펴고 숨을 내쉬고 들이쉬고 말했다. 그녀는 호텔 커피숍 구석진 곳에 자리잡고 있는 고상하고 품위있어보이는 여인 앞으로 날 인도했다. 오십대는 되었을텐데도 무척 젊어보였다. 자주색의 긴 비단 한복을 입고 머리는 위로 말끔히 틀어올려 우아의 결정체였다. 내가 그녀를 닮아 보려고 아무리 발버둥친다한들 꿈속에서도 어림없을 게 뻔했다. 닳아빠진 운동화에, 짧고 더풀대는 머리, 싸구려 옷가지…. 나야말로 망신의 극치다. 그녀의 의상, 같은 색깔의 주먹만한 자수정 브로치에 비하면 맨살이 드러난 내 종다리와 회색 재킷에서는 가난과 구차가 뚝뚝 떨어지고 있었다. 그녀의 품위와 멋에 나까지 홀딱 반해 가지고 내가 왜, 어디에 와 있는 지조차 잊을 편이다.

"만나서 반갑구먼. 미아라고? 어서 앉게." 그녀는 앞에 있는 의자를 가리켰다. "내가 민구 에미되는 사람일세. 이렇게 불러 정말 미안하네. 하지만 내가 학교로 가는 것 보담은 이게 낫지 않을까 싶었네. 자네들이 얼마나 바쁜 지는 나도 잘 알고 있으니까. 와주어서 고맙네. 무얼 마실까?"

"따뜻한 우유면 좋겠습니다." 그녀 앞에서 난 새끼손가락 정도밖에 아닌 듯 싶었고 내 목소리가 그걸 반영하고 있었다. 게다가 애처럼 우율 주문하다니…. 사모님은 날 위해선 우유를, 자신은 파인쥬스를 시켰다.

그녀는 엄청난 품위를 갖추고 있었지만 옷매무새를 고치고 앞섶도 다시 여몄다. 그녀에게도 오늘의 만남이 기쁜 일은 아닌 모양이다. 그녀의 이마와 쪽 빠진 코는 민구와 딱 닮아있었다.

"아버님을 오래전 잃었다면서?"

"예. 전쟁때 돌아가셨습니다."

"다른 가족들은?"

"어머니와 남동생이 하나 있습니다, 사모님."

"저런. 어머님께서 힘드셨겠구만."

"예, 그렇습니다." 난 정중하지만 간단하고 싶었다.

"동생은 나이가 몇인가?" 그녀의 질문을 보면 다행히도 민구가 고아원따위의 내 배경을 이야기하진 않은 듯 했다.

"열여덟이고 지금 고등학생입니다."

"그래? 어머니께서 아직 한참은 더 고생하셔야 숨 좀 돌리시겠군." 잠시 끊었다 다시 이었다. "졸업 후에는 이양이 가족을 도와야겠군, 그래."

"예. 그렇습니다." 굴욕적이긴 했지만 주저하진 않았다. 제 정신 가진 대한민국의 여자라면 며느리가 들어와 친정 돕는 걸 좋아할 여잔 하나도 없다. 하지만 내게는 그 외에 다른 답이 없었다.

잠시 후 그녀는 또렷하고 무게있는 소릴했다. "자넬 여기 필요 이상 붙들어 둘 생각은 없네. 간단히 말하겠네. 나로서도 쉬운 소린 아닐세." 그녀는 한올도 흐트러짐이 없는 앞섶을 다시 매만졌다. 두 개의 커다란 반지가 그녀의 우아한 손가락을 장식하고 있었다. 나는 잠자코 기다렸다. 그녀가 할 소리를 어서 다 끝내고 빨리 여기서 나가는 것이 내 목적이었다. 눈을 무릎에 얹은 손에 내리깔고 기다렸다.

"오늘 아침 집을 나설 때 무슨 이야기든 필요한 이야긴 다 하려고, 설령 그게 가슴 아프게 하는 소릴지라도 하려고 맘 먹었었네." 그녀는 말을 멈추고 쥬스를 마셨다. "이렇게 자넬 대하고 앉으니 할 이야기가 없다는 걸 알겠네. 자네가 이미 다 이해하고 있으니 말일세." 한모금을 더 마시고 잔을 받침대 위에 내려 놓았다.

"내 말이 틀렸다면 말하게. 난 자네가 무엇보다 솔직하고 보탬없이 말하길 원하는 걸로 느꼈네. 뿐 아니라 내가 거짓소리 한다면 자네 인격과 지성에 모욕일것 같네그려." 그녀의 자태, 말, 아니, 그녀 자체가 날 완전히 위압하고 있었다. 그녀를 어찌봐야 할지 몰랐다. 그녀가 누리는 돈과 권력으로 보아 나는 그녀가 차고 계산적인 인물이리라고 믿었다. 내 예상은 완전히 빗나갔다. 그녀는 지혜로울 뿐 아니라 상황을, 특히 나를 너무 잘 간파하고 있었다. 빈소리로 날 가지고 놀기보다는 현실에 정곡을 찌르고 있었다.

"민구가 자네 이야길 여러 번 했네. 우린 지나가는 소리려니 했어. 사귀는 여자 이야길 하긴 처음이어서 더 그랬네. 자기 누이와는 달리 어려서부터 말썽없이 자라준 아이거든. 그러니까 이렇게 고집스레 나오는 게 더 상상 밖이었지. 좀 기다려 보라고 해도 들질 않는구먼." 한모금 더 마셔 목소릴 진정하고 계속했다. "유명한 학자나 고관자리를 원하는 사람들한테는 사업이라는 것이 그리 큰 문제가 아닐 거라는 건 나도 아네. 하지만 우리는 아닐세. 우리에겐 사업이 삶 자체처럼 중요한 걸세. 내 말 이해되는가?" 그녀가 내 답을 기다렸다.

"죄송하지만 워낙에 삶의 경험이 별로…." 말하면서도 고갤 주억거렸다.

"이기적인 건 알지만 우리는 사업에 도움이 되는 결혼을 원하네. 한마디로 말한다면 민구가 비슷한 배경의 여자와 결혼하길 바라는 걸세. 내가 자넬 이렇게 가슴 아프게 하는 걸 용서해 주기 바라네. 이런 소릴 하면서 이게 다 자넬 위해 하는 말이라고 헛소릴 하고싶진 않네. 나도 아직 양심이 좀 남은 모양일세." 그녀는 진지했다.

"물론입니다, 사모님. 만약 제가 사모님 입장이라도 그리 했을 겁니다." 나는 그녀가 말하는 동안 그 말을 준비하고 있다가 또박또박 말했다. 나도 지고 싶진 않았다. 만약 내가 그들이 가진 재력에 목적이 있다고 한다든지, 혹은 그녀가 두툼한 돈봉투라도 내밀었다면 어떤 우월감 같은 거라도 느낄 수 있었을지 모른다. 하지만 그녀는 아니었다. 나를 완전 낙아웃 시킨 셈이다. 잠깐, 아주 잠깐 나는 '이 여자애가 그래도 괜찮아. 우리 아들이 눈은 있는 모양이야.' 하는 생각을 한다는 환상조차 가졌지만 곧 깨났다.

"자네가 이해해 주어서 고맙네." 잠시 쉬고 이었다. "우리 애가 날 피하고 말을 듣질 않네그려. 그애한테도 자네 생각을 전해 설득시킬 수 있으려나?"

"사모님, 그게 걱정이시라면 염려 놓으십시오. 전 인턴이 끝나면, 아니 그 전에라도 서류준비가 되는대로 미국가서 거기서 수련의 과정을 하려고 합니다. 뿐 아니라 인턴도 서울이 아닌 원주에서 하기로 해 놓았습니다." 말을 많이 한 것도 아닌데 입이 바싹 말랐다. 우유를 한모금 마시고 싶었지만 그만뒀다. 엉겨붙어 막을 이루고 떠 있는 끈적한 것을 입에 대고 싶지 않았다.

"그건 정말 잘됐군. 축하하네." 안심한 듯 그녀는 느긋이 물러앉아 미소했다.

"그럼 전 가 보겠습니다." 내가 일어섰다.

"물론이지, 이양. 내가 도와줄 수 있는 일이 있다면 뭐든지…." 그녀는 핸드백에서 명함을 꺼내 내밀었다.

"필요없을 겁니다." 난 돌아섰다.

"한 가지만 더 부탁하고 싶은데." 그녀의 눈이 내가 일어선 의자를 가리키고 있었다. 난 다시 앉았다. "우리 사업만 아니었다면 자네 같은 며느리가 적격일 것 같구먼. 진심일세." 그녀의 눈길이 내게 머물고 있었다. "우리가 만났단 소릴 민구에겐 함구해 줄 수 있을까?" 그녀가 명함을 다시 내 밀었다.

"그런 걱정은 않으셔도 됩니다, 사모님." 난 그녀의 카드를 받았다. 거기엔 청솔미술관 관장이라 써 있었다. 카드를 들고 일어섰다.

"고마우이, 이양. 내가 학교에 데려다 줌세. 기사가 기다리고 있네." 그녀가 일어섰다.

"아닙니다. 학교는 멀지도 않고 제가 알아서 하겠습니다." 난 인사드리고 돌아섰다. 그녀의 시선이 내 뒤꼭지를 따르고 있음을 느끼지 않을 수 없었다. 그녀는 체스의 도사였다. 어떤 말은 어떻게 써야 하고, 어떤 말은 어떻게 움직이고 없애는지 훤히 꿰고 있었다. 내가 떠날 여자가 아니었다면 다른 방법을 썼으리라. 나를 보면서 내가 민구를 별탈없이 그녀에게 돌려 보낼 것을 이미 감지하고 있었다. 거기엔 내 자리가 없었다. 우린 서로 다른 세계에 속한 사람들이다. 택시로 혼자 돌아왔다. 가슴이 아파 꺼억꺼억 울어대는 소리를 들으며.

난 원주병원이 맘에 들었다. 서울서 기차로 다섯시간 정도면 회색빛 도는 푸른 산들이 병풍처럼 둘러친 치악산이 보인다. 그 산들을 바라보는 언덕에 있는 연세의 자매병원, 나는 거기서 의사로서의 첫걸음을 떼었다. 다행히 ECFMG를 패쓰해서 미국갈 서류준비도 시작했다.

뉴욕 부르클린에 있는 병원은 7월 1일부터 일하기로 연결되었다. 당시 미국은 월남전에 깊이 빠져 있어서 의사의 부족이 심각했고 많은 병원들은 자격 갖춘 외국의사들을 환영했다.

다른 모든 일은 잘 진행이 되어 갔시만 한 가지, 휴전선보나 너 어렵고 힘든 벽에 부딪칠 줄은 몰랐다. 아버지가 빨갱이로 투옥이 되었었기 때문에 우리 호적엔 붉은 X가 커다랗게 찍혀 있었다. 그 X를 가지고 여권을 받는 것은 불가능이었다. 하늘이 머리위로 무너져 내리고 땅이 발밑에서 허물어졌다. 고아원 이래로 나는 교회를 다녔고 나를 이끄는 신께서 계시다고 믿었다. 하지만 이것은 정부의 일이었고 신의 손 밖이었다. 카이사의 일을 신께서 왈가왈부하진 않을 터였다.

세상 모두가, 모든 사람이 다 원망스러웠다. 아버지, 엄마, 언니들, 국가와 신까지도. 민구도 원망스러웠다. 민구와 민구의 어머니 때문에 이 모든 걸 시작했고 결국은 이 상황에 몰린 셈이 아니던가. 내가 떠나지 못한다면 (걱정 말라고, 미국으로 갈 거라고 큰소리 땅땅 쳤던 민구 어머니한테 망신스럽기도 했지만) 나 다음으로 속상할 사람은 민구어머니일지도 몰랐다.

내가 민구와 같은 하늘 아래 존재한다는 것이 그녀한테는 앓는 이빨처럼 찜 찜할 노릇이다. 민구 어머니, 민구 어머니…. 그녀는 무슨 도움이 필요하면 찾아오라고 했었다. 난 그럴 일은 결코 없을 줄 알았다. 튀어 일어나 그녀의 명함을 찾기 시작했다. 서랍속, 지갑속, 크지도 않은 내 방을 전부 뒤집어 엎었다. 어디에도 없었다. 그날 입었던 회색 재킷이 생각났다.

타원형 회색 화강암으로 창문 하나 보이지 않도록 세워진 건물은 나를 제압하고도 남았다. 출입구에는 돌틈 사이로 진달래와 개나리가 어우러지고 있었다. 문 밖에서 난 한동안을 주춤댔다. 그녀가 있는지도 몰랐고 날 기억할런지는 더더욱 몰랐다. 하지만 내가 떠나면 앓던 이빨 뺀 듯이 시원할 사람이 그녀 아니겠는가? 애써 어깨펴고 걸어 들어갔다.

"뭘 도와드릴까요?" 감색 투피스의 여자가 물었다.

"홍 사장님 뵈러 왔습니다." 카드는 홍이라고 했다. 친정 성씨인 모양이다.

"사장님이 알고 계십니까?"

"아닙니다." 난 그녀의 명함을 내밀었다. "이걸 주시면서 언제든 찾아오라고 하셨어요." 약간 과장했다.

"성함이 어떻게 되시는지요?"

명함 뒤에다 내 이름을 써 넣고 연세의대라고도 썼다.

"지금 계시진 않지만 곧 들어오실 겁니다. 라운지에 계시든지 돌아보시든지 하십시오. 새 작품들이 들어 왔는데 아주 좋습니다."

"고맙습니다. 돌아보지요." 마치 미술품이 내 직업이기나 한 듯 대답했다.

건물이 거리쪽으로는 창이 하나도 없지만 내부는 천정서 쏟아져 내리는 빛과 안쪽 벽에 붙은 길고 날씬한 창들을 통해 충분히 밝았다. 기다란 창 밖으론 잘 꾸며진 정원, 작은 폭포, 그 밑을 오가는 커다란 금붕어들이 눈을 끌었다. 그림들은 훌륭해 보였으나 그 가치에 대해서는 내가 알 턱이 없다. 민구는 이런 것들 속에서 자랐을테지. 우리 사이는 내가 절박하게 건너려고 애쓰는 태평양만큼이나 멀었다.

"이선생님." 젊은 여자가 불렀다. "사장님께서 기다리십니다. 따라 오십시요."

지난 번과는 달리 민구 어머닌 노란색의 투피스에다 같은 색상의 힐을 신고 있었다. 깔끔하게 틀어올린 머리위에는 화사한 핀이 반짝거렸다. 그녀의 사무실은 잘 꾸려놓은 응접실같았다.

"웬일이지?" 그녀가 크게 미소지었다. "이양이 여기 오리라는 생각은 못했는데." 지난번엔 미처 몰랐는데 그녀의 목소리는 부드럽고 밝았다. 내 긴장감이 좀 누그러 들었다. "앉아요." 내게 소파를 가리키고 자신은 안락의자에 앉았다.

"미쓰 지, 따끈한 우유 한잔하고 크림빵을 미쓰 리한테 갖다 줘요. 난 커피." 내가 지난 번 무얼 주문했던지를 기억하고 있었다. 그리고 나를 바라봤다.

"도움이 필요하면 오라고 하셔서요…." 내 목소리가 기어들어가고 있었다.

"그랬지. 뭘 도와 드릴까?"

"어떻게 해야 좋을지 몰라서…. 혹 방법을 아시지 않을까 싶어서…." 내가 중얼댔다. 그녀는 재촉하지 않고 내 말을 기다려 주었다. 나 자신을 수습하고 그녀에게 아버지가 공산당으로 몰린 일과 그 때문에 호적에 붉은 X가 그어진 사실을 이야기했다. 이 소리는 민구와 나 사이에 마지막 종지부를 찍는 격이었지만 그건 이미 확정된 바였다.

"홍 사장님, 다른 것은 다 준비가 끝났습니다. 비행기표까지 받았습니다. 하지만 이런 호적 가지고는 여권을 받을 수가 없습니다. 무슨 방법이 없을까요?" 진정으로 물었다.

"미국은 언제까지 가야 하지?"

"7월 1일부터 일을 시작해야 합니다."

그녀는 미쓰 지를 불러 종이와 펜을 부탁했다. "할 수 있는 한 알아보겠네." 민구처럼 이마에 주름을 모으고 말했다. "가족에 대한 모든 사항을 아는 대로 자세히 쓰게. 이름, 주소, 생년월일, 언제 어디서 얼마나 살았고 지금 호적은 어디있고, 등등. 또 도움이 될만한 내용을 모두 남겨놓도록 하게. 비밀이 새 나갈 염려는 안해도 되네. 필요치 않은 것은 쓰지 않을테니까."

고마웠다. 사람을 대하는데 그녀는 프로였고, 그렇다고 손에 넣고 주무는 사람도 아니었다. 가족과 재산, 위치에 관한 한은 철저했지만 그건 이미 아는 바였다.

"내가 이런 문제를 다루어 본 적이 없어서 지금 뭐라 말하긴 어렵지만 최선을 다해 보겠네. 그리고 필요한 연락 번호를 미쓰 지한테 남기게. 여기로 두주후에 전화해 보겠나? 물론 그 사이에 해결되진 않겠지만 어찌 되어 가는지 궁금할 듯해서."

"비용이 든다면 내겠습니다. 큰돈은 아니지만 지금 일하고 있고 미국가서도 일을 할테니까요."

"걱정말게. 일이 잘 풀린다면 내가 이양한테 떠나는 선물로 할테니까. 그러고 보니 어쩐지 말이 어색하게 들리는군." 그녀가 웃었다. "어쨌든….."

두주 후 내가 전화 했을 때 그녀는 그리 긍정적이 아닌 듯해서 애가 탔다. 생각보다는 꽤나 복잡하더라고 했다. 난 안절부절이었다. 시간이 톡탁대며 튀는 소리 때문에 손에 잡히는 게 없었다. 5월 말 병원 전화가 날 불렀다.

"사장님께서 언제 오실 수 있는지 여쭈십니다." 미쓰 지였다.

"내일 아침이면 되겠는데요. 밤기찰 타면 아침에 도착하니까요."

민구 어머닌 오피스에 계셨다. 두툼하고 기다란 봉투를 들고 있다가 내게 내밀었다. 하도 떨려서 우선 앉아야 했다. 우리 호적에 X가 없었다. 벌어진 입이 다물어지질 않았다.

"붉은 X가 없습니다, 사장님." 내 입에서 간신히 말이 나왔다.

"자세히 보게." 모든 이름은 같았지만 호적지는 인천서 서울로 옮겨 있었다. "생각보단 복잡하더군. 하지만 결국은 다 잘 되었네. 특히 이양을 위해서 말야. 호적지를 인천에 두고 X를 빼는 건 불가능하다더군. 우리 변호사들이 이 양 어머니의 현주소로 옮기고 다시 등록한 걸세. 등기상으로는 북에서 1950년 전쟁당시 내려온 걸로 되었네. 기억할런지 모르지만 북에서 내려온 사람들은 남에서 새 주소로 다시 호적을 등록해야 하는데 그리 한 것일세. 그 방법이 유 일하다고 하더군." 그녀의 말대로였다. 아버지와 두 언니는 1951년 1월에 모두 돌아가신 것으로 되어 있었다. 뿐 아니라 남동생 한국이가 집안의 유일한 남 자였으므로 그가 가장이 되어 있었다.

우리는 빨갱이 가족이 아니었다. 적어도 서류상으로는. 우리 가족을 위해서 는 이보다 더 좋을 수가 없었다. 이제 한국이도 자격만 되면 어떤 직업이든 택 할 수 있고 배우자 선택도 걱정할 필요가 없었다. 이제야 정말로 자유를 누릴 수 있었다. 난 사장님께 진심으로 감사드렸다. 16년간 발목을 죄고있던 굵은 쇠사슬을 벗은 그 후련함…. 그야말로 돈과 권력의 의미를 알 것 같았다. 나는 신마저도 이 문제는 해결할 수 없다고 믿었는데 신께서는 다른 연결방법이 있 으셨나 보다.

X가 지워지자 엄마는 너무 기쁘고 안심이 돼서 내가 한국을 떠나는것 조차 뭐라 한마디 없었다. 엄마와 나 사이에 오간 무언의 교환처럼.

내가 떠나기 전날 이모가 커다란 여행가방을 하나 사 가지고 왔다. 고마웠 다. 이모가 보고싶을 터이다.

엄마가 내 옛날 고리짝 교과서들을 내밀었다.

"이걸 가지고 있었어?" 누렇고 나달거렸지만 4학년시절의 내 이름, 글씨가 그대로 남아 있었다. 뭉클했다. 하지만 그걸 가져 가고 싶진 않았다.

"한국이가 쓸 줄 알았는데 한국인 제 책이 따로 있더라. 네가 집에 없으니 그냥 뒀지."

"엄마, 난 그 책들 필요없어요. 그잖아도 가져갈 것도 많고 무거운데." 어쩌면 난 잃어버린 어린 시절을 기억하기 싫었는지도 몰랐다.

"네가 그렇다면." 엄마가 한숨섞인 소릴 했다.

나는 닳아빠진 오즈의 마법사 책을 손에 들었다. 선아언니 냄새가 아직 거기 남아 있을 리야 없겠지만 난 그 책을 열 때마다 언니 냄새를 맡을 것만 같았다. 읽어 본 지 오래되었지만 언니들 생각 때문에 버리지 않고 갖고 있었다. 나는 오래된 가족사진을 거기 넣었다. 한국을 떠난다는 것은 북에 있을지 모르는 언니들을 떠난다는 뜻이기도 했다. 오즈책을 가방에 넣으며 중얼댔다. "선아, 진아언니, 잘있어. 어디 있든 잘있어."

그날 밤, 잘 수가 없었다. 엄마랑 이모가 날더러 어서 자라고 했지만, 엄마와 이모도 밤새 이야기하거나 먹거릴 장만하고 있었다. 언제나처럼 한국이는 잘 잤다.

아침에 우리는 택시타고 공항으로 갔다. 다른 여행객들은 온 가족과 친척, 친지들이 버스를 대절해 공항으로들 나왔지만 내 전송객은 엄마와 이모, 그리고 나보다 키가 훌쩍 커 버린 한국이, 이렇게 셋뿐이었다. 장마와 함께 아침 내내 비가 질척하게 내렸다. 빗속에서도 비행기가 잘 뜰런지 걱정이었다. 내가 비행기 트렉을 올라갈 때는 비가 그치고 해가 빠꼼하니 고갤 내밀었다. 난 간을 붙들고 돌아서서 나는 가족들한테 손을 흔들었다.

비는 그쳤지만 빗물 대신 내 눈이 물을 뿌리기 시작했다. 내가 참고 견디어 내야 했던 모든 고통, 고민, 어려움들을 생각하면 이곳을 떠나는 마당에 신나서 춤을 추어야 마땅할 것 같았는데…. 알 수 없다. 눈에서 쏟아지는 물기가 비행기 창문을 흐리고 있었다. 나는 가족을 조금이라도 더 보기 위해 결사적으로 닦아냈다. 비행기가 선체를 돌렸다. 모두는 사라졌다. 물기찬 내 눈에 두 개의 무지개가 보였다. 하나 위에 또 하나. 두 개의 반원이. 커다란 금속의 새는 그 속으로 날아 올랐다.

"안녕, 코리아!"

12

미국

"뭘 봐? 눈이 삐었나…?"

기껏해야 여덟살이 될까 말까 한 어린 녀석이 입에 담배를 꼬나문 채 뭐라 그러는데 알 수가 없었다. 놀라서 나도 모르게 그 애를 쳐다보았던 모양이다. 앞으로 일 년간 인턴으로 살아가야 할 아파트. 그 작고 삐죽하게 올라간 벽돌 건물 앞. 오는 길에 들린 병원서 받은 열쇠꾸러미를 가지고 열쇠 따느라 애먹고 있었다.

"뭐라고? 알아듣지 못했는데." 그애한테 말했다. 소년은 아직 애기 같은 입에서 담배연길 뿜었다. 한다리론 서고 다른 다린 선 다리를 꼰 채.

"귀먹었나…?" 하며 아이가 뭐라 더 중얼댔지만 난 그것도 알아듣지 못했다.

"미안해. 잘못했어." 나와 상관없는 아일 쳐다 봤으니 내가 사과했다. 나를 곁눈질로 보면서 아이는 커다란 눈망울을 굴렸다. 그리고는 머리를 저어가며 걸어갔다. 그 애 뒤통수를 바라보다가 다시 급히 열쇠를 내려다봤다. 하도 열쇠가 많으니 판별하기가 쉽지 않았다. 질식할 것 같은 열기와 습기가 피부에

끈적끈적 들러 붙고는 몸속으로 빨려 들어가서 온 몸을 찜질하려 들었다.

　바로 몇 시간 전 케네디 공항에 도착해 택시를 타고 부르클린의 병원에 막 도착한 참이었다. 내가 이 병원을 고른 이유는 순전히 뉴욕이라는 낯익은 이름 때문이다. 나는 뉴욕의 병원이 나를 받아준 것이 고맙고 자랑스러웠다. 당시 세상의 모든 사람들처럼 나는 미국이라는 나라가 지상천국에 가깝고 뉴욕은 그 맨 꼭대기에 있는 줄 알았다. 이렇게 낡고 숯검뎅이 들러붙은 건물은 내가 상상했던 뉴욕과는 하늘과 땅 차이였다.

　"아!" 열쇠가 드디어 일을 했다. 나는 짐을 문안으로 들이 밀었다. 좁다란 4층짜리 건물은 안이나 밖이나 다름없는 한증막이다. 지그재그로 되어있는 가파른 층계를 올려다 보고 한숨을 내쉬었다. 크고 무거운 가방을 끌고 올라가기 시작했다. 매 계단을 쿵쿵 찌어가며 꼭대기 사층까지. 그곳에 도착했을 때는 까무러칠 지경이었다. 태양볕에 뜨겁게 구워지고 쪄진 부르클린의 아스팔트가 내쏟는 열기가 이 층계 꼭대기에 와서 막혀 가지고 끓고 있었다. 여기와서 더위먹고 죽는가 싶어 허둥대며 문을 열려니까 또 열쇠가 문제다. 아니 이렇게 더럽고 높은 곳에 누가 오겠다고 이리도 열쇠가 많은지…. 땀에 절은 손으로 한참 씨름한 후에야 문을 열었다.

　내부는 시원했다. 냉방이 되고, 손바닥만한 부엌이 딸린 작은 아파트. 그런대로 간단한 침대와 책상, 밥상은 있다. 가방을 현관 안으로 들여놓고 우선 침대에 벌렁 누워 숨부터 골랐다. 돌아봐도 낯익은 건 하나도 없다. 서울서 가져온 내 가방 하나만 뎅그라니 현관에 앉아 날 바라보고 있었다. 이 낯선 미대륙에 유일하게 낯익은 것, 날 따라온 것, 내 가방 하나다. 점차로 심장 박동이 제자릴 찾아갔고 왱왱거리던 머릿속의 소음과 거칠었던 숨소리도 잦아들었다.

　조용해지자 유리창에 달린 에어콘 소리가 울려대는 북소리다. 가서 들여다 봤다. 손잡이를 돌려 끄니까 신통하게도 조용하다. 하지만 그건 큰 잘못이었다. 금세 덤벼드는 열기가 숨통을 조여왔다. 돌려 켜니까 요란한 북소릴 다시 울려댄다.

사층을 올라 오느라 힘들고 말랐던 목을 달래기 위해 물을 찾아 부엌으로 갔다. 구석진 부엌은 어둑했다. 불을 켜자 일사단은 되어 뵈는 바퀴벌레들이 구멍과 구석을 찾아 순식간에 사라지고 있었다. 어떤 놈은 그야말로 내 엄지손가락만큼이나 컸다. 전쟁때 이는 많이 봤지만 이들은 눈에 잘 띠지도 않고 빨리 움직이지도 않았다. 바퀴벌레의 집합과 해산 능력은 보통이 아니다. 내가 정말 미국의 뉴욕이란 곳에 오긴 온 건가…?

식탁에 앉아 둘러보았다. '여기다. 네가 그렇게 오고싶어 안달했던 곳. 이젠 다 너한테 달렸다.' 나한테 일렀다. 반대편 벽 꼭대기에 보이는 작은 유리창, 그리로 볕이 쏟아져 들어오고 있다. 나는 의자를 끌어다 놓고 그 위에 섰다.

타르를 입힌 부르클린의 지붕들이 주루룩 펼쳐져 허드슨 만까지 가고 있다. 그리고는 푸른 물, 물 건너 멘하탄의 남쪽 끄트머리가 보인다. 나도 모르게 미소가 번진다. 이리저리 둘러보았다. 허드슨 건너 자유의 여신상이 횃불을 들고 있다. "아, 알겠다!" 누군가 시키면 지붕들 넘어로 내다볼 수 있는 창을 여기 낸 이유를. 여신상은 날 알 리 없겠지만 난 그를 볼 수 있었다. 활짝 미소하고 손 흔들었다.

"그래. 난 여기서 새출발하는 거야."

모든 것이 새롭고 배울 게 많았다. 답답한 아파트에 있기보다는 틈만 나면 나는 내가 봐야 하는 환자들을 찾아가 보기도 하고, 아니면 도서관에서 책을 뒤적이길 자주했다. 병원, 환자, 지식을 될 수 있는 한 흡수하는 게 급선무였으니까.

"닥터 그린벅을 부르고 있습니다만 아직 연락이 없습니다. 곧 연락 올 겝니다." 간호사가 환자의 방을 나가며 하는 소리였다. 환자의 가족들이 속수무책으로 지켜보고 있는 방을 두 간호사가 들락거리고 있었다.

"의사 선생님, 좀 도와 주세요." 오십대 여자가 날 붙잡아 끌었다. "어머니가 심상치 않아요." 나는 그 환자나 케이스를 알지 못했지만 그 여자가 끄는대로 따라 들어갔다. 70대의 여환자가 제대로 숨을 쉬지 못하고 있었다. 맥도 잡히질 않았다.

"간호사, 이 환자한테 EKG를 걸고 노랑 응급을 부르세요." 간호사에게 명하고 나는 곧 달려들어 인공호흡을 시작했다. "노랑 응급입니다. 1044 불러 주세요." 하는 스피커 소리를 들으면서 칠팔분 가까이 인공호흡을 했다. 땀으로 뒤범벅이 되고 있었다. 환자의 불규칙한 맥이 안정되어 갈 때 그녀의 의사가 레지덴트를 대동하고 왔다. 환자는 이제 걱정 없다. 안도의 한숨을 내쉬고, 화장지로 땀을 닦아내며 환자의 방을 나섰다. 환자 곁에 서 있던 아까 그 여자가 쫓아나와 내 손을 잡았다.

"감사합니다, 선생님. 정말 감사합니다." 내 손을 잡아 끌고 구석으로 간 여인은 내 손바닥에 뭔가를 남겼다. 20불짜리 지폐였다. 나는 간호사한테 가서 그 돈을 어찌해야 하느냐고 물었다. 그녀는 웃으면서 내가 번 돈이니 내것이라고 했다.

팁이라는 문화가 없는 한국서 자란 나는 아리송했다. 미국은 의사한테도 팁을 주나? 하지만 그때 받은 팁은 내가 의사로 받은 첫번째고 마지막 팁이었다.

후에 내 이야길 들은 동료가 주의를 주었다. "다음엔 조심해. 네 뜻은 갸륵하지만 만약 환자한테 무슨 사고가 났다면 소송당할 수도 있거든." 그건 더 아리송했다.

"많은 게 헷갈릴 때가 많아. 소화해 내야 할 것도 많고. 하지만 전반적으로 빨리 터득해 가고 있어. 타임 스퀘어, 엠파이어 스테이트, 피자도 즐기면서." 나는 푸르고 얄팍한 항공엽서에다 빈칸없이 가득 쓰고 붙인 뒷면까지 채워 친구들한테 보냈다. 그게 제일 싼 항공편이었다.

"피자가 뭔데?" 용신이 물어왔다. 나는 그 유명하고 찝찔한 치즈와 토마토 쏘스 얹은 커다란 빈대떡 모양의 전(?)을 설명해 줬다.

"뉴욕은 세계각국을 다 쓸어모은 일종의 비빔밥같은 도시야. 나가면 사람들이 나더러 타임 스퀘어가 어딨냐고 물어. 각 나라 언어가 다 모여있어. 영어를 모르는 환자도 많고. 또 이들은 외국서 온 여의사가 영어를 하리란 생각조차 않는 것 같아. 때로는 의사가 통하질 않으니까 수의사 같은 생각이 들 때도 있지. 여기 있다간 영어가 늘지 않을까 겁나." 내가 답장했다.

학창시절 내내 나를 지도해 주신 양 교수님한테는 여기서 인턴을 끝내고 나면 다른 곳에 가서 레지덴트를 하고 싶다고 편지 드렸다. 또한 트레이닝이 끝나면 보건의학 학위를 해서 후에 한국서 일반 국민의학을 돕는 일을 하고 싶다고도 했다. 양 교수님은 존스 합킨스가 보건의학엔 가장 앞서고 있으니 거기서 해 보라셨다.

"그러기 위해서는 탄탄한 트레이닝을 줄 임상경험이 필수일세. 그래야 합킨스도 갈 수 있고 자네가 하고 싶은 것을 다 할 수 있네. 보건의학을 염두에 두고 있다면 많은 환자를 다루는 산부인과, 소아과, 내과중 고르는 게 좋을 걸세." 교수님의 충고였다.

내가 미국에 대해 아는 바가 적긴 했지만 합킨스 같은 곳이 날 받아 줄런지 모르겠다고 다시 여쭈었더니 교수님은 듀크에 아주 강한 추천서를 보낼테니 거기서 먼저 트레이닝을 하고나면 될 거라 하셨다. 놀랍게도 나는 듀크의 소아과 트레이닝에 매치가 되었다. 뉴욕에서의 인턴을 마치고 그레이하운드 버스로 소아과 레지덴트를 하기 위해 노스 캐롤라이나의 듀크로 떠났다. (버스 타고 듀크로 온 의사는 내가 유일할지 모르겠다. 어쩌면 전무후무일지도 모르지.)

도착해서 처음 출근하던 날, 듀크의 수간호사중 하나였던 넬리가 미소를 듬뿍 띠고 물었다. "허니, 무얼 도와드릴까요?" 그녀는 잔뜩 부풀려 올린 복숭아빛 블론드 머리를 하고 누구든지 "허니"라고 불렀다. 내가 누구라고 설명하자 더 커다란 미소가 얼굴에 확 터졌다. "아, 맞아요, 허니. 아니, 닥터 리. 기다리고 있었어요. 여기 오신 걸 환영해요." 그녀는 씹던 껌을 멈추고 팔을 활짝 벌린 후 나를 힘껏 포옹해 주었다. 뉴욕서는 뭐든 내가 알아서 해야 했는데 여긴 딴세상이었다. 언어부터 그랬다. 이게 같은 미국인가 싶을 정도로 어찔할 지경이다.

"넬리, 날 좀 도와줄 수 있어요? 차를 어떻게 사야 하는지 몰라서요." 첫 토요일 아침 병원에 나온 넬리한테 물었다. 뉴욕서는 차가 오히려 골치꺼리다. 주차할 곳도 없다.

"물론이죠. 여기선 누구라도 차 없이는 살 수 없으니까요." 넬리는 심한 남쪽 사투리로 말했다. 주차장에서 둘러보며 어떤 차를 원하느냐고 물었다. 그녀의 차는 당시 모든 차들처럼 거대한 몸통에다 뒤와 위로 커다란 날개를 뻗치고 있었다.

"작은 거요." 나는 주차장에서 제일 작은 차를 가리켰다. 실은 그것도 너무 컸다.

"그건 다찌 다른데. 우선 그걸 보러가죠."

그녀가 데리고 간 판매장은 다트가 많았다. 창문에 붙은 가격을 보니까 2,000불 정도. 하지만 내가 가진 돈은 500불이 조금 넘을까 말까다. 300불정도의 월급에서 엄마한테 매달 50불 보내고, 지난 일년간은 한국서 뉴욕 오는 비행기값을 매달 50불씩 냈다. 넬리한테 내가 가진 돈은 500불뿐이고 2,000불은 무리라고 실토했다.

"허니, 걱정말아요. 그돈 다주고 사는 사람은 하나도 없어요. 일부만 다운한 후에 나머진 월부로 내면 되요." 그녀가 설명했다. "자동차 거래상들은 의사를 좋아하죠. 탄탄한 직업이니까요. 원하는 차는 뭐든지 줄 거니까 걱정할 필요 없어요."

"이자를 물어야 하지 않나요?"

"조금요. 하지만 몇 푼 안돼요. 그게 미국식이거든요. 그래야 누구든 살 수 있죠."

"500불 갖고 살 수 있는 차는 없을까요?" 이자 낸다는 것은 별로다. 한국 살면서 이자라고는 내 본 적이 없어서일 게다. "여기있는 이 작은 차들은요?" 정말 작은 차들이 몸체를 거의 땅바닥에 대고 늘어서 있었다. 넬리차의 반정도 크기도 안됐다.

넬리가 깔깔대고 웃었다. "허니, 그것들은 수입 스포츠카예요. 그건 못사요." 창에 붙은 가격표를 보니까 잘못해서 0을 너무 많이 붙인 게 아닌가 싶었다. "어쩜 우리가 운이 터져 담배 백만장자와 결혼하면 우리 옷색깔에 맞춰 저런 것 두어 대 살 가능성이 없는 건 아니죠." 계속 웃어댔다. "언제나 희망은 있는 거니까요."

난 미제가 가장 좋고 비싼 줄만 알았다. 저렇게 작은 차를 누가 그렇게 많은 돈을 들여 살 것인가? 그것도 외제차를 말이다.

넬리 덕에 중고차 가게에서 500불 가까이 주고 다찌 다트를 샀다. 넬리는 내가 원하는 작은 차 이야길 퍼트린 모양이다. 동료들이 때때로 나를 '닥터 포쉬'라 놀렸다.

"자네가 최선을 다해 열심히 일하고 있는 것은 잘 아네. 특히 신생아와 미숙아 다루는 일은 누구 못지 않게 잘 하고…." 소아과 과장 에머슨 박사가 날 불러놓고 하는 소리였다. 내가 여기온 지 석달가량 되었을 때였다. "하지만 의사소통에 문제가 있네. 자네가 아무리 재주가 있다고 한들 제대로 된 의사소통이 없이는 문제가 생길 가능성이 크네. 여기 어머니들은 대부분 고등교육을 받은 사람들이지. 따라서 의사한테서도 같은 레벨을 요구하는 것은 당연해.”
그는 솔직하고 직선적이었다. 여자이고 동양인 의사로서 잘 해 나갔다면 두말
할 것 없이 좋은 노릇이겠지만 난 그렇질 못했다. 나에게 귀한 기회를 주었는
데도 나는 망치고 있었다.

“저도 열심히 노력하고 있기는 합니다만 장벽을 느끼고 있습니다. 쉽게 되
질 않네요. 충고를 귀담아 듣겠습니다.”

“환자나 가족뿐이 아니고 동료들도 마찬가질세. 우리는 다 같이 일해야 하
는 한배를 탄 사람들이니까 계속 노력해 보게. 내가 자네라면 포기하지 않겠
네. 그러기엔 자넨 충분히 영리하고 똑똑하니까.”

뉴욕에서는 환자들 자신들이 영어를 못하는 경우가 허다했다. 그들은 의례
나도 그러려니 했다. 빠듯한 스케줄로 꽉 찬 챠트를 손에 들고 이 환자에서 저
환자로 종일 바삐 뛰었던 뉴욕서도 물론 의사소통이 필요했지만 듀크에서는
그게 거의 전부이다시피 했다. 나는 절망적이었다. 학창시절 모든 책이 영어
였기 때문에 읽고 쓰는 것은 걱정 없었지만 듣고 말하는 게 문제였다. 누구든
지, 무엇이든지 내 영어를 깨워 줘야 했는데 난 어찌해야 좋을지 몰랐다. 남들
에게 방해물이었다.

“안녕, 미아. 어떻게 지내?” 치프 레지던트 마이크 맷슨이었다. 일이 끝나고
주차장으로 가고 있었다. “걱정이라도 있어?” 순하게 생긴 그의 녹색 눈이 물
었다.

“미국에 살면 영어가 빨리 좋아질 줄 알았는데 마음만큼 되질 않네요.” 내가
고민을 털었다.

“지금 막 식당 게시판에서 봤는데 의학 전문인들을 위한 영어책 광고였어.
한번 알아보는 것도 나쁘진 않을거야.” 그의 말이 나를 멈추게 했다.

“이왕이면 지금 당장 가서 알아볼게요.” 그자리서 돌아서 다시 병원으로 들

어갔다. 멍하니 날 쳐다보고 있는 마이크는 뒤에 남기고. 한시도 허비할 수 없었다. 서둘러 식당으로 갔다. 내게 필요한 것이 아닐진 몰라도 알아는 보아야 했다.

"의학분야의 전문영어를 위한 필독서!" 주로 외국인들을 위한 이 책은 세 권으로 되어 있고 한권이 1.50불이었다. 세 권이면 4.50불이다. 또한 오디오 테이프도 광고하고 있었다. 책이 4.50이라면 테이프도 그 비슷하겠지 생각하며 둘 다 주문했다. 내 영어를 위해서는 뭐든지 해야 했다.

며칠 후 거대한 짐이 왔는데 작은 책 세 권과 영화 필름 같은 커다란 테이프들이 열 개나 들어 있었다. 총 가격은 자그만치 150불! 당시만 해도 맘에 들지 않으면 환불할 수 있는 제도를 모르고 있었던 탓에 나는 그 거금을 냈다. 실수건 고의건 너무나 큰 돈을 썼기 때문에 허비할 수가 없었다. 낡은 중고 테이프 플레이어를 사 가지고 틈만 나면 들었다. 일하는 동안은 테이프가 없으니 책을 가운 주머니에 넣고 다니며 공부했다. 당시는 48시간 계속 일하고 하루쉬고 또다시 48시간 일하는 스케줄이었다. 내가 테이프를 들을 수 있는 시간은 하루 쉬는 그날 뿐이었다. 깨어있든 아니든 나는 듣고 따라 하기를 쉬지않고 했다. 떠 오르는 해를 보면서도 중얼중얼 되풀이하고….

그렇게 석 달을 보내고 난 어느날, 내 입에서 말이 생각없이 튀어 나오고 있는 나를 발견했다. 남이 하는 이야기에 애써 귀를 기울이지 않아도 들렸다. 생각은 물론 꿈도 영어다. 내가 말하고 듣는 것이 자유로워지자 세상이 새 세상 같았다. 뭐든지 수월해지고 배울 것도 더 용이할 뿐 아니라 많았다. 나 때문에 애 먹었을 동료, 환자, 환자의 부모를 생각하면서 더 열심히 일했다. 그들이 내 곁에 있어 준 것이 고마웠다.

한밤중 전화가 날 깨웠다. "닥터 리. 간호사 카슨입니다. 깨워서 죄송합니다만 좀 도와 주셨으면 해서요." 시계가 새벽 2시 반을 가리키고 있었다.

"무슨 일이죠?"

"미숙아인데 너무 작아 아무도 아이비를 못하고 있어요. 어려운 건 알지만 도와 주실 수 있겠어요? 번 박사님의 첫 손자인데 석 달이나 일러요."

"곧 갈게요." 애기는 내 팔뚝보다도 작았다. 정맥을 찾느라고 모두들 찔러본 모양이다. 나는 미숙아를 잘 살폈다. 잘 되지 않을 때는 탯줄을 타고 들어가는 게 가장 손쉽다. 제일 작은 바늘을 가지고 엄마가 얇은 비단에 바늘을 꽂듯 조심스레 정맥을 찾았다. 제대로 들어가는 걸 느낄 수 있었다. 곧 붉은 피가 튜브로 들어가는 게 보였다.

"고마워요, 닥터 리. 잘 해 내셨어요." 카슨이 격한 마음을 누르며 말했다. 모두들 안도의 숨을 내 쉬었다. "닥터 리의 섬세한 손가락 좀 보세요."

"특별한 터치가 있다니까요." 다른 간호사의 말.

방을 나서니까 복도에 애기의 가족들이 초조한 얼굴들을 하고 주루룩 둘러서 있는 게 보였다. 어쩌면 간호사들이나 레지덴트들이 애기가 누구의 손자인지를 몰랐다면 오히려 수월했을지도 몰랐다. 모두 바늘을 들기도 전에 불안한 마음부터 들었을 게다. 하지만 나는 번 박사가 누구인지 몰랐다. 혹 그가 듀크 대의 총장이라고 한들 나와는 상관이 없었다. 나는 거기 속할 수 없었고 내가 할 수 있는 최선을 다했을 뿐이다.

때때로 잠이 부족한 수련의들이 아이비 바늘을 손에 든 채 졸고 있을 때도 적지 않다. 중학교 시절부터 두 시간이나 세 시간의 수면 가지고 버티기를 떡 먹듯 했던 나로서는 힘든 수련의 스케줄이 문제가 아니었다. 게다가 손이 커서 섬세한 일엔 애먹는 미국 동료들을 자주 도와 주었더니 나는 간호사들한테 인기였다. 내겐 소아과가 적격이었다.

수련의 과정은 군대 비슷하다. 군대라면 나와 더이상 멀 수 없지만 그럴 것 같다. 인턴에게 레지덴트 초년은 졸병한테 훈련하사관 같고, 레지덴트 일년생은 이년생에 비하면 하사와 대령 사이, 그런 식으로 말이다. 이는 적시 적소에 어디서 어떻게 터질지 모르는 응급에 재빨리 대처할 수 있는 의사를 키워 내느라 생긴 제도일 듯싶다. 시인이나 철학자처럼 서서히 시간을 두고 생각하고 또 생각하며 환자를 보는 게 아니다. 환자가 피를 흘리고 있거나 고통에 있을 때 반사적으로 빠르고 옳게 대처하는 능력이 필요하다.

"데이빗, 이 애기한테 아이비 준비해 줘." 내 밑에 들어온 인턴한테 말했다. 그리 어렵지 않은 케이스니까 곧 할 줄 알았다. 하지만 데이빗은 들은 척을 않했다. 나는 한번 더 말했다. 그가 움직이지 않을 뿐만 아니라 내게 등을 돌렸다. 레지덴트한테 그리 행동하는 인턴은 본 적이 없다.

"어떻게 하는지 모르면 내가 보여줄게." 내가 대신했다. "자꾸 해 보질 않으면 손에 익질 않지. 해 볼수록 능숙해 지는 거니까." 그는 대답이 없었다. 얼굴을 돌리고 있었기 때문에 그의 꽉 다문 턱에 대고 이야기 했다. 그의 금발은 내머리보다 길었다. 듣기로는 데이빗이 두루 빛나는 학력을 갖고 있다고들 했다.

"아, 미아, 시간 있어?" 내가 문을 나서는데 지나던 마이크가 물었다. "커피한 잔 할 수 있겠어?"

"물론요." 나는 한번 더 데이빗을 돌아 보고는 마이크를 따랐다.

"데이빗 잘 하지?"

"지금 데이빗한테 어떻게 아이비 바늘을 갓난애기한테 놓으면 좋은지를 보여줬어요."

"그애 꽤 잘 해. 전에 하는 것 지켜 봤어."

"그래요? 하는 것 봤어요?" 꽉 다물고 있었던 그의 턱….

우린 커피를 놓고 마주 앉았다.

"미아, 너 레지덴트 2년차에 대해 물어 볼려고." 그가 이야길 꺼냈다. 갑자기 속이 쨍하며 얼어붙었다. "계속 여기 있을 거지?"

"아뇨. 챠타누가 소아병원으로 가려고요."

"아니, 왜?" 의외였나 보았다.

"거기서 주는 오퍼가 좋고 돈도 많고. 우리가 투자하는 시간이나 일에 비하면…." 난 꾸물거리며 대답했다. 마이크한테 에머슨 과장님의 소릴 되풀이 하긴 싫었다.

"거기서 돈이 조금 더 많다고 한들 네 장래에 비하면 그게 대수야? 듀크서 트레이닝했다면 모두 알아주고 네 평생을 두고 따라다닐텐데. 게다가 지금 몇 푼 더 받아 봤자 후에 돌아보면 대수겠어? 너조차도 기억 못할텐데. 두 프로그램은 비교도 안돼." 그가 실망하고 있었다. 망신스럽지만 에머슨 과장의 소릴 하지 않을 수 없었다.

"그건 걱정마. 내가 말씀 드릴게. 과장님도 너를 인정하고 계셔. 네 영어가 그렇게 속히 발전할 줄은 아무도 몰랐어. 나를 포함해서 말야. 다시 생각해 봐."

한동안 멍했다. 드디어 듀크의 의사들, 미국의사들이 나를 이해하고 인정한다는 소리였다. 길고 긴 시간 애쓰고 공들인 보람이 조금씩 결실을 보이고 있었다. 험하고 외로운 여정이었다. 두 개의 커단 눈물이 쑥 빠져나왔다. 완전 망신이다.

"미안해요, 마이크." 눈물을 닦았다. 그를 당황스레 할 생각은 추호도 없었다. 피식 웃었다. "그리 말해 줘서 고마워요."

"내가 무슨 말을 잘못한 줄 알았네." 그가 웃으며 날 향해 상체를 구부렸다. "당신은 보석이예요, 보석. 아주 잘 하고 있어. 영어도 우리들보다 낫고."

"고마워요. 알려준 충고를 따랐거든요. 식당에 붙은 광고 기억나요? 책하고 테이프를 사서 잠시라도 틈나면 들었거든요. 감사하단 소릴 하고 싶었어요."

"우리중 누구라도 미아씨의 입장이었다면 미아의 반도 못따라 갔을 걸. 자랑스레 생각해." 웃으며 그는 내 눈속을 들여다 보았다. 내 얼굴은 빨갛게 물들고 심장은 정신없이 뛰어댔다. 난 듀크에 머물렀다.

"데이빗, 도와줄까?" 레지덴트 일년차를 하고 있던 데이빗이 아이비 바늘을 손에 든 채 애기를 앞에 두고 꾸벅대고 있었다. 밤샘 후에 졸렸던 모양이다. 그럴 수 있다. 48시간 계속 일하면서 아이를 지도 의사가 시키는대로 준비하는게 그리 만만한 건 아니다. "이 신생아는 귀 위로 가는 정맥에 주사하는게 낫겠네." 가르쳐 주는 대신 내가 해 줬다.

"자, 준비 완료 됐어." 난 그의 등을 두들겨 주고 자릴 떴다. 졸고 있는 그를 나무라거나 망신을 줄 수도 있었다. 솔직히 나는 그를 될수록 피하고 싶었다. 그러나 또 한편으로는 내가 그보다 얼마나 잘 할 수 있는지를 보여주고도 싶었다.

식당서 점심을 끝내고 있는데 그가 날 찾았다. "오늘 아침 도와 줘서 고마웠어요. 애기도 잘하고 있어요."

"잘 됐군." 난 가려고 일어섰다.

"내가 못되게 군 것 미안해요." 그가 낮은 소리로 말했다. "정말 미안해요." 난 다시 앉아서 그를 살폈다. 진심으로 보였다. "사과 드려요."

"사과 받을 게." 그 외에 뭐라 해야할지 몰랐다. 그의 행동이 내 비위를 건드리지 않았다면 그건 거짓이었다. 하지만 내가 평생 받아온 차별대울 생각하면 그렇게 악독스런 것은 아닌 셈이다. 그는 아이비리그 교육에다 백인이라는 점에 우월감을 갖고 있을 게다. 하지만 나는 미숙아나 신생아 다루는 데는 그보다 낫다는 걸 알고 있었다.

한편 마이크는 나와의 차이점을 다른 각도에서 보는 듯했다. 내가 미식축구에 대해 알짜 무식인 걸 알고는 듀크대의 미식축구에 데리고 갔다. 그는 열심히 설명하려 들었지만 알아듣기 힘들었다. 한 순간 모두가 환호를 질렀다. 나도 따라 소리쳤다.

"미아, 상당히 관대하네. 상대방이 터치다운 했는데." 그가 웃었다.

"어! 미안, 미안." 망신이다.

"용서해 줄게. 그런데 넌 정말 다른 거 알아?"

"진짜? 마이크와 난 똑 같은 줄 알았는데." 내가 웃었다.

"보기뿐이 아니고. 개성같은 거 말야. 꼬집어 말하기 힘든 특별한 뭐가 있어."

"흥보는 건 아니죠?"

"내가 이야기 했던가? 우리 누나의 딸 둘은 한국서 입양했다고. 끔찍하게 예쁘고 귀여워. 언제 한번 만나게 해 줄게. 사랑스럽기 짝이 없어."

"조카들이?" 난 마이크를 한동안 바라봤다. 고아원에서 애기들이 입양되어 가는 걸 여러번 봤다. 그 애들이 마이크의 누나네 같은 데로 갔구나 싶었다. 난 그의 녹색눈을 다시 한번 들여다 봤다.

미식축구와는 달리 농구는 맘놓고 즐겼다. 농구게임은 나도 좀 아니까. 듀크가 이기라고 소리도 지르고 같이 웃었다. "미식축구에도 곧 말려 들거야. 알고보면 재밌거든." 그는 한국에도 흥미를 보였다. 틈이 나면 같이 학교에서 하는 연극, 영화, 팝콘따월 즐겼다. 병원 외의 미국을 보여주었던 셈이다. 그러지 말아야지 하면서도 나도 모르는 새 마이크를 자주 생각하고 있는 나 자신, 그럴 때마다 그의 생각을 떨쳐 버리려 애썼다. 나는 민구의 아버지가 누군지는 몰랐지만 마이크가 누군지는 처음부터 너무 잘 알고 있었다. 그는 미국인이고 난 한국인이었다.

듀크에 다른 한국사람들이 있는 것 같진 않았다. 학교 전체는 몰라도 적어도 의대엔 없어보였다. 채플 힐이라는 옆 대학동네에 한인가족 몇 있는 것이 다였다. 대부분은 노스 캐롤라이나 대학의 학생가족들이다. 회계학의 오선생, 비교문학의 전 선생, 그리고 소박사는 물리에 박사학위를 받고 포스트 닥을 하고 있었다. 모두 결혼하고 어린 아이들을 두고 있었는데 한용남만은 아직 미혼이었다. 그는 시카고서 정치학을 하다가 이곳으로 전학했다고 했다. 주말이면 이 작은 한인들은 모여서 거대한 미대륙속에 그들만의 작은 섬을 만들고 있었다. 그들이 어떻게 나를 알고 연락해서 모일 때마다 나도 불렀다. 바쁜 수련의에다 차로 한 시간가량 가야 하는 거리 때문에 나는 자주 가진 못했지만 시간이 맞으면 갔다.

"닥터 리가 있어서 얼마나 좋은지 몰라요." 미세스 전은 두 손들고 환영했다. 두 어린 것들이 있었다. "폐전문하시는 허박사가 계셨지만 사모님의 향수병이 너무 심해서 한인들이 많은 워싱턴 디씨로 가셨어요. 이미자판을 하도 들어 가지고 판이 다 닳았을 정도셨거든요."

부인들이 요리하느라 지지고 볶으며 떠드는 동안 남자들은 냉전을 비롯해 미국, 러시아, 한국, 베트남등을 논했다. 그들은 전 세계를 도마위에 올려놓고 그들 나름대로의 세계관과 철학으로 그들 특유의 요리학 따라 열불내가며 입술로 지지고 볶느라 바빴다.

여자들의 이야기거리는 주로 한국적이면서도 미국에 적응하는 육아방식, 동떨어진 이 시골 동네의 재료가지고 한국음식 만드는 일, 그런 것들이었다. 그들의 적응력은 놀라웠다. 콩을 사다가 부엌에서 콩나물을 키우고 두부도 만들었다. 그들은 몸과 손으로 열심히 지지고 볶았다.

"이번 토요일 당직이세요, 닥터 리?" 미세스 전이 전화로 물었다.

"아니요. 하지만…." 난 밀린 일이 태산이었다.

"바베큐나 하려구요. 여섯시쯤. 갈비구이하고 김치뿐이니까 그냥 오시기만 하세요."

"할일도 많고…."

"늦어도 괜찮아요. 바쁘신 거 물론 이해하죠. 운전하기 싫으시면 우리 바깥양반 보내드릴게요. 걱정마세요."

"아, 아뇨. 그럼 늦더라도 가겠습니다." 주저하면서 전화를 끊었다.

토요일 아침 그녀는 다시 전화해서 한번 더 일러주었다. 적당한 핑계를 찾지 못해 그러마고 했다. 전화 옆에는 이모가 보내온 생일카드가 있었다. 이모 생각을 하면 언제나 눈 오는 날 두른 포근한 이불처럼 따스했다. 이모가 보내온 사진이나 편지를 보면 이모는 아직도 자꾸 들여다 보게 예뻤다. 엄마는 카드나 편지 같은 데는 신경을 끊고 살았지만 이모는 자주 편지를 했고 난 이모한테서 오는 소식을 즐겼다.

"생일 축하한다, 미아. 네 엄마는 다음번 네 생일 전으로 꼭 좋은 사람 만나 결혼해야 한다고 성화다. 그래야 맘놓고 죽을 거란다." 나는 28살로 접어들고 있었는데 당시 사고로는 두말할 필요 없는 노처녀다.

"이모, 그걸 말이라고 해?" 나는 카드에 대고 중얼댔다. "여긴 신랑감이라고는 눈 씻고 찾아도 없어." 한국선 이 지역에 한인들이 얼마나 희귀존재인지 모르고 있다. 한인들은 한인끼리 결혼해야 된다는 생각이 지배적이다. 나도 처음에는 누구나 좋고, 맘에 들고, 사랑하면 결혼하는 거지 꼭 한인끼리 해야 한다는 생각은 아니었다. 하지만 여기와서 보니까 백인은 백인끼리, 흑인은 흑인끼리 결혼했다. 아마 그게 자연의 섭린지도 몰랐다. 새도 같은 종류끼리 밀려 다니는 것처럼.

소제기를 돌리고 나서 이모한테 편지쓰기 위해 앉았다. 누가 왔는지 문이 딩동했다. 올 사람은 없는데…. 놀랍게도 문에 선 사람은 정치학을 전공하는 한용남이었다.

"웬일이세요?"

"집에 있어 다행이군요. 미세스 전이 전화해서 모시고 오라고 해서요. 그래 이렇게 대령했습니다."

그의 목소리에서 왠지 모르게 나는 늘 바람이랄까 허풍 같은 걸 느낀다. 정치의 지읒도 모르면서 정치전공한다는 사람에게 갖고 있는 순전한 나의 편견이리라.

"들어오세요." 아직 시간은 있었다. "곧 준비 할게요." 갈아 입으러 침실로 갔다.

"생일이 언제세요?" 그가 침실쪽을 향해 소리쳤다.

"지난 주요." 나도 큰소리로 답했다. 그에게 날짜를 말하고 싶진 않았다. 기억하는 한 내 생일에 이렇다할 이벤트가 있었던 적은 없었다. 이제와서 왈가왈부하며 떠들고 싶은 생각도 없었다. 전쟁과 고아원, 가정교사하는 동안, 돈과 시간부족에 절절 매느라 한번도 이렇다 할 축하는 커녕 기억조차 없이 보낸 것이 내 생일이다. 이모 외에는 생일이라고 카드를 보내는 사람조차 없었다.

"생일 축하해요. 미리 가르쳐 주실 일이지. 그러면 함께 축하할 수 있었는데." 그의 큰 목소리가 침실서 나오고 있는 나를 향했다.

"제발 암소리 말아 주세요. 그냥 지나고 싶어요. 먹어가는 나이를 들춰내고 싶지 않거든요." 난 단호하게 말했다. 진심이었다.

"아, 그리 알겠습니다." 우린 밖으로 나갔다.

"제가 뒤따라 갈게요. 한 차로 가면 누군가가 한 번 더 걸음해야 하니까요. 폐가 되고 싶지 않아서요."

"아닙니다. 미세스 전의 명령을 받고 왔는데 그분의 명을 따라야 합니다. 오늘 주인의 명령 아닙니까?"

"그래도 남자분들은 새벽까지 이야기하고 화투치고 하시잖아요. 즐겁게 노시는데 방해되고 싶진 않아요." 나도 고집했다.

"언제고 집에 오시겠다면 명령을 따를테니 걱정 마십시요. 차가 지저분하긴 하지만…." 그는 문을 열고 내가 타길 기다렸다. 할 수 없이 내가 졌다.

"벌써 봄날씨입니다. 서울은 아직 추울 걸요." 그가 차창문을 열자 바람이 밀려들었다. 그는 한국에 있는 가족들과 자신의 이야기를 털어 놓았다.

"어머니가 돌아가신 후 서울로 가서 형님댁에서 좀 지내고, 방을 하나 얻어서 친구들과 자취도 좀 하고, 입주 가정교사노릇도 좀 하고, 돌아가며 일종의 떠돌이 노릇을 한 셈이지요."

마치 그의 과거가 그럴 듯한 멋진 카펫이라도 되는 양 허풍스레 펼쳐 보여주고 있는 듯싶었다. 말대로라면 그의 어린시절이나 지난 날들이 그리 좋거나 아름다웠던 것은 아닌 듯하건만 나와는 달리 자랑스러워까지 보였다. 아무리 착한 형수라 해도 별로 달가와 하진 않았을 게 뻔했다. 집안 일을 거들거나 돕는 한국 남자는 드물다. 내 동생도 "부엌에 들어오지 마라. 불알 떨어진다." 따위 소릴 들으며 자랐으니….

"시카고에서 돈이 떨어져 이일저일 헤매다 이 년전 여기로 왔지요."

"시카고는 어때요? 전 가 본 적이 없는데. 거기 친구들도 있겠네요."

"그럼요. 춥고 바람불고. 등록금이니 뭐니 다 비싸죠." 그가 웃었다. "한국선 정외과라 했는데 여기선 정치과학과라고 하지 않습니까? 왜 그렇게 부르는지는 몰라도 정치과학이라는 것은 물리나 화학과 달리 과학과는 거리가 있어요. 하도 추상적이다 보니까 지도교수의 마음에 따른 것 같아요. 햇수는 지나가지만 아직도 짙은 안개속이라 오리무중인 걸요."

"학위 받은 후엔 뭘 하실 건데요? 정치로 나가나요" 바보 같은 질문이다. 미국선 정치과학했다는 정치가 소릴 들어본 적이 없었다. 존슨대통령은 사범대학을 나왔다고 들었고 대부분의 미국 정치가들은 변호사 출신인 듯했다.

"그럴 수도 있고, 대학서 가르칠 수도 있고, 뭐 그런 것들이죠."

"그렇군요." 말은 그리 했지만 뭐가 그런진 나도 몰랐다. 그는 지갑에서 운전면허증을 꺼내 내게 내밀었다. 왜그러는지 몰라 멀뚱히 쳐다봤다.

"운전수에 대해 아실 필요가 있지 않을까 싶어서요."

"아!" 난 그의 사진을 본 후에 돌려 주었다.

"그게 다예요?" 그가 말했다. "이번엔 그쪽 차롄데."

내키진 않았지만 할 수 없이 내걸 내밀었다. 난 면허증 사진이 질색이다. 그가 훑어 보고는 미소짓고 돌려줬다.

"내일은 뭐해요?" 그가 웃으며 물었다.

"당직이죠."

"하루종일?"

"그런 셈입니다. 아침 일곱시부터 그 다음날 아침까지니까."

"의사들은 그래도 금전적인 보상이라도 있죠. 나같은 놈한테는… 모르겠어요. 말씀 드린대로 안개속입니다." 머리를 저어가며 말했다.

"안개는 언젠가는 걷히게 마련 아닌가요?"

저녁 후 예상대로 남자들이 응접실에서 정치판을 자르고 쪼개고 하는 동안 여자들은 부엌에서 후식으로 과일을 자르고 깎았다. 이렇게 나누어 앉는 문화는 내가 다시 한인들 속에 있다는 생각을 새삼스럽게 일깨워 줬다. 대부분이 백인 의사들로 구성된 사회에서 일하며 사는 동안 나도 모르는 새 잊고 있었다. 남자들이나 여자들 중 한 쪽에 속해야 한다는 사실이 어딘가 새삼스러웠다. 내가 그새 벌써 그렇게 미국화가 되었던가? 그래도 남자들 틈에 끼어 앉을 배짱은 없었다. 여자들과 앉아 사과를 깎았다.

"닥터 리, 이런 것 물어봐도 되는지 모르지만 혹 사귀는 사람 있어요?" 미세스 전이 물었다. 모두의 눈이 내게 쏠렸다. 물론 서로 돕고 사는 작은 한인들 사회라 이해는 하지만 질문이 여간 당혹스런 게 아니었다.

"아뇨." 얼굴이 달아 오를대로 달아 올랐다. "바쁘고…." 질문의 의도는 뻔했다.

"미스터 한 어때요? 좋은 사람 같지 않아요? 어떻게들 보세요?" 그녀는 다른 여자들의 호응을 기다렸다. 모두 머릴 끄덕이며 미소지었다. "아주 개방적이고, 잘 돕고, 잘 웃고. 안그래요? 우리집 양반좀 보세요. 이마에다 '난 심각하다'라고 썼죠. 미스터 한은 유머가 있다니까." 모두 웃었다. "실은 오늘 내가 닥터 리를 가서 모셔오라고 부탁했어요. 실례가 아니었는지 모르겠네."

"그러지 않으셔도 되는데. 길도 멀고 또 누가 날 데려다 줘야 할테니까요."
날 초대해 준 사람한테 더 뭐라 할 수는 없었다.

"아유, 한 시간밖에 안 걸리는 건데, 뭐. 게다가 미스터 한이 은근히 좋아하는 눈치던데요, 뭐. 그래 보이죠?" 그녀는 고갤 끄덕이는 여자들을 둘러 보았다. "혹 늦어진다 해도 여기서 주무세요. 내일 아침 모셔다 드릴 게."

"아, 아녜요. 오늘 밤에 가야 해요. 내일아침 당직인 걸요." 혼자 오지 않은 것이 후회막심이었다. 한용남이 일찍 떠나길 싫어한다면 문제였다.

다행히 그는 응해 주었다. 우리가 도착했을 때는 새벽 한 시가 넘어 있었다.

다음날 아침 일찍 나는 병원으로 갔다. 워낙에 내가 당직은 아니었지만 동료가 바꾸길 원해서 그리했다. 몇 사소한 문제 외에는 전반적으로 조용했다. 내가 커피를 마시고 있는 동안 마이크가 삐삐로 불렀다. 그는 펠로우의 마지막 해를 하고 있었다.

"오늘 어땠나? 바빴어?"

"아뇨. 종일 조용했어요."

"다행이군. 내가 여섯 시에 입구로 갈게 나올 수 있겠어? 나중에 설명해 줄게. 별 건 아니야."

"알았어요. 여섯 시에 입구에서요." 궁금은 했지만 곧 알 일이었다. 마이크는 언제나 내게 다정하고 귀를 기울여 주었다. 아니, 다정이라는 말이 모자른 지도 몰랐다. 우리가 점심이나 커피를 같이 할 때면 한국 이야기 듣기를 좋아했다. 그의 미소나 날 들여다보는 눈동자는 날 당황하게도 하고 얼굴을 붉히게도 했지만 난 그런 생각들을 내 맘에서 쫓아내느라 애쓰곤 했다. 그는 녹색 눈을 가진 미국인이고 난 내놓기 창피한 보따리들을 줄줄 단 숱한 과거를 가진 한국여자였다. 그럼에도 불구하고 마치 못이 지남철에 끌리듯 나는 그의 밝은 미소와 녹색 눈에 끌리곤 했다. 나 자신에게 계속 일렀다. 그에게 끌리는 이유는 새것이나 다른 것을 보면 작동하곤하는 내 호기심일 뿐이라고. 단지 그 뿐이라고. 다시 상처받고 싶진 않았다.

딱 여섯 시에 그는 원형으로 생긴 입구 길을 돌아 내 앞에 차를 세웠다. 커다란 미소를 하고 차에서 내려서 차문을 열고 기다렸다. 오늘따라 검은 재킷을 입은 그가 멋져 보여 두 번 세 번 쳐다보았다.

"어디 가는 건가요? 난 당직인데." 내가 민적댔다.

"까운 잠깐만 열어봐요." 그의 청을 의아하게 여기며 까운 단추를 풀었다. 그래도 생일이라고 내가 좋아하는 연분홍 니트를 입고 있었다.

"좋아요. 딱 맞는데. 정말 예쁘다. 그럼 가 봅시다." 그가 내 손을 잡아 차에 태웠다.

"어디 가는 거죠?"

"일분이면 돼요. 보여 줄 게 있어서."

"저 당직인 거 아시죠?"

"물론! 알고말고요. 삐삐 갖고 있죠?" 그가 웃었다. "불리면 당장 데려다 줄게. 걱정마세요."

병원서 네블록 떨어진 식당 '촛불' 앞에 그가 차를 세웠다.

"저기 들어가는 거예요?"

"그 까운 잠깐 벗지 그래. 누가보면 응급환자 생긴 줄 알겠다." 그의 말대로 벗어서 차안에 두었다.

"그럼 들어갈까?" 웃으며 그가 팔을 내밀었다. 얼떨떨한 상태에서 나는 그의 팔에 손을 얹었다. 마치 귀빈이라도 모시는 양 그는 날 안으로 인도했고 기다리고 있던 웨이터가 우리를 윗층으로 안내했다. 아랫층과는 달리 윗층은 컴컴했다. 마이크의 팔을 붙든 채로 눈이 제자릴 찾을 때까지 잠시 기다렸다.

"써프라이즈!" 요란한 소리와 함께 불이 켜졌다. 한동안 난 얼어붙었다. 넬리의 커다란 미소가 눈앞에 보이질 않았다면 돌아서 도망쳤을지 모른다. 대부분의 동료들이 거기 있었다. 간호사들, 인턴 레지덴트들, 펠로우들. 나와 당직을 바꾼 제이 허치슨도 데이빗과 함께 있었다. 뒷벽에는 "축 생일"이라고 쓴 싸인이 걸렸고. 어찌할 바를 몰랐다. 두 손은 벌린 입은 가렸고, 눈은 눈물을 쏟았다.

"허니, 널 울리려고 이렇게 한 줄 알아?" 넬리가 소리질렀다.

"어때? 이젠 좀 기분이 풀렸어?" 마이크도 소리쳤다. "미아가 당직이라고 우기는 바람에 애 좀 먹었죠." 그가 넵킨으로 눈물을 닦아주었다. "네가 여기 있는 걸 확인해야겠기에 허치슨이 너와 당직 바꿨던 거야. 넬리가 이번 이벤트를 맡아했지. 네 가족이 한국에 있으니까 여기 병원 가족들이 생일파틸 해 주자고 말야. 모두 도왔어."

난 넬리를 안고 고맙다고 했다. 법석대는 소란 때문에 아무 소리도 들리지 않았다.

"천만에!" 그녀가 외쳤다. 나는 다른 병원식구들도 차례로 안았다. 모두 친절하고 격려해 주는 내 가족, 정말 고마웠다. 한 레지덴트는 내 손을 끌어 들여다 보고는 "이 손가락좀 봐." 하며 자신의 손을 옆에 댔다. "나와는 서로 다른 종류 같잖아?"

"킹콩하고 레이디처럼 말야." 누군가 맞장구쳤다.

가지가지의 눈색과 머리색에, 큰 뼈와 체구를 가진 이곳 동료들은 내 일생에 가장 아름다운 생일을 선사해 주었다. 이때껏 받아보지 못했던 생일축하를 하룻저녁에 모두 합쳐서 받는 기분! 그들은 28개의 촛불이 켜진 케이크를 가져와 꿈을 새기면서 불을 끄라 했다. 나는 신나 팔짝 뛰는 열살짜리 아이가 되어 하라는 대로 했다.

"오늘 깜짝파티 어땠어?" 병원 주차장에 돌아온 마이크가 차의 발동을 끄고 물었다. 깨어나고 싶지 않은 꿈에서 일어나야 하는 기분이었다.

"뭐라 말할 수 없네요." 내 목소리는 잠긴 채 흔들리고 있었다. 일요일 저녁이라 텅빈 주차장에 켜진 외등들은 우리 차 위로 달빛 같은 하얀빛을 쏟고 있었다. 모든 게 꿈속 같았다.

마이크는 주머니 속에서 작은 장난감 자동차를 꺼냈다. "성냥갑 차라고 해. 포쉬 모형이야. 생일 축하해, 미아." 난 그를 안아줬다.

"고마워요, 마이크. 모든 게 얼마나 고마운지 몰라요." 난 손바닥에 놓인 작은 차를 내려다 봤다. "이것이 나한테는 첫 생일파티였거든요." 뜨거운 게 울컥 솟으려 했다.

"당연한 건데, 뭐." 그의 눈이 내 눈속을 들여다 봤다. "그런데 첫 생일파티라니? 미국에서의 첫번?"

잠겼던 내 목소리가 돌아왔다. "아뇨. 어쩌면 우리 부모가 내가 애길 때 해주었을지는 몰라요. 하지만 계집애인데다 셋째다보니 쳐다보지도 않았을 게 뻔해요. 엄나는 날 낳아놓고 아들이 아니라고 밀쳐놓고 울었대요. 아들을 간절히 원했거든요. 생일이라고 축하했을 리가 없지요. 열 살때 전쟁이 났으니까 그 후로는 물론 암것도 없었고요."

"아, 한국전쟁! 학교서 배웠지. 정말 힘들었겠네." 그가 말했다. 나는 고아원서의 파티를 생각했다. 그것도 일종의 파티는 파티라고 해야 할 게다.

"실은 내 말이 약간 틀렸어요. 설명이 좀 필요해요. 전쟁 당시 나는 고아원에 살았는데 거기선 같은 달에 태어난 애들을 주루룩 줄세워 놓고 '생일축하' 노랠 불러 줬어요."

"뭐라고? 뭐라 그랬어?" 그는 귀를 의심했다. 나는 간략하게 전쟁 당시 학교 가기 위해 고아원서 살았다는 소릴 했다. 전과는 달리 그런 이야기 하는 것이 그렇게 수치스럽게 느껴지진 않았다. 시간이 흘러서인지, 아니면 녹색 눈을 가진 외국인이 나의 신랑감은 아니라는 데서 오는 안도감인지 몰랐다. 어쩌면 내가 빠르게 미국화가 되어가고 있는 건지도 모르고.

"세상에! 그랬구나." 그는 놀라긴 했지만 색안경쓰고 날 보는 것 같진 않았다. "항상 즐겁고 쾌활해 보이니까 탄탄하게 뭉친 행복한 동양의 가정서 자란 줄만 알았어. 우린 동양가족을 그렇게 생각하길 잘하잖아." 그가 잠시 생각하는 듯했다. "감복했어."

"감복이라니? 뼈빠지게 가난해서 고아원에 산 건데. 게다가 실은 고아가 아니면서 고아원서 살았으니까 속임수를 쓴 셈이기도 하고요." 내가 웃었다. "그런 걸 마치 내가 마라톤 뛰어 상이라도 받은 것처럼 말하지 마세요."

"미아, 이건 마라톤보다 더한 거지. 생각해봐. 전쟁에 부서진 나라에서 고아로 자라 모든 어려움을 헤치고 의사가 되었다면, 그것도 듀크의 의사가 되었다면, 클리셰처럼 들리긴 하지만 그야말로 바로 아메리칸 드림이지."

"그게 아니고 살아남기 위한 투쟁일 뿐이었어요. 지구의 반대쪽에서 그랬다는 것이 지금 나한테도 생소하게 들리네요. 한때는 고아원이 내 꿈이었다는 게." 내가 웃었다.

"그러니까 데이빗의 말을 이해하겠군. 언젠가 그가 미아한테서 깊이 느낀 게 있어서 용서해 달라고 했다더군. 이유가 있었구나."

"그랬어요? 착하네."

"첨엔 나도 화를 냈다가 그가 하는 소릴 다 듣고는 맘이 놓였어. 건방져서 뭣모르고 차별대우했다고 후회하더군. 네가 다른 뺨을 돌려 대니까 잘못을 깨달았나봐."

"아뇨, 천만에! 그런 건 아녜요. 어려서부터 터득한 살아남기 위한 방법일 뿐예요. 태어날 때부터 여자기 때문에 부모한테서부터 소외당하면서 자란 셈이잖아요. 그러니까 차별대우에 대처하며 살아가는 방법을 배워야 했던 것이죠. 나자신한테 늘 일러야 했어요. '기다려라. 언젠가는 내가 떳떳한 사람이 될 거니까,' 하고 말이죠. 엄마한테도 그렇게 해야 했다니까요." 마이크는 날 보고 있었다. 내가 계속했다.

"데이빗은 우월감 가질만 해요. 부모가 계시죠, 아이비 교육 받았죠, 백인이고 잘생긴 데다 의사죠. 내가 무슨 수로 경쟁하겠어요? 그에게 나는 가난하고, 외국인이고, 영어도 못하는 여잔데. 내 할 일이라도 잘 해 보이는 수밖에요." 다시 웃었다. "난 어쩌면 아직껏 일종의 긴 마라톤을 뛰고 있는 건지도 몰라요."

차 안은 우리의 숨결로 뽀얘지고 위에서 떨어지는 은회색 불빛은 우릴 부드럽게 감싸고 있었다. 뽀얀 불빛 속에서 내 마음이 흔들거렸다. 나 자신을 억제해야했다. 창문을 열어 서늘한 밤기운이 밀려들게 했다. 마이크는 조용했다.

"지금 어딨어요?" 장난스레 손을 저어가며 물었다.

"내가 안아주고 싶은데." 그가 내 눈을 들여다 봤다. 내가 그를 안았다.

"이젠 들어 가야죠. 너무 오래 나와 있었어요." 그에게서 몸을 떼 냈다. 자제가 필요했다. 선물이랑 카드들을 내 차로 옮기고 난 병원 까운을 다시 입었다.

"다음번엔 나머지 이야기도 해 줘야해." 그가 내 손을 잡고 말했다.

"물론. 안녕, 마이크." 난 그의 뺨에 가벼운 키쓰를 던졌다. "정말 고마웠어요." 한손은 그가 준 장난감 포쉬를 까운 주머니 속에서 만작거리며 다른 손은 그를 향해 흔들었다.

집에 왔을 때는 자정이 가까웠다. 현관앞에 쪽지 낀 그로서리백이 놓여 있었다. 용남으로부터였다.

"생일축하 합니다. 케익이라도 같이 잘라볼까 하고 왔는데 아직 일 하시나 보군요. 들어오면 전화 주십시요."

일부러 생일은 지난 주였다고 했는데 어찌 알았지? 시계는 이미 새 날이었다. 너무 늦은 시각이다. 봉지 속엔 작은 생일케익이 들어 있었다. 전화가 울렸다.

"깨운 건 아니죠?" 용남이었다. "오늘이 가기 전에 생일축하 한단 소릴 하고 싶었는데 한발 늦었습니다." 즐거운 듯 떠들었다.

"고맙습니다. 케익도요. 생일인 건 어떻게 아셨어요?"

"면허증요." 난 생각도 없이 그의 면허증을 돌려 줬었다. 그가 좀 더 떠들고 나서 전화를 끊었다.

장난감 포쉬는 내 손안에서 따스했다. 침대옆 등밑에 놓았다. "자, 넌 여기 있어!" 피식 웃음이 났다.

침대에 누워있는 내 머릿속에 마이크 생각이 계속 들락거렸다. 남자를 안아 본 지는 꽤 오랫만이었다. 멍든 가슴으로 한국을 떠났던 나. 사람들 말이 맞나 보다. 시간이 가장 좋은 약이라는. 마이크는 미국인이니까 잊어야 한다고 나 자신한테 계속 일렀다. 하지만 그의 환한 미소와 착하게 보이는 녹색의 눈은 용남일 계속 밀쳐내고 있었다. 그러고 보니 마이크의 눈이 고아원에서 날 공주로 만들어 주었던 미군아저씨와 같은 푸르스럼한 녹색이라는 생각이 떠올랐다. 실없이 벙긋거리는 내 입, 마이크, 고아원, 그리고 미군 아저씨 생각이 밤새 날 뒤척이게 했다.

새 희망고아원을 생각해 본 지는 오랫만이다. 당시 내게 고아원은 꿈같은 곳이었지만 전쟁 후의 삶 전체가 롤러코스터였듯 고아원 역시 치열한 생존의 경쟁터였다.

"야, 너 나한테 이름 먼저 고해야 하는 것 알아 몰라?" 고아원 첫날 조심스레 우리 방으로 가고 있는데 내 나이 또래 여자애가 물었다. 코 끄트머리 왼쪽에 보리쌀만한 까맣고 동그란 사마귀가 뭣보다 먼저 눈에 띠는 애다. 말할 때는 코를 찡긋거렸는데 그때마다 점이 살아있는 벌레처럼 움찔거렸다.

"내 사마귄 왜 자꾸 보냐? 자꾸 그러면 잘 때 네 코에다 붙여줄 꺼야." 그애가 놀란 내 얼굴에 자기 코를 들이대며 말했다. "오늘 첨 왔냐?"

"응." 나는 고갤 돌리려 했지만 내 눈은 자꾸 그애의 까만 사마귀한테로 갔다.

"나한테 인사해야 하는 것 몰라? 환영식도 아직 안했나보구나."

"그게 뭔데?"

"것도 몰라?" 까만 사마귀가 머릴 저어댔다. "신참을 위해서 고참 언니오빠들이 해 주는 파티야. 그러면 깊이 절하고 제발 잘 부탁한다고 빌어야 하는 거야."

"언제 어떻게 하는 건데?" 내가 쭈뼛거리며 물었다.

"별건 아냐." 까만 사마귀가 웃었다. "신참 새우가 제대로 복종하지 않으면 우린 나름대로의 법과 질서가 있걸랑." 사마귀 얼굴에서 웃음끼가 싹 사라지고 고참의 표정이 나타났다.

"사내새우의 경우는 큰 형 넷이서 팔다릴 잡고 번쩍 들어 올려 하나, 둘, 셋, 하고 흔들다 넷을 세는 동시에 세멘트 바닥에 털썩 떨어트리는 거지. 기집애 새우는 떨어트리는 대신 데굴데굴 굴리는 거야. 그애 치맛속이 다 드러나 망신하게. 그리곤 돌아가며 절을 해야. 그게 다야." 사마귀는 손을 털어보였다. "그게 파티야. 신참한테 고참 언니와 오빠를 잘 모시고 존경하라고 가르치는 거지."

속이 떨렸다. 어떻게 해서든 걸려드는 날이면 내가 죽는 날이다. 조심해야 했다.

방으로 가고 있는데 꼬마 녀석이 딴지를 탁 걸어 나가 자빠졌다. 화가 나서 주먹을 불끈 쥐고 그애를 때리려고 하다가 허공에 뜬 주먹을 슬그머니 내려야 했다. 먼 발치서 나이든 형들이 기대에 찬 얼굴들을 하고 지켜보고 있었다. 만약 내가 그 애를 건드리는 날이면 꼬마가 할 짓은 하나다. "와앙!" 하고 우는 시늉만 하면 그만이다. 나머진 형들이 해결할 몫이니까. 꼬마는 이미 그들의 가족이고 동생이었지만 난 아니었다. 씩씩거리며 솟구치는 썽을 죽이고 돌아서야했다. 첫번째 덫은 어떻게 피했지만 계속해서 두 번째, 세 번째 시도가 있을게 뻔했다. 그래도 운좋게 처음 몇은 피했다. 하지만 언젠가는 그들의 밥이 될게 기정 사실이었다. 오금이 너무 저려 오줌마저 쌀 지경이었다.

"네가 보초로 뽑혔어." 까만 사마귀가 말했다. "잘 해. 그러면 세멘트에 굴리지 않을꺼야."

"무슨 보초?" 겁먹은 내 질문에 사마귀는 주머니 위로 잽싸게 손을 쓸었다. 쓰리다. 난 완전 죽었다.

"넌 신참이니까 잘 보고 있다가 위험이 닥치면 '토껴!'하고 소리치면 되는 거야. 혼란을 도발하기 위해선 서로 다른 방향으로 뛰는 걸 잊지 마." 사마귀가 설명했다. "언니들과 형들이 네가 하도 겁먹고 죽어가는 꼴을 하고 있으니까 불쌍해서 한번 봐 주기로 결론을 내렸대. 고맙다고 깊이 인사하는 것 잊지 마."

두 형하고, 사마귀하고, 나하고, 그렇게 넷이 나섰다. 사내들은 앞서고 우린 뒤에서 따랐다. 하도 불안해서 다리가 잘 움직여주질 않았다. 사람들이 가득 찬 거릴 걷고 있었는데 나는 미처 알아채기도 전에 사마귀가 "토껴!" 하고 소리쳤다. 무슨 일이 벌어지고 있는지도 모른 채 나도 같이 소리 지르며 사마귀 뒤를 따라 뛰었다. 그러다 다른 방향으로 튀라던 말이 생각나서 반대쪽으로 달렸다. 어쩌다보니 나만 빼고 셋이 다 잡혀서 경찰서로 끌려간 게 아닌가? 몰래 창 넘어로 들여다 봤다. 경찰앞에 서 있는 나의 세 동지. 형들이 행인의 만년필을 소매치기 했던 모양이다. 만년필을 손에 쥐고 흔들어대는 경찰!

녀석들은 이제 감옥소로 갈 게 뻔했다. 나 역시 그랬다. 예삿일이 아니다. 학교 교실이 아니고 감옥소의 감빵이 내가 갈 곳이다. 여기서 도망쳐야 하나 아니면 들어가 고백해야 하나? 한 가지 확실한 것은 죽는 한이 있어도 집에 가서 한국이의 등록금을 벌 생각은 한톨도 없었다. 한참을 고민하다 나는 감빵을 택했다. 머리는 그리 정했는데 다리는 내 말을 듣지 않으려 들었다. 후둘후둘 주저 앉으려만 드는 거다. 그런 다릴 겨우 달래서 끌고 들어가 경찰아저씨한테 나도 일당이라고 자백했다. 두 형과 사마귀가 입을 쩍 벌리고 날 봤다. '세상에 저런 바보가 다 있냐?'는 눈치다. 사마귄 고갤 절레절레 흔들며 눈을 굴렸다.

"뭣들 해? 이놈들! 뭘 보는 거야?" 경찰이 책상을 두들겼다.

놀라 자빠질 노릇이지만 우리는 매도 안맞고 감빵도 안가고 다시 고아원으로 돌려졌다. 고아원에서 선생님은 우리를 일렬로 세워놓고 엎드려 뻗쳐를 시킨 다음 몽둥이로 엉덩일 죽도록 두들겨 팼다. 얼얼한 엉덩이 때문에 며칠간은 앉을 수가 없었다. 그게 다였다. 매맞는 것으로 끝이었다. 고아원이 애들은 많은데 돌봐줄 손은 모자랐다. 대부분의 선생님들은 어린 것들을 돌보느라 정신 없었고 나이든 애들은 제멋대로들 자라는 셈이다. 그 후로 사마귀는 마치 지가 내 언니라도 되는 양 친하게 굴었지만 나는 이 새 희망의 집에 진짜 희망이 있을까 걱정이었다.

"미아, 이리와." 쌍둥이 언니가 날 불렀을 때는 엉덩이가 아직도 부어 있었다. 이 언니와 언니의 쌍둥이 오빠는 고아원에 있을 수 있는 나이는 지났지만 둘 다 그냥 남아 있으면서 선생들을 돕고 있는 거라고 사마귀가 일러 줬었다. 잘 봐 주기 바라는 마음에서 난 더 과장해서 절뚝거리며 언니한테 갔다.

"많이 아프냐?"

"참을만해요." 있는 대로 우거지상을 하고 대답했다.

"넌 그걸로 여기 입원식을 한 셈이니까 이젠 여기 누이들중 하나다." 쌍둥이 언니는 선아언니처럼 작고 동그란 얼굴에 잘 웃고 착한 목소릴 갖고 있었는데 나이는 진아언니 또래였다. 쌍둥이 언닐 보면 내 언니들 생각이 났다. "원장님 말씀이 네가 학교가고 싶어 한다던데?"

"네. 하지만 누구한테 뭐라 말씀드려야 하는질 몰라서요."

"그잖아도 지금 원장님이 알아보고 계셔. 그 외의 모든 문제는 나한테 가져와. 내가 도와줄 수 있는 건 다해 줄게. 이젠 내가 네 큰 언니다."

그소린 내게 큰 위안이었다. 여기 있는 여자애들은 다 쌍둥이 언니의 이야기 귀담아 들었지만 난 여태까지 기회가 없었다. 쌍둥이 언니가 큰언니가 된 후로는 어느정도 모든 게 수월해졌다. 여자애들뿐이 아니고 사내애들도 그랬다. 언니의 쌍둥이 오빠가 남자애들의 큰형노릇을 하고 있었기 때문에 나만 따돌리거나 골탕먹이는 일은 없었다. 학교를 시작하고부터는 모두 날 내버려두었고 난 공부에 전념할 수 있었다. 다른 애들한테 나는 "학교를 좋아하는 이상한 기집애" 정도로 통했다.

고아원이 학교에 필요한 모든 것을 다 대 준다는 것은 완전 헷소리였다. 하지만 쌍둥이 언니가 그런대로 학교 갈 수 있을 만큼은 도와 줬다. 교복이 제일 문제였는데 언니가 어디선지 치마가 발뒤꿈치까지 내려오는 것을 한벌 구해왔다.

"허리에서 여러번 접어 무릎까지 오게 입으면 돼. 그래야 네 키가 자라면 따라서 늘릴 수 있지." 허리에 띠를 둘둘 둘른 막대기! 그게 나다. 블라우스는 나 같은 건 둘이 들어 가고도 자리가 남았다. "웃도리가 큰 건 많이 먹어 살좀 붙으면 되고." 먹을 게 충분히 있기라도 하다면 모를까…. 그나마 허리에 둘른 굵은 치마띠가 좀 채워 주었다.

"옷이 맞지 않는다고 신경쓰지 마. 결국은 누가 더 열심히 공부하느냐에 달린 거야."

연필 한 자루하고 칫솔 외에는 모든 것이 다 물려받은 것이었다. 노랑연필과 칫솔은 미제였고 뭐든 미제라면 우린 꺼벅 죽었다. 쌍둥이 언니가 연필을 깎아줘서 난 연필과 칫솔을 녹쓴 필통에 넣고 무척 아꼈다. 잘 때는 필통을 가방속에 넣고 가방은 이불속에 넣어 끌어 안고 잤다. 그래도 모자랐다. 어느 아침, 연필과 칫솔이 사라진 거다. 눈독들여 지켜야 했는데….

까딱 책을 챙기는 걸 잊으면 큰일이다. 애들은 순식간에 책장을 찢어서 화장지로 썼다. 잘 때는 언제나 내 물건들을 끌어안고 자거나 말아서 베개로 만들어 베고 잤다. 고아원에서의 물건은 '찾아낸 사람의 차지가 아니라 도둑질한 사람의 차지'다. 내가 화장실에 갈 때는 사마귀가 내 물건들을 지켜주었고 난 그애 것을 지켰다. 누구나 마찬가지로 사마귀도 자산이 많은 건 아니지만 유별나게도 그 애는 작은 보자기만한 나달나달하게 떨어진 보라색 헝겊조각을 끔찍히 위했다. 그게 사마귀의 보물이었다. 언제나 끼고 다녔다.

"넌 그건 왜 그렇게 모시니? 누가 뺏는대? 줘도 싫겠다." 언젠가 내가 물었다.

"걱정마. 넌 알 거 없어." 그말만 하고 돌아섰다.

쌍둥이 언니한테 사마귀의 보라색 헝겊이야길 했다. 언니가 주의 주었다. "아마 그게 자기 엄마의 옷조각이었는지 몰라. 한 번은 어떤 애가 그걸로 바닥에 엎어진 물을 닦았거든. 사마귀가 그앨 죽이는 줄 알았다니까."

어쨌던 사마귀와 내가 죽고 못사는 그런 사이 아니었지만 우린 그런대로 잘 지냈다.

새 희망의 집에서 살고부터 허리가 늘어나기는 커녕 더 줄어들어 그렇지 않아도 긴 치마가 더 흘러 내렸다. 물론 진수성찬과는 거리가 먼 꽁보리밥이긴 했지만 하루에 세 끼를 먹는데도 그랬다. 어느날 흰 까운 입은 의사가 와서 모두에게 금계랍을 주었다. 배싹 마른 몸에 약이 너무 독했던지 온 세계가 노래지고 쓰러졌다. 침대에 사흘간을 꼬박 누워 지내야 했다. 재수없이 바로 그때 미군들이 우릴 방문했다. 그들은 우리에게 사탕, 초코렛, 장난감 따위를 갖다 주었고 그런 날은 생일, 크리스마스, 공휴일을 죄다 합친 것보다 즐거운 날이다.

침대에서 일어나지 못하고 있었기 때문에 미칠 것 같았다. 일어나려고 머리만 들면 팽 돌아 쓰러졌다. 애들의 환호 소리가 벽을 울려 댔고 내 가슴속의 벽은 그보다 더 요란스레 진동했다. 문을 향하고 누운 내 눈에서 눈물이 철철 흘러 나왔다.

난데없이 문간에 한쌍의 군화가 보였다. 그 군화는 뚜벅뚜벅 와서 내 옆에 멎었다. 올려다 봤다. 녹색의 눈을 가진 군인이 날 내려다보고 있었다. 그가 내 옆에 쭈그리고 앉아 미소했다. 그리고 주머니에서 허쉬 초코렛을 꺼내 내 손에 쥐어 주었다. 슬픔의 눈물이 기쁨의 눈물로 바뀌는 순간, 그가 날 안아 올려서 자장가하듯 다독여 줬다. 만약에 이 땅에 천국이 있다면 바로 이것이다. 난 그의 녹색눈을 들여다 보고 그의 갈색 머리칼을 만져봤다. 녹색눈이나 갈색 머릴 가까이서 본 적이 없다. 그의 금박이 점이 들은 녹색 눈을 보면서 궁금했다. 그의 눈으로 보는 세상은 금이 붙은 녹색일까?

몇주 후에 같은 군인들이 다시 찾아왔다. 녹색눈은 날 금방 찾아냈다. 내가 예뻐서가 아니라 하도 삐삐라 알아보기 쉬워 찾았으리라는 것은 나도 안다. 하지만 그게 무슨 상관이랴? 그가 날 향해 팔을 벌렸고 난 그에게 달려가 안겼다.

"헬로, 삐삐 나뭇가지!" 영어를 못알아듣는 나는 그가 날 공주님이라고 불렀다고 믿었다. 그가 내게 준 것이 바로 공주님 인형이었다.

"땡큐." 나의 첫 영어. 그는 날 안아주고 업어줬다.

인형은 어른 손으로 한뼘이 좀 넘었는데 푸른 눈에 노랑 곱슬머리였다. 눕히면 눈도 감을 줄 알았고 팔과 다리를 구부릴 수도 있었다. 긴 드레스 대신에 무릎까지 오는 짤막한 치마를 입고 있었지만 내게는 공주님이었고 또 나를 공주님 못지않게 행복하게 해 주었다. 미국은 이 군인의 널찍한 어깨처럼 따스하고 평안한 곳일 거라….

나는 이 공주님 인형을 영원히 갖게 해 달라고 기도하고 빌고 소망했다. 하지만 고아원은 그런 곳이 아니었다. 누군가가 가져갔고 다시는 볼 수 없었다. 고아원에 있으면서 가장 가슴 아팠던 일 중 하나다.

불행히도 내가 다녔던 중학교는 남녀공학이었다. 나처럼 제대로 된 옷이나 신발, 학용품이 없는 학생으로서는 참담한 문제가 아닐 수 없었다. 특히 사춘기의 문턱에 있는 여학생으로서 말이다.

비가 쏟아지고 있는 날 내 신발이 사라졌다. 신발이 어느 정도 모양새를 갖추고 있었다면 물론 내가 끌어안고 잤을 것이다. 내 신발은 처량하기 그지없었다. 바닥엔 구멍들이 있었고 그나마 왼쪽은 발가락쪽으로 위아래가 떨어져 왼발을 들을 때마다 아가리를 쩍쩍 벌리고 내 맨발을 드러내고 있었다. 그런 신발을 누가 가져가리라고는 정말 몰랐다.

그래도 신발은 신발이니 간수했어야 했는데…. 당시 길들은 포장이 안돼 비만 오면 진창이었다. 굵은 빗방울에 튀어오르는 빨간 흙탕을 보면서 학교는 포기해야겠다 싶어 돌아섰다.

"학교 안가고 뭘하는 거야?" 뒤에 섰던 쌍둥이 언니가 물었다.

"신발을 잃었어요."

"내가 하나 찾아볼게." 언니와 언니의 쌍둥이 오빠는 구석구석 뒤져 어디서 구했는지 노동자들이 구두 위에 한번 신었다 버리는 장화 비슷한 덧신 한켤레를 찾아왔다.

"그렇다고 학교를 빼먹으면 어떻하니? 맨발이라도 학교는 가야지." 언니는 그걸 나보고 신으라고 내밀고 있었다. 언니가 제정신인가? 내 발이 두개가 들어가고도 남을 크긴데. "신발 때문에 학교 안 갈거야?"

할 수 없이 받아들고 빗속에 나섰다. 스케이트 타듯 밀고 나가면 갈 수 있지만 걷기 위해 발을 들면 발이 쏙 빠져 나와 균형 잃고 흙탕에 넘어질 뻔하곤 했다. 순식간에 덧신의 안팎이 다 진흙투성이가 되었다. 진흙이 안에 차니까 무거워 스케이트처럼 밀고 나갈 수도 없었다. 나는 다 벗어서 그속에 들은 진흙을 털어낼 수 있는 데까지 털고 신은 팔에 끼고 맨발로 달렸다.

교내에서는 신발을 벗어 신발주머니에 넣어야 한다. 도착하자마자 신발주머니에 덧신을 감추고는 종일 화장실도 가지 않았다. 당시 화장실은 구식 똥

통이어서 나는 그 신발을 신고 가긴 싫고, 맨발로 가긴 더 싫었다.

학교가 끝나자마자 나는 다시 고아원을 향해 한손엔 가방 들고, 다른 손엔 신발주머닐 들고, 두 발은 맨발로 뛰었다. 우리 반 학생들의 깔깔대는 소리를 뒷꼭지로 들으면서.

학기가 계속되는 동안 나는 모든 정열을 공부에 쏟았다. 가까운 친구도 없었고 공부 외에는 다른데 신경은 다 끄고 살았다. 나는 내가 왜 여기 있는지를 잊으면 안됐다. 열심히 공부하는 것 외에는 내가 살아남을 길이 없다고 믿었다. 나는 최선을 다해 학교에서 가르치는 것을 이해하고 기억하려고 노력했다. 선생님의 말씀을 귀담아 들었고 그 시간에 배운 것은 그 시간에 입력하려 애썼다. 고아원에서는 공부할 여건이 갖추어지지 않았지만 불끄는 시간 전까지 틈만 나면 숙제는 물론 책과 공책을 들여다 봤다. 첫 학기 기말고사가 끝난 후 담임선생님이 내 이름을 모두 앞에서 불렀다.

"예." 난 기가 죽어 일어섰다. 만약 내가 진짜 고아가 아닌 게 발각되었다면 어쩌나? 이제야 공부를 제대로 하기 시작했는데 쫓겨나면 어쩌나?

"이번 기말고사에서 우리 반의 이미아가 중 일 전체에서 일등했다." 담임 선생님이 크게 미소지으며 말씀하고 계셨다. 갑자기 내 귀에는 웅웅거리는 소리 외에는 아무 소리도 들리질 않았다. "미아가 아주 자랑스럽다. 너희들도 그럴 것이다. 부모가 계셔도 얼마나 행운인지는 모르고 공부를 게을리들 한다. 너희도 본받아 더 열심히 해야 한다. 미아를 생각해 봐라." 그후로 나는 일등생만이 아니고 고아원생이라는 것이 전교에 알려졌다. 남에게는 그게 별일이 아니었지만 내게는 두 면에서 커다란 분기점이 되었다. 하나는 내가 비록 고아원서 학교를 다니고는 있어도 환경에 지지않고 나 자신에 부끄럼 없이 자랑스러운 사람이 되고 싶었다. 둘째는 남에게서, 특히 선생님한테서 인정을 받았다는 것이었다. 그건 내가 노력하기만 하면 할 수 있다는 자신감을 주었다.

예전의 나는 기껏해서 중간이나 그 아래서 밑도는 정도였다. 그랬던 것이 갑자기 우리 반뿐이 아니고 전교생이 알아주는 학생이 되어 버린 거다. 다른 선생님들도 만나면 날 북돋아 줬다. "아, 네가 바로 그 유명한 이미아구나. 기특하다. 더 열심히 해라."

교장 선생님도 날 부르셨다. "쉽지 않았을 게다. 하지만 훌륭히 해냈다. 계속 열심히 해서 많은 아이들의 모범이 되라. 또 내가 도와 줄 수 있는 것이 있다면 주저하지 말고 찾아 오너라." 교장선생님은 고아원에서 나이가 차서 나가야 할 때는 성적만 그대로 계속하면 등록금을 면제해 주겠다고도 약속하셨다.

나는 크고 푸른 하늘로 날아오르는 기분이었다. 우리반 아이들도 환영해 주고 집으로 초대도 해 주었다. 날 반장으로까지 뽑아 주었다.

"여기 있었네. 그런 줄 모르고 찾아 다녔지." 손에 커피잔을 든 마이크가 늦은 아침 먹고있는 나를 찾았다. 내 생일파티 후 첫 금요일이었다. 바쁘다보니 서로 스치고 지나긴 했지만 앉아 이야기 할 틈은 없었다. 그는 기다란 몸을 접어서 내 앞 의자에 앉아 내 눈 속을 들여다 봤다. 열적어진 내 눈이 그의 눈을 피했다.

"미아, 계획은 아직 그대로야? 듀크 끝나면 합킨스에서 MPH하려는 계획말야."

"예." 레지덴트들은 듀크서 끝난 후 갈 곳에 대해 자주 이야기를 했지만 결국은 한국으로 갈 계획이던 나는 남들 일에 크게 신경쓰고 있진 않았다.

"내가 어디 갈 건지에 대해선 흥미가 전혀 없어?"

난 여기서 일 년하고도 몇 달 더 남았지만 마이크는 7월 전으로는 끝낼 것이었다. 마이크가 어딜 정할 건가 하는 생각을 자주 하긴 했지만 그가 하는 일에 신경쓰진 말아야겠다 싶어 묻진 않았다.

"결정 했어요? 뉴욕과 워싱턴을 두고 생각중이었잖아요?"

"워싱턴의 죠지타운으로 정했어. 뉴욕이 돈도 특전도 좋긴한데 모든 걸 다 계산해 보니까 의외로 간단한 결정이었어. 워싱턴이 발티모어에 훨씬 가깝잖아. 널 보러 합킨스 가려면 워싱턴이 훨씬 수월할테니까." 그가 얼굴 가득 웃고 있었다.

무슨 소릴 하고 있는 거지? 눈이 멀었나? 내가 한국인이라는 걸 잘 알면서? 나는 그에게 흥미를 갖고 있어도 안되고 그 역시 마찬가지다. 그가 일어나려다 다시 앉았다.

"나좀 봐. 내가 여기 온 이유는 깜빡했네. 내가 네 앞에선 이렇다니까." 좋아하는 여자애 앞에서 머뭇거리는 소년처럼 말했다. 붉어지는 내 뺨! "노스캐롤라이나에 여러 해 있었는데 아직 그 유명한 해변가를 가보지 못했거든. 그 바닷가를 한번 둘러보고 싶은데. 가 봤어? 한번 가보고 싶지 않아?"

"가고 싶은데." 내 대답이 생각도 없이 뛰쳐나왔다. "언제 가려고…?"

"이번 주말 어때? 요새 날씨가 너무 좋잖아. 기분전환도 되고. 쇠뿔은 단김에 빼란다며?" 내가 가르쳐 준 우리 속담까지 들고 나왔다.

"내일요? 난 당직인데." 실망도 됐지만 동시에 안심도 됐다.

"허치슨한테 벌써 양해 받았어. 너만 좋다면 자기도 좋대."

"잘 됐네요. 좋아요." 내가 이래도 되는 건가…?

"일기예보는 최고래." 그의 입이 찢어질 듯했다. 웃음이 났다. "아침 일찍 떠나면 돌아다닐 시간을 더 벌 수 있는데."

"몇 시요? 준비할게요." 난 이성적으로 생각하길 거부하고 있었다. 그냥 살고 보자.

"다섯신 너무 일러?" 그가 짓궂게 눈을 가까이 들이댔다. "그럴 듯한 곳이 보이면 차 세우고 요기도 하고. 겟집 가 봤어? 커다란 드럼통에다 매콤하게 양념한 게하고 새우를 넣고 쪄 내는데 맛이 혀에서 녹아. 망치로 탕탕 두들겨

겟살을 빼거든. 손가락을 데는 한이 있어도 아직 뜨겁고 말랑할 때 입에 넣어야 해." 그가 떠들어댔다. 장난끼 가득한 어린 소년처럼 구는 그가 가슴을 뭉클하게 했다. 다 큰 어른이지만 우리는 전쟁 때문에 잃어버린 아이의 천진성이 그에게선 아직도 튀어 나오곤 했다.

내일을 생각하면서 난 일찍 자려고 누웠다. 전화가 울렸다. 용남이다.

"자는 거 깨웠죠. 어… 그래요?" 술을 마셨나보다.

"아뇨." 그가 말하길 기다렸다.

"잘 됐네. 늦은 거… 알지요." 혀가 잘 돌지 않나보다. 뭐라 할 말을 몰라 기다렸다. "좀 마셨어요." 딸꾹질을 했다. "여보세요?"

"네."

"끊은 줄 알았네. 내일… 내일 피크닉 어때요. 날씨가 좋다는데. 내가 데리러 갈께요." 난 다른 약속이 있다고 했다. 그는 좀 더 중얼대다 끊었다. 술먹고 한 전화에 첨엔 거부감을 느꼈지만 나를 청하기 위해 마셔야 했나 싶어 웃었다. 데이트 청하는데 용남인 미세스 전이나 술이 필요한 건가? 그한테도 어린 소년끼가 있는 건가?

내 생각은 용남과 마이크 사이를 오락가락했다. 용남은 한국인이지만 내 마음이 그에게 가질 않았다. 머릿속은 마이크 생각으로 찼지만 그는 미국인이었다. 머릿맡에 있는 작은 포쉬가 눈에 들어왔다. 웃었다. 내일 마이크와 갈 터였다. 두고 보는 수밖에.

바닷가로 달리는 긴 시간 동안 마이크가 내 고아원 시절에 대해 물었다. 나는 엄마의 여자에 대한 선입관, 차별대우, 내가 집에 살았더라면 왜 학교에 갈 수 없었는지, 그리고 고아원 시절 이야길 했다.

"그 군인아저씨의 눈이 녹색이었는데 가까이서 들여다 보니까 신기하데요.

이 사람이 보는 세상은 모두 푸른색일까 싶었죠. 어쨌든 천국이었어요." 웃음이 나왔다. "인형을 가진 나는 공주였고요. 곧 잃어 버리긴 했지만." 마이크는 빙긋 웃기만 했다.

"하지만 마이크," 그때를 생각하면서 나는 계속 떠들어 댔다. "지금 돌이켜 보면 그가 나한테 준 게 초코릿이나 인형만은 아니었어요. 몸도 마음도 아픈 어린애한테 그가 준 건 꿈이었지요. 자라면 미국에 가고, 가서 그 아저씰 만나 보고…. 그런 꿈을요." 다시 웃었다. "모두 다 하나의 꿈으로 끝날 줄을 알고는 있었지만 그래도 절망속에 있었던 나한테 희망을 줘서 고맙다고 전하고 싶었어요. 그때 나한테 희망이나 꿈을 준 사람이 없었거든요. 우리 엄마조차도 절 거부한 상태였으니까요."

대서양이 눈앞에 펼쳐지자 내 마음은 기쁨으로 솟아 올랐다. 맑고 푸른 하늘과 깊은 바다가 수평선에서 끝없는 하나의 긴 줄로 만나고 있었다. 바닷가의 갈대는 바람에 흔들대고 갈매기들은 떼지어 날았다. 자연이 창조한 끝없는 아름다움이었다. 바닷가를 따라 달리는 동안 왼손은 마이크의 오른손을 잡고, 오른손은 창밖으로 내밀어 손가락 사이를 밀고쓸며 지나가는 바람을 느끼고 있었다. 바람은 선선하고, 햇볕은 따스하고…. 천국이 따로 없었다. 손을 누르고 핥아대며 지나는 바람은 내 손뿐 아니라 몸 전체에 전율을 일으키고 있었다.

"천국이 어떨까 생각해 본 적 있어요? 나는 딱 지금 같을 것 같아요. 바닷가를 달리면서 한손은 창밖에 내밀어 바람을 잡고, 다른 한손은 이렇게 곁에 있는 사람의 손을 잡고 말이죠." 난 그의 손을 한번 더 꼭 쥐었다.

그는 계속 운전했다.

"마이크, 왜 암말 없어요? 내가 뭘 잘못했나요? 잘못 말했어요?" 손을 차창으로부터 끌어 들이고 물었다. 내가 정신 나갔구나. 마이크는 결코 나와 같이 갈 사람은 아닌데. 우린 두 개의 다른 대륙서 온 서로 다른 종류인데. 엄마는 마이크라면 기절할 테고, 마이크 어머닌 우리 엄만 저리가라일 게다.

마이크가 길가에 차를 세우고 엔진을 껐다. 심장이 바닥으로 툴렁 떨어졌다. 열린 창으로 부서지는 파도소리, 바람소리, 찝찔한 바다 냄새…, 들이 밀려 들었다.

"천국이 어떨 것 같으냐고?" 그가 잠시 끊고 내 눈속을 들여다 봤다. "나한테 천국은 지금이야. 너와 같이 이렇게." 그의 부드럽고 말랑한 목소리. 난 뭘 생각해야 할지, 말해야 할지 몰랐다. 모든 게 헷갈렸다. 목이 메어왔다. 그를 지켜봤다. "내 말이 유치한 클리셰처럼 들릴지 들리지만 그이상 뭐라 말할 줄 모르겠어. 네가 천국이 어떨 것 같으냐고 물었을 때 나도 그 생각을 하고 있었는데 말을 찾을 수 없었어." 그가 잠시 쉬었다. "지난번 네 생일파티 후로, 아니 실은 훨씬 전부터, 아마 네가 날 주차장에 두고 영어책 알아 본다고 식당으로 갔을 때부턴지도 몰라. 넌 끊임없이 내 마음속을 휘집고 다녔어."

한편으로는 안심이 되었지만 다른 한편으로는 아팠다. 우리가 서로를 어떻게 생각하든 우린 결코 둘이 하나되어 살 수는 없었다. 우리 엄마야 펄쩍하고 나면 그만이지만 마이크의 엄마에 비할 바는 아닐테다. 민구 어머니 후로 난 장래 남편감에 대해서는 강한 방어체제를 갖추고 있었다. 그런 일을 되풀이 하고싶은 생각은 추호도 없었다. 슬프고 아픈 마음을 가지고 나는 그의 어깨를 안았다. 그가 내게 입맞추었다. 우리의 키쓰는 부드럽고 정이 녹아 흘렀다. 서로의 허리에 팔을 두르고 깊고 끝없는 바다와 하늘을 마시며 해변가를 걸었다.

우린 갈대로 둘러싸인 아늑한 모래 둔덕을 등지고 앉았다. 바다와 하늘이 만나고있는 긴 수평선을 내다보면서. 자연의 아름다움이 우릴 포근하게 안아줬다. 그의 음향, 냄새, 정취… 모든 것은 우릴 취하게 만든다. 세상에 이보다 더 가슴 떨리게 아름다운 것이 있을까? 이 아름다움과 하나가 되고 싶었다. "아름다움은 진리이고, 진리는 아름다움" 이라고 했던 시인 키츠의 말이 사실로 내 마음에 울렸다. 나는 아름다움과 진리를 다 내 속에 갖고 싶었다. 마이크가 입을 열려고 했다. 키쓰로 막았다. 난 그를 원했다. 논리나 이성은 의미를 잃었다. 그 순간 그를 사랑하고 그와 하나가 된다는 것은 이 세상의 아름다움을 내 안에 갖는 것과 같았다. 산다는 것, 삶이라는 것의 의미를 알 것 같았다. 나는 그를 간절히 원했다.

그리고 내 처녀성을 버렸다.

머리위를 나는 갈매기들이 펼친 하얀 날개에 햇볕이 반사하고 있다. 푸르고 깊은 하늘엔 솜같은 구름이 둥실 떠 흐르고. 모래사장에 부딪쳐 부서지고 있는 파도의 철썩대는 리듬소리는 귓속을 맴돌고. 길고 가는 갈대는 서늘한 바람타고 흔들거리고. 나의 맨발은 보드라운 모래위에 놓여 있고…. 하늘과, 땅과, 바다, 그 속의 우리…. 평화와 아름다움으로 차 있다.

내가 마이크의 팔 안에서 드디어 나 자신을 찾았을 때 그런 것들이 내 눈에, 귀에, 피부에, 맘속에 들어온 것들이었다.

그는 내 이마에 검지를 놓고 이마서부터 천천히 내 콧등을 따라, 내 입술까지 와서 머뭇거렸다. 내 입술이 그를 빨아들였다. 우린 다시 길고 깊은 입맞춤, 바닷바람이 가져다 주는 살풋한 소금끼가 섞인 입맞춤을 했다.

서로를 기댄 채 껴안고 우린 한참을 앉아 있었다. 피곤했지만 풍만했다. 끝없는 수평선을 향했다. 햇살이 출렁대는 물결에 내려 꽂혀 반짝대며 춤추었다. 두 마리의 갈매기도 파도에 쓸린 모래위에서 부리를 맞대고 춤추고.

다음날 아침 떠나기 전 우리는 야생보호지역을 통해 등대까지 해변가를 따라 갔다. 아침 안개가 가득 끼어 모든 게 뿌옇게 변해있었다. 하늘과 바다는 구별할 수 없는 하나의 거대한 혼돈의 덩어리같았다. 바다와 하늘처럼 큰 존재가 저렇게 뭉개질 수 있다는 생각은 미처 해보지 못했다. 등대에서 그렇게 멀지 않은 바닷가. 거기엔 언젠가 태풍에 쓸려온 듯 파선된 배가 있었다. 그 옆으로 마이크가 천천히 차를 몰았다. 언제 파선이 되었는지, 왜 그리 됐는지는 알 수 없었다. 바람과 파도에 몸체를 서서히 잃어가는 배는 앙상한 가슴뼈를 드러낸 채 자연 한가운데 자리잡고 서서 슬픔을 바닷속으로 흘려 보내고 있었다.

"언제든 당직없는 주말에 우리 부모님한테 같이 가자. 널 보고싶어 하실 거야." 바닷가에서 돌아오는 길에 그가 말했다. 내가 바싹 긴장했다. 그가 내 긴장을 느꼈나보다. 날 바라보는 눈이 묻고 있었다. 설명이 필요했다. 큰 숨을 들이쉬고나서 민구 이야길 했다.

"아직 그남자 생각하고 있어?"

"천만에! 벌써 결혼하고 애가 몇 될걸."

"넌 흔치않은 아름다움을 지닌 28세야. 이때껏 쫓아다니는 남자 하나 없었다면 그게 오히려 이상하겠지. 무슨 소리야?"

난 우리를 떼어 놓기 위해 찾아왔던 민구 어머니 이야길 했다.

"잠깐만. 어떻게 그렇게 할 수 있지?"

"그런 일 자주 있어요. 그들은 돈과 권력이 있지만 난 없으니까. 내가 부족해서죠."

"미아, 그건 아니다. 정말 아니다. 지금이 어떤 세상인데. 그런 건 중세때나 있는 거지."

"가능하다면 그런 고민은 두 번 다시 하고 싶지 않아요."

"무슨 소리 하는 거야? 오늘날 그런 게 어딨어? 너도 잘 알잖아."

"아무리 미국이라도 데이빗같은 사람이 많다는 것도 잘 알아요. 그에 대해 나쁘게 말하려는 뜻은 아니지만. 그게 인간 본성 아녜요?" 잠시 생각 후 이었다. "문제 아니라고요? 백인과 흑인이 결혼해요? 아니죠."

"우리가 문제 많다는 건 나도 알아. 남을 뭐라 나무랄 처진 아니지. 하지만 이건 확실해. 우리 어머닌 내가 선택한 결정은 받아들일 거고 그게 끝이야. 내

두 조카도 한국서 입양한 거 알잖아? 내 조카들이고 난 그애들을 끔찍히 사랑해. 온 가족이 다 그래. 만약 누나가 내가 달리 생각한다 싶으면 날 쫓아 낼 거야. 난 네 가슴 아프게 할 짓은 못해. 그럴 순 없어. 넌 이미 너무나 아픈 일을 많이 겪었고 그걸로 족해." 그가 한동안을 떠들었다. 잠시 생각해 보더니 물었다. "너네 가족이 걱정돼서 그러니? 너네 어머니가 날 반대하실 것 같아?"

그 말에 난 할 말을 잃었다. 잠시 생각해 본 후에 말했다. "당신네 가족이 문제 없다면 우리집서 뭐라겠어요? 한국사람들은 근본적으로 충성스럽고 미국에 큰 빚을 지고 있다고 여기거든요. 우리 어머닌 미국남자가 나한테 관심을 가지리라는 생각은 하지도 못할 걸요. 어머니는 미국이 한국에 비해 월등 잘났다고 볼테니까요." 나조차 내 말이 맞는 소린지 아닌지 몰랐다. 어쩌면 나조차도 마이크와 나 사이의 합리성을 찾고 있었는지도 모른다.

"어머니한테 말씀드리면 뭐라 하실 것 같아?"

"문제 없을 거예요. 더구나 나는 고아원에 가면서부터 독립한 셈이니까." 내 말이 틀림 없을 것 같았다. 사실이 그랬으니까. "문화적, 전통적 차이 때문에 탄탄대로를 보장할 순 없어도 별일은 없을 거예요." 그러고 보니까 전쟁때 빨갱이로 몰려 고생했던 생각이 났다. 정말 우리가 말대로 그렇게 편견이 없긴 없던가?

"한국의 전통으로는 결혼이 두 사람간의 일이 아니라 두 가족간의 일로 보거든요. 그래서 당신 가족을 염두에 둔 거죠. 우리 생각으로는 당신네가 우리보다는 잃을 게 많다고 보거든요." 잠시 생각해 본 후에 피식 웃었다. "게다가 우리 어머닌 여기까지 날아와 당신더러 물러서라 어쩌라 할 재간도 없고요."

"한국 문화나 전통에 대해 내가 뭐라 할 처진 아니지만 우리 부모에 대해선 잘 알아. 우릴 축하해 주는 외에는 전혀 간섭 않을 거니까."

그의 말은 날 안심시켰다. 하지만 막상 그러고 보니까 다른 문제들이 고갤 들기 시작했다. 한국으로 돌아가려던 내 계획은 어찌 할건가? 한국을 알지도 못하고 말도 모르는 마이크가 한국에 살 수는 없을 터였다. 내가 미국에 살 수 있을까? 미국와서 세웠던 내 모든 계획을 물릴 수 있을까?

우리가 돌아오자마자 마이크는 부모님께 말씀을 드렸나보다. 바로 다음날 그가 전화했다.

"미아, 우리 부모님이 엄청 기뻐하셔. 내가 여자친구를 집에 데리고 간 적이 없었거든. 은근히 걱정하셨나봐. 가까운 장래에 널 만나러 한 번 내려오시고 싶대." 그의 들뜬 목소리가 전화줄을 타고 나한테까지 달려 오는 것 같았다. "너한테 홀딱 반하실 껄."

"우리 가족은 태평양 건너 있어서 그렇게 빠를 순 없는데…" 내가 중얼댔다.

"물론 알고 있지. 하여튼 그새 준비해야 할 건 해야지. 안그래, 내 사랑?"

"내 사랑…." 앵무새처럼 내가 따라 발음했다.

"응? 바로 여깄어." 그가 웃었다. "내가 워싱턴으로 가기 전에 어머님 한테서 답을 들었으면 좋겠다. 물론 더 걸린다 해도 기다릴 수 있어."

그날밤 엄마와 이모한테 두 통의 편지를 썼다. 엄마가 뭐라할 건 뻔했지만 내가 하겠다는데 어쩔텐가? 고아원 시절부터 독립해 살았는데. 게다가 엄마한테는 없으면 죽고 못사는 한국이 있지 않은가? 그래도 엄마한테 폭탄을 떨어뜨리기 전에 안전을 도모할 필요가 있었고 이모는 누구보다 좋은 아군이 되어줄 터였다. 마이크한테는 큰소리 쳤지만 한국인의 정서, 특히 구세대 사고를 고집하는 엄마를 생각하면 조심하는 게 백 번 나았다. 뭐라 쓸까 고민하다가 결국은 사실대로 쓰자, 맘 먹었다.

보고싶은 이모,
생일카드 고마워요. 그게 아니었으면 생일도 잊을 뻔했어. 이모덕에 살맛이

라니까.

이모, 큰 부탁이 하나 있는데. 이모나 엄마나 다 내가 빨리 결혼하길 원하는 건 잘 알아요. 내가 전에도 말했듯이 미국서 좋은 한국신랑감 구하는 건 어려워요. 특히 내가 있는 동네서는요. 한국사람이 몇 있기는 하지만 한 사람만 제하고는 모두 결혼해서 애들이 있어요. 하지만 그 한 사람은 별로예요.

내가 좋아하는 의사가 하나 있는데 그이도 날 무척 좋아해요. 근데 미국사람이예요. 그이나 그이 가족은 내가 한국사람이라고 뭐라는 사람없어요. 내가 가난한 집안인 것도, 빨갱이집안인 것도 다 상관안해요. 내가 고아원서 자랐다니까 그래서 더 좋대요. 저도 그일 사랑해요.

이모. 엄마마음을 좀 돌려 마이크가 사위되는 걸 도와주세요. 엄마한테 보내는 편지 여기 동봉해요. 엄마한테 가지고 가기 전 한번 읽어 보세요. 그리고 엄마를 설득해 보세요. 도와 줄 수 있지요?

사랑해요, 이모. 이모만 믿어요.

사랑하는엄마,

건강하게 잘 지내죠? 한국이 군대 있다는 게 미덥질 않네요. 한국이 없어서 외로우시겠네. 한국이 군에 있고 나는 일하고 있으니 이젠 엄마도 좀 쉬세요.

내가 노처녀로 늙어버릴까봐 걱정하는 것 잘 알아요. 여긴 적당한 한국사람들이 없어요. 날 좋아하는 의사가 있는데 친절하고, 현명하고, 생각이 깊은 사람이예요. 가정도 좋아요. 아버지는 선생님이셨고 어머닌 간호사셨는데 이젠 두분다 은퇴하셨어요. 결혼한 누나가 있는데 누나는 한국서 입양한 딸이 둘이예요. 그보다 더 좋은 신랑감 구할 수는 없을 것 같아요. 이름은 마이크 맷슨인데 미국사람이예요. 우리는 그게 문제가 아니지만 엄마가 달리 생각할까봐 그래요. 집안이 다 절 좋아하고 만나고 싶어하지만 엄마가 한국에 계시니까 좀 기다려 달라고 했어요. 엄마의 축복을 받고 싶어서요. 마이크는 엄마가 사

위로 받아주길 무척 고대하고 있어요. 엄마가 받아만 준다면 정말 고맙겠다고 해요. 당장은 엄마가 놀라시겠지만 시간이 지나면 내 선택이 옳았다는 생각을 하실 거예요. 그렇다고 지금 당장 결혼할 것은 아녜요. 난 아직 여기서 일년하고 넉달이 남았지만 마이크는 6월 말이면 끝내고 워싱턴 디씨로 가서 일하기 시작할거지요. 엄마의 허락만 받으면 약혼하고 결혼은 내 수련의 기간이 끝나고 나서 하려고 해요.

엄마, 마이크는 내가 여기 온 첫날 만나서 여태껏 알았기 때문에 어떤 사람인지 잘 알아요. 아주 좋은 사람이고 엄마한테도 끔찍히 할 사람이지요. 우리가 엄마한테 요구하는 것은 엄마의 축복 뿐이예요. 우리의 소원을 들어 주세요.

사랑해요. 건강 조심하세요.

전화소리에 잠이 깼다. 당직은 아닌데…. 새벽 세 시. 얼른 전화를 들었지만 잠음 때문에 뭐라는지 알 수 없었다. "헬로!" 외쳤다. 교환들의 소리. 웅웅대는 소리. "여보세요!" 시끄러운 소리 속에 이모의 목소리가 들어 있었다. "미아, 이모다."

"이모!" 난 뛰쳐 일어났다. "무슨, 웬일예요?" 심장이 벌렁거렸다.

"니 엄마가… 병원에…." 난 숨을 죽였다. "편지 후로…. 가슴이 아프다고…. 세번 졸도…. 곁에서 지키고 있다. 지금 잠들었어." 이모의 목소리가 이었다 끊어졌다 했다. 머릿속이 검정 베일이라도 뒤집어 씌운 듯 어두워지고 있었다. "지금은 안정중…. 한국인 군에…. 시기가 나빴어. 자세 편지… 편지…" 이모의 목소리가 메아리처럼 울리고 있었다. "미안… 미안….

다음 한주간. 바싹 마른 입에다 정신마저 산란해 가지고 병원일을 하긴 했는데 어떻게 했는지, 제대로 했는지 기억이 없다. 내 가슴은 칼날로 후비듯이 아팠다. 나는 마이크의 오피스로 갔다. 그를 본 기억은 난다. 그의 놀란 표정도 기억한다. 나한테로 오던 그의 발걸음도 기억한다. 난 그를 향해 팔을 벌린 것 같은데 어찌된 영문인지 팔이 병원 바닥을 쳤다. 그가 사라지고 있었다. 모든 게 사라지고 있었다. 그리고는 조용하고 어두워졌다. 이상스럽게 평안했다. 다 포기해 버리는 그런 평안함.

심장중환자실에서 나한테 달린 모니터들을 보면서 깼다.

"좀 어떠세요, 닥터 리?" 간호사가 물었다.

"내가 왜 여기있죠?"

"조사해 보기 위해서요. 가슴의 통증 때문에 정신 잃으셨거든요."

"난 멀쩡한데."

"잘 됐네요. 선생님께서 곧 오실 거예요." 내 상태를 점검한 후에 그녀가 나갔다.

심장전문 카터 선생님의 말에 의하면 내가 심장마비의 증세가 있어서 며칠 간 두고 보기로 했단다. 사랑 때문에 생긴 가슴앓이가 진짜 가슴의 통증을 가져올 줄은 몰랐다. 마이크가 찾아와 내 손을 쥐었다. 그의 입이 일그러졌다. 그를 볼 수가 없었다. 눈을 감았다.

"빨리 회복해야 해." 그리곤 말이 없다. 긴 침묵. 그의 가슴속에서 깊은 신음 소리같은 게 새어나왔다. 내 가슴이 조여왔다. 뛰기 시작했다. 서두르지 말고 침착하라고 당부하고 싶었지만 내 심장은 내 마음과는 반대쪽으로 달렸다. 간호사가 서둘러 들어왔다. 그후로 마이크는 병실로 날 찾아오지 않았다. 그가 보고싶어 애가 탔지만. 심장뿐이 아니라 내 눈이, 손이, 입과 몸 전체가 그를 애타게 기다렸지만 오지 않았다.

카터 선생님은 심장마비처럼 아픈 내 증세가 바이러스 때문에 생기는 페리카다이티스 같다고 했다. 한 번 앓고 난 후는 걱정할 필요가 없을 것이라고 했다.

"수련의라는 게 쉬운 게 아니죠. 게다가 당신의 경우는 새로운 문화와 언어에까지 적응해야 하잖습니까? 적당히 쉴 줄 아는 것도 중요하지요. 조깅이나 바이킹 같은 것 해 보면 좋을 것 같은데." 그가 제안했다. 사흘만에 퇴원했다.

퇴원후 일주일 지나 이모한테서 편지를 받았다.

"엄마가 한국이 때문에 말 그대로 가슴이 무너졌어. 녀석이 여자앨 하나 사귀는데 둘이 서로 좋아하나봐. 여자 아버지가 은행지점장이라서 돈이 좀 있나 보더라. 한국이처럼 가난한 데 다 시어머니까지 모셔야 한다면 집에서 반대해서 결혼할 수가 없다는 거야."

난 모르고 있었다. 엄마는 편지같은 걸 쓰는 사람이 아니었고 이모는 그런 소리는 중간에 나설 일이 아니라고 생각했던 모양이다. 엄마의 좌절감은 말하면 잔소리다. 엄마는 한국이한테 목숨, 생명 죄다 건 구세대 여자다. 엄마의 유일한 사랑이고 희망인 아들한테서 버림받았는 데다 딸마저 등을 돌리겠다 선언한 셈이다.

"너 엄마 잘 알잖아. 한국이의 거부가 엄마한테는 사형선고였지. 요즘 젊은 애들은 다 그래. 서구화 되어가지고 부모 책임지는 건 다 피하지. 그때 너한테서 편지가 온건데 어쩌면 좋을까하다가 네가 기다릴 것 같아서 엄마한테 말했어. 한국이가 엄말 돌보지 않으면 엄만 아무도 없잖아. 한국이 문제만 없었다면 마이크가 별 문제는 아니었을거야. 미아야, 너한테 할 말이 없구나. 네가 알아서 선처하는 수밖에."

이모의 편지가 아니더라도 결정은 이미 정해졌다. 마이크가 날 떠남으로써.

그가 떠나기 전날 저녁 그의 아파트로 찾아갔다. 한동안 머뭇거렸지만 결국은 마음을 잡았다. 실연에서의 고통과 상처에서 새출발하려면 필수일 것 같았다. 또 가여운 마이크가 내가 준 고통에서 헤어나오기 위해선 열고 닫는 문처럼 붙잡고, 닫고, 돌아설 수 있는 무엇이 필요할 것 같았다. 그를 어떻게 대면해야 할런지, 무슨 말을 해야 하는지는 나도 몰랐다. 그래도 우리는 아픔을 씻고 각자의 길을 떠날 수 있는 어떤 포인트, 전환점이 필요했다.

"잘 가라 인사하고 싶어 왔는데… 들어가도 좋을지…?" 수염이 까칠한 그의 얼굴에 물었다. 내 목소리는 깔릴대로 깔려 들릴 듯 말 듯이었지만 그래도 그의 빈 방을 울리고 다녔다. 짐은 다 싸서 치우고 병원에 속한 가구들만 앙상하게 남아있었다.

"물론. 들어와. 나도 어쩔까…, 떠나기 전 한번 보러 갈까…, 했지만. 걱정이 돼서…." 그의 목소린 나직했다. 빈 식탁에 앉았다.

"짐 다 싸고, 갈 준비 다 됐어요?"

"어. 다 됐어." 그의 눈, 목소리가 텅 빈 방을 굴러다녔다.

"나 때문에 받은 고통 모두 용서해 줄 수 있어요? 우리 엄마도 용서해 주세요. 시간이 어긋났어요. 내 동생이 엄마를 원하지 않는다고 선언했으니까요."

"나한테는 지구 반대쪽에 있는 어머니가 왜 우리의 행복에 그렇게 영향력을 행사해야 하는지 이해가 안 돼." 그의 눈은 아픔이었다. 마주 볼 수가 없었다. "더구나 남동생 위해 당신은 포기한 그런 어머니라면서."

"이해하기 힘든 거 알아요. 그래서 첨부터 제가 불안했던 것 같아요. 결국 당신은 미국인이고 전 한국인인 걸 어쩔 수 없나봐요. 세상을 서로 다른 안목으로 보니까. 우리 전통으로는 부모가 우리에게 어떤 짓을 했건 부모를 모른 척 할 수는 없어요." 그의 축축한 눈을 보면서 그의 고통을 덜어줄 수 없는 게 안타까웠다.

"걱정마, 미아. 난 괜찮아. 네가 건강하면, 그래서 잘 살면, 그럼 돼." 갈라진 그의 목소리가 빈 방안을 굴러다녔다.

한참만에 내가 침묵을 깼다. "우리 위해 하고 싶은 게 있는데…." 내 목에서 기죽은 목소리가 기어나왔다. 그의 얼굴을 보기가 힘들어 고갤 숙였다.

"……."

"자기 씻어주고 싶은데… 발이랑 손이랑 모두. 이상스레 들리는데, 아니 이

상하죠. 그래도…. 그래도 자기의 손, 발, 머리, 다 씻어주고 싶어요. 떠나는
선물대신…. 기억하게…. 당시 모두를 기억하고 싶어서."한번 더 마지막으로
그를 보고, 만지고 , 느끼고 싶었다. "그리고 나 때문에 생긴 고통도 가능하다
면 조금이라도 씻어주고…." 중얼댔다.

그가 내 손을 잡고 욕조로 끌었다. 샤워를 틀었다. 우린 서로의 옷을 벗겼
다. 그의 손을 잡고, 떨어지는 물밑에 섰다. 물과 눈물의 흐릿함 속에서 그의
발부터 시작했다. 비누거품을 내서 발가락, 발꿈치, 발목을 씻고. 머리 샴푸하
고. 눈, 코, 입을…. 시간과 마음을 들여 그의 모두를 쓰다듬고 입맞추었다. 그
의 아픔을 씻어주기 원했다.

그도 날 씻고, 어루만지고, 입맞추어 주었다.

그리고 우린 서로를 안고 흐르는 물밑에 섰다. 더 이상 가까울 수는 없을 터
인데도 서로를 원하고 바라는 마음은 우리 사이에 큰 강이라도 흐르듯 안타깝
게 하고 있었다. 물밑에서 엉겨붙은 채, 그의 눈이 쏟아내는 약한 소금끼가 섞
인 그의 말캉한 입술, 그를 빨아들였다. 그리고 그의 혀속으로, 몸속으로 빨려
들어갔다. 동시에 나는 그와 그의 모든 것을 내 속에 빨아들이기 위해 몸부림
했다. 그와 나, 우리속에 들은 아픔을 씻어내기 위해 손끝 발끝까지 안간힘 다
해 토해내는 경기 같은 몸부림이었다.

우리의 마지막 사랑은 깊고 고통스러운 아픔이었다. 그렇지만 또한 깊은만
치 특별했다. 마치 우리의 간절한 소원이 녹아들은 마지막 춤처럼. 그는 그의
생활을 줏어담아 그의 삶을 살아야 했고 나역시 그랬다. 그도 다시 시작해야
했고 나역시 그랬다. 절망의 고통을 안은 채 그의 행복을 빌었다.

눅눅하고 따스한 노스 캐롤라이나의 여름밤이 우릴 덮어주었다. 하나로 엉
겨서 벗고 누운 두 몸체를.

다음날 일찍 그는 떠났다.

멍청스러웠던 나는 여섯달 후 새해 전날 용남과 결혼했다. 내가 한 바보짓에 대해서 난 그동안 모았던 돈과 고민으로 빚을 갚은 셈이다. 하지만 보상이 없었던 것은 아니다. 매이와 란이, 귀한 두 딸을 얻었으니까. 게다가 덤으로 나는 진정한 자유와 독립을 획득했고, 뉴 헤이븐이라는 이곳에 내 가족을 위한 작은 안식처를 만들 수 있었다. 또 내 언니들을 만날 수 있다는 희망과 함께.

III 부

13

평양

"우리 비행기는 순안 비행장에 곧 도착하겠습니다."

스피커를 통해 나오는 안내말. 나도 모르게 오금이 저려왔다. 36년이라는 긴 세월 후에 드디어 언니들을 만나는 것이다. 알아볼 수 있을까? 21년전 서울을 떠날 때 나는 언니들하고도 마지막 작별을 하는건지 모른다고 생각했었다. 태평양 건너 7,000마일이나 떨어진 미국에 살고 있기 때문에 언니들을 보러 갈 수 있다는 것은 어찌 보더라도 아이러니다. 평양서 120마일 떨어진 서울에 살았더라면 가당치도 않은 소리 아니던가?

세상의 끝이라는 곳이 있다면 바로 예가 아닐까?

태양볕이 하얗고 광대한 세멘트 바닥 위에 떨어지고 있다. 멀리 잿빛이 도는 프르스럼한 산들은 신기루를 보는 듯 현실이 밀려가고 등골이 오싹해 온다. 비행기의 엔진소리가 줄어드는 것이 마치 시간마저도 줄어드는 기분이다. 줄어들던 시간은 한순간은 아주 서 버린다. 그리고부터는 거꾸로, 과거로 가는 듯 어찔하다.

기체가 서서히 몸체를 돌렸다. 창밖에 보이는 얕고 기다란 건물. 그 옆에 관제탑이 서 있다. 이 거대한 공항에 열두엇이 타고온 우리 비행기가 유일한 기체라니!

투명하게 푸른 하늘을 배경으로 두 개의 거대한 초상화가 걸려있다. 그 밑에 써 있는 글자들. '조선민주인민공화국 방문 환영: 위대한 수령 김일성 장군, 친애하는 수령 김정일 장군' 검은 글자들이 빌딩을 가로질러 커다랗게 붙어 환영하고 있다.

잠시 살바도르 달리의 녹아내린 시계의 그림 속으로 떨어진 기분이다. 엔진 소리가 완전히 꺼지고 나니까 시간도 사라진 듯 앞으로도 뒤로도 가질 않는 것 같다. 지구가 회전을 멈추고 서 버린 건 아닐까? 얼마 전 떠나온 케네디공항과 평양과의 차이는 내 머릴 혼동속에 빠트렸다. 이곳에 오는 사람들이라고는 우리가 다인가? 여길 온전히 떠날 수는 있는 걸까?

대부분이 남자들인 기내 손님들은 문쪽을 향하고 섰다. 말하거나 웃는 사람 하나 없다. 기침소리도 없다. 나도 그들을 따라 줄 서서 무표정한 얼굴로 트랙을 따라 내려가기 시작했다. 혹 언니들이 어디 있지 않을까 싶어 열심히 살펴가면서. 빌딩 한쪽 어항처럼 붕 떠 보이는 유리복도 안에 사람들이 팔을 흔들어대고 있는 것이 보였다.

그곳, 시간과 공간이 끝난 그곳에 서있는 선아를 보았다. 너무 멀어 확인할 길은 없었지만 틀림없었다. 부정할 수 없는 나와 엄마의 모습이, 지울 수 없는 어떤 유전인자의 점들이 36년이 지난 이 순간에도 우리가 자매라는 것을 크고 확실하게 말하고 있었다. 내 모든 것이 그녀를 향해 뛰었다. 팔을 앞으로 뻗친 채 우리가 잃어버린 시간을 향해서.

아무리 되돌려 생각해 봐도 내가 어떻게 그 유리상자 속 언니한테로 갔는지 알 수 없다. 분명 세관도 통하고 입국절차도 했을 터인데 그런 생각은 하나도 나질 않는다. 내 뇌가 다른 것들은 다 지워 버렸나보았다. 언니는 날 향해, 난 언니를 향해 뛰었다. 우리는 서로를 부둥켜 안았다.

우린 울고 외쳤다. 외치고 다시 울었다. 확인하기 위해 서로의 얼굴을 손바닥으로 싸고 들여다 보고는 다시 울었다. 말을 잃었다. 서로를 보고, 만지고, 붙들고, 서로의 냄새를 확인하느라 급급했다. 꿈처럼 사라질까봐 두려워 내 눈에서 언니를 떼어낼 수가 없었다.

분명 언니이긴 한데 언니의 동그랗고 포동했던 얼굴은 어디 갔는지 없었다. 말랑하고 동글동글했던 언니…. 대신에 이빨이 듬성듬성 빠지고 뺨은 홀쭉 들어가고 광대뼈가 튀어나오고…. 언니는 나이보다 적어도 10년은 늙어 보여 자꾸 나이든 엄마의 얼굴이 겹쳐보였다. 언니 만나면 엄청 기쁘고 행복할 줄 알았다. 반대로 고통과 분노, 슬픔으로 숨이 막히고 오장육부가 녹아내리고 있었다. 늙고 머리가 세도록 우리 형제들은 왜, 무엇 때문에, 누구 위해, 이 오랜 시간을 고통받아야 했던가?

드디어 정신을 차리고 돌아봤다. "진아 언니는?"

"후에 볼거야. 여긴 올 수 없었지만 보게 될게니까 걱정 마라." 언니는 심한 평양사투리를 쓰고 있었다. "위대한 수령님과 친애하는 수령님의 극진한 배려와 인도하에 우리 전 가족을 대표해서 내가 나온거야." 언니의 엄숙한 소리가 날 움찔하게 했다. 언니가 진정으로 하는 소린지 그렇게 해야만 하는 건지 몰랐다.

"위대한 김일성 수령님과 친애하는 김정일 수령님의 영도하에 조선인민공화국을 방문하신 이 선생님을 적극적으로 환영하는 바입니다." 자신을 장이라고 소개하는 사람이 말했다. "가방은 벌써 차에 실어 두었습니다."

"감사합니다, 장선생님." 내 안내자인 듯했다. 40대 중반으로 흰 남방에 카키색 바지, 마른 허리에는 허리띠가 느슨하게 걸려 있었다. 벤의 말에 의하면 여기서는 안내인이 최고의 직업이고 그들은 바깥 세상에 대해 누구보다 많이 알고 있다고 했었다. 장은 언니와 나를 기사가 기다리고 있는 검정 벤츠차로 안내했다. 차안에 장씨도 있고 또 도청이 될지도 모른다는 생각에 난 언니의 손을 꼭 붙들고 말은 삼갔다. 언니가 날 위아래로 훑었다.

"야, 어떻게 된 거이가? 도무지 나이가 들어뵈지 않는구나. 빼싹 마르기는 예전과 똑 같은데도 주름은 하나 없구나." 언니가 내 얼굴을 만졌다. "애기 얼굴같다, 야. 애를 다섯이나 키우고 났더니 난 핼미가 다 됐다. 이빨도 빠지고." 언니가 입을 가리며 웃었다. 언니 손은 막노동자의 것처럼 거칠고, 굳은 살이 배기고, 기미가 가득했다. "엄마도 너처럼 젊어뵈냐? 미국물이 좋은가보다."

"이른 셋이니까 늙고 주름도 많아. 그래도 아직 건강한 셈야. 뒷마당에다 텃밭도 일구고 아직 바느질도 잘 해. 언니들 보는 게 소원이지. 다음엔 엄마랑 같이 올게."

"그래야지." 언니의 눈이 붉어졌다. "엄마 생각만 하면 나야 할 말이 없지."

"우리 다 그렇지, 뭐. 말 할게 있나? 언니는 애가 다섯이나 된다며? 진아 언니는?"

"언니는 아들 하나야. 그래도 정말 똑똑한 아들이라 남의 열자식 부러울 게 없지. 언니의 자랑거리란다. 언니 똑똑한 거 알지? 아들은 더해. 김일성대학 졸업하고 모스크바대학 나왔어." 언니가 대학 이름들을 강조했다.

"몇 살이야? 애들도 있고?"

"서른 둘인데 결혼은 아직 못했어. 짝 될만한 애가 어디 있갔니?"

"큰언니 남편은?"

"남편도 똑똑하고 당원이야. 후에 우리집에서 다 만날꺼야. 언니는 고등학교 수학 선생이고."

우리가 시내로 들어가고 있는 모양이었다. 건물들, 버스, 전차들은 보였지만 거리는 차량이 많지 않아 한산해 보였다. 거리마다 두 영도자들의 사진들이 끝없는 공산당의 칭송과 함께 휘날리고 그와 못지 않게 반미 슬로건들도 나부꼈다. 주먹을 불끈 쥔 젊은이들이 "미제국주의를 타도하라." "불쌍한 남한 형제들을 제국주의의 손에서 구하자." 따위를 외치고 있는 거대한 벽화도 여기저기 보였다. 미국에 대항해 싸우는 것이 마치 이 나라의 존재이유가 아닌가 싶을 지경이었다.

"언니네 식구들은?"

"우리 첫째는 딸이고 아들 하나 딸 하나 뒀다고 내가 편지에 썼지? 그 다음은 아들이고 군대에 가 있어. 셋째가 딸인데 지난 유월 결혼했고. 넷째는 아들인데 형처럼 군대 가 있고. 넷이면 충분한 건데 망신스럽게도 어쩌다 이 나이에 딸을 하나 더 낳았지 뭐냐. 걔가 벌써 열 살 아니가?" 언니가 입을 가리고 웃었다. "내 주제에 애들만 주렁주렁 낳았는데 이젠 그것들도 다 자라고 막내만 집에 남았다." 언니가 날 봤다. "너는?"

할 이야기가 너무 많았다. 한국이에 대해 이야기 해 주고 내가 이리로 오기 바로 몇 달전 있었던 이모의 깜짝결혼에 대해서도 말하고 싶었지만 참았다. 소위 부르주아 자본주로 간주될 수 있는 이모부 이야길 장씨가 있는 데서 하고 싶지 않았다.

내가 더 이야기 하기 전에 언니가 날 향했다. "그런데 미아, 내가 편지에 쓰진 않았어. 하지만 우리 아버지가 몸이 아프시긴 해도 아직 살아계셔. 널 기다리고 계시는 게야."

"뭐?" 내가 소리질렀다. 전류가 통하고 있는 전선을 밟는다면 딱 이럴 것이다. 운전수와 장씨 둘이 다 날 돌아봤다. "죄송해요."라고 말하긴 했지만 나 자신을 주체할 수 없었다. 죽었다 살아나온 사람을 본다면 이럴 게다. 아니, 사실이 그랬다. 아버진 36년전 돌아가신 분이었다.

"네가 놀랄 줄 알았다." 언니가 내 등을 두드렸다. "편지에 썼어야 하는 건데. 혹시 쓰면 네가 오는데 방해될까봐 참았어. 될수록 짧게 쓰라고 해서. 나야 너나 진아언니처럼 똑똑질 않으니까 뭘 써야 하는지 가름이 안되더라. 어려서부터 편지쓰는 건 내가 서툴잖냐." 언니나 나나 우리가 만날 수 있는 기회를 실수로 놓지고 싶진 않았던 거다. 그렇다고 이 자리서 뭐라 떠들 수도 없었다.

몇 번 숨을 고르고나서 물었다. "무슨 병이야? 심하게 아프셔?"

"일 년전 쓰러져 중풍에 걸렸는데 그래도 웬만 해서 기동하셨더랬지. 하지만 넉 달전부터는 완전히 누워서 대소변도 못가리셔. 네가 혹 아버지가 돌아가신 후 오면 어쩌나 하고 걱정 많이 했다." 언니가 내 손을 꼭 잡았다. "아버지가 살아계시는 동안 온 것만도 기적이다, 기적이야. 그래도 아버지 뵈면 놀라지 마라. 뼈에 껍질만 입혀 놓은 형국이지."

"우리 지금 거기로 가나요? 볼 수 있어요?" 장씨한테 물었다.

"아니야. 지금은 호텔로 가는 거야. 내 말 맞지요, 장동무?" 언니가 물었다. "너의 관광이 끝나면 우리집으로 올거야. 위대한 영도자 김일성 수령님의 은덕으로 고맙게도 내가 오늘 네가 관광 시작하기 전에 특별히 널 만나러 올 수 있었던거야. 장동무의 말로는 네가 호텔서 이틀간 묵고 나서 우리집으로 올거라고 하시더라."

"걱정 마시라요, 이선생. 곧 다 만나게 되실테니까요." 장씨가 말했다.

"누가 아버질 돌보셔? 의사는 아버지 상태가 어떻대?"

"형부하고 내가 돌보지. 아버지가 사위 하난 잘 두셨지. 아버질 돌려눕혀 드리고, 씻겨 드리고, 기저귀도 갈아드리고, 말끔 다해. 정성이지. 한국이보단 백배 낫지. 한국이 좀 달라졌니? 엄마가 응석받이로 만들어 놨잖냐." 언니가 손바닥을 치면서 웃었다. "우리 막내 윤희도 잘 도와."

"왼쪽을 못쓰셔, 오른쪽을 못쓰셔?"

"오른쪽. 말씀도 못하셔."

"약은 무얼 드셔?"

"병원 계실 때야 약을 좀 드렸지만 지금은 약도 없지 뭐. 이젠 병원서 할 수 있는 건 더 없대. 집에 모시고 우리가 할 수 있는 거나 해 드리는 거지, 뭐."

"내가 오는 거 알고 계셔? 엄마가 나랑 미국있는 거 아셔?"

"네 편지 받은 후 여러 번 말씀 드렸으니까 아실꺼야."

"엄마가 오셨어야 하는 건데." 후회 막심이었다.

"엄마가 앓고 있는 아버질 보시문 가슴이 얼마나 아프갔니? 네가 아버질 보면 내 말을 알거다. 내 보기엔 아버지가 숨 거두기 전에 널 한 번이라도 보고 가시려고 살아계신 거야." 좀 생각해 본 후에 언니가 말을 보탰다. "네 말이 맞을지도 모르갔다. 두분이 마지막으로라도 한번 더 볼 수 있다문 좋기야 하갔지. 서로 한 번 보지도 못하고 헤어졌으니까."

"우리 가슴 아픈 거야 엄마 어버지만 하겠어?" 한숨이 절로 나왔다. "그런데 아버질 어떻게 찾았어?"

"우리 아버지가 당과 국가에 충성아니시가?" 언니가 장씨를 흘낏 보고 이었다. "다 위대한 영도자님 덕에 우리한테 오게 된 거지, 뭐." 언니가 머릴 끄덕였다. "이야기가 기니까 나중에 다 설명해 줄게. 건 그렇고 네 가족들 이야길 좀 하려무나. 네 남편은? 편지에 남편소린 하나도 없더라."

난 고갤 돌리고 창밖을 내다봤다. 우리는 시내를 통과하고 있었지만 거리는 여전히 비어 있었다. 꿈을 꾸고 있는 게 아닌가 싶었다.

"네 가족 이야길 좀 하라니까." 언니가 날 찔렀다.

"난 아들도 없고 남편도 없어. 딸만 둘이야." 내가 와 있는 한반도는 나의 뿌리를 느끼고 내가 누군지를 일깨워 주고 있었다. 나는 남편도 아들도 없는 패자. 이렇게 긴 시간이 흐른 후에도 아버지와 내가 태어난 곳에 대한 사랑이 여태 속에 잠재하고 있었다는 것이 놀라웠다. 아버지와 같이 놀거나 이야기 해 본 생각은 없었다. 그래도 사촌한테 가서 쌀을 얻어 온 후 어두운 방에서 혼자 벽을 향하고 앉아있던 아버지의 영상은 아직껏 머릿속에 생생했다. 우리 위해 자신을 포기해야 했던 아버지…. 그렇게 자신의 영혼을 팔았다 생각하셨던 아버지….

"남편이 아들보기 위해 떠났니?"

"아니, 그런 거 아냐. 애들이 아직 애길 때 이혼했어."

"너랑 애들 좀 도와 주냐?"

"아니. 그래도 괜찮아. 내가 꾸릴 수 있어." 난 장씨 앞에서 더 이야기하고 싶지 않았다. 그는 듣지 않는 척했지만 이혼은 북이나 남이나 달갑게 여기는 바는 아니었다. 참을성, 특히 여자쪽의 참을성이 없어 생기는 것을 이혼이라 보는 눈이 아니던가?

"쯧쯧! 너 혼자 애들 키웠겠구나. 힘들었갔다."

"엄마가 키워 주셨잖아."

"키우고, 입히고, 멕이고, 학교 보내려면 얼마나 배고프고 힘들었간?"

"괜찮았어. 충분히 있었어."

"거기서도 영도자가 도와 주냐? 미국도 그래? 충분히 주던? 우리는 모든 것이 다 영도자님의 은덕인데. 아무 걱정 없지. 남쪽에선 얼마나 배를 곯고 사니? 미국의 속국이니까 오죽한간." 언니의 말은 날 헷갈리게 했다. 장씨더러 들으란 소린지 아니면 언니가 그렇게 믿는 건지 알 수 없었다. 세뇌가 완전히 된 건가?

"한마디로 설명하긴 복잡해. 정부가 많이 하긴 하지만 음식을 내주진 않아. 그래도 세금은 내지. 언니도 세금 내지?" 설명할 방법을 찾아보았다.

"그게 뭔데?"

"물론 안내겠네." 멍청한 질문이다. 여기는 모든 것이 정부의 것이고 정부가 국민을 위해 모든 것을 공급하는 공산사회가 아니던가?

"난 공장서 옷만드는 일 하고 형부는 옷감 자르는 일 해. 우린 일 배우는데서 만났어. 우리는 일만 하고 나머지는 영도자님이 알아서 다 해결해 줘." 언니는 자랑스러워 보였다. 하지만 애 다섯을 그렇게 다 키우기가 쉬웠을까 하는 생각이 들었다. 엄마는 자식 하나도 제대로 키울 수 없어 나는 고아원으로 가질 않았던가?

"애들 키우는 게 힘들진 않았어?"

"우리 애들은 언니 아들처럼 똑똑하진 않아. 기래도 다 교육은 받을 만큼 받았어. 학교도 공짜고, 집도 공짜고, 병원이나 의사도 공짜고, 음식은 배급이고. 걱정해야 될 게 하나도 없지. 대학 못가도 걱정 없어. 딸들 사위들 다 좋은 직장 가지고 두 아들도 군대 갔다오면 또 좋은 직장 가질거고. 나나 형부나 한 달에 90원 정도씩 버는데 전수 배급이니까 돈은 있어도 쓸 데가 없어 늘 남아돌아. 큰형부같은 당원도 다 비슷해. 특혜가 좀 있긴 하지만 그뿐이야. 평등사회아니가."

"의사들은 얼마나 벌어?"

"건강관리 노동자들도 다 비슷할 걸. 90원이나 100원이겠지." 언니 말이 맞을 것 같았다. 내가 '76년 소련을 가 봤을 때 거기도 그랬다.

"미아, 좀 봐. 대동강이다." 언니가 소리쳤다. 언니는 한번도 차타고 나들이 나서본 적이 없는 아이처럼 즐거워 했다. "야, 정말 멋있구나!" 등에 가을볕을 받고 반짝거리며 강은 흘러가고 있었다. 수십년 전 우리가 여기서 멀지 않은 곳에서 태어났다는 것이 믿기질 않았다. 우리 차는 강줄기를 타고 돌았다.

"다 왔습네다." 장씨가 말했다. 새것처럼 보이는 작은 호텔이었다. "여기 묵으실 겁니다. 고려장에서 묵으시면 더 좋으셨을텐데 거기선 국제 회의가 있어서 이리로 됐습니다."

"아주 좋습니다. 작은 호텔이 써비스는 더 좋으니까요." 호텔 로비 높은 곳에 커다란 아버지와 아들 초상화가 우릴 맞았다. 언니는 계속 두리번거렸다.

"애, 여긴 참 좋구나. 정말 잘 꾸렸다." 언니가 내 귀에 대고 말했다.

장씨는 등록하는 것을 도와주고 내 방으로 인도했다. 나를 극진히 돌보고 있었다. 방문을 열고 내게 열쇠를 줬다. 언니가 먼저 들어섰다.

"야, 궁전이다. 이 침대좀 봐라. 깨끗하고 좋다. 창밖이 바로 강이구나." 언니가 감탄사를 연발하며 둘러봤다. "화장실이 크기도하다." 세련되게 꾸민 것은 아니더라도 소련이나 지난 이틀간 지냈던 중국호텔에 비하면 훨씬 좋았다. "이렇게 큰 거울은 첨 본다."

"저희들은 아랫층서 기다리겠습니다. 준비되시는대로 내려 오시라요. 오늘 저녁은 여기서 할 겁니다." 말하며 그는 언니를 이끌고 나갔다. 언니는 방을 한번더 둘러 보고는 어깨를 늘어 뜨린 채 장씨를 따라 나갔다. 언니가 같이 있었으면 싶어 묻고 싶었지만 참았다. 그게 좋을지 아닐지 몰라서.

베이징에서 방을 구하지 못해 앉아서 자다시피 했던 지저분하고 냄새나는 방에 비하면 이 방은 양반이다. 나는 얼른 씻고 서둘러 언니한테로 갔다. 언니는 장씨와 같이 식탁에 앉아 있었다. 언니를 보는 것이 새삼 다시 기뻤다.

"미아, 네 방 참 좋지? 내가 본 중엔 최고다. 그것도 우리 수령님께서 해 주시는 거야." 나는 우릴 내려다 보며 웃고 있는 두 초상화를 올려다봤다. 감사하다고 인사 드려야 하는 건지 몰랐다. 하지만 그런 말이 나오진 않았다.

식당 내 몇 테이블에는 손님들이 있었다. 식탁 위에는 음식이 널려 있었지만 배고픈 생각이 전혀 들지 않았다. 부지런히 먹고 있는 언니, 빠진 이빨 때문에 음식을 이리저리 돌려가며 씹고 있었다. 당장 치과에 데리고 갔으면 싶었다.

"왜 먹지 않니? 먹어 봐. 맛있어." 언니는 날 먹이고 싶어했다. 언니가 열심히 먹는 걸 보니까 전쟁때 배고팠던 시절이 떠올랐다. 음식만 보이면 우린 결사적으로 덤벼 먹어 치웠었다. "다 맛있어, 야."

"걱정마, 언니. 배고프지 않아." 언니를 보는 것만 가지고도 난 배가 불렀다. 아무리 봐도 모자랐다. 언니를 만난 기쁨보다는 명치끝에 달린 슬픔이 더 짙긴 했지만.

"쯧쯧! 그러니까 살이 안찌지. 넌 딱 젓가락이구나."

"미국선 모두 살빼서 마르고 싶어 하는데, 뭐. 살찌지 않으려고 법석들야."

"거참, 이상한 나라도 있구나. 그런 소린 난생 첨이다. 살 한번 쪄 봤으문 좋았다." 언니의 푹 꺼진 볼이 음식을 넣으면 골프공이라도 넣은 듯 둥그렇게 부풀곤 했다.

저녁 후 장씨는 나보고 이젠 방에 가서 쉬라고 하며 언니를 데리고 호텔을 나섰다. 밖이 어두워지고 있었다.

"아버질 오늘 뵐 수 있으면 좋을텐데…." 언니와 같이 가고 싶었다.

"곧 뵙게 될 겁니다. 걱정 마시라요." 장씨가 말했다.

"준비가 다 되면 아버지 뵐게야. 오래 여행 했으니까 피곤하겠다. 들어가 쉐라." 언니가 내 등을 쓸어 주었다. 어깨 넘어로 나를 보고 또 보며 가는 언니….

집 떠난 후 처음으로 길고 따끈한 샤워를 했다. 흥분 때문에 잠을 잘 수 없을것 같았는데 중국에 있는 동안 이틀간이나 잠을 못잤는 데다 시차까지 겹쳐서 그랬던지 깊은 잠이 들었다.

너무도 조용한 적막이 날 깨웠다. 대도시의 소음에 적응이 된 내 귀에는 익숙지 않은 적막이었다. 시계를 보았다. 일곱시 반이 넘어 있었다. 내가 거의 아홉시간이나 잔 셈이다. 창 밖을 내다봤다. 강에서 올라오는 물안개 외에는 뵈는 게 없었다. 로비에 있는 두 초상화가 내가 어디 있는지를 확인시켜 주었다. 벌써 익숙해진 건지 어제처럼 이상하거나 머쓱함은 줄어 있었다.

"나가서 좀 걸어도 되겠지요?" 로비의 데스크에 앉은 젊은이에게 물었다. 멍청한 질문을 했다 싶어 웃었다.

"물론이죠." 그가 정중하게 말했다. "요샌 안개가 많이 끼는 철입니다."

"주변이 조용하고 좋습니다. 경치가 훌륭한데요."

"우리 수령님께서 손님들의 편리와 평안을 위해 특별히 이렇게 배려해 주셨습니다. 나가 걸어 보십시요. 안개는 곧 걷힐 겝니다." 그는 친절했다.

베이징은 어디가나 사람들로 넘쳐 흘렀는데 여긴 개미새끼 하나 보이지 않았다. 조용하고 외진 지역. 물안개가 이 지역을 말짱 휘감고 있었다. 잎들을 떨구고 맨몸인 나무들도 안개옷을 휘감았다. 호텔서 멀지 않은 곳에서 이 강은 대동강과 만나 돌고 합치면서 짙은 안개를 더 뿜어 올렸다. 내가 온 길을 되돌아 보니까 안개 외에는 뵈는 게 없었다. 섬뜩한 생각이 들어 얼른 다시 호텔로 향했다.

장씨는 오라는 청년을 하나 더 데리고 왔다. 이해할 수는 없었지만 마치 내가 무슨 중요한 고급관리라도 된 기분이었다. 그들은 나를 모시고(?) 벤이 이야기했던 여러 장소들뿐 아니라 여러 개의 김일성 동상들을 보여 주었다. 동상을 뵈러 온 사람들은 동상 앞에서 깊이 절들을 했다. 더러는 감사와 존경의 눈물을 아낌없이 줄줄 흘리는 것도 마지 않았다. 동상이 하도 크고 높으니까 내 머리꼭지가 동상의 발끝에 미치려도 어림 없었다.

"올 때마다 우리는 위대한 수령님께 감사를 표합니다." 고개 깊이 숙여 인사한 장씨가 설명했다. 그는 내가 절 하기를 기다린 듯한데 난 알아들었다는 표시로 고개만 까딱 했을 뿐 계속 발걸음을 옮겼다.

하도 많은 기념탑과 동상들을 보고 나니까 그게 그거였다. 하지만 마지막에 들린 장소는 상상 밖이었다. 만경대였다. 내가 어려서 우리 뒷산서 내려다 보았던 곳과는 전혀 달랐다. 화려하게 발전해 있었다. 김일성의 생가라는 곳은 사당처럼 꾸며 있었고 주변은 기념관, 박물관, 경기장, 극장들로 가득했다. 벤이 이야기하던 소년궁도 거기 있었다.

지는 햇빛에 하늘은 붉게 물들었고 빌딩들도 불타듯 붉은 빛들을 반사했다. 그곳을 흐르는 강도 마치 빨간 물감이라도 푼 듯 붉게 흐르고. 옛 우리집은 어디쯤이었을까 하고 둘러 보았지만 알 수 없었다. 할머니가 원하셨던대로 조부모의 묘자리가 아직 거기 있기를 바랬다. 할머닌 죽어서 명당 자리에 오래 오래 묻혀있어야 자식들이 잘 된다고 굳게 믿으셨는데….

"땅이 얼마나 기름진지 여기서 나는 과일이랑 오디보다 단건 없시요. 입에서 살살 녹아요." 장씨가 말했다. 머리꼭지가 일어서는 기분이었다. 이런 걸 데자부라고 하던가?

"내일은 무슨 스케줄이 있는가요?" 돌아오는 길에 물었다.

"역사 박물관과 김일성대학입니다. 유명한 미국대학 교수님 위해 우리 책임자께서 특별히 마련하셨습니다. 서로 맞먹는 대학이니까요." 그가 자랑스레 말했다.

"아, 그런가요?" 내일도 언니들 없이 지내야 하는데 속이 타고 있었다.

"걱정 마시라요. 한참 준비 중입네다." 그가 내 마음이라도 읽었나? 언니가 준비한다는 게 도대체 뭔지 알 수 없었다. 언니네 집이 지저분하다 해도 상관없는데…. 나 때문에 언니를 고생시킬 생각은 전혀 없었다.

14

진아와 미아

"로비에 손님이 와 계십니다." 프런트였다.

기분도 풀겸 따스한 물에 목욕할까 싶었는데 온 전화였다. 육체적으로는 멀쩡했지만 정신적으로는 줄타는 곡예사처럼 신경이 곤두서 있었다. 누구지? 여기로? 저녁에?

"누구신지요?" 미아가 물었다.

"이동무입니다." 물으나 마나다. 이동무나 김동무나 흔한 성이니 그게 그거지. 미아는 재킷을 다시 입고 내려갔다.

검은 투피스를 입고 앉아있던 가늘어 보이는 여인이 미아를 보고 일어섰다. 진아! 둘은 서로를 향해 덤벼들어 껴안았다. 선아도 말라 있었지만 진아는 더했다. 활기차고 젊었던 생동감은 어디서도 볼 수 없고 아름답던 계란형의 얼굴은 근심과 주름으로 가득했다. 옛 진아의 모습을 찾아 눈속을 들여다 보았다. 눈동자는 그대로인데 그 안엔 헤아릴 수 없는 깊은 절망 같은 게 가득했다. 그녀의 탐스럽던 검은 머리는 급한 듯 묶어서 뒤로 올리고…. 땅에 떨어져 구르는 가을 잎새처럼 언니는 부서질 듯 메말라 있었다. 서로를 껴 안은 채 둘은 목놓아 울었다.

"언니, 장씨가 여기 데려다 줬어?" 눈물을 닦아내며 물었다.

"아니, 혼자왔어. 어제 선아 만난 건 알고있어." 진아가 미아를 눈에서 놓치지 않고 말했다. 둘 사이의 차이는 낮과 밤이었다. 나이만은 아니었다.

"선아언니가 큰언닐 볼 거라고 했지만 언니가 이리 올 줄은 몰랐어. 큰언닌 아주 똑똑한 아들 두고 잘 있다고 하던데." 미아가 언니를 살폈다. 잘 있다는 언니가 이런 모습이리라고는 상상하지 못했다. 큰언니는 행복하고 활기찰 거라고 믿었다. 슬픔, 불안, 공포의 베일 같은 게 이렇게 짙게 뒤덮고 있을 줄이야. 예전에 진아가 가지고 있었던 투쟁의 기운은 어디에도 없었다. 시간과 환경이 언니의 미모뿐 아니라 언니 자체를 철저하게 배반한 듯싶었다.

"오늘 날씨가 좋구나. 저녁 먹었으면 나가 좀 걸어볼래?" 진아가 일어섰다.

"그래, 언니." 미아가 따라나섰다.

프런트를 향해 진아가 말했다. "더 어두워지기 전에 강가 산책 좀 할게요. 날씨가 너무 좋아서." 미아의 손을 잡아 끌었다. 밖에 나서자 진아는 목소릴 낮추고 소근댔다.

"걸으면서 이야기하자." 서로 손을 꼭 잡아 줬다. "널 얼마나 기다렸는지 몰라. 네 방이나 로비에서 이야기하고 싶진 않아서." 진아가 잠깐 멈추고 미아를 한번 더 훑어봤다. "하고싶은 이야긴 태산인데 시간이 모자라 어디서부터 시작해야 할지 모르겠다. 조심해 듣고 내가 하는 이야길 아무한테도 하지마. 너만 알고있어. 선아한테도." 진아가 침을 삼키고 계속했다. "너와 단둘이 있을 수 있는 유일한 시간이 지금 뿐일 듯해서 말야. 오늘밤 널 찾아오지 않으면 다른 방도가 없을 것 같았어." 미아의 의아스런 눈을 보면서 진아가 미아를 끌었다. "당황스런가 보구나. 실은 나도 어디서부터 어떻게 이야길 해야 좋을지 모르겠다. 36년만이잖아. 미아, 무엇보다 내게 필요한 건 우리 아들의 건강에 대해 네 자문이 필요해. 여기선 구할 수가 없어서."

"어디 아픈 거야?" 미아가 언니를 살폈다. 진아가 제정신이 아닌 듯했다. 뭔가 크게 잘못된 느낌이었다. "언니, 진정하고 차분하게 이야기 해 봐. 난 의사니까 나만 알고 있을 게, 걱정마."

진아의 얼굴에 안심하는 표정이 서렸다. "난 송보 걱정으로 꽉 차서 때로는 내가 뭘 하는지 무슨 생각을 하는지도 잊어버리곤 해. 내정신이 아냐. 내가 먼저 뒷배경을 간단히 설명해 줄게. 그래야 네가 적당한 자문이나 해결책을 알면 가르쳐 줄 수 있을테니까." 진아가 긴 숨을 들이 쉬었다.

"내가 서울을 떠날 때는 한가지 밖에 몰랐어. 지구상에 세상이 다 원하는 가장 이상적이고 좋은 나라를 세우는 거. 그걸 우리는 세울 수 있다고 믿었어. 그만큼 순진했던 거지. 지금은 모든 게 다 무너져 내리고 난파되고 있다는 생각에 잠을 못자. 송보의 병을 통해 우리가 쫓고 있던 게 무지개 같은 하나의 허상뿐이었다는 생각을 자꾸만 깨닫게 하는 거야." 미아는 진아의 이야기가 어디로 가고 있는지 몰랐다.

"이소리 들으면 놀라겠지만 속으로만 알고있어. 큰형부는 김정일의 비서야." 미아가 그 자리에 돌처럼 굳었다. 진아가 미아의 팔소매를 잡아 끌었다. "계속 걸으면서 들어. 형부는 경제와 재정전문이야. 전엔 김일성을 위해 일했지만 정권을 아들한테로 물려주기로 한 후로는 김정일한테로 옮겨야 했어."

아직도 쇼크에 빠져 있는 미아가 간신히 물었다. "형부 성이 최씨야?"

"어떻게 아니? 선아한테서 들었겠구나."

"아니, 그게 아니고 전쟁때 언니가 떠난 후 그이가 언니 찾아 왔었어. 이모하고 나하고 집에 있다 만났지. 언니를 장미라고 불렀다며?"

"맞아. 그이야. 착하고 똑똑하고 현명해. 그런 남편과 결혼하게 된 건 진짜복이야. 우린 서로를 깊이 사랑해. 그때문에 지금껏 살아온 거지만." 진아가 희미하게 웃었다. "형부도 이젠 늙었어. 그땐 우리 둘 다 어리고 순진하고 이상에 빠져서 암것도 모르면서 세상을 다 아는 줄 알았었지. 내가 조동지와 서울을 빨리 떠나야 했기 때문에 헤어졌던 거야." 진아가 그들이 떨어졌다 다시 만나게 된 이야길 간단히 했다.

"그랬구나. 그런데 어떻게 김일성을 위해 일하게 된 거야?"

"조동지가 주석님께 내가 김일성의 생가가 있는 만경대서 왔다고 했거든. 주석님은 자신의 친척이나 친지를 믿으셔. 넌 어려서 잘 모르겠지만 우리가 거기서 별로 멀지 않은데 살았거든."

"나도 조금은 알아. 할머니가 우리 뒷산에 갔을 때 가르쳐 줬어."

"그랬구나. 어쨌든 주석님은 날 반겨주시고 그분의 어머니와 우리 할머니가 같은 섬 태생이라는 소리까지 하셨어. 이웃이셨대. 난 그건 몰랐댔어. 날보고 언제든 필요하면 찾아 오라고도 하셨어. 그인 그런 분이셔. 일본군과 싸우기 위해 만주 가시기 전까지는 같은 학년은 아니라도 우리 아버지하고 같은 학교 다니셨단다." 진아가 설명했다.

"우리가 모스크바에 있을 때 김영주동지는 형부가 총명하다고 무척 아끼셨어. 김영주는 김일성의 동생이거든. 두분 다 우릴 좋아하신 거지. 형부는 돌아와서 김일성대학서 가르쳤는데 주석님께서 곁에 와서 일하라고 하셔서 당으로 깊이 들어가게 된 거야." 진아는 멈추고 주변을 돌아봤다.

"아버지 주석님은 위대한 지도자야. 난 그이를 굳게 믿어." 언니가 소근댔다. "하지만 아들은 달라. 권력 외에는 뵈는 게 없어. 김정일은 누구든 필요하면 쓰지만 필요 없으면 가차없이 내버려. 없애버려. 아버지 한테는 앞날에 대한 희망이 있는데 아들은 아냐." 미아의 생각은 달랐지만, 진아한테 김들에 대해 더 묻고 싶었지만, 입을 다물었다.

"이야기가 곁길로 가는 것 같은데 들어 둬. 서울서 내가 서울지부장 조동지 밑에서 일했었잖아? 그분한테 아버지가 공산주의자로 투옥되었다가 북으로 끌려간 것 같으니까 좀 찾아 달라고 부탁드렸댔어. 생각나지? 우리가 감옥소 가서 아버지 찾다 못찾은 거? 내 추측에 아버지는 모두 학살하기 전에 어디로 끌려가지 않았나 싶은거야. 조동지 덕분에 아버지가 해주에 있는 방직공장서 일하고 계신 것을 찾았지. 거기 살아 계셨던 거야." 진아가 숨을 돌렸다. 미아는 언니가 계속 하길 재촉했다. "우리가 아버질 찾았을 때 아버지는 그 당시 기억을 상실하신 건지, 실어증에 걸리신 건지 말을 영 못하시더라. 말씀을 못하시니까 난 감옥소에서 공산당이라고 너무 심하게 당하셔서 그리된 것이라고 했어. 우리와 아버지 자신을 위해 그렇게 굳혀버렸지."

"그러니까 아버질 찾을 수가 없었구나." 미아가 생각해보고 물었다. "그러면 아버진 언제 북으로 가신 거야? 어떻게 학살을 면하실 수가 있었어? 학살은 남쪽서 도망가기 전에 하고 간 거 아냐?"

"간혹 아버지가 비치는 소리하고, 당시 모든 상황을 점검해 보니까 이렇게 되었던 것 같아. 아버지가 사촌하고 같이 일한 거는 인천방직서는 모르고 있었잖아? 또 대부분의 인천방직 사람들은 아버지처럼 도망치다 잡혀서 되돌아 갔잖니? 모두 같은 상황인데 어떻게 아버지만 잡아 넣겠어? 증거가 불충분했지. 그래 아버질 인천으로 돌려 보냈나봐. 인천 유치장서 서류정리되어 풀리기만 기다리고 있었던 바로 그때 북조선군이 다시 내려와 북으로 가시게 되었던 거야. 그리곤 해주공장으로 보내졌지."

"아, 그랬구나."

"그때야 사람 죽고 사는 것이 다 파리목숨 같았잖니? 끌려 가기도 하고, 나처럼 제발로 공산당이 좋다 가기도 하고. 난 아버질 피눈물나게 당한 공산당으로 만들었어. 그렇게 하는 것이 아버지나 우리가 여기 사는데 가장 좋은 길이었거든. 벙어리처럼 돼 버린 아버지의 침묵이 어찌보면 우릴 살린 셈이야." 진아가 잠시 말을 끊었다.

"사람 산다는 것이 이렇게 힘들고 굴곡이 많을 거라고 누가 알았겠니? 한번 잘못디딘 걸음이 우릴 이렇게 갈라 놓을 줄 누가 알았겠니? 누가 내 자유를 훔쳐갔나하고 억울해 했는데 결국 따지고 보니까 다 내가 한 짓이더라. 난 내가 머리도 있고, 철도 들고, 똑똑한 줄 알았던 거야. 제꾀에 넘어간 거지." 진아가 픽하니 웃었다. "아버지 말씀이 옳았어. 난 내 코앞만 보느라 멀리 볼 줄을 몰랐던거지. 공산주의에 빠져 전체를 보질 못했어. 난 좋다고, 잘났다고, 선택의 자유가 있다고 믿었는데…. 선택이란 건 자유가 아니고 책임의 대명사더라."

"언니만 그런 건 아니지 뭐. 누구나 다 그렇지. 그런데, 언니, 아버지 재혼하셨어? 아버지가 밥하고 빨래하는 상상이 안돼."

"하셨댔어. 의지가지 없이 불쌍하지만 착한 여자댔는데. 돌아가신 지도 십년가까워. 애는 물론 없고. 그리고 혼자 사시다 뇌출혈로 쓰러지시고 나서 선아네로 가셨어. 선아가 아버지한텐 천사지, 천사." 진아가 긴 숨을 쉬었다.

"다시 내 이야기로 돌아가야지. 70년대 후반 김일성주석이 김정일을 후계자로 결정한 후에 주석께서 형부한테 부탁했어. 아들 김정일이 이을 거니까 거기서 일해야 한다고." 진아는 목소릴 한층 더 낮추었다. "우린 집에서 정치이야긴 될수록 피해. 하지만 내 보기에도 형부가 김정일한테 실망이 크다는 건 알 수 있어."

진아가 시계를 보았다. "아직 시간이 좀 있다. 내가 주위에 아무도 없이 너하고 둘이만 이야기가 하고 싶다고 했잖아. 여기선 아무하고도 내 속 이야길할 수가 없어. 남편한테까지 그래. 우린 서로를 더 이상 사랑할 수 없지만 무슨 생각을 하고 있는지, 뭘 알고 있는 지에는 조심해야 해. 특히 형부의 경우는 더 그래. 형부는 속으로만 생각해. 혹 나한테 이야기 했다가 실수로라도 말이 잘못 새 나가는 날이면 곤란하니까. 다른 가족들도 마찬가지야. 그러니까가족 간에도 잘 가려서 이야기 해야 해." 진아는 미아의 손을 꼭 쥐었다. "너만은 예외야. 너한테는 다 말할 수있어. 넌 다른 행성서 왔다가 곧 그리고 갈꺼니까." 진아는 발을 멈추고 검게 흐르는 강을 긴 숨과 함께 보았다.

"우리 아들 송보는 '54년에 태어났어. 똑똑해. 모스크바 대학서 24살에 물리

학박사학위 받고 귀국하자마자 여기서 80마일가량 떨어진 비밀장소에서 다른 물리학자들과 일하기 시작해서." 진아의 목소리가 더 줄어들었다. "우리 영도자 둘은 다 무슨 일이 있어도 핵폭탄을 원해. 그것만이 미국이나 세계에 대항할 수 있는 길이라고 믿거든. 송보한테는 물리가 일종의 도피야. 물리를 파고 있으면 부러운 게 없대. 그런데 작년에 병이 들어 지금은 집에 와서 요양중이야. 다른 두 명도 아팠는데 하나는 벌써 죽었다더라." 진아의 목소리가 갈라졌다.

"우리 정부는 시간이 급해. 원전사고에 대한 대처도 잘 하지 않나봐. 내가 걱정으로 미치겠어. 지난 봄 체르노빌사고는 날 말려죽이더라. 나한테는 송보 하나 뿐아니가?" 걱정이 진아 얼굴을 덮었다.

"오늘은 어때? 좀 괜찮아?" 미아가 진아의 손을 꼭 쥐었다.

"별로. 오늘도 종일 그애 옆에 있다가 이리로 왔어. 그애나 나나 이렇게 오래는 못가. 용케 구해놓은 항생제가 있어서 먹이고 있어. 그새 폐렴을 세 번이나 앓았거든."

"무슨 종류의 백혈병인지는 알아?"

"내가 말하기도 전에 넌 벌써 알아 듣는구나. 여기 의사들이 진단을 할 줄 아는지 모르는지조차 모르겠어. 여기선 제일 좋다는 병원인데도 소용없어. 내가 아는 것은 도서관서 책을 뒤져서 아는 정돈데 그나마도 오래된 책들이야."

"내가 좀 더 알았으면 좋겠지만 내 분야가 아니라서. 여러 종류가 있고 어떤 것은 좀 더 치료가 잘 되고, 병 진행을 정지시키기도 하고, 어떤 것은 완치도 된다고 알고있어. 무슨 타입인지만 알아도 내가 약이나 주사 같은 것은 구할 수 있겠는데."

"미아, 그러면 송보가 치료도 가능하고 경우에 따라서는 완치도 될 수 있다는 소리 아니냐?" 진아의 눈이 빛났다. "알 수 있는 건 다 알았으면 좋겠다. 그래야 송보위한 희망이나 어떤 가능성을 찾을 수 있지 않겠어? 아무리 가능성이 희박하다 해도 찾아보고 싶어. 그 애를 구할 수만 있다면 내 목숨도 아깝지 않아. 그러니까 무슨 타입인지 아는 게 중요하구나.”

“응. 그런데 어떻게 제대로 방사능에 대한 대비를 하지 않았던 거야?” 미아가 답답한 마음을 토로했다.

“미아, 넌 여길 몰라. 과학자들의 건강이나 목숨이 문제가 아니야. 구하기 힘든 과학자의 목숨이 그렇다면 남들은 어떻겠니? 우리 모두는 다 필요하면 쓰고 필요 없으면 버리고, 달면 삼키고 쓰면 뱉으면 그만인 일회용품들이야. 게다가 송보는 자기 일에 회의를 느끼는 것 같아. 물리학은 좋지만 폭탄 만드는 일은 싫은 거야. 자꾸 미안하단 소릴 되풀이해.” 주변을 둘러보고 계속했다. “어렸을 때 내가 저녁거리로 잡은 붕어를 물에 풀어주던 애야. 붕어도 엄마가 보고싶어 할테니 보내줘야 한대.” 진아가 잠시 말을 끊었다. “이제야 어쩌겠니? 애는 아프고 그 애를 도와줄 사람은 나뿐인 걸.”

진아가 다시 깊은 숨을 쉬었다. “송보는 일을 시작한 후로 거기 살았고 방문이 허락되지도 않아. 일 년에 한두 번 집에 오는 걸로 끝이야. 병이 난 후로도 일의 성격상 내가 방문할 수도 없고 어디에 도움을 구할 수도 없어. 만약 그 애를 구할 수 있는 방도가 있다면 내가 나서야해. 난 모스크바나 베이징이나 어디든 데리고 갈꺼야. 방법을 찾아 낼꺼야. 필요하다면 수령님께라도 도움을 청하려고 해.”

미아가 주저하다 말했다. “언니, 솔직히 말하면 쏘련이나 중국의학에는 신념이 없어. '76년에 다른 의사들하고 모스크바, 레닌그라드 등지에 있는 유명한 병원들을 둘러 봤는데 모두 다 한심했어. 모든 분야에서 다 그렇던 걸.” 진아가 놀라 입을 벌린 채 미아를 봤다. “체르노빌 사고 후 쏘련은 미국 전문가들한테 도움을 청했어.”

“네가 모스크바랑 레닌그라드를 갔었니?” 진아는 쇼크상태였다.

“응. 우크라이나랑 에스토니아도 갔었어. 다 마찬가지야. 중국은 말도 마.

아직 약초의학수준이던 걸. 일본이나 핀란드가 오히려 나을꺼야. 언니가 거길 간다면 내가 가서 도울 수도 있어. 의학적은 아니라도 정신적으로나 경제적으로라도 말야. 핀란드는 중립국이니까 거기로 가긴 수월하지 않을까?" 어둠 속에서 미아는 진아를 지켜봤다. "형부가 중요한 직책을 갖고 계시니까 그 정도는 할 수 있지 않겠어?"

머리를 저으며 진아는 생각에 잠겼다. "거길 모두 다녔다니! 러시아까지. 넌 그저 건강관리 노동자일 뿐인데. 상상도 안된다." 진아는 계속 생각하는 눈치였다. "우린 지금 러시아나 중국과 가까운 상태가 아냐. 수령님께서 주체사상을 내걸고 우리끼리 자주서는 길을 찾고 있어. 일본은 미국이나 마찬가지로 싫어 하시고." 계속 생각했다.

"내가 수령님께 특별요청을 드리면 핀란드는 혹 가능할지 모르겠네." 계속 생각하며 말했다. "인민들을 위해 생각할 수도 없는 일을 해 주시곤 하시니까. 우리한테 기회를 주실지도 몰라. 어쨌든 기회는 기회니까 그냥 놓칠 순 없지. 지금 내가 하고 있는 일이라고는 송보를 따로 떼어놓고 있는 것뿐이거든. 감염하지 않도록, 또 일의 비밀성 때문에. 우리집엔 아무도 올 수도 없고 송보는 나갈 수도 없어." 진아는 미아손에 힘을 주었다.

"형부자리에 있으면서 그만큼도 못해? 송보는 과학잔데." 미아는 알 수 없었다.

"아이러니긴 하지만 형부가 그런 자리에 있으니까 당과 인민에 더 충성을 보여야 한다는 거야. 당을 위해서는 자식이 중요한 게 아냐. 개인 사정이 간여할 수 없는 게 당이고 인민이야. 당에 있다고 특혜를 혼자 누리면 언젠가는 영락없이 비난과 질타의 대상이 돼. 형부는 때로 국제 회의에 참석은 해. 하지만 그게 다야. 아니, 애들 위한 사탕정도는 갖고 와. 정말로 그게 다야." 진아가 픽하고 웃었다. "실은 하나의 인민으로서 내가 오히려 더 기회를 잡을 수 있을지 몰라. 평시민은 위대한 수령님의 특혜를 요구할 수 있거든. 또 그분은 그런 은혜를 베푸시는 분이고." 가로등이 진아의 고통을 비쳐주고 있었다.

"미아, 넌 죽었다 깨도 네가 얼마나 부러운 존재인지 모를 거야. 여기선 아무도, 형부조차도 너같은 자유를 누리지 못해. 난 매일이 고통이야. 내가 손을 쓰지 않으면, 그것도 빨리 쓰지 않으면 난 자식을 잃을 거고 그러면 나한테는 다 끝이야. 송보가 국가를 위해 일하다 병이 들었는데 거기다 등을 돌리는 게 국가라면 말이 돼? 송보가 가진 희망이라고는 나밖에 없어." 진아가 숨을 돌리고 당부했다.

"선아는 이런 것 하나도 몰라. 내 동생한테도 내 고충을 설명할 수 없어. 이게 도대체 사람 사는 거니? 이 세상 아무하고도 속을 털어 놓을 수 없다는 게 얼마나 힘든 건지 네가 어찌 알겠니? 너한테 이런 마음의 짐을 조금이라도 털고 싶었어. 아니면 내가 미치고 환장할 것 같아서." 진아가 풀석 웃었다.

"말도 안되는 소리긴 하지만 난 우리 아들과 나라를 위해 뭔가 할거야. 엄청난 피를 흘린 덕분에 세운 나라야. 장래가 없다면 모든 게 다 끝이야." 진아의 말은 미아에겐 의외였다. 이해하기 힘들었다. 진아의 신발속에 자신의 발을 넣어 보려도 진아의 신발이 어찌 생겼는지조차 상상할 수 없으니….

"선아는 형부가 권력을 행사할 수 있는 위치면서도 별 도움을 주지 않는다고 불평할지도 몰라. 하지만 선아는 우리 사회 내부가 돌아가는 걸 몰라. 그런 걸 설명할 재주도 없고. 만약 뭔가 잘못되면 삼대가 멸하게 될지도 모르니까."

"그건 무슨 소리야?"

"이조때처럼 말야. 친척들 중 누가 잘못하면 3대를 멸한다고 하잖아. 손자들까지 잡아가. 형제들도 조금이라도 연루가 있으면 잡아가니까 겁나서 서로 속내는 드러내지 못하고 눈치만 보며 사는 거야. 엉뚱하게 잡혀가서 당하면 안되니까."

"애들까지?"

"그렇지. 학교 잘 다니던 애들이 갑자기 사라지면 속으로는 그런가보다 하지만 아무도 묻지도 않아. 물었다 찍힐까 겁나 고갤 돌리고 마는 거야. 애들은 부모따라 수용소 가는 거고. 사람 잡아 족치는 덴 그 이상이 없어. 손자까지 잡아가는데 어쩌겠어?" 진아는 서서 흐르는 강을 한동안 잠자코 보았다.

"우리 지부장 조동지가 숙청되는걸 보니까 여기선 아무도 안전한 사람이 있을 수 없다는 걸 뼈저리게 느꼈어. 김정일이 후계자로 결정되자마자 먼저 친 사람중 하나가 조동지였어. 형부도 김일성 대학서 가르치기나 하고 평생 살았어야 하는 건데 잘못했지. 불려갈 때는 좋았지만 이제는 칼날위에 선 기분이야. 군권을 쥐고있는 김정일 외에는 진짜 권력은 누구에게도 없어."

"언니위해 해줄 수 있는 게 아무 것도 없네."

"미아, 네가 여기 온 것만 가지고도 난 어느 정도 눈을 뜬 셈이야. 내가 뭘 잃고 있었는지를 깨달았어. 진실이 뭔지 어렴풋하긴 해도 조금씩 보이는 것 같아. 이때껏 내가 어디 섰는지, 무얼하고 있는지 알고 싶었거든." 진아의 푹 패인 눈은 얼굴에 뚫린 두 개의 가이없이 슬프고 깊은 구멍 같았다. 강가로 늘어선 나무기둥들 뒤로 강은 말없이 흘렀다. 미아를 바라보는 진아의 눈은 덧없는 바람에 차 있고.

"진실은 가차없이 괴로운 거구나. 넌 정말 행운아야. 그거 잊지마. 잃지도 마. 넌 자유를 숨쉬며 살고있어. 널 구속하는 자가 없잖아. 슬픈 사실이지만 여기선 자유가 뭔지도 몰라. 자유라는 것은 방자함이나 멋대로 구는 나쁜 거로만 세뇌해 놓았으니까. 한번도 누려본 적이 없는 자유를 어떻게 알 수 있겠니? 나도 몰랐어. 넌 여기 올 수 있지만 난 어디도 갈 수 없어. 그것만 가지고도 설명이 돼."

미아의 가슴은 괴로웠지만 그녀가 할 수 있는 일은 없었다. 제일 상책은 송보를 미국으로 데리고 가서 치료 받도록 하는 것이겠지만 그건 당치도 않는 소리였다. 그런 생각조차도 총살감일 게다.

"언니, 내가 항생제 좀 가져왔어. 언니한테 줄 게. 혹시 송보에 대해 더 알게 되면 연락해. 무슨 약이나 주사든 구해볼게." 진아 앞에선 모든 게 다 텅 빈 소리로만 들렸다.

미아가 진아의 손을 꼭 잡았다. "언니, 너무 걱정마. 모든 게 다 잘 될거야. 이때껏 늘 그랬잖아. 아버지 좀 봐. 죽었다가도 살아 왔잖아. 언니가 걱정하면 송보가 어떻겠어? 희망을 가져야지." 그 외에 할 말을 몰랐다.

"송보는 희망이 필요한데. 불쌍한 것! 희망 외에 뭐가 있겠니?"

"약을 언니한테 직접 보낼까? 아님 선아한테?"

"다 선아한테 보내. '첫째한테'라고 써서. 형부나 내가 가서 가져올게." 진아의 텅 빈 눈동자가 미아를 쫓았다. "나나 내 가족과는 멀리해." 목소리가 부서지고 있었다.

"선아 만나면 언니 만났단 소리 하지 말까?"

"내가 찾아 왔더라고 해도 돼. 우리가 선아네로 가도록 노력은 하겠지만 약속할 순 없어. 선아도 알아. 내가 당 일로 항상 바쁜 걸. 하지만 약봉지가 있을 거란 소린 해 둬."

"그럴게." 미아는 엄마가 딸들한테 보내는 반지 두 개가 생각났다. "언니, 엄마가 언니들한테 금반지 하나씩 주라고 두 개를 보냈어. 내 가방에 있으니까 줄게."

"받기가 민망하다. 나같은 불효딸한테…." 진아가 중얼댔다. "엄마, 죄송해요. 용서하세요." 둘은 할 말을 잃고 손을 잡고 섰다.

"너무 오래 나와 있었나? 내가 떠나기전 너한테 공책을 하나 줄게. 우리가 같이 할 시간이 없을 게 뻔하니까 내가 그동안 너한테 하고 싶었던 이야기를 써 왔어. 집에 가면 읽어보고 엄마와 가족들한테 우리 이야길 해 줘. 여길 떠나기 전엔 열지 말고. 내가 너한테 줄 수 있는 건 그뿐이야. 우릴 잊지 마. 기억해 줘. 우린 갇힌 새지만 넌 내 작은 공책을 네 발목에 달고 날아갈 수 있는 나의 유일한 희망의 새야."

"언니를 왜 잊겠어? 기억하고말고. 근데 세관 통과때 괜찮을까?"

"바닥에 놓고 그 위에 다른 것들을 얹어. 여성생리용품 따위를 놓으면 더 좋고. 여기서 네가 갖고 갈 수 있는 게 뭐 있겠니? 그러니까 조사들도 안해."

호텔에 돌아와 진아가 차를 부탁한 동안 미아는 약과 반지를 가져왔다. 약의 사용법을 써서 언니한테 건넸다.

"네가 선아한테 보낸 편지 읽었다. 예일대 교수라며? 장하다. 그럴 줄 알았어." 진아가 정상의 목소릴 내느라 애쓰고 있는 것이 역력했다. "넌 머리도 있고 그만한 배짱도 있어." 진아는 미아를 안고 귀에 소곤댔다. "혹 누가 네 위치를 갖고 유인하려 들어도 빨려들어가지 마라."

진아의 목소리가 다시 돌아왔다. "너네 애들, 엄마, 이모이야기도 좀 해."

한국이 삼성에서 일한다는 소리에 진아의 얼굴에 미소가 번졌다. 둘이 만난 후 처음보는 희미한 미소였다.

"엄마가 자랑스러하겠다."

"그럼. 언니도 삼성 알아?"

"형부한테서 들었지."

조금 더 이야기하다 진아가 가려고 일어섰다.

"내가 가기 전 언닐 한 번 더 볼 수 있을까?"

"노력할게. 약속은 못해. 정 힘들면 형부라도 한 번은 들릴거야. 송보가 괜찮으면 물론 나도 갈테고. 고맙다, 미아. 내겐 네가 천사다."

하지만 미아는 이 상봉이 진아한테 좋은 것인지 아닌지를 알 수 없었다. 두 자매의 눈들이 이별과 사랑의 슬프고 아픈 고통으로 엉겨붙었다.

"언니, 사랑해." 둘은 다시 부둥켜 안았다. "엄마도…."

"미아, 넌 내 심장의 일부를 엄마와 다른 식구들한테 가지고 가는 거야." 둘은 들러 붙은 채 울었다. "내 마음을 전해줘. 특히 엄마한테."

"걱정마, 언니. 다음엔 엄마와 같이 올거야. 약속할게. 건강조심해." 진아를 위해 해야 할 소리가 끝없을 것 같은데 아무 말도 나오질 않았다. "엄마하고 올테니까 건강 챙기고 있어야 해."

"36년을 기다려 만난 후에 고작 36분이구나. 한번 같이 웃지도 못했다. 너무하다, 너무해." 진아가 미아한테 소근댔다. 얼굴을 떼어내고 서로의 눈속을 들여다 봤다. 미아의 가슴에 새겨지는 진아의 물끼어린 눈.

어둠을 향하고 선 진아가 말했다. "미아, 우리 잊지 말아줘." 급하게 묶어 얹은 그녀의 머리에서 슬픔이 녹아내렸다. 늘어져 내린 어깨 위에 힘겹게 버티고 있는 긴 목은 미아의 눈을 아프게하고….

진아는 어둠속으로 걸어들어갔다. 혼자서.

15

선아네 집

"괜찮으세요? 통 말씀이 없으십니다."

역사박물관을 지나는 동안 장씨가 물었다. 나는 진아언니의 생각으로 꽉 차서 뭘 보고 있는지 발만 따라다닐 뿐 신경은 끈 채였다.

"아, 예. 다 좋습니다. 자꾸 아버지 생각이 떠올라서요." 얼버무렸다.

"걱정 않으셔도 됩니다. 내일이면 뵙게 될 텐데요. 실은 온 가족을 다 뵐겁니다. 모든 게 다 계획대로 진행되고 있으니까요. 내일 아침 평성시의 시장님을 뵙고는 곧장 언니댁으로 가실 겁니다." 언니가 평양의 북쪽 평성이란 큰 도시에 살고 있다는 것은 들어 알고 있었다. 하지만 시장을? 일요일에?

"시장님을요?"

"우리를 방문해주신 귀빈이신데 물론 적극적으로 환영해야지요." 그는 이런 일이 마치 다반사이기나 한 듯이 말했다. 벤이 그런 소리 비친 적은 없었다.

"만나면 제가 무슨 준비라도 해야 하는지…?"

"천만에요. 오히려 요구하실 게 있으시면 말씀하십시요. 기꺼이 해 드리지요."

이런 미팅이나 관광보다는 식구들이나 만났으면 좋겠다고 하고 싶었지만, 그와는 반대로 관광, 호텔, 음식 등이 다 고맙다고만 떠들었다. 까딱하다가는 나조차도 눈만 돌리면 보이는 두 수령님의 은덕을 찬양한다는 소리가 나올지도 모르겠다는 생각이 들 정도다. 이조 500년 동안 군신유충에 길든 머리에다 공산당의 가르침에 길들여진 일반 백성들의 속을 알 듯도 싶었다. 그들의 영도자는 모든 것을 무상으로 내려주시는 그들의 신이고 부모다. 아버지, 아들, 그리고 그들의 성령인 공산당. 물론 그에 대해 내 입은 봉해져 있긴 했지만.

"우리 수령님의 뜻은 성심성의껏 환영하라는 것입니다. 오늘 저녁은 우리 책임자 안동무와 하시게 될 겁니다."

"분에 넘치는 융숭한 대접입니다, 장선생님. 감사합니다." 도착한 후로 데리고 다니며 모든 일을 살펴준 그에게 저녁에 만날 미팅을 거절할 배짱은 물론 없었다.

책임자 안씨는 50대로 직명처럼 책임감을 전신에 두르고 다니는 사람 같았다.

"방문하시는 동안 모든 것이 맘에 드셨는지 모르겠습니다." 결코 살집이 있는 사람은 아니었다. 하지만 마른 사람들만 보다가 정상체중을 가진 사람을 보니까 두 번 쳐다보게 했다. "솔직한 의견을 주시면 앞으로 깊이 참작하겠습니다."

"모든 것 다 감사합니다. 최상의 대접입니다."

"성심껏 하고는 있지만 필요한 게 있으시면 말씀하십시요. 할 수 있는 거라면 다 해 드리지요. 호텔이나 음식이 맘에 드셨는지요?"

"훌륭합니다. 아주 좋습니다." 그 외에 뭐라 할 건가?

"다행입니다. 오늘 저녁전에 잠시 틈을 내 설명드리고 싶은 게 있습니다." 그가 주머니에서 작은 빨간 책을 꺼내 탁자위에 놓았다. "우리 위대한 영도자께서 오매불망 원하시는 분단된 조국의 통일에 대하여 얼마만큼이나 알고 계신지는 모르겠습니다. 이 책, '고려의 통일'은 왜 이루어져야 하며 어떻게 이루어 질 수 있는가에 관하여 친히 쓰신 책입니다." 이어서 한반도 밖에 나가 살고있는 우리 조선 민족들이 어떻게 통일을 도울 수 있는지도 자세히 쓰여 있다며 설명을 늘어 놓았다. "원하기는 우리 이선생께서도 이런 노력에 동참하실 수 있기를 바라마지 않습니다. 대학 선생으로 계시니 그리 하시기가 남보다는 수월하실테고." 그가 내 앞으로 책을 밀었다.

'이 양반은 내가 당신네 위한 프로파간다로 쓰일 것이라고 생각하나?' 싶었다. 서독에 가 있는 남한 교수들과 일부 학생들이 북의 공작에 끌려 북한에 가서 선전도구로 쓰이고 있다는 뉴스를 들은 적이 있었다. 또 진아가 헤어지기 전 나한테 접근하는 자가 있으면 조심하라 했던 생각도 났다.

"고맙습니다, 안선생님. 솔직히 말하면 제가 살고 있는 지역에는 우리가족 외에는 다른 한국인이 없습니다. 선생으로 일하고 환자보는 것만 가지고도 시간의 여유가 전혀 없고요." 그건 사실이었다. 하지만 너무 부정적일 수만은 없었다. "읽어보고 제가 할 수 있는 일을 생각해 보겠습니다."

"학교에 남한서 보내는 학생들이 많을 것 아닙니까? 우리는 똑똑한 학생들을 동구라파로 많이 보내고 있는데요." 그가 반문했다.

"그런 학생들이 있을런지도 모르겠습니다. 하지만 의대는 다릅니다. 여기도 마찬가지겠지만, 아시다시피 의대와 병원은 대학과는 떨어져 있으니까요."

"그렇습니까?" 그가 머릴 끄덕였다. "하여튼 염두에 두십시요." 그는 실망한 듯 보였지만 더 이상 말을 꺼내진 않았다. 속으로 긴 안도의 숨을 쉬었다. 나는 빨간 책을 내 핸드백에 넣었다. 그래도 안씨의 저의가 껄끄러운 건 사실이었다.

갑자기 바쁜 안건이 생겨 시장 대신에 부시장이 대치되었다. 미팅은 짤막하고 의례적이었다. 어쩌면 내가 안씨의 부탁을 거절한 때문인지도 몰랐다.

　드디어 우리는 선아네 집으로 향했다.

　"미국서 오신 이모 환영!" 열살 정도의 소녀가 낡은 아파트 건물 앞에 가족들과 서서 자신이 만든 싸인을 흔들어 댔다. 이럴 땐 고마워 웃어야 하나, 처량한 모습에 울어야 하나? 여기 온 후로 내 눈은 "우리의 적 미제국주의를 쳐부시자" 따위의 슬로건에만 익어 있었는데….

　군에 가 있다는 두 아들만 빼고는 선아네 가족이 다 모인 셈이었다. 선아가 돌아가며 소개해 주었다. 형부는 조용하지만 양순해 보였다. 언니곁에 서서 미소만 띠운 채 말이 없었다. 입을 벌리고 웃을 때는 이빨빠진 자리들이 꺼멓게 보였다. 그래도 착한 맘씨는 웃으면 파지는 눈가의 주름살부터 시작해 온 얼굴에 퍼져 있었다. 선아가 자랑할만 했다. 언니의 큰딸 금희와 남편, 두 자녀가 인사했고, 문희와 그의 남편과도 인사를 나눴다.

　"그리고 얘가 우리 애기, 윤희지." 윤희의 눈은 내 모든 행동거지에 박혀 있었다. 옛날을 생각하게 했다. 바로 저애만 할 때 전쟁이 났으니까.

　"야! 얘들아, 저 둘을 좀 봐라. 윤희가 나보다 널 더 닮았구나." 언니가 떠들고 모두는 고갤 끄덕였다. "어쩐지 계집애가 고집투성이더니 널 닮아 그런가 보다." 모두 웃었다. "저 싸인 만드느라 밤 늦게까지 잠도 자지 않았단다." 선아가 입을 활짝 벌리고 웃으며 윤희의 등을 쓸었다. "우리 애기지. 이래뵈도 수영하고 달리긴 반에서 일등이야. 대동강 건너는 정도는 식은 죽 먹기지."

　"언니도 그랬잖아." 난 윤희를 껴안으며 말했다. "잘있었니, 윤희야?" 나를 둘른 팔에 힘을 주면서도 윤희는 날 계속 살폈다.

　"너 그게 뭐냐, 윤희야? 인사 드려야지."

　"안녕하세요?" 윤희가 고갤 숙였다.

　"딱 그 나이때 너구나. 세째들은 다 그런가? 저것이 십대가 되는 게 겁난다, 겁나."

그리고 나서 언니는 모두를 향해 소리쳤다. "자, 모두 안으로 들어가자. 우리 일생 최대의 잔칫날이다." 내 팔을 끌고 언니가 건물 안으로 들어섰다. "우리의 위대한 영도자 김일성 장군께서 오늘 네가 여기 오는 것의 중요성을 미리 아시고 요리사와 800원이나 되는 거금을 보내 오셨다. 모든 것을 세세히 챙기시는 분이시다. 감사의 마음으로 먹고, 마시고, 노래하고, 춤추자." 오케스트라의 지휘자가 따로 없었다. 언니는 쇼를 개막하고 있었다. 하지만 놀라운 소리다. 요리사와 돈까지?!

　"우리 아파트는 6년밖에 안됐어. 새거야. 이것도 우리 수령님께서 주셨지." 언니는 6년밖에 안됐다고 하지만 낡아보이고 여기저기 금이 가 있었다. 층계를 걸어 올라 가려니까 계단이 똑바로 되어있질 않아 헛딛기 쉬웠다.

　"무릎에 관절염이 있어서 더 이상은 올라가기 힘들어. 삼층인 게 천만다행이지." 애들은 벌써 뛰어 올라갔고 윤희는 내 뒤를 따랐다.

　"방 둘에 부엌이야. 윤희 외에는 모두 떠났으니까 네가 여기 있어도 넉넉하구말구. 복도 양 끝에 변소가 있으니까 밖에 나갈 필요도 없어." 애들은 방에 들어가자마자 토끼 귀처럼 생긴 안테나를 단 테레비 앞에 모여 들었다. 테레비는 찍찍 소리와 함께 눈이 내리는 구식이었다. 어디나 보이는 아버지와 아들 영도자들의 초상이 테레비 있는 벽 위에 높이 걸려 있다. 집안에까지 그들이 들어와 높은 자릴 차지하고 있다는 게 내겐 영 입맛이었지만 아무도 그걸 이상스레 생각하는 사람은 없어 보였다.

　언니가 얼마나 열심히 쓸고 닦았는지 아파트 내부는 깨끗했다. 게다가 새로 페인트까지 칠한 모양이다. 집안이 페인트 냄새와 부엌에서 만드는 음식냄새가 섞여 정신 없었다. 테레비와 침구가 얹혀있는 작은 옷장 외에 가구라곤 따로 없었다. 두 초상화는 유일한 실내장식(?)이고. 언니가 지난 이틀동안 페인트칠하고, 소제하고, 빨래하고, 말리고…, 하느라 얼마나 바빴을까 싶어 미안했다.

"미아, 아버지 뵐래?" 언니가 아버지 계시는 방문을 천천히 열었다. 아버지는 방 한쪽 이불위에 누워 계셨다. 언니가 문을 닫자 아이들과 테레비의 잡음이 그쳤다. 아버지한테 갔다. 아버지라 하니까 아버지려니 하지 누가 상상이라도 했으랴? 예전엔 말 한마디로 우리들의 숨조차 멎게 했던 아버지였는데. 눈은 푹 꺼져 들어가고 검어진 살갗은 뼈에 달라붙어 딱 미이라를 보는 기분이었다. 하지만 미이라와는 달리 그의 가슴팍이 숨을 쉬기 위해 가진 애를 쓰며 부풀었다 꺼졌다를 되풀이하고 있었다. 나는 그 자리에 마비된 듯 얼어 붙었다. 간신히 곁에 주저앉아 그의 앙상한 손을 잡았다.

"아버지, 미아가 왔시요. 셋째요. 아버지 뵈러 미국서 여기까지 왔시요. 의사래요. 아버지, 눈 뜰 수 있어요?" 언니가 큰 소릴 냈다. 아버지가 언니의 말을 들었는지 눈을 조금 움직거렸다. 그리고 천천히 떴다. 하지만 촛점은 어딘지 알 수 없었다. 언니는 계속 날 밀어댔지만 내 입에선 아무 소리가 나오질 않았다. "미아, 말 좀 해라."

드디어 내가 중얼댔다. "아버지." 그 외에 뭐라 할 겐가?

"아버질 봐라. 네 소릴 들으셨나보다. 네가 온 걸 아시나보다." 언니가 날 흔들었다. 아버지의 움푹 파인 눈에 고였던 눈물이 파라핀 종이 위를 흐르듯 주루룩 굴렀다.

"아버지!" 내 손이 마른 가죽 같은 그의 얼굴과 뺨을 쓸었다. 온기는 없었다. "전 미국서 엄마와 살고 있어요. 엄마는 건강해요." 아버지의 눈이 서서히 껌, 벅, 했다. "한국인 서울서 아들 하나 딸 하나 두고 살아요." 아버진 누구보다 한국이 이야길 기다리시리라. "좋은 직장서 일하고 아들은 고등학생이예요. 키도 크고, 잘 생기고, 똑똑해요."

"입을 아버지 귀에 가까이 대고 말해. 잘 듣지 못하셔." 언니가 말했지만 아버진 다 알아 들으신 듯했다. 그의 가슴이 심하게 오르내리고 숨쉬기도 더 힘들어 보였다. 눈물이 아버지가 보여줄 수 있는 유일한 표현이었다.

"미아, 아버지가 숨을 왜 저렇게 쉬시냐? 힘드시게. 좀 도와 드리면 좋겠다."

"언니, 내 가방좀 줘." 나는 아버지의 가는 팔에 혈압기를 둘렀다. 물론 높았다. 덮은 이불을 들치고 둘쑥날쑥 갈비뼈들이 앙상한 가슴에 청진기를 댔다. "어흠!" 하는 짧막한 단음 하나만 가지고도 우리를 겁주고 떨게 했던 분이다. 지금은 그의 몸이 그를 떠나고 있었다. 언니 말이 옳았다. 아버진 나를 보고 가시려고, 그래서 내가 돌아가 엄마와 동생한테 아버지 이야길 전해주라고, 간신히 매달려 계신 것 같았다. 아버질 검진하는 동안 나는 딸의 입장에서 의사의 입장을 되찾아 쇼크에서 조금씩 헤어나왔다.

"언니, 아버지가 약해 보이시지만 그만하면 생각보다 괜찮으셔." 난 아버지께 조금이라도 희망을 드리고 싶었다. 그래야 아버지가 시간을 끌 수 있을 것 같아서. "아버지, 제가 약을 가지고 왔어요. 언니한테 언제 어떻게 드시라고 이를테니까 그대로 드세요. 미국가서 더 보낼게요. 좀 더 잡수시고 더 마셔야 해요. 그게 제일 중요하거든요." 하지만 아버진 내 말을 믿는 것 같지 않았다. 체념이었다.

"돌아가자마자 엄마 모시고 오는 걸 추진 할테니까 몸조리 잘 하셔야 해요. 그래야 엄마 만나시죠." 아버지가 가늘게 도리질을 하는 듯했다. 내 말이 모두 빈 소리란 걸 알고나 계신 듯이. 아버지께 뭐라 전하고 싶었지만 할 말을 몰랐다. 한참만에 겨우 한마디 했다. "고마워요, 아버지. 이렇게 살아 계셔서."

"엄마가 오실 때까지 아버지가 살아계실 수 있갔지?" 언니가 물었다. "아버지, 이때껏 기다리셨는데 조금만 더 기다리세요." 피로가 아버지의 눈을 벌써 덮고 있었다.

"미아, 이 고기맛 좀 봐라. 입에서 녹는다." 언니는 날 먹이려고 애썼지만 난 평양에 있는 동안 내내 식욕이 없었다. 식구들을 만나고, 아버지를 보고 하는 흥분에 싸여 배가 고픈지 부른지 내 골이 내 배의 상태조차 잊어먹는 모양이었다. 모두가 열심히 상위의 음식을 집어삼키는 동안 나는 새로 만난 식구들을 머리에 새겼다.

"금희야, 너넨 어디 사니? 내일 일 가려면 일찍 집에 가야겠구나."

"아뇨, 이모. 우린 평양 사는데 여기서 멀지 않아요. 지하철로 40분 정도지요. 게다가 수령님께서 이모가 오신 사흘간을 휴가 주셨기 때문에 걱정 없어요."

"너네 애들은? 학교 가야 할 것 아니니?"

"애들도 그래요. 학교도 쉬게 해 주셨어요."

한참이나 걸려서야 내가 알아들었다. 여기 수령은 전지전능이었다. 나는 날 데리고 다니는 안내나 운전수, 부시장 등이 일요일에 나와야 하는 것을 미안해 했는데 여기선 일요일도 별 의미가 없나보았다.

모두가 배부르고 즐거워 하고 있을 때 나는 가져온 가방을 풀었다. 언니한테 미리 옷들은 새것도 있지만 우리 딸들과 이웃에서 얻어온 것들도 많다고 했다.

"그래도 다 새거구만. 너무 좋다." 난 거기서 장씨와 운전수, 오씨한테 몇 건네고 나머지는 언니한테 모두 나누어 주라고 넘겼다. 나는 그들의 모습을 비디오에 담았다.

맨 바닥에 있던 침상덮개를 꺼내 언니한테 줬다. 내가 덮던 거였다.

"엄마와 이모가 날 위해 만든 건데 언니한테 주고 싶었어. 생명의 나무라고 이름 붙였대." 언니가 펴 보고는 소리질렀다.

"야, 너무 곱구나. 엄마의 손길이 매 바늘땀마다 들어 있어서 엄마를 느낄 수 있갔다." 덮개를 쓰다듬고 있던 언니가 두툼하고 거친 손바닥으로 눈을 닦았다.

"엄마가 자기 것은 진아언니 갖다 주라고 했지만 그걸 둘이나 넣으면 짐이 너무 커져서 어쩔 수가 없었어. 다음에 갖고 올게."

"그런 걱정 마라. 이걸 본으로 언니 것은 내가 만들면 돼. 엄마한테 걱정 마시라 해. 나도 엄마 닮아 바느질은 잘한다. 우리집 식구들 다 하나씩 해 주지 뭐. 이걸 날 주면 네것은?"

"엄마가 벌써 내걸 만들고 계셔." 난 계속 식구들의 비디오를 찍었다.

"네가 들고있는 기계는 뭐니?"

"비디오 카메라야. 영화처럼 움직이는 사진을 찍어 테레비에 연결해 볼 수 있어."

"나도 그런 거 있단 소린 들었다." 그 소리에 내가 가져온 카세트 테이프 생각이 났다.

"언니, 카세트 플레이어 있어? 엄마하고 한국이 목소리 담아 왔는데."

"그건 뭐냐?"

"내일 달라상에 가서 하나 사시면 됩니다." 장씨가 끼어들었다. 외국인들을 위한 면세점을 달라상이라 했다.

"장동무, 우리 아들들 하루만이라도 좀 오게 할 수 없을까요?" 언니가 장씨한테 물었다. "동생은 9년 남고 형도 아직 4년 남았는데. 어머니가 손자들을 사진으로라도 한번 보실 수 있으면 좋지 않갔시요?" 언니가 애청했다.

"동무도 아시다시피 그건 내 부서가 아니잖소. 내가 할 수 있다면 벌써 했지요." 장씨는 미안한 듯 손을 부벼댔다.

"이모, 우린 갔다가 내일 올게요." 금희가 말했다. "애들이 칭얼대고, 불이 나가기 전에 가야지요."

"그래, 맞다. 어서 가 봐라." 언니가 말했다. 금희네와 문희네, 또 장씨일행 모두가 내일 다시 오겠다고 하며 갔다. 언니는 혼자 남은 윤희한테도 가서 자라고 했다. 기특하게도 윤희는 아버지와 한방을 쓰는 모양이었다. 우리 딸들은 중환자와 같은 방을 쓸 것 같지 않았다.

"오늘만 나도 여기서 자면 안돼요, 엄마?"

"할아버질 혼자 둬서 되겠어? 할아버지가 찾으시면 어쩌게?"

"여기 자거라. 내가 할아버지랑 잘게." 형부가 일어섰다.

"아니다. 이모와 나는 할 이야기가 많아. 내일은 모르지만. 할아버지방에 가거라." 언니가 단호하게 말했다. 윤희가 입을 삐죽대며 나갔다.

문이 닫힌 후 언니가 소근댔다. "저것들이 철이 없어 무슨 소릴 할지 모르거든. 저것이 옆에 있으면 우리가 맘대로 이야길할 수 없어. 내일 틈이 나면 둘이 이야기 해. 그래도 조심해야 한다. 네가 하는 말이 상부에 들어갈 가능성이 있으니까."

내 눈이 바로 옆에 누워있는 형부한테로 갔다. "형부 걱정은 마. 형부는 진국이고 천사야. 믿어도 돼. 어린 것들이 탈이지. 금희는 완전 골수당원이야. 다들 그렇게 자랐으니까. 모두 같은 생각하고 같은 소리들 해. 그렇지 않으문 여기서 살아남기 힘들거든. 하지만 윤희는 어리고 철도 없어. 메뚜기처럼 어느쪽으로 튈지 누가 알간?"

"잘 알아. 나도 그런 딸이 둘이나 있는데, 뭐."

"하지만 형부 앞에선 무슨 소리 해도 괜찮아." 언니가 피시시 웃더니 형부한테 소근댔다. "내 말 맞지요, 여보?" 그도 픽하니 웃었다. 형부는 벽에 바싹 대서 작은 이부자릴 깔고 나머지 방을 우리한테 내 주었다. 그는 이불속에 들어갔지만 우린 요 위에 앉았다. 서로 주고 받아야 할 36년이 있었다. 언니는 내가 준 덮개를 폈다.

"엄마는 바느질 솜씨가 아직도 그대로구나. 우릴 따스하게 덮어주는 것 같다." 그때 전깃불이 나갔다.

"언니가 불 껐어?" 어둠 속에서 내가 물었다.

"아냐. 전기도 배급제야. 너한테 일러 주는 걸 잊었다. 물도 그래. 아침에 다섯시간, 저녁에 다섯시간, 그렇게 물이 나와. 물이 나올 때 쓸 만큼 미리 받아 둬야해. 테레비도 여섯시간이고. 그건 잘한 거야. 아니면 애들이 테레비만 볼 거 아니가? 미국도 그러냐?"

"채널은 몇인데?"

"하나지. 거긴 더 많니?" 언니의 질문에 뭐라 답해야 할지 몰랐다. 하지만 배급제도는 없다고 했다. "평양서는 더 많이 받아." 언니가 작은 소리로 설명했다. "여기나 거기나 라디오나 테레비 시간은 같은데 다른 배급은 평양이 훨씬 많지. 금희가 거기 사니까 잘 알아. 특수층만 살거든. 여긴 평양보담은 배급이 작아도 다른데 비하문 그래도 천국이야. 그만하문 운튼 거니까 불평 말아야지."

다행히도 그렇게 캄캄하진 않았다. 창밖을 내다봤다. 기울기 시작한 달이 프르스름한 빛을 세상에 뿌리고 있었다. 미국선 거의 볼 수 없었던 별들이 새카만 밤하늘에 총총했다. 그걸 보니 어쨌든간에 세상은 변함없이 계속 돌고 있다는 생각이 들어 어느 정도 안심이었다.

"언니 편지에 형부가 당원이라고 하지 않았어?"

"편지를 그렇게 쓰라고 해서 그리 쓴 거야. 형부는 아니야. 하지만 큰사위 마종연은 당원이지. 언니가 뒤에서 밀어준 건데 아무도 몰라. 걔네는 걱정 없어. 평양서 잘 살고 있으니까." 언니는 자랑스러운 모양이었다. "윤희가 걱정이지. 그앤 뭐든지 물고 늘어지는데 여기선 그러면 안돼. 그러지 말라고 백번도 더 일렀지만 말을 듣나? 딱 부러지게 야단치지 않으면 자기 맘대로 끌고 당기고 지멋대로 굴지."

"그래도 아버지와 같이 자던데? 기특해. 우리 딸들은 안할 껄."

"물론 같은 방 써야지. 여기 오기 전까진 우리 모두 한방서 살았는데, 뭐. 같은 방 쓰는 거야 당연하지."

"여기로 언제 왔는데?"

"어제."

"어제?" 목소리 낮춰 이야기 하는 것조차 잊고 소리쳤다. "금방 이사한 거야?"

"그럼." 언니가 자랑스레 말했다. "깨끗하고 좋지 않니?"

"전엔 어디 살았어?"

"여기서 멀진 않은데 낡은 집이었어. 거기 비하면 여긴 천국이지. 물도 나오고 변소도 멀지 않고. 겨울엔 부엌에 석탄 때서 따뜻하고. 옛날 집처럼 떨며 살지 않아도 돼."

언니가 목소릴 더 낮췄다. "그전 집으론 널 부를 수가 없는 거야. 너무 낡고 더러워서. 네가 미국서 방문하니까 우리 수령님이 이리로 이사하도록 하신 거지. 이렇게 꾸미느라 며칠을 밤낮 없이 쓸고, 닦고, 색칠한 거야." 언니가 주저하다가 소근댔다. "이런 거 너한테 이야기 하문 안돼. 그러니까 들은 척마라." 어둠 속에서 언니는 두 초상화를 쳐다봤다. "테레비도 수령님이 주신 거야."

믿기 어려웠지만 전기 나간 걸 보면 모든 게 사실인 모양이었다. 난 분명히 어둠 속에 앉아 있었다.

"미아, 장씨랑 다른 높은 사람들한테 꼭 다시 오겠다고 해야 한다. 옛날 집으로 가긴 진짜 싫거든." 언니가 부탁했다.

"알았어. 근데 언니 아들들이 4년, 9년 어쩌고 하던데 그건 무슨 소리야?"

"우리 큰 애는 군에 간 지가 9년째야. 4년 남았지. 작은 애는 이제 4년밖에 안됐으니까 끝날 때까지는 아직 멀었고."

"애들이 직업군인들이야?"

"물론 아니지. 병역의무 나간 거지."

"그럼 13년을 복무해야 한단 말야?"

"물론이지. 남조선이나 미국은 그렇지 않나?"

"어마나!" 목소릴 낮추었다. "미국은 완전 자원제고 남한은 의무지만 2년인지 3년으로 알고 있어. 내가 미국 사니까 잘 몰라." 목소릴 낮추는데 이력이 늘고 있었다. 이런 곳이 도청될 것 같진 않았지만 조심해서 나쁠 건 없으니까.

"2년간 복무해 가지고 어떻게 국가를 지킬 수 있겠니?" 놀란 건 언니도 마찬가지였다. "여보, 미아가 하는 소리 들었어요?"

"들었지." 형부 역시 놀랐나보다. 형부는 말이 적을 뿐 차가운 사람은 아니었다.

"불쌍한 내 새끼들. 남조선처럼만 해도 좋갔다. 피골이 상접하지. 오늘 음식이 남아 넘치니까 애들 생각이 자꾸 나더라." 언니가 한숨졌다. "그래도 남조선서 고렇게 짧게 군대해 가지고 어떻게 미제국에 맞설 수 있갔니? 우선 군대가 강해야지."

"언니는 남한이 미국의 속국이라고 생각해?"

"물론이지. 늘 그렇게 배웠거든. 뿐 아니라 미군들이 남조선 여자들을 강간하기 잘한다고도 하더라. 우리의 영도자들이 아니었다면 우리도 미제국주의, 자본주의 밑에서 고생할 뻔했지."

"언니도 그렇게 생각해? 미국엔 왕도 없는데?"

"그렇게만 듣고 배워왔으니까 별 생각없이 그렇게 알고 있는 거지, 뭐. 간혹 가다가는 정말 그럴까 하기도 하지만." 언니가 내 귀에 대고 소근댔다. "이제 널 보니까 좀 더 의심이 간다. 만약 말대로라면 네가 어떻게 여기까지 우릴 찾아올 수 있갔니?"

"언니, 벽에 건 초상화들은 거기 걸라고 해서 건 거야?"

"아니. 걸라고 하진 않았어. 그래도 걸면 좋을 거 아니겠니? 그래야 우리가 수령님과 함께 있다는 걸 다 알 거 아니야?" 언니가 킬킬댔다. "난 이곳을 내놓고 싶지 않거든. 초상화가 도움이 된다면 걸어서 나쁠 게 어딨갔니? 우리 같은 사람들은 수령님들이 우리의 신이거나 부모라고 생각하면 돼. 모든 게 다 거기서 오는데, 뭐. 믿고 하라는 대로 따르기만 하문 되는거야. 생각하지

마. 따라만 가. 그럼 모든 게 다 쉬워. 친애하는 수령님이 '여자들은 자전거 타지 말라' 하면 타지 않으문 되는 거야. 묻긴 왜 물어?"

"자전거 타면 안돼?"

"아버지가 타지 말라면 타지 말아야지. 그 때문에 감옥소 갈 필요는 없지 않았어? '평양 거리서 여자가 자전거 타는 건 정숙한 여자가 아니니까 안된다' 하면 안타면 그만 아니가? 뭐가 걱정이야? 더구나 우리야 자전거도 없는 마당인데."

"그게 여자 정숙의 문제야? 언니도 그렇게 생각해?"

"왜 생각하니? 여기선 생각하라는 것만 생각하고 나머진 그냥 따라만 가면 돼. 자전거 타다 감옥가는 것보담은 백배 낫지. 바람따라 언제 구부리고 어떻게 흘러야 하는지만 알면 되는 거야. 게다가 조금 지나면 법은 또 바뀔거거든."

이야길하면 할수록 놀라울 뿐이다. 휴전선 너비는 4키로밖에 안 되는데 우리 사이엔 황량한 바다가 가로막은 기분이었다.

"미아, 아버진 네 말대로 괜찮으신 거니?"

"아버지가 희망을 잃지 마시라고 그렇게 말했던 거야. 아버지도 아시는 것 같아. 말은 못하셔도 듣기는 잘 하시던데?"

"내가 잘못해서 그렇게 됐서." 언니가 작은 소리로 말했다. "쓰러지기 전에는 아버지가 반벙어리셨거든. 쓰러진 후부터는 자꾸 뭐라고 중얼대시는 거야. 같은 소릴 반복하시니까 뭐래시는지 알겠더라. '난 공산당이 아니다,' 하는 거라. 일단 알아듣고 보니까 분명한 거야. 그래 그런 소린 말라고 했지. 그래도 자꾸 하시는 거야. 그래 내가 소리질렀어. 우릴 다 망치고 싶어서 그러는 거냐고. 그랬더니 이젠 완전 입다물어 버렸어. 내가 마음을 아프게 했나봐. 그러지 말아야 하는 건데."

"아버지가 예전 상처를 잊질 못하셨던 거야." 얻어 맞고 발길질 당했던 그

때, 자신의 존엄성과 가치를 함께 잃어버린 모양인지도 몰랐다. "게다가 스피치 테라피 없이는 말하는 능력을 잃어버리게 마련이거든. 언니 때문이 아니니까 걱정마."

"네가 엄마와 같이 올 때까지 아버지가 살아 계실까?"

"어려울 것 같아. 내가 돌아 가자마자 약과 음식을 보낼게. 분말음식이 있는데 물이나 우유에 타서 마시면 돼. 내가 아무 도움을 주지 못해 미안해, 언니. 엄마와 내가 올 때까지 살아계시면 좋은데…."

"우린 여기서 최선을 다할께. 난 책하고는 담 쌓았지만 일이라면 뭐든지 잘하니까. 엄마 뵐 때까진 사셔야지." 언니가 내 손을 꼭 잡았다.

"그런데 진아 언니가 오질 못해 너한테 미안하다. 언니가 무척 바쁜가 봐."

"언니가 호텔로 왔다갔어." 내가 언니 귀에 대고 소근댔다. "사람들 많은 데서 뭐라 하기 싫어 암말 안 했던 거야."

"그랬구나. 나도 여럿 앞에서 그런 얘길 하고싶지 않았지. 네가 언니를 나무랍게 생각할까봐 걱정만 했대서."

"천만에. 언니가 벌써 이야기 다 했어. 올 수만 있으면 오겠다고도 하고." 나는 더 이상 뭐라하면 좋을까 하는데 선아가 먼저 말했다.

"큰형부가 높은 자리에 있으니까 언니는 항상 바빠. 나도 언니를 자주 못봐. 간혹 약하고 고기같은 것 가지고 아버지 뵈러 오는 게 다야. 언니가 착해. 평양사니까 배급도 많고 우리보다 여유가 좀 있다고 이것 저것 갖고 와." 선아는 목소릴 더 낮추었다. "진아언니가 우릴 좀 더 좋은 곳으로 이사시켜 주고 싶어 했는데 내가 그만 두라고 했어. 까딱 잘못해서 문제가 되면 큰일나니까. 금희 신랑 도와준 것만도 어딘데. 하지만 봐라. 네가 오니까 저절로 우리가 이리 이사오게 됐잖냐?" 언니가 키득댔다.

"우린 일 년에 두 번, 우리 수령님들의 생신에 고기 반 근씩 배급받아. 오늘 같은 특별한 잔치는 난생 처음이다. 문희 결혼식 때도 이만큼 해 주시진 않으셨어. 네가 특별해서야. 그리고 많은 선물들! 고맙다, 고마워. 우리 수령님도 고맙고. 우리끼리야 이렇게 못하지." 언니가 초상화를 쳐다봤다. "진아는 그런 맛도 못보고 산다."

선아가 잠시 생각했다. "난 미국은 모르지만 여기선 높은 자리가 별로 좋은 것 같지 않더라. 언니가 늘 걱정이야. 기쁜 얼굴이 아니야. 특권은 좀 있다해도 항상 조심해야 하니까." 목소릴 낮췄다. "여기선 맘속에 있는 소릴 다하며 살 수 없는 데야. 금희나 문희 같은 자식들한테도 말야. 뭐라 할지, 어찌 생각할지 모르니까. 속으로만 알고 있어야 해. 난 형부 같은 남편이 있어 다행이지만 부부간에도 조심해야 하는 세상이야. 너한테는 이런 소리 해도 괜찮아. 넌 여기 살지 않으니까. 여길 떠나면 다른 세상에 살 거 아니가? 내가 무슨 말하는지 알지?"

"알아, 언니." 내가 누리는 자유에 대해 죄책감을 느끼면서 이야길 바꿨다. "미국가면 큰언니한테 보낼 것도 언니한테로 보내라고 하던데? 여기 와서 찾아 가겠대."

"물론이지. 내가 공중전화로 전하면 돼. 언니는 뭐든지 항상 조심해서 한단다. 난 그렇게 똑똑하질 못해. 늘 덤벙대기만 하고. 언니가 요새는 걱정이 더 많은 것 같더라. 그래도 난 행복한 셈이야. 너랑 이렇게 시간도 보내고. 언니는 그런 것도 못하잖니."

"엄마가 언니들한테 금반지를 하나씩 줬어. 내가 꺼낼게." 반지를 언니한테 줬다. "안쪽에 '선아에게. 엄마가' 라고 새겼어."

"어디 불좀 켜고 보자." 언니가 촛불을 켰다.

"순금이지? 무게도 꽤 나가겠다." 언니가 손가락에 끼느라고 애썼다. 언니의 손마디가 굵어져서 들어가질 않았다. 침을 묻히고 밀어 넣었다. "예뻐 보이지 않냐? 내 손이 늙고 주름졌어도 금반지라 멋있고 부자처럼 보인다. 안그래?" 언니는 형부한테 보이고 싶어했지만 형부는 잠들어 있었다. "이게 내 재산목록 일호다. 이불덮개하고. 엄마한테 내가 얼마나 좋아하는지 일러드려, 알았지?" 언니는 어린애처럼 입이 벌어져 있었다. 흔들대는 촛불은 언니의 주름살을 숨겨 주고.

"진아언니 것도 줬어."

"언니도 좋아하지?"

"응." 말은 했지만 가슴이 답답했다. 진아는 엄마가 주신 것을 즐길 시간도 여유도 없었다.

"고맙다. 돈이 많이 들었을텐데. 난 이렇게 좋은 반지를 껴 본 적이 없거든." 흔들거리는 촛불 밑에서 언니의 기쁨도 너울대며 춤추었다. "예뻐 보이지 않니? 난 이걸 뒀다 우리 큰며느리한테 물려 줄거야. 촛불을 그냥 두자. 너랑 내 반지 자꾸 보게."

"다음에 올 때는 언니 딸들 반지도 해 올게. 두 며느리 것 하고."

"넌 왜 반지가 없니?"

"난 반지 끼는 게 싫어. 의사라 일할 때 손을 골백번 씻어야 하는데 구찮아."

"나도 내 반지 끼지 않을 거야. 남들이 시샘낼까봐. 잘 숨겨 둬야지." 언니의 눈은 연신 반지끼고 날르는 손을 보고 또 봤다.

언니가 좋아할 게 또 있었다. 베이징서 바꾼 돈을 언니한테 줬다. 평양에 와서는 호텔, 식사, 자동차, 안내인까지 몽땅 무료인 셈이어서 북한 돈이 하나도 필요 없었다.

"언니, 이건 여깃돈인데 북경서 바꿨어. 500불. 바꾼 그대로야."

"뭐? 뭐라고? 500불이나? 정신 나갔니? 그런 짓을 왜 했니?" 언니가 팔짝 뛰었다.

북경서 중국 위엔화로 바꿀 때 하도 골탕을 먹었던지라 북한서도 그 때문에 시간쓰고 고생할까봐 미리 바꾸었다고 했다. 언니가 좋아할 줄 알았는데 정반대였다.

"이건 필요 없어. 쓰레기야." 한숨을 내쉬고 설명했다. "형부하고 나하고 한 달에 200원 가까이 벌어. 집은 공짜고 음식은 배급이고. 전기하고 물값으로 5원 정도면 돼. 그 외엔 인민화폐를 쓸 데가 없어. 이발할 때나 돈이 필요할까? 우린 서로가 머릴 깎아 주니까 그나마도 소용없지. 인민화폐 가지고 살 수 있는 게 하나도 없어. 500불을 달라상에 가지고 가면 전기제품, 따스한 오바, 뭐든지 원하는 거 살 수 있는 건데." 언니 이야길 들으니 버린 돈이라 싶어 내 속도 상했다.

언니가 손을 탁탁 털었다. "몰랐는 걸 어쩌겠냐?" 언니가 말을 바꿨다. "엎질러진 물인데. 그만하고 우리가 떠난 다음 어떻게들 살다 미국까지 갔는지나 말 해줘라. 남조선은 굶어죽는 사람들이 많다던데 그래서 미국간 거가?"

언니한테 우리가 어떻게 살았는지, 내 구두닦이 사업, 고아원서 학교 다닌 일, 의대 졸업하고 미국오기까지 이야길 대충했다. 엄마가 깍스한테 매맞은 소리는 빼고. 억장이 무너졌던 그 소릴 이제와서 해가지고 언니나 나나 다시 가슴 메일 필요는 없을 것 같아서.

"불쌍한 내 동생! 고생 끔찍이도 했구나. 내가 있었더라면 도와 주었을 걸," 하며 가슴 치던 언니가 다시 마음을 잡았다. "그래도 그건 다 지나간 일이다. 이렇게 다 잘 되서 잘 살고 있으니 그걸로 된거야. 이제야 걱정 없지, 뭐." 언니가 다시 물었다.

"그런데 미아, 궁금하다. 우리가 여기 있는 건 어떻게 알고 찾아왔니?"

나는 내 친구 미숙이 남편이 어머닐 찾아 평양방문했던 이야길했다. 언니는 미숙일 기억하진 못했지만 내가 미숙이 따라 아버지 몰래 교회 다닌 건 알고 있었다. 그때 생각하고 우린 한참이나 낄낄대고 웃었다. 그때 우린 걸핏하면 낄낄거릴 때였다.

"고단하지? 난 잠이 다 도망갔지만 넌 자야되지 않겠니? 이부자리 다 새로 빨고 다듬질 했어." 언니는 실내화를 벗고는 양말은 신은 채 재빨리 두발을 이불속으로 넣었다. 언니 발이 몽땅하고 뭉툭한 게 이상스레 보였다.

"언니 발이 왜 그래?"

"너하고 네 호기심하고는!" 언니는 잠시 망설이다 이불을 들췄다. "넌 의사니까 괜찮겠지. 그래도 놀라지 마." 언니가 양말을 벗었다. 발가락이 하나도 없었다. 발가락이 있어야 할 자리에는 뭉툭한 흉터만 남고.

"어떻게 된거야?"

"내가 떠났던 날 기억하니? 그때 산속 게릴라운동에 들어 갔댔거든."

"뭐? 열 다섯에?"

"조국을 위해 희생하는 한이 있더라도 나도 뭘 해야겠다 싶어 그랬지." 언니가 웃었다. "정의와 평등! 멋있잖니! 너같이 어린애도 가족과 나라를 위해 껌을 파는데 난 나이도 더 들었고 건강하니까 나섰던 거야. 내가 얼마나 순진한 바보였는지 그것만 봐도 알 수 있잖겠어? 나보다 나이가 두 살 더 먹은 남자애들이 가는데 따라 갔던 거야."

"정말 미쳤었구나. 언니가 떠난 후 엄마는 매일 저녁 대문에 앉아 깜깜할 때까지 기다리곤 했어. 엄마 속이 썩어 문들어졌지!"

"엄마한테 미안하다고 전해줘라. 철이 없어 그랬어. 하여튼간에 내가 게릴라로 들어간 지 얼마 되지 않아 전세가 우리한테 아주 불리하게 되는거야. 계속 산속으로 들어갔지. 내가 어리니까 단장님이 나하고 다른 어린 동지들하고 먼저 떠나라고 했어. 순전 골짜들만 남고말야. 그래서 내가 오늘 이렇게 살아 있는 거야. 뒤떨어진 사람들은 하나도 돌아오지 못했어."

"거기 다른 여자애들도 있었어?"

"아니. 나같이 미친 애는 나 하나밖에 없더라." 그러면서 바보같은 언니가 또 웃었다.

"미쳐도 유분수지!" 난 언니의 등짝을 때려주었다.

"하지만 우리 단장의 부인이 있었지. 그 여잔 남편과 남았어. 우리는 눈과 얼음으로 덮인 산속을 두 달이나 걸어서 나온 거야. 제대로 된 옷이 있었겠니 신발이 있었겠니? 나랑 떠난 아홉 명중 네 명이 동천까지 살아 나왔어. 그중 하나는 동천 병원서 죽고 둘은 살아는 났어도 사람 구실들 못하더라. 결국 나 혼자 남은 셈이야. 오늘까지도 어쩌다 내가 살아 남았는지 몰라. 것도 기적아 니냐? 나랑 같이 떠났던 총각들 둘말야, 걔네들도 산속에서 죽었어. 열일곱살 짜리들. 아직 애들이댔지, 뭐." 언니가 잠잠했다. 촛불이 펄럭댔다. 그림자들 도 따라서 펄럭댔다. "그때 일은 생각하고 싶지 않아. 형부 외에는 아무한테도 말하지 않았어."

언니가 한참만에 말했다. "우리가 감옥소 가서 시체 뒤졌던 생각 나? 그 시 체들은 우리가 알지 못하는 사람들 시체였어. 내가 같이 밥해먹고 싸우던 동 료의 시체는 아니었어. 같이 밥먹던 동료가 얼어가지고 멀젛게 뜨고 있는 눈 을 보니까 그땐 정말 겁이 나더라. 나도 한덩어리의 얼음으로 변해 버릴까봐, 그래서 숨 쉴 수 없어질까봐 덜컥 겁이 나는거야." 언니가 말을 끊었다. "그런 데 미아, 우리가 어떻게 했는지 아니? 우린 죽은 동료들을 묻어주지도 않았 어. 땅도 하늘도 다 얼어 묻을 재간도 없긴 했지만. 우린 그애들의 옷과 신발 을 벗겨 입고 신었어. 살기 위해서. 그리고 한발짝이라도 더 내미는거야. 그 외엔 암것도 몰랐어." 언니가 잠잠했다. 작은 소리가 언니의 목에서 간신히 기 어 나왔다. "지금도 그 아이들의 얼은 눈이 보여."

"그래서 언니가 그렇게 찾았던 정의와 평등을 찾았어?" 난 발가락 없는 언 니의 발을 문질러 줬다. 나의 바보언니가 킬킬거리며 웃었다.

"애, 그래도 내 발가락 잃은 게 얼마나 다행이니? 손가락을 잃었어봐라. 어 떻게 먹고 살겠어? 게다가 이 반지가 들어갈 손가락도 없잖겠냐?" 언니가 손 을 들어 보였다.

"내 신발 봤지? 정상 크기 아니던? 속에 솜뭉칠 넣고 다니지. 그럼 아무도 몰라. 뽀족구두를 신어 봤지만 발이 아파 못신겠더라. 운동화신고 살지 뭐. 미국은 나이킨가 뭔가 그게 인기라며?" 언니가 계속했다. "사람은 질기고 질기더라. 그렇게 두달 넘어 눈 덮힌 산을 헤집고 살아 나니까 사는데 겁날게 없어지는 거야." 언니가 긴 숨을 쉬었다.

"내 얘긴 그만하고 이젠 한국이 이야길 좀 해라. 왜 엄마가 한국이하고 살지 않고 너랑 사니?"

"엄마는 나랑 사는 게 좋대."

"말도 안돼. 엄마가 한국일 떼 놓고 살 사람이냐? 한국이 처가 시어머닐 싫다는 모양이구나?"

"그런 면도 있고." 언니한테 거짓말할 필요는 없었다. "엄마가 처음 미국와서는 서울, 서울하며 노랠 해댔는데 지금은 미국이 좋대."

"그렇게 좋대? 자기 고향이 있고 아들이 있는 나라보다 더 좋대?" 언니가 물었다. "우린 미국이 얼마나 나쁜 나란지, 남조선이 미제국 밑에서 얼마나 고생하는지…. 그런 소리만 들었는데 그게 아니냐?"

잠시 생각해 본 후에 낮은 소리로 말했다. "미국은 자유의 나라고 인간의 생명을 무엇보다 귀하게 여겨. 미숙아 하나를 살리기 위해 엄청난 돈을 들여. 주먹만한 애기 하나 살리기 위해 의사들이 들러붙어 진땀 흘리고 있는 걸 보면 가슴이 다 싸아 해져. 애기 하나의 목숨도 누구나의 목숨처럼 귀한 거야. 언니 목숨이 김일성이나 김정일의 목숨과 마찬가지로 귀하듯이."

"미아!" 언니가 내 등을 탁하고 때렸다. "어디가서 그런 말 함부로 꺼내지 마라. 애가 정말 큰일날 소리하네. 우리 영도자가 없다면 무얼 먹고 어디서 살갔니?"

난 언니의 말을 무시하고 계속했다. "언니 목숨이 김정일보다 못하다면 그게 평등이야? 게다가 난 원하면 언닐 보러 올 수 있잖아. 거기에 값이 있어? 미국은 언니가 생각하는 것과 달라." 언니가 말이 없었다. 눈만 깜박거리며 날 보고 있었다. "사람은 모두가 다 같은 권리를 갖고 태어났어. 누구도 인간 이

하는 아냐. 엄마가 나를 아들이 아니라고 무시하니까 내가 고아원엘 갔잖아. 내 권리가 있어야지. 결국은 그 덕에 내 독립과 자유를 찾게된 셈이기도 하고."

"네 말도 일리는 있겠다." 언니는 생각하고 있었다.

"자유라…. 자유?" 언니가 되풀이했다. "너는 그리 쉽게 말하지만 여기서는 자유가 뭔지 몰라. 한번도 가져본 적이 없으면 그게 어떤 것인지 어떻게 알겠어? 고길 한번도 먹어 본 적이 없으면 고기맛이 어떤지 설명한다고 알겠니? 넌 알 수 있겠어?"

언니가 말을 돌렸다. "그런 이야긴 해 봤자다. 그만 두자. 이젠 이모 이야길 해 봐. 이모는 어때? 아직도 예뻐?" 언니 말을 듣고 있으려니 이모와 훈이 생각이 와락 밀려 들었다. 이모는 남편과 함께 새 생활을 꾸미려 내가 여기 오기 바로 두 달 전에 떠났다. 하지만 그 사이 하도 정신 없이 지낸 탓인지 꽤나 긴 시간이 지난 듯싶었다.

"언니, 살다 보니까 이런 이야기도 있더라. 우리 애들은 콩쥐이야기래." 난 손바닥을 쳐가며 이모 이야길 해 주었다.

오월 첫 토요일. 화창한 봄날이었다. 내 딸들은 나가서 없고 엄마와 이모는 정원서 잡초를 뽑고 있었는데 도어벨 소리가 났다. 내 나이또래 잘 생긴 남자가 서 있는데 누군지 알 수 없었다.

"닥터 리 댁인가요?" 그가 정중하게 물었다.

"예," 어디서 본 듯 하긴 했지만 도무지 집히는 데가 없었다. "전데요."

"아, 만나서 반갑습니다. 신훈이라고 합니다. 혹 이모님 계신가요?"

"뒷마당에서 정원 손질하고 계시는데, 들어 오세요." 들어서는 그에게 물었다. "이모를 아세요?" 여태 방문객이라고는 없었던 이모다.

"그렇기도 하고 아니기도 하고…." 그가 열적게 웃으며 말했다. 이상스런 대답도 다 있다 생각하며 엄마와 이모가 나가 있는 뒷문을 열었다.

"이모, 손님이 찾아 오셨어요." 내가 소리쳤다. 이모가 일어서서 눈을 깜박거렸다. 그런 이모가 갑자기 동상처럼 굳어 버렸다. 손에 들었던 호미는 땅으로 툭 떨어지고.

"훈아!?" 이모의 입에서 말이 나왔지만 이모는 모르고 있는 듯했다. 입술만 달싹거렸을 뿐이다.

"예, 훈입니다."

팔을 앞으로 벌리고 몽유병 환자처럼 이모는 그 남자를 향해 서서히 발걸음을 뗐다. 그리고는 동시에 둘이 같이 서로를 향해 달려가 껴 안았다.

"세상에! 훈이구나!" 중얼대면서 엄마가 땅바닥에 털썩 주저 앉았다.

껴 안은 채 둘은 집 안으로 들어갔다. 난 엄마한테로 갔다. 머릿속이 바쁘게 왱왱대며 돌았지만 집안으로 들어간 둘에 대해 이야기하는 것은 아닐 것 같았다. 곧 알게 되겠지. 한참만에 이모가 우릴 불렀다. 이모는 황홀경을 넘어 있었다.

"언니, 미아, 내 아들 훈이다. 훈아, 네 이모와 외사촌누이야. 같은 나이긴 하지만 미아가 한달 먼저 났으니 누나다."

"만나 뵙게 되어 반갑습니다." 훈이 엄마한테 큰절을 올렸다.

훈과 나는 서로 빙긋 웃으며 악수했다. 다시 환영한다고도 했다.

"우리 부엌으로 가서 이야기하자." 이모가 훈의 손을 잡아 끌고 식탁으로 가서 앉히고 옆에 앉았다. 난 차를 준비했다. "훈아, 나한테 한 이야길 이모한테 해 드려."

"절 키워주신 어머니가 3년전 돌아가셨는데 전 생모가 계신 줄 몰랐습니다. 3년상이 끝나고 나자 아버지께서 생모가 살아계신데 여기라는 소릴 해 주셨습니다. 사업차 뉴욕에 온 김에 생모를 찾아보고 싶었습니다." 여유도 있고 당당한 목소리다.

"아버님은 어찌 지내시나?" 엄마가 물었다.

"은퇴하시고 골프 즐기고 계십니다. 건강하시고요."

"잘됐다. 좋은 소식이구나. 너희 가족은?"

"전 결혼하고 아들 둘에 딸 하납니다. 큰 애는 대학생, 작은 애 둘은 고등학생이고요."

"네 손주가 셋이구나." 엄마가 이모한테 말했다. "아들 둘에 딸 하나."

"부럽네. 난 딸만 둘인데. 둘 다 고등학생이고." 내가 말했다.

"둘 다 엄마처럼 공부 잘 한다면서요?"

"내가 훈이한테 말했어. 훈이도 아버지처럼 직물회사한대." 이모가 자랑스레 말했다.

"인천?" 내가 입을 벌리고 일어섰다. "신사장님? 네 아버님?"

현관서 누가 들어오는 소리가 났다. 우리 애들 중 하난가 보았다.

"엄마, 밖에 선 차가 누구 거예요?" 란이가 뛰어오며 물었다. "캐딜락인데? 것도 리모 스타일로."

"네 아저씨차야. 들어와 인사드려."

"아저씨가 다 있어요?" 미국에 살다보니 언제나 친척부족이었다. 란이는 뛰어와 훈을 안았다. "와, 부자고 잘 생긴 아저씨가 계신 걸 여태 몰랐네!"

훈의 영어는 훌륭했다. 알고 보니까 내가 듀크에서 수련의 하고 있을 때 훈인 미국서 경영학을 했단다. 이모는 훈을 한시도 눈에서 떼질 못했다. 훈이 화장실을 가도 이모의 눈이 문을 지켰다. 따라 들어가고 싶을 게다. 이모의 얼굴은 보름달처럼 환했다. 훈도 친어머니를 진심으로 좋아하고. 이모에 대한 궁금한 것들이 하나씩 벗겨지고 있었다. 이모가 신사장의 첩이었던 모양이다.

그날밤 이모와 훈이 아직도 이야기하고 있는 동안 나는 엄마 방으로 갔다. 엄마는 거울을 마주한 채 의자에 앉아 있었다.

"엄마, 괜찮아요?" 엄마의 눈이 텅 비어 있었다. 바늘 같은 게 내 속을 찔러댔다. 난 엄마의 어깨를 감쌌다.

"엄마, 샘나?" 장난스레 말했다.

"별소릴. 이모 위해 좋은 일인데." 엄마가 내 손을 잡았다. "내가 죽기 전에 우리 딸들 볼 수 있을까? 소식이라도 들을까? 우린 죽었는지 살았는지도 모르잖냐."

"알게 되겠지, 뭐." 모르기는 나도 마찬가지였지만 그렇게 말했다. "훈에 대해 어떻게 생각해? 잘 자란 것 같지? 정말 잘됐어." 말을 돌리려 했다.

"그래도 이모는 훈이 어디서 뭐하는지 내내 알고 지냈어. 결혼해서 살림 날 때까지." 엄마가 긴 한숨을 쉬었다. "그리고 나선 완전히 맘속에서 내 보내기로 작정하고 우리집으로 왔던 거야. 아들을 위해서 피해 준거지. 그래도 훈에 대해서 알건 다 알고 있었어. 훈이 졸업식에도 갔단다. 그런 날엔 내게 와서 머릴 내 무릎에 묻고 울곤 했지."

"이모가 왜 결혼하질 않았어요? 남자들은 누구나 홀딱 반했을텐데."

"나도 이모한테 여러 번 이야길했지만 이모는 아들하고 신사장, 두 남자의 그림자속에 가려 살기로 작정했나봐." 엄마가 갈라진 목소리로 계속했다. "게다가 한때 첩이었다는 사실 때문에 남한테 손가락질 받는 걸 원치 않았어. 체신을 잃고 싶지 않았던 거지."

아들의 졸업식날 멀리 한쪽 구석에 보이지 않는 그림자처럼 앉아 아들이 졸업장 받아쥐는 모습을 지켜보았을 이모…. 아들 옆에는 법적인 어머니가 앉아 있고.

"훈의 결혼식 날엔 우리집에 와 있었어. 아들의 결혼식을 조금이라도 언짢게 하고 싶지 않아서였지. 아들의 행복만을 원했으니까." 엄마가 긴 한숨을 쉬었다. "이제는 이모의 고통, 고민은 다 끝난 거야. 하지만 난 내 딸들에 대해 아는 게 없잖냐?"

"엄마, 이모가 어떻게 첩이 된 거예요? 엄마네 집안이 그걸 허락하지 않았을텐데." 거울에 비치는 엄마한테 물었다.

엄마가 고갤 숙였다. 들릴락 말락한 소리로 말했다. "아버지가 병들 때까지는 잘 살았어. 아버지가 병들고 몰락하기 시작했지. 난 이미 출가외인이니까 이모가 도와야 했어. 잘 아는 부잣댁에 들어갔어. 겨우 열여덟에." 엄마 목소리가 축축했다. "그댁 며느리가 애를 낳질 못하니까 주인 할머니가 이모를 예쁘게 보고 우리 집에다 돈과 직장을 준 거야. 이모는 집안과 병든 아버질 위해 간 거고. 아들을 낳았고 애는 할머니가 며느리한테 줬어. 그집이 인정은 있어서 이모 먹고 사는 건 대줬어. 전쟁 후 첩을 갖는 게 불법으로 되었고 이모는 그집과 끊어진 것이지." 엄마가 잠시 멈췄다. "훈의 아버진 이모를 좋아했던 것 같아. 이모를 싫어할 사람이 있겠니? 하지만 훈이 아버지가 점잖은 분이라 이모를 멀리 한 거야. 집안을 위해선 그럴 수밖에 없었겠지. 그래도 자식의 에미라 이모한테 집과 얼마간의 돈을 줘서 이모가 그걸 밑천으로 살 수 있었던 거야." 엄마의 이야기는 내가 가지고 있었던 많은 궁금증을 풀어 주었다. 신사장이 내 입학 등록금을 내준 것까지. 그때 신사장과 이모의 속마음들이 어땠을까…?

"이제 어떻게 될 것 같아요?"

"모르지. 부인이 죽고 삼년상을 다 치뤘으니 이모와 결혼한대도 말릴 사람은 없을텐데. 이모가 그 정도는 받고도 남을 사람 아니냐? 여태 혼자 살았는데."

"이제는 훈하고 훈의 아버지에 달린 거네. 훈이나 훈이 아버지나 다 바르게 사는 사람들 같으니까 옳게 해결 보겠죠, 뭐." 떠 오르는 생각이 있었다. "엄마, 아버지가 감옥갔을 때 쌀과 옷감을 얻어 왔는데 거기서 난 거예요? 감옥서 엽서 왔을 때요?"

엄마가 다시 눈을 내리깔았다. "목구멍에서 차마 나올 소린 아니였지만 그 외에는 달리 방도가 없었다. 훈이 할머니한테 갔더랬다. 우리가 이모한테 진빚이 많다."

훈은 주말을 우리와 같이 지냈다. 모두 쌍수들고 환영했다. 이모의 발은 땅에 닿지도 않는 듯 둥둥 떠 다니는 것 같았다. 훈은 계속 연락하겠노라 하고 떠났다. 그 후로 이모는 종종 밤 늦게까지 전화에 붙어 있었다. 상대가 훈이만은 아니었다. 매이와 란이는 나이든 이모의 보이 프렌드를 갖고 놀려댔지만 이모는 행복한 웃음만 흘렸다.

몇주 후 다른 손님이 이모를 찾아왔다. 훈의 아버지였다. 그가 프로포즈하고 이모는 기쁘게 받아들였다.

"이모가 만든 한복입고 결혼할 거예요?" 난 이모가 그럴 줄 알았다.

"아니. 서양식 드레스 입을 거야."

"우리가 타운샵까지 늘 걷잖니? 이모가 거기서 맘에 드는 드레스를 골랐어." 엄마가 설명했다.

"난 한복을 손수 만들어 입을 줄 알았지."

"미국 살잖냐? 난 미국식으로 할란다." 이모의 함박웃음.

훈이 서울서 가족을 데리고 왔다. 결혼식은 꽃이 가득 핀 우리집 뒷마당에서 하고.

몸을 몽땅 감싸고 가리는 한복과는 달리 은색이 도는 푸른 드레스는 이모의 우아하고 매끈한 몸매를 아낌없이 잘 드러냈다. 이모는 그림자속에서 걸어나와 아름답게 섰다. 뒤로는 자신의 발 밑에 있는 그림자를 멋지게 끌고….

"우리들의 신데렐라가 떠나네." 신혼여행 떠나는 둘을 배웅하며 매이가 하는 소리.

"신데렐라라고 하기는 나이가 좀 너무한 거 아냐?" 란이도 손을 흔들며 한마디.

"왜, 신데렐라가 십대나 이십대의 독점물이라든?" 매이가 되물었다.

"어머! 이 사진좀 봐!" 언니는 손바닥을 쳐가며 이모의 결혼사진을 들여다 봤다. "정말 예쁘다. 이 멋진 드레스 좀 봐. 누가 상상이나 했겠어?" 언닌 이모 의 사진을 쓰다듬으며 흐르는 눈물을 연신 닦았다. 굳은 살 박이고 매듭진 손, 금반지 낀 손으로.

"이모의 결혼식 덕에 언니의 편지 기다리는 게 그나마 좀 도움이 되었어. 아 니었더면 숨이 막혀 살지 못했을 거야. 이모의 행복속에 우리까지 한동안 묻 혀 지낸 셈이지."

우리는 밤을 꼬박 새우며 떠들었다. 아침에 장씨와 오씨가 오자마자 외국인 들과 외교관들을 위한 물건으로 가득 찬 달라상으로 갔다. 카세트 플레이어 사고나서 아버지 때문에 빨래가 많으니까 세탁기와 건조기를 사줄까 했지만 언니는 냉장고를 원했다.

"내가 건강하기만 하문 빨래 정도야 얼마든지 해. 남들 말로는 세탁기는 잘 빨지도 않으면서 옷감만 금세 헤어진다더라. 거기다 왜 돈을 들이갔니? 냉장 고는 누구나 잘 쓰지. 언니네도 있는데 편리하더라. 그 속에 넣어 둘 것은 많 지 않아도 하나만 있으문 우리 층 사람들이 다 같이 쓸 수 있지 않갔어?"

언니 말도 일리가 있었다. 택배와 연결은 무료란다. 언니는 신바람이 나서 가게 안에서 어깨까지 덩실거렸다.

"그런데 전기가 나갈 땐 어떻게 하지?" 걱정스러웠다.

"오층에 사는 사람 이야기가 냉동칸에 얼음을 얼렸다가 냉장칸에 넣어두면 걱정 없다더라."

우리가 돌아 왔을 때는 언니네 딸들도 다시 다 모여 아버지 방에 둘러 앉았 다.

"엄마가 먼저 이야기 하고 그담에 한국이야. 처음에 녹음하려 하니까 엄마 가 자꾸 쿨쩍대서 여러 번 다시 했어. 그래서 첨엔 끊었다 이어졌다 하는 소리가 들려. 하지만 이야기 시작하고 나서는 금방 괜찮아져."

"우리가 듣고 난 다음에도 소린 그냥 남아 있는 거지? 지워지지 않는 거라고 했지?" 언니가 확인하고 싶어했다.

"지우지만 않으면 없어지지 않아. 여러 번 계속해 들어도 되고."

"아버지, 미아가 하는 소리 잘 들었지요? 이 작은 것이 라디오보다 낫네요. 엄마 목소릴 얼마든지 들을 수 있다니까요. 엄마하고 한국이가 아버지가 여기 계시는 줄 몰랐어도 아버지한테 하는 소리라 생각하고 들으세요." 언니는 아버지 뒤에 벼개들을 포개서 아버질 뒤로 기대게 해 주었다. 아버진 열심히 기다리는 눈치다.

"한번 듣고 난 다음에 다시 들을 땐 어떻게 하는지 다시 보여줄게. 맘껏 듣고 난 후에 진아언니네 갖다 줘." 언니가 어떻게 쓰는지를 잊어버리더라도 딸들이 가르쳐 줄 테니까 걱정 없었다. 나는 시작 단추를 눌렀다.

"진아, 선아! 너희들 이름을 부르고 나면 내 가슴이 한꺼번에 높이 뛰어 올랐다가는 툴렁하고 땅으로 떨어지곤 한다. 너희들이 살아 있고, 잘 있다고는 하는데도 아직 볼 수도, 만질 수도 없구나."

"엄마, 엄마!" 언니가 어린애같이 왕왕 울어댔다. 나는 멈추고 언니가 진정하길 기다렸다. "왜 그래? 왜 엄마 소리가 멎었니?" 선아가 놀라 물었다.

"엄마, 망신 그만 떨어. 엄마땜에 할머니 목소리도 듣지 못하잖아." 윤희가 나무랬다.

"미안, 미안. 계속해라. 이젠 울지 않을게." 선아가 가족을 둘러봤다. "할머니 목소리다. 딱 우리 옆에 앉아 계시는 것 같구나."

"오래 살았더니 이런 날도 있구나. 너희들 소식 들을라고 죽지 않고 여태 살았나보다." 엄마의 목소리가 갈라졌다. "너희들 볼 수 있는 날이 속히 오기를 간절히 빈다." 그리고 계속해서 엄마는 딸들의 가족에 대해 묻고 한국이네 가족에 대해서 이야기했다. 거의 한 십분가량 이야기 하고 건강하게 오래 잘 살라고 당부했다. "우리가 살아서 만나보려면 오래 살아야 하는 것 외에는 다른 방법이 없질 않으냐? 죽기 전에 꼭 한번은 서로 만나보고 손을 잡아봐야 하지 않겠니?" 하며 이야길 마쳤다.

"기다리고 있을테니까 꼭 오세요, 엄마." 선아가 녹음기를 부여안고 애걸했다. "엄마가 너무 보고 싶어. 엄마!" 언니가 한참을 목놓아 울었다. 열다섯짜리 딸아이처럼.

아버지의 퀭한 눈에서도 눈물이 흘러 떨어졌다.

모두가 진정한 다음 한국이의 목소리로 이어졌다. 그의 굵은 남성적인 목소리가 방안의 기분을 확 바꾸어 놓았다.

"진아, 선아누나. 막내 한국이예요."

"야, 저게 한국이 목소리가? 믿을 수가 없구나. 내가 떠날 땐 다섯살이댔는데." 언니가 소리쳤다. "내가 기억하는 건 녀석이 배고프다고 울던 생각뿐인데 저렇게 자랐니? 목소리가 아버지하고 딱 같구나. 그렇지요, 아버지?" 아버진 아들의 목소릴 들으려고 애쓰고 있는 듯했다.

"그애도 올해 나이 40이야. 아버지가 잡혀 갔을 때와 같은 나이지. 엄마도 아버지하고 한국이 목소리가 똑 같대." 내가 말했다.

언니가 녹음기에 바싹 다가 앉았다. "한국인 서울에 산다고 하지 않았니? 넌 미국 살고? 그런데 어떻게 목소린 같이 붙어 있냐?"

"테이프를 녹음해서 보내라고 했어. 그렇게 온 것을 엄마 목소리 뒤에다 붙인 거야."

"딱 옆에 있는 것같이 들린다. 그애도 서울에 이런 녹음기가 있냐?"

"응." 장씨와 오씨를 인식하고 서둘렀다. "계속 할까 말까?"

"알았다, 알았어. 입 다물게. 얼른 계속해라."

"우린 서울 살아요. 난 삼성서 일하고 집사람은 두 애들 키우느라 정신 없어요. 아들 하나 딸 하나지요. 여기 애들은 대학입시 때문에 공부하느라 정신 없어요." 하면서 자기네 생활 소개를 했다. 또 북한 아이들도 입시지옥을 치르냐고도 물었다. 끝에 가서는 다 같이 모두 좋아하는 노래 '나의 살던 고향'을 부르자고 했다.

"다 준비 되었어요?" 이어서 누군가가 피아노 반주를 하고 모두 노래를 시작했다. 북한의 식구들도 다 따라서 노래했다. 장씨랑 오씨도.

나의 살던 고향은 꽃피는 산골
복숭아꽃 살구꽃 아기진달래…
그속에서 놀던 때가 그립습니다.

나는 목에 뻐근한 게 들어 있어서 부를 수가 없었다.

언니는 입을 삐죽거리고.

아버지의 눈에선 눈물이 굴러 내리고.

"다 따라서 노래 했어요? 그럼 건강하고 행복하세요. 건강해야 우리 나라가 통일될 때 서로 만나지요. 우리 애들이 사촌들이 어디 사는 누군지 알 수 있어야지 않겠어요? 그럼 서로 소리쳐 인사합시다. 건강하세요. 안녕히 계세요." 북한의 식구들도 따라 외쳤다. 그렇게 테이프는 끝났다.

"피아노는 누가 쳤어요? 집에 피아노가 있어요?" 윤희가 물었다.

"누가 쳤는지는 모르지만 피아노는 있대." 내가 말했다.

"이모네도 피아노 있어요?"

"우리도 있어. 우리 딸들이 쳐. 잘은 못해도 칠 줄은 알아." 솔직히 말했다. 윤희가 더 묻진 않았지만 곰곰 생각하는 눈치였다. 우리가 방을 나설 때 아버지가 끙끙댔다. 테이프를 더 듣고 싶었나보다. 윤희가 남아서 다시 들려 드렸다.

그날 오후 우리는 다른 종류의 잔치를 벌였다. 북에서 왔건 남에서 왔건 우린 모두 코리안이었다. 남자들은 마시고 노래하고 여자들은 노래하고 춤췄다. 악기라곤 없으니까 북이나 기타 대신에 모두 냄비들을 뒤엎어 놓고 젓가락과 숟가락으로 두들기며 노래들을 불러댔다. 오래된 노래, 새로 나도는 노래, 모두 돌아가며 불렀다. 장씨와 오씨도 같이 냄비들을 열심히 두들겼다. 난 모두의 비디오를 찍었다. 내 비디오는 크고 무거웠지만 다행히 새 모델이어서 사진과 소리가 같이 나오는 것이었다. 모두 아버지 곁에 둘러앉아 내 비디오와 낡고 오래된 카메라의 모델들이 되어 주었다. 언니한테 비디오를 주고 싶었지만 그게 있어야 내가 미국가서 엄마한테 보여 줄 수 있는지라 할 수 없었다.

"이 비디오면 미국 가서 우리집서 찍은 걸 활동사진처럼 볼 수 있는 거이가?"

"맞아, 언니."

"그럼 말만 하는 것보담 더 좋구나. 말도 하고 볼 수도 있으니."

"그러게 말야. 사람들이 우리가 미처 생각지도 못했던 것들을 잘도 만들어내. 다음엔 또 뭘 만들지 몰라." 나도 모르게 장씨를 봤다. 다행히 내가 하는 소리에 그리 신경쓰는 것 같지 않았다. 그들이 떠나기 전 운전수한테까지 50불씩을 쥐어 주었다. 모두 고맙다고 깊이 절들을 했다.

"미국 돌아가면 언니들하고 편지왕래할 수 있다고 하던데요." 장씨한테 말했다.

"물론이죠. 자유국가 아닙니까!" 믿고 하는 소린지 그냥 하는 소린지 어찌 알건가?

"아버지와 가족들 위해 약과 다른 것들 좀 보내고 싶고 빠른 시일 안에 다시 방문도 하고 싶은데요. 아버지 건강이 좋지 않으셔서요."

"물론입니다. 보내시는 건 얼마든지 환영입니다. 방문에 관한 것은 제 소관이 아니라서 모르긴 합니다만 신청하시면 문제 없을 겁니다. 여러 번 방문하는 분들 많습니다. 내일 안동지께 여쭈어 보십시요. 걱정 안하셔도 될 겁니다."

모두가 돌아간 후에 누군가가 문을 두들겼다. 큰 형부였다. 혼자 서 있는 그를 금방 알아봤다. 반가워 손을 덥석 잡기는 했지만 그의 얼굴엔 걱정이 가득했다. 송보가 좋지 않은 모양이다. 가슴이 답답했다.

"아이구, 이게 누구야! 형부가 미아보러 오실 줄 알았다니까." 선아가 신이 났다.

"늦긴 했지만 처제를 한번이라도 봐야겠기에…." 그가 웃으려 애썼다. 손엔 보자기를 들고 있었다.

"못오시는 줄 알았어요. 진아 언니는요? 여전 바빠요? '나 바쁘다' 소리가 언니 이름이잖아요. 송보 소식은요? 아직 좋은 여자 없대요? 송보한테 맞을만한 애가 어디 있을라고." 언니는 큰형부를 들어오게 하고는 계속 떠들었다. 큰형부가 보자길 건넸다.

"집사람이 이걸 전하라던데요. 애들 사탕하고 고기 조금하고. 이건 윤희아버지 담뱁니다."

"아이고, 고마워라. 우리한텐 정말 요긴한데. 애들은 이 사탕기다리고, 저양반은 담배 기다리고. 이거면 일 년은 피겠다." 언니는 던힐 한 박스를 들고 좋아하고 있었다. "내가 하루에 한 개피씩만 배급 주지요. 그 이상은 못피게 해요. 저양반도 담배 끊어야 하는데. 차라리 돈을 태우는게 낫지." 던힐처럼 사탕도 외제 같았다. 아마 큰 형부는 그런 걸 주는 사람이 있나보다. 친애하는 수령, 항상 베풀어주시는 김정일 말이다.

"여보, 어서 앉게 하지 않고 서서 뭐해요?" 작은 형부가 나무랐다.

"아, 그렇지. 내 정신봐. 여기 앉으세요, 형부. 윤희야, 이모부 차좀 갖다 드려라." 윤희가 부엌으로 급히 갔다.

"아녜요. 늦어서 가봐야 합니다. 운전수가 기다리고 있어요. 이건 송보 에미가 전해 주라고 하던데요. 돌아가면 어머니 드리라고. 언니가 만든 수건인가봐요. 그 속에 사진을 넣었다더군요." 큰형부가 내게 작고 납작한 박스를 주머니에서 꺼내 주었다. 나는 핸드백에 넣었다.

선아는 부지런히 어제와 오늘 있었던 일을 큰형부한테 보고했다. "녹음기는 우리가 열두번 듣고나서 언니한테 보낼게요. 그때까지 기다리셔야 해요."

"알았습니다." 큰형부가 일어섰다. "온 김에 아버님께 인사드리고 가겠습니다." 큰형부가 아버지한테 큰절을 올렸다. 아버진 고단하셨던지 뭐가뭔지 잘 모르시는 것 같았다. 눈을 잠시 떴다 감을 뿐이었다. "장인어른, 건강유의하시고 막내딸과 즐거운 시간 보내십시오." 아버지의 마른 손을 잡고 말했다.

"시간이 날 때 또 오겠습니다."

"워낙 바쁘시니 잡지 않겠어요, 형부. 미아가 형부를 볼 수 있어서 다행이네요." 언니가 날 향했다. "큰형부는 평양시장보다 뵙기 힘든 분인데 널 보러 오신거야."

"큰 형부, 잠깐만 내가 사진 하나만 찍을게요. 어머니께 보여 드리게. 카메라…"

"언니가 사진을 거기 넣었다고 했는 걸요."

"알았어요, 큰형부. 와 주셔서 고마워요." 다시 가슴이 답답해 왔다. 잠시 머뭇거리다 말했다. "형부, 한번 안아드리고 싶은데…" 내 마음을 전하고 싶었다. 행운을 빌고 싶었다. 안아드렸다. 가슴속이 싸아 하니 쓸려나갔다.

모두에게 인사하고 형부는 돌아섰다.

그리고 어둠속으로 터벅터벅 걸어갔다. 혼자서.

"큰형부는 높은 자리에 있어. 그래도 아무한테도 암말도 하지 말아야 해. 입 다물고 있어야지. 언니넨 항상 조심하며 살아. 절대 재지도 않고. 아버지한테 인사드리는 것 봤지? 뭐가 뭔지도 모르시는 아버지한테 말야. 그래도 늘 그래. 정말 좋은 분이야." 형부가 사라진 어둠속을 바라보며 언니가 말했다.

"엄마, 나 이모랑 같이 자도 되지?" 윤희가 벼개를 들고와 물었다.

"이모가 좋다고만 하면 그래라. 난 좀 자야갔다. 너무 늦게까지 떠들진 말고. 이모도 자야하니까."

"고마워요, 엄마." 윤희는 내 옆에 바싹 다가 앉았다. 난 그애의 머리를 쓸었
다. 윤희의 단발은 내 머리와는 달리 반듯하고 윤끼 있었다. 그애의 호기심 찬
눈이 날 미소하게 만들었다.

"이모, 몇 달 월급이면 이모 사진기 살 수 있어요?" 내 옆에 들러붙은 이유
가 마치 그 때문인 듯 물었다.

"내 비디오 카메라?"

"아뇨. 큰 거말고 작은 거요. 큰 건 너무 비싸 나한테는 계산이 힘들 것 같아
요." 그애는 손바닥만한 낡은 내 싸구려를 말하는 거였다. 뭐라 해야 할지 몰
랐다.

"윤희야, 그건 비싼 거 아냐. 내가 떠나기 전에 필름 꺼내고 너한테 줄게. 속
에 든 필름이 있어야 할머니한테 찍은 사진들을 보여드릴 수 있으니까."

"그게 아녜요. 그걸 사려면 몇달치 월급이 필요한지가 궁금해요."

그때야 알아 들었다. 이애는 아이의 눈으로 달라의 가치를 알고 싶었던 거
다. 그래도 뭐라 답해야 좋을지는 몰랐다.

"이모 한 달치 월급이면 돼요? 아니면 두 달? 석 달? 또 미국서 여기오는 비
행기값은 몇 달치 월급이면 되는지 알고 싶어요."

"윤희야, 그런 건 묻는 게 아냐." 언니가 손사랫 쳤다.

"괜찮아. 다 가르쳐 줄게." 열심히 답을 생각해 봤다. "윤희야, 여기하고 내
가 사는 곳하고는 서로 다른 제도야. 사과와 감자처럼 서로 비교하기 힘들어.
여기 너희 집은 공짜잖아. 우린 집을 사야 우리 것이 돼. 한마디로 설명하기는
어렵지만."

"이모, 모두 평등을 이야기하지만 여기 집도 다 같지 않아요. 평등이 어딨
어? 전에 우리가 살던 집은 쓰레긴데."

"윤희야! 너 무슨 소리하는 거냐?" 언니가 딸애의 팔을 잡아 끌며 벽에 붙은

사진들을 쳐다봤다. "이 좋은 집을 주셨는데 고마운 줄도 모르고." 귀에 대고 혼냈다. "이불속에 들어가 조용조용 말해. 사람들 다 깨울라."

"엄마는 여기가 좋다고 그러지만 큰이모처럼 이보다 훨씬 더 좋은데 사는 사람도 있어요." 윤희가 소곤댔다. "우선 카메라 사는데 얼마가 필요한지 알고 싶어요."

"아마 50불정도 줬을거야."

"난 그게 얼마나 큰 돈인지 작은 돈인지 모르잖아요. 엄마는 물으면 안된다지만 난 알고 싶어요. 이모가 어떤 세상에 사는지…. 다들 말하는 것처럼 가난하다면 우리한테 그렇게 좋은 것들을 많이 갖다 줄 수 있겠어요? 비행기값도 비쌀거구요." 작게 말은 했지만 내 귀에는 나팔소리처럼 울렸다. "진짜를 알고 싶어요."

"바른 비교방식은 아니지만 내 한 달 월급으로 100개정도 살 수 있을거야." 솔직히 말했다. "하지만 집을 사기 위해서는 수십 년 일을 해야 해." 윤희는 한동안 말이 없었다. 왱왱 돌아가는 그애의 머리 회전 소리가 내 귀에까지 들리는 듯했다.

"가르쳐 줘서 고마워요." 한참만에 말했다. "이모는 싸구려라고 했지만 여기선 그나마도 가진 사람 별로 없어요. 미국 사람들이 그렇게 좋은 카메라 만든다면 집이야 말할 것도 없겠죠. 이모가 가져온 사진 보니까 집이 그림같아요. 여기선 그 집을 열개로 잘라 열가구한테 줄텐데 그게 그래도 이집보단 나을걸요." 그 애의 관찰력이 날 놀라게 했다. 그냥 흘려 보내는게 없었다.

"윤희야, 입닥쳐!" 자는 줄 알았던 언니가 벌컥 일어나 앉아 화를 내며 딸의 등을 쳤다. "누굴 망칠려고 그런 소리하니? 입조심해, 이것아!"

"걱정 마세요. 무슨 소린 해도되고 어떤 건 안되는지 나도 알아요. 그래도 내가 누군지, 뭘 하는지, 내 자린 어딘지 알고 싶은 걸 어떻해요?" 굽히지 않았다. 그런 윤희를 어떻게 나무랄 수 있을까? 둘 다 맞는 소리고 둘 다 이유는 타당했다.

"알면 알수록 더 알고 싶은거야. 알면 알수록 문제만 생겨. 제발 그런 것 다 잊어 버려라, 엉? 그냥 조용히 입 다물고 살자."

"그런 말이 어딨어? 그럼 머린 뒀다 뭘할건데? 난 피아노는 학교에만 있는 건 줄 알았어. 하지만 미국이나 남조선에선 원하면 누구나 가질 수 있잖아." 윤희가 반박했다.

"세상일이 다 그렇게 호락호락한 줄 아니? 알지 못하는 게 어디 그뿐이냐? 다 알아내고 분석하려들면 너만 손해야."

언니 말도 맞았다. 어린 윤희가 북한 밖의 세계가 어떤지를 안다면 어떻게 느낄까? 어떻게 반응할까? 그 애의 마음을 달래주곤 싶었지만 내가 할 수 있는 소리가 있을까? 게다가 해 보았자 사춘기 문턱에 선 아이의 혼란스런 마음에 혼란만 더 해 줄지도 몰랐다. 나는 윤희를 꼭 안았다.

"이모, 우리도 이모처럼 맘대로 오고 갈 수 있는 세상에 살면 좋겠어요." 윤희가 내품에 안겨들며 소근댔다. "진짜 세상이 어떤지 알고 싶어요."

"눈 좀 붙였니? 저 애 참 골치다. 보통일이 아니다. 안그러냐?" 잠든 윤희한테서 몸을 돌리자 언니가 물었다. 창에 새벽이 밀려 오는 게 보였다. "벌써 떠나야 할 날이구나." 언니가 한숨 쉬었다.

"그러게 말야. 잠은 나중에 호텔이나 비행기서 잘 수 있으니까 걱정마." 머릿속은 윤희생각으로 가득했다. "윤희가 빨리 자라고 있네. 생각도 빠르고."

"잊을 건 잊어야 하는데. 까딱하단 저는 물론 온 가족을 망칠까 겁난다니까."

"언니도 어려서 그랬잖아. 언니랑 진아랑 둘 다 엄마 애간장은 있는대로 태우구선, 뭘." 그리고 보탰다. "하기야 나도 더하면 더했지뭐."

"그래 그 결과가 어떻게 됐냐? 저년도 나처럼 발가락 다 잃을까봐 그러지.

발가락이 문제냐?" 언니가 머릴 저었다. "여기서 '나'를 찾겠다는건 말이 안돼. 선택의 여지가 없어. 그걸 먼저 인정해야돼. 반항해 봤자 소용없어. 반항하는 놈만 손해야." 우리 눈이 자꾸 창으로 갔다. 나도 모르게 언니 손을 붙잡았다.

"언니, 가서 아버지한테 필요한 약하고 큰언니 약을 보낼게. '첫째'라고 쓴 것은 언니한테 보내. 나머진 언니꺼야."

"언니도 약이 필요하다든? 어디 아프다니?"

"나이들어 관절들이 아프대." 내가 둘러댔다. 동생한테까지 말할 수 없는 괴로움. 우리가 가까운 사람한테 이야기하고 싶은 것은 내 아픔을 전하기 위해서라기보다는 내 짐을 조금이라도 덜고 싶은 때문일 터인데.

"나처럼 관절염이 있나보구나. 나한테도 좀 보내라."

우리는 우편물이 훼방없이 잘 도착했는지를 서로에게 알리는 신호를 정해두었다. 혹, 제대로 도착하지 않은 듯하면 내가 다시 올 때까지 기다리기로 했다.

"언니, 내 친구 미숙이 알지? 돈은 미숙이 남편 편으로 보낼게. 그이는 믿어도 돼."

"그런 친구가 있어 얼마나 다행이가? 그렇지 않았으면 오지도 못할 뻔했잖니? 고맙다고 꼭 전해. 그리고 엄마하고 얼른 다시와, 응?"

"물론. 엄마랑 올께."

"여기서 우리랑 살문 안돼갔니? 간다니까 너무 서운하구나."

속에 들은 필림은 빼고 카메랄 내밀었다. "이거 윤희 줘. 그리고 달라상에 가 필림도 사 주고." 언니한테 돈을 건넸다. "그리고 이걸로 언니하고 형부 이빨 고쳐."

"네가 오기 전에 고칠려고 맘 먹었댔는데. 한발 늦었다. 고칠게. 걱정마. 내가 너무 늙어뵈지?" 언니가 입을 가리고 민망스러 했다.

떠나야 할 시간이 다가오니까 할 말이 줄어버렸다. 해야 할 소린 많은데 머릿속이 텅 비고 멍했다. 우리는 애꿎게 서로의 손만 만지작 거리다 쿨쩍댔다. 언니네 가족이 모두 모였을 때도 마찬가지였다. 걸핏하면 눈물먼저 나왔다. 만남의 끝이 오고 있었다. 언제, 어디서, 어떻게 다음 만남이 있을지는 모르는 채. 영 없을지도….

"장동무 말에 의하면 다들 오고 또 온다더라. 너도 다시 올 수 있갔지. 걱정하지 말고 기다리자. 어떻든 건강하게 오래만 살아. 그게 서로 만날 수 있는 유일한 희망 아니냐?"

장씨가 오자 이때껏 응원단장노릇 하던 언니가 주저앉아 울었다. 만나서 울고 헤어져서 울고…. 유행가 가사같은 신세가 된 우리…. 그게 서러워 또 울고….

"내일 이동무를 모시고 호텔로 모시러 가겠습니다." 장씨의 소리에 질질 짜던 언니가 고개 쳐들고 제대로 들었는지를 생각해 보는 눈치였다. 그리곤 실쭉 웃었다. 얼마나 다행인가? 한번 더 볼 수 있다는데!

아버지가 계신 방에 들어가 아버지 옆에 앉았다. 아버지 손은 쥐었지만 입이 열리질 않았다. 숨쉬기 위해 안간힘을 쓰는 아버지 가슴의 외침이 방안을 울리고 있었다. 언니가 아버지 얼굴을 내 쪽으로 돌렸다. 아버지가 눈은 겨우 뜨고 있었지만 어딜 보고 있는지, 무슨 생각을 하는지는 감감했다.

"아버지, 미아가 오늘 떠나요." 언니가 큰 소릴 냈다. 아버지의 눈이 무언가를 찾고 있었다. 나는 아버지의 손을 꼭 잡았다. 벙어리가 되었는지 내 목에선 '아버지'라는 소리조차 나오지 않았다.

"아버지가 기다리고 계신다. 뭐라 말씀 드려." 언니가 날 떠밀었다. "아버지, 미아가 엄마 모시고 다시 온대요. 그때까지 아버지가 건강만 하시면 돼요. 미아가 아버지 약도 주고 혈압재는 것도 줬어요. 어떻게 재는지도 가르쳐 줬어요. 오늘 재 보니까 벌써 좋아지셨던데요?" 언니가 나 대신 말했다.

"아버지, 엄마 모시고 다시 올게요." 꺼져가는 목소리가 겨우 기어나왔다. "그때까지 약 잘 드시고 기운 내세요. 오래 걸리지 않을 거예요." 나도 내 말을 믿지 못하겠거늘 하물며 아버지야.

일어나서 아버지께 큰절을 올렸다. 전쟁나던 해 설날 드리고는 이번이 처음이 아니던가 싶었다. 헤어진 가족이 죽었는지 살았는지도 모르는 수백만에 비하면 난 행운아라고 느껴야 할테지만 그런 생각은 눈꼽만치도 없었다. 그 수많은 인생사를 나몰라라 하며 지나쳐 버리는 역사라는 것, 시간이라는 것이 한없이 야속했다.

불쌍한 아버지! 희미하게 빛을 잃어가는 그의 눈, 그 속에서 희미하게 남아 꺼져가는 불씨 같은 것이 무언가를 찾고 있었다. 멀지 않아 그나마도 꺼지겠지. 그걸 보면서 어떻게 돌아서서 떠나야 하는 건가?

차바퀴가 구르기 시작했다. 온 식구들의 눈은 나한테 고정한 채 멍한 표정으로 손들을 흔들고 있었다. 희망찬 표정은 아니다. 김빠진 표정? 많은 것을 포기한 표정? 그러면서도 무언가를 간절히 바라는 표정? 이것이 나만의 상상일까?

나 혼자 가지고 왔다가 다시 가지고 가는 자유. 그들이 자유를 맛보지 못했으니 자유가 뭔지 모른다는 가정은 인정한다 치자. 그래도 내가 그들 눈 앞에 왔다가 다시 돌아갈 수 있다는 그 자체를 부인하진 못하리라. 말은 않더라도 그게 부럽지 않은 사람이 있을까?

몸과 손을 차창 밖으로 내밀었다. 그들을 향해 손을 저었다. 갑자기 윤희가 손을 열심히 흔들면서 나를 향해 달려오기 시작했다. 재빠른 발밑에서 흙먼지를 폴싹폴싹 날리면서. 손을 있는대로 그 애를 향해 내밀었지만 그애가 내 손을 잡을 수는 없었다. 우리의 손은 점차 멀어져 갔다.

장씨가 호텔로 나를 다시 데리고 왔다. 아마 여행은 호텔서 끝내도록 설정이 되어있는 모양이다. 왜 그리 하는지는 알 수 없지만 여기서 이해할 수 있는 것이 얼마나 되던가? 그나마 선아가 호텔로 한 번 더 올 수 있다는 것이 가장 크고 유일한 위안이었다.

"날씨가 그만인데 강가 따라 운전한번 나가 볼까요?" 장씨가 물었다.

"고맙습니다만 제가 너무 피곤해서요. 쉬는 게 좋겠는데요. 밤새 떠들었거든요."

"오늘 저녁은 책임자 안동지와 옥류관으로 정해 있습니다. 음식도 경치도 맘에 딱 드실 겁니다." 장씨의 설명이었다. 또 누굴 만난다는 게 불편하긴 했지만 엄마와의 재방문을 생각하면 입 다물 수밖에.

호텔방에서 큰형부가 준 작은 박스를 열었다. "이곳을 떠난 후 읽어." 라고 쓴 언니의 쪽지, 난 그걸 찢어 변기에 넣어 내렸다. 언니가 말했던 작은 공책은 엄마한테 주라는 수건에 싸여 있었다. 그것은 내 손가방 밑에 깔았다. 바닥엔 가방의 모양을 유지하기 위해 작은 깔개가 있었는데 그 밑에 놓으니까 딱 맞았다.

식당으로 가기 전 500불을 봉투에 넣어 그것도 핸드백에 넣었다. 그 정도면 충분한 건지 알 수 없었지만 더하기도 덜하기도 찜찜했다.

옥류관은 외국인들을 포함한 꽤 많은 사람들이 식사하는 무척 큰 식당이었다. 장씨의 말마따나 대동강을 내려다보는 경치도 훌륭했다. 유니폼을 입은 남자애들과 연한색 치마저고릴 입은 여자애들이 써브를 하는데 모두 같은 미소에 같은 친절한 표정들을 하고 있는 것이 다 같은 부모한테서 태어나 다 같은 훈련들을 받고 와 있는 느낌이 들어 약간 얼떨떨했다. 우리가 자릴잡고 앉은 지 얼마 되지 않아 안씨가 들어왔다. 장씨나 오씨는 같이 며칠을 보낸 탓인지 어느 정도 정이 오가는 느낌을 받았지만 안씨는 폼을 먼저 내 보이는 기분을 풍겼다.

"일어나실 것 없습니다, 이선생." 안씨가 말했지만 장씨가 일어서는지라 나도 따라 일어섰다. "가족들 다 잘 만나 보셨습니까?"

"예, 안선생님. 다 안선생님 덕분입니다. 극진한 대접에 뭐라 감사의 말씀을 드려야 할지 모르겠습니다." 극찬을 하려니 낯이 간질거렸다. 하지만 정치적, 사회적인 차이를 빼면 거짓말은 아니었다.

"그리 말씀해 주시니 고맙습니다. 내일 떠나시는데 다음에 오시는 분들을 위해 참고의 말씀 같은 건 없으신지요? 이렇게 해 주면 좋겠다든가, 뭐 그런 것 말입니다."

여기저기 구경 다 빼고 가족과 시간을 더 보내게 해 달라하고 싶은 생각은 굴뚝같았지만 참았다. 대신 좋다고만 떠벌였다.

"다행입니다." 그가 젓가락을 들고 말했다. "어서 드십시요. 이 집은 불갈비와 냉면이 유명한 집입니다." 그가 갈비를 뜯기 위해 이빨을 드러냈다.

"아버지가 아직 살아계시는 걸 보고 얼마나 놀랐는지 모릅니다. 속히 어머니를 모시고 와서 아버지가 아직 살아계실 때 서로 만나게 해 드리고 싶습니다. 아버지가 연로하신 데다 건강이 좋지 않습니다." 안씨는 갈비를 문 채 날 흘끗 쳐다봤다. "어머니 아버지가 살아계실 때 한번 만나도록 속히 초청허가를 내 주셨으면 감사하겠습니다."

그가 살점을 떼어 물고 씹은 다음 입안에 든 것을 삼켰다. 씹은 고기가 그의 목울대 지나 서서히 내려가는게 보였다. 그는 내프킨으로 입과 입술을 말끔히 닦았다.

"우리가 부탁한 작은 요청은 한마디에 거절하셨지요." 그가 빈 웃음을 한바탕 날렸다. 고려의 통일을 말하는 모양이었다. 우리 부모를 만날 수 있는 기회도 날려 버린 게 아닌가 싶었다.

"돌아가면 제가 할 수 있는 것은 다 해 보겠습니다." 내가 열심히 말은 했지만 그의 싸악 닦아진 입에서는 아무 것도 읽을 수가 없었다.

"제게 쉽지 않을 거라고 잘 설명해 주시지 않으셨습니까?" 그가 다시 갈비살을 뜯기 시작했다.

내 머리가 바삐 돌아갔다. '내가 잘못했나? 시장과의 면회니 뭐니가 다 그런 뜻이 있었나? 하라는대로 하겠다 할 걸 잘못했나? 위대한 영도자의 말씀이 구구절절 옳다고 했어야 했나? 일단 돌아간 후에야 누가 알겠나? 이젠 너무 늦었나?' 헤어지기 전 언니가 했던 소리가 생각났다. 서독 가 있던 남한의 교수들과 학생들 사건도 생각났다. 그들은 북의 프로파간다에 사용되었다. 내 본분은 교수이고 의사이지 위대한 수령과는 상관없었다. 그러면서도 날 다시 초대해 주리라는 꿈을 버리진 못했다.

좋은 날씨 이야길 좀 더 한 후에 내가 봉투를 꺼내 안씨에게 내 밀었다.

"안선생님, 여기 방문할 수 있는 기회와 가족을 만날 기회를 주셔서 얼마나 감사한지 모르겠습니다. 얼마 되지는 않습니다만…." 돈봉투를 그 앞으로 밀었다.

"천만에요." 봉투가 그의 주머니 속으로 소리소식없이 미끌어져 들어갔다. "우리는 언제나 최선을 다 할 뿐입니다."

다음날 아침 열시경 장씨가 선아언니를 호텔로 데리고 왔다. 고맙게도 그는 떠날 시간이 될 때까지 내 방에 같이 있도록 해 주었다. 지난 며칠간 우리 사이엔 꼭 직업적이라기보다는 개인적인 관계가 어느 정도 형성되고 있었다. 한 솥밥을 먹고, 같이 웃고 노래하는 사이 오가는 정이 든 모양이다. 서로 이상은 다를지 몰라도 우리 모두는 같은 희노애락을 가진 사람이라는 소릴지도 모른다. 물론 조심할 것은 조심하느라 했지만 어느 정도 서로간에 훈훈한 정 같은 것이 든 건 사실이었다.

언니와 둘이 방에 남았지만 할 말을 잃었다. 마음 속 시계가 요란스레 째깍대며 달리고 있기 때문이리라. 언니가 방안을 두리번 거렸다. 내가 입고 가야 할 옷, 신을 구두, 세면도구…. 그외의 나머지는 모두 언니한테 주었다. 속옷까지 벗어주고 싶다던 벤의 소리가 생각났다.

"이 화장실 참 좋구나." 언니가 욕조를 쓸어보며 말했다. "욕조가 너무 반들거려서 파리도 앉기가 힘들겠다. 미끄러 넘어지지 않겠니?" 언니가 입을 가리며 픽 웃었다. 가슴이 먹먹해 왔다.

"언니, 샤워나 목욕할래? 하고 싶으면 해. 시간이 아직 남았어."

"그래도 될까?" 언니 눈이 둥그래졌다.

"물론이지." 내가 비누며 샴푸 등을 늘어놓아 주었다. 언니는 떨어지는 물줄기 아래서 뭉뚱그러진 발을 이리저리 돌려가며 신나게 춤을 추어댔다. 입에선 어제 우리가 목에 걸린 것 때문에 부를 수 없었던 '나의 살던 고향'을 열심히 불러 대면서. 반투명의 샤워 카텐을 통해 뿌옇게 보이는 언니를 뭉클한 가슴으로 바라봤다. 물은 언니 머리위로, 옆으로, 뒤로, 떨어져 씻으며 흘러내려 빠져나갔다. 카텐 곁에는 솜뭉치 든 운동화가 언니를 기다리고 있고.

공항은 내가 왔던 날처럼 비어 있었다. 타고갈 비행기 하나가 서 있을 뿐이다. 열두엇 되는 손님들 외에는 모두 빈자리다. 언니는 전에 서서 기다렸던 어항처럼 들여다 뵈는 유리장 안에서 날 향해 열심히 손을 흔들어 댔다. 마치 그리 흔들면 나한테 날아올 수 있으리라 믿기라도 하는 듯이. 비행기가 움직이기 시작했다. 언니를 한순간이라도 더 보려고 창에 코를 들이댔다. 언니가 점차 작아지더니 사라졌다. 기체는 날기 시작했다. 보통이고 정상적인 시간이 째깍거리는 곳, 우리 집을 향해.

16

진아

"송보야, 좀 어떠니?"

진아가 송보의 이마에 손을 대고 묻는다. 자꾸 가라앉으려는 목소릴 가다듬느라 애쓴다. "열이 내렸다. 거의 정상이다. 인삼차 좀 마실래?" 혹시 좀 마실라나 싶어 그의 입술에 갖다 댄다. "수분을 많이 섭취해야 하는데….'

"피곤해요." 송보가 중얼댄다.

"그래도 마셔야지. 앉기 힘들면 내가 도와줄게."

"마셔 볼게요." 그가 몸을 약간 일으키고 진아는 그의 등에 베개를 놓아준다. 잔을 입술에 갖다댄다. 입술이 갈라지고 터져 가는 핏자국들이 보인다. 진아의 가슴도 갈라지고 터진다. 한모금 마시고 쉰다. 겨우 한모금을 더 마시고는 입을 다문다. 진아가 숫가락으로 떠 먹이려 든다. 흘린다. 그래도 엄마는 다시 해본다.

"됐어요, 엄마. 쉬었다 다시 마실게요."

"더 마셔야 해. 그리고 비타민도 한 알 먹고. 우리 착한 옆집 아주머니가 일본서 온 거라고 주셨다." 한 알을 꺼내 송보앞에 내민다.

"냄새. 토할 것 같아." 머릴 돌리고 눈을 감는다. 진아의 속이 안타깝다. "엄마, 목욕하고 싶은데 화장실에 좀 데려다 줄래요?"

마지못한 진아가 차와 비타민을 밀어 놓는다. "욕조에 물을 채우고 올게." 욕조로 가면서 밖에 몰려들고 있는 구름을 본다. 물을 틀어 놓고 다시 아들에게 간다.

"엄마, 어지러워 일어날 수가 없네요. 안 되겠어요."

"그러니까 먹고 마시는 게 중요한 거야. 그렇지 않으면 어디서 힘이 생기겠니?"

"수건갖고 그냥 닦아만 주실래요? 열이 내리면서 땀을 흘렸더니 끈끈해서."

"그래라." 진아가 가서 욕조의 물을 잠근다. 후에 자신이라도 목욕할 셈으로 물은 그냥 남겨두고 수건과 비누 등을 집어 부엌으로 간다.

그들의 아파트는 방 셋, 지은 지 얼마 안 되는 고급아파트다. 거실과 욕실도 있다. 진아는 송보가 집으로 돌아오면 건강을 회복하리라 기대했지만 반대로 그녀의 눈 앞에서 계속 나빠지고만 있었다. 화장실 갈 기운도 없다니까 겁이 덜컥 난다.

진아는 두 개의 큰 대야에다 따끈한 물을 채운다. 송보 옆에 대야들을 갔다 놓고 작은 수건을 물에 적신다. 애기 적에 했던 것처럼 얼굴부터 정성들여 씻는다. 간절한 희망과 기도와 함께. 아들을 위해서라면 몸은 물론 그녀의 영혼도 줄테다. 이번이 마지막이 될지도 모른다.

아들이 그동안 얼마나 여위고 창백해졌는지 엄마의 눈이 아프다. 그의 불거져 나온 갈비뼈들이 해골을 연상시킨다. 머릴 흔든다. 송보가 애기였을 때 물장구 치며 깔깔거렸던 시절을 기억해 내려 애쓴다. 엄마의 이마가 땀에 젖어 머리카락들이 들러 붙는다. 다 씻고 난 후 엄마는 이불을 덮어주고 아들의 발을 마싸지 해 준다. 따스함과 혈색이 돌아오기를 고대하면서.

"어때? 좀 가쁘니?"

"훨씬 좋아요. 고마워요, 엄마." 그가 눈을 감는다.

진아가 세면도구들을 다 제자리에 갖다 놓고 돌아와 아들옆에 앉는다. 아들한테 뭐든지 희망의 소릴 해주고 싶은데 아무 말이 생각나지 않는다. 지금 아들한테 희망 외에 무엇이 필요할까? "어쩌면 위대한 수령님한테서 핀란드에 관한 이야기가 곧 있을 게야." 진아가 주저주저하며 말을 꺼낸다. 거짓말은 날개라도 단 듯 혼자 달린다. "우리의 소원을 들어 주실 게다. 넌 이 나라에 꼭 필요한 과학자가 아니냐?" 자신의 입에서 나오는 소리에 자신이 놀란다. 그렇게 말 해서는 안될 것 같은데 자신도 어쩔 수가 없다. 아들한테 거짓 희망이라도 주고싶다. 절망하는 아들을 볼 자신이 없다.

미아를 만난 후에 아들한테 했던 이야기를 더듬어 본다. "미아 이모 말에 의하면 서구서는 네 병을 고칠 수 있대. 우리 수령님께 특별허락을 해 달라고 요청할거야." 진아가 꿈에 차서 말했었다. "이모가 그곳 병원으로 널 보러 오겠다고 했어."

송보는 아무 말이 없다가 한참만에 입을 열었다. "미국 이모." 꿈이라도 꾸듯이 계속했다. "어렸을 때 내가 새였으면 좋겠다 했던 것 기억해요, 엄마? 그러면 어디든 날아갈 수 있을 거라 싶었지요. 바람을 가르면서 하늘 높이. 이제는 내가 새라 해도 날 수가 없어요. 새장에 갇힌 날개 잘린 새니까요. 날려고 애써도 아픈 어깨죽지만 부딪쳐 퍼덕대겠죠. 그래도 생각만은 멀리 날아요." 그랬던 게 며칠 전이었던가?

송보가 창밖을 향해 빙긋 웃는다. 거기엔 어둠이 깔리고 있다. "그런데 엄마, 꿈 속에서는 내가 날아요. 내 어깨도 팔도 튼튼해요. 그리곤 날아요."

"넌 곧 치료받게 될거야. 두고 봐." 진아가 중얼댄다. 그녀가 입술을 깨물고 말을 삼간다. 일어나서 창밖을 내다본다. 이젠 어둡다. 어둠을 적막이 휘감는다. 희미한 가로등에 찬 빗줄기가 사선을 그으며 떨어진다. 척척하게 젖은 길이 번들거린다. 그걸 바라보고 있는 그녀는 머리위에 돌지붕을 이고있는 희랍

신전의 여인같다. 꼼짝할 수 없다. 그녀의 텅 빈 두 눈을 빗물이 씻는다. 멀리 번갯불이 껌벅댄다. 태풍이라도 불었으면 좋겠다 생각한다. 모든 것을 다 씻어갈 큰 태풍.

"미안해요, 엄마." 송보가 중얼거린다. 그녀는 얼굴을 닦으며 아들에게 간다.

"그런 말 하지마. 미안하긴 뭐가?"

"엄마 속을 아프게 해서…."

"걱정마. 우린 다 이겨 낼꺼니까." 속은 무너져 내려도 아들한테는 꿋꿋하고 싶다. "넌 아직 젊어. 우린 이겨낼 수 있어." 그녀의 말이 텅 빈 듯이 들린다. 미안한 것은 바로 나라고 아들한테 말하고 싶지만 참는다. 거짓 희망이라도 없는 것보담은 나은 거니까.

아들 옆에 앉아 마른 잎사귀 같은 아들의 손을 쓸어본다. 불쌍한 녀석. 녀석을 살리겠다고 미친 여자처럼 군 자신을 곱씹어 본다. 미치지 않고서야 어떻게 그런 편지를 수령한테 쓸 수 있었겠는가? 아무리 긍정적으로 생각을 하려도 이미 늦었다. 너무 큰 범죄를 저질렀다. 그것도 두 개나. 아들이 무엇을 하는지를 드러냈고, 친애하는 수령의 사생활을 들먹거렸다. 그녀는 송보의 방 바로 안쪽에 놓아둔 자신의 핸드백을 돌아본다. 이웃에서 비타민을 얻어온 후에 놓아둔 그대로이다. 그녀의 이웃은 일본 엔이 있어서 달라상에 가서 물건을 산다. 이웃은 마싸지 크림도 찾는대로 갖다 주겠다고 했다. "지금 갑자기 찾을 수가 없어서 그러는데 찾기만 하면 갖다 드릴게요. 조금만 발라도 은은한 향이 퍼지면서 애기처럼 잘 자게 된다니까요." 그녀가 말했었다.

그걸 가져오면 송보의 등에다 좀 발라줄 참이다. 아들이 날으는 꿈을 꾸며 깊이 잠들 수 있게. 진아가 다시 핸드백을 흘끗 본다. 어딜 가든지 핸드백은 가까이에 꼭 있다. 송보의 숨결이 골라진다. "어렸을 때도 목욕 후에는 잘 자곤했는데…." 진아가 뒤로 물러앉아 아들을 지켜본다. 그날밤, 그 밤이 헛깨비처럼 자꾸 떠오른다.

"여보, 이젠 희망이 있어요. 우리의 위대한 수령께서 송보의 치료를 위해 핀란드든 어디든 보내줄 거라는 믿음이 생겼어요. 희망이요." 진아가 편지를 보낸 후 며칠 지난 후였다. 동훈의 바쁜 스케줄 때문에 둘은 그동안 이야기 할 틈이 없었다. 늦은 밤, 송보는 방에서 잠이 들었는지 조용했다. 진아가 음악을 크게 틀었다.

"무슨 소리요? 갑자기 왜 그럴 것 같은데?" 뜻밖이라 생각한 동훈이 아내를 살폈다. 송보가 병든 이후로 진아가 넋이 나간 듯이 살고 있는 것은 그도 잘 알고 있었다. 하지만 그날은 희망에 들뜬 게 진아답지 않았다.

"위대한 수령께서 허락해 주시면 그때 이야기할려고 했는데 더 기다릴 수가 없어요. 내가 수령께 편지를 보냈거든요. 미아도 이젠 내 노트를 다 봤을테니까 연락만 하면 송보가 있는 병원으로 올거예요. 미아한테 준 손수건 생각나죠? 그 속에…."

"잠깐! 당신이 김일성한테 편지를 썼다고? 허락은 무슨 허락?" 동훈이 자신의 귀를 믿지 못하는 듯했다.

"물론 송보가 치료받을 수 있는 병원, 송보를 치료할 줄 아는 병원을 말하는 거죠. 그앤 과학자이고 나라의 보배잖아요." 진아는 동훈의 반응에 놀랐다. "여기 의사들은 미아가 하는 소리조차 알아 듣지 못해요. 당신도 그게 무슨 뜻인지 알잖아요. 아무 희망이 없다는 소리죠. 여기선 무슨 백혈병인지조차 알아 낼 수가 없어요. 미아가 왔을 때 내가 이야기 했잖아요. 기억 안나요?" 진아는 동훈일 보면서 말을 계속했다. "미아 말엔 어떤 종류는 완치도 되고 어떤 것은 제대로 치료하면 병의 진행을 막을 수 있대요. 방법이 있는데 이렇게 그냥 앉아…."

동훈은 바닥에 주저앉아 손으로 머리를 받쳐들었다. 넋이 나간 듯 그러고 한참이나 있었다. 진아도 입을 다물고 곁에 앉아 남편을 쳐다봤다. 한참만에 동훈이 떨리는 소리로 편지의 내용을 자세히 설명하라고 했다.

"내가 뭘 잘못했는데요? 수령님께서 도와 주시지 않을 것 같아요? 그분을 믿지 않으세요? 제발 날 겁먹게 하지 마세요."

"여보," 동훈이 하얘진 얼굴로 말했다. "우리 이야길 좀 해야겠소."

"무슨 이야기요? 도와주지 않을 리가 있어요? 위대한 영도자신데. 더구나 우리에겐 특별히 잘 해 주셨고요. 편지썼다고 나무랄 분은 아니세요."

"김일성은 대외적으로만 수령일 뿐이요. 70년대 후반에 김정일을 후계자로 내 민 후부터는 서서히 그렇게 바뀌어 가고 있었던 거요. 김정일이 뒤에서 보이지 않게, 조용히 권력을 자기 것으로 바꾸는데 주력하고 있어요." 동훈의 목소리가 너무 낮고 갈라져 듣기가 힘들었다. "이제는 모든 것이 아들의 장악이요. 아버지한테 가는 편지도 죄다 아들을 통해야만 해요."

진아의 얼굴이 종잇장처럼 하얘졌다. 동훈은 아내가 쓰러지는 것을 막기 위해 붙잡았다. "편지가 아들의 권력이나 프로파간다에 득이 된다 싶으면 그때는 아버지에게 보내지만 그 외에는 다 아들의 손에서 끝이요. 그러니 당신이 뭐라 썼는지가 중요한 거요."

"아녜요, 안돼요!" 진아가 허우적거리며 신음소릴 내다가 실신했다. 그런 아내를 안고 동훈도 멍 하니 앉아 있었다. 한참만에 정신을 조금 차린 진아가 중얼댔다. "우리 아들, 물리학자 아들이 영변서 일하다 병이 걸렸다고…. 핀란드처럼 치료할 줄 아는 병원으로 보내 달라고…" 입이 말라 붙어서 말이 나오질 않았다.

"그게 다가 아녜요. 또 있어요." 촛점잃은 눈으로 계속 중얼댔다. "국가의 장래를 위해서 친애하는 영도자 아드님을 바른 길로 인도하라고 했어요. 그래야 아드님도 아버님 같은 훌륭한 민족의 영도자가 되실 거라고…. 부인을 불법으로 세번째나 바꾼다면 어떻게 인민들이 친애하는 수령님이라고 우러러

보겠느냐고….”

온몸이 마비라도 걸린 듯 동훈은 한참을 멍하니 있었다. 드디어 일어난 그가 화장실로 가더니 꺼윽대며 토악질을 했다. 문을 등지고 화장실 바닥에 머리를 싸매고 주저 앉았다. 진아가 따라 갔지만 닫힌 문에 부딪쳤다.

“여보, 여보!” 불렀지만 답이 없었다. 진아가 바닥에 쓰러졌다. 그렇게 시간이 갔다.

한참후 동훈이 얼굴을 닦으며 나왔다. 진아 옆에 등을 굽히고 그녀를 들어 올렸다. 너무 가벼워진 몸무게가 딱 아이를 든 것 같았다. 소파에 앉혔다. 둘은 그렇게 한동안을 서로 안고 시간을 흘려 보냈다.

한참만에 동훈이 물었다. “김정일이 그런 걸 당신이 어떻게 알았소?”

“내가 미아 만나던 날 밤 당신이 술에 취해 들어와 떠들었던 것 생각 안나요? 당신 운전수에게 업혀 끌려 왔어요.”

“아, 그놈의 술!” 그가 신음했다.

“내가 깜빡 정신이 나갔어요. 미아를 만나고는 정신이 깜빡 한 거예요. 치료할 수 있다는 소리에 정신이 나간 거라구요. 그 외에는 암것도 보이지도 들리지도 않았어요. 미아는 자식을 위해서라면 치료 가능한 곳이 어디든 데리고 갈 수 있어요.” 진아의 공포가 분노로 변했다. “송보를 다른 나라로 데리고 가면 치료할 수 있어요. 살릴 수 있어요. 당신이 아무리 김정일의 오른팔이라고 한들 아들하나 살려낼 수 없다면 무슨 소용이죠? 그애가 왜 병에 걸린 건데요? 무슨 나라가 이 꼴이죠?” 진아가 흥분에 떨었다. 몸은 비바람에 떨어지지 않으려고 가진 애를 쓰고 있는 나뭇잎처럼 흔들렸다.

“내가 무슨 짓을 한 거지? 도대체 어떻게 된 거야?” 진아가 이빨을 달달거리며 중얼댔다. “내가 미쳤나봐. 아냐, 미쳤어. 셋째부인한테서 애가 셋이라는 걸 아버지 되는 김일성이 모를 리가 있겠어? 내가 완전히 환장한 거야. 우리 이제 어떻게 되는 거지요?” 동훈이 떨고있는 진아를 감싸 안았다.

"이제야 다 할 수 없는 일이지. 하지만 생각을 해야 해. 생각을." 그가 깊은 숨을 쉬었다. "이런 날이 언젠가는 올 것 같아 두려웠어. 우리 아들과 함께, 가족이 다 같이 가는 거야. 할 수 없지." 체념이 동훈을 둘러쌌다. 그리고는 이어 혼잣말을 중얼댔다.

"어차피 이런 삶에 동조하고 있는데 신물이 나고 있었어. 마지못해, 죽지못해 따라 간 거지. 쏘련도 붕괴 되는데 김정일은 자신의 권력과 인민을 손아귀에 넣는 것 외에는 눈에 뵈는 게 없어. 멀지 않아 경제가 파탄 나면 내가 제일 먼저 희생양이 될 거는 불보듯 뻔해. 우리는 죄다 그의 손끝에 놀아나는 장깃돌 하나에 불과한 거야. 내가 말 실수한 건 술 때문이 아니고 언제 다가올지 모르는 죽음을 앉아서 기다리지 않고 맞서겠다는 죽음에 대한 열망인지도 모르지. 다가오고 있는 죽음의 그림자나 냄새를 맡고 있었던지도 모르고." 그가 비웃는 소릴 했다.

그의 독백은 계속했다. "김이 떠드는 평등과 정의는 완전 사기였어. 불쌍한 인민들이 목숨으로 그 사기를 떠받친 것이고." 그가 웃었다. "공산주의? 인류가 만들어 낸 가장 큰 사기야. 그래도 내 자식을 위해서는 눈이 머는 거야. 그의 장래를 위해서는 희망이 있지 않을까 하고. 이 잘못된 희망 때문에 속으면서도 또 계속 한 거지. 결과도 모르면서." 그가 멈추고 진아를 한번 더 끌어 안았다. "미리 알고 준비했어야 하는 건데. 이제야 어쩌겠어? 그런 걱정따윈 할 시간도 없는데."

모든 실체가 그를 깨운 것 같았다. 그가 떨고있는 아내를 봤다. "여보, 지금 이럴 때가 아녜요. 우리의 남은 날들, 아니 시간을 어떻게 맞아야 할지 생각하고 준비해야 해. 시간이 없어요. 오늘이 우리의 마지막 밤일 수도 있으니까." 그가 말을 잠시 끊었다. "이런 날이 올 줄 알고 미리 탈출구를 생각해 두었어야 하는건데."

"내 편지는 개인적인 편지였는데…. 혹 아버지한테 가지 않았을까요? 아니라면 아들한테서 벌써 무슨 소식을 듣지 않았겠어요?" 진아가 다시 희망을 잡으러 들었다.

"그건 김정일을 몰라서 하는 소리요." 그가 진아의 등을 토닥였다. "아무도 그 속은 몰라요. 남을 조종하는데 그보다 훌륭한 배우는 없을거요. 서재에 꽉 찬 할리우드 영화들 통해 혼자 연구한 건지도 모르지. 너털거리고 웃고 박수치며 순진한 척 한마디씩 던지는 그자의 연극! 스탈린도 김정일에 비하면 어린애고 카스트로는 천사요, 천사. 김정일이 충동에 끌려 행동하는 걸 본 적이 없어요. 그에겐 모든 게 다 권력을 거머쥐기 위한 연극이니까. 누가 그 비뚤어진 마음을 알겠소?." 그가 머릴 흔들며 코웃음 쳤다.

"하긴 그런 김정일도 사람은 사람이구나 해 본 적이 딱 한 번 있긴 있었지. 축구공 차는 어린 두 아들을 놓고 자랑하는 거요. '저놈들 봐! 특히 동생녀석.' 동생이 당차게 덤벼들어 형이 가진 공을 악착같이 뺏어 가로챈 거요. '웃기질 않소? 녀석이 성격은 딱 난데 생긴 건 영락없는 할아버지라니까. 저렇게 빼닮을 수가 있소?'하며 자랑합디다. 김정일도 어쩔 수 없이 자식 자랑하는 아버지더군." 동훈의 얼굴에 조소가 넘쳤다.

"우리가 아직 아무소리 듣지 못한 것은 당신 편지 뒤에 누가 있지 않나 싶어 조사중인 때문일 거요. 아마 지금쯤은 다 찾아냈을지도 모르지. 전체 윤곽이 드러 난 후라야 덮칠테니까. 한가지 확실한 것은 우리한테 시간이 없다는 거요."

"여보, 정말 미안해요. 내가 한 짓을 나도 이해할 수가 없군요." 진아가 그에게 매달렸다.

"그자가 셋째 부인을 얻어서 화가 났다고? 특별히 노래와 춤으로 훈련받은 기쁨조라는 군단도 있는데? 모두 처녀로 시작해서 그의 놀이개도 되고 장난감도 되고. 그 애들을 데리고 무슨 짓 하는지 누가 다 알겠소? 때로는 상으로, 선물로 하사도 하는데. 겉으로는 성스럽고 고상한 척 떠들어대지만 내 보기엔

성 도착자요. 아버지조차도 아들이 너무하다고 생각할 정도니까. 아버진 너무 일찍 권력을 내 놓았다고 후회를 하지만 이제야 늦었지. 아들이 군권을 장악하고 있는데 어쩌겠소? 이젠 아버지조차 아들 찬양하는 시를 쓰는 지경이 되었는데. 어차피 올 게 온 것이고 우리가 여기서 끝나는 게 잘하는 건지도 몰라요."

동훈이 그의 뺨을 진아의 머리에 대었다. 눈은 감고 차분한 목소리다. "이게 말이 되는진 모르지만 내가 이제와서야 겨우 자유를 찾은 것 같군. 죽음에 대한 두려움을 버리고 죽음을 맞을 준비를 해야 하는 거요. 이제는 공포가 끝날 거라는 안도감인지도 모르지. 우리의 마지막을 준비할 일만 남은 거요."

진아는 평온을 찾으려 애썼다. "절망의 바닥에 깔린 나한테 자유를 휘감고 와서 희망을 뿌려대고 다닌 미아를 나무라야 할지 모르지만 이상하게도 미아한테 고맙군요. 내가 난생 처음으로 진정한 나를 보는 것 같아서요. 진실 말이에요." 그녀가 피식하니 웃었다. "이상하네. 사형선고를 받고 나서야 절실하게 내가 살아있다는 것을 느낄 수 있으니까 말이죠." 진아의 얼굴이 어두워졌다. "제발 김이 나머지 우리 가족들은 해치진 말아야 할텐데. 만약 다른 가족을 다친다면 내가 그런 짐을 지고 저승서나마 살 수 있겠어요?"

"우리가 이때껏 가족이 끼어들지 않게 조심했으니 별일 있겠소? 내가 뭘 하는지, 우리 아들이 뭘하는지 아무도 모르질 않소. 혹 추측이야 할지 모르지만 거기서 끝날 거요. 것도 모르긴 하지. 악마의 눈에 우리가 얼마나 가치있는, 혹은 쓸모없는 일회용인가에 달린 거니까."

"여보, 한 가지만," 진아가 낮은 소리로 부탁했다. "강제노동수용소에 가기보다는 차라리 죽는 게 백번 낫지요. 내가 한 짓을 생각하면 이런 소리 할 자격은 없지만 내 품위를 잃지 않고 죽을 수 있는 방법은 없을까요?" 그녀가 얼굴을 들고 동훈을 살폈다. "내 정신좀 봐. 내 체면? 품위? 이 마당에?" 진아가 계속했다. "내 잘못으로 나는 죽어도 당신과 송보는 살아야 해요."

"말도 안돼는 소리." 진아를 안고 깊은 숨을 들이쉬며 자신에게처럼 일렀다. "우리한테 이런 시간은 다시 없을 거요. 당신을 느끼고, 당신의 냄새를 들이쉬고… 다시는 이럴 수 없다 하더라도 잊지 마시요. 난 당신을 사랑하고 내 마음은 당신과 함께 있다는 것을. 곁에 당신이 없다면 송보도 나도 끝인 거요."

진아가 머릴 동훈의 가슴에 비볐다. "이게 우리의 마지막인 듯이 말하진 마세요. 여보, 날 죽이고 김한테 내가 한 짓을 알고 나서는 죽일 수밖에 없었다고 하면 안될까요? 결코 용서할 수 없는 죄를 진 여자라 어쩔 수 없었다고 하면 그가 칭찬하고 당신과 송보는 살려주지 않을까요?" 진아가 희망을 갖고 물었다.

"당치도 않은 소리. 설령 내가 그렇게 한다면 김이 나를 얼마간은 살려둘지 모르지. 적절한 시기, 필요한 시기에 제거하려고. 오늘이냐 내일이냐가 문제일 뿐이요." 동훈이 다시 한번 숨을 들이켰다. "동이 틀 때까지라도 우리의 시간을 아낍시다."

챠이코프스키의 여섯번째 심포니, 비창이 방안을 흔들고 있었다.

"그래도 여보, 송보 생각을 해봐요. 핀란드에 가서 치료받으리라 믿고 있어요."

"그애도 알고 있어요. 모든 게 다 늦었다는 걸. 당신이 걱정돼서 모르는 척할 뿐이요. 당신이 그애를 보호하려 들 듯이 녀석도 당신을 보호하려고 그러는 거요." 목에 뭐가 걸렸는지 그가 삼켜 내리려고 애썼다. "녀석, 기막히게 아름다운 인간인데. 우리가 다른 장소나 다른 때에 태어났더라면 참으로 행복할 가족이었는데."

"잘못은 나한테 있는데 녀석은 걸핏하면 나한테 미안하다고 해요." 진아가 생각해보다 그의 귀에 대고 물었다. "혹 저애가 일부러 일을 그르친 건 아니겠지요?"

"난들 알겠소? 나도 그 생각 안해본 건 아니요. 녀석이 폭탄 만드는 일을 피하고 싶어하는 건 진즉에 알고 있었소. 일이 실패하면 김이 그애의 몸을 없앨 것이고, 성공하면 그애의 영혼이 살기 어려울 것이고." 동훈이 생각했다. "결국 우리 모두는 죽고자하는 열망들을 안고 사는 건지도 모르지."

잠시 망설이다가 그가 일어서서 자신의 가방을 뒤졌다. 아래 한쪽 구석에서 작은 봉지 하나를 꺼내 아내한테 내 보였다. 마치 귀한 보석이라도 되듯이. "혹시나 싶어 가지고 다니던 거요. 당신이 갖고 있으시오." 그의 목소리와 손이 같이 떨렸다.

"이게 뭔데요?"

"내 안전띠." 그가 피식 웃었다. "갖고는 다녔어도 정작 쓸 날이 오리라는 생각은 못했소. 믿지 않았는지도 모르고. 하지만 지금이야말로 때와 장소가 맞는 것 같구만."

"이게, 이게…?" 입술을 깨물며 반사적으로 그녀가 손바닥을 뺐다.

"몇이나 되는지는 몰라도 이런 걸 몰래 가지고 다니는 사람이 나뿐은 아닌 것으로 알고 있소. 내 비서가 구해 주었소. 그의 말에 의하면 나뿐이 아니라더군. 김정일 위해 일하기 시작한 후 얼마 지나지 않아 구했던 거요. 그자가 장난감 가지고 놀 듯 내 생명 가지고 놀 게 싫어서. 내 목숨인데 그자보다는 내 손에 맡기고 싶었던 거요." 동훈인 작은 봉지를 진아의 손바닥에 놓았다. "갖고 있다가 괴로운 최후나 당신의 가치를 비하시키는 일을 당할 것 같으면 쓰도록 하시요. 내가 이걸 당신한테 주리라고는 정말 몰랐소. 불행히도 이게 우리의 현실이군요."

"이것이 당신의 탈출구였네요. 이때껏 이런 걸 가지고 다녔다니…" 체념을 눈 가득히 담고 물었다. "내가 이걸 가지면 당신은요?"

"시간이 있으면 하나 더 구해 달라고 할 거요." 조소가 그의 입을 스쳤다. "시간이 없으면 강에라도 뛰어 들든지. 그게 김정일의 맘대로 끌려다니다 죽는 것보다는 낫질 않겠소?" 둘은 한번 더 서로를 끌어 안았다.

"용서해 주세요. 저승이 있다면 당신의 용서를 평생 빌겠어요. 내가 가장 사랑하는 남편과 아들을 죽음으로 몰다니. 세상에 이런 비극이…."

"당신 잘못이 아니요. 우린 서로를 기대고 살았고 그것으로 족한 거요. 우리의 다음 세상은 이런 비상을 갖고 다니진 않아도 되는 세상이면 좋겠는데. 어서 집어 넣으시요."

진아가 봉지를 핸드백 한쪽 구석에 넣었다. 미소 비슷한 것이 그녀의 얼굴을 스쳤다. "당신이 이해가 되네요. 이걸 가지고 내가 원할 때 죽을 수 있다 생각하니까 일종의 안도감마저 드네요. 당신 말대로 안전띠라도 두른 듯이 말이죠."

지난 며칠간 진아는 그 봉지를 여러번 확인했다. 공포 대신 자신의 장래는 자신의 손에 달렸다는 어처구니 없는 안도감, 평화를 느끼고 있었다. 지금껏 알고 있었던 평화와는 달리 모든 것을 포기하는 데서 오는 평안 같은 것이었다.

진아는 송보의 잔잔한 숨소릴 듣는다. 아들이 훨훨 나는 꿈을 꾸기를 바란다.

"엄마, 여태 거기 있었어요?" 송보가 깼다. "훨씬 기분이 좋아요. 잘 잤나 봐요." 한숨 돌리고 말한다. "엄마, 고마워요. 엄마랑 아버지 정말 고맙고 사랑해요."

"나도." 더 말을 못한다.

"가서 쉬세요. 피곤한 것 같은데."

"그럴게. 잠이 올 때 좀 더 자려무나."

진아는 욕조에 더운 물을 채우고 들어선다. 이젠 다 잊고 좀 쉬고 싶다는 생각이 간절한데 반대로 목놓은 울음이 터져나온다. 한참을 싫컷 울고 나니까 오히려 속이 풀린다. 목욕을 마치고 물을 뺀다. 나가는 물이 한동안 돌다가

'후욱' 하며 마지막 공기를 빨아들이고 사라진다. 물은 모든 걸 적시며 강으로 가겠지.

동훈인 아직 오질 않고 있다. 요즈음 모든 것이 소태맛이긴 하지만 그래도 저녁을 뭐라도 해야겠다 싶다. 식구가 같이 저녁을 나눌 시간도 이젠 얼마 없을 게다. 머리엔 젖은 수건을 두르고 흰 까운을 걸친 채 부엌으로 간다. 누가 문을 두들긴다. 로션을 가지고 온 옆집이구나 싶어 부지런히 가서 문을 연다. 정복입고 무장한 두 사람이 문에 섰다. 자신보다 송보 걱정이 그녀를 마비시킨다.

"이동무, 모시러 왔습니다." 하나가 비아냥거린다.

"어디로, 왜…?" 둘은 그녀의 양 옆에 선다.

"가면 아실 겁니다."

"잠깐. 내가… 필요한 게…" 핸드백 속의 봉지를 생각한다. "옷을 입어야…." 머릴 만져본다. "머리가 젖었는데…." 무얼 먼저 해야 하는지 모른다. "잠깐만. 옷을 입어야지요."

"필요 없을 겁니다." 그녀를 양 옆에서 단단히 잡는다.

"머리라도 말려야…."

"필요없다니까요. 어차피 비가 오는데."

"엄마," 송보가 부른다.

"잠깐. 우리 아들이 많이 아프거든요. 병이 들어서…."

"미안하지만 명령은 될 수 있는 한 빨리 모셔 오라는 데요." 그가 웃는다.

"옷을 갈아 입을게요. 일분이면 됩니다."

"필요없어요."

"그만하면 괜찮아 보이시지?" 둘이 서로 떠든다.

"엄마." 송보가 있는 힘을 다해 문턱으로 기어 나온다. 숨이 턱에 닿은 송보. 그의 눈은 두 사람 사이에 낀 엄마한테 붙어있다. 그가 무너진다.

"엄마, 엄마!"

"송보야!" 엄마가 발버둥질 친다. 하지만 둘 사이에 들려 발이 허공만 가른다. 둘은 더 꽉 붙든다. 모든 게 다 너무 늦었다. 모든 걸 체념하는 엄마가 아들한테 부탁한다. "송보야, 제발 몸조심해. 제발." 바닥에 누운 아들을 보는 엄마의 눈이, 가슴이 바스라지고 무너져 내린다.

"어서 가자. 늦었다." 둘중 하나가 말한다.

"사랑한다, 송보야. 부디 몸 조심해." 눈을 아들한테 고정시킨 채 한 번 더 부탁한다.

"엄마, 엄마!"

진아가 빗속으로 끌려간다. 어둠 속에서 번개가 번쩍대고 천둥이 우르릉 댄다.

아들이 질러대던 소리, '엄마, 엄마!'가 진아의 가슴에서 천둥친다.

17

진아를 위한 향연

"자, 다 같이 마시고 즐깁시다. 나사를 좀 풀어야지."

친애하는 수령이 좌중을 돌아보며 박수친다. 그의 눈빛이 어딜 향하고 있는지는 잿빛 안경이 가려주고 있다. 모두는 천둥번개와 다름없는 그의 전지전능한 지배하에 들어있다. 아니라면, 적어도 지배하에 있는 척이라도 해야 한다. 아버지 수령님의 효성이 지극한 아들이라는 후광을 쓰고 그는 뒤에서 이때껏 자신의 위치를 넓히고 굳혀왔다. 가히 성공적이었다. 아들을 찬양하는 아버지 수령의 시만보더라도 굳은 증거다. 세상 모든 것이, 아버지까지 포함해서, 그의 철저하고 완벽한 통제밑에 들어있다. 완벽한 통제! 지배! 그게 바로 사는 거다.

그는 오늘 열대여섯의 최측근자들을 모아놓고 있다. 이들을 꽉악 거머쥐고, 잘 관리하고, 철저히 다스려야 한다는 건 두말하면 잔소리다. 그의 정치적, 사회적 생명줄이 바로 여기서 시작하고 있으며 따라서 여기에 한 눈은 항상 부치고 있어야 한다는 것도 잘 알고 있다. 이들의 충성심이 그의 존폐와 직결이 되어 있다고 볼 수 있다. 그는 이들에게 값나가는 주거지, 운전수 딸린 벤츠,

가진 음식과 옷을 제공하고 있다. 아버지나 자신의 생일 같은 공휴일엔 그는 외제 위스키, 꼬냑, 담배 등을 아낌없이 나누어 주는 관대를 보였다. 그들의 복종을 보장하기 위해선 그정도는 아끼지 않는다.

"특별히 맛있는 음식준비를 시켰으니까 많이들 먹으라요. 이 자릴 위해 흑해서 날라온 철갑상어알하고 상어 지느라미 요리도 시켰쉐다. 오늘 아침 외교관 짐으로 왔시니까 더이상 물이 좋을 순 없을 거외다." 그가 좌중을 돌아보며 박수치고 웃는다. 그곳에 앉은 사람들도 덩달아 질세라 더 열심히 박수치고 더 즐거운 듯이 웃는다.

친애하는 수령은 이 핵심 멤버들을 위해 근처에 산재한 그의 빌라에서 틈틈히 이런 술자릴 마련한다. 높직한 천장에 멋지게 꾸민다고 하긴 했지만 꾸민 사람이나 이 집 주인의 멋이나 취향 같은 것은 어디에도 없다. 그는 이런 빌라를 전국 곳곳에 수없이 가지고 있다. 평양에만도 열두 군데가 넘는다.

두 번째 잔이 모두의 손에 돌았을 때 자신도 앞에 있는 병으로부터 한잔 따른 후 치켜든다. "자 그럼, 모두 한잔 듭세다." 그의 말을 따라 모두가 잔을 비운다. 비운 잔들을 내려놓는 것을 본 후에 그가 좌중을 둘러보며 보라는 듯 그의 잔도 비운다. 단숨에. 이곳에 모인중 유별나게 허리둘레가 큰 그가 껄껄 웃는다. 두툼한 뱃살이 물결친다. 겹겹인 목살도 그의 웃는 소리따라 흔들거린다. 배싹 마른 그의 졸병들이 그의 인도하에 따라 웃는다.

"이 철갑상어알 맛이 카아! 최곱니다. 입안에서 녹습니다." 한사람이 머릴 끄덕대며 아첨한다.

"이렇게 감칠맛도는 철갑상어알은 처음입니다." 다른 사람이 한수 더 뜬다. "그야말로 맛이 기막힙니다." 입에서 상어알이 흘러내린다.

또 다른 사람은 아니꼬운 듯 곁눈질한다. "그래 당신 상어알 몇 번이나 먹어 봤소?" 묻고 싶은 눈치다.

폭탄주에 벌써 몇은 벌겋게 달아 오르고 이미 취했지만 친애하는 수령은 취하는 법이 없다. 그의 드링크를 준비하는 바텐더 외에는 항상 수령 앞에 준비되어 있는 죠니워커 블루속에 든 것이 보리차라는 것을 아는 사람은 없다. 주변에 아무도 없을 때나 식사 때 고급 와인을 마시기는 하지만 이런 자리에선 절대 입에 술을 대지 않는다. 대신 마시는 사람들, 취하는 사람들의 행동을 눈여겨 지킨다. 친애하는 수령의 입은 웃고 있어도 그의 눈은 언제나 여기저기 훑으며 조사하고 다닌다. 잿빛안경은 그의 눈이 분주하게 살피는 것을 감추어 준다.

"친애하는 수령님, 수령님은 정말로 믿을 수 없는 정력을 갖고 계십니다. 그렇게 쉴 수 없는 바쁜 일정 속에서도 우리 위해 밤이 깊도록 이런 자리까지 마련해 주시니 말입니다. 그런 정력을 가진 사람은 세상에 둘도 없을 겁니다. 녹초가 되겠지요." 머리가 훤히 벗겨진 자가 열심히 찬양의 소릴 늘어 놓는다.

"나도 곧 녹초가 되리란 소리같군." 그가 크게 웃는다.

그의 말이 혹 수령의 비위를 건드린 게 아닌가 싶어 다시 시도한다. "한잔이면 전 완전 가버립니다. 하지만 수령님께서는 한번 흐트러지질 않으시니 말씀입니다. 가히 신에 견줄만 합니다." 그 소리도 틀렸다. 공산당과 신은 공존할 수가 없다. 대머리에 흐르는 진땀이 불빛에 더 번들거린다.

"알지, 알아. 동지의 말뜻은 내가 잘 알지." 김이 만족해 한다. "동지가 말은 때로 그렇게 해도 속이야 다 알지. 내 손길을 기다리는 인민들이 허다한 걸 알면서 내가 어찌 편히 쉴 여유가 있겠나? 솔직히 털어 놓자면 그런 걱정 때문에 밤을 새울 때가 한두 번이 아닐세." 말의 효과를 기다리며 한숨 쉬고나서 잇는다. "그것도 나 혼자말야. 세상에 나보다 외로운 사람은 없을 걸세. 허나 나는 인민을 위해 희생할 각오가 되어 있는 몸일세. 그러기 위해 태어난 것이고, 그것이 바로 내 임무가 아니겠는가?"

그의 말이 끝남과 동시에 좌중이 일어서 열성적인 박수를 터뜨린다. 친애하는 수령은 대머리에게 한잔 더 따라 준다. "내 존재 이유가 바로 그걸세. 그리고 잊지들 말게. 여기 있는 모두들, 내가 없다면 자네들의 존재가 어떤 것일까 하는 것을." 그가 한번 더 웃는다. 그의 웃음은 다른 사람들의 박수와 웃음과 어울려 불어나는 눈덩이처럼 커진다. 그사이 그의 눈은 그곳에 모인 사람들을 하나씩 관찰한다.

그의 입에서 나오는 목소리나 말은 카리스마와는 거리가 먼데 그의 눈과 그의 몸이 풍기는 무언의 카리스마는 모두를 압도하고도 남는다. 그 홀로 터득하고 연마한 특수한 연기력인지 모른다.

기쁨조 여자들이 써브할 때도 종종있다. 하지만 오늘 밤, 여자는 없다.

축복과 은혜를 베푸는 자의 만족감에 차서 먹고 마시라고 권한다. "열심히 나를 보필해 주는 동지들이 없었다면 내가 그나마 그렇게 외롭고 힘든 일을 해낼 수 있었겠소? 나도 다 알지. 그러나 잊지 마시요. 당의 충성과 협조가 없이는 여기 누구도 아무 것도 아니라는 것을." 침을 튕겨가며 열변을 토하지만 눈은 순간적으로 얼음처럼 얼어 붙는다. "당이 누구이고 당이 무엇인지는 다 아는 바이니 두말 할 필욘 없겠지." 그리고는 하나씩 둘러본다. "내가 없으면 여기 앉은 당신들 다 한덩이 고깃덩이에 불과한 노릇인 것을." 순간에 달그락 거리던 숫가락, 젓가락, 접시소리따위가 싹 사라진다. 등짝에 얼음물이 확 끼얹어지는 기분이다.

다음 순간, 흡족한 표정으로 친애하는 수령은 얼어붙은 침묵을 깬다. "자, 자, 모두 오늘 저녁은 기분좋게 즐기자구." 철저하고 완벽한 권력! 그게 바로 사는 거다.

마치 신호라도 받은 듯 경호원이 들어와 그에게 귓속말을 한다.

"아, 잘됐군. 들여 보내." 그가 중얼댄다. "오늘 이 파티가 누굴 위한 파틴 데." 그의 눈이 한층 더 날카로워진다. 극히 짧은 순간, 그의 눈이 그가 일부러 피하고 있던 방의 한 쪽을 살피고 돌아온다. 경호원이 문 밖에 선 사람들에게 손짓한다.

풀어 흩어지고 엉클어진 머리를 한 여인이 경호원의 부축을 양 옆에서 받으며 들어선다. 두 손은 앞으로 묶였고 흰 까운의 허리를 졸라매고 있다. 흘러내리는 젖은 머리카락 새로 까운처럼 하얘진 그녀의 얼굴이 들여다 뵌다.

모두가 자리가 불편한 듯 뒤로 엉거주춤 물러들 앉는다. 한 사람만 입을 벌린 채 일어선다. 모두의 눈길이 그에게 갔다가 여인에게 갔다가를 되풀이 한다. 그들은 그녀가 누군지 잘 안다. 여성 중에는 가장 고등교육을 받았고 그들이 그래도 제일 괜찮다고 믿고 있던 여자다. 뿐 아니라 그녀의 미모와 단정한 가짐새, 겸손한 태도는 많은 사람들이 내놓고 뭐라 하지는 않아도 익히 알고 있었던 바다. 그러나 오늘 밤 이여자는 너무 가늘고 허약해 보인다. 이 여자가 어쩌다 이렇게 여길 오게 되었는지는 상상조차 어렵다.

경호원들이 친애하는 수령앞에서 멀지 않은 곳에 그녀를 꿇어 앉힌다. 숙인 머리에서 흘러 내린 머리카락이 그녀의 얼굴을 가린다. 그녀에게서 가까운 자리의 사람들은 그녀의 얼굴과 목을 타고 흐르는 눈물인지 빗물인지를 본다.

"그렇지. 오늘밤엔 귀한 손님이 있지." 웃음으로 입을 한껏 벌리고 김이 그녀를 관찰한다. "고갤 그렇게 꺾고 있을 줄은 몰랐는데? 목이 어떻게 됐나? 아니면 갑자기 내숭떠는 건가?" 그가 좌중을 돌아본다. 동훈이 자신의 자리에 털버럭 주저 앉는다.

"저 여펜네가 우리들의 아버지, 위대한 수령께 우리 가족에 대해 되먹지도 않는 비난의 편지를 쓴 거요. 다행히 아버지 수령께서 받으시기 전에 나한테로 보내 와서 화를 면할 수 있었소." 김이 그녀를 향한다. "위대한 수령께 보낸 편지는 나와 내 가족에 대한 비난으로 꽉 찼던데 만약 위대한 수령께서 그걸 보고 놀라서 무슨 일이라도 생기면 도대체 어쩔 셈인데? 수령께서는 전과 달리 연로하셨다는 걸 모르는가? 도대체 방자해도 유분수지." 그가 몸을 돌리고 좌중을 훑어본다. 하나씩, 하나씩. "내가 그렇게도 가족에 관한 한은 절대, 어떤 언급도, 용서하지 않겠노라고 단언을 했건만." 그가 꼬붕들의 답을 기다린다.

어떤 이들은 머릴 끄덕이고 어떤 이들은 "지당하신 말씀입니다." 하며 중얼 댄다.

그가 목소릴 몇 단계 높인다. "난 제아무리 잘났더라도 내 가족을 가지고 운 운하는 것은 용납 못해! 내 목숨은 인민을 위해 바칠 각오가 되어 있지만 내 가족한테까지 그런 걸 요구할 순 없어. 자네들은 적어도 내게 그 정도의 이해 와 아량은 보여야지." 그의 엄지가 강조를 위해 그의 가슴을 두들긴다.

곧 이어 그가 다시 입을 벌리고 크게 미소한다. 그야말로 기막힌 배우의 최 고의 연기다. 동훈이만 빼고 나머지들은 일종의 안도의 숨을 가늘게 내 쉰다. 하얗게 질린 동훈은 땀으로 범벅이 되어있다.

"무슨 잘못을 했는지 알긴 하는가?" 김의 목소리가 다시 싸늘해 진다. "내 말이 안들려? 물었으면 대답이 있어야 할 것 아냐?" 그가 발을 콩 딛고 일어서 며 주먹으로 탁자를 탕하고 내리친다. 할리우드 스타일. 곁에 있던 땅콩접시 가 튀어 오르고는 흩어진다. 김이 그녀를 향해 두어발짝 가까이 간다. 땅콩이 발밑에서 바스러진다.

그녀가 머릴 더 숙인다. "제가 큰 실수를, 죄를 지었습니다." 그녀의 목소 리가 너무 가늘어 들리지 않는다. "하나뿐인 아들이 병으로 죽어가고 있어 서…."

"아니, 네 아들이 위대한 수령님이나 이 나라보다 더 중요한가? 도대체 무 슨 소릴하고 있는지 알기나 하는 거야? 다른 사람도 아니고 바로 내가 믿고 아끼는 당신네가?" 머릴 흔들어가며 계속한다. 도대체 어떻게 네 자식과 우리 나랄 비교할 수 있는 거지?" 그가 돌아서서 좌중을 둘러본다. 미소로 자신의 속을 가린다.

"여기 있는 여러분들은 그 잘못에 대한 댓가가 무엔지 알게요." 그가 답을 기다린다. 옆에 앉은 사람을 본다.

"공개처형입니다, 친애하는 수령님." 그가 머뭇거리며 대답한다.

"그렇다면 집행이 돼야 하는 게 아닌가? 적합한 처벌없는 국가를 어찌 국가라고 할 수 있겠나?" 김의 손에 들린 장깃돌들은 그의 말뜻을 빨리 깨닫지 못한다. "설마 이 자리에서 처형하란 소린 아니겠지," 하는 생각들을 한다. 동훈의 손이 그의 얼굴을 감싼다.

친애하는 수령이 경호원들을 향한다. "뭣들 하고 있어? 총이 있어야 할 것 아냐?" 잠시동안 경호원들의 얼굴도 어쩔 줄을 모른다. 경호원 하나가 엉겁결에 그의 총집에서 권총을 꺼내 수령의 손에 바친다.

김이 여인을 향해 몇 걸음 더 걷는다. 땅콩 몇 개가 더 바스러진다. "그야말로 겁없는 여편넨 줄 알았는데 어디 얼굴좀 봅세."

그가 땅땅한 두 다리를 딱 벌려딛고 그녀의 곁에 선다. 권총의 총구로 그녀의 머리칼을 들쳐 하얗게 질린 얼굴을 내놓게 한다. 이 방안의 모든 사람들은 잘 알고 있다. 이렇게 엄청난 죄의 처벌이 단순한 총 한방으로 끝나진 않을 것이라는 것. 친애하는 수령께서 다시는 이런 일이 생기지 않도록 그 방지를 위해 그럴 듯한 쇼를 보여주리라는 것 정도는 모두 알고 있다. 그녀를 찰것처럼 그가 다릴 들어 올린다. 반들거리는 검정구두의 코끝으로 그녀의 어깨를 툭 건드린다. 그녀가 뒤로 넘어갈 듯했지만 금방 자세를 바로 고쳐 다시 꿇어앉는다. 김이 웃는다. "꼼짝 않을 줄 알았구만."

동훈은 숨을 쉴 수가 없나보다. 숨쉬기 위해 안간힘을 쓴다.

김은 그녀가 입은 까운의 앞자락을 발로 차낸다. "내가 쓸만한 좋은 옷을 주지 않았던가? 건방지게 어디라고 이따위 옷을 입고 산발한 채 오는 게야?" 그가 마치 영화의 한 장면을 연기해 보이듯이 계속한다. "여기 모인 사람들한테 자신이 누군지를 보여주고 싶어 그런거야? 갈보? 배신한 갈보? 그동안 베푼 은덕도 모르고. 어떻게 감히 밥멕여 주는 주인의 손을 물어?" 노발대발하고 좌중을 둘러본다. 다음 순간 그의 노여움이 미소로 번진다. "라동무." 경호원을 부른다. "까운 좀 벗겨주게. 그리 해 달라고 비는 꼴이 아닌가?"

동훈이 튀어나가 친애하는 수령 앞에 무릎을 꿇는다. "친애하는 수령님, 제처가 용서받을 수 없는 죄를 저질렀습니다. 제 처를 제 손으로 처벌할 수 있는 영광을 주십시요. 이것은 수령님의 노고에 합당치 않습니다. 수령님 대신 제 손으로 해결할 수 있도록 허락해 주십시요." 그가 물이 뚝뚝 떨어지는 얼굴을 숙이고 빈다. 친애하는 수령이 그를 잠시 바라본다. 모두의 눈도 이 세 사람에게 들러 붙어 떠날 줄을 모른다.

김이 크게 웃는다. "그거 아주 좋은 생각이군 그래." 그의 눈이 좌중을 한바퀴 돌고 다시 동훈한테로 돌아온다.

"그동안 자네는 내게 충실한 비서였네. 옳은 일을 위해서는 언제고 어떤 경우에도 일어서야 한다는 자네 생각은 가상한 바일세. 알겠네. 자네가 처결하게. 자네걸세." 그가 잠시 뜸을 들인다.

"이번 일은 앞으로 모두에게 깊은 귀감이 되야 할걸세." 그가 다시 한바퀴 둘러 본다. 모두 숨을 죽여 집중한다. 그들의 등골로 오싹한 바람이 싸악 지나간다.

"모두 잊지 말고 기억하게. 이런 종류의 죄의 결과가 어떤 것인지를. 이런 죄를 저지르는 사람이 다시는 없겠지만 앞으로는 이러한 배신은 배신자의 배우자가 처결하도록 하세." 그가 선포한다. "그리고 잊지 말게." 다시 뜸을 들인다. "필요하다면 오늘밤 같은 잔치는 얼마든 베풀어 주겠네."

친애하는 수령은 동훈을 향해 돌아서서 그에게 권총을 넘겨준다. 경호원들이 그의 옆으로 바싹 들러 붙는다. 동훈은 꿇어 앉은 채로 권총을 받으려고 두 손을 내민다. 떨리는 손이 총을 제대로 잡질 못한다. 김이 지켜보며 기다린다. 동훈의 손이 어느 정도 안정을 찾자 김이 총을 건넨다. 총을 손에 들고 동훈은 아내를 향한다. 후둘대는 그의 무릎이 안정을 찾으려 애쓴다.

동훈과 진아, 진아의 얼굴이 그를 향해 들린다. 베일처럼 가리고 있던 젖은 머리가 벗겨진다. 그녀의 검은 두 눈이 남편의 눈을 만난다. 모든 것이 잠시 선다. 아주 잠시.

모두는 궁금하다. "쏠 수 있을까? 쏠 수 없을까?" 모두가 아니라고 생각할 때 진아가 머리를 가늘게, 정말 가늘게 끄덕인다. 그녀의 입술이 경미하게 움직인다. "여보, 고마워요. 어서 방아쇠 당기세요, 여보." 그녀가 애원한다. "주저하지 말아요. 어서요. 사랑해요."

동훈은 두 손으로 권총을 잡고 부들부들 떨리는 팔을 들어 올린다. 모두의 눈은 이 부부에게 들러붙어 떠날 줄을 모른다. 김은 마치 그가 즐기는 할리우드 영화의 한 장면을 보듯 지키고 있다. 한치도 놓치지 않는다. 뿐 아니라 그 외에 다른 가능한 시나리오까지 상상해 본다.

동훈이 더듬거린다. 하지만 다른 선택은 없다. 자신의 고통뿐 아니라 아내의 고통을 덜어줘야 한다. 그가 겨냥한다. 눈을 감는다. 머릴 돌린다. 방아쇠 당긴다.

탕하는 소리와 동시에 무엇인가 그녀를 빠르게 뚫고 지난다.

충격이 그녀를 잠시 뒤로 끌어 당긴다. 하지만 그녀는 남편을 향해 앞으로 나가려고 갖은 애를 쓰는 듯싶다. 총에 맞은 것을 모르는 듯도 싶다. 그녀의 깊고 검은 눈동자는 동훈한테 고정된 채로다. 그녀의 창백한 얼굴, 목, 팔, 몸 전체는 남편을 향해 가기 위해 마지막 애를 쓴다. 그렇게 그녀가 그 순간을 잠시, 아주 잠시 붙든다.

그녀의 두 눈이 어둠속으로 머뭇머뭇 걸어들어간다. 그리고 눈동자가 비어간다. 피가 튕기고 쏟아진다. 그녀의 까운이 붉게 물든다. 바닥에 스르르 눕는다. 손은 묶인 채….

그녀를 누르고 있던 삶의 버거운 짐들이 드디어 들리나보다. 사뿐 떨어져 내린 꽃잎사귀처럼 날듯날듯 가벼워 보인다. 죽음은 어둠이 아닐지도 모른다. 오히려 아늑한 평화일지도 모른다. 아플 필요도, 슬플 필요도, 외로울 필요도 없을지 모른다. 그래서 그렇게 떨어진 꽃잎처럼 안타까우리만치 아름다운지도 모른다. 그렇게…, 그녀는 떠난다.

적막의 소리.

모두가 잠시 숨쉬는 것을 잊은 듯하다.

김의 입꼬리가 꿈틀댄다. 동훈의 손에서 툴렁 바닥으로 떨어지는 권총의 둔탁한 소리. 김이 그 소릴 듣고있다. 그걸 보고있다.

동훈의 눈이 텅 비어간다.

18

평양 후

(1987)

"에미야, 너희 아버지가 돌아가신 게 분명해."

평양서 돌아온 지 얼마 되지 않았던 이른 아침, 엄마가 내 방으로 왔다. 언니들과 가족들 생각에 나는 종종 눈을 뜨고도 침대에 누워 뒤척이곤 했다.

"무서운 꿈을 꿨다."

"무슨 꿈이네요, 엄마?" 엄마는 걱정되는 일이 있거나 불안하면 꿈타령을 잘 했다. 결혼한 이모가 남편따라 서울로 간 후 엄마한테 신경을 좀 더 써야겠다 하고는 있지만 내가 이모 대신일 순 없었다.

"너희 아버지가 베옷을 입고 서 계시더라. 그런데 그게 다가 아냐." 불안이 엄마 얼굴에 가득했다. "너희 아버지야 돌아가셨으려니 했지만 내가 알 수 없는 건 첫째다. 그 애가 네 아버지 옆에 붙어 서 있더라." 전기라도 오른 듯 온몸에 소름이 쫙 돋았다. "네 말대로라면 언니가 잘 있다면서?"

나는 엄마한테 송보에 관해서나 돌아오는 비행기 안에서 읽은 언니의 공책에 대해 이야기 하질 않았다. 언젠가는 털어놔야 할 게다. 특히 내가 엄마하고 다시 북한방문을 하게 된다면 말이다. 하지만 때가 될 때까지는 엄마한테 공연한 걱정하게 하고 싶진 않았다. 상상도 못했던 아버지의 소식에다 또하나의 폭탄을 던지고 싶진 않았다. 별로 훌륭한 짓은 아닐지 몰라도 그게 내 핑계였다.

"나한테는 네 아버지는 전쟁때 돌아가신 거나 마찬가지야. 그러니 그렇게 놀라진 않았어. 하지만 꿈에 첫째가 하얀 까운을 입고 붉은 장미다발을 안고 있던데… 네가 가지고 온 수건에 그려 있듯이 말이다. 그런데 둘이 다 입은 꼭 다물고 수심에 찬 얼굴이야. 놀라서 웬 일이냐, 무슨 일이 있느냐 물었지. 입을 다물고만 있던 큰 애가 드디어 입을 여는데 입에서 피가 쏟아져 나와 까운에 쏟는거야. 큰애가 들고 있는 것도 꽃이 아니었어. 피였던 걸 몰랐어." 엄마는 아직도 흥분상태였다. "무슨 꿈이 그러냐? 첫째가 잘 있기는 있는 거야?"

엄마한테 걱정 말라고 하기가 어려웠다. 나 역시 그 비슷한 걱정을 하고 있었으니까. 엄마를 내 옆에 앉혔다. "엄마가 너무 걱정해서 그럴 거야."

"네가 찍어온 사진이나 비디오 속에 첫째는 왜 하나도 없니? 큰애 것이라고는 가족사진하고 그애가 만들었다는 수건 한장이 다 아니냐? 뭘 숨기는 거 아냐?"

"큰형부가 중책을 맡고 있으니까 내가 거기 있는 동안도 항상 바쁘던걸요. 나도 한번밖에 보질 못했어요. 생각해 봐요. 만약 한국이가 남한의 재무장관이라면 우리 볼 시간 있을 것 같아요?" 나 역시 동훈의 직위나 직함이 뭔지는 몰랐지만 그리 말하면 엄마가 이해하기 쉬울 것 같았다.

"그런데 엄마, 꿈속의 언니나 아버지가 뭐라고해요?"

"암말도 않더라. 내가 팔을 벌렸는 데도 꿈쩍 않더라. 서서 쳐다보기만 하고. 팔을 내민 채로 깼다." 엄마가 한숨을 쉬었다. "네 말대로라면 좋겠다. 뭔가 자꾸 좋지 않은 생각이 들어…."

"걱정 마세요, 엄마. 내가 작은 언니한테 편지 다시 할게요. 또 보낼 것도 있고."

"필요없을 게다. 네 아버진 돌아가셨어. 그런데 큰 애가… 큰 애가…."

난 엄마의 등에 팔을 둘렀다. "꿈은 반대로 될 때가 많잖아요."

엄마의 꿈은 명치끝에 달린 납덩이처럼 거북스러웠다. 하지만 내가 떠난 후로 가타부타 아무 소식이 없는 침묵은 더 견디기 어려웠다. 내가 보낸 소포나 편지의 답은 완전 침묵이었다. 북한에 가는 우편물이 느린 건 사실이지만 벤은 편지 보내고 나서 한달내로 답장을 받곤 했다. 선아가 편지나 소포를 받고도 연락하지 않을 리는 없었다. 편지쓸 때마다 특별히 조심해서 누구의 비위를 건드릴 소린 하지 않았다. 또 편지마다 북한 정부에 깊은 감사의 표시를 했고 다시 어머니와 함께 방문하고 싶다고도 했다. 하지만 침묵뿐이었다. 언니가 쓴 공책의 마지막 부분을 다시 읽었다.

"사랑하는 미아, 우리의 위대한 수령께서 송보를 외국에 데리고가서 치료할 수 있는 기회를 허락해주신다면 내가 너한테 장소와 날짜를 어떻게서든 전할게. 선아가 전할지도 모르고 어쩌면 완전 모르는 사람이 연락할지도 몰라. 아직은 몰라. 핀란드라는 소리가 있으면 내가 한 소리로 알아둬. 백혈병이 네 전문이 아닌 것은 알지만 네가 도와주면 송보가 받을 수 있는 최적의 치료를 받을 수 있을게 아니겠어? 송보를 위해 너의 신께 기도드려 줘. 우린 정말 도움이 필요하니까.

나는 지금 또하나의 새로운 문을 열려고 하는거야. 천국으로의 문일지 지옥으로의 문일지는 몰라도 내겐 선택의 여지가 없어. 열어보지 않으면 송보는 잃게 될 것이고 내게는 그보다 더 큰 지옥은 없어. 내가 철없이 어렸을 때 믿었던 위대한 수령님을 다시 한번 믿고 매달려 보는 거야. 거기에 우리의 미래가 있기를 고대하면서.

나대신 엄마한테 용서를 빌어줘. 정말 미안해. 내가 무슨 짓을 하는지 그때

는 몰랐어. 지금도 그래. 하지만 내게 남은 유일한 희망을 포기할 순 없어.
사랑한다, 미아."

언니들을 보러 갔던 게 잘못이었나? 선아언니는 크게 걱정하지 않았다. 발가락 열 개를 다 잃고도 뭉퉁한 발을 이리저리 돌려가며 샤워장에서 좋다고 노래하며 춤을 추어대던 언니. 선아는 뭐든지 해낼 수 있었다. 그런데 진아는? 엄마의 꿈은 꿈일 뿐인지도 모르고 모든 일이 다 잘 풀릴지도 모른다. 하지만 난 다시 고갤 저었다.

"상부의 비위를 건드릴 소린 물론 피하셨지요? 김의 사진이 실린 신문에 앉는 것조차 모독죄가 되는 곳 아닙니까?" 민씨네를 초대했을 때 내 걱정소릴 듣고 벤이 물었다.

"조심하긴 했는데… 책임자라는 안씨한테는 돈을 건넸지만 평성의 부시장한테는 주지 않았어요."

"칙사 대접을 받으셨는데요. 전 시장면회 같은 건 없었지요. 하지만 다 제대로 하신 듯한데요." 그가 잠시 생각해 보고 이었다. "거기선 달라돈과 뇌물이 제일입니다. 동생이 하도 원하길래 당원자리도 달라돈으로 사 준걸요."

"당원자리까지요?" 놀랄 일이었다.

"그럼요. 뇌물로 안되는거 없어요. 호텔값, 음식값 공짜라고 북한 방문이 절대 싼 게 아네요. 가족이 거기 있으니 할 수 없이 가는 것이지."

"부시장한테도 돈을 줬어야 할 걸 그랬을까요? 하지만 그렇게 큰 도시의 시장한테 돈을 건넨다면 모욕이라고 생각할까봐…."

"시장을 만난 건 닥터 리가 예일대 교수라서 그랬을 걸요. 자기네들도 다 알지요. 평등 운운하는 건 다 헷소리예요, 헷소리. 이북가서 돈 별로 쓰지 않은 사람도 다시 가는 것 봤어요. 도대체 뭣 때문에 그러는 건지 모르겠군요. 언니의 이름과 주소좀 주세요. 제가 갈 때 알아 볼게요."

선아에 대해서는 금방 썼지만 진아에 대해선 어찌해야 할까를 생각해 보았다. 벤의 동생이 당원이라면 그를 통해서 혹 무슨 문제가 있었다면 알아 볼 수 있을지도 몰랐다.

벤한테 모든 걸 털어 놓았다. "진아 언니에 대해서 말씀을 좀 드려야 할 것 같네요. 어머니가 걱정하실까봐 어머니한테는 이런 말씀 드리지 않았어요. 무슨 일이 있었다면 미리 알고 계시는게 좋을 듯해서요." 나는 내가 아는 바를 그들에게 설명했다. 둘은 할말을 잃고 놀란 얼굴로 날 쳐다봤다.

"미아, 정말이야?" 미숙이 물었다. "비밀로 핵폭탄 만들고 있다면 미국 정부에다 알려야 하는 것 아냐?"

"나도 그 생각 해봤는데 조카는 어린 데다 모든 게 다 아마츄어 같았어. 어떻게 방사능에 대한 대비도 없이 일하니? 아직 초기단계인 듯도 하고. 또 지구상에 그런 나라가 한둘일까 하는 생각도 들고. 게다가 미국 정부가 모르고 있을 리가 없을 거라 싶기도 하고."

"핵폭탄을 만들어? 에이, 어림도 없어요. 국가 전체가 아직도 6.25 시절에 머물고 있는 걸요, 뭐. 거기선 시간이 뒤로 가면 갔지 앞으로 갈 줄은 몰라요." 벤이 머릴 흔들었다. "하지만 큰언니가 걱정인데요. 김일성한테 해선 안 될 소릴 한 것 아녜요? 언니 생각엔 아버지가 아들보다 낫다고 볼지 몰라도 우린 잘 알잖습니까? 아버지나 아들이나 똑 같지요, 뭐. 그 편지가 문제인 것 같은데요."

"김이 언니가 한 짓에 화가 났다면 어떻게 할 것 같아요?"

"전들 알겠습니까? 하여튼 언니와 형부 되시는 분의 이름을 주세요. 동생한테 알아봐 달라고 해 볼게요. 올해는 5월에 가보려고 합니다."

"약도 없이 아버지께서 여태 살아계실 것 같진 않아요. 돌아가셨을 거예요. 하지만 둘째 언니가 아무 답장 없는 것이 영 걱정돼서요. 이런 걸 부탁드리긴 정말 죄송하지만 혹 안전하다, 해도 되겠다 싶으시면 언니한테 편지와 돈을 좀 전해 주실 수 있을까요?" 나는 선아와 사위 마종연에 대해서 알고 있는 것은 다 써 주었다. "선아언니 말에 의하면 사위가 당원이 되도록 큰언니가 도왔다고 했어요. 집안에 사위 하나만 당원이래요. 혹시 동생되시는 분이 알아볼 수 있을지 모르지요."

"알아볼 수 있는 껏 알아 볼게요."

"저는 5월에 서울서 열리는 소아과학회에 참석하려고 해요. 제가 갔다 오면 뭔가 좀 알 수 있겠네요."

"서울 가면 제 동생한테 작은 패키지 하나만 전해 주세요." 벤이 부탁했다.

"동생은 북한에 있다면서요?"

"아냐, 동생이라고 하긴 하지만 혈육이 아니고 전쟁때 고아로 만나 서로 의형제 만든 동생이야." 미숙이 설명했다.

"아, 의형제! 나도 알지. 서울역서 구두 닦이할 때 내 파트너도 그런 형이 있었어."

"구두닦이 미아!" 미숙이 웃었다. "진짜 볼만하고 귀여웠겠다."

"이래뵈도 구두닦이엔 내가 베테랑이었다. 내 짝도 나한테 침 뱉는 것 외에는 똑같이 잘 한다고 했어. 문수도 의형제삼은 형이 있었지."

"문수? 문수요? 성은 뭐예요?" 둘이 날 뚫어지게 보았다.

내 머리칼이 곤두박질치고 있었다. "박문수."

"이럴 수가!" 흥분과 쇼크속에 벤과 미숙이 동시에 일어섰다. "바로 박문수예요! 서울사는 동생이!"

"믿었던 사람한테 돈을 뜯긴 적 있어요? 문수가 형 걱정 땜에 며칠 일을 못나왔거든요." 세상에 이런 일이? 나도 따라 일어섰다.

"그게 바로 나죠. 내가 건설장에서 일하면서 한푼도 낭비하지 않고 모으고 있었는데 그 자식이 갖고 도망친 거예요. 그땐 세상이 끝나는 줄 알았지요."

"꿈이야 생시야? 지금 문수는 뭘하고 있어요?"

"낮엔 일하고 밤엔 야간 다녀서 교육대 나오고 선생이 됐어요. 이젠 어엿한 교장선생이죠. 부인도 선생이고요. 애는 둘."

"선생이 문수한텐 딱 맞는 직업일 거에요. 구두닦이도 기차게 잘 가르쳐 줬어요. 결혼해서 애들이 있다니! 사람은 다 살게 마련이네요. 나를 비롯한 구두 닦이들도."

"부인 신애씨도 정말 괜찮은 여자야. 무슨 일이든 솔선 나서서 도와주는 그런 여자. 삼촌이 만주 연변서 선교사로 일한대. 일제때부터 연변에 한국사람들이 많잖아. 이제는 북한서 오는 탈북자들도 꽤 되나 보더라."

"서울 가면 꼭 만나 봐야지. 세상에! 그때 난 사내였는데. 문수는 여자애들 이라면 대게 싫어 했었거든." 내가 웃었다. "설마 날 보고 화내진 않겠지?"

"내 보기엔 너무 화가 나서 널 보면 침 뱉을 거다."

22년만의 서울, 많은 옛 친구들과 얼굴들을 만났다. 학우들은 전부 나처럼 중년이 되어 대학이나 고등학교 다니는 자녀들을 두었다. 벌써 손자를 본 경우도 있고. 이모의 권유로 난 이모네 집에 묵었다. 이모는 컨벤션 쎈터 근처에 살아 편한 데다 날 위해 운전수가 달린 차도 내 주었다. 그 차 없이는 서울 어디도 다닐 수 없었다. 서울은 믿을 수 없이 변했고 교통이 번잡하기는 뉴욕을 뺨쳤다. 평양과 서울의 거리는 200키로도 채 안 되는 것 같은데 차이는 밤과 낮이었다. 새로운 서울에 머리가 띵할 정도였다.

이모는 신혼생활을 더이상 즐길 수 없었다. 이모부 역시 또래의 다른 남자들 답지 않게 내 놓고 이모를 사랑하고 돌봤다. 한국이도 그의 가족을 데리고 날 보러 왔다.

"이번 여름 애들 데리고 미국 한번 왔다 가지그래. 엄마가 무척 좋아 하실텐데." 올케한테 당부했다.

"그럴려고 하고 있어요. 그렇죠, 여보?" 올케가 한국이한테 물었다.

"아닌 게 아니라 애들 영어연수에 좋겠어서 가자고 하고 있어, 누나." 한국이 올케의 어깨를 두르고 말했다. 한국이도 예전의 한국이 아니었다. 경제뿐 아니라 문화, 전통, 사회, 모두가 현기증 나는 속도로 변하고 있었다. 미국사는 젊은이나 내 동생이나 생긴 것 외에는 큰 차이가 없어 보였다. 엄마가 미국와서 사는 게 다행이었다. 올케와 엄마가 한 지붕 안에 사는 것은 쉽지 않을 게다. 어쨌든 동생네가 방문한다면 이모가 떠난 후 적적해 하고 있는 엄마가 무척 반가워할 터였다.

문수와의 만남은 기대 이상이었다. 벤하고 미숙이 벌써 다 설명하긴 했지만, 그는 형답게 나를 잘 받아 주었다. 서울역을 내려다 보는 식당. 나는 좀 일찍 도착해 역 광장을 내려다 보는 자리를 잡았다. 지난날의 폐허나 아픔 같은 것은 어디에도 없고 역 주변은 잘 차려입은 사람들이 바삐 오가고 있다. 구두 닦이는 커녕 그 비슷한 것도 보이질 않았다. 열살짜리였던 나, 내가 일했던 자리를 짐작해 내려니까 가슴속이 싸아했다. 그때가 그리운 것은 아닌데…. 그래도 아픔만은 아닌, 아릿한 기억으로 돌아왔다.

식당안으로 들어서는 사람들을 유심히 살폈다. 문수를 찾을 수 있을런지. 우리가 만나기로 한 딱 그 시간에 문수 부부가 들어섰다. 틀림없다. 내가 그를 기억해서는 아니다. 그의 얼굴에, 또 그의 아내의 얼굴에서도 선생이라는 표시가 여과없이 보였던 때문이다. 난 그들에게 다가가 손을 내밀었다.

"문수 형?"

"한국이구나." 그의 얼굴이 환하게 웃었다. "이럴수가! 완전히 변해버렸네." 우린 형제같이 서로를 붙들었고 문수가 아내를 소개했다.

앉아서 이야길 하며 보니까 옛날 문수의 모습, 생각이 하나씩 돌아왔다. 그의 목은 여전히 가늘었지만 때묻은 지도대신 단추 채운 흰 셔츠가 선생이라고 말하고 있었다. 그의 아내 신애는 말수는 적지만 생글거리는 웃음을 띠고 있고. 신애와는 처음이지만 오래된 친구나 친척을 만난 기분이었다. 문수가 형이라면 신애는 언니던가?

"들기론 삼촌께서 연변에서 선교사로 일 하신다면서요?" 신애한테 물었다. "중국선 종교를 허용하는 모양이네요."

"종교가 완전 금지는 아닌가 봐요. 장려하지 않는다는 말이 더 맞을지 모르죠. 서울에 있는 교회가 후원하고 있지요. 쉬운 일은 아니지만 삼촌은 사명으로 생각하시나봐요."

우린 웃고 떠들었다. 셋이 다 선생으로 일종의 유대 같은 걸 나누는 기분이었다. 아팠던 과거를 되씹는 것이 씁쓸하기는 했지만 한편 달콤한 면도 없진 않았다.

"미국에 한번 놀러 오세요. 벤 형님네하고는 가까운 거리에 살거든요." 내가 부탁했다. "형 만나면 하고 싶었던 이야기가 있어요. 형이 학교가야 한다고 동전 한푼도 버리지 않고 모았던 것 생각나요? 그게 나한테 교육의 중요성을 실질적으로 보여 줬던가봐요. 나도 어떻게든 교육은 받아야 살겠다 싶어 고아원으로 가게 했던거죠. 형한테 고맙단 소리 꼭 하고 싶었어요. 교육을 나보다 더 받아서 날 앞질러 갈 사람들이 샘나고, 질투나고, 부러웠거든요."

"질투라는 것도 방향만 잘 잡으면 꼭 나쁜 건 아니죠, 아우님." 형이 웃었다.

학회 첫날저녁, 이모는 집 근처의 고층건물 꼭대기층 식당에서 외식할 거니까 그리 오라고 했다. 웨이터가 뒷쪽 구석진 조용한 방으로 날 인도했다. 식당은 이조시대의 골동품으로 운치있게 꾸며져 있었다. 나를 방안으로 들어서도록 웨이터가 옆으로 물러서자 나는 너무 놀라 숨이 멎어버렸다. 이모와 이모부 맞은 쪽에 앉았던 마이크가 일어선 것이다. 혹 내 눈 어디가 잘못되었나 싶어 여러 번 눈을 깜박거렸는데도 그가 사라지지 않았다. 꿈이나 환상은 아닌 듯싶었다. 그래도 긴가민가였다.

"내가 초대했지." 이모가 말했다. "널 놀래켜 주려고. 지난 2월에 훈이 워싱턴에 갈 일이 있었는데 내가 마이크를 좀 찾아 보라고 했어. 왠지 그래야 할 것 같은 예감이 들어서. 그래 여기 초대했어." 이모가 날 살폈다. "화났니? 화내도 이젠 늦었어. 마이크가 오늘 왔거든. 미아, 거기 장승처럼 서 있지 말고 인사해야지 않아?" 그게 또하나의 쇼크였다. 하도 놀란 바람에 미처 몰랐는데 이모가 영어를 하고 있었던 거다. 훌륭한 영어는 아니었지만 얼마든지 알아들을 수는 있었다.

"이모 영어 잘 하세요." 마이크가 영어로 말했다. 그가 내 이모를 이모라고 불렀다. "훌륭합니다." 마이크가 엄지손가락을 내 보이며 내게로 왔다.

내 작은 심장! 어쩔 줄을 몰라했다. 마이크한테 달려가 안고 싶은 마음을 누르고 참아야 했다. 그가 내 손을 잡고 뺨에 사뿐하게 키쓰했다. 나를 데려다 의자에 앉히고 자신도 내 곁에 이모와 이모부를 마주하고 앉았다. 곁에 남자가 앉기는 오랫만이다.

"난 골프도 안치고, 친구도 많지 않고. 그래 영어공부 하지." 이모가 영어로 말했다. "너랑 살아서 귀에 설지 않아. 그래도 어려워. 그렇지만 괜찮아." 이모가 마이크를 향했다. "마이크도 내 말 알아들어요?"

"알아듣고 말고요." 마이크의 티없고 착한 미소는 전과 다름없었다. 눈가의 주름은 늘었어도.

"이렇게 좋은 날, 우리의 만남을 위하여 건배합시다. 앞으로도 오늘 같은 수많은 아름다운 날들을 위하여." 이모부의 소리에 맞춰 우린 짱하고 잔들을 부딪쳤다.

식사동안 마이크가 2년 전 암으로 고생하던 아내를 잃고 다시 일어서기 위해 애쓰고 있다는 것을 알았다. 십대인 두 아들을 혼자 키우려면 쉽지 않았을 게다. 그가 안쓰럽긴 했지만 한편으로는 안심도 되었다. 마이크가 아직 결혼 중이라면 이모가 그를 불렀을 리가 없었겠지.

그날 밤 서로의 손을 잡고 우리는 새벽시간까지 걷기도 하고, 이야기도 하고, 차도 마셨다. 헤어지고 싶진 않았지만 난 이모네로 들어가야 했다. 모두가 잠이 든 밤, 늦게 몰래 집으로 살금 기어들어오는 고등학생이 된 기분으로. 내가 침대에 들어가려는데 이모가 문을 두드렸다.

"자는 거 깨웠죠, 이모? 미안!" 내가 열적게 웃었다.

"즐겁게 놀았니?"

"네. 뭐가 더 묻고 싶으세요?" 내가 피식 웃었다.

"나를 나무라는 건 아니지?"

"화가 펄펄 끓어서 앞으로 이모하고는 절교예요." 이모를 안았다.

이모가 옆에 앉아 내 눈을 들여다 보았다. "미아, 너와 미국 살면서 내가 뭘 잃고 있었는지를 알았어. 내가 행복해야 남도 행복하게 할 수 있는거야. 난 운이 좋아 결국에 가서는 내 사람을 찾았어." 이모는 계속 내 눈을 응시했다. "니 엄마가 마이크와 결혼하겠다는 널 반대했을 때 엄마를 설득시키지 않은 게 두고두고 미안했어. 엄마는 세대가 달라 그밖에 몰랐던 거야. 실은 누구도 나 자신한테나 우리 자식들한테 어떤 것이 좋은지를 모를지도 모르지."

이모가 내 손을 꼭 잡았다. "네가 바라는 것이라고는 원하는 사람과의 사랑과 행복뿐인 건데 그걸 도와주지 못했어. 그 미진한 마음이 나한테 마이크를 한번 찾아 보게 했던 것 같아. 또 훈이가 알아보기는 마침 적당한 때에 적당한 장소에 있었던 것이고."

"그래서 날 위해 중매장이가 된 거구나?"

"그런 셈이지."

"고마워, 이모. 서로 다시 만나게 돼서 얼마나 좋은지 몰라요."

"엄마에 대해 섭섭하게 생각하지는 않는 거지?"

"별소릴!"

"엄마도 네가 혼자 사는 걸 보니까 마이크를 받아주지 않았던 걸 얼마나 후회하는지 몰라. 여러 번 그런 소리 했어."

"새삼스럽게 무슨. 한국이 때문에 속상했던 건데, 뭐. 실은 그때문에 내가 운이 트기도 했고. 엄마가 와서 우리 애들 키워 줄 수 있었잖아요."

"이제 엄마는 아들만 위했던 것도 후회하고 있어. 네가 그렇게 학교가고 싶어 하는 걸 딱 잘라 버렸던 걸 미안하고 창피해 하셔."

"그땐 정말 미치고 환장하게 괴로웠어. 그렇지만 결국은 다 잘된 거죠. 엄마한테 너무 화가 나서 죽기아님 살기로 더 열심히 나 자신을 증명하고 싶은 마음이 되기도 했던 거고." 내가 웃었다. "걱정 마세요. 결국 엄마도 하실 만큼은 하신 거니까."

진달래가 바위 틈새마다 옹기종기 핀 작은 정원을 바라보면서 이모와 둘이 아침을 먹고 있는데 전화가 왔다. 이모가 나한테 수화길 건넸다.

"미아니? 나 미숙이야."

"왜? 우리 엄마?"

"아냐, 그런 건 아냐. 어제 벤이 왔는데 너하고 통화하고 싶대."

"안녕하시지요?" 벤이었다.

"웬일이세요? 이리로 전화 주실 줄은 몰랐습니다. 잘 다녀오셨어요? 어떻게 별일 없던가요?" 별일 없다면 이리로 전화를 했을까? 난 이모한테 그냥 앉아 있으라고 손짓했다. 평양으로부터의 소식일 터이니. 손에 진땀이 나서 전화를 바꿔 들었다.

"선아언니 만나 전해 드렸습니다. 언니가 쪽지도 하나 써 줬고요." 벤이 멈추었다.

"그리고요." 그 정도라면 내가 갈 때까지 기다리겠지 전화할리야?

"진아 언니와 가족은 계시지 않았습니다." 그가 잠잠했다. 와르르 무너져 내리는 내 속. 온몸이 후둘거렸다.

"알겠습니다. 고맙습니다." 간신히 전화를 끊었다. 날 보고 있는 이모한테 더듬더듬 전했다. 우린 한참동안 말을 잃고 멍하니 앉아 있었다.

이모와 엄마는 자주 전화를 하고 있었기 때문에 서로의 소식을 잘 알고 있었다. 뿐 아니라 내가 여기 온 후로 이모한테는 진아에 대한 이야길 다했다. 엄마한테는 회피하고 있었던 언니의 공책까지.

"진아와 가족들을 모두 없앤 모양이구나. 네 엄마 꿈 이야길 듣고 혹시나 싶어 걱정했다." 한참만에 이모가 긴 숨을 내 쉬었다. "진아가 가족과 잘 살 수 있는 저승에 가 있기 빌 수밖에. 노동자수용소에 가는 것보다야 그게 낫겠지. 거기야 어디 사람이 …?" 이모의 눈이 그렁하게 차 올랐다. "세상에 이런 비극이…? 언니는 네 부모의 자랑이었는데. 예쁘고, 생각이 깊고, 영리하고. 언니 찾아 왔던 젊은이의 눈과 정중한 태도도 아직껏 생각난다." 전쟁때 찾아왔던 형부이야기였다. "게다가 한번 만나볼 수도 없었던 조카…." 머릴 절레절레 흔들었다.

"그렇게 영리한 진아가 왜 그런 편질 썼는지 모르겠다." 한참 생각한 후에 이모가 계속했다. "하긴 그게 언니의 성격인지도 모르지. 어려서부터 뭐든지 하나에 집착하면 하도 파고 들어서 곁을 볼 줄 몰랐으니까. 병난 자식 때문에 다른 건 볼 수 없었던 게야. 내가 언니라도 그랬을 거다. 넌 의사 아니냐? 사람 마음이 그런 거 아니냐?"

언니의 공책을 읽고나서 난 언니를 보는 또 하나의 각도가 있었던 것도 같다. 송보의 목숨이 언니의 목숨과 같은 것은 사실이었지만 언니는 언니가 사는 세상, 그 세상이 제대로 된 길을 가지 않는다면 장래도 희망도 없다고 보았던 것 같다. 짚고 설 국가가 없이는 사람이 설 곳이 없다. 언니의 생각으로는 바른 지도자 없이는 설 땅이 없다고 보았던 게 아닐까? 후세에게 넘겨줄 세상, 언니가 이때껏 바라고, 희생하고, 살았던 세상, 결국은 그걸 위해서 죽은 것이기도 했다.

"선아하고 선아네 가족은? 뭐라 이야기하든?" 이모가 물었다.

"전화에 대고 설명하고 싶지 않아보였어요. 둘째를 만났다니 괜찮은가 봐요." 내가 잠시 생각해 보고 물었다. "이모, 빨리 집에 갈까봐."

"서둘러 가면 무슨 일이 생긴대? 네가 할 일이 있겠어?"

"어찌 된 건지 자세히 알 수는 있겠지요. 자책감이 들어서요. 내가 평양에 가지 않았다면 이런 일이 생기지 않았을 것 아녜요? 평양가서 언니들 만나고, 사진좀 찍고, 엄마한테 보여주고, 그럴 줄 알았지, 이렇게 문제가 커질 줄은 몰랐어요. 속이 뒤집혀요."

"아서라. 네 잘못은 없다. 언니들이 살아있다는데 어떻게 가 보지 않고 배기겠냐?"

"그래도 책임감이라는 게 있잖아요."

이모가 한동안 생각했다. "나 역시 그런 생각 없는 게 아냐. 네 언니들이 빨갱이들한테 기울고 있을 때 좀 더 나서서 막았어야 하지 않았나 싶어서. 내가 그러려니까 진아가 날 멀리 하더라. 진아와 벽을 쌓는 것보다는 대화의 통로를 터 두는 게 낫겠다 싶었지. 진아가 말은 듣지 않았겠지만 아직도 그런 생각을 해. 결국은 우리의 행동은 우리가 책임지는 수밖에 없는게 아닐까 싶어. 그게 자유라는 건지도 모르지. 아니면 운명인지도 모르고."

"내가 언니의 입장이었다면, 내 동생은 오고싶으면 오고, 가고 싶으면 가고, 자식을 치료시킬 수 있다면 세계어디든 데리고 갈 수 있고, 그런 걸 알고나면 미치고 환장하지 않겠어요? 내가 가질 않았다면 언니가 그걸 몰랐을 거 아녜요?"

전화가 다시 울렸다. "미아, 내가 다시 전화했어. 너 서울에 며칠 더 있을 수 있지? 내가 항공사에 알아 보니까 자리가 있대. 내일 아침 비행기 타면 네 시간으로 거기 오후에 도착해."

"물론이야. 무슨 문제라도 있어? 왜 갑자기…."

"엄마 본 지도 오래됐고 뭣보다 널 보고 싶어서."

"알았어. 내일 공항서 만나." 더 할 말이 필요 없었다.

다음 서른 몇 시간은 안절부절의 연속이었다. 이모는 마이크와 다른 가족들을 초대해서 시간을 쉽게 보내는데 도움이 되게 하느라 애썼다. 훈하고 한국이네 가족들이 와서 마이크를 환영했다. 애들은 마이크와 영어를 해 보느라 바빴다. 전과 달리 애들의 영어실력은 놀라웠다. 서울이 나한테는 종종 아팠던 상처를 불러 일으켰다. 서울역처럼. 하지만 다행히도 마이크는 모든 게 신기한 듯 부산하고 바쁘게 돌아가는 서울을 철저히 즐기고 있었다.

"너네 운전수를 믿지 못하는 건 아니지만 조심하는 게 좋겠다 싶어서. 북을 동조하는 사람들이 많잖아." 우리가 이모네로 돌아 왔을 때 미숙이 말했다. 공항서 들어오는 내내, 밀리고 질리는 교통란속에서, 내 말은 들은 척도 않고 당장 만난 마이크하고만 떠든 것에 대해 내가 불평을 터 놓자 하는 소리였다.

"미숙이 말이 맞아. 그동안 구데타도 있었고 말썽많은 대통령들도 많다 보니까 반대, 데모하는 사람들 꽉 찼지 뭐. 나도 우리 운전술 믿긴 하지만 조심해서 나쁠 건 없어."

"얼른 이야기 해. 속터지겠다. 어떻게 됐어? 무슨 일이야?"

"벤 생각에는 네 언니들이 블랙리스트에 있을 것 같아 동생한테 최동훈이랑 마종연의 이름을 주고 좀 알아 보라고 했대. 최는 벌써 당에서 제거 되었지만 마는 아직 그냥 있더래." 안절부절하며 미숙의 입만 뚫어져라 쳐다봤다.

"벤이 위험해도 좀 더 알아 보기로 작정했던가봐. 안내와 운전사한테 돈을 좀 쥐어주고 선아언니네 집으로 데려다 달라고 했대. 벤의 친척이 누이가 있는건 알아냈는데 재산이 꽤 많은 사람이기 때문에 걱정이 되서 사전에 좀 알아보고나서 나서든지 말든지 해야겠다 싶어 그런다고 말했다나봐. 벤 생각엔 돈을 받았으니 도와줄 것 같아 그랬는데 쉽게 주선해 주더래.

오후 늦게 벤을 언니네 집에 데려다 달라고 했대. 그래야 집에 누가 있을 것 같아서. 언니하고 남편, 윤희 다 있더래. 아버진 네가 떠난후 곧 돌아가셨대." 미숙이 날 보았다.

"…." 혹시나 했던 마지막 희망이 썰물처럼 쏴아하고 가슴을 쓸고 나갔다.

"벤이 네가 준 돈과 편질 전했고 언니는 급히 쪽지를 하나 써 주더래. 큰형부의 편지하고 큰언니가 남긴 일기하고 같이. 갖고 나오는 게 걱정이 돼서 편지와 쪽지의 가장자리 빈 부분은 잘라 내고 종이를 돌돌 말아 던힐 담배갑 속에 담배처럼 말아 넣었대. 던힐이 약간 길이가 길잖아. 다행히 딱 맞아서 넣어 갖고 나온 거야." 미숙이 긴 숨을 몰아 쉬었다. 우리는 멍한 채 미숙의 다음 이야길 기다렸다.

"벤하고 선아가 네 딸 매이의 이름을 암호로 정했다니까 매이한테서 오는 거라면 안심해도 돼. 그렇게 벤이 숨죽인 채 북한을 빠져 나온 거야."

모두가 큰 숨들을 내 쉬었다. 이런 스파이 스릴러 같은 이야길 누가 상상이나 했으랴? 난 미숙의 손을 꽉 잡았다.

"벤 말에 의하면 만약 큰 언니가 처형되고 나서 금방 그이가 선아언니한테 연락 했더라면 큰일 날 뻔했다는 거야. 몇 달이 지나도록 아무런 연락이 서로 없으니까 의심하질 않은 것 같대. 천만다행이었지. 큰 언니가 처형되고 금방 갔더라면 어쩔 뻔했겠어? 상상만 해도 끔찍하지."

"고맙다. 정말 고마워. 너와 벤한테 뭐라고 해야할지 모르겠다. 이 빚을 어떻게 다 갚겠니?" 이모도 미숙의 손을 잡았다.

미숙인 가지고 온 책 갈피속에 넣고온 종이들을 꺼냈다. "담배처럼 말려 있었기 때문에 꼬길꼬길 구겨 있어서 읽기 쉬우라고 다림질까지 했더니 이젠 제법 읽을 만해졌다." 미숙이 내 얼굴을 주시했다. "벤하고 내가 이걸 읽어도 된다는 허락을 받진 못했지만 선아가 그일 믿고 봉투도 없이 줬으니까 우리가 허락도 없이 맘대로 읽었어. 실은 그래서 내가 이번 여행을 하기로 한 거고."

미숙은 일의 선후를 알기 위해서 동훈의 편지 먼저 읽는 게 도움이 될거라고 했다. 그의 편지는 선아와 나한테 쓰고 있었다.

선아와 미아 처제,

급하게 편지쓰습니다. 이 편지를 전할 시간이 있을런지⋯. 남편으로 또 아버지로 처제들한테 우리 가족의 최후를 알려야 할 것 같은 의무 때문이요. 이 편지를 미아한테 안전하게 전할 수 있다면 그리 해주면 고맙겠소. 하지만 전할 수 없다해도 이해하오. 큰처제 손에 맡기겠소. 언니는 선아처제의 안전을 무엇보다 중하게 여겼소. 내 생각엔 안전하리라 믿소. 둘 사이에 거리를 두느라 항상 조심했으니 말이요. 생각에는 장인어른이 돌아가신 때문에 내 방문이 눈밖에 나진 않으리라 싶소. 허나 이것이 마지막 방문일 게요.

공포가 날 덜덜 떨리게 했다. 아버지와 진아의 죽음은 같은 시기였던 모양이다. 때문에 형부의 방문도 이해될 것이라는 소리다. 이모와 내가 숨을 돌리는 동안 미숙은 마이크한테 편지 내용을 설명했다.

큰형부는 김일성한테 보낸 언니의 편지에 대해 간단히 설명하고 계속 이었다.

언니의 편지가 김정일의 손에 들어 간거요. 그것은 공개처형을 의미하오. 언니는 김정일의 손에 망신을 당하며 죽느니 날더러 죽여달라고 했소. 나에겐 알리지 않고 (물론 김이 사전에 그리 계획을 한 일이지만) 언니를 김이 베푸는 술잔치에 끌어왔소. 이 술잔치는 김이 측근들을 모아 자주 여는 잔치이고 나는 이미 그 자리에 참석하고 있었소. 언니는 집에서 직접 끌려온 것 같았소.

그리고 형부는 그 좌석을 간단하게 설명했다.

그리고 내가 언니를 쏘았소. 이런 말이 가능할지 모르겠소만 사랑으로 쏘았

소. 언니를 쐈야했던 날 나무랄줄 아오. 하지만 언니와 나는 우리의 사랑과 이 사랑의 의미를 이해하고 있었소. 우린 서로가 있었기 때문에 살 수 있었던 거요. 다른 누구가 우리의 이 삶을 이해할 수 있겠소?

더 읽기가 힘들었다. 마이크가 와서 팔을 내 어깨에 둘렀다.

그날밤 늦게 집에 왔을 때 우리 아들 송보가 문쪽으로 팔을 벌린 채 죽어 있는 것을 보았소. 아마 그의 영혼은 엄마를 향해 날아갔을 게요. 그래도 평화가 그에게 깃들어 있는 듯했소. 더 좋은 세상에 둘이 있으리라 믿소. 내가 갖고 다니던 극약을 혹시나 걱정이 돼서 언니한테 주었는데 성보가 그걸 택한 거요. 모든 것이 이리 끝날 줄은 몰랐소. 내게는 언니가 굴욕당하지 않고 갈 수 있었고, 송보도 더 이상 괴로움 당하지 않고 갔다는 것이 유일한 위안이라면 위안이요. 결국 나는 내 모두를 내 손으로 죽인 셈이구려. 사랑하는 아내는 총으로, 하나밖에 없는 아들은 내가 지니고 있던 극약으로.

언니일기를 태우기 전 마지막 몇장 뜯어 여기 동봉하오. 언니는 그것을 미아한테 전하길 바랬소. 언니가 얼마나 아름다운 사람이었는지…. 기억해 주기 바라오.

난 편지를 내려 놓아야 했다. 전신이 마비되는 듯 숨조차 쉬기 어려웠다.
이렇게 모든 게 끝이 난데 대해 미안하오.
끄트머리에 동훈이 쓰고 있었다.
용서를 구할 자격은 없소. 하지만 어떻게 우리의 끝이 났는지는 알리고 싶었소. 마음의 짐을 조금이라도 덜고싶어 그런지도 모르겠소.
나에게도 시간은 없소. 여길 떠나 내 가족에게 곧 갈 수 있다는 것이 내겐 유일한 위안이요. 그 외의 길은 내가 알질 못하오. 두 처제의 행복을 비오.

"세상에! 이럴 수가!" 이모가 계속 눈물을 닦았다. "너무하구나, 너무해. 미아, 엄마한테는 이런 소리 하지마라. 엄마가 이런 소리까지 들을 필요가 있겠니?"

"미아, 언니의 일기는 나중에 읽어도 돼. 선아언니가 쓴 편지를 먼저 읽어 봐." 미숙이 말했다. "실은 내가 그때문에 널 보러 와야겠다 한 거야. 네가 아직 여기 있는 동안 읽는 게 좋을 것 같아서. 진아언니야 어쩔 수 없지만…." 미숙은 다른 종이를 내 놓았다. 얼마나 더 참을 수 있을지는 몰랐지만 띵하고 어지러운 머리로 계속했다.

　사랑하는 미아,
　시간이 없어 급히 쓴다. 대니아빠를 통해 보낸 편지와 돈 잘 받았어. 고맙다. 우리한테 많은 도움이 될거야. 우리 걱정은 마라. 내 걱정은 윤희다. 형부가 왔을때 윤희 혼자 집에 있었단다. 뭔가 심상치않다 싶어 그애가 편지를 읽었다. 큰이모는 윤희의 모델이었는데…. 그때부터 윤희는 제정신이 아니다. 윤희를 진정시키기 위해 너처럼 어떻게든 길을 터 주겠노라고 했다. 그게 가당키나 한 소리냐? 하지만 시간을 벌기 위해 그랬다. 그애가 뭐든지 너처럼이라고만 하면 혹 하는 철딱서니 없는 애 아니냐? 그 애가 너만 바라고있어 걱정이다.
　아무 편지도, 소포도 없다. 매이가 윤희가 원하는 걸 갖다 줄 수 있다면 좋겠구나.
　언니, 선아.

언니는 설명하기 어려운 것을 써 넣느라 애쓴 흔적이 역력했다. 언니의 편지를 다시 읽었다. 글짜들 뒤의 뜻을 이해하려고 애 쓰면서.

"벤이 뭐라고 하든? 언니가 벤한테 무슨 설명 하더래?" 미숙이한테 물었다.

"언니가 윤희를 탈북시키고 싶어 하는 것 같대. 탈북자들이 있다는 소릴 어디서 들었나봐. 그래서 윤희한테 혹 그런 방법이 없을까 하는 것 같아. 언니 말에 의하면 윤희만 제하고는 다른 가족들은 그런대로 다 살 수 있대. 뿐 아니라 언니는 윤희가 철은 없는데 고집은 세서 집안에 다른 화근을 가져 올까 걱정인가봐. 윤희가 북한에 살기는 너무 당돌하고 굽힐 줄을 모른다는 거야." 미숙이 잠깐 생각했다.

"벤 생각엔 선아가 바라는 것은 윤희가 너처럼 자유로운 곳에 가서 사는 것 같다더라. 어쩌면 윤희가 언니나 언니 가족들이 가질 수 없는 꿈이나 희망을 대신해 주길 바라는 게 아닐까 싶기도 하고. 일단 윤희가 나가면 살아있는 동안은 딸을 다시는 보지 못하게 될 거라는 것도 알고는 있지만 모두를 위해선 그게 최상일 거 같대."

모두가 할 말을 잃고 잠잠했다.

한참만에 내가 입을 열었다. "내가 그 애 나이였을 때 딱 저랬구나 싶더라. 그렇지만 어떻하냐? 열살짜리 어린애를 다치지 않고 북한에서 어떻게 훔쳐 나올 수 있겠어?"

신문이나 잡지보면 그러다 실패한 이야기들이 수두룩 했다. 잡히면 공개처형이고 가족들은 의례 강제수용소행이다. 간혹 중국으로 탈북하는 사람들이 있지만 중국은 잡히기만 하면 북한으로 돌려보냈고 그것은 전 가족의 끝을 의미했다.

"미아, 그래서 내가 온 거야. 벤 생각에 길이 있을 것 같다고. 할지 말지는 네 선택에 달린 거지만." 미숙이 내 눈을 들여다 봤다.

"무슨 소리야? 북한서 나오는 길을 알아?" 모두 놀라서 미숙일 쳐다봤다. 그래서 애가 그렇게 조심했던 거구나 싶었다.

"신애 생각나? 연변에 계신다는 삼촌 생각나?" 미숙이 물었다. 내가 끄덕였다. "아무한테도, 정말 아무한테도 이야기하면 안돼." 내 입이 너무 타 들어가 암말도 나오질 않았다. "여기 있는 사람들 다 말야." 모두가, 마이크까지 고갤 끄덕였다. 우리는 돌아가며 마이크한테 영어로 설명하고 있었다. "하목사하고 그의 부인이 비밀 지하통로를 연결하고 있어. 아무도 이걸 알면 안돼. 혹 정말 그럴 생각이 있으면 도움을 청할 수 있어."

이모가 소리쳤다. "미아, 세상에 이런일이! 옛날부터 보일듯 말듯 하던 점들이 훤히 드러나는 것 같지 않니? 네 구두닦이하고 그의 부인까지 말이다. 마치 처음부터 계획이라도 해 왔던 것처럼 말야. 상상이 돼? 북한으로부터의 탈출이?" 아닌 게 아니라 나도 그런 생각을 하며 팔에 돋는 소름을 느끼고 있었다. 마치 우리가 모르고 있는 동안에도 누군가가 보이지 않는 연결선을 지키고 있었기라도 했던 듯이.

"하목사 외에도 길은 있나봐. 서울에 탈북자가 꽤 있다니까. 내가 아는 건 신애의 삼촌뿐이야. 브로커들이 돈 받고 하는 케이스도 있다고 들었어. 그런 것도 알아보고 싶으면 알아 봐. 신애 삼촌은 돈 때문에 하는 건 아니니까."

이모가 미숙이한테 문수와 그의 아내를 지금 당장 집으로 부르자고 했다. 저녁이긴 했지만 허비할 시간이 없었다. 우리는 그들에게 상황을 설명했다. 많은 질문과 대답이 오고 간 후에 윤희 탈북의 그림이 조금씩 그려지기 시작했다. 어찌 보더라도 간단하거나 쉬운 일은 아니지만 가능성이 보이기 시작한 거다. 뇌물이나 부정을 장려하는 것은 결코 아니지만 어린 윤희를 살릴 수 있는 일인데 어떻게 등을 돌릴 수 있겠는가?

"북한에서 해야 하는 일은 몇 안되는 소수의 사람들과 하나님의 손에 전적으로 달려 있어요. 솔직히 어떻게 하는지는 나도 몰라요. 또 알고 싶지도 않아요. 그들이 끔찍히 조심해서 일하고 있다는 것, 이제껏 실수가 없었다는 것 외에는 아는 건 없어요. 삼촌이 소문나는 게 걱정돼서 조속한 시일 내에 그만 문을 닫으려 하고 있다는 소리는 나도 들었어요." 신애가 설명했다.

"일단 윤희가 북한서 나오면 중국서 빼내 오는 게 문제래요. 중국정부를 믿으면 안되니까요. 중국에 오래 있으면 있을수록 위험하거든요. 여권 같은 게 아무것도 없잖아요. 필리핀 같은 제 삼국으로 빨리 옮겨야 해요. 그리고 나서야 여기나 미국으로 갈 수 있으니까요." 신애가 알려줬다

"왜 제 삼국으로 가야 하나?" 이모가 물었다.

"중국은 북한의 동맹국이니까 개입하기 싫은 거죠. 북한이 탈북자를 도왔다고 반발하니까요. 또 거지와 다름없는 가난뱅이들이 떼지어 쏟아져 탈북한다 해도 중국은 골치꺼리구요. 그러니까 중국은 탈북자를 잡으면 북한으로 돌려보내고, 북한은 그자리서 처형하고 가족은 수용소로 보내잖습니까?" 문수가 설명했다. "뿐 아니라 윤희가 중국으로 일단 나오게 되더라도 어린애니까 문제가 될 걸요. 애를 어떻게 혼자 제 삼국으로 보냅니까?"

"제가 데리고 가지요." 등뒤로 소름이 쫙 돋았다.

"하지만 법적으로는 둘 사이에 아무 관계가 없잖나요? 정치적으로나 외교적으로나 말이지요." 문수의 말도 일리가 있었다.

"내가 이몬데. 필요하다면 양녀로 하지요." 나마저 내 말에 놀라고 있었지만 생각해 볼수록 괜찮은 아이디어 같았다.

"양녀를 삼으려면 결혼해야 하는 거 아닌가? 여기선 그럴 것 같은 데요? 또 시간도 걸릴 것 같고." 문수가 자신의 생각을 말하고 있었다.

"우리 아들한테 중국과 일하는 변호사를 찾아 물어 보면 알겠네요." 이모가 말했다.

"변호사들은 일을 더 복잡하게 하지 않나요?" 미숙이 걱정했다.

"훈이가 쓰는 변호사들은 달라요. 회사에 충성인 사람들이니까. 그들이 길을 모르면 아는 사람을 구하기도 쉽고요. 또 그이들은 무슨 일이 생기더라도 해결책을 찾을 수도 있고. 다행히 아들 회사가 중국과 많은 거랠 하고 있으니까 어떻게 하면 좋을지 잘 알걸요. 윤희가 일단 북에서 나오기만 하면 나머지는 잘 풀릴 것 같은 데요. 치밀한 계획과 주의가 필요한 건 확실하지만 터널의

끝이 보이는것 같네요." 이모의 말이 옳아 보였다. 이모가 자랑스러웠다. 이모는 그새 사업가의 훌륭한 부인이 되어 있었다.

그래도 한 가지 문제는 계속 떠올랐다. 미혼모의 양녀획득이라는 것이 이 지역에서는 그리 환영받을 것 같지 않았다.

"윤희를 양녀로 얻으려면 네 결혼부터 서둘러야겠다. 변호사가 윤희가 어디로 가야 할지 물을 게 뻔하지 않냐?" 이모의 눈이 나와 마이크 사이를 오갔다. 모두가 마이크를 쳐다봤다. 우리가 한국말로 떠들고 있었기 때문에 마이크는 어찌된 영문인지 몰라했다.

"제가 뭘 잘못했지요?" 그가 물었다. 내 뺨이 활활 달았다.

"우리가 미아한테 윤희를 양녀하고 싶으면 빨리 결혼하라고 했어요." 이모가 영어로 말했다. "그렇지 않아요, 마이크?" 이모의 영어는 모두를 놀라게 했다.

"완전 맞아요, 이모. 물론 결혼해야지요." 마이크가 입을 있는대로 벌리고 웃었다. "나야 내 애인뿐 아니라 우리의 장래 딸까지 살릴 수 있다면 대 찬성이죠."

그가 내 손을 잡고 눈속을 들여다 보며 물었다. "밤은 깊은데, 아직 반지는 구하질 못했어요. 내일 같이 반지 구하러 가요. 하지만 그 전에, 저와의 결혼을 허락해 줄래요?"

19

만주, 연변

(1987, 9월)

"이제 올 겁니다. 곧 보이기 시작할 걸요."

운전수가 들릴듯 말듯 작은 소리로 말했다. 멀리서 동이 트려하고 있었다. 지프차를 숲속에 세워두고 이삼 분 걸으니까 곧 강둑이었다. 어둠속에서 중국과 북한을 경계로 하는 두만강을 바라봤다. 동쪽 하늘이 훤해지기 시작하자 이 지역은 넓기는 해도 바위들이 여기저기 보이는 걸로 보아 깊진 않은 듯했다.

"제일 깊은 데가 제 가슴까집니다. 그러니까 쉽게 건널 수 있어요." 그의 말이었다.

"날씨가 이렇게 쌀쌀하니 얼겠네요." 땅바닥에 낮게 엎드려 기어들어가는 소리로 말했다.

"그래도 건너기에는 제일 좋은 땝니다. 물이 그리 깊지도 않고 너무 춥지도 않고요. 아직도 잎사귀들이 나무에 붙어 있으니까 것도 다행이죠. 잎 떨어지고 나면 훤히 드러나는 느낌이거든요. 여름엔 물이 불어 물쌀이 빠르고 깊어지죠. 봄도 나쁘진 않은데 산에서 얼음이 녹아내리는 물이라 무척 찹니다. 일년

중 지금이 제일이지요."

겹겹이 껴 입었는데도 신경이 곤두서 덜덜 떨렸다. 목사님 사모님이 새벽 두 시에 우리가 떠날 수 있게 모든 걸 준비해 주셨다. 보온병에 뜨끈한 차, 먹을 음식, 갈아입을 옷, 담요, 등등.

지난 오월부터 우리는 계획하고 준비했다. 훈의 회사에서 일하는 변호사의 도움으로 자세한 뒷처리까지 모든 준비가 끝나 있었다. 마이크와 나는 결혼했고 양녀에 필요한 모든 서류도 이미 준비되었다. 윤희는 난민 어린이로 입양되는 것이었고, 나와 같이 미국으로 가게 되어 있었다. 사전에 나는 연변의 하 목사 댁으로 와서 강을 건너오는 윤희를 만나도록 계획했다. 안내인의 일은 강을 건너기 전 북한서 끝나지만 윤희가 어린 관계로 강을 건너는 일까지 해 달라고 부탁했었다.

마이크도 나와 같이 오고 싶어했지만 그건 그만 두었다. 공연히 외국인으로 눈에 띌 필요가 없었으니까. 윤희가 일단 안전하게 도착하면 그날 밤기차로 셴양으로 가서 거기서 비행기로 훈의 변호사가 기다리는 곳으로 갈 것이다. 구해야 하는 모든 표들도 이미 다 구했고 윤희를 위한 서류도 다 구비되어 있었다.

베이징에 도착하는대로 윤희를 미 대사관으로 데리고 가서 나머지 서류들을 끝낼 것이다. 우리가 걱정했던것 중 하나는 의외로 손쉽게 해결됐다. 일단 윤희의 입양이 끝나자 윤희는 마이크와 나를 따라 미국 시민이었다. 미국 시민으로 중국을 떠나는 것은 아무 하자가 없다. 제 삼국으로 데리고 가야 할 이유가 없어진 셈이다. 일단 미 대사관에 발만 들여 놓으면 모든 게 안전했다. 다행이었다.

우리는 사전에 생길 수 있는 문제들을 검토하고 또 했다. 하나의 오차나 잘못이 있어서는 안되었다. 일 년전 어린 윤희가 날 향해 작은 발로 흙먼지를 날리며 달려오던 생각이 아직도 머릿속에 생생했다. 나는 낡고 해어진 '오즈의 마법사' 책을 집에서 가지고 왔다. 윤희가 여행동안 읽을거리로 좋을 듯 해서. 내가 그애 나이였을 때 그 애 엄마가 나한테 주었던 책이 아니던가? 이제는 윤희것이다.

"저기요." 운전수가 소근댔다. "오는 것 같습니다." 방맹이질 하는 가슴을 누르고 운전수의 손가락이 가리키는 쪽을 보았다. "물에 뜬 두 개의 돌 같은 검은 물체가 보이지요?" 그랬다. 두 개의 움직이는 돌 같은 게 보였다. 둘중 하나가 약간 더 커 보였다. 그러고 보니 머리에 뭔가를 이고 건너는 두 사람의 머리였다. 나도 모르게 일어섰다. 운전수가 날 끌어 앉혔다. "주변에 누가 있는것 같진 않아도…."

물이 얕은 데서는 둘은 몸을 사렸고, 깊은 데서는 큰 사람은 머리에 인 짐을 잡고 걷는 듯 싶은데 작은 돌은 수영하는 것 같았다. 작은 것도 머리에 보자기에 싼 무언지를 얹고 있는 게 보였다. 하늘이 훤해지고 있었다. 내 눈이 움직이는 두 돌에 들러붙어 있는데 작은 돌이 갑자기 물속으로 들어갔다. 내가 입을 막으며 일어서자 운전수가 잡아당겼다.

"괜찮아요. 미끌어진 거예요." 그가 안심시키려 들었다. 큰 돌이 작은 돌을 물에서 잡아 올렸다. 다시 건너길 계속했다. 운전수가 팔을 조금 흔들었다. 큰 돌이 답했다. 안도의 숨. 그들이 강가로 오자 운전수가 둑 위로 끌어 올렸다. 둘은 다 펑 젖은 백팩들을 등에 지고 있었다. 운전수와 아주머니가 간단한 인사들을 나누는 동안 나는 윤희를 담요로 감싸 끌어안고 지프차 쪽으로 데리고 갔다.

"춥지?" 내가 윤희 귀에 소근댔다.

"괜찮아요." 윤희도 따라 소근댔다.

지프가 발동걸고 움직이기 시작하자 아주머니와 윤희한테 수건, 갈아 입을 옷가지, 뜨거운 차를 건넸다. 목사님 사모님이 준비한 것들이다.

"추워 혼나셨죠?" 아주머니한테 물었다.

"아뇨. 얼마나 긴장했던지 추운 것도 몰랐는데 이제야 덜덜 떨리네요."

"윤희야, 괜찮아? 네가 넘어지는 바람에 내 간이 다 오그라들었다."

"내가 디딘 돌이 기웃하는 바람에 넘어졌던 것 뿐예요, 이모. 괜찮아요. 젖을까봐 이걸 머리에 이고 있었는데 젖었으면 어쩌지?" 머리에 쓰고 있던 것을 풀었다.

"그게 뭔데?"

웃으면서 윤희가 수건을 풀었다. "이모가 준 카메라하고 식구들 사진요. 엄마가 플라스틱으로 겹겹이 싸긴 했지만 젖을까봐 겁나서요. 내가 수영은 잘하지만 강에서 돌바닥 걷는 건 잘 못하나봐요." 윤희가 꾸러밀 풀었다. "보세요, 이모." 윤희가 활짝 웃었다. "하나도 젖지 않았어요." 그것들을 내게 내밀고 옷을 갈아 입었다. 차가 숲에서 나와 길로 들어서자 히터가 작동하기 시작했다. 따스함이 차 속을 채워 주었다.

"네 말이 맞다. 하나도 안 젖었어." 쏟아질 것 같은 눈물을 참으며 윤희를 꼭 안았다. 그애가 가지고 온 사진들이 어쩌면 그애가 볼 수 있는 유일한 가족의 모습일 거다. 어쩌면 앞으로 오랫동안. 혹은 그것으로 끝일런지도 모른다.

"모든 일 다 잘 되었어요?" 아주머니한테 물었다.

"윤희가 정말 훌륭하게 잘 해 냈어요. 불평도 없었구요. 한번은 우리 기차가 늦게 도착해 연결하는 기차를 놓치는 게 아닌가 걱정했지만 간신히 탔어요. 제가 꽤 잘 뛰는 셈이거든요. 윤희 때문에 걱정했는데 저 어린 것이 나보다 더 빨리 뛰던 걸요. 덕분에 오늘 여기 도착할 수 있었지요. 어린애를 데리고 오는 일이라 처음엔 망설였어요. 그런데 저 애는 어른 이상으로 잘 해 냈어요. 헤엄도 잘치고, 웬만한 어른들보다 낫던 걸요. 아주머니가 윤희의 등을 두드렸다. 날이 밝자 아주머니가 마른 체구이긴 하지만 근육질인 걸 알 수 있었다. 웃을 때는 온 얼굴이 주름 잡으며 환해지곤 했다. 흰머리가 듬성듬성한 40대 후반쯤으로 보였다.

"아주머니가 진짜 잘 돌봐 주셨어요."

"고마워요, 아주머니. 제 언니도 만나 보셨어요?"

"안부 전해달라고 하셨어요. 우리가 떠나기 전 날은 같이 잤어요. 그래야 윤희를 잘 알게 될 거 같아서요. 언니도 강까지 오겠다고 했지만 그러지 마시라고 했어요. 그럴 필요도 없지만 그러는 게 현명할 것 같지도 않구요."

"엄마보고 절대 그러지 말라고 했어요." 윤희가 날 향했다. "생각해 봐요, 이모. 엄마가 강 건너는 날 보고 있으면 내가 어떻게 돌아서서 갈 수 있겠나? 막판에 가서 마음을 바꾸면 모든 게 다 헛일이 되잖아요? 그런 바보짓을 할 수는 없죠." 어린 것이 눈을 깜박대며 내 반응을 살폈다.

"물론이지, 물론이야. 잘 했어. 그래야지."

"그리고 엄마랑 아버지보고 기차역으로도 오지 말라고 했어요. 내가 가는 걸 뒤에서 보고 있다는 게 영 맘에 걸려서요." 윤희가 말했다. "참, 엄마가 매이언니는 아무 걱정할 필요없다고 전하래요."

"언제나 남의 눈에 띠지 않게 조용히 하는 게 제일이지요. 우리가 집을 떠날 때도 언니께서 윤희한테 뒤도 돌아보지 말고 빨리 가라고 했어요." 아주머니가 말했다.

"이모, 엄마 말대로 했어요. 엄마랑 아버지가…, 날…." 윤희가 말을 하다말고 입술을 꽉 물었다. 한참 삐죽대던 아이의 입이 벌어지더니 왈칵 울음이 터져 나왔다.

난 애를 안고 울게 놔 두었다. 싫컷 울거라. 싫컷 울어. 까짓것 울기라도 싫컷 해.

"정말 애답지 않게 잘 참았어요. 아마 무척 피곤할 거예요. 기차도 여러번 갈아타고, 버스도 타고, 어른들도 힘든 여행인데…."

한참 울던 애가 머릴 내 무릎에 놓고 잠들었다. 난 애의 머리와 가는 등짝을 쓰다듬어 주었다. 지프는 포장하지 않은 도로를 털썩거리며 달렸다.

"뭐라 감사의 말씀을 드려야 할지 모르겠네요. 언니네 가족들은 잘 있던가요? 저 애가 떠났다고 문제가 생기진 않을까요?"

"부모의 가슴아픈 거야 뭐라 말할 수 있겠어요? 하지만 결국은 잘 된 일이지요. 언니 께는 잃어버린 딸 찾느라 미친 년처럼 행동하라 했어요. 다른 형제들도 죄다 모르고 있거든요. 형식적으로 윤희는 실종된 애지요. 사실 그런 애들이 이상스레 꽤 많아요. 하지만 애들이 어떻게 혼자 탈북할 수 있겠어요? 어린 애인 것이 이번에는 오히려 잘 된 거지요. 애가 탈북이 뭔지나 알겠어요? 모르긴 해도 실종된 애로 처리될 겁니다." 아주머니의 설명이었다. 듣고 보니 어느 정도 안심도 되었다. 저렇게 어린 나이에 탈북하겠다고 제 발로 부모밑을 떠날 애가 어디 있으랴?

"언니 되시는 분이 영리하시기도 하지만 세상살이를 잘 이해하시는 분이시더라고요. 어린 것뿐 아니라 자신과 남편의 마음도 미리 잘 준비 했던데요. 그래도 막판에 가서 윤희가 울고 불고 맘을 바꿀까봐 걱정했지요." 아주머니가 웃었다. "제 걱정을 이야기했더니 언니가 뭐라는지 아세요? '알고 있어요. 철없는 것이 메뚜기처럼 어느 쪽으로 튈지 누가 알겠어요? 그래서 미리 잘 일러두었으니까 괜찮을 겁니다. 애가 고집도 대단하지만 겁도 없거든요. 저앤 제 성격에 맞는 세상에 살아야 해요. 여긴 아니지요. 내 새끼긴 하지만 어쩌겠어요?' 하던 걸요." 아주머니가 말을 멈추고 잠시 생각해 보더니 웃었다.

"언니가 잔나비띠신진 몰라도 웃기기도 잘하시고 흉내도 아주 잘 내시던데요. 좋은 세상에 태어나셨더라면 배우가 되고도 남으시겠습니다."

"윤희가 부모 떠나면서 울지 않던가요?"

"아뇨. 저도 은근히 걱정을 하긴 했는데 잘 버티던데요. 에미야 보나마나 딸내미가 가는 모습을 보면서 통곡하셨겠지요. 우리가 떠나고 얼마 되지 않아 미국 이모가 강 건너 만주에서 기다리고 있을거란 소릴 윤희한테 했어요. 그랬더니 이것이 얼마나 신바람이 나던지 부모는 저리 가라로 다 잊어버리고 이모소리만 하던데요. 애들은 애들이에요. 그게 사람살이 아니겠어요? 부모는 죽자고 자식새끼들이 잘 있나 돌아 보고 또 돌아보게 마련이지만, 새끼라는 것들은 부모는 밀쳐내고 지들 앞만 바라보며 달리는 것들이 아닐까요?" 차는 비포장 도로를 털썩거리며 달리고 난 지프따라 들썩거리는 손으로 윤희의 등짝을 어루만졌다.

후기

"미아, 더 늦기 전에 당신네 이야길 써봐요."

마이크는 걸핏하면 그런 소릴 내게 하곤 했다. "전쟁 때문에 생긴 흔하디 흔한 소리라고는 하지만 그래도 당신이 전쟁을 겪은 마지막 세대잖소? 당신 윗세대는 이미 갔든지 빠르게 사라져 가고 있고, 뒷세대는 전쟁의 기억이 없고. 특히 진아를 생각해 봐요. 언니의 기록은 꼭 남겨야 할 것 같은데. 남들을 위해서가 아니라면 적어도 우리 애들하고 애들의 자식들한테만이라도 말이요. 종종 난 진아가 그 공책을 왜 당신한테 남겼을까 하는 생각을 해요."

물론 그의 말은 타당하고도 남았다. 내 동생처럼 어렸던 세대는 한때 배가 고팠던 기억 외에는 아는 게 별로 없었다. 그 후로는 말할 것도 없고.

"생각해 볼게요." 하는 것이 늘 하는 내 답이었다. 그의 재촉에 밀려 종종 생각해 보기도 했다. 심각하게는 아니었지만. 내가 사실을 정면으로 맞서기가 싫었다는 소리가 맞을지 몰랐다.

2010년 10월에 북에서 귀순한 황장엽씨가 타계했다는 소식을 미디어를 통해 들었다. 그는 1997년 남으로 왔고 물론 북에 있었던 그의 가족은 모두 사라졌으며 김정일의 제 일의 적으로 끊임없는 암살의 위협을 받았다고 전했다. 그의 죽음이 김정일의 셋째아들 김정은이 후계자로 발표되면서 펼쳐진 공산당 65주년 기념 군사 파레이드가 시작되기 30분 전이었다고 하는 것도 역사의 아이러니인지 모른다.

수많은 사람들이 죽고, 고통속에서 곤두박질치고, 피와 눈물이 한없이 흐르고 난 후에도 역사는 시간 뒤에 얼굴을 가리고 서서 모르는 척 빙긋 웃고 있는 것만 같다. 그리고 지켜본다. 더도 아니고 덜도 아니다. 그저 지켜 보기만 한다.

황비서의 죽음은 나에게 그의 전기를 사서 읽게 했다. 나무들이 옷을 벗고 앙상한 가지를 내밀고 있는 뒷마당을 향하고 앉아 책을 폈다. 읽어가다 나는 진아 언니와 큰 형부의 이야기가 나오는 대목을 보고 소스라쳐 놀랐다.

우리는 김정일이 베푸는 술자리에 있었다.

황비서가 쓰고 있었다.

김정일은이 술자리에 그의 오래된 비서의 부인을 끌어 내 왔다. 그 여자는 강직한 여자로 김일성에게 아들 김정일이 세번째 부인을 맞는 것은 옳지않으며, 아버지와 같은 인민의 총애와 귀감이 되는 수령이 되기 위해서는 행동을 모범되게 해야 한다는 내용의 편지를 올렸다. 아버지에게 쓴 편지는 아들의 손에 들어갔고 아들은 그 여자를 반역자로 몰고 그 자리에서 공개처형할 것을 명했다. 이때 이여자의 남편인 비서가 나서서 꿇어 엎드려 김에게 자신의 손으로 부인을 죽이게 해 달라고 빌었다. 김은 비서의 간청을 받아들여 남편에게 처형하도록 허락했다.

진아 언니는 죽었고 다시 살려낼 방법은 없다. 난 언니의 생각을 머리에서 지우려고 애쓰며 살아왔다. 삶의 다른 모든 것이나 마찬가지로 오고가는 시간의 파도에 따라 세상 모든 것은 씻겨지고, 잊혀지고, 사라질 것이다. 그리 믿고 그러기를 바랬다.

황비서의 글에 의하면 그도 언니와 형부를 알고 있었던 듯했다. 하지만 형부가 언니를 죽인 이유에 대해서는 모르는 것 같았다. "*비서가 나서서 꿇어 엎드려 김에게 자신의 손으로 부인을 죽이게 해 달라고 빌었다.*"는 대목이 그런 생각이 들게했다. 많은 사람들은 형부가 자신의 목숨을 구하기 위해 그리 했으리라 믿을 터였다. 황비서의 책에 의하면 황비서 자신도 형부처럼 극약을 항상 지니고 다녔다고 했다.

황의 자서전을 읽은 후로는 언니 생각이 날 계속 따라다녔다. 특히 우리가 마지막으로 껴안고 난 후 내 머리에 각인되어 있던 언니의 젖은 두 눈동자가.

"우릴 잊지 말아줘, 미아." 언니는 부탁했었다.

나는 언니들을 위해 뭔가를 해야했다. 우리는 최악의 굶주림, 추위, 가난을 견디어 내고 살아왔다. 하지만 큰언니와 가족은 자유와 사랑을 빼앗긴 상태에서는 살 수가 없었던 거다.

낙천이란 글자를 이름으로 달고 살아도 될 선아언니는 가족을 연결짓고 목숨부치며 살아가기 위해 얼마나 애를 쓰고 있던가? 어린 딸까지 다신 보지 못할 먼 길로 보내버리면서. 작은 언니가 얼마나 더 견뎌낼 수 있을까? 그들이 저렇게 살아야만 하는 걸까? 오랜 동안 나는 모든 것을 받아들이고 내 죄책감은 내가 안고 살아야 하는 거라고 생각했다.

내 생각이 틀린 건지도 몰랐다. 큰 언니가 원했던 것은 언니의 소리가 어떻게서든 세상에 전해지기를 원했던 건지도 모른다. 그래서 언니나 언니 같은 사람들이 블랙홀 같은 영원한 침묵속으로 빨려들어가 잊혀지거나 사라지지 않도록. 그게 아니라면 언니가 왜 구태여 내 발목에 언니의 공책을 달아 주려고 애를 썼겠는가?

나는 쓰기 시작했다. 영어가 내 모국어가 아니기 때문에 끝없는 싸움이었다. 하지만 나는 나였다. 해 봐야 했다. 내가 핑계를 대는 건지는 모른다. 하지만 나도 이젠 나이도 먹고 어느 정도는 현명해 졌으리라고도 바란다. 언니를 만난다 해도 할 소리가 있을 것 같다. 언니와 언니 가족의 탈출구가 쉽지는 않았어도 훌륭한 길을 택했던 것이라고. 그리고 우리는 언니의 삶과 사랑을 기억하고 그 옆에 서 있겠노라고. 어쩌면 오랫동안 끌어안고만 살았던 내 자책감도 어느 정도 줄어들 것 같기도 했다.

선아언니를 잠시나마 방문하고 언니의 사는 모습을 볼 수 있었던 것은 그야말로 큰 행운이었다. 그 후로 집으로 방문하는 것은 차차 금지되어 이제는 집 방문은 없어졌다. 믿기지 않는 사실이지만 내가 방문했던 시절이 북한의 전성기였다고 한다. 그 후로는 경제가 내리 하향선을 그리며 곤두박질 쳤다.

'90년대에는 국민의 10퍼센트도 넘는 숫자가 아사했다고 하니 말이다. 선아 언니네가 걱정이다. 살아 있는지.

아직도 김은 방문객들을 받아들인다. 하지만 그야말로 무대에 올려놓은 상태에서다. 방문객들은 호텔에 머물고 가족들이 호텔로 찾아와 짧은 재회를 하는 것이다. 전기와 수돗물 없는 집을 방문한다는 것은 쉽지 않을 테니까.

많은 사람들의 도움으로 윤희의 탈북은 성공했다. 내 삶을 뒤돌아보면 살 때는 몰랐는데 살고 나서 보니까 누군가 거대한 자의 도움 없이는 불가능했다고 여겨지는 게 많다. 헉헉대며 사느라 애쓰는 동안은 바로 코앞에 보일듯 말듯한 희망 비슷한 것만 잡으려 발걸음을 재촉했었다. 때로는 그게 고아원이었고 때로는 윤희였다.

윤희가 우리에게 오고 난 후 여러 달 뒤, 그애가 잘 적응하고 있다 싶어 내가 언니네 집을 방문했을 때 찍었던 비디오를 보여 주었다. 엄마는 여러번 보았다. 첫번 볼 때는 엄마가 놀라기도 하고 반가와도 했지만 그 후로는 모두가 지난 사건중 하나가 되어 버렸고 그러려니 하고 받아들였다.

윤희한테 처음 보였을 때, 윤희는 얼어 붙는 듯했다. 몽유병에 걸린 사람처럼 어린 것이 일어서더니 어정어정 걸어 테레비 앞으로 갔다. 스크린에선 그 애 에미가 빠진 이빨을 드러내 놓고 좋아라 활짝 웃어대고 있었다. 이 어린애는 푹꺼진 엄마의 볼에 입맞추었다. 그리고는 제 뺨을 스크린에 대고 한참이나, 한참이나, 그렇게 있었다. 천천히 팔을 펴더니 테레비를 감싸 안았다. 그리고 계속 쓰다듬었다. 스크린이 눈물을 줄줄 흘렸다.

1994년 김일성이 죽었을 때 우리는 열심히 테레비를 봤다. 윤희는 혹시나 가족 누구를 볼 수 있을까 싶었으리라. 나도 혹 통곡해 대는 군중들 속에 언니가 있지 않을까 싶어 찾았다. 모두들 하늘이 무너진 듯, 땅이 꺼진 듯, 통곡들을 했다. 속은 어떤 심정들일런지…. 언니는 어쩔런지….

"난 윤희 때문에 산다. 이젠 그애가 내 생활이다." 내 두 딸들이 다 대학으로 떠난 후 엄마가 했던 소리다. 윤희가 없었더라면 엄마가 좀 더 일찍 갔을지도 모른다. 엄마는 윤희를 사랑으로 목욕시키고 응석도 있는대로 받아줬다. 엄마가 만든 마지막 퀼트는 윤희의 침맷보다. 종종 난 엄마가 그걸 만들며 무슨 생각을 했을까 궁금하다.

엄마는 마이크를 끔찍히 사랑하고 위했다. 엄마의 정신건강이 살아 있는 동안엔. 길지 못했던 것이 아쉽다.

"선아, 여태 어디 있다 이제 오는 거냐? 또 가려고 그러니?" 윤희가 대학으로 떠날 때 엄마는 윤희와 선아를 구분하지 못했다.

"여보, 도대체 어디 갔었수? 당신 찾아 헤맸구려." 한국이 우릴 방문했을 때 엄마는 한국이 남편인 줄 알았다. 엄마의 마음은 원하는 곳으로, 원하는 시간으로 자유로웠던지도 모르겠다. 아무도 보이질 않으면 엄마는 방문들을 열고 다니며 불러댔다. "진아, 선아, 여보…."

"마이크, 우리가 죽은 후 어디에 묻히면 좋겠어요?" 해가 따스한 날 엄마와 이모가 가꾸던 정원을 손질하며 물었다.

"난 그런 것 상관 않는데. 그건 왜 물어?"

"엄마가 돌아가시면 묻힐 곳을 생각해야 할 것 같아서요."

"당신 좋을대로 해요. 난 이래도 저래도 다 좋으니까."

"내가 어렸을 때 여자라서 우리 선산에 난 묻힐 자리가 없었어요. 그게 맘에 걸렸었나봐요. 아들하고 며느리만 되거든요." 내가 웃었다. "엄마의 마지막 갈 곳을 생각해 봐야 할것 같은데…. 내가 찾아 볼까요?"

"난 아무래도 좋아. 어차피 모든 게 언젠가는 다 자연으로 돌아가기 마련인걸. 나는 여기나 거기나 다 상관 없지, 뭐."

우리 집에서 그리 멀지 않은 곳에 엄마와 우릴 위한 자릴 구했다. 엄마가 셋째딸과 푸른 눈을 한 사위가 옆에 있다고 서운해 하지 말기 바라며. 엄마가 원하는 것은 아들과 남편 옆일 터인데. 여기엔 남편도 아들도 없다. 하지만 모든 짐을 털어버린 엄마는 드디어 가볍고 자유로울 게다. 엄마의 영혼은 남편과 아들, 그리고 딸들을 찾아 갈 수 있을 게다.

윤희가 창밖을 내다보는 걸 보고 있노라면 내 마음이 묵직해지곤 한다. 선아 언니도 그러고 있을지 모른다. 어디에 있을지 모르는 딸을 찾아서. 언젠가 어디선가 알고 있지 못했던 점들, 잊고 있었던 점들이 살아나오고 연결이 되어 윤희가 부모와 가족들을 만나볼 수 있다면 좋겠다. 멀지 않은 장래에.

자유가 뭔지 모르고 사는 그 이상의 비극이 있을까? 그래도 나는 믿는다. 언니의 선한 마음이 사랑을 꽃피웠고, 그 사랑은 자유의 열매를 맺은 것이라고. 윤희의 작은 가슴, 자유를 마시고 숨쉬는 가슴은 자유를 누리지 못하는 형제들 때문에 아파한다.

케네디공항으로 오는 동안 윤희한테 곧 만나게 될 새 가족들의 사진을 보여주며 설명했다. 새로 만날 언니들, 오빠들 이야기를 듣는 그 애의 눈이 반짝거렸다. 열심히 기억하려 들었다.

우리가 비행기에서 내릴 즈음, 윤희는 한손엔 낡은 카메라를 잡아 가슴에 움켜쥐고 다른 손은 내 손을 잡았다. 한편은 기쁜 듯해 보였지만 또 한편은 걱정스러운 듯도 해 보였다.

마이크는 엄마를 대동하고, 자신의 두 아들과 매이, 란이를 앞세우고 마중 나왔다.

쥐고 있던 내 손을 풀고 윤희는 처음 만나는 언니들과 오빠들을 향해 뛰었다. 강중강중 뛰면서 애들이 윤희를 둘러싸고 껴안으며 키쓰공세를 퍼부었다. 란이가 윤희한테 영어로 된 오즈의 마법사 책을 내밀었다. 애들이 주는 선물이었다. 윤희의 입이 크게 벌어졌다. 윤희나 애들 걱정은 안해도 될 것 같다.

"이젠 우리가 더 좋은 카메라도 사 줄게." 매이가 윤희의 낡은 카메라를 보며 말했다.

잠시 생각하는 윤희. "아냐, 매이. 이것 그냥 가지고 있고 싶어. 내가 세상을 내다보는 꿈을 준거거든." 책은 한손에 들고 카메라의 창을 보여주었다. "가운데 점이 보이지? 내게는 저게 세상을 보여주는 창 같았어. 딱 꿈같지? 점속의 세상? 지구 어디든 연결시켜 주거든. 맘대로 어디든 갈 수 있게 말야."

오늘 그 카메라는 워싱턴에 있는 윤희의 아파트 책장 한쪽에 앉아있다. 카메라의 렌즈는 밖을 향하고 있지 않고 윤희를 향하고 있다.

"나야말로 복덩어리가 돼서 여기 이렇게 와 있어요. 내 카메라는 저기앉아 내가 누군지, 내 꿈이 뭔지를 일깨워 줘요. 지난 날을 잊지 말라고요. 매일 하나님과 세상에 기도하고 빌지요. '내 형제자매들 잊지 말아 달라고. 시간이 없다고요.' 나혼자 여기서 잘 살고 있다는 것이 죄짓는 것 같거든요." 언젠가 그

애가 했던 소리다. 카메라 옆에는 두 개의 오즈책이 나란히 있다. 다 낡아버린 한글판하고 나이가 좀 어린 영어판하고.

세계구제기관서 일하고 있는 그 애의 눈은 세상을 향해 활짝 열려 있다. 북한에 두고온 부모형제 같은 사람들을 향한 사랑과 연민을 가슴 가득히 안고. 마이크와 나에겐 자랑스런 딸이다. 우리 아버지가 바랐던 진리와 선함과 아름다움이 하나로 뭉쳐진, 꿈과 희망이 가득찬 그런 자식이다.

화해와 상생(相生)의 탈출구로서의 지구촌 문학

명계웅(문학평론가)

"고래 싸움에 새우등 터진다"는 한국 특유의 속담이 생겨 날만큼 주변 강대국의 침략과 전쟁으로 점철된 수난의 역사 속에서 "전쟁"이라는 화두는 한국현대문학의 주제(主題)를 이루며 오늘날까지 변용을 거듭해 오고 있다.

임진왜란(1592)과 병자호란(1637)을 다룬 적잖은 소설 작품이 창작되었지만, 6.25 동란(動亂)이라는 한국전쟁(1950)은 작가들이 동족상잔(相殘)의 전쟁에 직접 참전했거나, 어린 시절 공산군 점령하의 지역에서, 또는 피난민의 대열에서 전쟁에 직결된 최악의 굶주림과 비참한 삶을 체험했다는 점에서, 그리고 전쟁이 끝 난지 반세기가 넘도록 아직도 분단국가로서의 남북이 첨예한 대치 상황에 놓여있다는 현실에서 역사적인 사건이 아니라 전후세대들에게는 매우 심각한 미완의 실존적 과제(課題)로 뇌리 속에 각인되어 있다.

전후세대에 속한 작가들로서 한국전쟁을 소재로 한 대표적 소설 작품을 갈라 잡아 보자면, 한국일보 신춘문예 당선작인 하근찬의 "수난2대"(1957)와 이범선의 "오발탄"(1959), 그리고 최인훈의 장편 "광장"(1960)과 김은국의 영문소설 "순교자"(The Martyred,1964)를 들 수 있겠다.

하근찬의 "수난2대"는 일제 식민지 치하와 6.25 전쟁이라는 민족적 비극을 겪은 두 세대로서의 부자가 일제 징용에 나가 한 쪽 팔을 잃은 아버지가 6.25 전쟁에 나가 한 쪽 다리를 잃은 아들을 등에 업고 외나무다리를 건너 집으로 돌아오는 이야기다. 전쟁의 참혹상을 직접 겪고 목격한 참전한 세대의 잔혹한 전쟁을 고발한 작풍(作風)으로 김동리, 황순원, 안수길 등의 작품이 이에 속한다.

이범선의 "오발탄"은 현대문학에 발표된 단편으로 한국전쟁의 비참한 현실을 반영, 특히 6.25 후의 암담한 현실이 리얼하게 부각되고 있다. 전쟁에 나갔다 상이군인이 되어 취직도 못하고 가난한 형네 집에 얹혀사는 동생, 피난 와 돌아 갈수 없는 고향을 그리다 미쳐버린 어머니, 임신한 아내, 가난으로 양공주가 된 누이동생이 한 가족이 되어 작품 배경을 이룬다. 생활고로 아픈 이도 뺄 수 없던 선량한 주인공이 결국 삶의 의미와 방향감을 상실하고 절망 속에서 오발탄 같은 존재로 전락하고 만다.

자신의 6.25 전쟁 체험을 바탕으로, 특히 전쟁 중 노모와 어린 조카의 생계를 위해 미군부대 초상화판매 근무처에서 만난 화가 박수근의 이야기를 다룬 장편 소설 "나목"으로 등단한 박완서의 "겨울나들이", "그 많던 싱아는 누가 다 먹었을가", "그 산이 정말 거기 있었을가" 등 공산군 점령 지역의 불안하고 굶주린 일상의 삶을 세밀하게 복원한 일련의 작품들은, 1960년 사상계에 연재되며 6.25라는 비극적 상황 속에서 치르지 않으면 안 될 젊은 주인공들의 피해 양상을 구현한 황순원의 "나무들 비탈에 서다"와 함께 바로 이 범주에 속한다.

1960년대 화제작이었던 최인훈의 장편소설 "광장"은 6.25를 소재로 한 작품이면서도 새로운 시각으로 6.25를 재조명함으로서 또 다른 한국전쟁문학의 카테고리를 형성하고 있다.

철학과 학생인 주인공을 내세워 남한의 부정부패로 물든 탐욕적인 자본주의와 북한의 독재 권력의 허위와 위선에 다같이 구토와 환멸감을 느끼며 인민군으로 낙동강 전투에 참전하다 결국 포로가 된 주인공이 포로 석방의 정착지로서 제 3국인 중립국 인도를 선택 항해하다 인도양에서 투신자살한다. 첨예한 남북 이데올로기 대립 시대를 온 몸으로 부딪치며 이념과 현실의 괴리에 좌절감을 느끼며 살다 간 한 젊은이의 미완성의 초상화다.

또한 작품 속 주인공의 활동 영역이 확장됐다는 사실을 우리는 결코 간과해서는 안 된다. 주인공이 인천의 친구 집에 갔다가 북한으로 밀입국 월북하여 특권층의 삶을 누리고 있는 아버지를 만나고 남조선을 해방시킨다는 명목으로 남침하자 그는 전쟁에 동원 인민군으로 참전한다. 작품의 배경이 38선을 넘어 남북으로 이어지다 결국 한반도를 벗어나 인도로 항해하다가 인도양에 주인공이 스스로 몸을 내던짐으로서 종결이 된다. 반공(反共)을 국시(國是)로 삼았던 당시의 군사정권 하에서는 매우 대담한 줄거리가 아닐 수 없다.

끝으로 재미동포 작가인 김은국(Richard E. Kim)의 "순교자"는 6.25 전쟁을 (주역이 아닌) 배경으로 하여 전쟁의 참혹상이나 분단의 이념 갈등을 고발하려는 의도가 아니라 평양에서 한국전쟁 발발 직전 체포되어 순교 처형당한 14명의 목사들 중에서 유일하게 제 정신으로 살아남은 주인공 신 목사의 증언을 통해 극한 상황 속에서의 신(神)의 존재 의미와 인간의 실존론적 문제를 심도 있게 형상화한 작품으로 뉴욕타임즈로부터 "도스또예프스키와 카뮈의 전통을 잇는 위대한 실존 문학 작품"이라는 평을 받았고 당시 미국의 베스트셀러 목록에 올랐을 뿐 아니라 퍼얼 벅(Pearl S. Buck) 여사로부터는 "언젠가는 노벨문학상을 수상할 작가"라는 찬사를 받았다. 따라서 "순교자"는 한국전쟁문학의 범주에서 특이한 독자적인 작품으로 분류되어야 할 것이다.

한국전쟁이 휴전으로 끝나고 분단국가로서 대치(對峙)된지 60년이 지난 이 시점에서 김성혜씨의 장편 소설 "숨겨진 탈출구"가 출간되었다는 사실은, 전쟁이라는 화두가 큰 비중을 차지하고 있는 한국현대문학사에서 매우 의미심장한 바가 있어 보인다.

작가 김성혜씨는 6.25를 체험한 5060 전후세대로서 실제로 그의 가족은 월남하기 전 평양 모란봉 만경대가 내려다보이는 근처의 김일성이 살던 동네에서 교회를 다니던 이웃으로 면식(面識)이 있었다고 한다. 김성혜씨는 소설 작품 속에서 어린 시절 잔혹한 6.25 전쟁에 휘말린 비참한 현실과 피난민의 궁핍하고도 고된 일상의 좌절된 삶을, 가공의 세 자매, 진아, 선아, 미아를 주인공으로 삼아 사건의 전개를 순차적으로 디테일하게 묘사하고 있다.

그러니까 6.25가 터진 1950년 6월, 인천 방직공장에서 일했던 이 과장의 가족 이야기로 사건이 전개되는 프롤로그로 시작하여, 작품 속의 주인공이자 나레이터의 역할도 겸하고 있는 막내 동생 미아의 고아라는 선택의 부산 피난 시절(1951년), 서울에 환도하여 입주 가정 교사로 학비를 버는 곤궁(困窮)하던 의대생 시절(1963년), 미국 유학(1965년), 뉴욕의병원에서 레지던트 과정을 거쳐 뉴 헤이븐, 코네티컷, 예일 의대 교수가 되어(1985년), 월북한 아버지와 언니들의 상봉을 위한 평양 방문(1986년), 언니 조카를 탈북 입양시키기 위한 만주 연변(1987년), 그리고 에필로그로 줄거리를 끝맺고 있다.

소설 작품의 줄거리가 프롤로그로부터 미국 유학을 떠나기 전까지의 이야기는, 공산군 점령하의 불안하고 위태로운 굶주림의 생존과 부산 피난민의 어렵고도 궁핍한 처절한 나날의 생활상이 묘사되고 있기 때문에 일단 이범선이나 박완서의 전쟁 작품 범주에 속 한다고 하겠다. 어린 주인공 미아가 남장을 하고 서울역에서 "슈샤인 보이"(bootblack)를 하는 다소 익살스런 장면이나 서대문 형무소에서 아버지를 찾기 위해 언니들과 함께 얼어붙은 시체들을 뒤집어 보는 섬뜩한 장면 등은 김성혜씨의 탁월한 스토리 텔러(story teller)로서의 자질을 유감없이 보여 주고 있다.

이어 플롯의 전개가, 불가능해 보이던 미국 유학의 길이 마침내 열리고, 뉴욕에서 문화 충격과 고달픈 레지던트와 수련의(修鍊醫) 생활을 거쳐 결국 미국 의대 교수가 되어 이산(離散) 가족을 만나려 평양을 방문하는 등 작품 배경의 영역이 태평양을 건너 미국과 러시아, 중국 만주 연변으로 확장이 된다. 일찍이 최인훈의 인도양을 건너다 끝나버린 작품 속의 공간 "광장"이 국제적인 영역으로 확산 된다는 사실을 주목해 볼 필요가 있다.

종래 한반도 영토에 국한되었던 동족상잔의 전쟁에서 입은 뼈저린 정신적 상처와 고통이 당사자인 한민족에게만 한정되는 것이 아니라 사이버(cyber) 공간으로 좁혀진 전 지구촌 인류에게 적용될 수 있는, 보편적인 불행과 아픔(suffering)으로 형상화시킴으로써 새로운 지구촌적인 작품 영역을 획득하고, 나아가서는 화해와 해방(liberation)의 숨겨진 출구를 제시함으로서 차원 높은 해결 구도의 전쟁문학 카테고리를 인상 깊게 새로 구축했다는 점이 바로 금번 김성혜씨의 "숨겨진 탈출구"의 출간에 심장하고도 진정한 의미성이 깃들여 있는 것이다. 또한 작품 속의 주인공 이산가족 자매들이 북한에서 겪는 시련과 고통이 지구촌적인 보편적 아픔으로 승화(昇華)시키기 위하여 작가는 인권(human rights)적인 시각으로 북한 정권의 독재적인 권력의 횡포와 위선과 타락을 신랄하게 고발하고 있으며, 특히 김정일이 술자리에서 측근들을 불러 놓고 신임하던 비서 최동훈의 아내 진아를 남편의 손으로 처형시키는 사디즘적인 잔혹한 장면은 나중에 에필로그에서 당시 파티 현장에 있었던 황장엽의 입을 빌어 다시 확인시킨다는 수법으로 독자들의 팩션(faction)적인 흥미를 극대화 시키고 있다. 선아의 막내 윤희는 "자유 하고자 하는" 인간 정신(human spirit)의 등장인물(personification)로 탈북(脫北)하여 이모 미아에게 입양됨으로써 Human Liberation의 극적인 가능성을 암시하고 있다. 나이 어린 소녀가 앞으로 UN(국제 연합)에서 인권 수호를 위해 일하겠다는 포부를 밝히는 것은 화해와 상생을 뜻하는 박애주의(humanitarianism)적인 해결책을 제시하려는 작가 자신의 인생관의 표출일 것이다. 윤희가 평양에서 미아로부터 선물로 물려받은 번역판 Frank Baum의 "오즈의 마법사"(The Wizard of Oz)는 자립과 자유라는 미국적 가치관을 담은 최초의 판타지 동화책(1900)으로 2007년 세계 인류의 보편성을 형상화 한 작품으로 인정받아 유네스코 세계 기록 유산에 등정된 작품이다.

흥미로운 사실은 주인공인 세 자매의 이름을 진아, 선아, 미아로 지었다는 점인데, 이는 작가가 진(truth), 선(good), 미(beauty)라는 어휘가 키츠(John Keats)의 시적 표현대로 "아름다운 것이 선한 것이고"(Beauty is truth, truth beauty) 또한 "진리가 너희를 자유케 하리라"(Truth will set you free)는 복음서의 구절을 인용하여 묵시(默示)적으로 숨겨진 탈출구를 찾을 수 있는 열쇠(key word)임을 암시한 것이라 추측이 된다.

한국전쟁 60 주년을 맞아 전쟁과 분단을 다룬 소설 작품에 대한 일반의 관심이 요즈음 새삼 높아지고 있는 시기에 김성혜 작가의 "숨겨진 탈출구"가 출간되었다는 사실은 매우 뜻 깊은 일이다. 더군다나 6.25 전쟁을 경험한 5060 세대가 주동이 되어 미국이나 일본에 앞서 한국 최초의 여성 대통령을 선출했다는 사실 또한 예사로운 일이 아니다.

먼저 영문으로 출간되어 현재 미국 아마존 닷컴에서 판매되고 있는 김성혜씨의 소설이 모쪼록 널리 읽혀 최근 도발적인 로켓 발사와 핵 실험으로 세계적인 비난의 눈길을 끌고 있는 북한 정권을 이해하는데 도움이 되고, 마침내 기적적으로 한민족 대 통합의 찬란한 역사가 금세기에 이뤄지기를 기대한다.